L.A. Story

James
FREY

L.A. Story

ROMAN

Traduit de l'anglais (États-Unis)
par Constance de Saint-Mont

Titre original
BRIGHT SHINY MORNING

Éditeur original : HarperCollins*Publishers*

Il n'y a rien dans ce livre qui doive être considéré comme exact ou digne de foi.

En suivant la lumière du soleil,
nous quittâmes le Vieux Monde.

Christophe COLOMB, 1493.

Le 4 septembre 1781, un groupe de quarante-quatre hommes, femmes et enfants – les Pobladores – s'établissent en un lieu proche du centre du Los Angeles d'aujourd'hui. Ils nomment leur village le Pueblo de Nuestra Señora la Reina de Los Angeles de Porciuncula. Deux tiers des colons sont soit des esclaves africains affranchis ou marrons, soit les descendants directs d'esclaves africains affranchis ou marrons. Les autres sont pour la plupart des Indiens d'Amérique. Il y a trois Mexicains. Un Européen.

Ils voient la lueur à cent cinquante kilomètres de distance c'est la nuit et ils sont sur une route vide dans le désert. Ça fait deux jours qu'ils roulent. Ils ont grandi dans une petite ville de l'Ohio ils se connaissent depuis toujours, ils ont toujours été ensemble d'une certaine manière, même quand ils étaient trop jeunes pour savoir ce que c'était ou ce que cela signifiait, ils étaient ensemble. Ils ont dix-neuf ans maintenant. Ils sont partis quand il est venu la chercher pour aller au cinéma, ils allaient au cinéma tous les vendredis soir. Elle aimait les comédies romantiques et lui les films d'action, parfois ils voyaient des dessins animés. Ils avaient commencé à sortir une fois par semaine quand ils avaient quatorze ans.

Hurler, il l'entendit hurler quand il s'engagea dans l'allée. Il se précipita à l'intérieur sa mère la traînait à terre par les cheveux. Il lui en manquait des touffes. Il y avait des égratignures sur son visage. Des bleus sur son cou. Il l'attira à lui et quand sa mère essaya de l'en empêcher il frappa sa mère, elle essaya de nouveau et il frappa sa mère plus fort. Mère cessa d'essayer.

Il la releva et la porta jusqu'à sa camionnette, un bon vieux pick-up américain, avec matelas à l'arrière et tente par-dessus. Il l'installa avec précaution sur le siège du passager et la couvrit de sa veste. Elle sanglotait saignait ce n'était pas la première fois ce serait la dernière. Il s'assit au volant, mit le contact, démarra comme il démarrait. Mère sortit avec un marteau et les regarda s'éloigner, ne bougea pas, ne dit pas un mot, resta juste là à la porte un marteau à la main, le sang de sa fille sous ses ongles, les cheveux de sa fille sur ses vêtements dans ses mains.

Ils habitaient une petite ville dans un État de l'Est c'était quelque part comme n'importe où partout, une petite ville américaine pleine d'alcool, de violence et de religion. Il travaillait dans un magasin de pièces détachées elle comme vendeuse dans une station-service ils allaient se marier acheter une maison essayer d'être meilleurs que leurs parents. Ils avaient des rêves mais c'étaient des rêves parce qu'ils n'avaient pas de lien avec la réalité, c'était un lointain inconnu – une impossibilité – qui ne se réaliserait jamais.

Il retourna chez ses parents ils étaient dans un bar au bout de la rue. Il verrouilla les portières l'embrassa lui dit que tout irait bien entra chez lui. Il alla chercher de l'aspirine et des pansements dans la salle de bains, il alla dans sa chambre et sortit une boîte de jeu vidéo du tiroir. La boîte contenait toute sa fortune les 2 100 dollars qu'il avait économisés pour leur mariage. Il les sortit les mit dans sa poche attrapa quelques vêtements et quitta la maison.

Il monta dans la camionnette, elle avait cessé de pleurer. Elle le regarda et elle parla.

Qu'est-ce qu'on fait ?

On s'en va.

Où on va ?

En Californie.

On ne peut pas y aller comme ça.

Si.

On ne peut pas quitter nos vies comme ça.

On n'a pas de vies ici. On est juste coincés. On finira comme tous les autres, alcooliques méchants et malheureux.

Qu'est-ce qu'on va faire ?

On trouvera.

On va juste partir pour aller en Californie et trouver quelque chose à faire ?

Ouais, c'est ce qu'on va faire.

Elle rit, essuya ses larmes.

C'est dingue.

C'est rester qui est dingue. Mais partir, ça c'est malin. Je ne veux pas gâcher nos vies.

Nos ?

Ouais.

Elle sourit.

Il démarra vira à l'ouest commença à rouler en direction de la lueur. Elle était à des milliers de kilomètres. Il se mit à rouler en direction de la lueur.

Avec de l'eau en abondance, et la sécurité d'une communauté établie, le Pueblo de Nuestra Señora la Reina de Los Angeles de Porciuncula se développe rapidement, et en 1795 devient la plus importante colonie de la Californie espagnole.

Les cheveux de Vieux Joe étaient devenus blancs quand il avait vingt-neuf ans. Il était soûl, il pleuvait, il était sur la plage à gueuler contre le ciel, éternel, noir et silencieux. Quelque chose, ou quelqu'un, l'avait frappé derrière la tête. Il s'était réveillé juste avant l'aube il avait vieilli de quarante ans. Sa peau était épaisse sèche pendait. Ses articulations lui faisaient mal il ne pouvait pas serrer les poings, il lui était pénible de se tenir debout. Ses yeux étaient profondément enfoncés, ses cheveux sa barbe étaient blancs, noirs quand il gueulait et maintenant ils étaient blancs. Il avait vieilli de quarante ans en quatre heures. Quarante ans.

Joe habite des toilettes. Les toilettes sont dans une ruelle derrière un restaurant de tacos sur la promenade de Venice. Le propriétaire du restaurant abrite Joe parce qu'il a pitié de lui. Tant que Joe entretient les toilettes et laisse les clients les utiliser le jour, il peut les utiliser la nuit. Il dort par terre à côté de la cuvette. Il a une télévision portable accrochée à la poignée de la porte. Il a un sac de vêtements qu'il utilise comme oreiller et un sac de couchage qu'il cache le jour derrière une benne à ordures. Il se lave au lavabo boit au lavabo. Il mange les restes qu'il trouve dans les poubelles.

Joe se réveille tous les matins juste avant l'aube. Il descend à la plage s'allonge sur le sable et attend une réponse. Il regarde le soleil se lever, virer au gris, à l'argent, au blanc, il regarde le ciel virer au rose et jaune, il regarde le ciel virer au bleu, le ciel est presque toujours bleu à Los Angeles. Il regarde le jour arriver. Un autre jour. Il attend une réponse.

En 1797, le père Fermin Lasuén fonde la mission San Fernando Rey de España à la limite nord de la vallée de San Fernando et du désert.

Il commence à y avoir de la circulation à San Bernardino, une ville de fermiers et de routiers située dans le désert juste au-delà de la limite nord du comté de Los Angeles. Ils sont sur une autoroute à seize voies, le soleil est levé, ils sont fatigués, excités et effrayés. Elle boit du café et en regardant une carte elle parle.

Où on va aller ?

Tu vois un endroit qui a l'air mieux que les autres ?

C'est immense. On ne peut même pas tout voir.

Le comté de Los Angeles est le plus peuplé d'Amérique.

Comment tu sais ?

Je sais des tonnes de trucs, j'écoutais en classe. Tu devrais le savoir.

En classe mon cul. Tu l'as appris en regardant *Jeopardy* !

Peut-être.

Pas peut-être. C'est sûr.

On s'en tape. Ce qui compte c'est que j'en sais des tonnes. Je suis M. J'en-Sais-des-Tonnes.

Elle rit.

Okay, M. J'en-sais-des-Tonnes, si tu en sais tant, dis-moi où on va ?

À l'ouest.

Elle rit de nouveau.

Sans blague.

On va à l'ouest et quand on arrivera là où on doit aller, on le saura.

On s'arrêtera tout simplement ?

Ouais.

Et on verra ce qui se passe ?

Ouais.

Et on le saura quand on le saura.

C'est comme ça que la vie marche. Tu le sais quand tu le sais.

Ils ont dix-neuf ans et ils s'aiment. Sans personne d'autre qu'eux-mêmes. Sans travail et sans toit, à la recherche de quelque chose, quelque part, n'importe où ici.

Ils sont sur une autoroute à seize voies.

Ils roulent vers l'ouest.

En 1821, par le traité de Córdoba, le Mexique devient indépendant de l'Espagne. Le Mexique prend le contrôle de la Californie.

Putt Putt Bonanza. Ça sonne bien, non ? Putt Putt Bonanza. Ça coule tout seul. Putt Putt Bonanza. Ça a de la gueule sur un panneau ou un encart publicitaire. Putt Putt Bonanza, Putt Putt Bonanza.

*
* *

Un golf miniature niveau championnat de soixante-douze trous (le Mini-Open US s'y est déroulé à quatre reprises). Une piste de kart reproduisant trois virages du circuit de Monaco. Un bassin à l'eau d'un bleu cristallin pour bateaux tamponneurs. Une salle de jeux d'arcade grande comme un terrain de foot avec jeux vidéo et flippers, un clubhouse servant glaces, pizzas, hamburgers et frites, les toilettes les plus propres et les plus sûres de tous les parcs de loisirs du comté de Los Angeles. C'est comme un rêve sur deux hectares dans la mal nommée City of Industry, composée essentiellement de maisons des années 1970 style ranch et de mini-centres commerciaux. C'est comme un rêve.

*
* *

Le titre officiel de Wayne est gardien-chef, bien qu'en fait il ramasse les ordures dans l'eau et balaie le sable des obstacles du parcours. À trente-sept ans, Wayne est absolument dénué d'ambition. Il aime fumer de l'herbe, boire des cream sodas et regarder des films pornos. Il a un bureau derrière le clubhouse, une pièce de trois mètres sur cinq avec un fauteuil et une télévision. Il garde une pile de magazines et un appareil photo numérique avec téléobjectif cachés derrière la télévision, il l'utilise pour prendre des photos des mères canon qui viennent avec leurs gosses au club Bonanza. Il ne peut le faire que quand le patron n'est pas là, il essaie toujours de ne prendre que les mères, il possède aujourd'hui deux mille trois cents quarante-cinq photos. Wayne habite une maison délabrée dans un quartier délabré dans la ville portuaire délabrée de San Pedro, à vingt minutes de là. Il habite avec sa mère, qui a soixante-treize ans. Il ne croit pas en Dieu, mais tous les soirs avant de se mettre au lit, à moins d'être complètement bourré et d'oublier, il demande à Dieu de rappeler sa mère à Lui.

*
* *

TJ a de grands rêves. Il a vingt-quatre ans et il a participé trois fois au Mini-Open US. La première année il a terminé 110e sur 113. L'année suivante il a terminé 76e. La troisième année il a terminé 12e. TJ veut gagner cette année, gagner l'année suivante et être un jour reconnu comme le plus grand minigolfeur de l'histoire. TJ a grandi à City of Industry. Son premier souvenir est le panneau Putt Putt Bonanza bleu vif, jaune et blanc fiché au sommet de deux poteaux de vingt-trois mètres de haut. À l'âge de cinq ans il a échangé sa chambre avec son frère cadet pour pouvoir voir le panneau depuis sa fenêtre. À douze ans il s'est fait embaucher comme assistant bénévole de Wayne pour pouvoir jouer gratuitement. À quatorze ans il a gagné les championnats nationaux juniors et il a gagné trois des quatre championnats suivants, le dernier sur un coup apparemment impossible qui consistait à traverser un moulin à vent, passer un pont et rouler le long d'un rail surplombant une chute d'eau. TJ joue au minigolf six heures par jour. La nuit il est gardien sur un parking. Il espère intégrer l'année prochaine le Tour mini Pro, qui fait vivre environ dix joueurs à plein temps. Il sait que s'il finit dans les cinq premiers il pourra intégrer le Tour. Mais être dans les cinq premiers ne lui suffit pas. TJ a de grands rêves. Il veut entrer dans l'Histoire.

*
* *

Renee travaille au sundae bar dans le clubhouse. Elle déteste. Elle a dix-sept ans et tout ce qu'elle veut c'est se tirer. Se tirer de Putt Putt Bonanza, de City of Industry, se tirer loin de son père qui travaille dans une usine de missiles le jour et se soûle la nuit devant la télé. Sa mère est morte quand elle avait six ans dans un accident de voiture sur la 110 près de Long Beach. Son père ne s'en est jamais remis. Parfois, quand il se croit seul, Renee l'entend pleurer. Renee ne se rappelle pas grand-chose de sa mère, mais elle ne s'en est jamais remise non plus. Elle ne pleure pas, elle veut juste se tirer, aussi loin qu'elle peut aussi vite qu'elle peut, se tirer, loin.

*
* *

Son prénom est Emeka Ladejobi-Ukwu. Emeka signifie « hauts faits » dans la langue igbo du sud du Nigeria. Ses parents ont immigré en 1946, il avait quatre ans. Ils sont venus en Californie parce que son père aimait les fruits et qu'il avait entendu dire que les meilleurs fruits d'Amérique se trouvaient à Los Angeles. La famille habitait Hollywood et son père était gardien dans un grand magasin. Emeka avait trois grands frères. À l'âge de six ans, son père s'est mis à l'appeler Barry, et a pris pour nom de famille Robinson, en l'honneur de Jackie Robinson, qui avait été le premier Noir à intégrer une équipe de base-ball l'année précédente. Les quatre frères avaient été élevés dans l'idée que tout est possible en Amérique, que c'est vraiment le pays de l'opportunité, qu'ils pouvaient devenir tout ce qu'ils voulaient. L'un devint professeur, l'autre policier, le troisième gérant d'un commerce de proximité. Emeka, ou plutôt Barry, avait un rêve différent : il voulait fournir joie et amusement à la classe moyenne pour un prix abordable. Il avait onze ans la première fois qu'il avait parlé de son rêve à son père. C'était au dîner du dimanche soir. Barry s'était levé, avait déclaré qu'il avait quelque chose à dire et demandé le silence. Une fois le silence obtenu, il avait dit : Famille, j'ai trouvé ce que je veux faire, je veux fournir à la classe moyenne joie et divertissement pour un prix abordable. Il y eut un moment de profond silence avant que la pièce n'explose de rire. Barry resta debout en attendant que le rire cesse. Cela prit plusieurs minutes. Enfin il dit : je tiendrai bon, je réaliserai mon rêve.

Barry avait eu du mal à l'école. Son seul A il l'avait obtenu en quatrième, en gym. Quand il avait quitté le lycée il s'était engagé dans une équipe de chantier. Contrairement à la plupart, il ne s'était pas spécialisé dans un métier particulier. Il avait appris la menuiserie, la pose de toiture, l'électricité, la peinture, la plomberie. Il avait appris comment poser une moquette, comment couler du ciment. Il avait économisé. Il conduisait une Chevrolet déglinguée de vingt ans d'âge, habitait une pièce dans le quartier de Watts avec toilettes sur le palier. Chaque soir avant de s'endormir il rêvait allongé dans son lit, encore et encore.

En 1972 il trouva le terrain. Il était situé sur une rue importante à égale distance de la 10 (l'autoroute de San Bernardino) de la 605 (l'autoroute du fleuve San Gabriel) et de la 60 (l'autoroute de Pomona). City of Industry était une communauté soudée de la classe moyenne entourée d'autres communautés soudées de la classe moyenne : Whittier, West Covina, Diamond Bar, El Monte, Montebello. Le terrain était plat et dégagé. Le propriétaire avait voulu construire un mini-centre commercial, mais avait décidé qu'il y avait trop de concurrence.

Il avait conçu lui-même les quatre parcours. Il les voulait amusants pour les adultes, difficiles pour les enfants. Chacun des soixante-douze trous serait différent, il n'y aurait absolument aucune répétition. Il construisit des coudes dans toutes les directions. Il fit des rampes et des collines, des obstacles en tout genre. Un des parcours avait pour thème le zoo et des animaux grandeur nature faisaient partie intégrante de chaque trou. Un autre était basé sur les trous célèbres des vrais parcours de golf. Le troisième s'inspirait des films célèbres, le quatrième avait pour nom « Le Spectaculaire ! ! ! » et représentait tous ses rêves les plus fous. Il les avait construits lui-même. Il avait coulé le ciment avec des copains de chantier. Il avait posé le revêtement d'Astroturf, fait la peinture. Il s'était assuré que tout soit parfait, suivant ses indications minutieuses. Chacune des minutes qu'il ne passait pas à son boulot était consacrée aux parcours. Il lui fallut deux ans pour les achever.

Il ouvrit un jeudi. Il n'y avait ni clubhouse ni salle de jeux d'arcade ni kart ni bateaux ni parking. Il n'y avait pas d'enseigne. Juste une table de jeux et une caisse à l'entrée, avec Barry assis sur une chaise pliante qui souriait et serrait la main de chacun. Il eut neuf clients. Il fit treize dollars cinquante de recette. Il était aux anges. Il resta à son poste jour après jour. Les gens venaient de plus en plus nombreux. Il économisa chaque sou et prépara l'avenir. Trois mois plus tard il avait assez pour construire un petit guichet qui remplacerait la table. Huit mois plus tard il construisit un parking. Il vivait toujours au même endroit, conduisait toujours la même voiture. Il portait une chemise avec Putt Putt Bonanza écrit au dos et son nom sur le devant.

La nouvelle se répandit parmi la population locale.

Les gens adoraient les parcours, adoraient Barry, et appréciaient le rapport qualité-prix. Dix-huit mois après l'ouverture, il construisit la piste de karting, qui fut suivie par la salle de jeux d'arcade et les bateaux tamponneurs. En 1978, il bâtit le clubhouse, qui n'avait rien à envier aux clubhouses des country clubs locaux. Ce fut pour lui le couronnement de son œuvre.

Les années 1980 furent « les années de boom ». Putt Putt Bonanza était plein sept jours sur sept, trois cent soixante-cinq jours par an. Les jeux vidéo devinrent un phénomène culturel, à la suite de *Space Invaders*, *Pac-Man* et *Donkey Kong*. Putt Putt Bonanza servit de décor à l'un des films les plus populaires de la décennie, *The Kung Fu Kid*, ce qui provoqua une explosion de popularité pour le minigolf et le parc. Barry organisa des courses de karts, établit des jours à prix réduit pour les familles, réserva une partie du clubhouse pour les anniversaires. Les bénéfices servaient souvent aux embellissements ou à l'entretien, même s'il put se constituer un bon bas de laine. Pour Barry, les années 1980 furent celles de la réalisation de son rêve, une époque où sa vision était devenue réalité, et où il fut adulé par les clients des classes moyennes qui affluaient à ses attractions.

Puis arrivèrent les années 1990. Ce fut comme si on avait actionné un interrupteur. Les gens cessèrent de venir aussi souvent, et ceux qui le faisaient paraissaient malheureux. Les gosses affichaient T-shirts noirs et mines renfrognées, crachaient sans se gêner, juraient et fumaient. Les parents semblaient déprimés, et gardaient leurs portefeuilles dans leurs poches. Les accidents, généralement délibérés, devinrent beaucoup plus fréquents sur le circuit, les jeunes enfants commencèrent à se battre dans le bassin, la plupart des nouveaux jeux vidéo mettaient en scène les armes et la mort. Barry se dit que c'était une phase, et que les beaux jours reviendraient.

Le Bonanza faisait assez d'argent pour rester ouvert, mais pour conserver la qualité de ses services Barry dut puiser dans ses économies. À mesure que la décennie se traînait les choses ne paraissaient pas changer et ses économies s'épuisaient. En 1984 il avait quitté son studio pour un petit ranch à trois kilomètres de Putt Putt Bonanza. Il prit une seconde hypothèque sur sa maison pour entretenir le parcours. La gloire revint brièvement avec le boom de l'Internet, mais elle fut passagère. Les gosses devenaient de pire en pire, bruyants, grossiers, intenables. Il lui arrivait d'en surprendre certains à boire de l'alcool ou à fumer de la marijuana, ou de trouver un couple d'adolescents en train de batifoler dans les toilettes du clubhouse.

Barry continue à aller tous les jours au travail et à être très fier de Putt Putt Bonanza. Mais il sait que son rêve est presque mort. Il ferme le circuit de kart et le bassin aux bateaux tamponneurs à la fin de l'année parce qu'ils sont devenus trop chers à assurer et qu'il sait qu'un procès le ruinerait. Il ne supporte plus d'entrer dans la salle de jeux d'arcade où il n'y a plus qu'armes et mort, explosions et vacarme. Ses employés ne sont pas fiers de leur travail, le taux de départs est si élevé qu'il lui arrive de ne pouvoir ouvrir le clubhouse. Le béton des trous du parcours se craquelle par endroits, il ne parvient pas à se débarrasser des mauvaises herbes, il trouve de l'urine dans les obstacles d'eau au moins deux fois par semaine. Ses économies ont disparu, ce qui l'empêche de faire des rénovations. Il peut rester ouvert, mais c'est tout.

Un promoteur a proposé à Barry de lui acheter Putt Putt Bonanza. Le promoteur veut le raser pour construire un mini-centre commercial. L'argent permettrait à Barry de lever son hypothèque et d'avoir une retraite relativement confortable. Ses frères lui disent de le faire, son comptable lui dit de le faire, sa raison et son cerveau lui disent de le faire. Mais son cœur dit non. Chaque fois qu'il se laisse aller à l'écouter, son cœur dit non, non, non. Toute la journée, tous les jours, son cœur dit non.

Chaque soir avant de s'endormir, Barry regarde dans son lit un album photo qu'il range sur sa table de nuit. C'est une histoire en images de sa vie à Putt Putt Bonanza. Elle commence par une photo de la poignée de main entre le vendeur du terrain et lui au moment où ils conclurent la vente. Elle le suit tout au long de l'élaboration du plan, dont la plus grande partie eut lieu à la table de ses parents, la construction des parcours, qu'il réalisa avec un grand nombre de ses vieux amis. Il y a une photo de lui le jour de l'ouverture, assis, souriant, à sa table de jeu. Il y a des photos de lui au cours de chacune des phases d'expansion, des photos de lui avec des clients souriants et heureux, des enfants qui rient, des parents satisfaits. À la moitié de l'album environ, il y a une photo de lui avec les stars de *Kung Fu Kid* : un vieux Chinois, un jeune adolescent italo-américain, et une blonde ingénue qui devait remporter un oscar. Ils sont à l'entrée du parc, le panneau Putt Putt Bonanza scintille derrière eux. Barry avait quarante-deux ans quand la photo a été prise, il était au sommet de sa carrière, ses rêves s'étaient réalisés et il était heureux. Quand il arrive à cette photo, il s'arrête pour la regarder. Il sourit, bien qu'il sache que ce ne sera plus jamais comme ça, bien qu'il sache que le monde ne désire plus ce qu'il a, ce qu'il aime, ce qu'il a voué sa vie à construire et entretenir. Allongé dans son lit il regarde la photo en souriant. Son cerveau dit laisse tomber. Son cœur dit non. Son cœur dit non.

Du fait de la longueur et de la difficulté de son nom d'origine, le village d'El Pueblo de Nuestra Señora la Reina de Los Angeles de Porciuncula devient vers 1830 Ciudad de Los Angeles.

Amberton Parker.

Né à Chicago dans une grande famille d'industriels de la viande du Middle West.

Fait ses études à St Paul, à Harvard.

S'installe à New York, décroche un premier rôle dans une pièce de Broadway dès sa première audition. La pièce obtient d'excellentes critiques et remporte dix Tony Awards.

Tourne dans un film indépendant remporte un Golden Globe.

Tourne dans un film d'action dénonçant la corruption au Moyen-Orient.

Le film rapporte 150 millions de dollars, est nominé pour un oscar.

Sort avec une actrice la plus grande ! ! ! actrice du monde. Sort avec un top model connue par son seul prénom. Sort avec une héritière, une nageuse olympique qui a gagné six médailles d'or, une danseuse étoile.

Joue dans une série de films d'action. Arrête des terroristes, des savants fous, des banquiers décidés à dominer le monde. Tue un Européen de l'Est qui possède une arme nucléaire, un Arabe détenteur d'un virus, une tentatrice sud-américaine munie de la drogue la plus addictive qui soit. S'ils sont mauvais, et qu'ils menacent l'Amérique, il les tue. Les met à mort.

Afin de prouver la diversité de ses talents, il fait une comédie musicale, un film de gangsters, un film sur le milieu du sport.

Remporte un oscar dans le rôle d'un explorateur idéaliste qui tombe amoureux d'une appétissante squaw et prend la tête d'une révolte populaire multiraciale contre un roi corrompu.

Épouse une ravissante jeune femme originaire de l'Iowa. Une starlette qui, après le mariage, devient une grande star. Ils ont trois enfants, ils les protègent du public.

Crée une fondation, donne des conférences, se consacre à la paix dans le monde et à l'instruction. Parle avec ferveur du sens et de la nécessité de la transparence et de la vérité dans notre société.

Écrit un livre sur sa vie, ses amours, ses convictions. En vend deux millions d'exemplaires.

C'est un héros américain.

Amberton Parker.

Symbole de la vérité et de la justice, de la sincérité et de l'intégrité.

Amberton Parker.

Hétérosexuel en public.

Homosexuel en privé.

En 1848, après deux années d'hostilités entre les États-Unis et le Mexique, le traité de Guadalupe Hidalgo fait de la Californie un territoire américain.

Ses parents étaient quinze mètres après la frontière quand elle est née, sa mère Graciella par terre hurlant son père Jorge essayant de trouver un moyen de les empêcher de mourir. Jorge avait un couteau de poche. Il coupa le cordon dégagea le placenta le bébé se mit à pleurer, Jorge se mit à pleurer, Graciella se mit à pleurer. Chacun avait ses raisons. La vie la douleur le soulagement les perspectives l'espoir le connu l'inconnu.

Ils pleuraient.

Ils avaient essayé quatre fois déjà de passer la frontière. Ils avaient été arrêtés deux fois renvoyés deux fois, Graciella était tombée malade et avait été incapable de continuer deux fois. Ils étaient originaires d'un petit village de paysans de l'État de Sonora qui mourait lentement, les fermes disparaissant, les gens partant. L'avenir était au nord. Le travail était au nord. L'argent était au nord.

Quelqu'un dans leur village leur avait dit que si leur enfant naissait sur le sol américain l'enfant serait citoyen américain. Si leur enfant était citoyen américain ils auraient le droit de rester. S'ils pouvaient rester ils pourraient avoir un avenir.

Ils étaient en train de la laver quand le garde-frontière arriva, un homme au volant d'une jeep, pistolet à la hanche, chapeau de cow-boy sur la tête. Il sortit du véhicule les regarda vit l'enfant vit le sang qui coulait le long des jambes de Graciella vit Jorge pétrifié. Il restait là à les regarder. Personne ne bougeait. Le sang coulait.

Il se tourna pour ouvrir la portière arrière de la jeep.

Montez.

No hablamos inglés.

Usted aprende mejor sí usted desea hacer algo de se en este país.

Sí.

Montez.

Il leur désigna la banquette arrière, les aida à monter, s'assura qu'ils étaient bien installés, ferma la portière, roula dans le désert aussi vite qu'il était possible de le faire sans danger. Jorge tremblait de peur il ne voulait pas être renvoyé. Graciella tremblait de peur elle ne pouvait pas croire qu'elle tenait un enfant dans les bras. Le bébé hurlait.

Il fallut une heure pour arriver à l'hôpital le plus proche. La jeep s'arrêta devant l'entrée des urgences l'homme aida la nouvelle famille à descendre il les conduisit jusqu'à la porte. Il s'arrêta avant qu'ils n'entrent, regarda le père et dit :

Bienvenue en Amérique.

Gracias.

J'espère que vous trouverez ce que vous cherchez.

Gracias.

Ils la nommèrent Esperanza. Elle était petite, comme ses parents, et elle avait d'abondants cheveux noirs frisés, comme ses parents. Elle avait la peau claire, presque blanche, des yeux sombres, presque noirs, et des cuisses exceptionnellement grosses, presque comme un personnage de dessin animé, comme si elles avaient été gonflées. C'était une enfant facile. Elle souriait et riait constamment, pleurait rarement, dormait bien, mangeait bien. En raison de complications liées à sa naissance dans le désert, en partie causées par les cuisses géantes, Jorge et Graciella savaient qu'ils n'auraient jamais d'autre enfant, et c'est pour cela qu'ils la tenaient plus près d'eux, la portaient avec plus de douceur, l'aimaient plus, plus qu'ils n'avaient pensé qu'ils le feraient ou le pourraient, plus qu'ils n'avaient imaginé que ce fût possible.

La famille parcourut l'Arizona pendant trois ans. Jorge était employé à la cueillette des tangelos, oranges et nectarines dans les plantations d'agrumes, Graciella, qui avait toujours avec elle la souriante et riante Esperanza, faisait le ménage chez les riches Blancs. Ils vivaient simplement, en général dans des studettes minables, avec le strict nécessaire : un lit qu'ils partageaient, une table, une plaque chauffante, un lavabo et des toilettes. Ils économisaient tout ce qu'ils pouvaient, le moindre cent était convoité, chaque dollar compté et conservé, ils voulaient avoir leur maison à eux, fonder leur foyer à eux. C'était le rêve, une fille américaine, un foyer américain.

Ils dérivèrent vers le nord jusqu'en Californie. Il y avait toujours des plantations d'agrumes, il y avait toujours des ménages à faire. Il y avait toujours des communautés de Mexicains dans la même situation, avec les mêmes rêves, la même volonté de travailler, le même désir d'une vie meilleure. Deux ans plus tard ils arrivèrent à Los Angeles, la communauté hispanique la plus importante des États-Unis. Ils habitaient le garage d'un homme dont le cousin était de leur village. Ils dormaient sur un matelas par terre, faisaient leurs besoins dans des seaux qu'ils vidaient dans le caniveau. Ce serait temporaire, espéraient-ils, ils étaient prêts à trouver leur maison. Ils ne savaient pas ce qu'ils pouvaient acheter, s'ils pouvaient acheter quoi que ce soit, comment effectuer l'achat où chercher, tout ce qu'ils savaient c'est qu'ils voulaient un foyer. Ils voulaient.

Ils n'avaient pas de voiture, ils prirent donc le bus pour quadriller tout East L.A., cherchèrent dans Echo Park, Highland Park, Mt. Washington, Bell Garden, Pico Rivera. Il n'y avait rien qui fût dans leurs prix. Ils allèrent à Boyle Heights, qui à l'époque, en 1979, était le quartier le plus dangereux de East L.A., et ils trouvèrent une petite maison délabrée avec un garage branlant. Les propriétaires précédents avaient essayé d'y mettre le feu parce qu'ils croyaient qu'elle était possédée par le démon. Elle ne prit pas feu, ils essayèrent trois fois, elle refusa de brûler, donc ils changèrent d'avis et se dirent qu'elle était peut-être protégée par Dieu. De toute façon, ils avaient peur d'y habiter et voulaient s'en débarrasser. Quand ils virent Esperanza, ils s'émerveillèrent de ses cuisses, qui avaient presque la taille de celles d'un adulte, furent charmés par son sourire et son rire, déclarèrent qu'elle était un enfant du Seigneur et Sauveur, et vendirent la maison à Jorge et Graciella pour 8 000 dollars, qui était tout ce qu'ils avaient. Quand ils sortirent après s'être mis d'accord sur les termes définitifs, Jorge tomba à genoux et se mit à pleurer. Fille américaine. Foyer américain. Rêve américain.

Ils emménagèrent un mois plus tard. Ils avaient leurs vêtements et quelques vieilles couvertures, et Esperanza une poupée qu'elle appelait Lovie. Ils ne possédaient pas de meubles, pas de lits, pas d'assiettes ni de couverts, tasses, casseroles ou poêles, pas de moyen de transport, pas de radio, pas de télé. Leur premier soir dans la maison, Jorge acheta une canette de soda au raisin et des gobelets en papier, Graciella une tarte aux fruits Hostess. Ils burent le soda et mangèrent la tarte. Esperanza courait dans toute la maison en demandant ce qu'ils allaient faire de toutes les pièces, elle voulait savoir si c'était une maison ou un château. Jorge et Graciella souriaient en se tenant la main. Ils dormirent par terre dans le living, tous les trois sous une seule couverture, père mère et fille, ensemble sous une seule couverture.

Le 18 février 1850, le comté de Los Angeles fait partie des vingt-sept comtés originels du territoire de Californie. Le 4 avril 1850, la ville de Los Angeles est reconnue comme une municipalité. Le 9 septembre 1850, la Californie devient le trente et unième État de l'Union.

L'aube décline avec le soleil levant. Pas de réponses pour Vieux Joe. Il n'y en a jamais, n'y en a jamais eu, il se demande s'il y en aura jamais, il continuera de venir chaque matin jusqu'à ce qu'arrivent les réponses ou jusqu'à ce qu'il soit mort. Il se lève époussette le sable qu'il a sur les jambes et les bras, retourne à ses toilettes, qu'il n'occupera pas, sinon pour la satisfaction de ses besoins naturels, pendant la plus grande partie de la journée.

Une fois qu'il a rassemblé et caché ses affaires, il avale son petit-déjeuner, qui est généralement composé de restes de cuisine mexicaine de la veille, bien qu'il échange souvent de la nourriture avec d'autres sans-abri vivant près de poubelles appartenant à une pizzeria, un restaurant chinois, un fast-food, et de temps à autre une baraque à hot-dogs (parfois ils ne sont pas mangeables après avoir passé douze heures en plein air). Ensuite, il prend un café qu'un homme qui tient un petit bar lui offre en échange de conseils sur les femmes. Bien que Vieux Joe soit célibataire et n'ait jamais été marié, il se considère comme un expert en la matière. L'essentiel de ses conseils consiste à dire que si vous ignorez une femme, elle ne vous en appréciera que plus. De temps à autre, bien sûr, sa tactique foire, mais elle fonctionne assez souvent pour valoir à Vieux Joe de boire des cafés gratis depuis plusieurs années.

Sa tasse à la main, Joe se dirige en direction du sud vers la jetée de Venice, à quinze rues de là, au bout de Washington Boulevard, qui marque la limite entre Venice et Marina Del Rey. Il va jusqu'au bout de la jetée, qui s'avance de deux cents mètres dans le Pacifique, fait demi-tour, et retourne à la promenade. De temps à autre, il s'arrête au bout de la jetée pour regarder les surfeurs qui prennent les vagues qui viennent s'écraser contre les pylônes plantés des deux côtés de la jetée. En marchant, il essaie de se vider l'esprit, trouver la paix, penser un pas, un pas, un pas jusqu'à ce qu'il ne pense plus à rien. Mais généralement ça ne fonctionne pas, et il se retrouve à penser aux conneries habituelles : qu'est-ce que je vais manger aujourd'hui, combien d'argent les touristes vont-ils me donner, quand est-ce que je vais pouvoir commencer à boire ?

Après sa promenade, Joe se dirige vers un banc et s'assied. Une fois confortablement installé sur le banc, Joe mendie auprès des touristes pour pouvoir se payer de quoi se soûler.

En 1856, le nationaliste mexicain Juan Flores tente de fomenter une révolution destinée à libérer Los Angeles et rendre la Californie du Sud au Mexique. Il est arrêté et pendu dans ce qui est alors le centre-ville devant une foule de trois mille personnes.

Le deuxième amendement de la Constitution des États-Unis est ainsi libellé : *Une milice bien organisée étant nécessaire à la sécurité d'un État libre, il ne peut être fait obstacle au droit des personnes à détenir et porter des armes.*

*
* *

C'est un vilain bâtiment. Quelconque et gris dans Culver City. Il est entouré d'usines désaffectées, d'entrepôts, de parkings vides, de magasins de pièces détachées de carrosserie. Son périmètre est entouré de fils barbelés. Il y a deux portes à l'entrée, l'une faite de barres d'acier, l'autre d'acier plein. Il y a des caméras sur le toit qui enregistrent tout ce qui se passe sur le boulevard, tous ceux qui entrent et sortent par les portes. Les murs sont recouverts d'aluminium et derrière se trouve une paroi de béton épaisse de soixante centimètres pour empêcher un véhicule, presque tout type de véhicule excepté un tank, de passer au travers. On se gare dans la rue.

*
* *

Larry est un haineux. Un foutu salopard de haineux. Il hait tout le monde. Il hait les Noirs, les Latinos, les Asiatiques, il hait les Juifs et il hait les Arabes, il hait vraiment ces putains d'Arabes. Larry est blanc. Contrairement à la plupart des racistes blancs, Larry n'est pas un partisan de la suprématie des Blancs. Il hait les Blancs aussi, les hait tout autant qu'il hait quiconque, parfois plus du fait qu'il est l'un d'eux. Quand on le questionne sur sa haine des Blancs, Larry déclare : Si j'avais le choix entre descendre un enculé de Blanc et un enculé à la peau pigmentée, je les mettrais dos à dos pour pouvoir les descendre tous les deux d'une seule balle. La première fois que sa mère l'a entendu dire ça, elle a déclaré qu'elle le trouvait très intelligent. Il lui a répliqué de la fermer, qu'il la haïssait elle aussi.

Larry est un fou d'armes. Un farouche partisan et défenseur du droit des individus à porter des armes. Larry possède quatre cents armes. Des armes de poing, des fusils de chasse, des fusils à pompe, des fusils d'assaut, des mitraillettes, des fusils de précision. Il entrepose ses armes dans une pièce forte dans la cave de sa maison, située à quelques rues de son magasin. L'armurerie, terme qu'il emploie pour désigner la pièce, renferme également plus de dix mille cartouches, et est protégée par des pièges explosifs.

Larry est propriétaire de l'immeuble, rebâti d'après ses propres plans après qu'il l'eut acquis au début des années 1980. Il est également propriétaire de l'armurerie qui s'y trouve. Officiellement, sur les papiers qu'il a remplis pour son affaire et les permis de vente d'armes, le magasin a pour nom Larry's Firearms. De manière non officielle, Larry appelle le magasin « l'endroit où je vends de la merde pour tuer des gens ».

Il n'y a pas de doute dans l'esprit de Larry quant aux mobiles de ses clients. Que la mort résulte d'un acte d'autodéfense ou d'une agression n'a pas d'importance pour lui, le résultat est toujours le même, un malheureux fils de pute qu'on emmène à la morgue. Bien qu'il les haïsse presque tous pour une raison ou une autre, Larry ne fait pas de distinction entre ses clients. Tant qu'ils ne sont pas des criminels ayant fait l'objet d'une condamnation et qu'il est légalement autorisé à leur vendre une arme à feu – que ce soit un revolver, une carabine ou un fusil, que ce soit un pistolet simple action ou semi-automatique aisément convertible en automatique –, Larry prendra leur argent et leur donnera ce qu'ils veulent.

Une fois hors de sa boutique, ce qu'ils font de leurs armes ne le regarde pas. Mais il sait, et y prend un certain plaisir, que si elles sont utilisées correctement, les armes feront leur boulot, elles tueront des êtres humains, tueront des fils de pute qu'il hait, débarrasseront le putain de monde de leur présence. Il se fout de leur race, religion, genre ou orientation sexuelle. Il les hait tous également. Il vend des choses qui les tuent.

*
* *

Elle a vingt-six ans. Elle vient d'Indianapolis. Elle habite L.A. depuis neuf mois, elle est venue là pour devenir attachée de presse, sa famille était contre. Il y a trois semaines elle traversait un parking, il était tard, elle sortait d'un premier rendez-vous avec un homme, elle avait bu deux verres de vin au dîner. Il avait voulu la raccompagner à sa voiture, mais elle l'aimait bien, vraiment bien, il avait un an de plus qu'elle, avocat spécialisé dans l'industrie du spectacle, c'était quelqu'un qui voulait, comme elle, une carrière et plus tard une famille, et elle savait que s'il la raccompagnait à sa voiture il essaierait de l'embrasser. Elle voulait aller lentement, essayer de s'engager dans une cour aussi vieux jeu que possible. Elle lui dit que ça allait. Il dit qu'il l'appellerait. Elle sourit et dit qu'elle s'en faisait une joie. Elle s'en alla. Elle était souvent allée dans ce parking, son bureau était au coin de la rue, et Santa Monica est un quartier sûr, riche et stable. Le parking était plutôt vide. Elle prit l'ascenseur pour le quatrième étage. Elle sortit et se dirigea vers sa voiture qui était tout au fond.

Elle se sentit immédiatement mal à l'aise. Elle pressa le pas quelque chose clochait quelque chose clochait elle était soudain terrifiée absolument foutrement terrifiée quelque chose clochait. Elle était à cinq mètres, quatre, trois, elle chercha ses clés et tandis qu'elle les cherchait elle était toujours terrifiée. Il jaillit d'entre deux voitures, arriva par-derrière, elle était à trois mètres, ses clés à la main.

*
* *

48

Un échantillon des clients de Larry un jour habituel :

Angelo. 18 ans. Achète une carabine .30-30. Achète aussi une lunette.

Terrance. 21 ans. Achète un pistolet Glock semi-automatique 9 mm.

Gregory. 22 ans. Achète un revolver .357 Magnum.

Aneesa. 19 ans. Achète un fusil de chasse .729 à poignée.

Javier. 21 ans. Achète un pistolet Luger Parabellum 9 mm.

Quanda. 18 ans. Achète un fusil d'assaut AR-15 M4 autorisé en Californie.

Jason. 21 ans. Achète un pistolet Beretta semi-automatique 9 mm.

Leon. 19 ans. Achète une carabine .30-06.

John. 24 ans. Achète un pistolet Smith & Wesson calibre .38.

Eric. 26 ans. Achète un pistolet Glock semi-automatique 9 mm.

Lisa. 21 ans. Achète un pistolet Glock semi-automatique 9 mm.

Tony. 18 ans. Achète un fusil d'assaut AR-15 M4 autorisé en Californie.

William. 21 ans. Achète un pistolet semi-automatique 9 mm.

Troy. 21 ans. Achète un Remington Derringer.

Andrew. 21 ans. Achète un pistolet semi-automatique Desert Eagle calibre .50.

Clay. 21 ans. Achète un pistolet Browning semi-automatique 9 mm.

Tito. 18 ans. Achète un fusil d'assaut AK-47 autorisé en Californie.

Tom. 19 ans. Achète un fusil d'assaut AR-15 M4 Flat Top autorisé en Californie.

Carrie. 19 ans. Achète un fusil d'assaut AR-15 M4 Bushmaster autorisé en Californie.

Jean. 22 ans. Achète un revolver .357 Magnum.

Terry. 20 ans. Achète un fusil d'assaut AK-47 autorisé en Californie.

Phillip. 20 ans. Achète un pistolet Glock semi-automatique 9 mm.

Gus. 22 ans. Achète un pistolet Beretta semi-automatique 9 mm.

Stanley. 18 ans. Achète un fusil d'assaut AK-47 autorisé en Californie.

Ann.19 ans. Achète un fusil d'assaut AR-15 M4 autorisé en Californie.

Alex. 19 ans. Achète un fusil de chasse .729 à poignée.

Doug. 19 ans. Achète un fusil de chasse .729 à poignée.

Daniel. 22 ans. Achète un revolver .357 Magnum.

Peter. 22 ans. Achète un pistolet semi-automatique Desert Eagle calibre .50 et un fusil d'assaut AK-47 autorisé en Californie.

Carl. 18 ans. Achète un fusil d'assaut AR-15 M4 Bushmaster autorisé en Californie.

*
* *

Cela fait quatre ans que Ricky est sans travail. Il travaillait dans une petite imprimerie, mais elle a fermé en raison des progrès réalisés dans les technologies d'impression permettant aux petites et moyennes entreprises d'imprimer elles-mêmes. Il est inscrit au chômage. Ses droits ont expiré, il n'est pas arrivé à trouver un autre travail, toutes les petites imprimeries de la ville fermant. Comme il aimait rester chez lui à regarder la télévision et boire de la bière toute la journée, il cessa de chercher du travail. Il avait besoin d'argent, essayait de trouver un moyen d'en avoir quand un ami, un repris de justice, l'appela pour lui demander d'acheter une arme (les repris de justice ne peuvent pas acheter des armes en Californie). Il alla chez Larry avec l'ami, acheta un pistolet semi-automatique 9 mm et un fusil d'assaut autorisé en Californie avec l'argent de l'ami. Une fois chez lui il lima les numéros de série. Il demanda à son ami, qui pour son travail avait besoin d'armes de qualité, cinq cents dollars.

Ce criminel en parla à un autre criminel qui en parla à un autre criminel. Ricky commença à se faire de l'argent. Selon la loi de l'État de Californie il ne pouvait acheter qu'un pistolet par mois, mais il n'y avait pas de limite au nombre de fusils d'assaut et, si besoin, il pouvait toujours aller en Arizona ou au Nevada pour contourner la loi californienne. Il acheta un jeu de limes et de l'acide chlorhydrique pour faire disparaître les numéros de série correctement. Jusqu'alors aucune des trois cents armes qu'il avait achetées pour des repris de justice n'avait permis de remonter jusqu'à lui.

Il est chez Larry aujourd'hui avec un homme qui s'appelle John. John vient de sortir de prison pour homicide et a besoin d'un fusil d'assaut. Ricky ne demande pas pourquoi, mais John fait plusieurs commentaires à propos d'une ex-femme, d'un ancien associé, et d'argent manquant. Larry leur montre des AK et des AR-15, des armes qui peuvent aisément être converties de semi-automatique en automatique. Ricky, sur les instructions de John, achète une de chaque. Il achète aussi les pièces qui permettent de les convertir en automatique, et un livre avec des instructions pour réaliser l'opération. Ricky devra attendre une journée avant d'entrer en possession des armes et il lui faudra deux jours de plus pour se débarrasser des numéros de série. Alors il les livrera à John, et si on lui pose des questions il niera l'avoir jamais rencontré, lui avoir jamais parlé ou avoir jamais eu affaire à lui. Ce que John a fait avec les armes ne le regarde pas. Absolument pas.

*
*   *

Il lui mit un pistolet contre la tempe, l'obligea à conduire dans les collines au-dessus de Malibu, la fit se garer au bout d'une allée pare-feux. La viola sur la banquette arrière. Lui donna des coups de crosse. La jeta par terre et s'en alla au volant de sa voiture.

Il lui fallut quatre heures pour trouver de l'aide. Elle alla à l'hôpital, remplit un formulaire pour la police. L'incident fut rapporté aux nouvelles et dans les journaux locaux. Il n'y avait pas d'empreintes digitales. Pas d'ADN.

Elle n'en parla ni à ses parents ni à ses collègues. Elle ne voulait pas entendre je te l'avais dit, elle ne voulait pas de pitié. Elle prit des vacances et resta chez elle au lit à pleurer pendant deux semaines. Elle appelait deux fois par jour l'enquêteur chargé de son affaire, il n'y avait pas de pistes.

Quand elle revint au travail, c'était une autre personne, elle ne souriait plus ne riait plus prenait son déjeuner toute seule partait à cinq heures pile et ne sortait jamais avec ses collègues. L'homme avec qui elle était sortie ce soir-là l'appela elle ne le rappela pas il l'appela encore trois fois elle ne rappela pas. Elle vit une thérapeute, sans résultat. Elle vit une sociopsychologue spécialiste du viol, sans résultat. Elle vit un pasteur, sans résultat. Elle participa à un groupe de soutien, sans résultat. Elle se mit à boire, sans résultat.

Elle le reconnut alors qu'il prenait sa commande dans un fast-food.

Il portait un masque et elle n'avait pas vu son visage, mais elle reconnut sa voix et ses yeux. Il lui sourit pendant qu'elle passait sa commande. Il lui demanda s'ils s'étaient déjà rencontrés. Lui demanda son nom. Il était évident qu'il savait qui elle était, et qu'il savait qu'elle l'avait reconnu. Il toucha sa main comme il posait sa commande sur le comptoir. Alors qu'elle s'éloignait, il lui sourit et dit j'espère vous revoir.

Elle ne retourna jamais à son travail. Elle ne quitta plus la maison elle avait peur. Elle ne répondait pas au téléphone elle n'utilisait pas son ordinateur fixait le plafond, son oreiller, son mur. Elle ne regardait jamais dans la glace.

Ce matin-là elle se réveilla, se doucha et, pour la première fois depuis des mois, se maquilla et se coiffa. Elle était belle, comme la fille qui était arrivée d'Indianapolis avec des rêves, avec un avenir, avec une vie devant elle. Elle alla prendre le petit déjeuner avec deux amies du bureau. Elle téléphona à l'homme avec qui elle était sortie et s'excusa de ne pas l'avoir appelé plus tôt. Elle envoya des e-mails à des amis et appela ses parents. Elle leur dit qu'elle les aimait.

Cela fait, elle alla chez Larry's Firearms. Elle acheta un Colt .45 tout neuf. Elle donna les informations nécessaires pour l'acquisition de l'arme. Elle sortit avec un sourire. Demain elle ira chercher l'arme, la rapportera chez elle, la chargera. Alors, elle prendra sa décision, le retrouver pour lui tirer en plein visage et le tuer, ou mettre le canon dans sa bouche à elle et se faire sauter l'arrière du crâne. De toute façon, elle pensera à lui juste avant d'appuyer sur la gâchette, pensera à lui la touchant et lui souriant, pensera à lui derrière le comptoir sachant qu'elle l'avait reconnu. De toute façon sa vie sera finie. Elle pensera à lui la touchant et lui souriant. Elle appuiera sur la détente.

*
* *

Larry ferme sa boutique rentre chez lui dîner boit un pack de six canettes d'une bonne bière américaine glacée. Il dort sur ses deux oreilles.

En 1852, le premier immigrant chinois arrive à Los Angeles. En 1860, Chinatown est déjà florissante. En 1870, c'est l'une des plus importantes communautés de la ville.

Amberton se réveille à un bout de sa maison, une demeure de treize chambres dans les collines de Bel-Air, sa femme et ses enfants dorment à l'autre bout. Il y a un jeune homme dans son lit, comme souvent, le corps du jeune homme a été acheté par l'intermédiaire d'un service, 5 000 dollars la nuit, tout compris. Le jeune homme est grand blond musclé extrêmement arrangeant. C'est l'un des préférés d'Amberton. Il ne parle pas beaucoup et sort par la porte de derrière sans un mot.

Amberton quitte son lit, prend une douche, traverse sa maison jusqu'à la cuisine, qui est en marbre de Carrare, bois du Brésil et acier, et a coûté 400 000 dollars. Il dit bonjour à Casey sa femme, qui est grande et mince avec des cheveux noirs et des yeux verts, et figure régulièrement dans la liste des plus belles et élégantes femmes du monde, et il l'embrasse sur la joue. Loin des paparazzi, et loin des yeux de ses fans, il ne l'a jamais embrassée ailleurs. Comme il se verse une tasse de café, qui a été préparée, avec le petit-déjeuner, par son chef, il parle. Il utilise sa voix privée, qui est douce, mélodieuse et légèrement précieuse, bien différente de sa voix publique, qui elle est forte, directe et énergique.

Bonne journée ?

Casey parle.

Ouais.

Où sont les bébés ?

Ils n'aiment pas que tu les appelles les bébés, Amberton. Ils ont sept, cinq et quatre ans, ce ne sont plus des bébés.

Je m'en moque, ce sont mes bébés. Je les appellerai toujours comme ça.

Elle rit, parle.

Ils sont à la gymnastique, ensuite équitation, et ensuite peinture.

Une journée bien remplie.

Très.

Et qu'est-ce que tu vas faire ?

Je dois voir mes agents pour parler de ce film en Angleterre. Ils viennent déjeuner.

C'est quoi le film ?

Une poétesse tombe amoureuse d'un médecin qui est tué en soignant les pauvres au Congo. Elle n'arrive plus à travailler et songe à se suicider mais elle s'en sort et elle gagne un prix colossal. C'est très intelligent.

Tu es la poétesse je présume ?

Non. Je serai la sœur qui l'aide à apprendre à s'en sortir. C'est un rôle magnifique. Ça pourrait peut-être me rapporter une nomination comme second rôle.

Il rit.

Très bien. Très très bien. Nous aimons les nominations.

Elle rit.

Effectivement. Quels sont tes plans ?

Faire mes exercices, aller à la piscine un moment, peut-être acheter des trucs sur le Net.

57

Qui était le type d'hier soir ?

Comment sais-tu qu'il y en avait un ?

Je t'ai entendu.

Il paraît choqué. D'une manière exagérée et fausse.

Non.

Si.

Je t'en prie dis-moi que non.

Elle sourit.

Si. Tu faisais du bruit. Ou c'était peut-être lui. Je ne saurais pas dire.

C'était ce blond. Celui qui est cher. Nous faisions du bruit tous les deux. On fait si bien l'amour qu'on ne peut pas s'en empêcher.

Essaie d'être discret. Je ne veux pas que les enfants entendent.

Dis-leur que je fais mes exercices.

Elle rit.

Et d'une certaine manière c'est vrai. Je fais des exercices.

Elle se lève.

Je vais faire du yoga.

Ici ?

Dans le studio.

Je peux venir ?

Bien sûr.

Ils vont dans leurs chambres, se changent, se retrouvent dans leur studio de yoga installé tout au fond de leur jardin, à cent mètres de la maison, sous deux grands cyprès. C'est un bâtiment simple, le plancher est en érable clair, les murs nus et blancs, deux petites fenêtres sur chaque mur. Quand ils arrivent leur professeur est là, assis par terre en tailleur, les attendant calmement. Ils passent les quatre-vingt-dix minutes suivantes à faire du yoga, prendre des positions étranges et difficiles, le professeur les guidant et les ajustant avec douceur. Lorsqu'ils ont terminé, ils se douchent, s'installent dans des chaises longues sous des parasols au bord de leur piscine, chacun lisant le scénario d'un film qu'on lui a proposé. Tandis qu'ils lisent leurs scénarios, ils parlent, rient, s'amusent. Bien que leur mariage soit une imposture et leur image publique une grossière distorsion de la réalité, ils sont vraiment les meilleurs amis du monde. Ils s'aiment, se font confiance, se respectent. Cela facilite la mascarade, et rend leur rôle le plus important, celui qu'ils jouent sur les tapis rouges et dans les interviews, plus facile à jouer.

Peu après midi, Casey va s'habiller dans sa chambre. Amberton enlève son T-shirt et s'étend sur une serviette au bord de la piscine. Leur gouvernante met la table, leur chef prépare le déjeuner. Casey revient avec une coupe de champagne, s'assied à table. Quelques minutes plus tard, ses agents arrivent : deux quadragénaires gays et une belle femme d'une trentaine d'années, tous portant de luxueux costumes noirs faits sur mesure. Il y a un quatrième agent avec eux, un débutant, un ancien joueur de football universitaire âgé de vingt-cinq ans. Son costume n'est pas aussi élégant, et il lui manque les accessoires de ses patrons, chaussures, montres, bagues, lunettes de marque, les touches subtiles qui dénotent la richesse la puissance. Il marche en boitant légèrement, conséquence d'une blessure au genou qui mit fin à sa carrière sportive. Il mesure un mètre quatre-vingt-quinze, pèse cent quinze kilos. Il a la peau noire des cheveux noirs courts des yeux noirs.

Amberton fait un signe au groupe hurle salut. Il se recouche fait semblant de fermer les yeux tout en regardant le joueur de football, le regardant. Tandis que sa femme et les agents entament le déjeuner, Amberton tombe amoureux. Amoureux.

En 1865, la population de la ville atteint quatorze mille habitants.

Ils errent, errent de quartier en quartier, parfois il est difficile de faire la différence entre un bon et un mauvais, un sûr et un dangereux. Ils se mettent à regarder les voitures garées dans les allées, se disent que les voitures européennes signifient quartier sympa, les voitures américaines quartier okay, les voitures de merde quartier de merde. Leur théorie tient jusqu'à ce qu'ils entendent des tirs d'armes automatiques dans une rue pleine de Mercedes et de Cadillac.

Contrairement à la plupart des grandes villes américaines, il n'y a pas de logique dans les rues de L.A., pas de grille facile à déchiffrer. L'élaboration de son réseau routier n'a pas été planifiée. Comme la ville grandissait, souvent de façon exponentielle, on construisait des routes, on construisait des autoroutes. Elles vont là où elles vont parfois elles veulent dire quelque chose et parfois non. Pour deux gosses ayant grandi dans une petite ville au milieu de nulle part, c'est décourageant intimidant. Ils cherchent quelque chose, ils cherchent quelque part. Les cartes ne peuvent pas les aider, donc ils roulent, ils errent.

Ils dorment sur le matelas à l'arrière du pick-up. Pour économiser, ils mangent pop-corn et biscuits salés pour le petit-déjeuner déjeuner dîner, ils boivent de l'eau aux lavabos des toilettes publiques. Après trois jours ils trouvent la plage. Ils se garent sur un parking géant à Santa Monica, s'étendent au soleil nagent dans l'océan dorment sur le sable. Ils font de folles dépenses achètent des hot-dogs des cornets de glace sur la jetée de Santa Monica, sorte de fête foraine bâtie sur l'eau avec manèges jeux nourriture bon marché et grasse. Ils font comme s'ils étaient en voyage de noces. Ils oublient leur passé oublient la perspective ou l'absence de perspective de leur vie future. Ils se couchent nus sous une couverture. Leurs corps réchauffent le sable, ils s'embrassent se serrent se disent je t'aime. Les vagues se brisent à cinq mètres de là. La lune se répand sur la noirceur des flots. Pour l'instant, du moins, ils l'ont trouvé. Quoi que ce soit. Ils l'ont trouvé. Pour l'instant.

En 1869, le City Marshal William C. Warren crée la Police de Los Angeles. Il engage six hommes, et prélève leurs salaires sur les fonds constitués par les amendes pour infractions aux lois de la ville. Le conseil municipal lui alloue également 50 dollars pour meubler le quartier général, qui est situé dans sa maison. Raison pour laquelle il fait payer 25 dollars de loyer mensuel à la ville. En plus d'être chef de la police, Mr. Warren capture les chiens errants et est le percepteur de la ville. Il sera tué par un de ses propres hommes.

Esperanza est entrée à l'école, Jorge a trouvé du travail dans une équipe de paysagistes, Graciella s'est remise à faire le ménage. Avec le temps, ils ont meublé la maison avec des choses généralement achetées dans des boutiques d'occasion ou des ventes de charité. Quand ils ont pu se le permettre, ils ont acheté une télévision, qu'ils regardaient ensemble afin d'améliorer leur anglais. Ils ont écrit à leurs parents au Mexique, leur ont parlé de leur maison de leur chance de leur vie en Amérique. Quand ils le pouvaient, ils leur envoyaient de l'argent. Esperanza était une bonne élève. Elle était silencieuse timide parfaitement adaptée à l'école. Elle adorait lire, adorait faire des équations, ne manquait pas une occasion d'aider ses professeurs. Ce n'était pas une fille populaire. Les autres écolières n'aimaient pas son intelligence sa bonne volonté envers ses professeurs, et ses cuisses, qui grandissaient avec elle, leur fournissaient d'amples raisons de la tourmenter de la harceler. Avec l'âge, cela empira, à chaque nouvelle classe, les sarcasmes et les insultes se firent plus précis, plus obscènes, plus vicieux. Extérieurement, Esperanza était indifférente à leurs

sarcasmes leurs insultes. Elle souriait à ses per-
sécutrices faisait de son mieux pour les ignorer.
Intérieurement, elles la déchiraient. Elle se
demandait pourquoi elles la détestaient, se
demandait en quoi il était mal d'être bonne à
l'école, se demandait pourquoi elle avait été
dotée par le destin de ces cuisses énormes. Elle
n'avait jamais rien fait à aucune d'elles. En fait
elle les aimait bien pour la plupart. Mais rien n'y
faisait, elles la déchiraient.

Avec les années, des membres de sa famille se
mirent à venir du Mexique sans argent sans toit,
tous illégalement. Jorge et Graciella les
accueillirent en pensant qu'une fois qu'ils
auraient du travail et une sorte de revenu, ils
déménageraient. Aucun ne s'en alla. Il y eut
deux cousins quatre cousins sept. Une sœur un
frère un oncle. Quatre enfants. Trois de plus. La
maison, trois petites chambres au départ,
s'étendit. Jorge fit le travail lui-même, avec
l'aide de ses parents envahissants. Rien ne fut
exécuté légalement ou suivant les règles de
construction de la ville. Il ajouta une aile sur le
côté, une chambre en soupente, il mit une cuisine et une salle de bains dans le garage, il
ajouta une aile à l'arrière, bâtit une deuxième
soupente par-dessus. Le bois de charpente et les
matériaux étaient récupérés dans les bennes des
chantiers dans des bâtiments incendiés désaf-
fectés. Les meubles venaient souvent des trottoirs, la peinture et le papier peint de là où ils
étaient le moins cher ou de là où ils le trouvaient. Il en résulta que les ailes étaient de couleurs différentes, l'une rouge vif l'autre jaune la
troisième violette, le corps principal de la mai-

son étant bleu ciel, le garage vert vif. Rien n'avait été construit de manière logique ou planifiée, les ajouts avaient été faits là où on pensait qu'ils cadreraient, la famille sciait cognait peignait éperdument jusqu'à ce qu'ils finissent par cadrer ou jusqu'à ce qu'ils soient suffisamment solides pour ne pas s'écrouler. Une fois terminés, la maison et le garage comportaient au total neuf chambres six salles de bains deux cuisines une douche extérieure deux livings abritant un total de dix-sept personnes.

Si bondée que fût la maison, Esperanza eut toujours sa chambre. C'était la seule pièce de la maison qui était correctement peinte (en rose avec des fleurs jaunes et bleues), avec des meubles neufs achetés en magasin (lit commode bibliothèque bureau, roses également). La première chose que Jorge disait à tous ceux qui entraient, que ce soit pour quelques minutes ou pour s'installer, c'était que la chambre d'Esperanza était interdite à tous à moins d'être invité par Esperanza, et que quand sa porte était fermée il ne fallait pas la déranger.

Derrière la porte, Esperanza lisait écoutait de la musique rêvait. Elle rêvait pendant des heures, allongée sur son lit les yeux fermés ou en regardant par la fenêtre. Elle rêvait de garçons du bal de fin d'études d'être une fille populaire, de sortir avec un acteur de sa série télé préférée, de finir par l'épouser. Bien qu'elle adorât sa famille, elle rêvait de s'échapper de vivre loin de ses seize colocataires de vivre seule dans sa propre maison sa grande maison, une maison où ses parents pourraient venir la voir et auraient une aile pour eux tout seuls avec un téléphone qui n'accepterait pas les appels en provenance du Mexique. Les rêves les plus récurrents concernaient ses cuisses. Plus elle grandissait plus elle les détestait, réalisant qu'elles étaient vraiment bizarres, rêvant d'une vie sans elles. Jour après jour elle rêvait qu'elle pouvait les faire rétrécir dégonfler disparaître, qu'elle pourrait se réveiller avec des jambes normales ou se faire opérer pour réduire leur taille, se faire couper ses cuisses étourdissantes et les remplacer par des sortes de petites cuisses électroniques. Rien de cela ne se réalisa jamais : elle ne devint pas populaire, elle n'alla pas au bal de fin d'année ne sortit avec aucun garçon, elle ne quitta jamais la maison, ses cuisses restèrent grosses démesurées. Elle continua à rêver.

Esperanza réussit au lycée, en sortit avec les félicitations reçut une bourse pour entrer dans une université locale. Ce fut le moment où Jorge et Graciella furent le plus fiers de leur vie. Ils décidèrent de faire une immense fête pour Esperanza. Les jours qui précédèrent la fête, Jorge parada tel un paon, ce qui était justifié vu ses origines et son métier. Graciella se cousit une robe se fit coiffer manucurer dans un salon à Montebello, un quartier petit-bourgeois latino à vingt minutes de là. Ils passèrent trois jours à préparer le repas, ils nettoyèrent décorèrent toute la maison, ils plantèrent des fleurs dans le jardin. Chaque membre de la maisonnée apporta sa contribution. Comme Esperanza n'avait pas eu de quinceañera, fête traditionnelle pour le passage à l'état de femme ayant généralement lieu à quinze ans, ils voulaient faire du jour de la remise de son diplôme de fin d'études secondaires un jour extraordinaire.

Le jour vint. Esperanza portait une robe rose faite pour l'occasion cachant autant que possible ses cuisses. Ses tantes et cousines qui étaient folles d'elle la maquillèrent la coiffèrent. Cela fait, elle se regarda dans le miroir, et pour la première fois de sa vie elle se trouva belle. Plus rien de ce qu'elle avait enduré les années passées, les sarcasmes les insultes la solitude l'insécurité la douleur, ne comptait pour elle.

Elle se regarda dans le miroir et elle se trouva belle. Cela effaça tout.

Les invités arrivèrent, se mirent à manger à boire, l'un d'eux apporta une guitare et commença à chanter des chansons mexicaines traditionnelles. Le jardin était bondé quand Esperanza fit son entrée. Les applaudissements les vivats les cris les sifflets fusèrent. Les invités qui connaissaient Esperanza depuis sa naissance étaient surpris par sa transformation, ceux qui ne la connaissaient pas firent des commentaires sur la chance qu'avaient Jorge et Graciella d'avoir une fille si jolie si intelligente. Tandis qu'elle se frayait un chemin à travers la foule, saluant remerciant tous les invités, les hommes s'empressèrent s'agglutinèrent autour d'elle, tâchant d'attirer son attention, la flattant. Elle souriait resplendissait, devenant plus belle et confiante à chaque instant qui passait, se délectant de toute cette attention. La foule grossissant autour d'elle, les hommes commencèrent à se bousculer se pousser pour les meilleures places, jouant avec subtilité des coudes des genoux pour atteindre les parties sensibles de l'adversaire. En l'espace de cinq minutes, une bagarre éclata.

La bagarre commença entre deux hommes qui cherchaient sans succès une épouse. Tous deux avaient la trentaine et se sentaient pressés par le temps. L'un était connu dans tout East L.A. pour son haleine effroyable, l'autre pour son abominable odeur corporelle. Ils avaient courtisé les mêmes femmes, échoué avec les mêmes femmes, et s'étaient mutuellement attribué la responsabilité de leurs échecs, plutôt que d'incriminer les odeurs qu'ils dégageaient. Comme ils se frayaient un chemin vers Esperanza, ils tombèrent l'un sur l'autre. Quand l'homme à l'haleine effroyable se trouva nez à nez avec l'homme à l'odeur corporelle abominable, un coup partit. Il fut rendu. Aucun des coups n'atteignit son objectif, mais d'autres hommes, qui réagirent en frappant à leur tour. La violence, comme toujours, s'accrut très rapidement, et en l'espace de dix secondes, chacun des vingt hommes qui entouraient Esperanza fut impliqué.

Esperanza tâcha de s'échapper, mais il y avait trop d'hommes, dont chacun était maintenant plus préoccupé de sa propre sécurité que de la sienne. L'un d'eux marcha sur l'ourlet de sa robe. Un autre tomba sur elle. Elle fut renversée, et dans sa chute, sa jupe se déchira à la taille. Il y eut un silence presque immédiat, un calme immédiat, une fin des hostilités immédiate. Esperanza était étendue par terre bras et jambes écartés. Ses cuisses, que personne, excepté ses parents, n'avait jamais vues découvertes, étaient offertes à la vue de tous. Il y eut un silence, un lourd silence de mort. Puis ils vinrent : les applaudissements les vivats les huées les beugle-ments les sifflets, et par-dessus tout, les rires les rires les rires.

En 1871, la Farmers and Merchants Bank est fondée par John G. Downey et Isaias Hellman. C'est la première banque à responsabilité limitée du comté de Los Angeles.

Il faut à Joe entre cinq minutes et trois heures pour collecter les dons nécessaires à l'achat de sa dose d'alcool quotidienne. Si c'est l'été et qu'il y a des hordes de touristes, et il y en a parfois jusqu'à deux cent cinquante mille par jour à Venice Beach, l'argent arrive rapidement. L'hiver, quand il n'en vient plus que vingt-cinq mille par jour, cela peut prendre plus longtemps. La chance a aussi un rôle important. Parfois Joe touche un billet de vingt dollars sur-le-champ, parfois ce sont des pièces de cinq et de dix cents pendant des heures. Quoi qu'il en soit, le but demeure le même : avoir l'argent nécessaire pour acheter deux bouteilles d'un bon chablis bien frais.

Joe pense être un connaisseur en chablis. Si la bouteille coûte moins de vingt dollars, il l'a essayée et a son opinion dessus. Si elle coûte moins de dix dollars, il peut disserter longuement à son propos. Si elle coûte moins de six dollars, il peut réciter les étiquettes des deux côtés verbatim, peut donner son opinion sur les atouts du vin (à ce prix peu nombreux) et ses faiblesses (nombreuses), et peut très probablement l'identifier au goût et à l'odeur. Joe aime se dire qu'il n'y a pas un chablis en Amérique qu'il n'a pas essayé un jour ou l'autre, et qu'il n'y en a pas un en dessous de dix dollars qui ne l'a pas fait vomir en de nombreuses occasions. Chaque fois qu'on lui demande ce qu'il boit il sourit et récite un petit poème de sa composition : *Le chablis est pour bibi, le chablis est mon ami, il me libère de mes soucis, chablis chablis chablis, le chablis c'est le vin de bibi.* S'il n'est pas poète il est sans aucun doute connaisseur en vin médiocre.

Joe est tombé amoureux du chablis quand il était enfant. Il a grandi dans le New Jersey avec sa mère, son père ne lui a témoigné aucun intérêt au-delà de l'instant où il fut conçu. Un après-midi, comme sa mère se préparait à recevoir des invités, il l'entendit prononcer le mot *chablis* et il adora la façon dont il coulait de sa langue. Il lui demanda de le répéter, *chablis, chablis, chablis*, et il sut, quoi que pût être le chablis, et à ce moment il n'en savait rien, qu'il en était amoureux. Bien qu'il sût à peine lire et fût encore à la maternelle, Joe se mit à chercher des mentions du chablis dans les livres à la télévision à la radio. La première référence extrafamiliale vint de la télévision, où il vit un réalisateur fini et obèse, jadis le plus acclamé au monde, vanter les joies d'un chablis californien particulièrement ignoble dans une publicité. Pendant des jours il était allé et venu en imitant la voix de l'homme disant *Chablis, pour tous vos moments exceptionnels !* Il le disait encore et encore, et sa mère dut finir par le menacer de le priver de dessert pendant un mois s'il n'arrêtait pas.

Sa rencontre suivante avec le chablis eut lieu à l'âge de onze ans. Une fille qui était avec lui en CM1, une méchante petite fille qui ne quitta jamais la période où on mord frappe crache griffe, était prénommée Chablis. Joe tomba amoureux d'elle dès qu'il entendit son nom. Il la suivait, portait ses livres, lui donnait son déjeuner (elle était aussi extrêmement grosse et capable d'avaler jusqu'à cinq déjeuners), lui écrivait des lettres d'amour. Elle répondait en le mordant le frappant lui crachant dessus le griffant. Leur histoire d'amour se termina quand elle fut envoyée dans une école pour enfants à problèmes. Joe pleura pendant une semaine.

À l'âge de treize ans, Joe découvrit le sens et le pouvoir véritables du chablis. Il était chez un copain qu'il aidait à sortir des sacs-poubelles. Il y avait plusieurs bouteilles dans un des sacs, Joe glissa et les bouteilles roulèrent hors du sac. Joe se mit à les ramasser, il y avait trois bouteilles de liqueur de malt, six Pabst Blue Ribbon, deux bouteilles de Boone's Farm Strawberry Hill, et une bouteille de chablis. Il restait un peu de liquide jaune dans la bouteille, dont une partie était indubitablement du vin et l'autre très probablement de la salive. Il prit la bouteille, la sentit, ça ne sentait pas très bon il s'en moquait. Il porta la bouteille à ses lèvres but le liquide jaune aussi vite qu'il put. Il descendit dans son estomac se mit à le brûler lui monta à la tête, laquelle se mit à bourdonner. *Chablis*, c'était comme si les sirènes l'attiraient vers les écueils. *Chablis*, comme un train fou qui se précipite contre un mur. Depuis ce jour, ce jour funeste, Joe n'a jamais passé plus de dix-huit heures sans goûter au chablis. Enfant, il volait des bouteilles aux parents de ses amis et les gardait dans sa chambre, buvant des coups en douce, avant d'aller à l'école, en rentrant avant de se coucher. À seize ans il se procura une fausse pièce d'identité et acheta des bouteilles dans des boutiques de seconde zone, qu'il cachait dans le garage de sa mère. Une fois qu'il eut dix-huit ans, et comme il quittait le lycée, dans l'espace sous sa photo où il était censé dresser la liste de ses ambitions il écrivit : *Passer ma vie bourré au chablis*.

Il partit de chez lui deux jours après la fin de l'école. Il avait un sac à dos contenant six bouteilles de chablis et une brosse à dents, il n'avait pas d'argent pas de vêtements de rechange aucune idée de là où il allait. Il se mit à marcher vers l'ouest. Il traversa la Pennsylvanie, dormit sur les bas-côtés des routes mendia dans les routiers se fit prendre en stop quand c'était possible. Il atterrit à Cleveland et y resta deux mois, créchant devant le vieux stade municipal. Il satisfaisait son besoin de chablis en vendant des pronostics sur les matchs (toujours les mêmes : les équipes de Cleveland allaient perdre perdre perdre). Sa dérive vers le sud le mena dans le Kentucky et le Tennessee (Merde à cette merde de Jack Daniel's) et il finit à La Nouvelle-Orléans, où il dormit dans la rue devant les clubs de jazz pendant trois ans. De là il traversa le Texas, où il se fit régulièrement tabasser insulter (les hommes qui aiment le chablis ne sont pas vraiment les bienvenus au Texas), il se fraya un chemin à travers le Nouveau-Mexique et le Nevada, vécut dans le strip de Las Vegas pendant un an, mangeant de la grande cuisine sortie des poubelles des casinos et jouant de temps à autre aux machines à sous ou au poker vidéo dans les casinos de troisième ordre. Les voix disaient – va à l'ouest Joe, va à l'ouest va à l'ouest va à l'ouest Joe. Il commença à penser que quelqu'un lui avait donné une pièce trempée dans du LSD qu'il avait ensuite absorbé en se léchant les doigts. Les voix continuèrent bien après l'effet d'une dose, et il se dit qu'il s'était peut-être déplacé des câbles dans le cerveau en tombant après avoir bu onze bouteilles de vin périmé achetées dans un magasin qui liquidait tout avant fermeture. Il se donna quelques claques dans l'espoir de remettre les câbles en place, mais hélas les voix continuèrent. Il finit par décider qu'il était fou, et qu'il n'y avait plus qu'à obéir aux voix. Il se mit à prendre la direction de l'ouest. Les voix cessèrent. Il poursuivit sa marche vers l'ouest. Elles ne revinrent pas. Il marcha à l'ouest jusqu'à ce qu'il atteigne l'océan – et marcher au-delà aurait entraîné sa mort par noyade. Tandis qu'il fixait l'océan il entendit un mot – ici ici ici. Ce fut donc ici.

En décembre 1871, le service de lutte contre l'incendie de Los Angeles est créé. Il consiste en trois compagnies servant une pompe, trois compagnies servant une grande échelle et trois compagnies servant une lance. Chaque compagnie compte entre vingt-cinq et soixante-cinq hommes, dont tous ont plus de vingt et un ans. Les sapeurs-pompiers sont volontaires.

Ils passent six jours sur la plage. Le sixième jour, leur pick-up est dévalisé. La vitre du conducteur est brisée, la radio a disparu, leur cagnotte, 1 500 dollars, envolée. Ils ont ce qui reste dans leurs portefeuilles, environ 150 dollars. Les 1 500 étaient cachés dans une fissure sous le volant. Ils y avaient caché de l'argent autrefois, il n'avait jamais été trouvé. Ils n'étaient plus dans l'Ohio.

Ils font signe à un policier à vélo. Il y a des policiers à vélo partout dans Santa Monica. À cause de la circulation de la foule des sentiers qui longent la plage les falaises, il est plus facile plus rapide pour la police de se déplacer à vélo. Le pick-up est dans un parking bondé. Le policier le regarde les regarde. Il parle.

Depuis combien de temps il est là ?

Six jours.

Vous l'avez déplacé ?

Non. Je ne pensais pas qu'il fallait.

Les voleurs se baladent à la recherche de véhicules qui ne bougent pas. Ils se disent qu'ils ont été abandonnés ou que leurs propriétaires les mettent là parce qu'ils n'ont pas d'autre endroit. Ce sont des cibles faciles.

Je ne savais pas.

Comment vous appelez-vous ?

Dylan.

Comment elle s'appelle ?

Elle parle.

Maddie.

Comme Madeline ?

Oui.

Vous avez des papiers ?

Ils disent oui, montrent leur permis de conduire. Il les regarde.

Vous êtes loin de chez vous.

Maddie est nerveuse, Dylan parle.

Ouais.

Vous êtes en vacances ?

On essaie de s'installer, trouver un endroit où habiter.

Vous venez ici pour devenir célèbres ?

Non.

Le policier se met à rire.

Deux gosses du fin fond de l'Ohio qui viennent à L.A. sans penser à devenir des stars ? Bien sûr.

Il leur tend leurs papiers.

Vous pouvez faire une déclaration si vous voulez, mais il n'y a presque aucune chance de trouver qui a fait ça, et votre argent a disparu. Je vous conseillerais de trouver un autre endroit où vous garer.

Il y a des endroits pas chers où habiter par ici ?

Le policier rit de nouveau.

Non, il n'y en a pas.

Vous savez où on peut en trouver un ?

Allez dans la Vallée. Vous trouverez quelque chose là-bas.

Où est la Vallée ?

Achetez-vous une carte. Vous trouverez.

Le policier s'en va. Dylan et Maddie montent dans le pick-up. Dylan enlève les éclats de verre pour qu'ils puissent s'asseoir. Ils vont acheter une carte dans une station-service. Ils prennent la 10 et vont jusqu'à la 405, prennent la 405 et font route vers le nord. Ils se retrouvent presque immédiatement dans un immense embouteillage. Dylan regarde Maddie, parle.

Putain de merde.

Tu l'as dit.

Tu as déjà vu un truc pareil ?

Non.

On a huit voies de chaque côté. Un parking à seize voies.

On avance un peu.

Il regarde le compteur.

Cinq kilomètres à l'heure.

À combien est la Vallée ?

Genre seize ou vingt kilomètres.

Elle rit.

Une agréable balade de quatre heures. Du béton des klaxons la fumée des pots d'échappement.

Bienvenue en Californie.

La circulation accélère là où la 405 entre dans le canyon entre Brentwood et Bel-Air. Côté Bel-Air ils voient de belles maisons bâties sur des pentes de pierres grises, côté Brentwood le mastodonte de marbre blanc du musée Getty. Il leur faut quatre-vingt-dix minutes pour traverser le canyon et entrer dans la vallée de San Fernando, qui consiste en quatre cent vingt kilomètres carrés de désert surdéveloppé entouré de montagnes.

Deux millions de gens. Vivent là surtout des petits-bourgeois, mais il y a des tronçons d'extra-ordinaire richesse et d'autres d'extraordinaire pauvreté. Dylan et Maddie prennent la sortie Ventura Boulevard, s'arrêtent à un feu. Dylan parle.

Où est-ce qu'on va ?

Aucune idée.

À droite à gauche tout droit ?

Si on va à droite on tombe sur une colline pleine d'énormes rochers.

Il rit.

Choisis quelque chose d'autre.

Tout droit.

Il hoche la tête.

C'est comme ça qu'on va faire à partir de maintenant. Tu me dis quand et où tourner et on conduira jusqu'à ce qu'on trouve un endroit où s'arrêter.

On a besoin d'argent. Il faut trouver un moyen d'avoir de l'argent.

Je vais aller dévaliser une banque aujourd'hui.

Sérieux ?

Non.

Je t'aiderais si tu l'étais.

Sérieux ?

Non.

Dylan sourit.

Le feu vient de passer au vert.

Il prend tout droit tourne à gauche à droite à droite, prend tout droit tout droit tout droit tourne à droite, tout droit. Ils errent tournent se perdent, vagabondent. Il n'y a pas de radio et Maddie chante tout bas, elle a une voix légère et claire, parfois elle chantonne. Les quartiers ont des rues propres des pelouses bien entretenues des enfants sur les trottoirs des mères en bigoudis. D'autres moins propres, moins d'enfants, pas de mères. Il y a de longues étendues désolées bordées d'entrepôts en acier cabossé. Il y a des parcours de golf et des terrains de base-ball anormalement parfaitement verts. Ils voient Warner Brothers, Disney, Universal, ils sont derrière d'épais murs, des grilles gardées. Ils font dix kilomètres sans voir une maison rien que des stations-service des mini-centres commerciaux des fast-foods. Ils trouvent des avenues bordées de palmiers avec de belles maisons des deux côtés, ils tombent sur une zone qui semble dévastée par la guerre. Les collines qui bordent le périmètre sud sont couvertes d'une végétation laissée à l'abandon, les maisons sont construites sur pilotis, creusées dans le rocher. Il y a des immeubles qui abritent plus de gens que tous ceux qui habitent dans leur ville, certains magnifiques d'autres décrépits, certains habitables d'autres non. Ils s'arrêtent dans une épicerie. Tout le monde est beau. Les gens qui paraissent laids ne seraient probablement pas regardés comme tels en d'autres parties du pays. Les cafés sont pleins les terrasses des cafés pleines, la circulation incessante, on dirait que personne ne travaille. Le soleil est toujours haut brillant, la chaleur fait des vagues, plus de béton moins de verdure. Le jour glisse vers sa fin, ils enregistrent se souviennent, oublient. Comme l'essence vient à manquer, Dylan s'arrête à un motel qui n'a ni bel aspect ni mauvais aspect. La plupart des gens passent probablement devant sans le remarquer. Il est marron et jaune à un étage, balustrade au premier, parking presque vide. Il a une enseigne au néon éteinte qui dit Valley Motel and Motor Lodge, Chambres à la semaine et au mois. Maddie parle.

Pourquoi on s'arrête ici ?

Je crois que c'est l'endroit.

Qu'est-ce que tu veux dire ?

Pour nous.

Où habiter ?

Ouais.

Comment est-ce qu'on va habiter ici ?

J'ai un plan.

Quoi ?

Laisse-moi entrer et vérifier deux trois trucs.

Tu vas me laisser ici ?

Ça n'a pas l'air mal.

Ça n'a pas l'air bien.

Tout ira bien. Je reviens tout de suite.

Il l'embrasse sort de la camionnette entre dans le hall. Il parle à un homme derrière le comptoir de la réception. L'homme n'a pas beaucoup de chair sur les os, de cheveux sur le crâne, et une moustache pelée dont ses amis se moquent derrière son dos.

Maddie regarde Dylan parler à l'homme, l'homme n'arrête pas de hocher la tête, il hoche la tête quand il parle il hoche la tête quand il ne parle pas c'est comme un tic nerveux, hocher hocher. Dylan tend la main lui serre la main l'homme hoche la tête. Dylan sort du hall monte dans la camionnette.

Notre nouvelle maison.

Maddie secoue la tête, elle semble effarée.

Non.

Qu'est-ce qu'il y a ?

Ce n'est pas ce pour quoi je pensais qu'on venait ici.

Qu'est-ce que tu veux dire ?

C'est la Californie. Je pensais qu'on vivrait dans un endroit magnifique près de la mer qu'on serait heureux.

Nous avons dix-neuf ans. Nous n'avons pas d'argent nous n'avons pas de boulot. On ne trouvera pas mieux.

Où est-ce qu'on est ?

North Hollywood.

C'est Hollywood ici ?

North Hollywood. Le type a dit que le vrai Hollywood était pire.

J'ai peur, Dylan. Je veux rentrer à la maison.

C'est ici notre maison.

Non. Ça ne sera jamais ma maison.

On ne peut pas rentrer. On ne peut pas rentrer vivre la vie de nos parents. Je préférerais mourir.

J'ai peur.

Tout ira bien.

Comment est-ce qu'on va payer ? Comment est-ce qu'on va trouver du boulot ?

Il désigne un commerce en plein air de voitures d'occasion, un écriteau annonce – nous payons cash.

Je vais vendre la camionnette. La chambre coûte 425 dollars par mois. On restera jusqu'à ce qu'on puisse se payer mieux. Ça ne peut pas être pire que c'était là-bas.

Jure-moi que ce ne sera pas notre vie.

Je te le jure.

Maddie sourit, hoche la tête. Dylan met le contact démarre traverse la rue. Il vend la camionnette 1 300 dollars. Elle vaut plus mais il

les prend parce qu'il sait qu'il n'est pas en position de discuter. Ils retournent à pied au motel.
Ils paient deux mois de loyer à l'homme derrière
le comptoir. Ils vont à leur chambre elle est au
bout du couloir au premier. Ils entrent dans la
chambre la moquette est tachée et élimée le
couvre-lit est taché et élimé la télévision est vieille,
il n'y a pas de pendule. Il y a deux fauteuils usés
près de la fenêtre et il y a un évier un micro-
ondes, il y a des rideaux orange et marron qui
pendent à la fenêtre ils sont tachés effilochés.
Dylan s'assied sur le lit. Maddie regarde autour
d'elle secoue la tête semble au bord des larmes.
Dylan se lève la prend dans ses bras.

Je te promets qu'on trouvera mieux.

Je n'ose rien toucher.

Ce n'est que le début.

Je sais.

Elle regarde le lit se met à pleurer.

Ne pleure pas. Je ne veux pas que tu pleures.

Je ne peux pas m'en empêcher.

Je peux faire quelque chose ?

Je n'ose rien toucher.

En 1874, le phare de Point Fermin est construit à San Pedro, désormais le site du port de Los Angeles. En 1876, la ligne du Southern Pacific relie Los Angeles à San Francisco. En 1885, la ligne de Santa Fe relie Los Angeles au chemin de fer transcontinental.

Il y a soixante-quinze caravanes de luxe dans le trailer park de Palisade Heights. Elles sont réparties sur trois hectares de terrain dominant l'autoroute de la côte Pacifique, et à l'origine elles furent construites, si tel peut être le mot, pour constituer des habitations abordables dans une communauté de grands bourgeois. Pendant des années elles furent l'objet de plaisanteries, elles étaient méprisées moquées rabaissées, et ceux qui les occupaient ignorés par le reste de la communauté. Au cours du boom immobilier de la fin des années 1990 et du début des années 2000, elles prirent plus de valeur que partout ailleurs dans le pays, plus même que les habitations du quartier, où les villas se vendaient pour 50 millions de dollars. À cette époque, certaines furent vendues, certaines furent modernisées, certaines furent agrandies, certaines demeurèrent inchangées. La plus grande est une caravane triple largeur sur double terrain, la plus petite est une Airstream Bambi de cinquante mètres carrés.

*
* *

Tammy et Carl sont arrivés dans le trailer park en 1963. Originaires de l'Oklahoma, ils avaient grandi chacun à un bout de Tulsa, rêvant d'une vie à la plage. Ils s'étaient rencontrés en première année à l'université d'État de Tulsa, ils étudiaient tous deux pour devenir enseignants. Ils s'étaient mariés un an plus tard, avaient eu leur premier enfant, Earl, et un an après Tammy avait abandonné ses études pour rester à la maison avec lui, Carl avait poursuivi et obtenu son diplôme. Deux jours après ils étaient montés dans leur break à panneaux de bois et avaient pris la direction de l'ouest. Quand ils arrivèrent à L.A., Carl se mit à la recherche d'un boulot et ils partirent en quête d'un endroit avec vue sur la mer où vivre. Ils cherchèrent de haut en bas de la côte, de Ojai à Huntington Beach. Carl fit soixante-quatorze démarches pour trouver du travail, ils ne pouvaient pas se payer quelque chose d'habitable. Ils avaient vécu dans le break pendant un mois, se garant sur les parkings des plages publiques, faisant cuire des hot-dogs sur un petit gril hibachi.

C'est le travail qui arriva en premier. Il consistait à enseigner les sciences à des classes de quatrième dans un lycée de Pacific Palisades, quartier élégant situé entre Santa Monica et Malibu. C'était une excellente école, et le salaire était bon pour un professeur, mais il ne suffisait pas pour habiter les Palisades ni Santa Monica ni Malibu. Ils tombèrent sur le trailer park, à la limite des Palisades. Ils achetèrent une caravane double largeur pour trois mille dollars.

Ils eurent deux enfants de plus, un garçon prénommé Wayne une fille prénommée Dawn, ils vécurent tous ensemble dans le mobile home. Il était bondé, mais le manque d'espace les rapprochait, les obligeait à vivre en paix les uns avec les autres, rendait meilleurs les bons moments écourtait les mauvais. Ils descendaient à la plage tous les week-ends et tous les jours en été, ils jouaient sur le sable, dans les vagues, les garçons apprirent à surfer, ils continuèrent à faire des hot-dogs sur l'hibachi. Les enfants allèrent dans les écoles publiques, qui sont parmi les meilleures de l'État, firent de bonnes études, entrèrent à l'université. Carl continua à enseigner les sciences et fut l'entraîneur de foot du lycée pendant trente-cinq ans. Une fois par an à Noël ils retournaient à Tulsa, où leurs parents les regardaient comme des extraterrestres. Une fois par an, aux vacances de printemps, ils allaient en voiture à Baja, louaient un bungalow sur la plage et passaient une semaine à manger des tacos jouer au Frisbee surfer. Les années passaient simplement, facilement et merveilleusement. Mis à part le fait qu'ils habitaient dans un trailer park, la famille vivait une vie de plage typiquement californienne. Les enfants sont partis maintenant, ils sont grands vivent de leur côté. Earl est avocat spécialisé dans l'industrie du spectacle à Beverly Hills, Wayne enseigne l'anglais à l'université de San Diego, Dawn est mariée avec des enfants à Redondo Beach. Carl est retraité. Avec Tammy ils passent leurs journées à marcher sur la plage, lire des livres d'histoire et des polars sur le patio devant leur mobile home, jouer aux cartes avec leurs voisins. Ils voient au moins un de leurs enfants chaque week-end, généralement au mobile home, et leurs petits-enfants, il y en a sept, adorent venir les voir. Earl, qui gagne un argent fou, leur a proposé de leur acheter une maison mais ils ne veulent pas déménager. Ils adorent le park, ils adorent le mobile home, ils adorent la vie qu'ils ont menée et continuent de mener. Ils veulent rester jusqu'à ce qu'ils meurent, jusqu'à ce qu'ils passent dans ce qu'ils croient être l'autre vie. Tammy et Earl, comme des centaines de milliers de gens chaque année, sont venus à Los Angeles réaliser leurs rêves. Parfois ça arrive.

*
* *

Josh a acheté son mobile home il y a trois ans. C'est un petit modèle standard au fond du park. Il est en bon état, relativement neuf (dix ans), et a été vendu avec ses meubles, simples et de bon goût.

Josh est producteur de télévision. Sa spécialité, la série policière de soixante minutes. Il trouve les idées, des scénaristes pour adapter sa vision, vend les séries aux chaînes, supervise leur production. Il en a eu trois en prime time ces cinq dernières années. L'une a été supprimée, deux passent toujours, et la dernière a été récemment distribuée sous licence. Josh a trente-six ans. Il est marié il a trois enfants. Il habite avec sa famille dans une villa espagnole de sept chambres au nord de Sunset Boulevard, dans Beverly Hills (la plus grande partie de Beverly Hills est riche, les ridiculement riches vivant dans les collines au nord de Sunset). Son patrimoine dépasse tout juste les 75 millions. Il y en a cinquante sur le papier aux États-Unis, vingt-cinq dans des comptes en banque à Monaco et aux Caraïbes. Il cache cet argent parce qu'il trouve que c'est son argent, son argent à lui tout seul. Si son mariage devait se terminer par un divorce, et il aime sa femme il n'a pas l'intention d'y mettre fin, bien qu'il ne serait pas surpris si cela arrivait, il ne veut pas qu'elle puisse faire main basse sur tout ce qu'il a gagné. Il se fout de ce que disent les lois de l'État de Californie, c'est son argent, à lui tout seul.

Josh a acheté le mobile home avec de l'argent étranger. Sa femme n'en sait rien, ni aucun de ses amis. Il l'utilise pour coucher avec des actrices qui veulent travailler dans ses émissions. Il les rencontre partout en ville, à des castings dans des restaurants dans des boutiques de vêtements, partout. Celles qui lui plaisent, et il les aime jeunes fraîches naturelles, il les invite dans la caravane. Rien, excepté une réunion en tête à tête, n'est jamais explicitement proposé. Une fois les filles dans le mobile home il leur propose de l'alcool de la drogue. Parfois elles en prennent parfois non, et ça n'a pas vraiment d'importance de toute façon. Généralement les filles sont suffisamment impressionnées par son succès son argent son pouvoir pour vouloir coucher avec lui. Quand ce n'est pas le cas, il leur dit qu'il fera en sorte qu'elles n'aient jamais de travail si elles ne changent pas d'avis n'ouvrent pas les cuisses. De temps à autre, il est obligé de les forcer. Ensuite il leur commande un taxi. Il leur dit de l'appeler, qu'il s'occupera d'elles. À moins qu'elles ne soient magnifiques et qu'il veuille les revoir, il leur donne un faux numéro. Celles qu'il revoit sont utilisées jusqu'à ce qu'il en ait terminé avec elles, puis jetées.

*
* *

Betty a trois ans trois quarts, ce qu'elle est très fière d'annoncer à tous ceux qu'elle rencontre. Elle mesure quatre-vingt-treize centimètres, pèse dix-sept kilos, a des yeux bleus et des cheveux blancs frisés. Elle vit dans le park avec sa maman, infirmière dans un hôpital de Santa Monica, depuis ses deux ans. Elle appelle le park le pays des caravanes et elle s'appelle la princesse du pays des caravanes. Ses activités favorites consistent à faire du tricycle et à jouer avec Dollie, sa poupée.

La mère de Betty, qui s'appelle Jane, a hérité du mobile home à la mort de sa tante. Même si elle adorait sa tante, et fut sincèrement affectée par sa mort, pour elle le mobile home fut un don de Dieu. Le mari de Jane est un alcoolique qui la battait presque quotidiennement. Il lui avait cassé le nez l'arcade sourcilière les deux bras six doigts. Il n'avait pas encore sérieusement blessé Betty, mais il avait commencé à la violenter elle aussi, la giflant quand elle faisait trop de bruit, la pinçant derrière les bras les jambes quand elle faisait des choses qu'il n'aimait pas, lui donnant des coups de pied si elle s'approchait quand il était de mauvaise humeur. Il avait dit à Jane que si elle allait à la police il la tuerait elle et leur fille, que si elle partait il les retrouverait les tuerait. Elle l'avait cru. Si elle essayait de faire quoi que ce soit, il les tuerait.

Jane avait prié Dieu de lui apporter une solution. Chaque jour trois fois par jour elle se mettait à genoux et priait s'il vous plaît mon Dieu aidez-nous il faut qu'on s'en sorte s'il vous plaît mon Dieu s'il vous plaît. Elle n'allait pas à l'église, elle ne se targuait d'aucune sorte de fausse conversion, elle ne hurlait pas alléluia au ciel ; trois fois par jour elle se mettait à genoux pour prier, trois fois par jour. Les brutalités se poursuivaient. Il lui avait cassé trois dents. Elle continuait à prier.

Elle était au travail quand elle le vit. Elle travaillait aux urgences il était entré sur une civière. Il était dans un bar à l'heure du déjeuner il était soûl avait suivi une femme dans les toilettes avait essayé de la violer. Son petit ami était entré dans le bar l'avait entendue hurler avait ouvert la porte des toilettes l'avait vu lui tirer les cheveux et essayer de la plaquer contre le lavabo. Le petit ami lui avait cogné la tête dans le miroir au-dessus du lavabo le miroir s'était brisé des éclats de verre lui étaient entrés dans les yeux. On l'avait opéré mais on n'avait pas pu les sauver. Il ne verrait plus jamais. Plus tard ce même jour, la tante était morte. Quand Jane revint du travail, elle embrassa Betty, remercia Dieu se mit à genoux remercia Dieu encore et encore et pleura, jusqu'à ce qu'elle s'endorme. Il n'y avait pas eu de larmes pour lui.

Jane avait demandé le divorce le jour suivant. Le jour d'après, elle et Betty avaient quitté la maison avec quelques sacs de vêtements et de jouets et roulé pendant deux jours jusqu'aux Palisades. Il était resté une semaine à l'hôpital. Il avait une canne blanche. Il alla chez sa mère. Il détestait sa mère mais c'était la seule personne qui voulait bien s'occuper de lui.

Quand elles étaient arrivées, le mobile home était en parfait état. Il y avait une petite chambre pour chacune d'elles, un jardinet avec un parterre de fleurs. Jane changea de travail dans son nouvel hôpital, passa des urgences à la pédiatrie. Elle trouva une baby-sitter pour Betty pendant qu'elle travaillait. Elles se firent une vie, une nouvelle vie, centrée sur elles. Elles jouent sur la plage les jours de congé de Jane, regardent le coucher de soleil quand elles rentrent. Elles font pousser des tomates et font des barbecues dans le jardin, elles ont été six fois à Disneyland. Betty est plus adorable chaque jour, plus ouverte, elle passe ses journées à gambader sourire rire, elle joue avec ses jouets et lit ses livres, elle ne demande jamais de nouvelles de son père. Elle est devenue amie avec presque tout le monde, jeunes vieux riches pauvres tout le monde l'adore, adore son petit rire stupide, ses cheveux fous, sa meilleure amie Dollie. Elle leur affirme qu'elle est la princesse du pays des caravanes. Personne ne la contredit.

*
* *

Emerson avait atteint son apogée à neuf ans. Il avait fait trois films, dont deux avaient été d'énormes succès, il avait gagné deux millions de dollars, et il avait été nominé pour un oscar. Il n'avait pas remporté l'oscar, mais il était le plus jeune nominé de l'histoire. Il était allé à la cérémonie avec sa mère et s'était fait sucer, pour la première fois de sa vie, par une blonde de trente-trois ans dans les toilettes.

Emerson a maintenant vingt-neuf ans. Les vingt dernières années n'ont pas été bonnes pour lui. Sa carrière cinématographique a pris fin lorsqu'il avait douze ans, il a quitté le lycée pour entamer une carrière ratée de rockstar, il a perdu la plus grande partie de ses cheveux à l'âge de vingt-deux ans. Aujourd'hui, le seul pan de sa vie qui ne soit pas délabré est sa vie financière. Il a bien investi et dépensé avec frugalité. Il a quatre millions de dollars en banque.

Il s'est installé dans le park à l'âge de vingt-quatre ans, une année après avoir abandonné ses rêves de rockstar et une année avant de décider de se vouer de nouveau à l'art dramatique. Il n'a plus d'agent ni de manager, et cela fait quatorze ans qu'il n'a pas exercé d'activité salariée. Mais il continue de rêver et il pense que s'il a été nominé une fois cela se produira de nouveau. Il passe ses journées à prendre des cours et à parler avec des coachs. Il passe ses soirées à lire des pièces de théâtre et à jouer dans de petits théâtres. Il passe ses week-ends à la plage à lire des magazines people et à rêver du jour où il sera sur la couverture avec les mots LE RETOUR DE L'ENFANT PRODIGE sous son nom. Il ne sort avec personne et ne fréquente personne, à moins qu'il ne juge que cela puisse aider sa carrière. Il le veut de nouveau. Son nom en lettres lumineuses. Cette sensation quand il marchait dans la rue que les gens le regardaient le désignaient du doigt criaient son nom.

*
* *

Leo et Christine ont quitté Chicago il y a vingt-deux ans. Ils avaient travaillé quarante longues années dans une usine automobile et avaient rêvé de soleil, de sable, de transats et de parties de bridge interminables. Ils étaient mariés depuis trente-six ans quand ils avaient pris leur retraite, ils avaient élevé trois enfants, avaient économisé et fait des plans. Ils vont vers leurs quatre-vingt-dix ans maintenant. Ils ont eu tout le soleil, le sable et le bridge qu'ils ont voulu et dont ils avaient besoin et ils sont prêts. Leurs enfants leur manqueront, et leurs petits-enfants, et leurs arrière-petits-enfants à venir bientôt. Leurs transats leur manqueront, où ils s'allongent chaque jour pour bavarder prendre leur café lire le journal. Se regarder dans les yeux leur manquera, même après toutes ces années ils aiment toujours se regarder dans les yeux. Il y a beaucoup de choses qui ne leur manqueront pas. Ils se couchent toutes les nuits en sachant qu'ils sont prêts. Cela pourrait être leur dernière. Ils sont prêts.

*
*   *

On est en train de construire un terrain de quarante-cinq hectares à côté du park pour en faire un lotissement de luxe. Les maisons auront entre six et dix chambres et leur prix variera entre quatre et neuf millions de dollars. Les vues depuis leurs salons seront les mêmes que les vues depuis les mobile homes.

En 1875, Los Angeles comprend des communautés séparées et distinctes d'Africains, d'Espagnols, de Mexicains, de Chinois et d'Américains blancs, ce qui en fait facilement la ville la plus diversifiée à l'est du Mississippi. Les communautés se mélangent peu, et le conseil municipal vote une loi permettant aux Blancs d'établir une discrimination entre eux et tous les non-Blancs.

Amberton est chez lui dans son bureau. Il a également un bureau pour la maison de production que lui et Casey possèdent en commun, mais il y va rarement. Ce bureau-là est pour les employés et pour son personnage public. Ce bureau-ci est à lui et rien qu'à lui. Il est très sûr, très protégé, très privé. C'est là qu'il conserve ses secrets les plus précieux : les journaux photos vidéos souvenirs qu'il conserve de ses amants préférés, ses archives du temps passé avec eux.

Il est nu dans son fauteuil les pieds sur le bureau il porte une oreillette.

Il compose le numéro de l'agence. Un jeune homme répond.

Creative Talents Management.

Kevin Jackson, s'il vous plaît.

Un instant, s'il vous plaît.

Il sourit. Kevin Jackson. Rien que d'y penser. Oh, rien que d'y penser. Une voix mâle, puissante et profonde répond.

Kevin Jackson.

Lui-même ?

Oui.

Pourquoi n'avez-vous pas d'assistant ?

Qui est à l'appareil ?

Et vous ne reconnaissez pas ma voix. Ça me fait de la peine.

Qui est à l'appareil je vous prie ?

Il faut que j'utilise ma voix publique ? Ma voix de télé, ma voix de star ?

La voix d'Amberton devient plus basse, plus masculine.

Salut, Kevin.

Mr. Parker. Que puis-je pour vous ?

Il reprend sa vraie voix.

Vous m'avez appelé Mr. Parker ?

Oui, monsieur.

Je m'appelle Amberton. J'ai d'autres noms, mais nous ne sommes pas assez intimes pour que vous les connaissiez.

Que puis-je pour vous, Amberton ?

J'aimerais déjeuner avec vous aujourd'hui. Nous pouvons aller où vous voudrez.

Je suis désolé, Amberton, mais je suis pris à déjeuner.

Annulez.

Je ne peux pas.

Amberton rit.

Je rapporte à votre agence des millions et des millions et des millions et des millions de dollars par an. J'ai des amis dans toute la ville, de bons amis, et d'autres pas si bons, qui sont prêts à tout faire pour moi. Je suis une superstar internationale, aussi brillante qu'une supernova. Je doute fortement que la personne avec qui vous déjeunez soit aussi importante que moi.

C'est ma mère.

Vraiment ?

Oui.

Merveilleux. Je viens.

Pardon ?

Je viens. Où et quand ?

Je ne suis pas sûr...

Amberton l'interrompt.

Pas de discussion. Je viens.

Kevin rit.

Nous allons à De la Soul au Kilo. C'est sur Crenshaw.

Amberton pouffe.

Ça s'appelle vraiment comme ça ?

Oui.

Amberton note l'adresse raccroche va se changer dans sa chambre. Son dressing est ridiculement grand, 240 mètres carrés de vêtements parfaitement organisés dont la plupart lui ont été offerts par des créateurs et des marques dans l'espoir qu'on le verra les porter. Il a du mal à choisir. Il veut être impressionnant mais pas trop, décontracté mais pas trop, beau mais sans effort. Il essaie de coordonner sa tenue avec sa coiffure, il a du mal à décider s'il doit ou non mettre du gel. Il tourne en rond autour du dressing passe en revue les possibilités : costume, pantalon et chemise, jean, short (Wow, ça c'est décontracté !). Il n'en allait pas ainsi avec ses autres cibles. Il décidait qu'il les voulait il les poursuivait il les obtenait. Il avait un côté simple et prédateur, il n'avait quasiment pas à réfléchir, il se fiait à son instinct à son désir. Aujourd'hui, avec ce joueur de football, ce grand et magnifique joueur de football noir, il est en train de perdre son assurance. Il s'assied, prend plusieurs inspirations profondes comme au yoga, s'enjoint de se concentrer, concentrer, concentrer. Une fois concentré, il enfile un pantalon noir une chemise noire des mocassins noirs. Il se met du gel. Il se regarde dans le miroir sourit et dit – oui, tu es la plus grande star qui soit au ciel, oui, vraiment.

Il se met en route vers le quartier de Crenshaw, où se trouve De la Soul au Kilo. Il est au volant de sa Mercedes. C'est un coupé noir aux vitres teintées. Les vitres sont plus sombres que la loi ne l'autorise, mais Amberton les a fait mettre après que quelqu'un l'a vu dans sa voiture, a perdu le contrôle de son véhicule puis est rentré dans un poteau télégraphique à la suite de quoi il a intenté un procès à Amberton. Il aurait pu gagner, mais Amberton a transigé. Il a décidé qu'il valait mieux payer, même s'il n'y avait pas matière à procès et si les motifs de son adversaire étaient méprisables, plutôt que de voir l'affaire traîner pendant deux ou trois ans. Le lendemain il avait fait teinter les vitres de toutes ses voitures (il en a sept).

Il traverse Beverly Hills en empruntant le pays des merveilles de Rodeo Drive pour prendre Wilshire Boulevard. Il remonte Wilshire à l'est entre deux rangées de tours de verre débordant d'agences de managers maisons de production agences de relations publiques avocats. Il prend Robertson direction sud, quittant la richesse et l'éclat de Beverly Hills pour pénétrer dans un de ces quartiers anonymes de Los Angeles livré aux fast-foods stations-service commerces de voitures d'occasion. Il s'engage dans la 10 vers l'est elle est bouchée. Il allume la radio cherche une station qui diffuse des tubes chante plusieurs de ses chansons d'amour favorites des années 1980. Il entend une chanson qu'il a enregistrée pour un film (gros succès !), il la chante à plein volume se rappelle le garçon avec qui il couchait pendant le tournage, un assistant de production du Tennessee âgé de dix-neuf ans. Il était grand et blond avait un accent adorable était nerveux et mal à l'aise. C'était un garçon magnifique et Amberton était doux avec lui. Lorsque la chanson se termine, des larmes coulent le long des joues d'Amberton.

Il prend la sortie Crenshaw Boulevard tourne à droite en direction du sud. Crenshaw est l'une des principales artères de South L.A. Le quartier qu'elle traverse est occupé par l'une des plus importantes communautés noires d'Amérique. Dans les années 1950 et 1960 c'était surtout un quartier petit-bourgeois, dans les années 1980 il a été envahi par les gangs ravagés par le crack il est devenu un des plus violents du pays, dans les années 1990 il a été dévasté par les émeutes de 1992 et le tremblement de terre de Northridge en 1994. Bien qu'il ait été partiellement reconstruit, Crenshaw Boulevard est dans un constant état de décrépitude. Il est bordé d'un nombre excessif de fast-foods, de commerces d'alcool et de magasins discount. Il y a des églises en façade de mini-centres commerciaux et des parkings entourés de barbelés. La plupart des conducteurs ont leurs portières verrouillées et leurs vitres relevées. Les piétons, qui sont rares, jettent des coups d'œil nerveux autour d'eux tout en marchant à pas pressés. Les quartiers résidentiels qui se trouvent juste derrière Crenshaw sont principalement constitués de maisons en stuc de style espagnol et d'immeubles à un ou deux étages. Les rues sont propres et les jardins généralement bien entretenus. En dépit de son apparence, un air de menace plane sur le quartier. Les gens qui n'habitent pas ici, s'ils en ont le courage, passent rapidement en voiture.

Amberton est nerveux tandis qu'il recherche De la Soul au Kilo. Même si cela fait de nombreuses années qu'il habite L.A., il n'est jamais allé sur Crenshaw, ni aux alentours, et il est terrifié. Il essaie de rassembler un peu de la bravoure dont il fait montre à l'écran dans ses rôles de héros américain mais n'en trouve pas trace. Les pires scénarios se mettent à défiler dans son esprit : on va lui voler sa voiture on va lui rentrer dedans il va tomber en panne se faire dévaliser (peu importe que son réservoir soit plein), il va se faire descendre dans une petite rue se faire sortir de voiture et scalper il va se faire kidnapper et jeter en pâture à une bande de pitbulls sous-alimentés et fous de rage. Quand il voit le restaurant, au dos d'un mini-centre commercial décrépit, il laisse échapper une exclamation de joie et se rabat brutalement tant il a hâte de se garer.

Il trouve une place devant le restaurant sort de la voiture branche l'alarme bien qu'il sache que cela ne sera d'aucune utilité si quelqu'un veut la voler. Il fait face à la porte, prend une grande inspiration l'odeur est magnifique un mélange de nourriture frite rôtie et cuite au four, indubitablement et merveilleusement grasse. Il se dirige vers la porte, l'ouvre, entre.

Le restaurant est petit et bondé. Il y a une vingtaine de tables, de simples tables pliantes recouvertes de nappes de papier des chaises pliantes de chaque côté, toutes sont occupées.

Les murs sont couverts de photos dédicacées d'athlètes, de rappeurs, de musiciens de jazz, d'hommes politiques et d'acteurs, tous noirs. Amberton cherche Kevin, tout le monde se tourne pour le regarder. En plus d'être qui il est, c'est le seul visage blanc dans l'établissement. Il entend quelqu'un dire – Putain, c'est un Blanc – il entend quelqu'un d'autre dire – Regarde c'est cet enculé d'acteur. Il cherche Kevin. Rien. Il cherche quelqu'un qui pourrait être la mère de Kevin. Rien. Il songe à sortir monter dans sa voiture rentrer chez lui dare-dare quand il entend son nom.

Mr. Parker ?

Il regarde autour de lui n'arrive pas à voir qui parle. Un peu plus fort.

Mr. Parker ?

Il regarde mais ne voit rien, est-ce que quelqu'un va lui tirer dessus, le frapper, est-ce qu'il devrait s'enfuir, oh mon Dieu.

Je suis ici, Mr. Parker.

Il voit une jolie Afro-Américaine à la peau sombre qui va sur ses quarante ans assise seule à une table à trois mètres de là. Elle porte un tailleur et des lunettes noires, a l'air d'une avocate ou d'une banquière. Elle fait signe à Amberton de s'approcher il se dirige vers elle elle est à environ trois mètres. Il est nerveux, il tremble presque, il doit se reprendre. Il sait qu'il doit interpréter l'Amberton public, et cacher le vrai, le gay.

J'ai une table pour nous. Kevin n'est pas encore arrivé.

De sa voix profonde.

Formidable.

Elle lui tend la main.

Tonya Jackson.

Amberton Parker.

Enchantée.

Moi de même.

Ils s'asseyent.

Vous êtes la sœur de Kevin ?

Elle rit.

Non.

Sa cousine ?

Non, je ne suis pas sa cousine, Mr. Parker.

Je présume que vous êtes parents ?

Elle rit.

Oui, nous sommes parents. Je suis la mère de Kevin.

Amberton semble très surpris.

Non.

Elle rit de nouveau.

Si.

Vous paraissez si jeune.

Je ne suis pas vieille.

Vous avez eu Kevin à l'âge de cinq ans ?

Rit de nouveau.

Vous êtes très charmant, Mr. Parker.

Sérieusement. Vous êtes plus jeune que moi.

C'est possible. J'ai été une très jeune mère.

Ça vous embêterait de me dire à quel point.

Oui si vous avez l'intention de me juger.

Je suis juste curieux.

J'avais quinze ans.

Quel qu'ait été votre âge, vous avez fait du beau travail. Kevin est un jeune homme incroyablement impressionnant.

Elle sourit.

Merci. Je suis très fière de lui.

106

Une serveuse arrive ils commandent à boire un soda light chacun. Sans prendre la peine de consulter Amberton, ce qui l'impressionne, Tonya commande le déjeuner, poulet frit tranches de lard frit et tripes de porc, cheeseburger haricots blancs en sauce et feuilles de chou, pain de maïs cuit dans de la graisse de bacon. Alors qu'elle termine de commander, Kevin arrive, il porte un costume noir impeccable, une chemise bleue et une cravate rouge classique. Il se penche, serre sa mère dans ses bras l'embrasse sur la joue, elle sourit lui dit bonjour. Il s'assied, regarde Amberton, parle.

Vous avez trouvé facilement ?

Amberton sourit.

Oui.

Et vous avez trouvé ma mère.

C'est elle qui m'a trouvé.

Elle sourit, parle.

Il aurait été difficile de le rater dans un endroit pareil.

Ils rient, se mettent à parler, Amberton commence par poser des questions sur leur vie commune, comment ils ont survécu. Tonya répond à la plupart, nous avons habité avec mes parents jusqu'à ce que j'aie vingt et un ans ils gardaient Kevin quand j'étais au travail et que j'allais à l'école, nous avons déménagé quand j'en ai eu les moyens c'était en face de chez mes parents. J'allais à l'université le soir j'en suis sortie à l'âge de vingt-cinq ans, j'ai été employée comme analyste de crédits dans une banque. Il pose des questions sur la carrière sportive de Kevin, il a toujours été doué on voyait quand il avait sept ans qu'il allait devenir exceptionnel, il a battu les records des tests d'admission et a été recruté par toutes les universités du pays, nous étions tellement contents quand il a été numéro 1 nous avons été anéantis quand il a été blessé. Amberton jette un regard à Kevin quand il le peut, essaie de se contrôler. Il voudrait être plus près de lui, le toucher, lui tenir la main. Il ne quitte pas son personnage, essaie de ne pas laisser paraître ses sentiments, est extrêmement conscient du fait que tout le monde regarde leur table. Quand la commande arrive, Amberton est soulagé d'avoir quelque chose qui le distraie de Kevin son ravissant Kevin, et bien que généralement il suive strictement un régime sans graisse pauvre en hydrates de carbone à base d'aliments crus préparé pour lui par son chef, il attaque. La nourriture est lourde, riche, incroyablement bonne. Tandis qu'ils mangent, Tonya se met à poser à Amberton des questions sur sa vie, il lui sert son speech tout prêt, je suis marié j'adore ma femme nous avons trois beaux enfants (tous conçus en éprouvette). Elle lui pose des questions sur son travail il dit qu'il fait une pause veut profiter de la vie pendant quelques mois, que son prochain film sera sur un chimiste qui développe un super virus et que son boulot sera de l'en empêcher envers et contre tout.

Ils finissent de déjeuner, Amberton essaie de payer Tonya lui dit de ranger son argent. Le patron vient avec la monnaie de Tonya demande à Amberton une photo à mettre au mur, il sera le premier Blanc, Amberton dit que bien sûr ce sera un honneur pour lui. Ils se lèvent sortent, Amberton marche derrière Kevin le regarde marcher vers la porte, Amberton a encore faim.

Une fois dehors, il embrasse Tonya sur la joue lui dit que ça a été un vrai plaisir de faire sa connaissance elle lui retourne le compliment. Amberton dit au revoir à Kevin il lui serre la main c'est le meilleur moment de la journée une simple poignée de main. Ils montent dans leurs voitures respectives et s'en vont. Amberton se branche sur la station qui passe des chansons d'amour. En roulant sur Crenshaw en direction de la 10 il ne ressent aucune peur. Il entend une chanson qui parle d'amour, de l'amour vrai, il l'accompagne à tue-tête. Il a encore faim.

Entre 1880 et 1890 la population passe de trente mille à cent mille résidents. Le prix du terrain monte en flèche jusqu'à ce que le marché s'effondre en 1887, créant la première dépression immobilière en Californie du Sud. Avec l'augmentation massive de la population viennent également les premiers avant-courriers de l'industrie du spectacle. Les compagnies théâtrales de l'Est commencent à arriver en ville et à ouvrir leurs propres théâtres.

Esperanza ne quitta pas sa chambre pendant près d'un an. Elle ne laissait personne, sa mère et son père exceptés, lui rendre visite. Tous ses parents essayèrent de la réconforter, ça ne servit à rien. Son père et ses cousins retrouvèrent tous les hommes qui s'étaient moqués d'elle à la fête et les obligèrent à venir s'excuser, ça ne servit à rien. Pendant les deux premiers mois après la fête elle resta au lit à pleurer. Chaque fois qu'elle essayait d'arrêter de pleurer, ou essayait de se lever, elle se revoyait allongée par terre, en ce jour qui était censé être le plus beau de sa vie, la jupe à la taille, cinquante hommes l'entourant et se moquant d'elle. Sa mère finit par la convaincre de se lever, lui dit qu'elles allaient essayer de s'occuper ensemble de ses cuisses. Même s'ils avaient très peu d'argent ils achetèrent tout un tas de machines conçues spécialement pour faire travailler les cuisses, le Thighmaster, le Thighrocker, le Thighshaper, le Thighsculptor et le Thighdominator, mais aucune ne fut efficace. Esperanza essaya toutes sortes d'exercices, debout allongée accroupie en marchant avec des poids, y compris le fameux jeté de la hanche, tous furent inutiles. Une fois les exercices abandonnés, à la place elle essaya de courir ça ne marcha pas courir en cercles dans sa chambre ça ne marcha pas sauter sur un mini-trampoline ça ne marcha pas. Ils consultèrent un coach sportif, il dit que la génétique était le facteur principal et que personne ne pouvait changer sa génétique, ils consultèrent un médecin, il dit que parfois Dieu nous donne des choses qui ne nous plaisent pas et qu'il faut juste apprendre à s'y faire. Esperanza était désemparée. Elle retourna au lit, pleurant toute la journée, maudissant ses cuisses, maudissant sa vie.

Elle sortit de sa chambre quand l'un de ses cousins mourut. Il s'appelait Manuel avait seize ans et avait rêvé de devenir médecin. Il avait traversé la frontière avec ses parents à l'âge de douze ans, avait appris à parler un anglais parfait en une année était le meilleur élève de sa classe ne s'approchait pas des gangs qui dominaient le quartier. C'était un garçon gentil et doux, à qui on avait enseigné à être un gentleman, à tenir les portes faire des compliments aider ceux qui en avaient besoin. Il fut tué alors qu'il rentrait de l'école. Une balle perdue tirée d'une voiture l'atteignit dans la nuque. Il était mort avant de toucher le sol. Esperanza fut désespérée, se sentit coupable de ne pas avoir vu son cousin l'année précédente, fut gênée de reconnaître qu'elle avait agi de manière aussi ridicule. Elle sortit sa plus belle robe, se coiffa se maquilla et quitta sa chambre pour assister aux funérailles avec le reste de sa famille. Après l'enterrement, elle aida sa mère à préparer le repas dans la cuisine pour les invités qui venaient présenter leurs condoléances, elle les servit emplit leurs verres débarrassa leurs assiettes. Ce soir-là, elle veilla tard avec ses autres cousins, partageant leurs anecdotes préférées à propos de Manuel, riant de ses airs studieux, maudissant ce phénomène de gangs qui l'avait tué.

Le lendemain, Esperanza alla trouver les dix-sept occupants de la maison, les prit chacun à part, leur demanda pardon. Ils lui dirent tous de ne pas s'en faire, qu'ils étaient juste heureux de la revoir. Elle alla à l'église dans l'après-midi et demanda conseil à Dieu, se confessa et fit brûler un cierge pour son cousin. En rentrant, elle résolut de se remettre à vivre, de vivre au-dehors de sa chambre et de sa maison, au-dehors de son mépris et de sa haine de soi, au-dehors de l'image qu'elle avait de son corps. Le départ fut lent. La première semaine elle sortit une fois par jour, généralement pour aller à l'église. La deuxième semaine elle sortit deux fois par jour, à l'épicerie et à une boutique de vêtements d'occasion. La troisième semaine elle commença à passer des coups de téléphone et à tenter de reprendre la voie qu'elle avait abandonnée un an auparavant. La bourse qu'elle avait obtenue avait sauté on lui dit qu'elle pouvait la redemander. Sa place à l'université aussi on lui dit qu'elle pouvait la redemander. Sa famille n'avait pas d'argent, si elle devait aller à l'université elle savait qu'elle avait besoin d'un travail. Elle demanda à sa mère si elle avait entendu parler de quelque chose. Elle demanda à son père s'il avait entendu parler de quelque chose. Tous deux interrogèrent leurs amis. Esperanza se mit à lire les petites annonces, quadrilla le quartier et parla aux commerçants, commença à remplir des demandes à passer des entretiens. Comme elle avait toujours honte de ses cuisses, elle portait des jupes trop grandes qui les cachaient. Tout en cherchant du travail, il lui arrivait d'aller faire des ménages avec sa mère. Sa mère faisait généralement deux maisons par jour, une le matin et une l'après-midi. Le vendredi, elle faisait une grande maison à Pasadena qui lui prenait toute la journée. La femme qui y habitait avait dans les soixante-dix ans, elle était extrêmement riche, était née à Pasadena y avait passé toute sa vie. Des rues des jardins et des écoles portaient le nom de différents membres de sa famille. Pendant la plus grande partie de son existence elle avait eu du personnel à demeure, mais en vieillissant elle n'aimait plus avoir des gens autour d'elle tout le temps. Ses enfants étaient partis, elle avait trois filles toutes bien mariées et habitant non loin, et quand son mari était décédé, il avait dix ans de plus qu'elle et était mort à soixante-quinze ans d'une crise cardiaque en jouant au tennis, elle avait renvoyé le personnel et avait engagé Graciella. Après sa troisième semaine de travail avec sa mère, la femme demanda à Esperanza si elle était intéressée par un travail à plein temps. Esperanza dit oui, la femme dit que sa sœur cherchait quelqu'un pour faire la cuisine et le ménage. Esperanza dit qu'elle aimerait la rencontrer.

Elle eut une entrevue le lendemain. Elle devait avoir lieu le matin, elle se réveilla tôt mit sa plus belle jupe se sentait pleine d'espoir et de confiance. Si elle pouvait avoir un travail elle pourrait aller à l'université le soir, elle savait que quel que soit son travail elle y arriverait. Elle prit le bus pour Pasadena, avec la circulation il fallait cinquante minutes sans circulation il n'en aurait fallu que dix. Elle descendit du bus et se mit en marche, la maison était à un quart d'heure le soleil était levé il faisait déjà chaud elle commençait à transpirer. Quand elle trouva l'adresse elle s'arrêta devant une grille et regarda à travers les barreaux en fer forgé. La maison était immense, ressemblait plus à un musée qu'à une maison. Deux longues ailes s'étendant de part et d'autre d'une entrée massivement garnie de colonnes. Le jardin était immense et parfaitement vert, coupé par une allée en pierres blanches. Comme elle regardait la maison, une voix bourdonna dans un petit haut-parleur discrètement inséré dans le mur en pierre qui soutenait les grilles.

Vous êtes la fille qui travaille pour ma sœur ?

Elle regarda le haut-parleur. Sa mère lui avait dit de parler anglais, mais de ne pas montrer à sa patronne éventuelle qu'elle le parlait couramment. Cela permettrait à sa patronne de se sentir supérieure, ce que les riches Américaines avaient tendance à apprécier, et de se dire qu'elles pourraient parler et communiquer chez elles sans avoir à craindre d'être écoutées, ce qu'elles avaient également tendance à apprécier.

Oui.

Je vais ouvrir. Venez à la porte.

Sí.

La grille commença à s'ouvrir silencieusement. Esperanza se dirigea vers la maison qui se dressait face à elle, plus elle approchait plus elle devenait intimidante. Comme elle commençait à gravir les marches menant à la porte, la porte s'ouvrit. Une femme sévère de soixante-dix ans se tenait devant elle. La femme avait les cheveux blancs des yeux bleus perçants, elle était grande et décharnée, avait une mâchoire dure les pommettes dessinées, portait une belle robe à fleurs. Bien qu'il fût huit heures du matin, on aurait dit que cela faisait des heures qu'elle était debout et qu'elle était prête à aller déjeuner au club ou jouer aux cartes avec ses partenaires de bridge habituelles. Elle toisa Esperanza, ce qui rendit Esperanza nerveuse et inquiète. Elle parla.

Ça a été pour arriver jusqu'ici ?

Oui.

Pas de problèmes ?

Non.

Il y a des gens qui se sont perdus parce qu'ils ne pouvaient pas lire les indications pour les bus et les rues que nous avons ici en Amérique.

Moi ça va.

Esperanza atteignit le sommet de l'escalier, s'arrêta devant la femme qui continuait à la toiser, elle se sentait gênée inquiète nerveuse, pire encore.

Je m'appelle Elizabeth Campbell. Vous pouvez m'appeler Mrs. Campbell.

Esperanza regarda le sol en marbre blanc, hocha la tête.

Vous vous appelez ?

Elle leva les yeux.

Esperanza.

Avez-vous jamais fait le ménage dans une aussi grande maison ?

Non.

Pensez-vous en être capable ?

Sí.

116

Pourquoi pensez-vous en être capable ?

Je travaille dur à nettoyer.

Vous comprenez que chez moi c'est moi qui fais les règles et que vous ne les contestez pas ?

Sí.

Vous êtes sûre de me comprendre ?

Sí.

Mrs. Campbell la fixa.

Entrez que je vous montre l'office.

Mrs. Campbell se tourna et entra dans la maison, Esperanza suivit, fermant la porte derrière elle avec précaution. Elles traversèrent l'entrée, qui avait des plafonds hauts de six mètres un immense lustre en cristal des portraits à l'huile dans des cadres dorés des parents de Mrs. Campbell, elles passèrent devant un grand escalier qui s'incurvait doucement, elles entrèrent dans un petit hall passèrent devant une buanderie se dirigèrent vers une petite porte. Mrs. Campbell ne regardait pas derrière elle supposait qu'Esperanza suivait. Elle ouvrit la porte descendit un escalier menant à un sous-sol renforcé de béton. Il y avait des machines à laver et un évier le long d'un mur, une quantité de produits nettoyants, des serpillières, des balais et un aspirateur contre un autre mur, un petit lit de camp et une armoire à côté des produits. Mrs. Campbell se retourna, parla.

Voici votre territoire. Comme le reste de la maison je désire qu'il soit impeccable. L'armoire est pour vos tenues, que je vous donnerai, et pour votre tenue de soirée, que vous porterez quand j'aurai des invités. Le lit est pour quand vous devrez rester dormir. Ça n'arrive pas souvent mais si c'est nécessaire j'espère que vous le

ferez sans vous plaindre. Si je vous surprends à
dormir pendant la journée, vous serez immédiatement renvoyée. Vous ferez toute la lessive ici,
bien que je désire que vous continuiez à travailler à d'autres choses pendant ce temps. Je
n'aime pas les fainéants. Je vous paie pour travailler, pas pour fainéanter.

Esperanza parcourut la pièce d'un coup d'œil
circulaire. Elle était grise, terne, déprimante.

Comme un cachot sous un palais. Mrs. Campbell claqua des doigts devant son visage.

Vous m'avez entendue ?

Esperanza la regarda, visiblement blessée.

Je veux savoir si vous avez compris ce que j'ai
dit des fainéants ?

Esperanza hocha la tête, blessée.

Et vous avez compris tout le reste ?

Sí.

J'en doute, mais je suppose que nous verrons.

Je comprends, Mrs. Campbell.

Je vais vous montrer le reste de la maison.

Elles montèrent, firent le tour de la maison,
cela prit plus d'une heure. Elles allèrent à la maison des invités, qui était plus grande que la plupart des maisons normales, quatre chambres et
quatre salles de bains, cela prit une demi-heure.
Quand elles eurent fini Mrs. Campbell accompa-
gna Esperanza jusqu'à la porte.

Quand pouvez-vous commencer ?

Quand vous voulez ?

Demain matin ?

Okay.

Il vous faudra repasser une des tenues avant
de commencer, et si elle ne vous va pas il faudra

que vous l'emportiez pour la mettre à vos mesures.

Sí.

Des questions ?

Combien vous me payez ?

Je vous paierai trois cent cinquante dollars par semaine. C'est beaucoup d'argent pour quelqu'un comme vous.

C'est pas assez.

Mrs. Campbell parut choquée.

Pardon ?

La maison est très grande. Vous devez me payer plus.

Vous n'êtes pas en position d'exiger quoi que ce soit de moi, jeune dame, vous me comprenez ?

Esperanza hocha de nouveau la tête, elle était maintenant une véritable épave.

Sí.

Vous me comprenez ?

Esperanza eut un mouvement de recul. Une épave.

Sí.

Elle regarda Esperanza. Esperanza regarda par terre.

Combien croyez-vous que vous méritez ?

Je ne sais pas.

Vous aurez quatre cents. Pas un sou de plus. Si cela ne vous plaît pas, je trouverai quelqu'un d'autre pour le faire. Il y a plein de gens comme vous dans cette ville et je n'aurai aucun mal.

Sí.

Je vous verrai demain alors. Et si vous êtes en retard, votre premier jour sera votre dernier.

Gracias.

Esperanza tourna les talons et s'en alla, parcourut l'allée à pas pressés, la confiance ou l'espoir qu'elle pouvait avoir en arrivant à l'entrevue avaient disparu, elle voulait juste être loin, loin d'Elizabeth Campbell, qui, elle le sentait, l'observait depuis le pas de sa porte.

En 1892, Edward Doheny et Charles Canfield découvrent du pétrole dans la cour d'un ami après avoir remarqué que les roues de sa charrette étaient toujours couvertes d'une substance humide et noire. Doheny achète immédiatement quatre cents hectares de terrain autour de la maison, juste en dehors de ce qui était alors Los Angeles et qui est aujourd'hui le quartier d'Echo Park. Il commence à forer et en un an il a cinq cents puits de pétrole. En deux ans il y a mille quatre cents puits de pétrole dans le comté de Los Angeles. Au début des années 1920, presque un quart du pétrole mondial provient des puits de Los Angeles.

Dylan arpente Riverside Drive qui, théoriquement, longe le fleuve Los Angeles. Le fleuve est un fossé en béton large de quinze mètres qui déverse les eaux usées et le trop-plein des eaux de pluie dans l'océan Pacifique. Il pleut en moyenne trente jours par an à L.A. et il n'y a généralement pas de pluie d'avril à novembre, ce n'est donc pas un bien grand fleuve. Dylan entre dans toutes les stations-service tous les magasins de pièces détachées tous les garages qu'il trouve sur son chemin il remplit des formulaires cherche du travail. Après trois jours il trouve un garage spécialisé dans les motos qui cherche quelqu'un. Le propriétaire appartient à un gang de bikers (qu'il qualifie de club de motocyclistes) qui s'appelle les Mongrels, il mesure un mètre quatre-vingt-quinze, pèse cent soixante kilos, porte une queue-de-cheval tressée qui lui descend jusqu'à la taille, est probablement l'humain le plus effroyable que Dylan ait jamais vu. L'homme, qui s'appelle Tiny, le regarde, parle.

Qu'est-ce que tu y connais en réparation de motos ?

Je peux réparer n'importe quoi.

Ma femme me casse les couilles, tu peux la réparer ?

Probablement pas.

Qu'est-ce que tu y connais en réparation de moteurs de motos ?

Je peux réparer tout ce qui a un moteur.

Va réparer ce tas de merde là-bas.

Il désigne une vieille Harley au fond du garage. Elle est couverte de rouille et le moteur est en pièces par terre.

Qu'est-ce qu'elle a ?

Tu as dit que tu pouvais réparer tout ce qui a un putain de moteur, va voir.

Dylan se dirige vers la moto, Tiny va à son bureau, où il décroche le téléphone, compose un numéro, se met à hurler. Dylan regarde les pièces du moteur dispersées par terre. Il enlève son T-shirt, commence à manipuler les pièces, les observe. Quand il a besoin d'enlever la graisse qu'il a sur les mains, il les essuie sur son pantalon. Il se dirige vers une grande boîte à outils cabossée, y prend négligemment quelques outils, retourne à la moto. Il remonte rapidement le moteur. Il essaie de démarrer la moto, rien. Essaie de nouveau, rien. Fait quelques ajustements, essaie encore, rien. Il redémonte le moteur, l'organise par terre. Le tout prend trois heures. Une fois qu'il a terminé, il va au bureau de Tiny. Tiny est toujours au téléphone, toujours en train de hurler. Dylan se tient sur le pas de la porte, quand Tiny le voit, il pose la main sur le combiné, hurle à Dylan :

Qu'est-ce que tu veux bordel ?

J'ai trouvé ce qui n'allait pas avec le moteur.

Quoi ?

C'est un tas de merde irréparable et vous devriez le jeter.

Tiny rit.

J'ai envoyé quatre cents trous du cul regarder ce truc et tu es le premier qui a assez de cervelle pour me dire ce que je savais déjà.

Alors j'ai le boulot ?

Attends.

Tiny porte de nouveau le combiné à son oreille, parle.

Faut que je te rappelle.

Il attend.

Non. Faut que je te rappelle bordel.

Il attend.

Écoute, connard de mes deux, il y a quelqu'un dans mon putain de bureau et je ne peux pas parler bordel de merde.

Il claque l'appareil sans attendre la réponse, secoue la tête, parle.

Les gens sont foutrement cons, mon pote. Chaque jour je suis surpris par la connerie des gens.

Ouais.

Tu ferais bien de ne pas être con sinon je te fous dehors.

Je ne suis pas con.

On verra. Tu as réussi l'examen, mais je ne suis pas encore convaincu. Tu pourrais quand même être un connard.

Dylan rit.

Les horaires sont de neuf à cinq. Des fois ça peut être plus tôt, des fois ça peut être plus tard. Ça dépend. La paie est de six dollars l'heure, je te paierai en liquide.

Six dollars ça ne me semble pas très lourd.

Je te paie en liquide comme ça t'as pas d'impôts, et si ça te plaît pas, ne prends pas le boulot. Tôt ou tard je trouverai un mex clandestin que je pourrai payer quatre dollars l'heure.

Je le prends.

Bien, tu as passé l'examen numéro deux.

Dylan rit.

Une autre chose, peut-être la chose la plus importante.

Ouais.

Il y a des choses ici qui se passent et qui se disent qui sont privées, si tu vois ce que je veux dire. Tu en parles à quelqu'un et toi et la personne à qui tu tiens vous retrouverez dans une mauvaise position. Tu essaies de m'en parler et je te fous mon poing sur ta putain de bouche.

Compris.

Bien. Maintenant tire-toi. Je te verrai demain matin.

Dylan tourne les talons et s'en va, fait à pied les trois kilomètres et demi qui le séparent du motel. Quand il rentre dans la chambre, Maddie a disparu. Il n'y a pas de mot, pas de message. Il sort sur le balcon regarde des deux côtés de la rangée de chambres, tend l'oreille dans l'espoir de l'entendre dans l'une des chambres, terrifié à l'idée qu'elle puisse se trouver dans l'une des chambres habitées par un couple de septuagénaires alcooliques, un détrousseur de banque repenti selon ses dires, un dealer de méthadone, deux actrices pornos débutantes qui jouent dans des films mettant en scène des adolescentes, un type qui se fait appeler Andy l'enculé de mac. Il longe la rangée des chambres écoute commence à paniquer il descend longe la rangée des chambres du rez-de-chaussée. Il connaît seulement l'un des locataires, une ancienne rockstar devenue héroïnomane, il n'entend rien nulle part il va à la réception demande à l'homme derrière le comptoir qui regarde une série vieille de dix ans sur une petite télé couleur l'homme hausse les épaules dit aucune idée mon pote, j'ai rien vu.

Dylan retourne à la chambre ouvre la porte la laisse ouverte allume une cigarette se dit qu'il boirait bien quelque chose essaie de trouver quoi faire, appeler la police, faire un tour dans les parages, elle n'a aucun ami à L.A., nulle part où aller personne à voir, il pense à ses voisins lequel, lequel, elle apparaît à la porte, parle.

Salut.

Il lève les yeux. Elle tient une barquette de poulet frit et une bouteille de champagne bon marché.

Où tu étais ? J'ai eu les jetons.

Elle avance, parle.

Je suis allée trouver du boulot.

L'embrasse.

Et j'en ai trouvé.

Où ?

Au 99 cents.

Il rit.

Sérieusement ?

Ouais. Je suis caissière. On me donne un uniforme et un chapeau.

Il rit de nouveau.

Fabuleux.

Comme on va avoir de l'argent, je nous ai fait une petite surprise.

Elle pose le poulet et le champagne sur la table. Dylan est toujours assis sur le lit.

J'étais vraiment inquiet.

Je suis une grande fille.

Il y a un tas de dingues dans ce motel.

Je sais. C'est pour ça…

Elle met la main dans sa poche, en retire une petite bombe de gaz lacrymogène.

Je me suis acheté ça au 99 cents. Ça ne m'a coûté que 66 cents avec ma ristourne d'employée.

Il sourit. Elle sourit.

Viens manger et boire du champagne avec moi.

Il se lève, fait quelques pas.

Comment tu as trouvé du champagne ?

J'en ai acheté chez un caviste. Le type n'arrêtait pas de regarder mes nichons il ne m'a même pas demandé mes papiers.

Tu as de beaux nichons.

Elle sourit.

Si tu es sage et que tu manges ton dîner je te les montrerai peut-être.

Il s'assied, attrape un bout de poulet, prend une énorme bouchée. Elle rit. Ils mangent parlent, il lui parle de son boulot, de Tiny, elle lui dit de faire attention, il dit qu'il restera jusqu'à ce que quelque chose de mieux se présente. À mesure qu'ils boivent du champagne ils deviennent gais, enjoués, ni l'un ni l'autre ne buvaient beaucoup, ni l'un ni l'autre n'ont jamais bu de champagne. Ils finissent au lit tâtant explorant jouant, faisant toutes les choses qu'ils ne pouvaient pas faire sur les banquettes arrière des voitures et sous les tables de ping-pong des copains quand ils habitaient chez eux. Elle lui montre tout ce qu'il veut voir lui donne tout ce qu'il veut lui prend tout ce qu'elle veut. Ils veillent tard remettent ça, encore, dans les bras l'un de l'autre ils se disent je t'aime ils ont dix-neuf ans ils sont libres ils sont amoureux ils croient encore en l'avenir.

Le lendemain ils commencent à travailler, ils se réveillent prennent le café ensemble s'arrêtent à une boulangerie. Il choisit un doughnut à la crème elle un doughnut au sirop d'érable ils s'embrassent vont chacun de leur côté. Maddie va à pied au magasin à quatre rues de là. Elle va voir le gérant qui s'appelle Dale, il l'accompagne au vestiaire. Il va sur la quarantaine, il est grand mince il perd ses cheveux, porte une fine moustache mitée. Il ouvre la porte à Maddie, la suit, ferme la porte derrière lui. La pièce a deux murs couverts de rangées de casiers métalliques, des bancs devant. Le long de l'un des autres murs se trouvent un lavabo et un comptoir avec une machine à café et un panier de snacks sur le comptoir. Dale parle.

Nous avons chacun un casier. Vous y mettez votre uniforme et vos vêtements quand vous travaillez. Vous ne pouvez pas y garder de la drogue ou de l'alcool, et vous ne pouvez pas avoir d'armes. Tout ce que je trouve de ce genre je le prends je le garde. Si je suis vraiment pas content je peux le donner aux autorités ou à des gens comme ça. Pendant les pauses vous pouvez venir ici si vous voulez. Moi j'aime bien sortir mais il y a des gens qui aiment ici. Et pas question de faire de bêtises avec aucun autre employé, à moins que ce soit une fille et que je puisse regarder, ou que ce soit moi.

Il sourit. Maddie parle.

C'est une blague ?

Il rit.

Bien sûr, petite sœur. Ou peut-être pas. À vous de décider.

Il rit de nouveau, un peu plus fort.

Vous avez mon uniforme ?

Bien sûr. Il est dans mon bureau. Je vais vous le chercher. Vous pouvez choisir un casier pendant ce temps.

Il s'en va. Elle regarde les casiers, regarde ceux sans cadenas dessus, en ouvre un, il y a un tas de chaussettes sales dedans elle le referme immédiatement. Elle en ouvre un autre, il y a un sachet de chips à moitié entamé et une armée de fourmis elle le referme. Elle en ouvre deux autres, tous deux vides mais ils ne lui conviennent pas, elle en cherche un dans un coin loin de la plupart des cadenas. Elle en trouve un, l'ouvre, il n'y a rien dedans. Elle le regarde, y met la tête, le sent. La porte s'ouvre, Dale entre avec un T-shirt et une visière 99 cents qui sont rouge, jaune et orange avec des 99 noirs imprimés partout dessus. Il parle.

Quelle odeur il a ?

Elle sort la tête, rougit de honte.

Ça va.

Vous aimez sentir les choses ?

Pas vraiment.

Voilà votre uniforme.

Il lui tend le T-shirt et la visière.

Merci.

Nous préférons que vous portiez un pantalon blanc avec. Ça fait bien ressortir ces couleurs.

Okay.

Vous en avez un ?

Non.

Achetez-en un avec votre première paie. Et achetez des culottes blanches aussi. Sinon les gens voient la couleur que vous portez sous votre pantalon.

Elle rougit de nouveau, parle.

Vous avez un cadenas pour moi ?

Non, mais vous pouvez en acheter un. Devinez combien ça coûte.

Sais pas.

Quatre-vingt-dix-neuf cents.

Il rit, tourne les talons, sort. Maddie met le T-shirt et la visière, va à son bureau. Il la conduit à une allée, l'installe derrière une caisse. C'est le même modèle que celle qu'elle avait à la station-service, donc elle sait s'en servir. Elle passe la journée à enregistrer des boîtes de soupe des nouilles japonaises des sachets de bonbons de petits jouets en plastique du savon du shampooing du dentifrice des piles. Elle essaie de sourire à tous les clients, de faire en sorte que chacun se sente mieux en sortant qu'avant de passer à sa caisse. À la fin de sa journée elle est épuisée, elle a mal aux pieds aux doigts aux yeux à la bouche. Elle pointe rentre à pied. Elle achète un sachet de tacos sur le chemin, regarde la télé en attendant Dylan. Elle regarde une émission sur la vie privée des gens célèbres, leur vie amoureuse leurs fêtes, les maisons qu'ils habitent les vêtements qu'ils portent les voitures qu'ils conduisent. L'émission est produite à quelques kilomètres de là, les personnes célèbres habitent de l'autre côté de la colline. Elle jette un coup d'œil circulaire à la chambre, aux murs sales, aux meubles minables, au lit qu'elle ne toucherait jamais si elle n'y était pas obligée, à la moquette tachée, elle va à la fenêtre tire le rideau voit deux hommes sur le parking qui s'engueulent, une femme se tient entre eux elle crie elle a un œil au beurre noir. Maddie retourne à la télévision. Une chanteuse est en train d'acheter une montre en diamants à Beverly Hills. C'est à l'autre bout de la planète.

Dylan revient il est couvert d'huile et de graisse il l'embrasse prend une douche. Ils mangent leurs tacos, regardent la télé, tombent dans le lit tombent l'un dans l'autre ils s'endorment deux heures plus tard facilement, profondément. Ils se réveillent et vont ensemble à la boulangerie. Il choisit un doughnut à la crème, elle au sirop d'érable.

Leur vie prend un tour routinier. Ils travaillent, dînent regardent la télé, se mettent au lit pour jouer, s'endorment, le font jour après jour, jour après jour. Ils n'aiment pas leurs boulots mais ils ne les détestent pas non plus. Maddie apprend à ignorer Dale, qui tente sa chance avec toutes les femmes du magasin, Dylan fait ce qu'on lui dit, parle quand on lui parle, se mêle de ses affaires. Lorsqu'il a du temps libre Dylan travaille sur la vieille Harley dans le coin, il récupère des pièces, en répare d'autres, en quelques mois il l'a retapée. Il commence à conduire Maddie au travail le matin, à passer la prendre à la fin de la journée. Le soir ils vont faire de grandes balades à moto dans les collines, le long des montées et descentes tortueuses de petites rues compactes pleines de voitures, de maisons bâties dans le roc de maisons sur pilotis de maisons construites les unes sur les autres, la plus petite coûtant probablement un million de dollars la plus grande dix ou vingt. Ils parcourent Mulholland Drive, une route à deux voies qui court sur trente-trois kilomètres le long des Hollywood Hills et des Santa Monica Mountains. Ils s'arrêtent sur différents terre-pleins à différents endroits, les vues sont à l'est, au nord et au sud vers l'ouest ils voient le bleu lointain du Pacifique, au nord et au sud vers l'est ils voient l'étendue infinie de lumières de voitures de maisons et de gens elle va jusqu'à l'horizon l'étendue, elle est terrible et magnifique. Ils traversent Bel-Air et Beverly Hills. Ils roulent lentement en passant devant des rues boisées et gardées, ils regardent les villas essaient d'imaginer comment c'est de vivre dans l'une d'elles d'avoir autant d'argent. Ils roulent sur l'autoroute de la côte Pacifique ils enlèvent leurs casques et hurlent à cent soixante à l'heure la tête en arrière et les yeux ouverts, ils sont libres et seuls et il fait froid et noir et le vent est sur leurs visages et ils sont amoureux et ils rêvent encore, rêvent encore.

Quand ils sont au motel, ils restent dans leur chambre, évitent les autres résidents. Le détrousseur de banques s'en va est remplacé par un homme condamné pour meurtre qui s'en va remplacé par un violeur, les dealers sont remplacés par d'autres dealers, il y a des bagarres sur le parking presque tous les soirs, ils entendent des hurlements et des pleurs qui sortent des chambres la nuit, le matin, à toute heure, des hurlements et des pleurs. Ils essaient d'économiser. Ils veulent aller dans un endroit plus propre, plus sûr. La majorité de ce qu'ils gagnent est avalée par le loyer et la nourriture mais ils se débrouillent, la plupart de leurs repas provien-

nent du 99 cents, ils n'achètent pas de vêtements. Au bout de deux mois ils ont 160 dollars
au bout de quatre mois 240. Maddie est empoi-
sonnée par quelque chose qu'elle a mangé au
fast-food ils vont aux urgences ils paient la note
ils n'ont plus rien. Le violeur s'en va remplacé
par un pédophile. Andy l'enculé de mac menace
de tuer le pédophile. Le pédophile s'en va remplacé par un autre violeur.

Le service des parcs de Los Angeles est créé en 1889. À l'époque, il n'y a pas de parcs officiels, bien qu'il existe cinq terrains réservés pour le développement potentiel de parcs. En 1896, le colonel Griffith J. Griffith, un officier gallois qui a fait fortune dans la ruée vers l'or, fait don de plus de douze cents hectares de collines au-dessus de son ranch Los Feliz pour que cela devienne un parc. La ville achète plus de terrain afin d'obtenir une superficie de dix sept cents hectares, soit dix-sept kilomètres carrés.

Entre cent et trois cents sans-abri hommes et femmes vivent dans les environs de la promenade de Venice Beach. La population diminue l'été quand il y a des nuées de touristes, que la police cherche à donner une image propre et sûre de la ville et que le temps est suffisamment clément pour vivre dans d'autres endroits du pays. Elle augmente en hiver quand le soleil continue à briller, qu'il continue à faire bon, qu'il est possible de dormir dehors et qu'il reste encore suffisamment de touristes pour trouver de quoi vivre.

Pendant vingt-cinq ans, la plupart des sans-abri vivaient dans le Venice Pavilion. Le Pavilion était un centre d'art et de loisirs situé dans plusieurs bâtiments qui occupaient un hectare de terrain avec vue sur la mer. Il avait été construit en 1960 et abandonné en 1974, quand plomberie électricité et chauffage avaient cessé de fonctionner à cause de défauts de construction. Dès qu'il avait été déserté, les sans-abri s'y étaient installés. Ils avaient établi leur propre société à l'intérieur des clôtures qui fermaient la propriété. Les alcooliques et les toxicomanes en tout genre, crack, héroïne, et dans les années

1990 méthadone, vivaient dans des sections différentes et les gangs étaient en guerre constante se volaient les uns les autres complotaient les uns contre les autres. Les viols, tant d'hommes que de femmes, étaient communs, les blessures à l'arme blanche et autres passages à tabac quotidiens. C'était une des plus violentes communautés du pays. À partir d'un moment la police cessa de patrouiller dans le Pavilion et cessa même d'essayer de contrôler ce qui s'y passait, se contentant de le contenir et de ne pas laisser sa violence s'étendre. À la fin des années 1990, le Pavilion fut détruit. Pendant la rénovation de la promenade, les résidents s'éparpillèrent. Certains trouvèrent refuge le long de la promenade. Certains s'établirent dans le centre de Los Angeles à Skid Row, une mini-ville de dix mille habitants et de cinquante rues quadrillées de campements en carton et de forteresses en ferraille, avec un niveau similaire de violence et de dépravation. Ceux qui restèrent se mirent à établir des limites et des règles. La première était que les drogués et les jeunes alcooliques occupaient la partie nord de la promenade, les sans-abri plus vieux et plus paisibles, certains étant alcooliques d'autres non, vivaient dans la partie sud. La communauté du côté nord était beaucoup plus dangereuse et violente, la plupart des résidents du côté sud se contentant de vivre aussi discrètement et paisiblement que possible.

Vieux Joe est un des piliers du côté sud. Bien qu'il n'ait que trente-neuf ans, il en paraît plus de soixante-dix, et de ce fait ajouté à l'importance que lui confère sa résidence dans les toilettes il est considéré comme un Ancien, sage et bienveillant, quelqu'un qui contribue à la bonne marche de sa partie de la promenade, du moins de la communauté des sans-abri qui y vit. Une ou deux fois par mois il tranche un différend concernant un banc ou une poubelle, aide à régler des problèmes de vol et de violence, aide à décider des punitions pour ces délits. Comme la police ignore plus ou moins les sans-abri, les résidents du côté sud ont leur propre système de justice. Quand l'un d'eux est déclaré coupable de quelque chose, il est obligé soit de payer une indemnité, soit de compenser le préjudice subi par sa victime en lui cédant une place de choix pour dormir, manger ou mendier. Celui qui refuse la punition est exilé. Côté sud, il est entendu que si les résidents travaillent ensemble font leur propre police et s'entraident, leur vie, qui peut être sinistre et déprimante, sera légèrement meilleure.

Côté nord un tel système n'existe pas, pas plus que le sens de la communauté. C'est la survie sous sa forme la plus brutale, la plus implacable, la plus démente. Vols, viols et violence sont toujours fréquents. Les disputes se règlent à coups de poing, de couteau, de brique et de tessons de bouteille. Les femmes sont considérées comme des biens et sont achetées vendues échangées, les nouveaux venus sont immédiatement jaugés, et s'ils paraissent vulnérables, attaqués maltraités. Du fait qu'un grand nombre des sans-abri du côté nord de la promenade ont l'air menaçant et se conduisent de manière agressive, les touristes sont bien moins enclins à leur donner de l'argent ou de la nourriture. Leur incapacité à se procurer de l'argent en mendiant ne fait qu'accentuer la violence et l'anarchie de leur culture. Ils font ce qu'ils ont besoin de faire pour obtenir de l'argent de la drogue ou du sexe, peu importe les dommages matériels ou humains. Ils font ce qu'ils ont besoin de faire.

Il y a peu ou pas de relations entre les sans-abri résidant au nord et au sud de la promenade. Ils se connaissent mais préfèrent s'ignorer. À part la mendicité et quelques cas de harcèlement que la police réprime avec autant de promptitude que de force, il y a peu ou pas de relations entre les sans-abri et les touristes qui pullulent sur la promenade chaque jour de l'année (entre 50 000 et 250 000 selon la saison). Les habitants de Venice, dont certaines parties abritent des stars du cinéma, du rock, et leurs maisons de plusieurs millions de dollars, et dont d'autres parties abritent des gangs et des ghettos infestés par le crack, ignorent généralement la promenade. Un grand nombre habite Venice parce que le rythme de vie, même dans les quartiers dangereux, est plus lent que dans le reste de la ville, plus doux. Et contrairement au restant de la ville, les gens à Venice parlent à leurs voisins, marchent dans leur quartier, se rendent à pied dans les boutiques, les restaurants, les écoles, les églises. La promenade est bruyante, bondée, sale, c'est un cauchemar pour se garer, on y sent cinquante genres de nourritures, presque toutes à base de friture. C'est un monde en soi, et la population de sans-abri est un monde à l'intérieur de ce monde.

C'est l'aube et Vieux Joe est réveillé sur la plage il regarde le ciel qui vire lentement au bleu, qui vire lentement au bleu. Il est venu ce matin avec l'espoir d'apprendre pourquoi pourquoi il n'a rien appris, c'est comme tous les matins il n'a rien appris rien de rien. Il fait déjà chaud vingt-deux degrés environ. Le sable est froid contre les parties exposées de sa peau, ses mains ses chevilles son cou le dos de sa tête. Il y a une brise légère. L'air est humide et propre, il sent le sel et a un goût d'océan, il prend une grande et lente inspiration, la retient souffle en prend une autre. Il entend quelqu'un qui se dirige vers lui il ne bouge pas, il approche, il ne bouge pas. Une voix.

Joe.

Ouais.

J'ai besoin de ton aide.

Qui c'est ?

Tom.

Tom Six-Orteils ?

Non, Vilain Tom.

Qu'est-ce qui se passe, Vilain ?

J'ai besoin de ton aide.

Ça peut attendre ?

Crois pas.

Qu'est-ce qu'il y a ?

Il y a un problème derrière la poubelle derrière le marchand de glaces.

Quel marchand de glaces ?

Celui à côté du Paradis de la Saucisse.

Quel est le problème ?

Il y a une fille évanouie. On dirait qu'elle s'est fait tabasser.

Appelle les flics.

J'ai des mandats d'arrêt au cul. Je peux pas appeler les flics.

Fais-les appeler par quelqu'un.

C'est pour ça que je suis venu te chercher.

Je suis occupé.

Tu es allongé, là.

Ouais, je suis occupé.

Cette fille va mal, mon pote. Faut l'aider.

Vieux Joe tourne la tête, regarde Vilain Tom qui de fait est vilain. Il est grand, bien que ses jambes soient plutôt courtes, il a des touffes de cheveux gris filasse. Il lui manque trois dents de devant, les autres sont jaune foncé ou brunes, il a le visage et le cou couverts de marques de petite vérole. Il vient de Seattle, où il a grandi dans des familles d'adoption jusqu'à l'âge de seize ans où il s'est enfui a descendu la côte jusqu'à L.A. Cela fait deux décennies qu'il est à la rue. Il habite le coin d'un parking près de Muscle Beach dort dans un sac de couchage garde ses vêtements au fond.

Je suppose que tu ne partiras pas avant que j'accepte de venir avec toi.

Non.

Joe s'assied.

Il n'y avait personne dans le coin ?

Tout le monde dort encore.

Et si je dormais encore ?

Non.

C'est possible.

Allez, Vieux. Tout le monde sait que tu es ici tous les matins à regarder que dalle.

Joe rit, se met debout.

Tu crois que je regarde que dalle ?

Je ne sais pas ce que tu regardes.

Il rit de nouveau. Ils se dirigent vers la suite de bâtiments qui abritent le Paradis de la Saucisse, les vendeurs de glaces, un magasin de bikinis, un tatoueur, et des boutiques de T-shirts. Les bâtiments, comme la plupart de ceux qui longent la promenade, ont un ou deux étages et furent construits côte à côte dans les années 1960 et au début des années 1970. Les commerces sont au rez-de-chaussée, il y a des appartements au-dessus, certains bâtiments possèdent des terrasses où les résidents, presque toujours des hommes, boivent de la bière attirent l'attention des touristes – des femmes – pour essayer de les amener à les saluer de la main, monter boire une bière, enlever leur chemisier.

Joe et Tom contournent les bâtiments, s'engagent dans Speedway Avenue, célèbre rue qui court parallèlement à la promenade la longe sur toute sa longueur. Speedway est bordée de bennes à ordures, de ce qui déborde des bennes, de places de parking simples et doubles appartenant généralement aux boutiques ou aux restaurants qui abritent ces bâtiments. Un grand nombre de sans-abri des deux côtés de la promenade vivent sur Speedway, ils y dorment mangent achètent et vendent de la drogue, s'y soûlent. Les équipes de cinéma l'utilisent souvent pour tourner des scènes censées se passer dans des quartiers défavorisés. Du côté opposé à la promenade, Speedway est longée d'allées résidentielles avec de larges trottoirs au lieu de rues, il n'y a pas de voitures, les rues sont bordées de palmiers, d'hortensias sauvages et de maisons à plusieurs millions de dollars, les habitants, dont une grande partie est composée d'artistes, de scénaristes, d'acteurs et de musiciens, ont tendance à éviter de traverser autant que possible. Joe et Tom s'arrêtent devant une grande poubelle marron cabossée. Elle ne possède pas de couvercle. Elle pue le lait tourné, et les restes de vieille glace, maintenant agglutinés en quelque chose qui ressemble à de la colle blanche et brune, sillonnent ses flancs. Joe parle.

Mon pote, ça c'est une poubelle vraiment dégueu.

C'est parce que toute la vieille glace pourrie cuit au soleil.

C'est dégueulasse.

Ouais.

Où est la fille ?

Derrière.

Comment tu l'as trouvée ?

De temps en temps je viens voir s'il y a de la glace mangeable.

C'est dégoûtant.

Elle est mangeable parfois.

Un jour tu vas te rendre malade.

J'ai des soucis plus graves que de me rendre malade avec de la glace.

Joe commence à faire le tour de la poubelle, voit une flaque de sang, s'arrête, prend une grande inspiration, secoue la tête. Il fait le tour de la poubelle. Une petite adolescente est affalée face contre terre. Elle porte un minable jean noir et un T-shirt noir, ses cheveux sont blonds avec des mèches rouges de sang. Joe se demande si elle est encore en vie. Il s'approche, voit sa poitrine qui se soulève lentement ; il s'accroupit à côté d'elle la regarde un moment. Il voit le contour d'un côté de son visage. Ce qu'il voit est couvert de sang séché et craquelé, sous le sang c'est bleu sombre-violet. Joe se tourne pour regarder Vilain Tom, parle.

Elle est mal en point.

Je sais. C'est moi qui l'ai trouvée.

Elle était juste comme ça ?

Je sais pas. J'imagine.

Elle a bougé ?

Joe se retourne vers la fille. Il pose la main sur son épaule. Il parle tout doucement.

Ma petite demoiselle ?

Rien. Il la secoue doucement.

Ma petite dame ?

Rien. Il regarde attentivement ses mains, elles sont toutes sales, il y a du gravier sous ses ongles. Il se retourne vers Vilain Tom.

Qu'est-ce que tu crois qu'on devrait faire ?

Si je savais je ne serais pas venu te chercher.

On dirait une gosse des rues. Elle a des mains de la rue.

C'est ce que j'ai pensé moi aussi.

Il y a plein de gosses des rues autour de la promenade.

Mais pas par ici. Ils ne sont pas d'ici.

On ne contrôle rien.

Ils font toujours des problèmes quand ils viennent par ici.

La vie n'est faite que de ça.

Ouais, je sais. C'est pour ça que je bois et que je vis dans un sac de couchage.

Joe hoche la tête, retourne à la fille, la regarde. Elle respire lentement, ne bouge pas. Elle a des mèches rouges de sang. Le sang sur son visage est séché et caillé. Il regarde Tom.

Tu as de l'argent sur toi ?

Pourquoi ?

Je voudrais que tu ailles me chercher une bouteille de chablis pas cher.

J'ai pas d'argent.

Tu sais où je cache mes bouteilles.

Non.

Si je te le dis et que les bouteilles commencent à disparaître, je saurai que c'est toi.

J'aime pas le chablis.

S'il y a de l'alcool dedans, tu aimes.

Ouais, tu as raison. Mais la seule chose que j'aime moins que le chablis c'est le bain de bouche.

Tu n'as pas de goût.

Le chablis n'a pas de bouquet. J'en bois parce qu'il faut bien que je me défonce. Le chablis n'a pas de bouquet.

Va me chercher une bouteille. J'en ai deux ou trois dans la chasse d'eau dans mes toilettes.

Juste une ?

Ouais, juste une.

Okay.

Voilà la clé. Referme quand tu t'en vas.

Joe prend la clé dans sa poche et la tend à Tom.

Tu permets que j'utilise les toilettes ? Ça fait un bout de temps que je n'en ai pas utilisé.

Où tu vas ?

Généralement je vais dans l'eau.

Ouais, vas-y.

Merci.

Vilain Tom s'en va. Vieux Joe va s'asseoir près de la fille, adossé au mur du bâtiment. Il lève les yeux, regarde le ciel, le soleil est complètement levé, le ciel est d'un bleu infini parfait. Joe regarde respire attend.

Trente minutes plus tard Vilain Tom revient, donne sa clé et sa bouteille à Joe et retourne à son sac de couchage dans le coin du parking. Joe ouvre la bouteille, sent le vin prend une gorgée, la retient la savoure, la retient jusqu'à ce que sa bouche soit saturée de son goût, l'avale. La fille n'a pas bougé. Elle est étendue sur le béton, sa poitrine se soulevant doucement, redescendant doucement. Il boit. Il regarde. Le ciel est bleu il est chaud et lumineux devient plus chaud et lumineux. Il attend.

En 1901, une première grosse vague d'environ mille immigrants japonais arrive à Los Angeles. Ils établissent une communauté dans le centre-ville à côté de Chinatown. Alors, chaque groupe ethnique important – Noirs, Blancs, Mexicains, Chinois et Japonais – a sa propre communauté séparée et distincte. Il n'y a pas ou très peu de mélange entre les communautés. Les interpénétrations débouchent souvent sur la violence.

Parfois elle avait de l'argent, parfois elle n'en avait pas. Parfois elle en gagnait, le plus souvent on lui en donnait elle ne savait pas pourquoi.

Elle avait connu l'amour.

Son cœur avait été brisé.

Elle avait vécu sur trois continents dans six pays dix-sept villes vingt-sept appartements elle n'avait pas de foyer, pas de foyer, pas de foyer.

Dépression, haine de soi, peur étaient toutes ses amies.

Parfois elle dormait seize heures par jour, parfois pas du tout.

Elle mangeait des steaks saignants, du poulet frit, buvait fumait ingérait.

Elle conduisait vite sous la pluie, lentement sous le soleil.

La sécurité et la paix lui venaient par brefs moments passagers. Elle ne savait jamais quand ou pourquoi, elle s'arrêtait où qu'elle fût quoi qu'elle fît, elle s'arrêtait et respirait lentement profondément, s'arrêtait et respirait lentement profondément, ressentait la sécurité, ressentait la paix.

Elle recherchait toujours l'extase. Sous les femmes, les hommes, sur eux devant eux en eux

en elle. C'était toujours physique. Elle avait
entendu dire qu'il y avait plus, certains pensaient, elle avait entendu dire qu'il y avait plus,
elle avait entendu dire.

*
* *

Elle ne voulait pas y aller. Encore une soirée
à L.A. pleine de vêtements de bijoux d'ironie et
de désespoir. Son amie l'avait appelée six fois
avant midi, avait dit s'il te plaît viens s'il te plaît
viens, je ne veux pas y aller toute seule s'il te plaît
viens. Son amie voulait rencontrer un producteur ou un réalisateur ou un acteur n'importe
qui de riche et célèbre, l'emmener dans les toilettes pour le baiser, emménager avec lui pour
le baiser, le quitter lui faire un procès pour le
baiser. Cela faisait quatre ans qu'elle essayait,
avait été à des centaines de soirées, avait vu
beaucoup de porcelaine, quelques belles maisons, pas grand-chose d'autre.

Elle appelle encore. Encore. Encore. Elle
appelle encore.

Allô ?

Je t'en prie viens.

Pourquoi ?

J'ai besoin de toi.

Mais non.

Si.

Pourquoi ?

Parce que.

Ça sera comme d'habitude. J'en ai assez.

Non.

Si.

148

Une demi-heure. Si ça ne te plaît pas tu partiras.

Ça ne me plaira pas.

Si.

Non.

*
* *

En 1996 il leur aurait fallu quinze minutes. En
2005 il faut une heure. Elles roulent lentement
le long de fast-foods, de centres commerciaux,
de magasins de pièces détachées. Son amie
conduit et fume elle n'arrête pas de parler. Les
collines les surplombent d'un côté. La plaine
s'étend indéfiniment de l'autre. Il fait chaud. La
climatisation est à fond. Elle regarde par la fenêtre. Les trottoirs sont vides, comme toujours, le
ciel est bleu, comme toujours. Son amie n'arrête
pas de parler.

*
* *

Elle est assise dans un canapé dans le jardin.
Trois hommes lui ont proposé de lui donner leur
téléphone, un lui a proposé de faire des photos,
tous ceux qu'elle a rencontrés lui ont demandé
quel métier elle faisait. Elle boit, essayant de décider si elle va se soûler, ou comment se soûler, elle
pense prendre de la coke elle sait qu'il y en a.

Salut.

Elle lève les yeux. Grand mince cheveux noirs
yeux noirs. Pantalon trop bas, tennis éculées, T-
shirt noir ample.

Salut.

Ça va ?

Oui.

Vous ne vous souvenez pas de moi.

Non.

Il sourit. Elle le regarde. Rien.

Je vous connais ?

Oui.

Comment ?

Il continue de sourire. Il se tourne et s'en va.

*
* *

Elle le regarde. Il flirte avec d'autres femmes. Il rit avec ses deux amis, dont l'un boit, l'autre fume de l'herbe. Il mange quatre cheeseburgers. Il boit de la bière américaine à même la canette. Il sait qu'elle le regarde. Cela ne semble pas l'affecter. Elle essaie de se rappeler où, quand, s'il est con, si elle a couché avec lui. Elle le regarde. Il flirte avec d'autres femmes et rit avec ses amis.

*
* *

Il fait sombre. Elle en est à son quatrième verre. Elle est à l'intérieur, dans un fauteuil qu'elle a incliné à fond. Il y en a un autre à côté d'elle, mieux, en cuir noir avec des emplacements pour les verres, une télécommande de télévision incorporée, un système de massage des épaules et des lombaires. Il s'y assied de côté pour lui faire face. Il parle.

Vous avez habité à Indianapolis.

Vous êtes de là-bas ?

Non. Vous avez aussi habité à Barcelone.

Je sais que vous n'êtes pas espagnol.

Et vous avez habité Boston et Atlanta.

Pas d'accent, donc vous n'êtes d'aucun de ces deux trous de merde.

Je suis d'Albany.

Albany ?

Où vous alliez à l'école. CP, CE1, quatrième et troisième.

J'étais dans une école de filles.

Avec ma sœur. J'avais un an de plus, j'étais à l'école des garçons.

Le nom de votre sœur ?

Il sourit de nouveau se lève s'en va.

*
* *

Son amie veut partir. Elle veut rester. Son amie dit qu'il y a une autre soirée. Elle dit à son amie d'y aller sans elle.

Il joue au ping-pong dans le jardin. Elle le regarde de l'autre côté d'une porte vitrée coulissante. Il joue bien, il a un beau service coupé. Il sait qu'elle le regarde.

Il quitte la table bien qu'il n'ait pas perdu. Il entre à l'intérieur. Elle le regarde, il lui sourit. Elle est assise à une table avec un groupe de gens qu'elle ne connaît pas. Ils parlent d'agents d'auditions d'amis qui sont devenus célèbres et les ont oubliés. Il s'assied devant elle.

Venez dehors avec moi.

Pourquoi ?

Parce que je le veux.

Pourquoi ?

Il sourit et lui prend la main. Il l'aide à se lever. Il l'emmène à la porte l'ouvre ils sortent.

*
* *

Cela fait vingt minutes qu'ils sont sous un lampadaire devant la porte d'entrée. Quand ils sont sortis il s'est tourné vers elle a posé ses mains sur sa taille s'est penché et l'a embrassée doucement. Elle n'a pas résisté, n'a pas pu résister, il lui plaisait, son odeur lui plaisait, son goût lui plaisait. Ils s'embrassent, leurs bouches s'ouvrent lentement, explorant, leurs mains bougeant lentement, leurs corps tendus et relâchés, leurs corps devenant plus proches, plus proches, plus proches.

En 1873, le premier journal de la ville, le *Los Angeles Daily Herald*, paraît. Malgré tous les efforts, il ne sort que deux fois par semaine. En 1890 il fait faillite et disparaît. Plusieurs mois plus tard il reparaît, sous le nom de *Los Angeles Herald*.

Ils s'étaient connus à l'âge de onze ans. Tous deux étaient en sixième, ils venaient juste de s'installer à Inglewood, ils étaient entrés en classe le même jour. Il venait de Watts et elle de Long Beach. Leurs mères, élevant toutes deux leurs enfants seules, avaient déménagé pour trouver de meilleures écoles et des quartiers plus sûrs mais ce n'était qu'un cran au-dessus. Il y avait du travail à Inglewood, surtout au Forum, le stade où les Lakers et les Kings jouaient, devenu depuis une énorme église, et à Hollywood Park, un champ de courses adjacent au Forum, où les parieurs de la classe moyenne venaient voir les chevaux, jouer et se soûler.

LaShawn était géant pour son âge, très grand et très lourd. Sa peau était extrêmement sombre, et il pouvait paraître extrêmement imposant pour les professeurs et les autres élèves. Les gens croyaient souvent qu'il était plus âgé qu'il n'était et qu'à cause de sa taille il était en retard. En vérité, il était excessivement intelligent, passait la plupart de son temps libre à lire, était extrêmement doux. Sa mère lui avait appris que sa taille l'obligeait à être gentil. LaShawn écoutait toujours sa mère. Anika était son opposé, petite et délicate, presque frêle. Elle avait la peau couleur chocolat au lait, des yeux vert clair, dont l'un chassait parfois de côté, elle portait les cheveux en tresses fines qu'elle attachait généralement en queue-de-cheval. Elle était joyeuse et communicative, elle parlait beaucoup et bien, son charme et son intelligence ne manquaient jamais d'impressionner les gens. Elle était toujours la première à lever la main en classe, proposait souvent son aide aux élèves qui avaient du mal ou dirigeait des activités de groupe. Alors que les garçons et les professeurs l'adoraient, certaines filles étaient intimidées par elle ou la jalousaient. Elles l'insultaient, lui écrivaient des mots méchants, la chahutaient quand elle était seule avec elles. Sa mère l'avait prévenue que cela lui arriverait probablement, et lui avait dit de faire de son mieux pour ignorer ceux qui la maltraitaient, de, comme le préconisait Jésus, tendre l'autre joue. Anika obéissait toujours à sa mère, et elle obéissait toujours à Jésus.

Ils devinrent amis pendant le déjeuner. La-Shawn s'asseyait toujours seul, les autres enfants étant trop intimidés pour s'asseoir à côté de lui. Chaque jour, en mangeant, il fredonnait, ou parfois chantait tout bas, des chansons et des cantiques qu'il avait appris à la maison ou à l'église. Sa voix était douce et plutôt aiguë, ne correspondait pas à son âge ni à sa taille. La première fois qu'elle l'avait entendu, Anika avait été surprise. Elle avait eu peur de LaShawn, même s'il n'avait rien fait pour lui faire peur. À mesure qu'elle l'avait écouté, elle avait été sous le charme, presque subjuguée. Elle avait commencé par s'asseoir à la table voisine pour pouvoir l'entendre, si la table n'était pas libre, elle en trouvait une autre proche. Quand il n'était pas à l'école, ce qui était rare, elle devenait agitée, triste, anxieuse. Elle se demandait où il était, ce qu'il faisait, elle s'inquiétait prenait peur. Un jour, plusieurs mois après avoir commencé à l'écouter chanter, il s'assit, se mit à manger, ne fredonna pas, ne chanta pas, ne fit aucun bruit. Anika se demanda ce qui se passait. Il avait un livre avec lui, il mangeait son sandwich buvait une petite brique de jus de fruits tournait les pages. Elle le regarda, il ne semblait pas remarquer sa présence. Elle se leva alla à sa table s'arrêta à côté de lui. Elle resta là une seconde, deux, trois, il leva les yeux, sourit, parla.

Salut.

Elle parla.

Ça va ?

Il hocha la tête.

Je vais bien. Toi ?

Je suppose. Pourquoi tu ne chantes pas ?

Je lis un livre.

Mais tu chantes toujours.

Pas aujourd'hui.

Pourquoi ?

Parce que.

Parce que quoi ?

Juste parce que.

Tu ne peux pas me répondre comme ça.

Si.

Dis-moi juste pourquoi tu ne chantes pas.

Parce que je voulais voir si tu le remarquerais.

Arrête de jouer.

Je ne joue pas.

Si.

Non.

Comment tu sais que je t'écoute chanter ?

Je ne suis pas idiot. Je te vois t'asseoir à côté de moi tous les jours.

C'est juste une coïncidence.

Non.

Si.

Alors pourquoi tu me poses la question ?

Parce que.

Parce que quoi ?

Parce que j'en ai envie.

Ouais, c'est ça.

Il retourna à son livre. Elle resta là. Il mordit dans son sandwich, tourna la page. Elle posa une main sur sa hanche. Il mordit une autre bouchée, continua à lire. Elle parla.

D'accord.

Il continua à lire. Elle parla de nouveau.

J'ai dit d'accord.

Il continua à lire. De nouveau.

J'ai dit d'accord.

Continua. De nouveau.

D'ACCORD. D'ACCORD D'ACCORD D'ACCORD.

Il leva les yeux.

D'accord quoi ?

D'accord, j'aime t'entendre chanter.

Il sourit.

Si tu veux m'entendre chanter, tu peux t'asseoir ici avec moi. Si tu ne t'assois pas ici avec moi, je ne chanterai pas.

Elle tourna les talons, retourna à sa table, prit son plateau revint s'assit, parla.

Okay, vas-y.

Il parla.

Pas avant demain. Aujourd'hui on va juste voir si on s'aime bien.

Arrête de jouer.

Ma mère me dit qu'il faut travailler pour avoir ce qu'on veut dans la vie. Je vais te faire travailler.

Ta mère devrait aussi te dire que si tu veux avoir une bonne vie, il faut donner aux femmes ce qu'elles demandent ou sinon elles te rendront fou.

Il rit, posa son livre, se mit à chantonner. Elle l'écouta en silence. Cela devint un rituel jour après jour ils s'asseyaient ensemble au déjeuner il chantonnait elle l'écoutait. Au début leur relation ne dépassait pas le bord de leur table. S'ils se rencontraient dans les couloirs ils ne parlaient pas. Quand ils avaient un cours en commun, ils s'asseyaient chacun à un bout de la classe. Dans le bus, Anika s'asseyait au fond avec les élèves populaires, LaShawn s'asseyait devant tout seul. Les autres demandaient à Anika pourquoi elle déjeunait avec LaShawn, au début elle répondit qu'elle ne voulait pas le laisser déjeuner tout seul, ensuite qu'elle le trouvait gentil. Les autres la trouvaient folle, ils continuaient à avoir peur de lui. Chaque jour il semblait plus grand. Chaque jour il devenait plus grand.

Plusieurs mois après qu'ils eurent commencé à déjeuner ensemble, ils se rencontrèrent à l'épicerie. Ils faisaient les courses du samedi matin avec leurs mères et arrivèrent au rayon des conserves au même moment, ils commencèrent à aller à la rencontre l'un de l'autre, leurs mères derrière eux. En s'approchant ils se mirent à sourire, Anika se mit à rire LaShawn se mit à chantonner. Quelque chose se produisit, se déclencha pour tous les deux, et ils surent sans le moindre doute, sans la moindre réserve le moindre soupçon, ils surent.

À partir de ce moment ils commencèrent à passer la plupart de leur temps ensemble. Ils partageaient une banquette dans le bus, marchaient côte à côte dans les couloirs à l'école. Ils conservèrent la tradition du déjeuner, passaient leurs après-midi chez l'un chez l'autre, les week-ends alternativement chez l'un et l'autre, leurs soirées au téléphone, pendant des heures et des heures ils pouvaient parler de n'importe quoi de tout de rien ils passaient leurs soirées au téléphone.

Leurs mères, chacune gardant un œil attentif sur son enfant, approuvaient leur amitié, mais, du fait que toutes deux étaient tombées enceintes adolescentes, s'inquiétaient qu'elle ne devienne physique, du moins qu'elle aille au-delà de se tenir par la main et de s'embrasser. Les mères elles aussi devinrent amies, toutes deux avaient grandi dans des quartiers pauvres et dangereux, toutes deux avaient eu leurs enfants avant d'avoir quitté le lycée, toutes deux avaient été abandonnées par les pères de leurs enfants. Quand elles ne travaillaient pas, elles passaient parfois les week-ends ensemble, emmenaient les enfants à la plage, au centre commercial, au restaurant et au cinéma, les emmenaient dans des quartiers de la ville, certains riches certains pauvres certains entre les deux, pour qu'ils voient le monde au-delà d'Inglewood.

À mesure qu'ils poursuivaient leurs études ils durent faire face à la tentation de la drogue, des gangs (dont beaucoup avaient approché La-Shawn à cause de sa taille), durent combattre l'idée que le fait d'être bons élèves et bons citoyens était d'une certaine façon pas cool. La-Shawn se mit à jouer au football, et à cause de sa taille – en seconde il mesurait un mètre quatre-vingt-dix-huit pesait cent cinquante kilos, en terminale il mesurait deux mètres cinq pesait cent quatre-vingts kilos – et grâce à sa force et son intelligence, il devint rapidement une star. Anika se consacra plus à ses études, mais elle était aussi pom-pom girl. Tous deux se présentèrent et furent élus au conseil d'administration de leur école, le dimanche ils donnaient des cours dans leurs paroisses respectives. En dépit de leur amour, de leur attachement évident, ils n'allèrent jamais au-delà de se tenir la main et de s'embrasser. Ils pensaient qu'ils avaient la vie devant eux.

La fin de leurs études secondaires approchant, ils se mirent à songer sérieusement à leur avenir. Tous deux avaient reçu de nombreuses propositions de bourses, celles de LaShawn étaient athlétiques, celles d'Anika académiques. Ils voulaient aller dans la même université, et si possible à Los Angeles, près de leurs mères et de leur communauté. Ayant grandi durant la montée du crack, et étant témoins des ravages provoqués par la drogue – addiction et violence – à Inglewood et dans les communautés voisines, qu'ils soient ou non reliés aux gangs, Anika décida qu'elle voulait faire ses études dans un domaine qui lui permettrait de revenir faire de son quartier d'origine un lieu meilleur et plus sûr. LaShawn voulait utiliser l'université comme un tremplin pour accéder à la ligue nationale de football, où il pensait gagner assez d'argent pour leur garantir une sorte de sécurité financière.

Ils décidèrent d'aller à l'université de Southern California, un établissement privé à l'excellente réputation comprenant trente mille étudiants et situé à quelques kilomètres au sud-est du centre-ville. Cet endroit magnifique constitué de bâtiments néoclassiques et d'allées bordées de palmiers était entouré de quartiers pauvres dont la plupart des habitants avaient un revenu moyen inférieur aux frais de scolarité annuels. Anika entama le cursus préparatoire aux études de médecine, LaShawn se mit à l'haltérophilie. Enrôlé dans l'une des meilleures équipes de football du pays, il pensait que s'il prenait encore du poids, il se ferait suffisamment remarquer pour passer pro. Après la première année il était dans l'équipe offensive d'attaquants, Anika sur la liste des meilleurs étudiants. Comme la plupart des autres étudiants étaient allés dans des lycées plus prestigieux et plus centrés sur les études universitaires, Anika devait travailler dur pour rattraper le niveau et travailler plus dur encore pour y rester. Bien qu'il n'ait pas de salaire et fût censé aussi suivre les cours, LaShawn passait tout son temps à faire de la gym et à s'entraîner. Entre les deux, il n'y avait guère de temps pour autre chose que les études et le football. Une fois par mois, ils sortaient ensemble, ce qui consistait à se promener dans le campus, aller voir un film gratuit au cinéma de l'université et dîner dans un restaurant hors du campus. Le matin suivant, ils se réveillaient et reprenaient leurs activités habituelles. L'été, tous deux retournaient chez leurs mères. Anika travaillait comme volontaire dans un hôpital des environs, LaShawn s'entraînait pour la saison de football. Pendant l'été précédant sa dernière année, où l'on s'attendait à ce qu'il soit élu parmi les meilleurs tackles offensifs universitaires de l'année et recruté par la ligue nationale de football, il eut un accident de voiture alors qu'il revenait du stade d'un lycée voisin. Une voiture remplie par un gang qui fuyait la scène d'une fusillade brûla un feu rouge et lui rentra dedans à cent kilomètres à l'heure. Les deux voitures furent détruites et trois des quatre membres du gang moururent. LaShawn eut huit côtes et les deux jambes cassées et une fracture ouverte du fémur. Anika était à l'hôpital quand l'ambulance l'amena aux urgences. Il hurlait beuglait, des os sortaient de sa cuisse.

Il fallut quatre opérations pour remettre ses jambes en place. Sa carrière de footballeur était finie. Les médecins craignaient que vu sa taille gigantesque et l'état de ses jambes, ces dernières ne puissent plus supporter son poids et qu'il ne puisse pas remarcher. Il fut transféré à l'hôpital de l'USC pour la suite des soins et sa rééducation, que, bien qu'il ne puisse plus jamais jouer, l'université prit à sa charge. Celle-ci fut lente et pénible. Il fallut trois mois pour que ses jambes dégonflent. La douleur était terrible et il devint dépendant aux analgésiques, qu'il devait prendre en doses massives pour qu'ils lui fassent de l'effet. Il quitta l'université et, comme il s'était concentré sur le football, il ne savait que choisir à son retour. Anika passait tout son temps libre dans sa chambre, dormait souvent dans le fauteuil près de son lit, étudiait tandis que lui dormait, pendant sa rééducation. Quand il commença à se désintoxiquer des analgésiques, elle resta près de lui, lui mettant des compresses sur le front, tenant ses mains tremblantes, aidant à nettoyer le vomi qui souillait ses vêtements et ses draps, le réconfortant quand il se mettait à hurler. Une fois la désintoxication terminée, la rage et la dépression arrivèrent. Il avait eu devant lui une immense carrière, durant laquelle il aurait joué devant des stades bondés et gagné des millions de dollars. Elle avait disparu, sans nulle chance de retour. Tous ses rêves étaient détruits, tous ses espoirs envolés, tout son travail réduit à néant par une voiture pleine de gens qu'il avait passé sa vie à éviter. Il ne marcherait peut-être plus jamais, il voulait mourir, et quand il ne voulait pas mourir, il voulait tuer quelqu'un.

L'année fut longue, rude. Anika pensa s'en aller à plusieurs reprises, elle ne pouvait s'imaginer retourner dans la chambre de LaShawn, mais même si cela lui brisait le cœur chaque fois qu'elle passait la porte elle y entrait quand même. Il était diminué physiquement et mentalement, il avait perdu plus de cinquante kilos, ne se reconnaissait pas quand il se voyait dans la glace, disait que sa confiance avait disparu, que sa confiance en lui-même avait disparu. Elle faisait ce qu'elle pouvait pour lui remonter le moral, lui disait qu'elle l'aimait chaque fois qu'elle arrivait et chaque fois qu'elle partait, lui disait que tout irait bien, il ne fallait pas perdre foi, tout irait bien. Elle savait qu'elle ne pouvait rien faire d'autre. Il faudrait qu'il fasse le reste tout seul.

Il se passa quelque chose pendant la rééduca-tion. LaShawn essayait de plier le genou n'y arrivait pas se mit à geindre maugréer se plaindre. Tout près de là, un ancien membre d'un gang, qui avait reçu une balle dans la colonne vertébrale et ne marcherait plus jamais, lui dit de la fermer et de ne pas faire sa chochotte. Pour LaShawn, ce fut comme un choc. L'homme dit à LaShawn qu'il savait qui il était, qu'ils étaient du même quartier, qu'il le regardait jouer au football depuis qu'il était petit. Il dit que LaShawn était faible, quoi qu'il se soit passé il y avait des choses pires dans la vie que de ne pas avoir l'argent la célébrité les autres conneries sur lesquelles il pleurait, qu'il devrait être reconnaissant de pouvoir encore utiliser ses jambes, qu'il avait Anika, qu'il avait encore la possibilité de terminer ses études, qu'il avait autre chose dans sa vie que les gangs, les drogues et la violence, ce que beaucoup des gens de leur quartier n'avaient pas eu n'auraient jamais.

Deux mois plus tard il sortit de l'hôpital et il marchait, même s'il ne pouvait pas faire plus d'une centaine de mètres. Il assista à la remise de diplôme d'Anika, qui avait fini en quatre ans avec mention. Le lendemain de la remise des diplômes, avec une bague achetée à l'aide d'argent emprunté, il mit un genou en terre et lui demanda sa main. Un mois plus tard, dans une église baptiste d'Inglewood, ils se marièrent. Ils n'avaient pas d'argent pour partir en voyage de noces, mais un ancien élève fortuné de USC, qui était un fan de football, leur prêta sa maison sur la plage de Malibu pendant une semaine. Après avoir négligé leurs corps pendant des années, ils passèrent la plus grande partie de cette semaine au lit.

La rentrée suivante Anika intégra la faculté de médecine de USC. LaShawn reprit ses études en sciences de l'éducation. Pour arrondir leurs revenus et financer ses études de médecine, Anika donnait des cours aux étudiants en licence, et LaShawn travaillait pour l'équipe de football. Les jours étaient longs et épuisants. Ils étudiaient ou enseignaient pendant dix-huit heures, et passaient les six heures restantes à dormir. Ils étaient toujours fatigués. À la fin de la seconde année de faculté, et juste avant que LaShawn obtienne sa licence en sciences de l'éducation, Anika tomba enceinte. Ils furent surpris parce que, comme ils n'avaient pas de temps pour être ensemble, ils pensaient faire attention.

Ils étaient aux anges, ainsi que leurs mères, qui proposèrent de garder l'enfant pendant qu'Anika finissait ses études. LaShawn, qui avait cessé de chanter quand il avait commencé à jouer au football, recommença. Il posait la tête près du ventre d'Anika et chantonnait tout bas pour leur enfant à naître. Anika disait en plaisantant qu'il serait bien que le bébé ait plus de gènes venant d'elle que de LaShawn parce qu'un bébé qui lui ressemblerait n'arriverait jamais à sortir de son corps. Amis, condisciples et collègues se cotisèrent pour les aider à acheter les berceau siège table à langer. Ils déménagèrent dans un appartement moins cher mais plus grand ; LaShawn peignit une chambre en jaune, rose, bleu.

Le bébé naquit en février, c'était une fille, petite et claire comme Anika. LaShawn pleura la première fois qu'il la prit dans ses bras, elle avait dix minutes, il la tint contre sa poitrine ses mains tremblaient ses membres chancelaient il pleurait.

Ils la prénommèrent Keisha. Elle vint habiter avec ses parents trois jours après la naissance. Anika prit une semaine de congé pendant laquelle elle continua à étudier, poursuivit ses lectures, continua à corriger les copies de ses étudiants.

Anika a presque terminé ses études, elle veut faire son internat quelque part à Los Angeles. LaShawn fait son devoir du plus costaud père au foyer de toute la Californie, sa fille tient encore dans ses deux paumes. Quand Anika aura terminé son internat ils reviendront à Inglewood où plus tard LaShawn essaiera d'enseigner et d'être entraîneur de football dans son ancien lycée. Il boite, il boitera toujours. De temps à autre on le reconnaît et on lui demande un autographe, ce qui lui plaît et lui déplaît à la fois. Anika veut devenir gynécologue obstétricienne, veut soigner de jeunes mères célibataires noires, les aider à vivre des vies productives et à élever des enfants productifs. Au moins une fois par mois ils sortent en amoureux font une promenade vont au cinéma et au restaurant, à l'église avec leurs mères le dimanche. Ils remercient le Seigneur pour la vie qu'ils vivent ensemble. Ils rendent grâces pour les rêves qui se sont réalisés, ils essaient de comprendre ceux qui n'en ont pas, prient pour ceux qui en ont encore, ceux auxquels ils pensent la nuit, dans leur lit, leur fille dormant à poings fermés à quelques mètres de là.

En 1886, pendant leur voyage de noces, Hobart Johnstone Whitley et Margaret Virginia Whitley décident d'appeler leur maison de campagne Hollywood. La maison est bâtie hors de Los Angeles, près de la Cahuenga Pass. À mesure que les gens s'installent dans la région autour de chez eux, Whitley, qui a bâti plus de cent communes dans le pays, achète des terrains et enregistre toute la région sous le nom de City of Hollywood. Plus tard il bâtira le Hollywood Hotel et vendra toutes les terres à des promoteurs.

La Malibu Colony est un groupe de propriétés entouré de murs, fermé par des grilles et gardé, situé sur la plage près de Malibu Lagoon et Surf-rider Beach. Ce fut le premier terrain à être construit à Malibu quand, en 1929, la famille Rindge, qui possédait un terrain de 5 260 hectares avec quarante-trois kilomètres de front de mer, le vendit pour financer une bataille juridique contre l'État à propos de la construction de l'autoroute de la côte Pacifique qu'elle ne voulait pas voir passer sur sa propriété. Elle perdit et la ville de Malibu se forma peu à peu sur son terrain. Maintenant, les maisons de la colonie, dont presque toutes sont les résidences secondaires d'habitants de Beverly Hills et de Bel-Air, se vendent entre cinq et cinquante millions de dollars.

Casey et Amberton ont une maison de quinze millions de dollars en verre, béton et acier bâtie par un architecte célèbre. Ils y passent entre huit à dix week-ends par an et parfois des vacances. La maison comporte cinq chambres, six salles de bains, une salle de gym, un solarium, une piscine et trois domestiques à demeure. Les voisins sont des acteurs et des actrices, des agents et des directeurs de studio, des magnats de la presse.

Tous deux sont assis au bord de la piscine. Les enfants sont avec leurs gouvernantes. Casey est en bikini elle se met de l'huile sur les jambes. Amberton est nu. Casey parle.

Qu'est-ce que tu vas faire ?

Je ne sais pas.

Combien de fois tu l'as appelé ?

Trente ?

Trente ?

Peut-être quarante...

Tu plaisantes.

Non.

Tu l'as appelé quarante fois ?

Ouais. Peut-être plus.

Oh mon Dieu, il faut que tu arrêtes.

Je ne peux pas.

Combien de fois il a répondu ?

Deux fois.

Et vous avez eu des conversations agréables ?

Pas vraiment.

Qu'est-ce que tu as dit ?

Je lui ai demandé de dire à son assistante de raccrocher.

Au moins tu n'as pas oublié de faire ça.

Et ensuite je lui ai dit que je n'arrêtais pas de penser à lui et qu'il fallait que je le voie.

Et qu'est-ce qu'il a dit ?

Il a dit qu'il ne pensait pas à moi de cette façon-là.

De quelle façon ?

Amberton rit.

De la façon gay.

Je le connais. Il est gay.

Tu vois. C'est ce que je pensais moi aussi. Totalement.

Il se planque juste derrière l'image de star du football et pilier de sa communauté.

Excellente planque.

Pourtant on n'est pas du genre à parler.

Nos planques existent pour des raisons d'image et de marketing. La sienne existe pour une tout autre raison. Je crois qu'il a peur.

Peur ?

Oui. Absolument.

Casey baisse les yeux. Amberton est toujours nu.

Peut-être qu'il faudrait que je l'appelle. Je pourrais lui dire qu'il n'y a aucune raison d'avoir peur.

Ils rient. Elle parle.

Sans blague, qu'est-ce que tu vas faire ?

Je pourrais aller le voir.

Et faire quoi ?

Lui dire que je l'aime.

Tu es sûr ?

Oui.

Après une réunion, un déjeuner et quarante appels sans réponse ?

Oui.

Tu es sûr que tu n'es pas dans la situation de l'homme qui a tout et qui est obsédé parce qu'il y a une chose qu'il ne peut pas avoir ?

J'ai déjà essuyé des refus.

Pas beaucoup.

Ce chanteur. Du boys band.

Il a couché avec toi.

Une seule fois.

Je n'appelle pas ça un refus.

Il hausse les épaules. Ils rient. Ils entendent leurs enfants qui reviennent de la plage, sans doute accompagnés par leurs gouvernantes. Amberton se lève.

Je vais prendre une douche et aller en ville.

Le voir ?

Oui. Je vais entrer dans son bureau fermer la porte le pousser contre le mur et l'embrasser passionnément.

Et s'il te balance un coup de poing ?

Il va fondre. Je le sais. Il va fondre.

Il entre dans la maison monte à sa chambre qui, comme dans l'autre maison, est séparée des autres chambres. Il va dans la salle de bains se regarde dans le miroir est content de ce qu'il voit. Ses cheveux – il s'est fait faire des implants récemment – sont épais et fournis. Son corps est mince et nerveux, sa peau, qu'il soigne quotidiennement, douce et souple. Il passe les mains sur son corps imagine que ce sont celles de Kevin sourit sent un frisson parcourir sa colonne vertébrale imagine que ce sont les mains de Kevin.

Il entre dans la douche, il fait couler l'eau s'allonge par terre la laisse couler sur sa poitrine gicler sur son visage gicler sur tout son corps. Le jet est fort on dirait que quelqu'un pousse d'une main sur son sternum et chatouille le reste de son corps avec des centaines de petits doigts. Il reste allongé sur le marbre noir du sol et laisse l'eau tomber frapper couler se répandre.

Il s'assied se lève se savonne avec un savon français qui sent le parfum, il se rince se savonne de nouveau, se savonne encore, se rince. Il sort de la douche se rase devant son lavabo en marbre avec une lame utilise avec précaution son peigne en ivoire, cela fait il se regarde il veut se sécher au séchoir pour que l'odeur du savon reste sur sa peau. Une brise entre par une fenêtre.

Le soleil entre par une autre. Amberton se regarde, ce qu'il voit lui plaît il sourit.

Quand il est sec il entre dans son dressing. Il a une garde-robe complète dans la maison, ainsi que tous les membres de sa famille, bien qu'elle ne soit pas aussi importante que celle qui est dans l'autre maison. Il essaie de décider ce qu'il va mettre s'il doit être habillé ou décontracté et à quel point, s'il met un short et des tongs. Il pense à ses tenues les plus réussies, il a toujours été célèbre pour porter des Levi's délavés des bottes en lézard noir et une chemise en lin banc italienne. Il se sent fort dans cette tenue, sûr de lui et en sécurité, personne ne peut lui résister. Il ouvre le tiroir où il la range il sourit.

Il s'habille se regarde de nouveau il est superbe vraiment superbe. Il monte dans sa voiture une Maserati abaisse la capote il emprunte la PCH puis Sunset Boulevard jusqu'à Beverly Hills il sait qu'il est superbe. Il s'arrête devant le voiturier de l'agence il est superbe il entre dans l'agence il est superbe. Comme c'est souvent le cas où qu'il aille, même dans les endroits où les gens devraient être blasés, toutes les têtes se tournent pas de mots juste des regards en partie parce que c'est une superstar en partie parce qu'il est superbe.

L'agence ressemble à un musée. Tout est propre et blanc il y a des tableaux à un deux trois quatre millions aux murs. Les réceptionnistes un homme et une femme sont vêtus de costumes noirs ils sont superbes. Un côté du bâtiment est l'aile directoriale, où les agents importants, les directeurs des départements et les associés ont leurs bureaux. La plupart ont plusieurs assistants, leurs bureaux ont des fenêtres, certains une seconde pièce avec des minibars réfrigérateurs et grands écrans de télévision, quelques-uns ont leur propre salle de bains. L'autre partie du bâtiment est pour les agents plus jeunes et moins importants. Certains ont des assistants, d'autres n'en ont pas, certains des bureaux ont des fenêtres, mais la plupart n'en ont pas. Les télévisions, quand il y en a, sont plus petites, il n'y a pas de minibars.

Amberton ne sait pas où se trouve le bureau de Kevin mais il sait, puisque c'est un agent relativement récent, qu'il doit se trouver dans la partie moins importante du bâtiment. Il s'engage dans les couloirs les têtes se tournent les gens regardent, les acteurs qui gagnent autant d'argent sont rarement sinon jamais vus dans cette partie du bâtiment. Il s'arrête à un bureau où une jeune femme à cheveux courts vêtue d'un costume noir et munie d'une oreillette est assise dans un box. De sa voix publique un peu plus sexy que d'habitude pour aller avec son humeur et sa tenue il parle.

Bonjour, mon chou.

Elle lève les yeux. Surprise immédiatement nerveuse presque tremblante.

Euuh bonjour.

La journée se passe bien ?

Oui. Oui. Très bien, Mr. Parker. Merci.

Il la regarde, elle détourne le regard, le regarde de nouveau, sourit nerveusement, regarde par terre, recule.

Je peux vous aider ?

Vous savez où se trouve le bureau de Kevin Jackson ?

Au bout du couloir.

Il continue à la fixer, la regarde devenir de plus en plus gênée. Il adore faire ça, voir comment les gens réagissent, comment sa présence les affecte, combien il a de pouvoir sur eux. Il pose la main sur son épaule, elle tremble.

Merci. Et vous êtes très belle.

Il s'avance dans le couloir vers le bureau de Kevin, en s'approchant il le voit par une porte ouverte, il est assis à son bureau en train de regarder un ordinateur, il porte une oreillette. Amberton l'entend parler.

Il serait formidable dans le rôle.

Il hoche la tête.

Il a deux films qui sortent où il a le second rôle. On dit qu'il pourrait être nominé pour un d'eux.

Il attend.

Il joue un joueur compulsif.

Amberton passe devant l'assistante de Kevin, une jolie jeune femme en costume noir.

Oui, c'est négociable.

Amberton entre dans le bureau ferme la porte.

Rencontrez-le. Vous verrez. Faites-moi confiance.

Kevin lève ses yeux, Amberton sourit.

Arrangez ça avec mon assistante.

Il n'y a pas de fenêtre dans le bureau, le mur derrière Kevin est couvert de photos et de trophées de sa carrière de footballeur. Il y a un fauteuil devant son bureau, Kevin le lui désigne. Amberton s'assied.

Formidable. Merci.

Kevin raccroche, tape quelque chose sur son ordinateur, Amberton le regarde. Kevin termine. Lève les yeux.

En quoi puis-je vous être utile, Mr. Parker ?

Nous en savons assez l'un sur l'autre pour que vous ne m'appeliez pas Mr. Parker.

Un déjeuner ?

C'est plus que ça.

Je ne suis pas sûr de ce que vous voulez dire.

Pourquoi ne me rappelez-vous pas ?

Je ne pensais pas que c'était la chose à faire.

Amberton sourit.

Pourquoi ?

C'était mon sentiment.

Amberton se lève.

Si vous jugiez mes avances indésirables, vous m'auriez appelé pour me le dire. Je pense que vous avez juste peur.

Vous vous trompez.

Vraiment ?

Amberton avance d'un pas.

Oui.

Ne vous inquiétez pas.

Un autre pas.

Je ne le dirai à personne.

Un autre pas.

Un autre pas.

Et, comme vous imaginez, je comprends la situation mieux que quiconque.

Il passe de l'autre côté du bureau.

Je vois et je sens et je sais dans mon cœur que vous me désirez autant que je vous désire.

S'avance vers lui.

Et je veux vous aimer.

Tend la main vers lui.

Amberton regarde Kevin, tend la main. Kevin enlève son oreillette, prend la main offerte, se lève. Amberton sourit.

Amberton sourit.

La colonie d'Indiana, ainsi nommée parce que son fondateur était originaire d'Indianapolis, devient une des plus grandes plantations de citrons des États-Unis. Au début des années 1890, elle lance un concours afin de choisir un nouveau nom, le gagnant est Pasadena, ce qui signifie *dans la vallée* dans la langue de la tribu Chippewa du Minnesota. La classe aisée de Los Angeles se met à s'installer massivement dans la région afin d'éviter les concentrations d'immigrés, d'abord mexicains, chinois, noirs et irlandais qui habitent dans la ville.

Dylan et Maddie sont au lit il est tard les rideaux sont tirés il fait très sombre dans la chambre, bien qu'ils sentent leurs jambes emmêlées leurs corps côte à côte les bouts de leurs doigts se touchant ils se voient à peine. Maddie parle.

Il l'a encore fait aujourd'hui. J'étais dans la salle de repos.

Seule ?

Ouais.

Je t'ai dit de ne pas y aller seule.

J'étais avec cette fille Candi, qui travaille au stock. Elle voulait aller aux toilettes. J'ai pensé qu'il n'y avait pas de problème.

Qu'est-ce qu'il a dit ?

Des choses horribles.

Genre quoi ?

Qu'il voulait me manger comme un hamburger.

Dylan rit. Maddie est vexée.

Ce n'est pas drôle.

D'accord.

Vraiment.

Tu as raison je n'aurais pas dû rire. Qu'est-ce qu'il a dit d'autre ?

Qu'il grignoterait mon téton comme un grain de sésame.

Dylan rit encore. Maddie est encore vexée.

Arrête, Dylan.

Pardon.

Sérieusement.

J'ai dit pardon. Continue.

Il a dit qu'il voudrait enduire ma chatte de caramel et de sauce à la fraise et utiliser sa langue comme une cuillère.

Dylan rit cette fois plus fort et plus longtemps. Maddie passe de la vexation à la colère. Elle se détache de lui, s'assied.

Ce n'est pas drôle, imbécile.

Dylan ne peut pas s'arrêter de rire.

Arrête, Dylan.

Il ne peut pas. Elle lui frappe l'épaule.

ARRÊTE, DYLAN.

Il se calme.

Je suis désolé. Je n'ai pas pu m'en empêcher.

Tu aurais pu.

J'ai dit que je m'excusais.

C'est vraiment chiant, Dylan. Il me rend nerveuse et il me met mal à l'aise.

Tu as peur de lui ?

Pas vraiment.

Tu crois qu'il ferait vraiment quelque chose ?

Non.

C'est un cinglé inoffensif.

Ouais. Mais il est vraiment vraiment cinglé.

Et ne te mets pas en colère, d'une certaine façon c'est très marrant. Je veux dire, quel genre de fou dit à quelqu'un qu'il veut le manger comme un hamburger.

Elle glousse. Il continue.

178

Et qu'il lui grignoterait le téton comme un grain de sésame.

Elle glousse de nouveau. Il continue.

Imagine ce qui doit lui passer par la tête pour qu'il dise ce genre de connerie.

Il est maboul.

Bien que j'aime assez l'idée du caramel et de la fraise.

Un autre gloussement, elle parle.

Ça ne marchera jamais avec moi même si tu le dis gentiment, alors n'essaie pas.

Il rit.

Qu'est-ce que tu crois qu'il dit à sa femme ?

Rien.

Tu ne crois pas qu'il a des spécialités qu'il garde pour elle ?

Je l'ai vue. Elle m'a foutu la trouille. Elle a à peu près la taille de ton patron et elle pourrait probablement le dérouiller.

Donne-moi son numéro au cas où j'aurais besoin d'elle.

Ils rient. Dylan parle.

J'ai une question. Une question importante.

Quoi ?

Est-ce qu'il y a des trucs qu'il dit qui pourraient marcher ?

Tu plaisantes.

Non.

Pourquoi tu veux savoir ça ?

Pour les utiliser. Peut-être avant de s'endormir.

Tu n'as pas besoin de ça. Tu as d'autres trucs qui marchent avec moi.

Elle se penche et commence à l'embrasser il fait nuit noire et ils ne se voient pas mais ils se touchent avec leurs mains leurs jambes leurs lèvres le bout de leurs doigts se touchent.

Le lendemain est pareil au jour précédent rien ne change semaine après semaine après semaine. Ils travaillent, mangent des nouilles et des soupes achetés à 66 cents au lieu des 99 cents du prix normal, ils font de longues balades à moto dans les collines, ils regardent la télé jouent dorment. Dylan n'appelle jamais chez lui n'a pas appelé depuis leur départ, Maddie appelle à peu près toutes les semaines sa mère répond toujours. Maddie ne parle pas, écoute seulement sa mère, qui sait qu'elle est au bout du fil, lui crie dessus, lui dit qu'elle est une bonne à rien une idiote, la traite de merde, la traite de connasse et de pute, qu'elle est inutile et qu'il vaudrait mieux qu'elle soit morte. Parfois Maddie raccroche, parfois non, dans ce cas elle s'assied et l'écoute pendant deux trois quatre minutes à la fin sa mère abandonne raccroche brutalement. La haine de sa mère ne l'affecte pas toujours, elle peut l'oublier. Mais parfois elle sanglote pendant des heures, après elle s'allonge sur le lit et sanglote. Sa mère lui a dit les mêmes choses, l'a insultée pendant presque toute sa vie. Maddie essaie de ne pas appeler mais elle ne peut s'en empêcher. Une partie d'elle croit ce qu'elle entend et une partie non. Elle pense qu'un jour elle raccrochera cessera d'écouter n'appellera plus jamais, ou parlera et dira je sais, maman, tu as raison je suis tout ce que tu dis que je suis. Jusqu'à ce jour, ce moment, cette décision, elle continuera d'appeler, continuera d'écouter, continuera de penser, continuera de sangloter.

Pour Dylan la vie au garage vacille entre des moments d'ennui intense, de satisfactions occasionnelles, et de terreur extrême. Tiny a une conception bien à lui des motos qui peuvent être réparées dans son garage. Les motos japonaises et européennes de tout genre et de toutes marques sont exclues. Il exclut les motos dont les propriétaires sont selon lui des motocyclistes citadins riches (MCR), des gens aux boulots ordinaires, souvent des employés de bureau bien payés qui portent des tenues de cuir et font de la moto le week-end. Les motos des membres d'autres clubs de motards, bien que la plupart ne soient pas assez bêtes pour prendre la peine d'essayer, et les motos utilisées ou possédées par les membres des forces de l'ordre sont également exclues. Un jour la moto d'un flic a atterri dans le garage, Tiny y a mis le feu et l'a balancée sur la pelouse du flic. La plupart des motos qui entrent appartiennent aux membres de son club, ou à des associés des membres du club. Quand une moto entre, Tiny accompagne son propriétaire, qui a généralement entre trente et cinquante ans, est barbu, vêtu d'un jean et d'un blouson de motard en cuir noir, et terrifiant, jusqu'à Dylan pour le lui présenter. Tiny regarde Dylan jusqu'à ce qu'il lève la tête. Cela fait, Tiny parle.

C'est un de mes frères.

Dylan hoche la tête, parle.

Enchanté, monsieur.

Sa moto a besoin d'être réparée.

Je m'y mets tout de suite.

Déconne pas.

Pas de problème.

Mets des pièces neuves et ne le fais pas payer.

Okay.

Et si tu déconnes on te bottera ton foutu cul.

Je ne déconnerai pas.

On bottera ton foutu cul comme il n'a jamais été botté.

Je comprends.

Tu ferais bien. Tu ferais foutrement bien.

Tiny et le membre du club vont alors dans son bureau, où ils ferment la porte et se marrent, boivent, se défoncent. Les associés, qui sont généralement moins terrifiants et qui travaillent ou font des courses pour les membres, sont beaucoup moins bien traités. Tiny se fout de quel genre de pièces Dylan utilise pour leurs motos, se fout qu'il les répare mal, et leur fait payer une fortune. Dylan est amusé par les relations entre les membres et les associés, et fait toujours du bon boulot. Quand il n'y a pas de motos à réparer il feuillette des magazines pornos ou spécialisés dans les armes à feu dont Tiny conserve des piles colossales au fond du garage. Une fois par semaine les membres du club viennent avec des gens qui ne font pas de moto, certains conduisent des camionnettes, d'autres des Mercedes et des Porsche, et Tiny dit à Dylan de se tirer. Dylan fait généralement les cent pas dans la rue en regardant les véhicules exposés sur les terrains des revendeurs d'occasion, tâchant de décider lequel, s'il le pouvait, il achèterait. Il y a une Corvette bleu ciel sur l'un, et une Chevelle décapotable sur un autre, un troisième semble posséder un stock inépuisable de camionnettes rénovées des années 1950 et 1960. Et bien qu'elles lui plaisent, il y a une DeLorean argent, dans toute sa gloire d'acier brossé et de portières ailées à laquelle il revient toujours. Elle est au fond d'un terrain, et d'après ce qu'il en voit, elle ne bouge pas, n'a même peut-être pas de moteur, mais il l'adore, il rêve de faire son entrée dans son ancienne ville à son volant, de voir son père sortir d'un bar et de lui faire un doigt d'honneur. Quand il ne regarde pas les voitures, ou ne couve pas la DeLorean des yeux, il mange des frites et boit des milk-shakes vanille dans un des cinq fast-foods à portée de vue du garage. Quand les visiteurs s'en vont, il retourne travailler. S'il n'y a rien à faire à son retour, il feuillette les magazines des piles de Tiny.

Quand il arrive à pied ce matin-là, il y a deux Mercedes devant le garage, trois Harley. Le rideau de fer est baissé, ce qui n'est pas le cas généralement, il pense qu'il ne faut pas qu'il entre avant le départ des voitures et l'ouverture du rideau. Il traverse la rue. Le plus proche des fast-foods, qui sert des petits déjeuners avant dix heures, est ouvert. Il commande des œufs du bacon du fromage entre deux tranches de pain et un café.

Pendant qu'il mange boit lentement le café lit le journal encore des mauvaises nouvelles que de foutues mauvaises nouvelles, il pense à Maddie, à ce qu'elle est en train de faire, à son job et son patron ridicule, à combien il veut la tirer de là, du motel, du désespoir que tous deux connaissent et ressentent mais ne peuvent avouer. Il pense à la promesse qu'il lui a faite. Ils n'habiteront pas toujours là, ils trouveront une vie meilleure. Il croit qu'il pourra tenir sa promesse il ne sait juste pas comment. Il n'a pas de promotion en vue, pas d'autres perspectives d'autres boulots. Ils n'ont pas d'économies il n'y en a aucune à venir. Même s'il ne le lui dit pas, il a peur des autres clients du motel et sait, si cela doit arriver, qu'il ne pourra probablement pas la protéger d'eux. De temps à autre, il regarde de l'autre côté de la rue. Rien ne bouge. Il reprend deux pains au lait, un avec du bacon un sans, boit trois tasses de café au lait sans sucre, lit deux fois les pages spectacles du journal, ces bon dieu de stars de cinéma se font un paquet de blé. Il ne cesse de penser à sa promesse, à part Maddie, c'est la seule chose qui ait un sens dans sa vie. Après deux heures et un grand nombre de regards en biais de la part du gérant bulgare (le meilleur hamburger de tout le rideau de fer !) il voit cinq Hispaniques entrer dans les deux berlines Mercedes et démarrer.

Il se lève et sort. Le gérant est content de le voir partir il n'aime pas les motards d'en face, ils sont énormes en colère méchants parfois ils le traitent de communiste et lui disent de foutre le camp parfois ils se moquent de son accent et lui disent de retourner en Russie. La seule fois où il leur a dit d'arrêter de l'insulter ils lui ont frotté le visage avec un petit pain de hamburger plein de ketchup, de moutarde et de pickles.

Tandis que Dylan traverse la rue il sent qu'il y a quelque chose qui cloche. La grille du garage est toujours baissée et aucun bruit de l'autre côté. La porte à côté du garage est ouverte, elle bat. En s'approchant de la porte il entend des gémissements son cœur se met à cogner à mesure qu'il s'approche les gémissements augmentent il a peur.

Il est à la porte. Il entend plusieurs voix, l'une gémit une autre dit au secours la troisième dit merde. Il est à la porte n'arrive pas à bouger il entend les voix il entend la douleur l'impuissance la colère. Il est à la porte son cœur cogne ses mains tremblent il veut s'enfuir, il veut Maddie, il veut être de retour dans l'Ohio, il veut appeler la police, il veut s'enfuir il entend les voix.

Il entre dans le garage. Il fait sombre, il y a un rayon de lumière qui vient de la porte du bureau, qui est au fond. Il ne voit personne. Il se dirige vers le bureau il entend une voix dans l'obscurité, elle est faible, laborieuse, blessée.

Petit.

Il se tourne en direction de la voix.

Petit.

Ses yeux s'ajustent.

Aide-moi.

Tiny et trois autres motards sont attachés avec du scotch à des chaises pliantes, leurs chevilles aux pieds de devant et leurs poignets aux montants du dossier. Tous saignent leurs visages balafrés tuméfiés il y a des plaies ouvertes et circulaires de brûlures sur leurs bras sur leurs poitrines. Tiny et deux autres sont conscients, un ne l'est pas sa tête pend sur sa poitrine. Tiny parle.

Petit.

Dylan les regarde.

J'ai besoin de ton aide.

Un autre gémit.

J'ai besoin...

Tiny perd le souffle. Dylan s'avance vers lui, parle.

Qu'est-ce que je fais ?

Il y a un couteau dans ma poche arrière. Prends-le et détache-moi.

Dylan tend le bras. Tiny essaie de se soulever de la chaise n'y arrive pas. Dylan remue ses doigts dans la poche sent un canif à manche de bois poli le sort. Il déplie la lame ses mains tremblent.

Qu'est-ce que je fais d'abord ? Vos mains ou vos pieds ?

Je m'en fous.

Tiny respire péniblement le sang dégouline de son nez de sa bouche, coule d'une coupure au-dessus de l'œil, ses dents d'un côté de sa bouche sont cassées, Dylan sent l'odeur des poils et de la chair brûlés sur ses bras et sa poitrine. Les deux autres regardent Dylan ils sont dans le même état, le dernier n'a toujours pas bougé. Dylan commence à couper le scotch qui entoure les poignets de Tiny, il libère un bras, passe à l'autre, le libère, le scotch faisait trois ou quatre fois le tour. Il passe aux chevilles et les libère. Quand Tiny est libéré Dylan se relève. Tiny éloigne un peu les jambes de la chaise, s'adosse et respire profondément, le flot de sang change de direction commence à dégouliner le long de ses joues ses oreilles. Dylan parle.

Ça va ?

Tiny se penche en avant et parle.

Non. Ça va foutrement pas.

Qu'est-ce que vous voulez que je fasse ?

Il désigne ses amis.

Libère-les, connard.

Dylan libère celui qui est à côté de Tiny, celui à côté de lui. Tous deux réagissent de la même façon que Tiny, étendent un peu les jambes, respirent profondément. Dylan regarde le quatrième homme, dont la tête est toujours sur sa poitrine. Il ne semble pas respirer. Il regarde Tiny.

Je pense qu'il est mort.

Tiny regarde Dylan, parle.

Tu es un putain de docteur ?

Non.

Libère-le c'est tout.

Dylan commence à couper le scotch, Tiny se lève lentement il va à la porte qu'il ferme et verrouille. Les deux autres se lèvent lentement ils sont également couverts de sang et continuent à saigner. Quand Dylan libère le quatrième homme il glisse de la chaise s'écroule en tas par terre son corps est mou Dylan le regarde. Pas de mouvements, pas de respiration, rien. Dylan regarde Tiny, qui se dirige vers le bureau. Dylan parle.

Je crois que ce type est mort, Tiny.

Tiny l'ignore, entre dans le bureau, jette un regard circulaire, se met à hurler.

Merde.

MERDE.

MERDE.

Dylan est figé. Les deux autres sont hébétés ils semblent en état de choc, ils respirent lourdement, regardent et tâtent avec précaution les blessures sur leurs corps. Le quatrième ne bouge toujours pas. Tiny décroche le téléphone dans son bureau, le jette contre le mur il se brise il hurle MERDE de nouveau, sort du bureau, regarde Dylan, parle.

Donne-moi ton putain de téléphone.

J'en ai pas.

Il me faut un putain de téléphone.

J'en ai pas.

Trouve-m'en un.

Je pourrais appeler les secours d'une cabine.

On n'appelle pas les secours. C'est la dernière chose dont on a besoin.

Vous n'avez pas besoin d'une ambulance ?

Trouve un putain de téléphone.

Un des autres hommes regarde Dylan, parle.

Je crois qu'il en a un.

Il désigne l'homme au sol, qui ne bouge toujours pas. Dylan s'avance et se baisse il sent l'odeur de la chair brûlée et du sang. Il tâte les poches de l'homme, il ne sent rien. Il y a deux poches qu'il ne peut pas atteindre sans retourner l'homme. Il regarde Tiny, qui fouille son bureau en hurlant merde. L'un des hommes est assis sur une chaise en train de regarder les blessures sur son bras, l'autre est assis par terre il tousse, des bouts de ses dents sont pris dans sa barbe. Dylan sent qu'il va vomir. Il ne veut pas toucher l'homme sous lui, mais ne veut pas avoir affaire à Tiny s'il ne trouve pas un téléphone. Il met un genou à terre pose les mains sur les hanches et la poitrine de l'homme, le retourne. C'est un poids mort. Il sent la chair glacée à travers la poitrine de l'homme. Il a envie de vomir.

Il fouille la poche arrière de l'homme trouve un portable se relève et l'apporte au bureau de Tiny. Il sent encore le poids mort et glacé, il a toujours envie de vomir. Il atteint la porte, parle.

Voilà un téléphone.

Il le tend à Tiny, qui vient le prendre, s'éloigne et commence à composer un numéro. Dylan regarde le bureau. Les tiroirs du bureau sont tous ouverts et leur contenu, papiers, manuels de réparation, stylos, calculette, jonche le bureau et le sol. La ligne du téléphone est coupée, le fax détruit. Le contreplaqué du fond est défoncé, il y a deux coffres-forts, qui étaient derrière le contreplaqué, qui sont ouverts et vides. Tiny approche le téléphone de son oreille, attend, parle.

C'est Tiny. On a un problème.

Il attend.

Des enculés d'espingos dealers de meth nous ont attachés et torturés. Les deux coffres sont vides. On a besoin d'un putain de docteur fissa.

Attends.

Ramène juste ton cul.

Il raccroche, regarde Dylan, parle.

Qu'est-ce que tu veux putain ?

Qu'est-ce que vous voulez que je fasse ?

Assieds-toi dans le coin et ferme ta gueule.

Je peux partir ?

Essaie et je te mets une balle dans ta putain de tête.

Okay.

Dylan reste à la porte, ne sachant pas quoi faire. Tiny commence à chercher dans le fouillis sur son bureau. Dylan recule jette un œil dans l'autre pièce. Les deux hommes sont assis côte à côte le regard dans le lointain bien qu'il n'y ait pas de lointain à regarder. Tous deux continuent à saigner, se regardent de temps à autre ou se marmonnent un ou deux mots. Le quatrième n'a toujours pas bougé, et ne bougera plus. Dylan tremble son cœur cogne il a encore envie de vomir. Il va au fond du garage, s'éloignant le plus possible du sang des chaises du scotch des hommes hébétés et blessés du corps immobile de Tiny éructant de qui va venir de ce qui va arriver il veut s'en aller. Il trouve un coin sombre approche une caisse défoncée de vieilles pièces détachées et un tas de chiffons il y a de la graisse et de l'huile par terre il s'assied quand même. Il remonte les genoux contre sa poitrine. Son regard balaye l'espace. La porte est toujours fermée, le rideau est toujours tiré. Il reste assis là à observer.

Trente minutes plus tard il n'a pas bougé. Tiny est resté tout ce temps au téléphone en fouillant son bureau et hurlant merde. Un des hommes s'est évanoui par terre, bien qu'il continue à respirer. Dylan entend des motos qui approchent, les engins des membres du club sont extrêmement bruyants et il les entend à plusieurs rues de distance. Il entend au grondement qu'il y en a plusieurs. Quand ils s'engagent dans l'allée le rideau de fer tremble, les fenêtres tremblent. Tiny fait signe à l'homme conscient d'aller ouvrir la porte. Il se lève lentement précautionneusement s'y dirige, chacun de ses pas semble douloureux, chacun de ses mouvements semble douloureux. Avant qu'il atteigne la porte il entend des coups, le cadre tremble des hurlements ouvrez cette putain de porte. Il ne modifie pas son allure. Il s'y dirige lentement précautionneusement douloureusement, les coups et les hurlements continuent. Il l'atteint la déverrouille l'ouvre. Des hommes barbus et colossaux se déversent dans le garage, quatre cinq six sept huit neuf. Un homme plus petit, sans barbe et vêtu d'un pantalon et d'une chemise de golf, portant une trousse en cuir noir, entre avec eux. Il regarde immédiatement l'homme qui a ouvert la porte, qui désigne les deux hommes allongés par terre. Les barbus se sont dispersés. Certains se dirigent vers le bureau de Tiny. D'autres s'accroupissent autour des hommes allongés par terre ils crient immédiatement Doc, Doc, venez ici Doc. Aucun ne semble remarquer Dylan qui est assis dans le coin, les genoux contre la poitrine, tout le corps tremblant de peur. Durant les deux heures qui suivent il regarde et écoute tandis que Tiny raconte aux hommes que lui et ses amis achetaient de la meth quand les Mexicains avec qui ils faisaient affaire ont sorti leurs armes, les ont attachés aux chaises, leur ont demandé leur cash, leurs armes et leurs drogues, et les ont torturés jusqu'à ce qu'ils leur révèlent où ils étaient cachés.

Le médecin constate la mort de l'homme. Et même s'il le savait déjà, entendre le médecin dire cet homme est mort est choquant, accablant.

Un des barbus s'en va et revient avec une vieille Cadillac. On ouvre le rideau de fer et la Cadillac entre à reculons.

Trois hommes déplacent une grande armoire à outils en acier, Tiny ouvre un coffre-fort caché dans le plancher en dessous. Ils sortent deux fusils à lunette, deux lance-grenades à manche, une mitraillette, et quatre machettes.

Le deuxième homme meurt. Il est pris de convulsions, vomit du sang, se coupe un bout de langue. Le médecin ne peut rien faire pour le sauver.

Le coffre de la Cadillac est ouvert.

Le médecin suture les entailles sur le visage nettoie et panse les blessures aux bras et à la poitrine de Tiny et de l'homme restant. Tiny garde le silence tout du long de l'opération, l'autre homme gémit et hurle alternativement.

Les armes sont distribuées.

Le médecin est payé avec de l'argent tiré d'une grosse liasse de billets cachée derrière le panneau arrière d'un réfrigérateur et il s'en va.

Les deux cadavres sont chargés dans le coffre de la Cadillac. Tiny dit au conducteur, et à deux autres membres du club qui vont avec le conducteur, d'emporter les cadavres dans le désert et de les enterrer. La Cadillac s'en va.

Tiny rassemble les membres du club et leur donne les noms des hommes qui l'ont torturé et volé. Il leur dit qu'ils sont quelque part dans ou aux alentours d'Echo Park, un quartier hispanique au nord-ouest du centre-ville de L.A. Il veut qu'on les trouve de préférence chez eux. Il veut que leurs familles soient tuées sous leurs yeux et, si possible, taillées en pièces à coups de machette. Si ce n'est pas possible, descendez-les faites-les sauter trouvez un moyen de les tuer et envoyez un putain de message aux fils de pute qui croient qu'on peut me baiser comme ça. Leur donne à chacun une liasse de billets au cas où ils en aient besoin, leur dit d'arroser drogués et petits dealers qui pourraient les aider à les trouver. Les membres du club s'en vont.

Une fois qu'ils sont partis, que tout le monde est parti à part eux deux, Tiny se dirige vers Dylan, s'arrête devant lui, parle.

Lève-toi.

Dylan se lève il est raide ça lui fait mal de se tenir debout il tremble.

Je n'ai probablement pas besoin de le dire, mais si tu racontes à quelqu'un ce que tu as vu ou entendu aujourd'hui ici je te tuerai.

Dylan hoche la tête.

Et je violerai ta putain de copine, et après je la tuerai. Et après je trouverai d'où tu viens et je tuerai ta putain de famille.

Je ne dirai rien.

Tu ne dois pas dire un mot. Pas dans une semaine, pas dans vingt ans.

Je comprends.

J'ai besoin que tu nettoies cet endroit. Nettoie le sang et trouve une benne pour les vêtements.

Okay.

Mets les vêtements dans un sac et mets des putains de chiffons dessus et monte dans la benne et fourre-le au milieu des ordures. Si tu le mets au fond il se retrouvera sur le dessus quand ils la videront. Il faut qu'il soit au milieu.

Okay.

Et après ferme à clé. Assure-toi de fermer à clé.

Est-ce que je viens demain ?

Ouais. Comme d'habitude. Il faut que je garde ma couverture. Tu devrais le savoir depuis le temps, bordel.

Okay.

Tiny tourne les talons, sort. Dylan l'entend démarrer sa moto et s'en aller. Dylan se dirige vers le placard, près de là où il vient de passer deux heures recroquevillé, il sort un balai, remplit un seau avec de la lessive et de l'eau. Il va là où il a trouvé l'homme attaché, commence à nettoyer le sang séché. Il va là où les hommes sont morts, et où le sang a séché en dessinant grossièrement les contours de leurs corps, et frotte le sang. Il suit les traces de Tiny, où il y a d'épaisses traînées rouges. Il passe le balai sous le coffre de la voiture, qui a fui après avoir été rempli. Il lave le balai. Il lave le seau. Il parcourt tout le garage, ramassant des chiffons, en faisant un grand tas. Il le fait de nouveau ramasse les vêtements pleins de sang, les pansements les serviettes souillés. Il fourre les vêtements pansements serviettes dans un grand sac-poubelle noir met les chiffons par-dessus. Il met le sac dans un autre sac noir et encore dans un autre. Il parcourt tout le garage pour s'assurer qu'il n'a rien oublié.

Comme il passe devant le réfrigérateur il remarque que le panneau arrière est encore ouvert, juste légèrement, presque imperceptiblement. Il s'approche l'ouvre un peu plus il y a encore des liasses de billets. Il n'a jamais vu autant d'argent dans un seul endroit. Il n'a aucune idée de combien il peut y avoir. Il ne voit que des billets de cent dollars. Ils sont usés, abîmés, déchiquetés sur les bords, retenus par des élastiques. Il tend la main en touche une pile. Il sait qu'une seule pile changerait sa vie. Il sait qu'une pile leur permettrait à lui et à Maddie de quitter le motel, leur donnerait un nouveau départ, leur procurerait une existence plus sûre et stable. Une seule pile. Ses mains commencent à trembler pour d'autres raisons cette fois-ci, juste une pile. Une putain de pile. Changer sa vie. Mettre Maddie à l'abri. Maddie à l'abri.

S'il se fait prendre il mourra.

Il est impossible que quelqu'un le remarque, impossible que Tiny ait la moindre idée de combien il y avait avant, combien il y a maintenant, combien il a pris aujourd'hui. Les mains de Dylan tremblent.

Une pile.

Maddie à l'abri.

Une pile.

Il mourra.

Une pile.

Il est impossible que Tiny le sache un jour.

Ses mains tremblent.

Ça changerait sa vie.

Il tend la main pour toucher la surface lisse du papier usé. Il regarde la porte il n'y a personne il a peur il est foutrement terrifié il mourra.

Il retire la pile elle est trop grosse pour sa poche il la fourre dans la taille de son pantalon resserre la ceinture pour plus de sûreté.

Personne ne saura.

Il ferme le panneau, le laisse exactement comme il l'a trouvé. Il ramasse le sac-poubelle noir. Il va à la porte de derrière s'assure qu'elle est verrouillée. Il sort par la porte de devant, la verrouille derrière lui, vérifie, vérifie encore. Il va au rideau de fer vérifie qu'il est verrouillé, vérifie, vérifie encore.

Il se met en route avec le sac-poubelle. Il trouvera une benne loin du garage.

L'argent est dans sa taille, bien serré par sa ceinture.

Sa vie vient de changer.

En 1895, chacune des vingt-trois banques du comté de Los Angeles a été dévalisée au moins une fois. Vingt et une ont été dévalisées plus d'une fois. Il y en a une qui a été dévalisée quatorze fois.

Freeways ! **Highways !** EXPRESSWAYS ! !
UN ÉCHANGEUR À DIX-HUIT BRETELLES ! !
Quoi de plus amusant que d'être assis dans un
véhicule sur une étendue de béton et d'asphalte
brûlante bourrée de monde avançant lentement ? Quoi de plus amusant que de rouler à
cinq à l'heure ? Quoi de plus amusant qu'un
carambolage de douze voitures ? Non, il n'y a
rien, rien à faire, impossible, il n'y a absolument
rien. Le CO_2 et les gaz d'échappement ! Des
klaxons à n'en plus finir ! VIOLENCE AU
VOLANT ! ! ! Amusant amusant amusant, c'est
tellement foutrement amusant ! ! !

*
* *

Il y a vingt-sept millions de voitures dans le
comté de Los Angeles, presque deux par être
humain. Chaque jour, il y en a approximativement 18 millions sur les 33 420 kilomètres de
routes principales secondaires et communales
qui couvrent chacun de ses centimètres carrés.
En moyenne huit cents personnes meurent par
an sur les routes de Los Angeles, et quatre-

vingt-dix mille y sont blessées. Il y a vingt-neuf autoroutes d'État, huit autoroutes inter-États, et une autoroute nationale. Chacune a un nom. Il y a la Pearblossom Highway, la Future Chino Hills Parkway, la Antelope Valley Freeway. Il y a la Magic Mountain Parkway, la Rim of the World Freeway, l'Interchange Kellogg Hill. Il y a la Stinkin'Lincoln (un surnom), le raccourci Johnny Carson's Slauson (une route qui a le sens de l'humour), la Ronald Reagan Freeway (très conservatrice et présidentielle), le Eastern Transportation Corridor (suuuperchiant), et la Terminal Island Freeway (oh mon Dieu, vous n'avez pas intérêt à finir là). En dépit du fait qu'un grand nombre de routes de Los Angeles ont des noms étranges et merveilleux, personne ne les utilise. Chaque route d'État, inter-États et fédérale du comté possède également un numéro, le plus petit est 1, le plus élevé 710. En parlant des routes, les habitants de Los Angeles utilisent toujours le numéro, immédiatement précédé du mot *la*. Les routes mentionnées ci-dessus sont mieux connues sous le nom de la 138, la 71 et la 14. La 126, la 18, l'intersection de la 10, la 57, la 71 et la 210. La 1, la 90. La 118, la 261, et la 47-103.

*
* *

Interstate 10, la Santa Monica-San Bernardino Freeway, ou **la 10**. La voie de communication est-ouest la plus importante et la plus empruntée de Los Angeles. C'est une vraie horreur de route, laide et puante, colossale et grise, lourdaude et sale. Elle génère des quantités massives de bruit et de smog, et rend tout ce qui l'entoure plus laid et considérablement moins agréable. C'est la petite brute des autoroutes de L.A., elle est détestée, crainte, les gens ont des frissons rien que d'y penser, essaient de l'éviter, planifient leurs journées dans le but de l'éviter, mais sans succès, sans aucun succès, parce qu'elle est toujours là, toujours menaçante, continuellement présente, foutant la circulation en l'air et gâchant la vie des gens, qu'elle le veuille ou non. Tout comme la petite brute qu'elle est, qui peut parfois être gentille et sympa et fait parfois quelque chose pour vous rendre la vie plus facile ou meilleure, de temps à autre on s'engage sur la 10 et on voit une gigantesque étendue vide qui offre un moyen incroyablement rapide et facile de traverser la ville la plus congestionnée de toute l'Amérique. C'est une vue étonnante, cette route dégagée, et vous gardez en tête les quatre-vingt-dix-neuf pour cent du temps où la 10 est un cauchemar.

La 10 commence à un embranchement avec la Pacific Coast Highway à Santa Monica, va d'une côte à l'autre sur 3 958 kilomètres à travers toute l'entendue sud des États-Unis, et prend fin (ou commence, si vous voulez la voir dans ce sens) à une intersection avec I-95 à Jacksonville, Floride. Elle faisait originellement partie de l'Atlantic and Pacific Highway, une piste transcontinentale que les pionniers et les colons suivaient durant la migration vers l'ouest des années 1800. À partir des années 1920, elle devint une série de routes pavées interrompues par des tronçons non pavés de désert en Californie, Arizona, Nouveau-Mexique et Texas, et de marais en Louisiane, Mississippi, Alabama et Floride. En 1940 le projet de les fondre toutes en une seule route prit naissance, et en 1957, elle fut totalement intégrée, terminée et officiellement baptisée Interstate 10.

Les débuts de la 10 sont humbles, deux voies obliquant vers la gauche et montant rapidement depuis la PCH à la base de la jetée de Santa Monica. Elle a l'air d'une entrée de parking ou du trajet destiné à ceux qui ne sont pas assez riches et beaux pour aller à la plage. Elle passe sous un pont et s'étale sur huit voies, quatre de chaque côté, avec des murs de béton de dix mètres de haut de part et d'autre. Tout est dur et gris, il y a des bouts de béton qui manquent et des éraflures sur les murs, elle paraît et elle est extrêmement impitoyable. Elle se poursuit droit à l'est, continue de s'étaler et après un kilomètre et demi elle devient à douze voies, un kilomètre et demi de plus et elle en a seize. Le long de la plus grande partie du côté ouest de Los Angeles, la 10 est soit surélevée, soit contenue dans des murs antibruit. Tous les jours, la circulation est dense et souvent bloquée toute la journée, elle ne se dégage que la nuit et au petit matin. Quand il n'y a pas de circulation, il faut entre quinze et vingt minutes pour aller de Santa Monica au centre-ville de Los Angeles. Avec de la circulation cela peut prendre deux heures. Alors qu'elle avance vers l'est, et traverse des quartiers qui ne sont pas aussi économiquement sains que ceux plus à l'ouest, la 10 monte au niveau du sol et les murs disparaissent. Quand elle arrive au centre-ville, elle coupe la 110, qui va de Long Beach à Pasadena, et passe juste à l'est du centre-ville, et elle coupe l'Interstate 5, qui va du Mexique au Canada. De là elle poursuit vers l'est dans le comté de San Bernardino et le désert. Juste avant Palm Springs elle devient la Sonny Bono Memorial Freeway.

*
* *

La US 101, la Santa Ana-Hollywood-Ventura Highway, ou **la 101**. Cette route est tellement foutrement cool qu'elle a cinq noms. Et oui oui oui oui, c'est la route qui a donné son nom à la chanson *Ventura Highway*, du supergroupe America, cette chanson des années 1970 aux harmonies vocales géniales, la première fois que vous l'entendez elle est géniale, la deuxième fois elle est bien, la troisième fois elle est chiante, et la quatrième fois elle vous donne envie de trouver une grenade pour la balancer dans la foutue radio qui la passe.

La 101 commence à East L.A., à l'échangeur à cinq niveaux d'East Los Angeles, où se croisent la 5, la 10 et la 60, et elle se dirige vers le nord et l'est en passant par le centre-ville. De là, elle s'incurve autour de la limite nord de Hollywood et traverse la Cahuenga Pass jusqu'à ce qu'elle atteigne l'embranchement de Hollywood, où deux autres freeways la quittent en direction du nord (la 170) et de l'est (la 134). Après quoi, la 101 descend dans la Vallée, où elle se dirige droit vers l'est, parallèlement au Ventura Boulevard, aux Hollywood Hills et Beverly Hills. Ensuite elle prend au nord vers le comté de Ventura. Elle suit la côte du Pacifique à travers la Californie, l'Oregon et l'État de Washington où elle rejoint de nouveau la Highway 5 (les habitants de l'État de Washington ne l'appellent pas la 5). À l'origine la 101 faisait partie d'une piste qui reliait les missions, les colonies et les forts de l'ancienne Californie espagnole. Elle allait de la frontière du Mexique jusqu'à San Francisco. Quand la Highway 5, plus large et plus pratique, fut construite, la section sud de la 101 fut appelée la Route S-21 du comté de San Diego. La 101 est la highway de L.A., la plus apparentée pour le monde extérieur à l'image de la ville. Elle est citée dans des dizaines de chansons, des jeux vidéo sont faits et nommés d'après elle, elle apparaît fréquemment dans des émissions de télé et des films. Partout dans le monde les gens associent la 101 au plaisir, aux voitures rapides, aux filles excitantes, au beau temps, aux stars de cinéma et à l'argent. Comme c'est aussi le cas pour son homonyme, Hollywood, la réalité de la 101 est différente de l'idée qu'on s'en fait de l'extérieur. Elle est bondée. Elle est sale. Elle est détériorée. Elle est dangereuse. Les fugueurs et les sans-abri, les drogués au crack et à l'héroïne vivent dans des campements de carton sous ses ponts. Les détritus bordent ses accotements. On y jette des vieux pneus, et parfois des cadavres. Rouler sur la 101 peut être une terrible épreuve. Elle est soit au point mort, avec les conducteurs et les passagers qui s'échangent des regards pleins de colère, se menacent et parfois s'agressent, soit le plus grand, le plus encombré et dangereux circuit automobile du monde, avec les voitures qui zigzaguent d'une voie à l'autre, se font des queues de poisson, emboutissent les murs et les barrières qui la bordent. Une fois qu'elle sort du centre et de Hollywood, la 101 devient une étendue terne et morne de ciment gris bordée de lotissements et d'immeubles, de stations-service et de mini-centres commerciaux. Elle n'a rien à voir avec ce qu'elle était quand le grand succès, LE GRAND TUBE a été écrit sur elle. Il sera intéressant d'entendre les paroles de la prochaine chanson.

*
* *

L'Interstate 405, la San Diego Freeway, ou **la 405**. Le fonctionnaire de l'État de Californie fumait de l'herbe le jour où il lui a donné ce nom parce qu'elle ne passe pas à moins de soixante kilomètres de San Diego. C'est presque comme si, par pitié pour San Diego qui ne possède aucune grande route à l'échelle de celles de L.A., on avait décidé de lui donner un lot de consolation avec la 405. Heureusement pour eux, personne à Los Angeles n'en a rien à cirer, et personne à Los Angeles ne se donne la peine de lui donner ce nom trompeur et totalement inexact. La grande artère nord-sud à seize voies, sinistrement célèbre depuis ce 17 juin 1994 où O.J. Simpson y a été poursuivi est et sera toujours connue sous le nom de 405. Ainsi qu'un fier citoyen de Mar Vista, qui longe le trajet de la 405, a affirmé un jour : Merde avec cette connerie de San Diego, c'est notre route et on l'appelle comme on veut, bordel. Enregistrée comme interstate en 1955, et achevée en 1969, la 405 court sur cent vingt kilomètres entre Mission Hills à l'extrémité nord de la vallée de San Fernando et la ville de Irvine située dans le comté d'Orange. Elle rejoint l'Interstate 5 à ses deux extrémités.

La 405 est l'une des routes les plus fréquentées et congestionnées au monde. Les vues d'embouteillages à L.A. qu'on voit au cinéma ou à la télévision sont généralement prises sur la portion de seize kilomètres comprise entre l'intersection de la 405 et de la 10 à Santa Monica, et l'intersection de la 405 et de la 101 à Sherman Oaks, qui sont deux des cinq échangeurs les plus empruntés du pays. Sur cette portion la 405 franchit la Sepulveda Pass, qui traverse les Santa Monica Mountains et est l'une des voies principales entre l'ouest de L.A. et la Valley. C'est également là que se trouvent le Getty Museum et le Skirball Cultural Center (ils n'auraient pas pu lui trouver un plus joli nom, peut-être le San Diego Cultural Center ?).

Rouler sur la 405 est comme faire la queue pour les montagnes russes. Vous appréhendez la queue, vous savez qu'il faut y entrer, vous y entrez, et ensuite vous avancez centimètre par centimètre pendant ce qui vous semble une éternité. Il fait toujours très chaud, il y a toujours quelque chose qui sent mauvais, vous regrettez toujours d'avoir décidé d'entrer dans la queue. Contrairement à la queue pour les montagnes russes, vous n'êtes généralement pas récompensé quand vous quittez la 405. Que vous vous engagiez sur une autre highway, freeway, interstate, ou sur l'une des grandes artères de Los

Angeles, vous tombez sur de nouveaux embouteillages. Encore des embouteillages. Encore des
putains d'embouteillages. Putain.

*
* *

L'Interstate 5, la Santa Ana Freeway, ou **la 5**.
La Vieille. La grand-mère. La 5 est la plus vieille
des routes principales de Los Angeles, datant
d'avant que les Européens eussent pris pied sur
le continent des États-Unis, où elle faisait partie
d'une série de pistes et de routes commerciales,
plus tard connue sous le nom de Piste Siskiyou,
utilisée par les Indiens. Dans les années 1800,
elle devint la propriété de la société Pacific
Railroad. Au début des années 1900 elle devint
la Pacific Highway, et dans les années 1930 elle
reçut le nom de US Highway 99. Dans les années
1950 elle devint l'Interstate 5, et, environ deux
heures plus tard, les citoyens de Los Angeles
commencèrent à l'appeler la 5. Les 2 250 kilomètres de la 5 vont de la frontière des États-Unis
avec le Mexique à la frontière des États-Unis
avec le Canada. Elle relie la plupart des villes les
plus importantes du littoral : San Diego, Los
Angeles, Sacramento, Portland, Seattle, Tijuana
au Mexique et Vancouver au Canada. Elle comporte généralement huit voies, bien que sur
certains courts tronçons autour de L.A. elle
s'élargisse à dix voies. Toutes sont généralement
embouteillées. À cause de son trajet qui longe les
quartiers à haute densité du Eastside de L.A.,
elle n'a pas la place de s'étendre. Du fait de l'augmentation rapide de la population de la Californie

du Sud, particulièrement à Los Angeles, la circulation devient plus difficile chaque année. La maintenance de la 5 est incroyablement malaisée. Si une voie ou deux sont fermées, cela affecte la circulation sur toutes les autres routes de Los Angeles, créant des embouteillages monstres dans toute la ville. La maintenance doit être réalisée la nuit, entre onze heures du soir et cinq heures du matin. Les travaux prennent des années, et, lorsqu'ils sont achevés, il faut souvent commencer les réparations. Le problème est insoluble. Il empire, et il continue à empirer.

Comme une vieille, une grand-mère, la 5 se décatit, se délabre. Elle fut jadis glorieuse, la plus grande et la plus importante des autoroutes de L.A., maintenant sa vétusté et le monde qui change sont en train de la transformer en quelque chose de triste, de vaincu, et de la plonger dans un état de dégradation irrémédiable. Dans un monde parfait, la 5 pourrait prendre sa retraite avec élégance et attendre le jour où elle serait rappelée au paradis des autoroutes. Elle pourrait se reposer et se rappeler son histoire et ses hauts faits avec la fierté du devoir accompli. Au lieu de quoi elle continue, pas moyen de changer, pas moyen de s'améliorer, pas moyen d'être ce qu'elle fut jadis. Elle continue, continue, continue...

*
* *

La California State Route 1, Highway 1, la Pacific Coast Highway, ou **la PCH**. Au lieu d'une description normale, une strophe de l'œuvre

d'un grand poète peut être tout à fait appropriée
ici :

Elle marche pareille en beauté à la nuit
D'un horizon sans nuages, et d'un ciel étoilé.
Tout ce que l'ombre et la lumière ont de plus
ravissant,
Se trouve dans sa personne et dans ses yeux :
Tendre et moelleuse splendeur
Que le ciel refuse aux feux orgueilleux du jour.
— Lord Byron (1877-1824)

Oui, c'est une beauté, certains disent la plus
belle autoroute du monde. Elle inspire chansons, films, tableaux, photographies, les gens
viennent du monde entier pour la voir, passer du
temps dessus, y rouler. Même à Los Angeles, où
habitent tant de gens parmi les plus beaux du
monde, elle est considérée comme extraordinaire. Si extraordinaire que les chiffres utilisés
pour nommer toutes les autres routes principales du comté de Los Angeles lui sont épargnés,
au profit des lettres. *La PCH*, combien de fois
ces mots ont fait venir les larmes aux yeux, *la
PCH*, branchez la calculatrice.

La PCH fut conçue au départ par un médecin
de campagne du nom de John Roberts, de la ville
de Monterey au nord de la Californie. La plupart
de ses patients habitaient sur la côte, et il n'y
avait pas de routes sûres qu'il pouvait emprunter
pour arriver jusqu'à eux. Il envoya sa proposition d'une route à deux voies de 225 kilomètres
reliant Monterey à San Luis Obispo, à son
député au Sénat de Californie, qui la soumit à la
législature de l'État, où elle fut approuvée en
1919 avec un budget de 1,5 million de dollars.

En deux mois le budget était dépassé, et des prisonniers de la prison d'État de San Quentin furent utilisés comme main-d'œuvre en échange de réductions de peine. On fit sauter trois cent mille mètres cubes de rochers et, jusqu'en 1945, on trouvait encore des bâtons de dynamite le long de la PCH. Durant les trente années suivantes la législature autorisa la poursuite de sa construction et y inclut des sections d'autres routes, de sorte qu'aujourd'hui elle va de Dana Point dans le comté d'Orange à une petite ville du nord de la Californie appelée Leggett.

Comme c'est souvent le cas avec des choses de grande beauté, tout n'est pas ainsi qu'il y paraît au départ. Dans le comté de Los Angeles, la PCH peut être une colossale et horrible emmerdeuse. Elle entre dans le comté de L.A. à Long Beach et se dirige vers le nord en traversant San Pedro, Torrance, Redondo Beach et Hermosa Beach. Tout du long de la plus grande partie de cette section, c'est une route à quatre voies bordée de mini-centres commerciaux et de fast-foods, de magasins de discount et de parkings. Le seul indice véritable que cette route se trouve sur la côte Pacifique est l'air, qui est lourd, salé, un air marin humide. La PCH longe l'aéroport de Los Angeles, aussi connu sous le nom de LAX, et s'intègre au Lincoln Boulevard, connu plus affectueusement comme Stinkin'Lincoln. À cause de tous les feux de signalisation, la circulation n'est pas fluide, et il peut y avoir d'incroyables embouteillages. La route ne correspond pas à l'idée qu'on se fait de la PCH avant d'arriver à Santa Monica, où elle croise la 10.

Telle l'adolescente ingrate, vilain petit canard qui s'épanouit en une élégante top model, ou l'actrice disgracieuse qui sort de la cabine de maquillage transfigurée en une star éblouissante, la PCH se libère du milieu des artères de L.A. pour prendre son indépendance, et devient immédiatement magnifique. Elle se déploie sur six voies et court directement le long d'une plage de quatre-vingt-dix mètres de largeur, et on peut entendre les vagues du Pacifique qui s'écrasent sur le rivage ; neuf mois par an il y a des filles qui bronzent en bikini et douze mois par an il y a des coureurs, des patineurs et des cyclistes sur un sentier étroit qui serpente parallèlement à la route. De l'autre côté, il y a des falaises de calcaire de soixante mètres de hauteur veinées de blanc, de violet et de rose qui scintillent au soleil, qui en s'embrasant quand celui-ci se couche, semblent avoir été peintes avec délicatesse. En poursuivant sa route au nord le long de la côte, elle s'incurve selon les anses et les cirques de la baie de Santa Monica, les falaises sont interrompues par des canyons débordants de la végétation luxuriante des maisons bâties sur leurs flancs pentus et boisés, la plage se rétrécit par endroits s'élargit à d'autres ; on voit des filets de volley, avec des joueurs qui bondissent, des surfeurs qui dansent sur les vagues, des bateaux au loin qui voguent, croisent, sont à l'arrêt, au repos. Santa Monica devient Pacific Palisades, les Palisades deviennent Malibu. En été et pendant les week-ends la circulation entre Santa Monica et Malibu peut être effroyable, atteignant parfois cinq kilomètres à l'heure. Après Malibu, la PCH passe de quatre à deux voies et il y a moins de maisons plus d'arbres moins de gens des vagues plus grosses, les virages sont plus prononcés les falaises deviennent des montagnes et excepté le béton de la route la terre est telle que depuis l'aube des temps le bleu frappant le beige se fond dans des pentes vertes de grands escarpements de rochers brisés. Pendant cinquante kilomètres elle continue en direction du nord, chaque tournant chaque pente chaque plage est à vous couper le souffle, fait que vous questionnez l'homme Dieu la société votre vie votre existence, c'est si beau que ça vous coupe le souffle, c'est si beau que ça peut vous briser le cœur.

*
* *

Il y a douze hommes qui sont invités à participer chaque année. C'est le directeur de la course qui les choisit. Parfois ils se connaissent et parfois non, parfois ils ont déjà couru et parfois non. Chacun d'eux a une voiture spectaculaire, et c'est une des raisons pour lesquelles ils sont choisis. Chacun conduit d'une manière qui enfreint les lois fédérales, de l'État, du comté et de la ville, et c'est encore une des raisons pour lesquelles ils sont choisis. Chacun d'eux peut mettre dix mille dollars au pot, et c'est là encore une des raisons pour lesquelles ils sont choisis. Personne ne connaît les autres raisons à part le directeur de la course, et il ne les fait connaître à personne.

Ils se retrouvent à deux heures du matin le 1er avril de chaque année. Le lieu de rendez-vous est le parking d'un fast-food sur Olympic Boulevard près de la rampe d'accès à la 405, juste au nord de la jonction avec la 10. Il y a douze emplacements au fond du parking. Chaque voiture reçoit un numéro correspondant à celui qui se trouve devant chacun des emplacements. Les voitures, qui sont des voitures de sport européennes, des voitures américaines modifiées et équipées d'un moteur surdimensionné, et des berlines japonaises transformées en dragsters pour courir sur les longues routes désertes de la Vallée, se rangent toutes l'arrière face au parking. Les conducteurs sont d'âges, de religions et de catégories socio-économiques variés. Rien de tout cela n'importe au directeur de la course. Tout ce qui lui importe ce sont leurs voitures, leurs talents de pilote et leur argent.

À 2 h 10 ils reçoivent le trajet et les règles. Le parcours est plus ou moins un cercle autour de la ville de Los Angeles. Il va de la 405 Nord à la PCH Nord en passant par la 101 East, l'échangeur de East Los Angeles, la bretelle de contournement 5 et la 10 West. Il y a une épicerie sur la Malibu Colony Plaza qui s'appelle Ralph's qui possède des places de parking avec des numéros identiques à ceux inscrits devant celui du fast-food. La première voiture qui se gare en marche arrière sur l'emplacement portant le même numéro que celui d'où elle est sortie gagne la course. Le gagnant empoche le pot. Il n'y a pas de règles.

À 2 h 25 le directeur de course donne un coup de sifflet et la course commence. Les voitures bondissent du parking ; en de nombreuses occasions il y a eu des collisions sur le parking et des voitures n'ont pas pu en sortir. Si elles sortent, et arrivent à emprunter la rampe d'accès et entrer sur la 405, elles volent, elles volent absolument. Toutes les voitures, à de rares exceptions, peuvent dépasser les 320 kilomètres à l'heure, et à cette heure de la nuit, les routes sont quasiment vides. Les voitures restent habituellement groupées et la course se gagne dans les passages d'une autoroute à une autre, quand les voitures sont obligées de ralentir pour monter et descendre les rampes. Il y a toujours au moins un accident important, et, tous les deux ans, l'un – et parfois plus d'un – est mortel. Plus d'une fois des voitures ont été arrêtées ou prises en chasse par la police, bien que la plupart soient équipées d'un détecteur de radar et d'un brouilleur à laser qui leur permettent d'éviter les problèmes avec les forces de l'ordre. La distance totale de la course est d'environ cent vingt kilomètres. Le gagnant met environ vingt-cinq minutes. Le temps le plus rapide de l'histoire de la course est de dix-neuf minutes et trente secondes. Le plus lent est de trente et une minutes et onze secondes. Après le départ le directeur de la course se rend directement de la ligne de départ à la ligne d'arrivée. Il adore faire ce trajet, c'est le plus agréable de toute son année. Il pense aux voitures, aux conducteurs, essaie d'imaginer où ils sont, qui est en tête, qui a eu un accident, qui a été arrêté, ce qui se passe dans leur tête. Il fait des paris avec lui-même, et s'il a bien fait son travail, et bien choisi les conducteurs, avec soin et précision, il ne parvient pas à le deviner. Quand il arrive au parking de Ralph's à Malibu, il gare sa voiture, une Chevrolet qui ne paie pas de mine et qu'il a depuis 1983, il installe un fauteuil pliant, ouvre une bière et allume un cigare. Tout en attendant, en buvant sa bière et en fumant son cigare, il sourit et il pense à ce qui est en train de se passer. Ils sont là-bas sur la route, roulant à plus de 280 kilomètres à l'heure et plus probablement aux alentours de 330, ces bolides et ces putains de fous de conducteurs, ils sont là-bas. Il sourit et il pense et il attend.

*
* *

Si la population continue de croître au rythme actuel, et si le rapport voiture/personne demeure au niveau actuel, on estime qu'aux environs de 2025 Los Angeles connaîtra un embouteillage permanent.

En 1895, il y a cent trente-cinq mille personnes qui vivent à Los Angeles. Afin de faire en sorte que le fleuve Los Angeles reste la source principale d'eau de la ville, William Mulholland, le directeur du service des eaux de Los Angeles, institue un système de mesure pour réguler la consommation de l'eau. En 1903, il y a deux cent trente-cinq mille personnes qui vivent à Los Angeles et le fleuve Los Angeles ne suffit plus. Une recherche pour trouver d'autres ressources en eau dans le comté de Los Angeles échoue.

Esperanza se lève tous les matins à 6 h 30. Elle prend une douche et se fait un chignon, ainsi que l'exige Mrs. Campbell. Avant de s'habiller, elle passe quinze minutes à enduire ses cuisses d'huile de figuier de Barbarie venant du sud du Mexique, que l'une de ses cousines lui envoie, elle l'achète à un chaman prétendant l'utiliser pour rapetisser afin d'espionner ses ennemis. Esperanza l'utilise dans l'espoir de pouvoir un jour porter un pantalon.

Cela fait, elle met sa tenue de voyage, une jupe grise et un chemisier blanc, Mrs. Campbell exige qu'elle soit présentable quand elle arrive et quand elle s'en va. Une fois habillée elle va à pied jusqu'à l'arrêt du bus, monte dans le bus pour Pasadena, descend du bus et gagne à pied la maison Campbell. Elle entre par l'arrière de la propriété. Elle pénètre dans la maison par une porte à côté de l'entrée de service qui mène directement au sous-sol. Elle doit être habillée et prête à travailler à huit heures. Elle arrive généralement aux alentours de 7 h 45. Elle met sa tenue de travail et gagne la cuisine, où elle prépare le café. Mrs. Campbell est très exigeante pour son café. Il doit être d'un genre précis (elle n'achète que des produits américains, il vient donc de Hawaï) préparé de façon précise (trois mesures un quart dans un filtre de quatre tasses) versé à une température précise (chaud mais pas brûlant) et servi de manière précise (deux cuillères de lait, une de sucre). S'il n'est pas exactement à son goût, soit elle le renverse par terre, et Esperanza doit nettoyer, soit, si elle est de mauvaise humeur, elle le renverse sur elle, et Esperanza doit aller au sous-sol se changer. Esperanza sert le café à exactement 8 h 10, avec le *Los Angeles Times*, le tout sur un plateau qu'elle dépose soigneusement et de manière stable sur le lit de Mrs. Campbell. Pendant que Mrs. Campbell boit le café et parcourt les titres du journal, Esperanza fait couler son bain, qui lui aussi doit être à une température précise. Après avoir été aspergée d'eau bouillante, et après avoir été poussée deux fois dans la baignoire, Esperanza a réglé la température en faisant avec son ongle de minuscules marques presque invisibles sur la porcelaine qui indiquent là où les robinets doivent être tournés. Pendant que Mrs. Campbell se détend dans son bain, Esperanza enlève le plateau et fait le lit. Si le lit n'est pas parfaitement fait, avec les bords au carré et sans plis, Mrs. Campbell arrache les couvertures et les draps et les jette par terre et Esperanza doit refaire le lit entièrement. Quand le lit est fait à la convenance de Mrs. Campbell, Esperanza retourne à la cuisine, où elle prépare deux toasts de pain au son avec de la confiture de mandarine et les pose sur une assiette sur la table de la cuisine. Mrs. Campbell ne les mange jamais, mais veut les avoir là au cas où. Quand les toasts ont été correctement préparés et placés, Esperanza redescend au sous-sol chercher du liquide pour nettoyer les vitres, de la cire, un balai laveur, un aspirateur, des chiffons, un plumeau. Le ménage de toute la maison se répartit sur cinq jours, chaque jour étant reservé à un secteur. Les lundis pour le salon la salle à manger et la bibliothèque. Les mardis pour la cuisine la petite salle à manger la galerie et le salon de jeu (qui n'a pas été utilisé depuis la mort de son mari). Les mercredis sont réservés aux chambres et salles de bains des invités, les jeudis aux chambres de Mrs. Campbell et de ses enfants (qui n'ont guère l'habitude de venir la voir). Les vendredis à la maison d'amis et aux raccords qui pourraient être nécessaires pour le week-end. Si Mrs. Campbell n'est pas occupée et n'a pas à sortir, elle suit Esperanza et relève les fautes qu'elle fait, les endroits qui nécessiteraient plus de travail, elle fait souvent refaire quelque chose à Esperanza, comme épousseter une lampe, encore et encore jusqu'à ce que cela soit fait selon sa convenance. Si Mrs. Campbell est occupée, ou si elle sort, elle vérifie le travail à son retour elle trouve toujours à redire. Si elle est de bonne humeur, elle désigne calmement ce qui lui déplaît ou ce qu'elle ne trouve pas correctement terminé, et si elle est de mauvaise humeur, elle crie, hurle, jette des choses casse des choses, dont le prix sera déduit de la paie d'Esperanza. À midi Esperanza a quinze minutes pour son déjeuner qu'elle prend dans son coin au sous-sol, et à 3 h 30 elle a une pause de cinq minutes, qu'elle passe souvent à pleurer dans l'un des cabinets de toilette. En plus du ménage, elle aide à organiser les livraisons de fleurs et de provisions, et aide Mrs. Campbell à communiquer avec les deux jardiniers mexicains, qui parlent parfaitement anglais, mais ne veulent pas que Mrs. Campbell le sache afin de pouvoir ignorer presque tout ce que Mrs. Campbell leur dit. Elle part aux environs de 18 heures. Elle prend le bus pour rentrer chez elle. Quand elle arrive, elle dîne avec une partie de sa famille. Comme la plupart sont des clandestins, et trouvent du travail quand ils peuvent, attendant souvent devant des grandes surfaces de meubles et travaillant à la journée sur des chantiers, elle ne sait pas avec qui elle dînera. Ils mangent généralement de la cuisine mexicaine préparée par les femmes de la maison qui ne sont pas au travail, mais toutes les deux semaines ils se cotisent pour acheter une portion géante de poulet frit avec des haricots blancs en sauce et des cheeseburgers. Après le dîner, pendant que le reste de la famille migre vers la télévision, Esperanza va dans sa chambre, où elle passe ses soirées à lire ou étudier. Elle lit des romans d'amour dont l'action se passe souvent en Europe, où de ravissantes femmes tombent amoureuses d'hommes beaux et riches, où leurs amours sont contrariées et torturées, où il y a toujours des obstacles apparemment insurmontables à vaincre afin d'être ensemble, et où l'amour, l'amour profond vrai éternel, triomphe toujours. Quand elle ne lit pas, elle prépare les examens d'entrée à l'université, qu'elle a déjà passés une fois avec d'excellentes notes, mais qu'elle veut repasser pour avoir de meilleures notes encore. Elle se concentre sur les maths, passe des heures sur les chiffres, les diagrammes, les graphiques et les formules. C'est ennuyeux, une véritable souffrance, parfois elle a envie de jeter les livres par la fenêtre ou dans la poubelle, mais elle veut entrer à l'université et elle a besoin de meilleures notes pour obtenir une nouvelle bourse. Avant de s'endormir, elle s'enduit de nouveau d'huile de figuier de Barbarie, puis elle se met à genoux et prie, elle prie pour sa mère et son père, pour sa famille, pour tous les Mexicains de L.A., elle prie pour réussir son examen, pour son avenir, pour trouver un peu de satisfaction. Sa dernière prière est toujours pour Mrs. Campbell, elle demande à Dieu d'ouvrir son cœur, de la libérer de la haine, d'en faire une personne meilleure, de lui donner une période de bonheur avant de l'appeler à Lui. Après avoir prié, elle éteint la lumière et se couche. Quand il voit qu'elle a éteint, son père vient souvent l'embrasser sur le front et lui dire qu'il l'aime. Elle adore quand il fait ça, et à vingt et un ans, cela signifie plus pour elle que quand elle en avait huit, dix, douze ou n'importe quel âge.

C'est un nouveau jour ensoleillé elle met son huile de cactus se prépare prend le bus se dirige vers la maison. Il y a d'autres domestiques qui font le même chemin, des femmes de chambre des cuisinières des bonnes d'enfants, dont beaucoup sont amies. Tandis qu'elles se dirigent vers les portes de service des maisons où elles travaillent, elles rient et bavardent, fument et se racontent des histoires. Les histoires concernent toujours leurs patronnes, leurs exigences, leurs habitudes, leurs maris volages et leurs enfants gâtés, leur manque de considération la certitude qu'elles ont d'être dans leur droit leur supériorité leur cruauté. La plupart sont plus âgées qu'Esperanza, elles ont trente, quarante, cinquante, soixante ans, et pour quelques-unes, soixante-dix. Elles ont des maris et des enfants, des petits-enfants, elles ont une vie à côté de leurs boulots. La plupart ne sont pas résidentes ou citoyennes des États-Unis, ce qui limite leur possibilité de faire un autre travail. D'une certaine façon, Esperanza se sent faire partie d'elles, ou être destinée à faire partie d'elles. D'une autre, l'idée qu'elle fera le même trajet, portera les mêmes vêtements et fera la même chose quand elle sera plus vieille la déprime tant qu'elle lui donne envie de mourir. Ses parents l'ont amenée dans ce pays pour lui offrir les opportunités qu'ils n'ont pas eues, et pour qu'elle puisse avoir une vie qui était impossible pour eux. Ils ne sont pas venus ici pour qu'elle passe sa vie à faire le ménage pour une vieille femme acariâtre. Elle entre dans la propriété descend au sous-sol met sa tenue. Tandis qu'elle monte l'escalier elle sent l'odeur du café quelqu'un l'a déjà fait elle regarde sa montre, il est 7 h 53, elle est en avance. Elle s'arrête inspire profondément, se demande si elle n'était pas censée venir plus tôt, si Mrs. Campbell lui a dit quelque chose qu'elle a oublié. Elle se prépare à entendre des hurlements, à se faire bombarder d'objets, à se faire injurier. Ce qui se passe dans la cuisine ne laisse rien présager de bon. Elle songe à redescendre se changer ressortir en douce par la petite porte rentrer chez elle. Elle inspire profondément. Elle sent le café. Elle a envie de rentrer chez elle. Elle pense à sa mère son père à toutes les injustices qu'ils ont endurées tout ce temps à faire des boulots comme celui-ci, son père lui a toujours dit un boulot est un boulot et c'est ton boulot de le faire, même si ça ne te plaît pas. Elle inspire profondément ouvre la porte entre dans la cuisine.

Un petit homme rondouillard est assis à la table. Il est vêtu d'un caleçon écossais et d'un T-shirt blanc avec des taches de nourriture dessus. Ses cheveux, roux, sont épais sur les côtés et clairsemés sur le dessus, il a une moustache rousse mitée. Il est en train de boire une grande tasse de café et de manger un toast avec de la confiture, il a le journal de Mrs. Campbell étalé devant lui. Esperanza ne le connaît pas, ne l'a jamais vu. Il se tourne, parle.

Hola. (Salut.)

Elle le regarde.

Mi nombre es Doug. (Je m'appelle Doug.)

Regarde.

Cual es su nombre ? (Quel est votre nom ?)

Elle le regarde. Il la regarde, parle.

Usted tiene un nombre ? (Vous avez un nom ?)

Elle parle, parce qu'elle ne le connaît pas, elle prend l'accent mexicain.

Je parle anglais. Je m'appelle Esperanza.

Il sourit.

Enchanté, Esperanza.

Il lèche de la confiture qu'il a sur les doigts, s'essuie les doigts sur son T-shirt, prend un morceau de toast.

Vous voulez un toast ?

Où est Mrs. Campbell ?

Probablement en haut.

Qu'est-ce que vous lui avez fait ?

Il prend une bouchée de toast. Il se met de la confiture sur la moustache. Il parle tout en mâchant.

Qu'est-ce que vous racontez ?

Je vais appeler la police.

Elle se dirige vers le téléphone. Il prend une nouvelle bouchée, parle.

Elle a oublié de vous prévenir, n'est-ce pas ?

Esperanza hésite.

Me prévenir de quoi ?

Il continue à mâcher, parlant.

Que je venais.

Qui êtes-vous ?

Doug Campbell. Je suis le plus jeune fils de Mrs. Campbell.

Je ne vous crois pas.

J'ai déjà entendu ça.

Vous ne lui ressemblez pas.

J'ai déjà entendu ça aussi. Mon frère m'appelle le troll de la famille.

Il s'essuie les mains sur son T-shirt, laisse une traînée de confiture, continue de mâcher et de parler.

Bien que je ne comprenne pas pourquoi il me traite de troll. Je me suis toujours considéré comme un prince plutôt que comme un troll. Un prince non conventionnel, mais un prince tout de même.

Esperanza sourit. L'homme qu'elle a devant elle n'est définitivement pas un prince. Pas un prince des hommes, pas un prince des ploucs moustachus mangeurs de toasts, pas même un prince des trolls. Elle parle.

Vous me permettez de prendre la cafetière ?

Vous voulez une tasse ?

Non. Je dois faire le café de Mrs. Campbell.

Ne vous préoccupez pas de ça.

Ça fait partie de mon travail. Je dois lui faire son café.

Le petit déjeuner au lit et après un bain, tout le tralala ?

Oui.

Je lui ai parlé il y a un petit moment. Elle s'en passe aujourd'hui.

Elle le regarde. Il sourit, il a de la nourriture dans les dents.

À moins qu'elle me dise de ne pas le faire, je dois le faire.

Elle tend la main vers la cafetière. À ce moment, Mrs. Campbell, en peignoir et pantoufles, entre dans la cuisine. Elle parle.

Bonjour, Dougie.

Salut, maman.

Tu as trouvé tout ce dont tu avais besoin ?

Absolument.

Elle s'avance, lui pose un baiser sur la joue.

Comment est ton café ?

Excellent.

Elle s'assied en face de lui.

Il sent très bon.

Tu en veux une tasse ?

Elle commence à regarder le journal.

J'aimerais beaucoup.

Il commence à se lever, sans regarder ni faire attention à Esperanza. Mrs. Campbell parle.

La femme de chambre va le faire.

Doug regarde Esperanza, hausse les épaules. Elle tourne les talons se dirige vers le placard en sort une tasse et une soucoupe en porcelaine. Comme elle revient à la table, Mrs. Campbell regarde Doug, parle.

Je suis si contente de t'avoir à la maison.

Ça fait plaisir d'être ici.

J'ai peine à le croire.

C'est pourtant vrai, maman. Je suis ici.

Esperanza pose la tasse et la soucoupe devant elle. Doug va saisir la cafetière, Mrs. Campbell l'arrête.

Elle va me servir, Doug. Ça fait partie de son travail.

Esperanza prend la cafetière, verse une tasse à Mrs. Campbell. Doug parle.

Merci, Esperanza.

Mrs. Campbell semble surprise.

Vous avez fait connaissance.

Ouais, on a bavardé avant que tu descendes.

Mrs. Campbell se tourne vers Esperanza, l'air très en colère.

Quelles sont les règles de cette maison, jeune fille ?

Esperanza a un mouvement de recul.

Je n'ai rien fait de mal, Mrs. Campbell.

C'est moi qui décide de ce qui est bien et mal ici. Quelles sont les règles de cette maison ?

Doug parle.

Maman, n'en fais pas toute une histoire.

Je t'aime, Doug, et je suis incroyablement contente de t'avoir ici, mais je te prie de me laisser diriger ma maison comme je l'entends.

Elle se retourne vers Esperanza, qui semble terrifiée.

Jeune fille ? Les règles ?

Je n'ai rien fait de mal.

Une des règles de cette maison est que vous ne devez parler qu'à moi, et que vous ne devez parler que quand je vous adresse la parole. Correct ?

Esperanza regarde par terre.

Il semble que vous avez enfreint cette règle en parlant à mon fils. Correct ?

Doug parle.

Maman, c'est moi qui lui ai parlé le premier et...

Elle l'interrompt.

Ne te mêle pas de ça, Doug. Elle se tourne vers Esperanza.

Vous ne devez plus lui parler. Est-ce compris ?

Esperanza regarde par terre, hoche la tête.

Jeune fille, témoignez-moi un minimum de respect en me regardant quand je vous parle.

Esperanza lève les yeux.

Vous ne devez pas parler à mon fils, à quiconque dans cette maison, à moins que je ne vous en aie donné la permission. Vous me comprenez ?

Oui.

Vous êtes sûre ?

Oui.

S'il vous plaît, à haute voix – Oui, je vous comprends, Mrs. Campbell.

Oui, je vous comprends, Mrs. Campbell.

Un peu plus fort, s'il vous plaît.

Oui, je vous comprends, Mrs. Campbell.

Je ne vous entends pas.

Oui, je vous comprends, Mrs. Campbell.

Mrs. Campbell jette un regard furieux à Esperanza, dont les mains tremblent, dont les yeux s'emplissent de larmes.

Normalement, je renverrais quelqu'un comme vous pour avoir désobéi. C'est ici chez moi et vous êtes mon employée et tant que vous serez ici vous ferez ce que je vous dirai. Tant que mon fils est ici, et il pourra passer ici un certain temps, mes règles s'appliquent à lui. Vous me comprenez ?

Oui, je vous comprends, Mrs. Campbell.

À la place de vous renvoyer je réduirai votre salaire. Vous recevrez la moitié de votre paie à la fin de la semaine si vous ne faites plus de bêtises jusqu'à ce moment-là.

Doug parle.

Maman, tu ne…

Elle l'interrompt.

Il faut être ferme avec ces gens, Doug. Fais-moi confiance s'il te plaît.

Elle se retourne vers Esperanza.

Vous avez compris tout ce que je vous ai dit ?

Oui, je vous comprends, Mrs. Campbell.

Bien, parce qu'il va falloir que vous vous y teniez. Maintenant, je vous prie de nous laisser. Et je ne veux plus vous voir aujourd'hui, donc tenez-vous éloignée des parties de la maison où nous pourrions nous trouver.

Oui, Mrs. Campbell.

Esperanza tourne les talons sort de la cuisine descend au sous-sol. Ses mains tremblent ses lèvres tremblent les larmes commencent à venir elle se déteste se déteste. Elle arrive au pied de l'escalier s'assied sur la dernière marche le visage dans les mains se déteste, déteste son travail, déteste cette maison et ce jardin, déteste la rue et la ville, déteste passer là cinq jours par semaine, déteste faire le ménage la lessive la vaisselle épousseter. Le visage dans les mains elle déteste ne pas avoir d'assurance. Le visage dans les mains elle déteste laisser Mrs. Campbell l'humilier. Le visage dans les mains elle déteste que sa vie ne soit pas ce qu'elle aurait pu être. Son visage, ses mains. Déteste.

En 1893, une foule gigantesque dans le centre-ville de L.A. attend pendant des heures de voir le photographe de San Francisco Eadweard Muybridge présenter son zoopraxiscope et la *Locomotion animale*. C'est la première fois qu'un film est montré dans la ville. En 1894, Abraham Kornheiser achète trois kinétoscopes, des machines qui permettent de voir un film à travers une fenêtre, à Thomas Edison. Son intention était d'ouvrir le premier cinéma à Los Angeles, qui devait s'appeler le Peep Show Palace de Kornheiser. Les kinétoscopes furent abîmés pendant le voyage, et Edison refusa de les réparer et de rembourser Kornheiser. En 1895, Edison vend à Elijah Nachman un vitascope, qui était le premier projecteur de cinéma à fonctionner. Nachman ouvre le Théâtre du Vitascope Magique de Nachman, le premier cinéma dans le comté de Los Angeles.

Joe reste assis derrière la poubelle pendant deux trois heures, la fille blonde est endormie sur le béton à côté de lui. Elle respire régulièrement, elle semble avoir cessé de saigner. Une à deux fois par heure elle bouge ou marmonne, ses mains se contractent ou elle soupire, sa position change légèrement. Vilain Tom revient deux fois il apporte à Joe un bout de pizza de la veille, un demi-burrito bacon-fromage. Tito Quatre-Orteils, communément appelé Quatre, un grand Salvadorien barbu avec les cheveux jusqu'à la taille qui dort derrière une baraque de hot-dogs et qui est né avec quatre orteils à chaque pied, vient voir la fille il croit la connaître mais quand il la voit ce n'est pas celle qu'il croit. Jenny A., une mère de quatre enfants originaire de Phoenix, âgée de trente-huit ans, qui a perdu sa famille, ses amis, son avenir et sa vie parce qu'elle ne pouvait pas s'arrêter de boire, passe dire bonjour bavarder un peu voir si Vieux Joe pourrait lui donner une bouteille de sa réserve dans les toilettes. Joe sait que s'il lui donne sa clé elle lui boira tout donc il dit peut-être plus tard Jenny, peut-être plus tard, elle dit qu'elle comprend dit qu'elle va au magasin de vins et spiritueux essayer de mendier un peu d'argent, et si elle a de la chance quelque chose à boire, aux clients qui sortent.

Aux environs de midi, après six heures passées à attendre près d'elle, la fille se réveille. Elle soulève la tête de quelques centimètres au-dessus du sol, regarde Vieux Joe, parle.

Qui tu es ?

Il rit.

Je m'appelle Joe.

Où est-ce que je suis ?

À Venice, Californie.

Putain.

Elle tousse.

Où à Venice ?

Tu es sur la route derrière un marchand de glaces sur la promenade.

Elle commence à s'asseoir lentement. Il y a du sang séché sur son visage et dans ses cheveux, elle a un œil gonflé à moitié fermé et une balafre sur la joue, une lèvre tuméfiée, une dent du bas manquante.

Un marchand de glaces sur la promenade ?

Oui.

Il y a cinquante marchands de glaces sur la promenade.

Elle tousse encore.

Il y en a une tapée, mais probablement pas cinquante.

Très bien, il y en a une tapée. Derrière lequel je suis ?

Joe rit de nouveau, regarde la fille qui est maintenant adossée à la poubelle. Elle est jeune très jeune, quinze ans peut-être, trop jeune pour être sans abri, trop jeune pour vivre sur la promenade, trop jeune. Il parle.

Comment tu t'appelles ?

Pourquoi tu veux savoir ?

J'essaie de t'aider.

J'ai pas besoin de ton aide.

Comment tu t'appelles ?

Où est-ce que je suis ?

Derrière le marchand de glaces à côté des courts de paddle tennis.

Comment est-ce que je suis arrivée là ?

J'en sais rien. Un ami t'a trouvée.

Si tu essaies de me baiser ou de te faire sucer, je te couperai la queue avec les dents.

Vieux Joe rit de nouveau. La fille parle.

Je suis sérieuse. Je te couperai la queue comme ça.

Tu es un peu jeune pour moi.

C'est pour ça que la plupart des mecs veulent me baiser, parce que je suis jeune.

Pas moi.

Elle lève la main touche son visage. Ses phalanges sont meurtries, pleines de coupures.

C'est amoché.

Tu as besoin d'aide.

Je suis amochée, mais ça va aller.

On devrait appeler une ambulance.

S'il y a une ambulance il y a généralement des flics. J'ai pas besoin d'une ambulance, et certainement pas des flics.

Alors on devrait aller dans un hôpital.

Je vais pas non plus dans un putain d'hôpital.

Tu as besoin d'un médecin.

À moins que tu en connaisses un qui vit derrière une de ces poubelles, je n'irai pas.

Pourquoi ?

Parce que.

On te recherche ?

J'ai une tête de criminelle ?

Ouais.

Eh ben j'en suis pas une.

D'où tu t'es sauvée ?

Pourquoi tu crois que je me suis sauvée ?

Me raconte pas d'histoires.

Ça te regarde pas.

Elle essaie de se lever, a du mal. Elle s'assied. Vieux Joe se lève, lui tend la main, parle.

On va au moins te nettoyer.

Où on va faire ça ?

J'ai des toilettes.

Où ?

Un peu plus loin sur la route.

Tu ressembles à un sans-abri.

J'en suis un. En quelque sorte. Je vis dans des toilettes.

Il rapproche sa main. Elle l'écarte d'un revers de la main.

Je veux bien utiliser tes toilettes mais je ne te touche pas.

Elle se lève lentement. Une fois debout, il voit qu'elle est menue, mesure environ un mètre cinquante, pèse environ cinquante kilos. Ses blessures en paraissent plus graves. Joe parle.

Tu peux marcher ?

Elle fait un pas, grimace.

Oui.

Elle fait un autre pas, grimace de nouveau.

Tu es sûre ?

Ouais. Ça va.

Tu veux manger ?

Tu as une bonne poubelle ?

Je vais aller te chercher quelque chose de bon.

Où ?

Où tu veux.

Tu as de l'argent ?

J'ai des amis.

Il désigne la rue.

Allons te nettoyer et je te trouverai quelque chose de bon.

Si tu essaies de me baiser tu le regretteras.

Il rit de nouveau, fait le tour de la poubelle, s'engage dans la rue.

Elle le suit lentement, elle marche à pas prudents, précautionneux, elle a d'autres blessures que Vieux Joe ne voit pas. Il marche quelques pas devant elle, se tourne fréquemment pour la surveiller, elle regarde par terre, grimace de temps à autre, touche avec précaution des endroits sur ses jambes sur son torse. Il y a trois rues jusqu'aux toilettes de Joe. Généralement Joe met cinq minutes, il leur en faut vingt. Quand ils arrivent aux toilettes, Joe s'arrête, parle.

Voilà mes toilettes. Laisse-moi entrer une minute, après elles sont à toi.

T'as des trucs que tu dois planquer ?

Quelque chose comme ça.

Et t'as pas confiance ?

Non.

Alors va te faire foutre.

Il entre, prend deux bouteilles dans le réservoir, cherche s'il y a quelque chose d'autre, il n'y a rien. Il sort avec les bouteilles. La fille les voit, parle.

Tu avais peur que je te pique ton putain de pinard ?

Je fais juste attention.

Je bois pas, et j'ai rien à foutre de ton pinard de merde.

Il rit de nouveau, se tourne vers les toilettes.

Il y a de l'eau chaude du savon et des serviettes en papier. Il faut que tu nettoies ton visage et tes mains, et tes plaies pour qu'elles ne s'infectent pas. Fais aussi vite que tu peux, et si tu as besoin d'aide, appelle.

Elle le regarde pendant une minute.

Pourquoi tu fais ça ?

Il la regarde.

Je ne sais pas.

Elle passe devant lui, ferme la porte. Il s'éloigne de la porte, regarde les tables et les bancs disposés devant la baraque à tacos, espère qu'aucun des touristes n'aura besoin d'aller aux toilettes. Dans ce cas il faudra qu'il fasse sortir la fille. Si elle résiste, cela pourra provoquer la colère du propriétaire. Si le propriétaire se met en colère, il peut perdre les toilettes, et il ne veut pas avoir à chercher un autre endroit où dormir, et il ne veut vraiment pas avoir à chercher un autre endroit où chier. Il entend le lavabo qui coule il entend la fille qui jure – merde, putain, bordel, enculé. Il entend le lavabo qui cesse de couler. Il n'entend plus rien. Il attend une minute deux peut-être qu'elle se sèche, attend encore une minute deux, il frappe à la porte. Pas de réponse. Il frappe de nouveau, attend, pas de réponse. Il frappe de nouveau. Rien. Il sort sa clé ouvre la porte elle est assise par terre les genoux contre la poitrine. Elle lève les yeux. Il parle.

Ça va ?

Elle fait oui de la tête.

Pourquoi tu es assise par terre ?

Comme ça.

Sans raison ?

Il y a une raison.

C'est quoi ?

C'est bon.

Par terre ?

Ça fait presque un an que je n'ai pas dormi à l'intérieur. J'ai pas été dans des toilettes où j'ai été toute seule depuis encore plus longtemps que ça. Je n'ai pas été dans un endroit où fermer la porte et me sentir en sécurité, même une seconde, depuis que je suis toute gosse. Cette porte a un verrou, et je savais que tu ne l'ouvrirais pas tout de suite, alors je me suis assise quelques minutes et je me suis sentie en sécurité, que personne ne pourrait me baiser, que personne ne pourrait me faire du mal. Ça n'a pas d'importance que ce soit un sol de toilettes. Ça pourrait être un sol de toilettes couvert de putains de clous. C'était bon.

Joe la regarde, elle le regarde.

Allons te trouver de quoi manger.

Elle hoche la tête, se lève, il l'observe, la regarde. Le sang a disparu, son visage et ses cheveux sont à peu près propres, ses mains sont propres. Sous les entailles les boursouflures la colère la douleur, elle ressemble à une jolie adolescente. Si elle était maquillée et correctement habillée, elle pourrait être plus que jolie. Boitant blessée et abîmée, elle est triste seule et vaincue. Une gosse foutue dans une foutue situation.

Ils font le tour de la baraque, les touristes en short, sandales et T-shirt profitent de leur repas du soleil de la journée. La fille les évite, s'en éloigne, fait un détour, comme si elle devenait invisible à plus de trois mètres de distance. Ils s'engagent sur la promenade, elle est bondée, la fille se faufile rapidement à travers la foule, elle évite soigneusement tout contact. Joe suit se cogne dans deux ou trois personnes, s'arrête à côté d'elle, parle.

Qu'est-ce que tu veux ?

Tu peux m'acheter un cheeseburger avec des frites et un milk-shake ?

Probablement.

Ça serait foutrement génial.

Quel genre de milk-shake ?

N'importe.

Tu n'as pas de préférence ?

J'aime la vanille, mais en fait je m'en fous.

Okay.

Il rentre de nouveau dans la masse, s'engage dans l'un des courants qui se dirigent vers le sud, il commence à se diriger vers le sud avec eux. Il connaît le gérant d'un endroit à quelques rues de là appelé Big & Big qui fait tout ce qui est connu inventé ou mangé qui peut être fabriqué avec de la graisse, de la matière grasse, de la viande et du fromage. La fille le suit, mais pas parmi les gens, elle marche au bord de la promenade dans l'herbe pelée parsemée de bancs et de poubelles débordantes, elle boite aussi rapidement qu'elle peut. Quand Joe arrive au restaurant il y a une foule gigantesque qui attend pour manger, commande à manger, parle de manger, achète à manger. Il va sur le côté de Big & Big où se trouve une porte en grillage d'acier avec un cadenas géant, il frappe, attend. Un Mexicain portant un tablier sale vient à la porte, avec l'accent mexicain il parle.

Vieux Joe. Fils de pute.

Ça va, Paco ?

Je fais la cuisine, mec. Voilà tout.

Le patron est dans le coin ?

Non, il est resté chez lui aujourd'hui. Il y avait un match de boxe important à la télé hier soir et il s'est trop bourré la gueule pour venir aujourd'hui.

J'ai besoin de ton aide.

Qu'est-ce qu'il y a ?

J'ai besoin d'un hamburger avec des frites et un milk-shake.

Pour qui ?

Une amie qui n'a pas mangé depuis un moment.

C'est une amie à toi, ça me va, fils de pute.

Merci.

Tu veux du fromage sur le burger ?

Ouais.

Quel genre de milk-shake ?

Vanille si tu peux.

Okay, fils de pute, laisse-moi deux minutes.

Merci, mec.

La prochaine fois que ma femme me fout à la porte, je viens me soûler la gueule avec toi.

Je m'occupe du pinard.

Je compte sur toi.

Paco tourne les talons disparaît dans la cuisine. Joe s'assied sur le béton s'adosse au mur.

Il regarde de l'autre côté de la promenade, la fille est en train de fouiller une poubelle. Il crie – hé petite – elle ne l'entend pas il crie de nouveau – HÉ PETITE – elle lève les yeux il lui fait signe de venir le rejoindre. Elle attend qu'il y ait un trou dans la foule traverse la promenade en boitant, elle évite tout contact. Elle s'arrête devant lui, il parle.

Tu as trouvé quelque chose dans la poubelle ?

Non, mais je n'ai pas été très profond. Il y a toujours quelque chose là-dedans quelque part.

Tu veux t'asseoir ?

T'as une raison pour que je m'asseye ?

Si tu t'assois tu vas avoir à manger.

Tu te fous pas de ma gueule ?

Non.

Elle le regarde un moment, s'assied lentement. Joe voit qu'elle a mal.

Une fois assise elle le regarde de nouveau, s'éloigne un peu. Il rit.

T'inquiète, je vais pas te toucher.

Et comment que non.

Il rit de nouveau, elle ne réagit pas. Ils restent là, contre le mur, ne parlent pas, se contentent de regarder le flot interminable des touristes qui passent parlent sourient rient prennent des photos vérifient que leur portefeuille est toujours là boivent des sodas mangent de la barbe à papa, regardent autour d'eux un peu choqués étonnés émerveillés par la scène qui est devant eux, ils se trouvent sur la promenade de Venice, célèbre dans le monde entier. Ça amuse Joe. Il prend plaisir à les regarder. Est amusé par leur bonheur, prend plaisir à leur bonheur. Il n'ambitionne pas d'être l'un d'eux et n'échangerait pas le peu qu'il a pour ce qu'ils ont, il a fait le choix de sa vie et de la façon dont il la vit, il est en paix avec ses décisions. La fille leur jette un regard mauvais, haine et amertume inscrites sur son visage, cela la vieillit lui donne l'air d'avoir quarante ans. Parfois elle regarde par terre serre les mâchoires secoue la tête. Parfois elle marmonne. Joe n'arrive pas à entendre ce qu'elle dit mais le ton est méchant, déplaisant. Même si elle refuserait de l'admettre, elle aimerait être l'un d'eux, elle aimerait avoir une maison une chambre un endroit sûr à elle, elle aimerait avoir des amies, aller à l'école, avoir des parents, aimerait avoir une forme de bonheur, de l'amour. Quelles que soient les décisions qui l'ont conduite à se retrouver ici en sang, battue, affamée et sans abri, elles n'ont été prises que par la nécessité, l'instinct de survie. Elle crache par terre, regarde, crache encore.

Après quinze minutes, elle regarde Vieux Joe, parle.

Je crois que j'en ai assez de cette merde.

Sois patiente.

Pourquoi ?

Parce que parfois ça paie.

Tu racontes que des conneries.

Il rit, ne réagit pas autrement. Ils restent là encore quelques minutes il voit qu'elle s'impatiente quelques minutes encore, la porte en grillage s'ouvre et Paco sort, une boîte en carton à la main. Il regarde Vieux Joe, parle.

Fils de pute.

Mon pote, Paco.

Il regarde la fille.

C'est pour elle ?

Ouais.

Oh petite fille, j'ai des bonnes choses pour toi.

Elle se redresse semble surprise, réellement surprise, et presque heureuse. Paco se penche et lui tend la boîte.

Qu'est-ce que c'est ?

Un burger spécial Paco, des frites spécial Paco, un milk-shake spécial Paco, et des sachets de ketchup américain.

Elle prend la boîte.

Merci.

Il y a de vagues commencements de sourires. Joe se lève, parle.

Merci, mec.

Tout ce que tu voudras, fils de pute. Ou peut-être pas ce que tu voudras, mais des bonnes choses à manger de temps à autre c'est pas toute une affaire.

Joe rit. Paco ouvre la porte de la cuisine, entre, disparaît. Joe baisse les yeux sur la fille, qui regarde le burger et les frites. Il parle.

Tu peux manger.

Elle le regarde. Il se rassied, s'adosse au mur.

Ça a l'air bon.

Je parie que c'est bon aussi.

Il la regarde, elle baisse les yeux sur le contenu de la boîte, le contemple. Elle parle.

Ça fait longtemps que j'ai pas pris un repas comme ça.

Ouais.

Longtemps.

Ouais.

Elle se saisit du hamburger. Elle le regarde. C'est un gros hamburger, le fromage a coulé sur les côtés, il est entre les deux moitiés d'un petit

pain au sésame. Elle prend une bouchée, commence à mâcher, en prend une autre, mâche.
Elle pose le hamburger dans la boîte, prend
quelques frites, les fourre dans sa bouche déjà
pleine, mâche, attrape le milk-shake, se met la
paille dans la bouche aspire. Elle mâche s'interrompt avale mâche encore un peu avale de nouveau. Elle regarde Joe, parle.

C'était bon.

Elle regarde la boîte, il y reste encore du hamburger et des frites.

Il en reste.

Je vais le garder.

Tu en trouves autant que tu veux des froids et
à moitié mangés dans les poubelles. Du tout
chaud qui sort du gril tu n'en auras pas avant
longtemps.

Elle regarde les restes du hamburger et des frites, réfléchit, se remet à manger, la nourriture
disparaît rapidement, une fois qu'elle a fini elle
se lèche les doigts, essuie le ketchup et la moutarde qu'elle a sur la figure, se lèche encore une
fois les doigts. Elle se lève, met les sachets de
ketchup qui restent dans sa poche, va jeter la
boîte le papier du hamburger et le gobelet. Joe
la regarde, regarde les touristes, ferme les yeux
et pense au chablis. La fille revient, s'assied près
de lui, parle.

C'était bon.

Je suis content que ça t'ait plu.

Je peux en avoir encore ?

Tu vas me dire merci pour ce que je t'ai déjà
donné ?

Merci.

Je t'en prie.

Tu peux trouver autre chose ?

Comme quoi ?

Meth.

Quel âge as-tu ?

Ça te regarde pas.

Tu es trop jeune pour prendre ce truc.

Je suis trop jeune pour avoir fait un tas de trucs que j'ai faits.

Pourquoi tu le fais ?

Pour la même raison que tu bois.

J'en doute.

C'est vrai.

Pourquoi tu le fais ?

Je le fais. Tu sais où je peux en trouver ?

Non. J'essaie de ne pas en prendre. Tous ceux que j'ai connus qui en prenaient sont morts.

On finira tous par mourir tôt ou tard.

Eux sont morts tôt.

Il faut que j'en trouve.

Je suppose que tu vas aller parler à celui qui t'a dérouillée hier soir.

Ce que je fais n'est pas ton affaire.

N'y va pas.

J'ai besoin de ce dont j'ai besoin.

N'y va pas.

Il le faut.

Elle s'éloigne en boitant. Joe se lève.

Tu ne m'as pas dit comment tu t'appelles petite.

Elle se retourne.

Beatrice.

Vraiment ?

Ouais. Vraiment.

Elle tourne les talons et s'éloigne. Joe la regarde s'éloigner, une partie de lui est contente de la voir s'en aller une autre aimerait qu'elle reste une autre veut juste qu'elle sourie et lui dise au revoir. Une fois qu'elle a disparu Joe se dirige vers la promenade passe trois heures à mendier il se fait 36 dollars. Il achète une part de pizza et va s'asseoir sur la plage boire deux bouteilles de chablis. À la nuit tombée il retourne à ses toilettes s'allonge s'endort et se réveille une heure avant l'aube, comme tous les jours. Il va au lavabo se brosse les dents se lave la figure. Il ouvre la porte sort dehors. Beatrice est allongée sur le ciment à quelques pas de là. À quelques pas.

En 1899, soixante-dix agents de police essaient de contrôler une population de plus de cent cinquante mille personnes. Fumeries d'opium, bordels, tripots et distilleries se sont répandus dans toute la ville, dans chaque enclave raciale et ethnique. Au cours des deux années suivantes, la ville embauche deux cents agents supplémentaires. Le taux de criminalité augmente.

Il pourrait être approprié ici de citer un grand poète, mais ce ne sera pas le cas. À la place, quelques mots de Mr. Amberton Parker, homme du monde, comédien, superstar internationale : Être amoureux c'est comme recevoir un chèque de vingt millions de dollars pour un premier rôle dans un nouveau film d'action prometteur, vous croyez que ça va être fabuleux, mais quand ça arrive, c'est encore plus FABULEUX !

Oui, oui, oui, Amberton Parker est amoureux, très amoureux, véritablement amoureux, follement amoureux, si amoureux qu'il a arrêté de porter des chaussures à lacets par crainte de ne pas pouvoir les nouer. Bien qu'il n'ait pas vu ni parlé à Kevin depuis cette décisive séance de pelotage de trois minutes, il est absolument sûr de son amour. Il est profond, il est vrai, et il est réel, réel réel réel, aussi réel que quoi que ce soit puisse l'être dans ce monde.

Lui et sa magnifique épouse Casey sont allongés dans des transats élégants et néanmoins confortables au bord de la piscine. Tous deux sont chaussés de tongs et aucun ne porte de haut (elle a un corps spectaculaire même s'il est quelque peu artificiel), il boit un verre de rosé glacé. Les enfants sont à l'autre bout de la piscine avec leurs gouvernantes. Amberton parle.

C'est fou je me couche en pensant à lui, je me réveille en pensant à lui, je pense à lui toute la journée. Il me manque au point que j'en souffre physiquement.

Il prend une gorgée de rosé. Casey parle.

Je suis heureuse pour toi.

Merci.

Mais fais attention.

Je ferai attention. Je connais la marche à suivre. Rien en public, ne jamais parler de ça avec quiconque hormis nos amis les plus proches qui se sont engagés à garder le secret, rien devant les enfants.

Je connais la marche à suivre, mon cœur, c'est moi qui l'ai l'inventée. Et assure-toi qu'il est réel avant de devenir gaga.

Il est réel. Il est aussi réel que quoi que ce soit puisse l'être dans ce monde.

Elle rit. Il sourit, parle.

C'est vrai. Tu peux me croire.

Quand est-ce que tu vas le revoir ?

Sais pas.

Il se fait désirer ?

C'est moi.

Toi ?

Oui.

Tu sais faire ça ?

Je sais. Je suis le roi de ça.

Elle rit de nouveau, parle.

Tu es le roi du je-suis-une-star-de-cinéma-célèbre-couche-avec-moi-sur-le-champ, et parfois

je-suis-une-star-de-cinéma-célèbre-couche-avec-
moi-sur-le-champ-ou-je-te-fais-virer.

Je n'ai jamais fait ça.

Si.

Non.

Si.

Il rit.

Okay, je l'ai fait. Et c'était marrant.

Et tu n'as absolument jamais eu à te faire désirer.

Je l'ai fait dans deux films.

Ça compte ?

Oui.

J'ai joué une pianiste aveugle qui pouvait pré-
dire l'avenir des gens rien qu'en leur touchant le
bout des doigts.

Et qui a reçu un prix de l'Actors Guild et une
médaille du Freedom Spirit pour ça.

Oui. Mais ça ne signifie pas que je peux le faire
dans la vraie vie.

Il feint d'être surpris.

Vraiment ?

Elle sourit, lui donne une petite tape, ils rient.
Elle parle.

Qu'est-ce que tu vas faire maintenant ?

Eh bien je vais le voir demain.

Où ?

J'ai une réunion avec mon équipe à l'agence.

Qui est dans ton équipe ?

Lui maintenant.

C'est toi ou eux qui ont décidé ?

J'ai appelé Andrew pour lui demander d'y
inclure Kevin.

Est-ce qu'Andrew sait pourquoi tu le lui as
demandé ?

Personne ne sait à part toi, moi et mon bien-aimé.

Qu'est-ce que tu lui as donné comme raison ?

Que tu m'avais dit que c'était un jeune homme impressionnant.

Ils rient.

Tu ne penses pas que tu aurais dû me le dire ?

Je te le dis maintenant.

Leur professeur de yoga arrive, ils entrent dans leur studio, et, ainsi que cela peut parfois arriver, ils prennent leur leçon avec leurs tongs. Ensuite ils se douchent s'habillent et se retrouvent dans la cuisine, où ils déjeunent avec leurs enfants et les gouvernantes de leurs enfants. Après le déjeuner ils voient leurs analystes respectifs (elle a des problèmes avec son père, il a des problèmes avec sa mère) et ensuite ils voient un analyste ensemble (ils ont tous deux des problèmes avec la notoriété et l'adulation). Une fois leur séance terminée (deux fois par semaine, trois si c'est une mauvaise semaine), ils retournent dans leur chambre, remettent leurs tongs. Casey porte un haut parce que le soleil d'après-midi a tendance à être plus fort. Ils se retrouvent à la piscine, ils ont une pile de scénarios qu'ils sont censés lire. Comme les scénarios, même selon leurs critères, sont vraiment mauvais, ils arrivent rarement à la dixième page. Quand un scénario est jugé mauvais, ou du moins si mauvais qu'aucune somme d'argent ne pourrait convaincre l'un ou l'autre de jouer dedans, ils le jettent par-dessus leur tête avec un grand rire, sachant que bientôt un de leurs domestiques viendra le ramasser. Après une heure, et cinq scénarios jetés par-dessus sa tête, Amberton abandonne. Il regarde Casey, parle.

Je vais faire des courses.

Où ?

À Beverly Hills.

Pourquoi ?

Peut-être acheter un costume pour demain.

Tu n'as pas plusieurs centaines de costumes ?

Il m'en faut un neuf. Un beau costume parfait très cher qui me donne une telle allure que même les hétéros voudraient me baiser.

Amuse-toi.

Tu veux venir avec moi ?

Non.

Qu'est-ce que tu vas faire ?

Elle sourit.

Je ne suis pas sûre.

Pourquoi tu me fais ton sourire coquin ?

Elle sourit de nouveau.

Peut-être que j'ai été coquine.

Avec qui ?

Tu connais la nouvelle gouvernante ?

La jeune ?

Plutôt.

Quel âge a-t-elle ?

Elle vient d'avoir dix-huit ans.

Oh mon Dieu.

Plutôt.

Où étaient les enfants ?

Chez des copains.

Elle a signé les documents ?

Bien sûr.

Il se lève, sourit, parle.

Je ne veux ni n'ai besoin d'en savoir plus.

Elle sourit, parle.

Amuse-toi bien, et bonne chance.

Il lui fait une révérence, entre dans la maison et monte dans sa chambre, prend une douche rapide et s'habille – un jean un T-shirt et des sandales. Il monte dans sa voiture décide de prendre une Porsche aux vitres fumées sort du garage descend l'allée passe la grille. Comme toujours, il y a des paparazzi qui attendent dans la rue, un petit groupe d'hommes avec des appareils photo autour du cou, 4 × 4 et scooters garés non loin, Amberton est allé dans une école de conduite apprendre comment les semer, avec la Porsche il les fait disparaître prestement dans les routes qui serpentent dans les collines de Bel-Air.

Il s'engage dans Sunset prend la direction de Beverly Hills. Il passe devant les villas domaines et manoirs de magnats stars de cinéma rois du porno stars de rock producteurs de télé héritiers et héritières qui le bordent de chaque côté, quand il passe devant la plus célèbre, qui appartient au playboy fondateur d'un magazine pour hommes, il sourit se rappelle les soirées qu'il y a passées, les femmes étaient si bandantes qu'elles lui donnaient presque envie d'être hétéro. Il s'engage dans Beverly Hills prend au sud les petites routes longues et droites, il accélère atteint rapidement 170 kilomètres à l'heure passe un ralentisseur décolle, il y a du plaisir à prendre partout pour Mr. Amberton Parker, du plaisir du plaisir du plaisir. Il descend Rodeo Drive essaie de décider où il veut s'arrêter, la rue est bordée des boutiques les plus chères et les plus élégantes du monde. Aucune n'est à son goût aujourd'hui, il décide d'aller dans la succursale de Beverly Hills d'un fameux magasin new-yorkais sur Wilshire, il pourrait voir plus de choses là-bas, avoir plus de choix.

Il fait le tour du magasin s'arrête devant la barrière du parking VIP situé au sous-sol. Un garde arrive, Amberton descend sa vitre le garde fait un signe à une caméra montée au-dessus de la grille la barrière se lève. Amberton entre se gare descend de sa voiture. Il se dirige vers une porte de sécurité, elle est à environ dix mètres. Lorsqu'il y arrive la porte est ouverte et une vendeuse, une femme d'environ trente ans très séduisante, l'attend. Elle sourit, parle.

Bonjour, Mr. Parker. Contente de vous voir.

Il sourit, prend sa voix publique.

Bonjour, Veronica.

Que pouvons-nous faire pour vous aujourd'hui ?

Il pénètre dans le magasin, la porte se ferme derrière lui. C'est une petite salle d'attente privée, il y a des canapés des fauteuils d'élégantes gravures aux murs des fleurs. Il parle.

J'ai une réunion importante demain et je veux un costume. Un costume parfait.

Je présume que vous voulez faire cela de manière privée ?

Oui.

Y a-t-il une personne particulière avec qui vous voudriez travailler ?

Vous êtes ma préférée, Veronica. Si vous êtes libre.

Bien sûr, Mr. Parker.

Ils entrent dans un ascenseur privé ils montent entrent dans une petite entrée décorée de la même manière que la salle d'attente. Ils empruntent un couloir avec des portes de chaque côté.

Veronica s'arrête devant l'une d'elles, l'ouvre avec une carte magnétique, elle entre dans une pièce de taille moyenne avec un canapé en daim deux fauteuils assortis une table en verre couverte de magazines de mode. Il y a un petit réfrigérateur dans un coin deux verres en cristal un panier de fruits dessus. Il y a un portant vide. Une porte qui mène à un salon d'essayage. Un miroir en pied.

Amberton s'assied sur le canapé, Veronica dans l'un des fauteuils. Ils parlent de ce qu'il cherche, il lui dit un costume magnifique et parfait. Elle lui demande de quelle marque, peu lui importe il veut juste qu'il soit magnifique et parfait. Elle lui demande quel est son budget, il dit qu'il n'y en a pas. Elle lui demande pour quand il lui faut, il dit demain matin.

Elle se lève lui dit qu'elle revient dans quelques minutes avec quelques sélections pour lui, elle lui demande s'il a besoin de quelque chose il dit que non. Elle s'en va. Il prend un des magazines le feuillette, il est plus beau que tous ces hommes Casey est plus belle que toutes ces femmes, il le repose. Il en prend un autre. Même chose. Un autre, même chose. Il se demande à quoi ressemblerait sa vie s'il n'était pas aussi beau. Il serait probablement un professeur mondialement connu dans une université de la côte Est. Ou peut-être une université anglaise.

On frappe à la porte et Amberton dit entrez. Veronica ouvre la porte, il y a deux assistantes avec elle portant des costumes sombres dans chaque bras, un tailleur se tient derrière elles. Ils entrent dans la pièce, Amberton se lève sourit il est excité excité. Il se met à regarder les costumes, la plupart sont italiens il y a quelques costumes anglais il passe la main sur les tissus, des laines peignées, de la vigogne, de la gabardine légère, aucun ne coûte moins de cinq mille dollars. Il en essaie quelques-uns, il regarde comment ils tombent, comment leur couleur fait ressortir sa peau. Il y en a deux qui lui plaisent mais il n'arrive pas à se décider, il y a un noir et un gris, tous deux sont en vigogne (de la laine de lama du Pérou). Il décide d'acheter les deux, il choisira lequel porter demain matin. Le tailleur prend les mesures marque les endroits à ajuster sort précipitamment se mettre au travail. Amberton remercie Veronica et les assistantes, elle lui dit qu'ils livreront les costumes en fin d'après-midi. Il dit merci donne à chacune un généreux pourboire. Il part retourne à Bel-Air, il y a beaucoup de circulation sur Sunset et le trajet lui prend quarante minutes. Cela ne le gêne pas, il écoute des chansons d'amour et il rêve, des chansons d'amour et des rêves.

Il s'arrête devant sa grille, les paparazzi sont toujours là, la grille se ferme derrière lui il se gare entre. Il dîne avec Casey et les enfants. Ils mangent du mérou et des légumes asiatiques. Les gouvernantes mettent les enfants au lit et Amberton et Casey regardent un film dans leur salle de projection. Le film est un drame qui vient de sortir dans lequel jouent deux de leurs amis (bien qu'en fait ils ne les aiment pas). C'est l'histoire d'un médecin et d'un photographe qui tombent amoureux dans un pays du tiers-monde en guerre. Juste après avoir enfin consommé leur relation pendant une attaque au mortier, le médecin (une femme) attrape une maladie rare et meurt. Le photographe publie un livre de photos sur le travail du médecin et reçoit le prix Pulitzer. Peu après, il retourne dans le pays et meurt lui aussi. C'est un film bouleversant qui les fait pleurer. Une fois la projection terminée ils restent assis à fixer l'écran et à se dire à quel point ils sont déprimés de ne pas avoir fait le film (on le leur avait proposé d'abord, mais on ne leur avait pas offert assez d'argent). Ils s'embrassent sur la joue et regagnent leurs ailes respectives.

Pendant la projection on a livré les costumes d'Amberton. Ils sont posés dans leur housse sur son lit. Il les sort passe la main dessus, très beaux, extrêmement beaux. Il les essaie, ils lui vont parfaitement bien, il passe trente minutes à se regarder sous une multitude d'angles, il n'arrive pas à décider lequel porter. Il les accroche dans son placard passe la main dessus une dernière fois. Très beaux, extrêmement beaux.

Il se couche. Il n'arrive pas à dormir allume un écran plasma d'un mètre cinquante fixé au mur, met un DVD des meilleurs moments de la carrière de football de Kevin qu'il a acheté sur Internet. Il regarde Kevin courir lancer marquer des buts donner des interviews dans les vestiaires, met le DVD en boucle, le regarde encore et encore. Il s'allonge sur le côté dans son lit pour pouvoir le regarder pendant qu'il s'endort (il n'arrive pas à dormir sur le dos), il veut que Kevin soit la dernière image dans son esprit pendant qu'il sombre. Il sombre.

Il se réveille, le DVD passe toujours. Il sourit, quelle merveilleuse façon de commencer la journée, une nouvelle journée, une radieuse journée typique de Los Angeles, le soleil entre à flots par les fenêtres, cette journée promet d'être fabuleuse.

Il sort du lit et se brosse les dents. Il regarde dans le dressing, les costumes sont toujours là. Il descend. Casey et les enfants sont dans le jardin avec les gouvernantes. Il prend son petit déjeuner, kiwis, tangelos, Granola, jus de grenade. Il sort. Quelle merveilleuse journée. Il joue à cache-cache avec les enfants se cache toujours derrière le même arbre et ils le trouvent toujours ils rient rient rient. Après une heure, il est temps pour lui de se préparer.

Il prend une douche, savon shampoing conditionneur. Il se rase met de l'after-shave sur sa peau un doigt d'eau de Cologne dans le cou, sa marque, qui s'appelle *Ahhh, Amberton* et fait fureur en Corée et au Japon. Il va dans le dressing regarde les costumes les touche. Il sait qu'il va porter une chemise pervenche, il enfile la chemise et essaie les deux vestes avec, il se place dans la lumière qu'il estime la plus approchante de celle de la salle de conférences de l'agence.

Le noir irradie la puissance. Le gris a une certaine sophistication et fonctionne merveilleusement avec le pervenche. Le noir indique pouvoir et virilité. Le gris dénote un homme de cœur et de sensibilité. Le noir donne une allure anguleuse à son corps, le gris un air souple. Il passe en revue les mérites de chacun dans son esprit, noir ou gris, il joue à pile ou face le noir gagne. Amberton se considère comme un homme qui n'aime pas la facilité, donc il se décide pour le gris. Une fois habillé il regarde dans le miroir et il est content, plus que content il est ravi. Il respire profondément et sent son parfum, ou comme il aime l'appeler son musc, et il pense – Ahhh, Amberton.

Il sort, une voiture l'attend à l'entrée, une limousine noire, une Mercedes, le chauffeur lui tient la portière. Il se glisse à l'intérieur, s'adosse au cuir souple frais propre. Le chauffeur ferme la portière, et tandis qu'il regagne sa place Amberton se penche et ouvre un petit compartiment où se trouve une bouteille de champagne dans un seau. Il prend la bouteille la débouche et se verse un verre, le chauffeur s'assied derrière le volant. Il se tourne et parle.

Bonjour, Mr. Parker.

Salut.

Vous êtes bien installé, monsieur ?

Oui.

Avez-vous besoin de quelque chose ?

Tout va bien, merci.

Nous allons à l'agence, monsieur.

En moins de deux.

Si vous avez besoin de quelque chose, monsieur, dites-le-moi.

Le chauffeur se retourne, une vitre de séparation monte. Amberton prend une gorgée de champagne parfaitement frappé, il passe en revue une variété de stratégies et de scénarios. Doit-il être chaleureux et aimable, drôle et débordant d'énergie, distant et sérieux, froid et cynique ? Il essaie de décider comment il va saluer Kevin, va-t-il lui serrer la main, et dans ce cas le fera-t-il des deux mains couvrant la première avec la seconde, va-t-il l'embrasser sur la joue (Non Non Non Non Non) ? Une fois qu'ils seront assis à la table de conférence (il y a généralement quatre ou cinq agents dans la pièce avec lui), doit-il le regarder, remarquer sa présence, lui manifester une attention particulière, l'ignorer complètement ? Il décide de le jouer à l'oreille, d'improviser, faire confiance à son instinct. Il sirote son champagne, augmente la climatisation.

Ils s'arrêtent dans le garage privé de l'agence. Amberton descend et se dirige vers la porte. Son principal agent, qui s'appelle Gordon, et qui est aussi le P-DG de l'agence, l'attend avec deux de ses assistants (il en a six). Gordon est grand et beau, il a ses cheveux noirs plaqués en arrière comme un banquier, il porte un costume noir parfait (peut-être encore mieux que le sien, possibilité qu'Amberton considère un instant avant de la rejeter). Il est incroyablement intelligent malin astucieux brillant, et incroyablement riche. Pour beaucoup c'est l'homme le plus puissant de Hollywood, même si c'est une chose qu'il ne dirait jamais, et quand on en parle avec lui, il rit et change de sujet. Contrairement à de nombreux agents, il a sincèrement à cœur le bien-être de ses clients, et il travaille incroyablement dur pour pousser et protéger leur carrière. C'est la seule personne, à part sa femme, à qui Amberton fait confiance et avec qui il partage la plupart de ses secrets. Gordon sourit, parle.

Amberton.

Amberton fait de même.

Gordon.

Beau costume.

Merci. Toi aussi.

Merci. C'est de la vigogne.

Le mien aussi.

Tous deux rient, se serrent la main.

Comment vont Casey et les enfants ?

Ils vont bien.

Nous avons des choses excitantes pour toi aujourd'hui.

J'en suis sûr.

Ils entrent dans l'agence. Les assistants suivent deux pas en arrière. Ils longent un large couloir blanc décoré d'œuvres d'art, entrent dans un ascenseur privé (les assistants empruntent l'escalier). Ils sortent de l'ascenseur et longent un autre couloir blanc décoré d'œuvres d'art, au bout du couloir ils passent une série de portes en verre à deux battants. Ils entrent dans une grande salle de conférences. La pièce est longue large, trois murs sont blancs l'autre est en verre. Il y a une grande table de conférence en acajou verni au milieu de la pièce, des fauteuils en cuir noir de Eames sont disposés autour. Une console du même acajou est adossée contre le mur, à une extrémité de la console il y a des bouteilles d'eau minérale française, des tasses à café en porcelaine un service à café en argent. Il y a quatre agents dans la pièce, deux hommes deux femmes, tous portent des costumes noirs, Kevin n'est pas parmi eux. Ils se lèvent à l'arrivée d'Amberton et de Gordon, sourient tous, ils saluent Amberton et lui serrent la main. Une fois les salutations terminées, chacun s'assied, Amberton parle.

Tout le monde est là ?

Gordon parle.

Quelques agents n'ont pas pu venir.

Où sont-ils ?

Je ne sais pas.

La réunion commence, pas de Kevin. Amberton a envie de s'en aller, a envie de pleurer, a envie de hurler et de balancer son gobelet de café. Pas de Kevin. Il a envie de dire à tous ceux qui sont présents pourquoi il a organisé cette réunion, leur dire qu'il est amoureux désespérément amoureux, et qu'ils retournent à leur travail tout ça n'était qu'une ruse il est désolé de leur avoir fait perdre leur temps. Ils lui parlent d'un nouveau film d'action où il jouerait un savant qui doit sauver le monde d'une catastrophe écologique. Ils lui parlent d'une chaîne câblée prestigieuse qui veut faire une mini-série de dix heures sur Michel-Ange. Ils lui font un résumé d'un drame sur un homme politique qui a une hépatite C. Il n'entend quasiment pas un mot de tout ça. Il voit trouble, il a la tête qui tourne, il a l'impression d'avoir un trou dans la poitrine son cœur cogne lui fait mal. Il a envie de pleurer. Il a envie de monter sur la table pour s'y rouler en boule et pleurer. Il ne s'est pas senti comme ça depuis son adolescence, quand son premier amour, un joueur de basket qui avait deux ans de plus que lui, a mis fin à leur liaison par crainte que ses coéquipiers ne la découvrent. On ne lui a rien refusé depuis qu'il était adolescent. Son argent et sa célébrité ont toujours suffi à lui procurer tout et tous ceux qu'il voulait. Il a envie de demander à Gordon de le serrer dans ses bras, de lui tenir la main. Il a envie d'appeler sa mère pour qu'elle lui chante une berceuse.

La réunion dure une heure qui lui paraît trois jours. À la fin il remercie tout le monde et serre de nouveau les mains, dit à Gordon de lui envoyer les scénarios par coursier, qu'il les lira chez lui. Quand il monte dans l'ascenseur il se met à trembler. Quand il monte dans la voiture il se met à pleurer. Ses pleurs dégénèrent rapidement en un braillement bruyant et confus. Comme la voiture arrive à la porte il voit une autre voiture, une Lexus noire, exactement comme celle de Kevin, garée près de son garage. Il cesse de brailler. Il commence à paniquer d'une autre façon. Il abaisse un miroir placé sous un abattant dans le plafond. Il s'essuie le visage essaie de se nettoyer de retrouver son sang-froid. Il regarde sa chemise, il n'y a rien à faire. Il essaie de trouver une raison pour expliquer son apparence. Si Kevin est vraiment dans la maison il lui dira qu'il a été tellement ému par l'histoire de l'homme politique atteint de l'hépatite C qu'il a fondu en larmes. Il frappe à la vitre de séparation, le chauffeur sort fait le tour de la voiture et vient lui ouvrir la portière. Il descend donne au chauffeur un billet de cent dollars le remercie. Le soleil est haut brûlant. Il regarde sa maison, elle est gigantesque magnifique. La voiture de Kevin est dans son allée. Sa femme et ses enfants sont quelque part où ils ne le dérangeront pas. Quelle journée. Quelle journée !

En 1901, Harrison Otis, le directeur du *Los Angeles Times*, et son gendre, Harry Chandler, achètent d'importantes parcelles dans la Owens Valley, qui est à la limite nord-est et au-delà du comté de Los Angeles. Le directeur du service des eaux, William Mulholland, engage J.B. Lippincott, qui travaille au service d'assainissement des sols et travaille aussi en sous-main pour Otis et Chandler, pour réaliser une étude du terrain, qui démontre que la Owens River et le Owens Lake pourraient fournir à Los Angeles un approvisionnement en eau suffisant. Otis et Chandler achètent ensuite d'importantes parties de la San Fernando Valley, qui pourraient être constructibles à condition d'être alimentées en eau, et achètent également les droits d'accès à l'eau de la Owens Valley à une coopérative d'exploitants agricoles et de propriétaires. Ils utilisent ensuite le journal pour semer la panique concernant la pénurie d'eau, et pour promouvoir une émission de bons destinés à financer la conception et la construction d'un nouveau réseau d'alimentation en eau. Quand l'émission est votée, ils vendent les droits d'accès à l'eau de la Owens Valley à la ville de Los Angeles avec un bénéfice considérable. Mulholland commence à concevoir l'aqueduc de Los Angeles, qui va amener l'eau de Owens Valley à la ville de L.A., et devient, avec plus de 358 kilomètres, le plus long aqueduc du monde.

Cela fait trois jours que Dylan n'est pas allé travailler. Tiny l'a appelé pour lui dire de ne pas venir pendant un certain temps, qu'il lui fera signe quand il aura besoin de lui. Quand Dylan a décroché et qu'il a entendu la voix de Tiny il s'est mis à trembler. Quand il a raccroché il tremblait encore. Une heure plus tard il tremblait encore. L'argent était en pile sur la table à quelques centimètres. Après qu'il eut cessé de trembler il l'a mis dans un tiroir avec ses slips et ses T-shirts. Puis il s'est remis à trembler, alors il l'a mis dans un tiroir avec les slips et les T-shirts de Maddie.

Il accompagne Maddie au travail le matin, passe la journée à rouler sans but dans la ville. Il va dans des quartiers inconnus, Sherman Oaks avec ses pelouses bien entrenues et ses maisons à colonnades, Reseda et Winnetka, série de lotissements denses et monotones, Brentwood, rues larges et plantées, ça ressemble presque à l'Ohio. Il découvre l'ancienne maison d'un assassin célèbre s'arrête pour voir ne voit qu'une grille et de grands sycomores, il va cracher sur la grille. Il passe à West L.A. où il y a de longues rues droites avec des maisons bien tenues et des ralentisseurs, dans West Hollywood les larges boulevards sont bordés de palmiers et les cafés bondés en pleine journée d'hommes et de femmes magnifiques qui se tiennent par la main s'embrassent, les femmes se tiennent par la main s'embrassent. Il parcourt Melrose, bordé de boutiques de vêtements de disques et de boutiques hippies qui n'arrêtent pas d'ouvrir et de fermer, tous les bâtiments sont couverts de graffitis, Melrose est en avance sur le reste du pays la mode arrive du Japon s'installe à Melrose est reprise par New York et trois ans plus tard on la trouve à Wal-Mart. Il traverse Hollywood. Les Rues de Rêve sont vieilles sales dangereuses délabrées, elles sont pleines de touristes surpris de ne pas trouver là le glamour hollywoodien auquel ils rêvaient, des mendiants agressifs, certains ayant plus de quatre-vingts ans d'autres pas plus de dix, les harcèlent, des aboyeurs leur hurlent de venir voir des superstars en cire des records mondiaux des monstres, ils leur hurlent de venir voir des strip-teaseuses des danseuses des filles qui s'enroulent autour de barres. Des motels croulants sont pleins de drogués et de dealers. Des restaurants légendaires ont des rats dans les coins et des cafards sur les murs. Des maisons en ruine ont des terre-pleins en terre battue des voitures des allées fissurées, il y a des voitures sur cales, des canapés éventrés sur le trottoir. Des gangsters au coin des rues sont à l'affût, certains sont des vendeurs d'autres des tueurs. Les flics patrouillent sur Hollywood Boulevard leur présence n'est en rien dissuasive. Quand il quitte Hollywood le seul film que Dylan peut imaginer qu'on puisse y tourner est un film d'horreur. Il se dirige vers l'est entre dans Los Feliz les canyons bordés de bungalows les Hills parsemées de villas de boutiques d'occasion et de restaurants remplis d'acteurs de réalisateurs de musiciens de peintres, certains ont réussi d'autres non tous sont hyper conscients d'eux-mêmes des autres de leurs vêtements de ce qu'ils mangent, le tout soigneusement choisi pour projeter une image où se mêlent sérieux réflexion style ironie insouciance. Après Los Feliz il entre dans L.A. proprement dit, il traverse les quartiers ethniques où les panneaux sont dans des langues qu'il n'arrive pas à déchiffrer, personne ne parle anglais, les gens sont russes, coréens, japonais, ils sont arméniens, lituaniens, somaliens, ils viennent du Salvador du Nicaragua et du Mexique, d'Inde, d'Iran, de Chine, des Samoa. Il est souvent le seul visage blanc parmi les foules de couleur le seul autochtone parmi les foules d'immigrants. Il connaissait un enfant afro-américain chez lui dans l'Ohio, même si personne ne le qualifiait d'afro-américain. Il y avait des Mexicains, ou ce qu'il supposait être des Mexicains, qui travaillaient sur des chantiers. Il entre dans Watts il est la minorité, il entre dans East L.A. il est la minorité, il traverse le centre-ville il est la minorité. Sa couleur lui permettait de faire partie de la hiérarchie, ou du moins du statu quo. Ici elle n'a pas de sens. Il est juste un être humain comme les autres dans une masse d'humanité agitée brûlée par le soleil, tous tâchant de se débrouiller pour finir la journée avec de la nourriture sur la table un toit au-dessus de la tête et un peu d'argent à la banque. Il n'est qu'un parmi tant d'autres.

À la fin de chaque jour il achète à dîner quelque part, dans une baraque à hamburgers un étal de tacos une pizzeria. Il va chercher Maddie au 99 cents et ils retournent à l'hôtel ils prennent une douche ensemble ils dînent tout nus à leur table. Ce soir, grâce au blé, il a fait des folies il a acheté des pizzas avec ration supplémentaire de fromage de sauce de poivrons de champignons d'oignons, double ration supplémentaire de fromage. Ils utilisent du papier hygiénique en guise de serviettes. Il parle.

J'espère qu'ils ne reviendront pas.

Elle parle.

Tu crois que c'est possible ?

Je ne sais pas.

Tu devrais le rendre.

Je ne peux pas.

Pourquoi.

Si je leur dis que je l'ai pris ils vont me dérouiller, probablement me tuer.

Même si tu leur rends ?

Ouais.

Alors pourquoi est-ce qu'on ne prend pas l'argent et qu'on va ailleurs ?

Où ?

N'importe où.

Où tu veux aller ?

Beverly Hills.

Il n'y en a pas assez pour ça.

Je sais je plaisantais. Mais on pourrait aller à San Francisco ou San Diego.

Si je me casse ils vont comprendre pourquoi. Et ils ont des clubs dans toutes les villes du pays.

Et pourquoi ne pas en appeler un qui ne les aime pas ?

Comme qui ?

Appelle les Hell's Angels.

Dylan rit.

Les Hell's Angels ?

Ouais.

Je ne sais pas comment faire pour appeler les Hell's Angels. Et même si je savais ils refuseraient de me parler. Et même s'ils me parlaient, ils se marreraient.

Pourquoi ?

Les Hell's sont les rois du monde des motards. Ils ne voudraient pas perdre leur temps avec ce genre de types. Tous ces types en fait rêvent d'être des Hell's Angels.

Alors qu'est-ce que tu veux faire ?

Je ne sais pas. Peut-être que je devrais aller prier à l'église.

Tu n'as pas fait ça pendant toute ton enfance ?

Si.

Qu'est-ce que ça t'a rapporté ?

Un salaud de père et une mère qui nous a quittés.

Peut-être que tu devrais juste rester ici avec moi.

Il rit.

Ouais, tu as probablement raison.

Le téléphone sonne. Ils se regardent, regardent le téléphone, se regardent de nouveau.

Maddie parle.

Tu veux répondre ?

Non.

Tu as donné ce numéro à quelqu'un ?

Non.

Ils savent où tu habites ?

Je ne sais pas.

Tu leur as dit ?

Probablement.

Le téléphone continue de sonner. Ils le regardent encore. Il sonne, sonne, sonne. Il s'arrête. Ils le regardent, attendent qu'il sonne de nouveau. Il ne sonne pas. Ils se regardent de nouveau. Maddie reprend une part de pizza, parle.

La pizza est bonne.

Double ration de fromage en plus.

Et plein d'autres trucs. Vachement bonne.

Peut-être qu'on devrait dépenser tout le blé en pizzas.

Vingt-deux mille dollars de pizzas ? On ne mangera plus à poil, c'est sûr.

Il nous faudra une chambre et un lit plus grands.

Et une camionnette à la place de la moto.

Ils rient. Comme Dylan va prendre une part de pizza, on cogne à la porte. Ils échangent un regard. On cogne à la porte. Se regardent avec de grands yeux. On cogne. Maddie secoue la tête. On cogne. Cogne. Cogne. Dylan se lève il tremble de nouveau. On cogne à la porte. Il y va. Cogne. Maddie le regarde, elle se mord la lèvre secoue la tête veut se cacher quelque part n'importe où mais n'arrive pas à bouger, ça cogne. Dylan s'arrête à la porte se retourne pour regarder Maddie, on cogne à la porte à la porte à la porte on cogne à la putain de porte. Dylan parle.

Oui ?

En 1874, le juge Robert Widney construit une ligne de tramway à cheval de quatre kilomètres de long allant de son quartier de Hill Street au centre-ville. En l'espace de deux ans il y a des lignes semblables à Santa Monica, Pasadena, et San Bernardino, et six lignes de plus qui traversent et contournent le centre-ville. En 1887, la ligne de Pico Street est électrifiée. En 1894, la Los Angeles Consolidated Electric Railway Corporation est fondée et commence à acheter les lignes de tramway à cheval et à les électrifier. Elle peint toutes les voitures en rouge et se fait appeler la Red Car Line. En 1898, la Southern Pacific Railroad achète la Los Angeles Consolidated Electric Railway Corporation. Elle achète aussi d'importantes parcelles de terrains en friche dans les faubourgs de Los Angeles. Elle étend rapidement et considérablement le réseau ferroviaire dans ces zones puis vend ensuite le terrain à des promoteurs. En 1901, la Pacific Electric est lancée afin de gérer le réseau ferroviaire de Los Angeles. En 1914, c'est le plus grand réseau ferroviaire public au monde, avec plus de neuf cents Red Cars sur mille huit cent cinquante kilomètres de voies desservant toutes les zones peuplées du comté de Los Angeles ainsi que des comtés de San Bernardino et d'Orange.

L'emploi du temps d'Esperanza change. Mrs. Campbell et Doug prennent leur petit déjeuner ensemble tous les matins, elle n'a donc plus à servir Mrs. Campbell au lit. Doug aime aussi faire le café, elle est donc également libérée de cette obligation. Du fait que le service matinal était terriblement pénible, et que Mrs. Campbell, avant d'avoir pris son café, avait tendance à la maltraiter plus que par la suite, le changement permet à Esperanza de commencer la journée d'une manière plus calme, plus facile et détendue, ce qui rend le reste de la journée, si abominable que Mrs. Campbell puisse être, plus calme, plus facile et détendu.

Doug part chaque matin juste après que lui et sa mère ont terminé leur petit déjeuner. Il porte toujours une chemise en oxford blanche, souvent sur le T-shirt qu'il a taché au petit déjeuner, un pantalon kaki et des chaussures de bateau. Il est chargé d'un sac à dos en nylon bleu bourré de livres qui ressemble à celui qu'avait Esperanza au lycée. Il tient à la main une serviette en cuir marron avec ses initiales DC inscrites au pochoir – et il a une petite trottinette à moteur avec un panier pour la serviette. Elle ne sait pas où il va ni ce qu'il fait, et il rentre généralement après son départ. À son arrivée, elle pensait qu'il ne resterait que peu de temps, mais chaque jour il s'installe un peu plus. Ses vêtements, qui au début étaient dans une valise, sont maintenant dans des tiroirs. Ses photos, fusées vaisseaux spatiaux satellites stations orbitales, qui étaient étalées sur le bureau de sa chambre, sont punaisées au mur. Ses brosses à dents (pour une raison inconnue il en a six) sont dans un verre sur le lavabo, son rasoir est dans l'armoire à pharmacie, son savon dans la douche. Il ne semble pas utiliser de déodorant.

Bien qu'ils ne se parlent jamais, Esperanza aime bien Doug. Parfois le matin, quand elle s'occupe de sa mère ou qu'elle vaque dans la cuisine ou se rend dans quelque autre partie de la maison, elle le surprend à la regarder, de temps à autre il sourit, et bien qu'elle ne le veuille pas et essaie de ne pas le faire elle lui retourne son sourire. Même s'il ne contrarie jamais directement sa mère, il lui dit qu'elle est bête et se conduit en tyran, et il ne cesse de lui répéter que ses idées politiques sont dépassées et absurdes (Mrs. Campbell aime le président actuel, Doug le qualifie de bouffon). Alors qu'au début ses manières et habitudes de table la répugnaient, elle les trouve maintenant amusantes et charmantes, pensant qu'il est ainsi parce qu'il ne se soucie pas de comment il mange ou de quoi il a l'air tant qu'il se nourrit, ce qu'il fait avec plaisir. Et pour quelqu'un d'aussi embarrassée par son physique qu'elle, son indifférence totale à son apparence est rafraîchissante. Chaque fois qu'elle regarde ses cuisses elle pense à lui ses T-shirts tachés ses mains son visage maculés de nourriture et elle essaie d'oublier ses sentiments concernant son apparence. Ça ne l'aide pas beaucoup, ne lui fait pas moins détester ses cuisses, mais cela lui donne de l'espoir, cela lui donne un petit peu d'espoir.

Le soir, chez elle, allongée dans son lit après avoir étudié, Esperanza pense à Doug, se demande ce qu'il est en train de faire. Il a une télé et une console de jeux vidéo dans sa chambre, Esperanza a entendu Mrs. Cambpell lui reprocher de veiller si tard pour jouer à ses jeux stupides, il rit et dit qu'il est nécessaire de sauver l'univers et de tuer les dragons et que puisqu'il faut bien que quelqu'un le fasse, autant que ce soit lui. Elle l'imagine assis par terre, une pizza ou des chips à côté de lui, fixant l'écran et la manette à la main, en train de sauver l'univers, de tuer des dragons, quoi qu'il fasse, se mettant au lit ensuite avec à manger et un livre, s'endormant avec tout cela autour de lui.

C'est un jour comme tous les jours, elle se lève se prépare prend le bus gagne la maison entre par-derrière. Elle descend au sous-sol se met en tenue monte à la cuisine et juste avant de passer la porte elle respire profondément et se prépare au mauvais tour que Mrs. Campbell a en réserve pour elle, elle est dans l'encadrement de la porte et Mrs. Campbell n'est pas là, juste Doug, assis à table, en train de boire du café et de manger un petit pain à la cannelle. Il regarde Esperanza sourit parle.

Bonjour, Esperanza.

Elle hoche la tête, il parle.

Tout va bien. Vous pouvez parler. Ma mère n'est pas là.

Où est-elle ?

Je ne suis pas sûr. Soit elle est allée à Palm Springs jouer au golf ou au spa à Laguna ou à un concours hippique à Santa Barbra. La plupart du temps je n'écoute pas ce qu'elle raconte donc je ne sais pas ce qu'elle a dit exactement.

Esperanza sourit. Doug lui désigne une chaise.

Vous voulez vous asseoir ?

Elle s'assied, mais elle craint encore que Mrs. Campbell n'apparaisse à la porte.

Non, merci.

Prenez un café avec moi.

Esperanza jette un coup d'œil du côté de la porte.

Non, merci.

Doug rit.

Vous avez peur que ce soit un test et qu'elle se cache derrière la porte qu'elle bondisse et hurle si vous acceptez de vous asseoir avec moi quelques minutes ?

Esperanza essaie de ne pas sourire, mais elle le fait. Doug rit.

Ma mère est complètement dingue. Je veux dire, je l'aime et tout, c'est ma mère elle m'a mis au monde et m'a élevé, mais c'est complètement dingue que vous ayez si peur d'elle que vous ne vouliez pas vous asseoir pour prendre un café avec moi.

Esperanza hausse les épaules. Doug parle.

Elle n'est pas ici je vous le jure.

Esperanza sourit de nouveau, regarde la porte, va l'ouvrir regarde dans la salle à manger derrière la porte, il n'y a rien là, personne. Elle revient, Doug sourit il parle.

C'est très drôle.

Esperanza parle.

Merci.

Vous allez vous asseoir maintenant ?

Oui.

Elle s'assied en face de lui.

Vous voulez du café ?

Oui.

Elle commence à se lever, il lui fait signe de se rasseoir.

J'y vais.

Il se lève, va au comptoir, prend une tasse et la remplit d'un bon café noir brûlant.

Lait ou sucre ?

Elle secoue la tête, il retourne à la table lui tend la tasse et s'assied. Il parle.

J'ai une question importante à vous poser.

Elle prend une petite gorgée du bon café noir brûlant et lève les yeux vers lui.

Qu'est-ce que vous comprenez de ce que je vous dis ?

Elle sourit.

Je crois que vous me comprenez, mais je ne sais pas vraiment.

Elle continue à sourire.

La dernière fois que j'étais ici, la fille qui travaillait ici parlait assez pour réagir à ce que je disais, donc je lui parlais tout le temps, et puis les types qui travaillent dans le jardin, qui parlent anglais mais font semblant de ne pas savoir pour ne pas avoir affaire à ma mère, m'ont dit qu'elle ne comprenait rien de ce que je lui disais. Je me suis senti complètement idiot.

Esperanza rit, parle. Elle utilise son accent mexicain.

Je parle anglais. Je comprends tout ce que vous dites.

Il sourit.

Fantastique !

Vous pouvez garder un secret ?

Il acquiesce.

Je suis un tombeau. Personne ne garde un secret comme moi.

Elle laisse tomber l'accent mexicain, parle sans.

Je suis américaine. Je suis née en Arizona et j'ai grandi à L.A. Je parle parfaitement anglais. Je joue à l'immigrée avec votre mère. Elle ne m'emploierait pas si elle pensait que j'étais légale.

Il rit.

Putain de merde !

Esperanza rit. Il poursuit.

C'est génial. Vous baisez la vieille Lady Campbell. Il faut que je dise ça aux gars, ça va les faire hurler de rire.

Ils le savent déjà.

Il rit plus fort. Esperanza parle.

Vous avez juré de garder le secret.

Doug parle.

Je le ferai. Ne vous inquiétez pas. Je trouve que c'est formidable. Et ça va être plus facile pour nous d'être amis. C'est chiant ici avec rien qu'elle et moi. Ça va être cool d'avoir une amie.

Esperanza sourit, prend une gorgée de café.

Ouais.

J'imagine que c'est pas marrant de travailler ici ?

Non.

Pourquoi vous le faites ?

J'ai besoin d'argent.

Il doit y avoir de meilleurs boulots ?

Les horaires sont réguliers et pas mal. Je ne travaille pas le week-end. Je suis payée en liquide et je ne paie pas d'impôts. Ça pourrait être pire.

Vous avez l'air d'être intelligente.

Je crois que je le suis.

Vous avez fini le lycée ?

Avec mention très bien.

Pourquoi vous n'êtes pas entrée à l'université ?

J'ai eu une bourse, mais quelque chose est arrivé et j'ai fini par ne pas y entrer.

Qu'est-ce qu'il s'est passé ?

C'est une longue histoire.

Je n'ai rien à faire.

Je n'ai pas vraiment envie d'en parler.

Okay.

Qu'est-ce que vous faites ?

De la recherche à Caltech.

Quel genre de recherche ?

C'est un peu compliqué.

Vous pouvez toujours essayer.

Je travaille dans l'informatique quantique. On essaie d'appliquer les lois théoriques de la mécanique quantique au monde pratique des systèmes informatiques. Une des questions sur lesquelles mon groupe de recherche se concentre est de trouver quelle est la capacité de calcul maximale de la nature.

Esperanza rit, parle.

Je crois que ça me dépasse un peu.

Doug rit.

Ça me dépasse moi aussi. Ça dépasse tout le monde. C'est pour ça que nous travaillons dessus, pour que ça ne nous dépasse plus, ce qui est le but de toute recherche ou de toute science appliquée.

Ça a l'air excitant.

Les possibilités le sont. Au jour le jour, c'est éreintant.

Éreintant ?

Ouais.

Vous voulez essayer mon boulot pendant une ou deux semaines ?

Il rit.

Faire la lessive de ma mère est plus qu'éreintant. Ce serait une forme de torture pour moi, j'aurais probablement une attaque rien que d'approcher ses sous-vêtements.

Ils rient. Esperanza se lève.

J'ai été contente de bavarder avec vous, mais il faut que je me mette au travail.

Doug hoche la tête, sourit.

Moi aussi.

Merci pour le café.

Je vous en prie.

Je présume que je vous verrai demain.

Peut-être que ma mère sera encore partie.

Vraiment ?

Ouais. Peut-être qu'on pourrait refaire ça ?

Elle sourit.

Peut-être.

Il sourit. Elle tourne les talons et s'en va, il la regarde partir. Juste avant qu'elle n'atteigne la porte, il parle.

Buen día.

Elle s'arrête se retourne et sourit de nouveau.

À vous aussi.

En 1900, Burton Green achète un grand terrain situé à vingt-cinq kilomètres à l'ouest de Los Angeles pour y chercher du pétrole. Après avoir foré des centaines de puits, dont aucun ne produit suffisamment, il divise le terrain en parcelles de deux hectares et engage un paysagiste pour faire les plans d'une ville. Dans son enfance sa femme avait habité un temps Beverly Farms, Massachusetts, le couple décide donc de nommer leur nouvelle ville Beverly Hills.

Beatrice revient deux jours plus tard, elle est si défoncée à la méthadone que Vieux Joe voit ses paupières qui tremblent. Elle demande à manger, il lui trouve de la pizza du jour, elle prend deux bouchées pas plus.

Il a la paix pendant trois jours. Il suit sa routine habituelle, il se réveille avant l'aube s'allonge sur la plage regarde le soleil se lever et attend des réponses, rien ne vient. Il mendie sur la promenade boit le chablis mange de la nourriture du jour et dort par terre dans ses toilettes. Elle revient. C'est la nuit, il est à moitié ivre et content. Elle a besoin d'un endroit pour dormir, il lui donne ses toilettes dort dehors à côté d'une poubelle, quand il se réveille elle est partie.

Deux jours passent pas de nouvelles d'elle, le troisième on cogne à la porte. Il se réveille se lève et demande qui est-ce. Elle dit c'est moi, j'ai besoin d'aide, c'est moi. Il ouvre la porte et elle est là défoncée tremblante, elle semble effrayée perdue apeurée, et seule. Il parle.

Qu'est-ce qui se passe ?

Ils me cherchent.

Qui ?

J'ai besoin de me planquer.

Qui te cherche ?

S'il te plaît.

Elle se tourne regarde la rue regarde des deux côtés se tourne effrayée perdue apeurée, et seule.

Ils viennent. Ils viennent me chercher.

Il s'efface.

Entre.

Elle entre. Il ferme la porte derrière elle, il ne sait pas si elle est parano à cause de la méthadone ou parce que celui qui l'a rouée de coups essaie de remettre ça ou parce qu'elle est cinglée. Il verrouille la porte. Les toilettes sont petites ils sont à quelques centimètres l'un de l'autre.

Merci.

Qui est-ce qui te cherche ?

Le verrou est solide, hein ?

Ouais.

Ils sont forts.

Qui ?

Si ce verrou n'est pas solide ils vont le foutre en l'air. Je les ai déjà vus faire. Ils sont vachement forts c'est dingue ce qu'ils sont forts.

Qui ?

Elle secoue la tête, on dirait qu'elle va pleurer. Il prend soin de l'éviter, s'assied sur le siège des toilettes, elle se tient debout au-dessus de lui.

Tu veux t'asseoir ?

Où ?

Par terre.

Et si je dois courir ?

Alors tu te lèves et tu cours.

Ils sont plus forts que moi mais je suis plus rapide.

C'est bien.

Je suis vraiment rapide quand je veux. Super foutrement rapide.

C'est bien.

Elle regarde par terre.

Le sol est un peu sale.

Il m'a l'air très bien.

Tu as une brosse à dents ? Je vais le nettoyer pour toi.

Il rit.

Non, merci. Assieds-toi juste.

La brosse à dents c'est bien pour se brosser les dents, mais c'est encore mieux pour les sols et plein de trucs.

Peut-être une autre fois.

Elle regarde de nouveau le sol, se baisse lentement, comme si elle ne savait pas ce qui allait arriver quand elle entrerait en contact avec lui. Une fois par terre, elle le regarde, parle.

Ça va.

Je t'ai dit que ça irait.

Pour le moment ça va.

Pour le moment.

Elle regarde de nouveau le sol, tremble, agitée de contractions et de légères convulsions. Joe l'observe, elle concentre son attention sur une petite tache de peinture sur le sol, elle étend l'index la touche avec précaution hésitation. Elle retire vivement le doigt, fixe la peinture, le refait encore et encore. Elle regarde Joe.

Elle ne va pas me faire de mal.

Non.

C'est juste une petite tache.

Ouais.

Je pense que je vais être okay ici.

Tu es en sécurité.

Ils sont forts, mais je suis rapide.

C'est bien d'être rapide.

Je suis super foutrement rapide.

C'est vraiment bien.

Joe reste avec elle pendant les trois heures qui suivent. Elle continue de trembler, d'avoir des contractions et des convulsions et de parler des hommes qui la poursuivent. Elle ne dit pas qui ils sont ou pourquoi ils la cherchent et Joe ne sait pas s'ils existent, de toute façon ça n'a pas d'importance parce que pour elle ils existent et ils sont après elle. Quand son horloge interne lui dit qu'il est temps d'aller à la plage il lui demande de venir avec lui, elle a peur de quitter les toilettes. Il lui dit que tout ira bien. Elle secoue la tête non non non. Il lui prend la main, elle la retire. Il lui demande si elle veut rester dans les toilettes sans lui, elle dit non, s'il te plaît ne me laisse pas, c'est ça qu'ils attendent, ils veulent que je sois seule, ils me prendront si je suis seule, s'il te plaît ne me laisse pas, s'il te plaît ne pars pas, s'il te plaît. À mesure que le moment s'approche d'aller à la plage il commence à s'énerver à se demander pourquoi il s'occupe de cette fille pourquoi il lui laisse ses toilettes, lui laisse sa vie. Il se lève, parle.

Il faut que j'y aille.

Elle le regarde, effrayée perdue apeurée, et seule.

Pourquoi ?

Parce que je dois.

Non.

Si.

Reste avec moi.

Tu peux venir si tu veux, ou tu peux rester ici, mais moi je m'en vais.

S'il te plaît s'il te plaît s'il te plaît.

Non.

Elle supplie.

S'il te plaît.

Il secoue la tête.

Non.

Si on sort ils vont me prendre.

Il secoue la tête.

Il n'y a personne dehors. Personne ne te cherche. Personne ne te suit. S'il y avait quelqu'un on aurait cogné à la porte.

Ils ne connaissent pas ici.

Il n'y a pas de ils.

Elle le fixe. Il la fixe à son tour.

Tu me protégeras.

Il se marre.

Oui.

Promis ?

Promis.

Il tend la main vers la porte, elle se lève et se pousse. Il ouvre la porte et sort, attend qu'elle le suive. Elle passe la tête à l'extérieur, regarde des deux côtés de la ruelle, elle est déserte. Elle fait un pas prudent au-dehors, les mains sur le montant de la porte au cas où elle doive rentrer précipitamment, regarde de nouveau des deux côtés, il n'y a personne, juste des voitures des poubelles des râteliers à vélos inoccupés des canettes des bouteilles des emballages de nourriture vides des journaux. Vieux Joe sourit. Elle sort complètement des toilettes. Il verrouille la porte. Ils se mettent en marche elle regarde autour d'elle ses yeux lançant des regards ses mains tremblant ses narines frémissant comme si elle pouvait sentir ceux qui sont après elle avant qu'ils ne la voient. Ils se dirigent vers la plage, Joe ouvre la marche, Beatrice suit trois ou quatre pas derrière. Une fois arrivé à sa place, Joe s'allonge. Elle s'assied à quelques mètres, parle.

Qu'est-ce que tu fais ?

Je m'allonge.

Pourquoi ?

Parce que.

Parce que quoi ?

Juste parce que.

Tu reste juste allongé là ?

Ouais.

Tous les jours ?

Ouais.

Tu es débile ?

Il se marre.

Il y a des gens qui le pensent probablement.

Ouais, je peux le croire.

Il se marre de nouveau, ferme les yeux. Beatrice trouve un petit coquillage dans le sable, l'observe, commence à le regarder sous différents angles, le rapproche de ses yeux pour l'examiner. Joe attend qu'elle parle, il est soulagé qu'elle ne le fasse pas. Il prend une profonde inspiration, une autre, il ouvre les yeux, le ciel est gris de brouillard ainsi que c'est souvent le cas le matin, sur la plage le soleil se lève il devient blanc la chaleur du soleil le dégage il devient bleu. Il oublie que Beatrice est à quelques mètres de là, ce qu'elle a trouvé dans le coquillage l'a calmée contentée, l'a fait taire. Le temps passe le matin commence à se montrer, des rayons de

lumière pénétrent le gris, des taches de blanc
émergent une autre inspiration, une autre, une
autre. Joe ouvre les yeux, ferme les yeux, attend
respire ouvre ferme attend. Il entend Beatrice
qui dit quelque chose. Il l'ignore. Elle le répète,
il l'ignore. Encore plus fort encore elle parle elle
dit.

Non.

Non.

Non.

Il ouvre les yeux, le ciel est gris virant au
blanc.

Elle se met à hurler, il s'assied commence à se
retourner. Elle hurle, ce n'est plus un mot c'est
juste un hurlement. Il commence à se tourner,
le ciel est gris virant au blanc, il reçoit un coup
de pied au visage et il est noir. Elle hurle, Joe
s'écroule dans le sable, il est noir.

Howard Caughy achète la première automobile à Los Angeles, une Ford modèle A, en 1904. Il meurt trois semaines plus tard quand, après une nuit passée à boire et à fumer de l'opium dans un bordel de Chinatown, il percute un arbre. Son fils, Howard Caughy Jr., achète la seconde automobile à Los Angeles, également une Ford modèle A. Deux semaines après avoir reçu l'automobile, il essaie de sauter par-dessus un ravin dans les collines de Los Feliz. Le saut n'est pas couronné de succès, et il meurt lui aussi.

Amberton et Kevin sont dans la chambre d'Amberton. Amberton est au lit. Kevin s'habille. Les enfants d'Amberton sont à la piscine, qui est sous ses fenêtres, il entend les enfants rire et jouer avec leurs gouvernantes. Amberton parle.

C'était formidable.

Kevin enfile sa chemise, l'ignore. Amberton continue de parler.

Je veux dire, c'était fabuleux.

Kevin commence à boutonner sa chemise, continue d'ignorer Amberton.

Sur une échelle de un à dix, pour moi ce serait quatorze. Peut-être quinze.

Il boutonne le bouton du haut, commence à nouer sa cravate, ignore Amberton.

Tu ressens ce que je ressens ?

Il fait un beau double Windsor.

Je veux dire est-ce que c'est pour de vrai ?

Le vérifie dans le miroir.

Je n'arrive pas à croire à quel point je sens que c'est vrai pour moi.

Kevin cherche sa veste. Amberton s'assied.

Tu vas dire quelque chose ?

Kevin continue à chercher sa veste, parle.

Qu'est-ce que tu veux que je dise ?

Que tu viens de vivre la plus belle heure de ta vie.

Tu veux dire le quart d'heure ?

Amberton rit.

Que tu viens de vivre le plus beau quart d'heure de ta vie ?

Je ne vais pas dire ça.

Que tu me trouves magnifique.

Tu le dis assez toi-même.

Que j'ai fait vaciller ton univers.

Kevin trouve sa veste, à moitié sous le lit.

On dirait une mauvaise chanson d'amour à succès.

Il enfile sa veste.

J'adore les mauvaises chansons d'amour à succès.

Il ajuste sa veste.

Pourquoi cela ne me surprend pas ?

Amberton rit.

J'ai l'impression que tu me connais. Que tu m'as toujours connu.

Kevin glousse.

Il faut que je retourne au travail.

Il se dirige vers la porte. Amberton parle.

Prends ta journée.

Je ne peux pas.

Pourquoi ?

Parce que j'ai du travail.

Je vais appeler ton patron.

Il s'arrête à la porte.

Non.

Il fera tout ce que je veux.

C'est ce qu'il veut que tu croies.

Je te paierai ta journée.

Je ne suis pas une putain.

J'ai encore envie de toi.

Non.

Kevin sort. Amberton s'assied sur le lit, le regarde sortir. Les enfants jouent dans la piscine avec leurs gouvernantes.

En 1906, la première guerre de gangs d'envergure éclate entre les Dragon Boys (Chinois), les Shamrocks (Blancs à prédominance irlandaise), les Chainbreakers (Noirs) et les Rancheros (Mexicains). La police de Los Angeles, qui est à court de personnel et d'armes, est incapable d'y mettre fin. En dix-huit mois, trente-six personnes sont tuées, la plupart à coups de couteau, de bâton et de tessons de bouteille. En 1907, les Shamrocks commettent le premier meurtre à bord d'un véhicule en tirant sur deux Chainbreakers depuis un tramway. La guerre prend fin quand les chefs des quatre gangs se mettent d'accord pour ne pas empiéter sur leurs territoires respectifs.

Deux hommes entrent dans la chambre, ce sont des membres du club des motards, ils sont colossaux intimidants. Ils disent à Dylan qu'il faut qu'il vienne avec eux, il demande pourquoi, ils se contentent de rester là à le fixer. Il s'approche de Maddie qui est assise dans un fauteuil, elle a si peur qu'elle est incapable de bouger. Il se penche parle tout bas pour que les hommes n'entendent pas.

Je suppose qu'il faut que j'aille avec eux.

Qu'est-ce qu'ils veulent ?

Aucune idée.

Et s'ils te font du mal ?

C'est si je ne vais pas avec eux qu'ils vont me faire du mal.

Qu'est-ce que je dois faire ?

Attendre ici.

Et si tu ne reviens pas ?

Arrête un peu.

Ils pourraient te tuer.

S'ils avaient dû me tuer, ils l'auraient déjà fait. J'imagine.

Je veux dire, regarde-les, ils ont l'air de braves types.

Elle les regarde. Ils ont l'air de sacrés salauds de fils de pute. Elle rit. Dylan se redresse l'embrasse.

Reprends de la pizza, on se voit plus tard.

Il tourne les talons sort, les deux hommes le suivent. Ils laissent la porte ouverte, Maddie les entend s'en aller, elle se lève va à la porte regarde les hommes monter dans une camionnette. Ils font monter Dylan sur le plateau et alors qu'ils quittent le parking il la regarde et lui fait un signe de la main.

Elle attend. Il ne revient pas. Elle mange de la pizza regarde la télé attend. Il ne revient pas. Elle s'endort se réveille, il n'est toujours pas revenu. Elle s'habille va travailler là où elle vend des centaines et des centaines d'articles à 99 cents ou moins, quand elle revient il n'est toujours pas revenu. Elle va acheter du poulet frit et des haricots blancs en sauce au coin de la rue. Elle revient regarde la télé veut manger, n'y arrive pas. Il ne revient pas.

Il est absent encore deux jours. Elle mange et dort à peine pendant son absence. À la fin du second jour, elle rentre avec un sac de chips et du gâteau, il est endormi dans leur lit. Elle laisse tomber les chips et le gâteau, le gâteau se retrouve par terre elle s'en fout. Elle s'allonge à côté de lui et commence à l'embrasser, elle embrasse ses joues son front son nez ses oreilles son cou ses bras ses mains, elle l'embrasse et elle pleure. Il se réveille, sourit, parle.

Salut.

Elle sourit.

Salut.

Comment ça va ?

Elle sourit.

Où étais-tu ?

En balade.

Elle sourit.

En balade ?

Oui.

Elle sourit.

Tu étais à l'arrière de cette camionnette pendant tout ce temps ?

Non, la plupart du temps j'étais à l'arrière d'une moto.

Elle ne peut pas cesser de sourire.

Ça a l'air marrant.

Pas marrant. Mon dos me fait foutrement mal.

Tu veux que je te masse ?

Ouais.

Il sourit, se tourne sur le ventre.

Où est-ce que tu étais à l'arrière d'une moto pendant trois jours ?

Elle le chevauche, se met à lui masser le dos.

Ils cherchaient les types qui ont tué leurs copains. Je les ai vus et je sais à quoi ils ressemblent. On a essayé de les retrouver.

Vous les avez trouvés ?

Non, mais un autre type de leur club les a trouvés.

Qu'est-ce qu'ils leur ont fait ?

Aucune idée.

Vraiment ?

Je présume que j'ai une idée. Et j'ai probablement la même que la tienne, mais je ne connais pas les détails et je ne veux pas les connaître.

J'étais vraiment inquiète.

Il rit.

J'espère bien.

Je ne savais pas si tu allais revenir.

Je sais que j'aurais dû t'appeler. Ils me surveillaient tout le temps.

Pourquoi ?

Ils sont paranos.

Où est-ce que tu as dormi ?

Au garage, mais on n'a dormi que quelques heures. Ils ne pensaient qu'à trouver ces types.

Mangé ?

Dans des fast-foods. Drive-in. C'est assez marrant d'aller en Harley dans un drive-in.

Ils t'ont posé des questions à propos de l'argent ?

Non.

Ils n'ont rien remarqué ?

Je ne sais pas. Je ne les ai pas entendus en parler et je n'ai pas abordé le sujet.

Il est toujours ici.

Bien.

Qu'est-ce que tu veux qu'on en fasse ?

S'en servir pour partir d'ici.

Et nos boulots ?

J'ai déjà quitté le mien.

Ils t'ont laissé partir ?

À condition que je ne parle jamais d'eux à personne. Tu devrais quitter le tien demain.

Est-ce que je peux filer un coup de pied dans les couilles de Dale avant de partir ?

Il rit.

Bien sûr.

Où est-ce qu'on va aller ?

Dans un endroit mieux que celui-ci.

Est-ce qu'on peut retourner à la plage ?

On peut s'en approcher autant que nos moyens nous le permettent.

Je veux une maison blanche à palissade donnant sur la plage.

Il rit. Elle parle de nouveau.

Vraiment. Sérieusement. C'est mon rêve maintenant.

On est loin d'avoir les moyens de se payer ça.

Approchons-nous-en juste.

Okay.

Elle se remet à l'embrasser, il est réveillé maintenant et il lui rend ses baisers. Ils passent la nuit à évacuer la tension le stress et la peur de trois jours sur le corps l'un de l'autre l'un dans l'autre l'un sur l'autre l'un sous l'autre. Au réveil ils rassemblent leurs affaires, deux petits sacs à dos suffisent à les contenir, ils montent à moto et vont au 99 cents. Maddie quitte son boulot. Dale lui demande de rester lui dit qu'elle est le cœur et l'âme du magasin elle se moque de lui. Il lui donne un bout de papier avec ses numéros, bureau domicile portable, lui dit de l'appeler si elle change d'avis. Elle le jette en partant.

Ils vont au garage. Dylan veut laisser la moto. Bien qu'ils adorent cette vieille machine de merde, et qu'elle soit leur seul moyen de transport dans une ville où, à cause du manque de transports en commun, il est essentiel de se déplacer par ses propres moyens, ils veulent couper le lien entre eux et le garage aussi complètement que possible. Le rideau est baissé et il n'y a personne. Il y a de la circulation dans la rue, mais elle est silencieuse. Il y a de la menace dans l'air, de la mort, de la violence. Ils garent la moto devant le rideau de fer. Dylan et Maddie s'en vont à pied, ce sont les seuls piétons en vue. Et de nouveau ils prennent vers l'ouest.

L'ouest.

Ils marchent vers l'ouest.

Le premier long métrage, *L'Histoire du Gang Kelly*, est produit en Australie en 1906. Le second, *L'Enfant prodigue*, est produit en France en 1907. En 1908, neuf sociétés de production américaines, toutes, sauf une basée sur la côte Est, forment la Motion Picture Patents Company, également connue sur le nom du Trust Edison, dont le but est d'interdire l'accès à l'industrie du cinéma aux intérêts non américains et indépendants en mettant leurs ressources technologiques en commun et en constituant un stock de films. En 1909, la chambre de commerce de Los Angeles commence à offrir des avantages aux réalisateurs désirant tourner dans la ville, et met en avant l'abondance de soleil (l'éclairage électrique est onéreux), le beau temps et la variété des paysages. En 1911, le premier studio de cinéma de L.A., les Studios Christie-Nestor, ouvre ses portes. En 1914, il y a quinze studios. En 1915, William Fox, le fondateur et propriétaire de la Fox Film Corporation, invoque la loi antitrust pour attaquer la Motion Picture Patents Company, qui est déclarée monopole par la Cour fédérale et démantelée. En 1917, Los Angeles est la capitale mondiale de la production cinématographique.

Une conversation à Los Angeles. Les interlocuteurs sont des hommes entre quatorze et trente ans. Ils pourraient être de n'importe quelle race, de n'importe quelle nationalité, appartenir à n'importe quel groupe ethnique, ils pourraient se trouver dans n'importe quelle partie de la ville ou du pays :

Tu nous apportes un scalp.

Un scalp ?

Ouais, un putain de scalp.

Comme les Indiens ?

Exactement comme les putains d'Indiens.

Comment est-ce que je trouve un scalp bordel ?

Tu tues un putain d'enculé et tu lui coupes le haut de la tête.

Ou tu lui flanques une bonne branlée et tu lui coupes le haut de la tête. C'est presque pire comme ça parce que le putain de fils de pute doit se balader toute la vie avec une sale tronche.

À qui vous voulez que je fasse ça ?

À n'importe quel type qui porte des couleurs.

Des couleurs en particulier ?

N'importe lesquelles.

Et après je suis accepté ?

C'est comme ça que ça marche.

Combien de temps j'ai pour le faire ?

Une semaine.

Et il n'y a pas d'autre initiation ?

Ça te suffit pas ?

C'est foutrement sérieux.

C'est censé l'être. Censé nous montrer à quel point tu es sérieux.

Je le suis.

Comme l'a dit le putain de fils de pute, on verra.

Je vous montrerai.

Alors ferme-la et vas-y.

Vous avez un flingue pour moi ?

Rire de plusieurs hommes. L'un d'eux parle.

Ouais, on a des flingues.

Vous avez une machette ou un truc ?

Tu dois te débrouiller.

D'accord.

*
* *

Il y a plus de quinze cents gangs à Los Angeles qui comptent approximativement environ deux cent mille membres.

*
* *

Quelques-uns des gangs asiatiques dans Los Angeles et dans les environs : Westside Islanders, Asian Killa Boys, Black Dragons, Tropang Hudas, Vietnamese Gangster Boys, Tiny Rascal Gang,

Sons of Samoa, Asian Boyz, Crazy Brothers Clan, Exotic Foreign Creation Coterie, Korat Boys, Silly Boys, Temple Street, Tau Gamma Pinoy, Korea Town Mobsters, Last Generation Korean Killers, Maplewood Jefrox, L.A. Oriental Boys, Lost Boys, Mental BoyZ, Oriental Lazy Boys, Rebel Boys, Korean Pride, Asian Criminals, Avenue Oxford Boys, Born to Kill Gang, Cambodian Boyz, China Town Boyz, Crazyies, Fliptown Mob, Flipside Trece, Ken Side Wah Ching, Korean Play Boys, Sarzanas, Satanas, Temple Street, Red Door, Real Pinoy Brothers, Scout Royal Brotherhood, The Boys, United Brotherhood, Bahalana Gang, Black Dragons, Original Genoside, Four Seas Mafia.

*
* *

Cinquante à soixante pour cent de tous les meurtres commis dans le comté de Los Angeles sont liés aux gangs, environ sept cents par an.

*
* *

Il grandit avec sa mère et trois frères, dont deux avaient un autre père que le sien. Les quatre garçons partageaient une chambre, sa mère dormait sur le canapé dans le salon. Elle travaillait dans un cinéma le soir et recevait des aides de l'État, il y avait assez d'argent pour manger, payer le loyer et acheter des vêtements de seconde main, mais rien d'autre.

Il n'avait jamais été bon à l'école. Depuis le premier jour où il y était allé, à l'âge de six ans, il avait eu l'impression qu'il faisait peur aux professeurs. Peut-être qu'il ne leur faisait pas peur, mais il les inquiétait et il était clair qu'ils ne l'aimaient pas. Il n'y avait jamais assez de livres, et presque pas de cahiers et de crayons. Il essaya quelques années, puis il abandonna. Il continua à y aller presque tous les jours, mais pour s'amuser déconner. Quand les professeurs l'engueulaient, il trouvait ça cool.

Les seuls qui semblaient avoir de l'argent dans son quartier étaient les gangsters. Ils avaient de beaux vêtements de belles bagnoles des montres avec des diamants. Lorsqu'ils donnaient des ordres, on leur obéissait. Ils avaient des amis qui les aimaient les respectaient se battaient pour eux se battaient avec eux.

Il fut recruté à l'âge de douze ans. Il rentrait chez lui quand des garçons un peu plus âgés l'entourèrent lui dirent qu'il allait faire partie de leur bande et ensuite le battirent. Le lendemain, comme il allait à l'école, il vit les garçons au coin d'une rue. Il les rejoignit s'assit avec eux rit avec eux. Il n'alla pas à l'école ce jour-là, ni les jours suivants.

Il commença à porter les couleurs après son premier meurtre. Il avait treize ans. Il était dans une voiture avec d'autres garçons. Aucun n'avait l'âge légal pour conduire. Ils virent un garçon qui portait une couleur qui ne leur plaisait pas, les couleurs de leur ennemi. Ils lui donnèrent une arme. Il baissa la vitre et commença à tirer. Le garçon tomba. Il continua à tirer. Ils poursuivirent leur route. Ils abandonnèrent la voiture retournèrent à leur coin passèrent le reste de la journée à fumer de l'herbe boire de la bière fêter ça. Il vit la mère du garçon à la télé en rentrant à la maison ce soir-là. Elle hurlait pleurait, ses voisines la soutenaient. Il regarda la scène avec sa mère, qui ne savait rien. Elle se contenta de secouer la tête, attendit le sujet suivant.

Jour après jour, ils restaient dans le coin à fumer de l'herbe boire de la bière parler rire et quand des gens dans de belles voitures qui venaient de plus beaux quartiers s'arrêtaient, ils leur vendaient de la drogue. Ils chassaient leurs ennemis plusieurs fois par semaine, ou quand l'un d'eux avait été abattu et qu'ils devaient se venger.

Ses trois frères, qui étaient plus jeunes que lui, le suivirent. L'un d'eux mourut trois jours après être entré dans le gang, il reçut une balle dans la tête pendant un échange de coups de feu. Un autre resta paralysé après un autre échange de coups de feu. Le plus jeune hésita, mais se rendit compte qu'il n'avait pas d'autre choix. Ils étaient ensemble lorsqu'il tua pour la première fois, il descendit quelqu'un qui portait une autre couleur et deux des sœurs du garçon, dont l'une avait quatre ans. Ils regardèrent un reportage sur le meurtre aux nouvelles ce soir-là avec leur mère, qui ne savait rien. Elle se contenta de secouer la tête, attendit le sujet suivant.

*
* *

Quelques-uns des gangs blancs de Los Angeles et des environs : Armenian Power, Nazi Low Riders, Aryan Nation, Peckerwoods, United Skinhead Brotherhood, Crackers, Front, Storm-

Front, Heil Boys, Westside White Boys, Honky, Spook Hunters, Dog Patch Winos, Soviet Bloc, Russian Roulette, Georgian Pack, Aryan National Front, East Side White Pride, Fourth Reich, New Dawn Hammerskins, American Skinheads, Blitz, Berzerkers.

*
* *

Plus de trente mille crimes violents confirmés, meurtres, viols, agressions et vols compris, ont été commis par des membres des gangs dans la ville même de Los Angeles entre les années 2000 et 2005. On estime que le cinquième des crimes commis sont signalés et répertoriés.

*
* *

Personne ne le connaît. Personne ne l'a jamais rencontré. Personne ne l'a jamais vu. Il appelle deux fois par jour, à midi et à cinq heures, pour parler des affaires en cours. Pendant ces conversations il donne des ordres, fait les comptes, vérifie les arrivages, juge amis et ennemis, prononce leurs sentences. Il parle à deux hommes. Ils dirigent les opérations pour lui. L'un d'eux le fait depuis trois ans, l'autre depuis six ans. Ils sont extrêmement bien payés. On s'occupera de leur famille après leur mort. Chacun est le quatrième à occuper le poste. Les deux premiers disparurent lorsqu'il eut suffisamment les choses en main pour les remplacer, et ils disparurent parce qu'ils connaissaient son identité. Les suivants ont disparu parce qu'ils avaient commis des erreurs. Les erreurs étaient inévitables. Il était inévitable qu'ils disparaissent. Ils le savaient en acceptant le boulot. Ils l'avaient accepté parce qu'ils sont extrêmement bien payés, et qu'ils ont tout ce qu'ils veulent, drogues, argent, filles, garçons, quand ils veulent. Et on s'occupera de leur famille après leur mort. Après qu'ils auront fait leur erreur.

Ils travaillent au cinquième étage d'un bâtiment appartenant à une société écran appartenant à une société écran lui appartenant. Le reste du bâtiment est occupé par d'autres membres de son organisation, dont certains font un travail considéré comme légal, et la plupart non. Le cinquième étage est le plus sûr parce qu'on n'y accède pas directement. Si la police, les stups, l'ATF (le bureau de l'alcool du tabac et des armes à feu), le FBI, les impôts ou une quelconque organisation rivale essaient de les atteindre et d'obtenir des informations sur ce qu'ils font, ils doivent les approcher par en dessous ou par au-dessus, et le temps qu'ils atteignent le cinquième étage, ce qu'ils voulaient ou dont ils avaient besoin aura disparu. Les deux hommes quittent rarement l'étage, qui est puissamment gardé, et tout ce qu'ils désirent ou dont ils ont besoin leur est apporté. L'unique fois qu'une approche de l'étage fut tentée ce fut par une organisation rivale. Les gardes tuèrent trente-deux hommes. Huit furent tués immédiatement. Les autres furent capturés et emmenés dans un entrepôt. Avant de mourir chacun d'eux regretta de ne pas avoir été tué immédiatement.

L'organisation compte approximativement cinquante mille membres, personne ne sait précisément. Elle contrôle la plus grande partie hispanophone de L.A., hormis quelques poches de résistance. Elle contrôle aussi la majorité du trafic de drogue de la ville. Les autres groupes et organisations impliqués dans la distribution et la vente de cocaïne, d'héroïne, d'amphétamines et de marijuana s'approvisionnent en gros auprès d'elle. Ceux qui ne le font pas finissent dans l'entrepôt, où ils regrettent rapidement de ne pas s'être approvisionnés auprès d'elle.

À part le trafic de drogue, l'organisation est aussi impliquée dans la vente d'armes, la prostitution, l'extorsion, le transport et la vente de main-d'œuvre illégale. Avec les bénéfices de ces activités, elle achète de l'immobilier résidentiel et commercial, et met sur pied une infrastructure incluant ses propres commerces, restaurants, compagnies maritimes, banques, écoles. Contrairement à la plupart, voire toutes les organisations de ce genre, elle a des objectifs et des plans à long terme. Depuis ses débuts, où qu'il soit, il avait une vision. Elle commence à se réaliser. Il veut contrôler complètement et totalement la Californie du Sud.

La plupart des membres ignorent son existence. Ils sont recrutés de la même façon que les autres gangs recrutent leurs membres. On donne à de jeunes hommes en colère, souvent sans foyers stables, de l'argent, des armes, l'assurance d'être respectés, de faire partie d'une communauté, et on les envoie vendre acheter voler tuer. Ils se tiennent aux coins des rues, vêtus de pantalons en toile claire repassés et de chemises en flanelle, leurs cous bras dos recouverts de tatouages. Ils intimident, menacent, à l'occasion frappent. Ils adorent faire partie de quelque chose et sont prêts à tuer ou à mourir pour cela. Parfois on leur demande de tuer ou de mourir pour cela. Ils recrutent d'autres membres qui recrutent d'autres membres qui recrutent d'autres membres. Ils sont devenus une armée inexpugnable, presque invincible, impossible à arrêter et qui grandit, chaque jour elle est plus nombreuse, son contrôle s'étend, chaque jour elle grandit.

Il y a peu de choses que la police, ou qui que ce soit, puisse faire. Arrêtez-en un et il y en a dix, vingt, cinquante de plus. Enfermez-en un et le vide, s'il y en a un, est immédiatement comblé. Mettez-en un en prison et il se fond à l'organisation qu'ils ont là, qui contrôle la plus grande partie des prisons de Californie. Les chefs sont protégés, au propre et au figuré, par tous ceux qui sont sous eux, et peuvent eux aussi être immédiatement remplacés. La structure de commandement a été bâtie sur le modèle de celles utilisées par les organisations militaires, conçues pour résister aux pertes et persévérer dans l'adversité. Lorsqu'on lui a récemment demandé ce qu'il comptait faire à propos de l'organisation, un élu de la ville a ri et il a dit : Si je me faisais virer de mon poste, j'y entrerais. Quand on lui a demandé ce qu'il comptait faire pour les contrôler il a regardé dans le vide et dit : Rien. Il n'y a rien qu'il puisse faire. La guerre contre eux est terminée et ils ont gagné. Il n'y a rien qu'il puisse faire.

Quatre-vingt-dix pour cent des crimes motivés par un préjugé contre l'ethnie, la nation, la race, la religion ou l'orientation sexuelle dans le comté de Los Angeles sont commis par des membres de gangs. On en compte approximativement huit cents par an.

*
* *

Quelques-uns des gangs noirs de Los Angeles et des environs : Be-Bopp Watts Bishops, Squiggly Lane Gangsters, Kabbage Patch Piru, Straight Ballers Society, Perverts, Pimp Town Murder Squad, Project Gangster Bloods, Blunt Smoking Only Gang, Most Valuable Pimp Gangster Crips, Crenshaw Mafia Gang, Fruit Town Pirus, Fudge Town Mafia Crip, Family Swan Blood, Compton Avenue Crips, East Coast Crips, Gangster Crips, Samoan Warriors Bounty Hunters, Watergate Crips, 706 Blood, Harvard Gangster Crips, Sex Symbols, Venice Shore Line, Queen Street Bloods, Big Daddyz, Eight Trey Gangster Crips, Weirdoz Blood, Palm & Oak Gangsters, Tiny Hoodsta Crips, Rollin 50s Brims, Dodge City Crips, East Side Ridas, Lettin Niggas Have It, Down Hood Mob, Athens Park Boys, Avalon Garden Crips, Boulevard Mafia Crips, Gundry Blocc Paramount Crips, Dawgs, The Dirty Old Man Gang.

*
* *

En 2007, la police et la mairie de Los Angeles ont rendu publique une liste des gangs les plus dangereux de Los Angeles. Dans l'ordre, et avec leur composition ethnique et leurs terrains d'opération, ce sont :

1. 18th Street Westside. Latino/Mexicain. Dans presque toute la ville.

2. 204th Street. Latino/Mexicain. Le port/Torrance.

3. Avenues. Latino/Mexicain. Highland Park.

4. Black P-Stones. Afro-Américain. Baldwin Village.

5. Canoga Park Alabama. Latino/Mexicain. Canoga Park/West Valley.

6. Grape Street Crips. Afro-Américain. Watts.

7. La Mirada Locos. Latino/Mexicain. Echo Park.

8. Mara Salvatrucha, ou MS-13. Latino/San Salvadorien. Dans presque toute la ville.

9. Rollin'40s NHC. Afro-Américain. South Central.

10. Rollin'30s Original Harlem Crips. Afro-Américain. Jefferson Park.

11. Rollin'60s Neighborhood Crips. Afro-Américain. Hyde Park.

*
* *

Les onze gangs ci-dessus sont responsables d'environ sept pour cent de tous les crimes violents recensés dans la ville de Los Angeles.

*
* *

Conversation entre un jeune homme et un journaliste. Le journaliste vient d'Europe et fait un reportage sur la vie dans les villes des États-Unis. La conversation a lieu dans le jardin d'une petite maison délabrée.

Alors pourquoi est-ce que vous avez tous ces chiens ?

Parce que c'est ce que je fais. J'élève des putains de chiens.

Combien en avez-vous ?

En ce moment j'en ai à peu près quinze. Des fois j'en ai plus, des fois moins.

Ce sont tous des pitbulls ?

Des pitbulls américains, tous.

Pourquoi des pitbulls ?

Parce que c'est les pires fils de pute qu'il y a.

C'est pour ça que vous les aimez ?

J'aime pas ces enculés. Je les élève et je les vends juste.

Vous ne les aimez pas du tout ?

Je les aime un peu quand ils sont petits. Ils sont gentils et mignons et heureux, ils vous lèchent, mais après je les rends méchants.

Vous les rendez méchants ?

Il faut entraîner ces fils de pute. Ils l'ont en eux mais il faut le faire sortir. Il faut les battre les affamer les faire se battre pour la bouffe. Alors ils prennent le goût, le goût du sang, et ils commencent à devenir méchants.

Vous les battez quand ils sont petits ?

Je leur botte le cul à n'importe quel âge.

Et s'ils ne deviennent pas méchants ?

Je laisse les autres s'entraîner sur eux.

Qui achète ces chiens ?

Les gangsters.

Les gangsters ? Comme Al Capone et John Gotti ?

Non, pas comme eux. Comme les putains de fils de pute qu'il y a à chaque coin de rue de cette ville.

Des membres de gangs ?

Ouais.

Qu'est-ce qu'ils en font ?

Ils les font se battre pour de l'argent, font des tournois, ce genre de truc. Ils s'en servent pour protéger leurs maisons. Des fois ils les lâchent sur les fils de pute après qui ils en ont.

Sur d'autres personnes ?

Ouais.

Qu'est-ce qui arrive ?

Qu'est-ce que vous croyez qu'il arrive ? Il y a pas un mec qui peut résister à un pitbull.

Vous avez vu ça ?

Je l'ai pas vu sur le moment, mais j'ai vu après, les fils de pute avec un bras ou une jambe en moins, la gueule arrachée, et j'ai entendu qu'il y avait d'autres fils de pute qui s'étaient fait arracher les trois pièces. Et j'ai entendu pire que ça.

Quoi ?

J'ai entendu parler de ces entrepôts.

Qu'est-ce qu'on fait là-bas ?

Ils y gardent des chiens, ils les rendent vraiment mauvais, ils ne leur donnent jamais à manger. Ils ont une arène au milieu de l'entrepôt, et quand il y a des fils de pute qui ont déconné, ils les mettent dedans avec quelques chiens. Il n'y a rien à faire avec ce genre de truc.

Vous croyez que c'est vrai ?

J'ai aucune raison d'en douter.

Quatre-vingt-quinze pour cent des membres des gangs sont des hommes. Cinquante pour cent ont moins de dix-huit ans. Trente pour cent de ceux qui ont au-dessus de dix-huit ans sont en prison. Quatre-vingt-dix pour cent feront de la prison. Quinze pour cent terminent leurs études secondaires. Moins d'un pour cent entreront à l'université. Quatre-vingts pour cent grandissent dans des familles monoparentales. Quatre-vingt-huit pour cent des enfants de membres de gangs finissent dans les gangs.

*
*   *

Quelques-uns des gangs hispaniques de Los Angeles et des environs : 18th Street, Clicka Los Primos, Big Top Locos, Diamond Sreet, Head Hunters, East L.A. Dukes, Krazy Ass Mexicans, Primera Flats, Varrio Nuevo Estrada, The Magician Club, Astoria Gardens Locos, High Times Familia, Pacas Knock Knock Boys, Sol Valle Diablos, Brown Pride Surenos, Alley Tiny Criminals, King Boulevard Stoners, Washington Locos, Mexican Klan, Barrio Mojados, Street Saints, V13, 42nd Street Locos, Tiny Insane Kriminals, Unos Sin Verguenza, Bear Street Crazies, Midget Locos, Barrio Small Town, Villa Pasa La Rifa, Forty Ounce Posse, Compton Varrio Vatos Locos, Big Hazard, Varrio Nuevo Estrada, Michigan Chicano Force, Brown Pride

Raza, Pacoima Humphrey Boyz, San Fers 13,
Burlington Street Locos, Van Owen Street Locos
13, Big Top Locos, La Eme.

*
* *

Allongé sur un lit. Il regarde le plafond. C'est
le milieu de la nuit. Le lit est dans une cellule
prévue pour un seul détenu, trois y vivent. C'est
pire qu'il ne pensait. Bien bien pire. Plus tendu,
plus effrayant, plus violent, plus emmerdant. Les
minutes sont des heures, les heures sont des
journées, les journées sont des vies. Des
moments tendus interminables, il pourrait mourir à chacun d'eux. C'est un tueur, comme les
deux autres dans la cellule, comme la plupart
des hommes dans la prison. Des centaines de
tueurs vivant ensemble, divisés par la race, se
haïssant les uns les autres, avec absolument rien
à faire que d'attendre que le temps passe. C'est
pire qu'il ne pensait.

Il ne dort jamais bien. Il est réveillé cinq ou
six fois par nuit. Avant il n'avait jamais de problème pour dormir. Avant il ne pensait jamais à
ce qu'il avait fait. Ils défilent dans son esprit.
Chacun d'eux. À quoi ils ressemblaient, où il les
a butés, avec qui il était, avec quoi il l'a fait, comment ils sont tombés et comment ils ont saigné,
les hurlements des témoins qui ont tout vu mais
ne témoigneront jamais. Il ne connaissait aucun
d'eux, n'avait jamais parlé à aucun d'eux, ne les
avait même pas vus tous avant de le faire. Et ça
n'avait pas d'importance. Qui ils étaient, à quoi
ressemblaient leurs familles, les rêves qu'ils

avaient ou n'avaient pas, rien de tout ça n'avait foutrement d'importance. Il avait fait ce qu'il était censé faire et il l'avait fait sans se poser de questions. Juste monter en voiture et partir, se pencher à la portière et tirer. Il n'avait jamais rien regretté parce qu'il n'avait pas de temps pour les regrets. Maintenant c'est tout ce qu'il a. Le temps. Les minutes sont des heures, les heures sont des journées, les journées sont des vies. Il est allongé sur son lit et fixe le plafond. Il n'arrive pas à dormir.

*
* *

Elle a vingt-quatre ans. Deux de ses frères ont été abattus, l'un est mort et l'autre est paralysé à partir du cou, un autre frère a été battu à mort. Une de ses trois sœurs a été tuée. Les deux autres ont des enfants dont les pères sont morts ou en prison. Elle a quatre enfants de trois hommes différents. Le premier est mort, le deuxième en prison à perpétuité, le troisième passe la plupart de son temps à jouer aux cartes sur la terrasse d'une maison proche. L'aîné de ses enfants a dix ans. Il porte déjà les couleurs.

*
* *

À mesure que l'effectif des bandes et le taux des crimes violents dans la ville et le comté de Los Angeles croît, les programmes nationaux et fédéraux destinés à combattre le problème de manière à la fois préventive et répressive sont abandonnés à cause de restrictions budgétaires.

Une conversation entre un père et un fils. Le père a vingt-six ans et le fils a cinq ans.

Qu'est-ce que tu veux être quand tu seras grand ?

Être membre d'un gang.

Quoi d'autre ?

Dealer ?

Quoi d'autre ?

Tueur.

Pourquoi tu veux faire ça ?

Parce que c'est comme ça qu'on a de l'argent, et je veux de l'argent.

Combien d'argent ?

Tout l'argent au monde.

Tu es un bon garçon. Je suis fier de toi. Tu es un bon garçon.

*
* *

Le membre de gang moyen gagne moins d'argent en une année que la caissière moyenne d'un fast-food moyen.

En 1904, un magnat du tabac nommé Abbot Kinney achète un grand marais à l'ouest de Los Angeles et engage des architectes et des constructeurs afin de bâtir une « Venise de l'Amérique ». Plus de quatre-vingts kilomètres de canaux sont creusés et alimentés par l'océan Pacifique, et trois jetées sont construites sur la plage, ainsi qu'une promenade bordée de restaurants et de bars. On construit des résidences le long des canaux. En cinq ans Venice Beach devient la plus importante attraction touristique de la côte Ouest, et l'une des plus importantes du pays. En 1929, on découvre du pétrole juste au sud de Venice, dans la péninsule de Marina del Rey. La ville de Los Angeles annexe les deux secteurs et comble les canaux avec du béton.

Kelly. Née en Alabama, passa son enfance et sa jeunesse dans le Tennessee. Participa à son premier concours de beauté à l'âge de quatre ans, arriva deuxième dans la catégorie Princesse Junior de Miss Chattanooga. Joua dans sa première pièce, une version américaine de *Casse-Noisette* dont l'action se situe dans un élevage de porcs, à l'âge de sept ans. Commença à prendre des leçons de chant à neuf ans. Posa pour les catalogues du grand magasin local entre l'âge de dix et quatorze ans, remporta le prix de Miss Middle-Tennessee Junior à quinze ans, devint Première Dauphine de la fête annuelle de l'école à seize ans, Princesse à dix-sept ans, Reine à dix-huit ans. Fut élue par ses camarades de classe comme la Plus Belle, la Plus Talentueuse et Promise à la Réussite. Reçut une bourse de pom-pom girl de l'université du Tennessee. Membre de la première équipe pendant quatre années, capitaine en dernière année. Termina ses études en théâtre et enseignement élémentaire avec mention. Vint à Los Angeles à vingt-deux ans pour poursuivre une carrière de chanteuse. Elle mesure un mètre soixante-deux, a des cheveux blonds et les yeux bleus, pèse cinquante-sept kilos.

Elle est serveuse dans un restaurant dont le thème est les années 1950, où elle chante aussi des chansons d'une comédie musicale à succès de Broadway, encore, encore et encore. Elle a maintenant vingt-neuf ans.

*
* *

Eric. Coqueluche des filles au lycée. Se déplaçait et se déplace toujours en moto. N'a jamais obtenu aucun prix, mais a couché avec toutes les filles qui en obtenaient. Vint à Los Angeles à l'âge de dix-huit ans pour devenir acteur. Il mesure un mètre soixante-dix, longs cheveux châtains, yeux bruns, quatre-vingt-dix kilos. Travaille comme aide-serveur dans un restaurant huppé de Beverly Hills. Il a maintenant trente-deux ans.

*
* *

Timmy. Le clown de la classe. Celui qui n'arrête pas de faire rire tout le monde. Le gosse le plus drôle de la rue, je veux dire drôle de chez drôle. Je parle du gosse le plus foutrement drôle que la rue a jamais connu. Petit et joufflu. Cheveux noirs. Joues roses. Son père était alcoolique et battait sa mère. Sa mère était déprimée et parlait rarement. Il habitait un immeuble de quatre étages sans ascenseur à Astoria, Queens. Ses parents avaient essayé d'avoir d'autres enfants, mais n'avaient pas réussi. Quasiment depuis le jour où il était né, Timmy adorait deux choses : faire rire les gens et manger. L'un nourrissait l'autre. Plus il mangeait, plus il se sentait mal, plus il se sentait mal plus il avait besoin de faire rire les gens pour se sentir un peu mieux. Il commença à écrire des sketches à l'âge de douze ans. Il répétait devant la glace et se produisait tous les dimanches à cinq heures au coin de la rue. Il commença à avoir du public et pour la première fois de sa vie les gens l'aimaient, les gens l'admiraient. Il poursuivit ses spectacles dominicaux pendant deux ans, après quoi son père l'obligea à travailler le week-end dans une boucherie locale. Après ses études secondaires il entreprit des études d'ingénieur. Il commença à travailler dans des cabarets et à participer aux soirées réservées aux amateurs. Il quitta l'université trois mois avant la fin de ses études et alla à Los Angeles. Il avait vingt-deux ans. Il est maintenant portier dans un cabaret et continue à participer aux soirées réservées aux amateurs. Il a quarante-quatre ans.

*
* *

John. Guitariste virtuose. Originaire de Cleveland. S'installe à Los Angeles avec son groupe à l'âge de vingt ans. Travaille dans une agence de location de voitures. Vingt-neuf ans.

Amy. Mannequin. Originaire de New York. Partit à Los Angeles pour devenir actrice à l'âge de vingt-trois ans. Serveuse dans le bar d'un grand hôtel. Vingt-sept ans.

Andrew. Génie autoproclamé. Originaire de Boston, a étudié à Harvard. Partit à Los Angeles pour devenir scénariste et plus tard réalisateur, à l'âge de vingt-trois ans. Vendeur dans un magasin de vidéo. Trente ans.

Jennifer. Prodige. De Chicago. Était considérée comme aussi douée pour le chant, la danse et la comédie. Boursière à Northwestern. Arriva à Los Angeles avec l'intention de prendre la ville d'assaut et de jouir de sa triple gloire, à vingt-deux ans. Est chef de rayon dans un magasin de vêtements. Vingt-sept ans.

Greg. A commencé à réaliser des courts métrages à l'âge de dix ans. Diplômé de prestigieuses écoles de cinéma avec mention très bien. Alla à Los Angeles pour devenir réalisateur. Contrôle les billets au musée de cire.

Ron. Bodybuilder. Veut devenir une star de films d'action. Travaille dans un club de gym.

Jeff. Acteur. Travaille dans un costume de canard dans un parc d'attractions.

Megan. Actrice-mannequin. Danseuse exotique.

Susie. Actrice. Serveuse.

Mike. Acteur. Serveur.

Sloane. Actrice. Serveuse.

Desiree. Actrice-chanteuse. Serveuse.

Erin. Actrice. Travaille dans un magasin de chaussures.

Elliott. Scénariste. Travaille dans un bar.

Tom. Scénariste. Fait des pizzas.

Kurt. Acteur. Livre des pizzas.

Carla. Chanteuse-danseuse. Sert des ailes de poulet vêtue d'un T-shirt et d'un short ultra-court.

Jeremy. Vrai jumeau. Acteur. Travaille dans une cafétéria.

James. L'autre vrai jumeau. Acteur. Travaille dans une autre cafétéria (ils ont essayé de travailler dans la même cafétéria mais les clients étaient perdus).

Heather. Actrice. Plus joli corps que Carla. Sert des ailes de poulet vêtue d'un soutien-gorge et d'un short ultracourt. Reçoit plus de pourboires que Carla.

Holly. Actrice petit modèle. Porte un costume de E.T. l'extraterrestre dans un parc d'attractions.

*

* *

Les parents de Kevin l'avaient toujours trouvé étrange. Enfant il aimait prendre des voix bizarres et inventer des accents étrangers qu'il attribuait à des pays imaginaires. Ils essayaient de l'en empêcher mais il résistait. Ils tentèrent de l'allécher moyennant argent, tours de kart, livres, baskets neuves, autant de glaces qu'il voudrait mais rien ne marchait. Il parlait avec des voix bizarres dans des accents inventés. Il arriva un moment où ils ne se rappelaient plus quelle était sa vraie voix.

À l'âge de quatorze ans, il lut *Le Roi Lear*. Il était un peu jeune pour tenter d'assimiler une œuvre aussi profonde du répertoire classique, mais il y parvint, et, bigre, comme il y parvint. Il fut bouleversé, transporté. Les mots le frappèrent, le pénétrèrent, l'affectèrent, d'une manière qui n'avait rien de commun avec ce qu'il avait vécu jusqu'alors. Depuis ce jour, il se consacra au théâtre. Quand il n'était pas à l'école, il était dans sa chambre à lire des pièces de théâtre, à commencer par les Grecs, et se récitant des monologues. Il adopta de façon permanente un accent anglais distingué, et commença à porter des vêtements médiévaux à la maison et à l'école, où les autorités, consternées, tentèrent d'abord de l'en empêcher mais abandonnèrent une fois qu'il évoqua les droits que lui conférait le premier amendement. Inutile de dire qu'il fut en butte à toutes les railleries, les joueurs de football lui flanquèrent des raclées, tous l'évitèrent, même les gosses les moins appréciés de l'école. Il s'en foutait. Les mots des maîtres coulaient à travers lui, le comblaient, et le réconfortaient d'une manière qu'aucun d'eux ne pourrait jamais comprendre. Ils avaient tous les uns les autres, leurs cours leurs jeux leurs fêtes leurs danses et tous les petits drames qui réglaient et gouvernaient leurs journées. Il avait les maîtres, les géants de l'histoire du théâtre, les titans de la scène. Il avait le théâtre à grande échelle.

Il quitta l'école à seize ans et partit pour l'Angleterre, où il fut reconnu comme un prodige. Il passa deux ans comme doublure sur les scènes du West End avant de retourner en Amérique, à New York, où le cœur du théâtre américain battait si sainement et si bruyamment, et il entra à la Julliard School, la plus prestigieuse école de théâtre du pays.

Il en fut de même à la Julliard School. Il stupéfiait ses professeurs. Il surpassait ses pairs. Il s'attaquait aux rôles les plus importants, les plus difficiles et il les faisait paraître faciles. Broadway, à quelques rues de là, commença à le remarquer. Les dénicheurs de talents venaient voir tout ce qu'il faisait, les agents lui proposaient leurs services, les producteurs voulaient monter des pièces autour de lui. Il appréciait l'attention qu'il suscitait mais avait d'autres objectifs plus grandioses, des rêves plus grandioses, Broadway serait toujours là, il voulait HOLLYWOOD ! Il sortit premier de sa classe, comme prévu, et en tant que major de sa promotion, il prononça le discours d'adieu, ce qu'il fit dans le style de Molière. Il partit à Los Angeles le jour suivant. Il avait vingt-deux ans.

Un phénomène curieux se produit à Los Angeles quand des artistes qui ne font pas de cinéma ou de télé arrivent. Les gens de l'industrie, généralement des producteurs exécutifs et des agents, veulent travailler avec eux être vus avec eux, qu'ils soient ou non talentueux, parce qu'on pense que du fait qu'ils viennent de la côte Est ou d'Europe, et sont reconnus dans ce qu'on peut considérer comme les *Beaux Arts*, ils sont plus intelligents, plus prestigieux, et d'une certaine façon meilleurs que leurs homologues californiens. Bien des carrières ont été gâchées par ce phénomène, plus d'un dramaturge prometteur a été transformé en pisse-copie pour la télé, romancier en scénariste marmonnant, acteur de théâtre en star de sitcoms suffisante et metteur en scène de théâtre en réalisateur de publicités pour le savon. Bien conscient de ce phénomène, Kevin arriva avec une vision, une vision à laquelle il était bien décidé de se tenir et de ne jamais trahir, la vision d'un avenir glorieux et innovant : il allait essayer de faire entrer les œuvres des Grecs anciens, Eschyle, Sophocle, Euripide, dans les multiplex d'Amérique.

Au début agents et producteurs furent séduits par son idée. Il signa un contrat avec une agence prestigieuse ainsi qu'un accord de développement (où il était payé pour essayer d'écrire un scénario) avec un producteur important d'un studio de tout premier plan. Quand il commença à donner des ébauches de scénarios, qui n'étaient en fait que des transcriptions de pièces, le producteur et le studio eurent un choc. Ils lui dirent qu'ils ne pouvaient pas justifier de dépenser des dizaines de millions de dollars dans un film qui racontait l'histoire d'un jeune homme violent qui tue son père et engrosse sa mère. Ils lui demandèrent de modifier l'histoire il refusa. On lui montra la porte.

C'était il y a sept ans de cela. En dépit d'innombrables échecs, Kevin n'a pas abandonné son rêve. Il travaille le soir dans un restaurant à thème médiéval, où il continue de peaufiner son vaste répertoire d'accents et de personnages et où il est maître de cérémonie pour des parades et des duels à l'épée, et il passe ses journées à téléphoner et à organiser des rendez-vous pour trouver des investisseurs pour ses films. Les propositions de travail ont cessé d'arriver, les agents ne veulent plus le représenter, et la plupart de ses camarades de la Julliard School font de belles carrières, mais rien de cela n'a d'importance. Il a un rêve. Los Angeles est là où les rêves deviennent réalité. Il n'abandonnera jamais. Ou comme il dirait, avec les inflexions subtiles du général Manchester aux environs de 1545 : *Nous ne lâcherons plus un pouce de terrain et bien que la nuit soit noire mon seigneur nous dispensera sa lumière ! ! !*

Allison. Mannequin. Est venue à Los Angeles à l'âge de dix-huit ans pour devenir une Playboy Bunny. Elle a maintenant dix-neuf ans, travaille dans le porno.

Katy. Actrice. A quitté son mari et ses trois enfants pour devenir une star. Travaille dans une épicerie. S'endort tous les soirs en pleurant.

Jay Jay. Acteur. Est arrivé à Los Angeles avec sa mère à l'âge de quatre ans. Il a maintenant neuf ans. Il habite dans un motel où sa mère, serveuse, lui sert de professeur.

Karl. Casse-cou de sa ville natale. Est arrivé à Los Angeles à l'âge de dix-huit ans pour devenir cascadeur. Professeur de karaté. Il a aujourd'hui trente et un ans.

Lee. Acteur-mannequin. Est arrivé à Los Angeles à l'âge de vingt et un ans. Serveur, barman à l'occasion. Il a aujourd'hui vingt-sept ans.

Brad. Acteur. Arrivé à vingt ans. Travaille comme videur. Il a maintenant trente ans.

Barry. Chanteur. Arrivé à dix-huit ans. Caissier au Musée de cire. Il a maintenant trente et un ans.

Bert. Scénariste. Est arrivé à vingt-quatre ans. Barman. Il a maintenant cinquante ans.

*
* *

Lorsque Samantha naquit, dans un hôpital de Cleveland, le médecin la souleva, la regarda et dit : Oh la la, voilà un beau bébé. Lorsqu'elle était toute petite, les gens arrêtaient souvent sa mère pour la regarder, et parfois lui demander la permission de la prendre en photo. Les garçons commencèrent à se battre pour elle au jardin d'enfants, bien qu'ils aient aussi tous eu peur d'elle. En première année de collège un dénicheur de talents la vit et rencontra ses parents et leur dit qu'elle pourrait gagner des millions une fois adolescente s'ils acceptaient de l'envoyer à New York. Ils trouvèrent que c'était une idée intéressante, mais le bonheur de leur fille leur importait plus que sa capacité à faire de l'argent. En troisième année de collège le dénicheur de talents qui était aussi agent et avait gardé une photo de Samantha sur un tableau noir en face de son bureau revint la voir. Elle était encore plus belle, si c'était possible, que la première fois. Il rencontra de nouveau ses parents et leur dit la même chose, Samantha pourrait gagner des millions s'ils la laissaient devenir mannequin. Samantha, qui avait toujours essayé de minimiser l'importance de sa beauté, et était extrêmement timide et modeste à ce propos, n'était pas intéressée. Elle aimait ses amies, l'école, regarder les matchs de base-ball à la télé avec son père, faire les courses avec sa mère. Elle attendait avec impatience d'entrer au lycée, elle attendait avec impatience son premier rendez-vous, sa première fête de fin d'année, le bal de fin d'études. Mais l'homme était convaincant, elle accepta de tenter le coup.

Cet été-là, pendant les vacances, ils allèrent tous trois à New York. L'agence les installa dans un bel hôtel, et pendant deux semaines, Samantha joua le jeu. On lui fit un book, elle alla à des castings, chaque fois avec succès, fit grande sensation dans le monde de la mode. Ses parents l'accompagnèrent à toutes les séances de photos, où elle fut flattée par les maquilleurs, les coiffeurs et les stylistes, où les photographes lui dirent qu'elle était belle, où les clients lui dirent combien ils étaient fiers qu'elle représente leur marque. Bien qu'elle prît plaisir à toute cette attention et fût amusée par les compliments, elle s'embêta beaucoup et trouva intenables les longues heures passées à attendre pour quelques minutes de travail (la partie prise de vue du processus). La seule chose qui lui plut fut le spot télé qu'elle tourna pour un shampooing. Elle n'avait qu'une phrase – ce sont mes cheveux, ce sont vos cheveux – mais elle adora la dire. Avant l'audition elle s'entraîna quelques centaines de fois, la disant de manière différente à chaque fois, changeant de ton, de débit, changeant la pose qu'elle prenait pour la dire. Elle avait bien conscience que ce qu'elle faisait était un peu bête, et quelque peu banal, mais tout cela l'amusait, et elle répéta jusqu'à ce qu'elle se sente parfaitement au point. Devant les caméras elle sourit et la prononça d'une manière joyeuse, chaleureuse et accessible, destinée à faire comprendre à la téléspectatrice et consommatrice que ce sont mes cheveux et je les adore, ce pourraient aussi être les vôtres, il vous suffit de sourire et d'utiliser ce shampooing. C'était parfait. Le réalisateur se mit à applaudir, et le P-DG de la marque de shampooing était aux anges.

Le moment venu, Samantha et ses parents retournèrent à Cleveland, et Samantha savait désormais qu'elle ne voulait pas être mannequin, ou n'avait pas suffisamment envie de sacrifier son adolescence à cette carrière, mais qu'elle voulait être actrice. Elle entra au lycée, s'inscrivit au club de théâtre, commença à prendre des cours pendant les week-ends. Elle sortit pour la première fois, à seize ans, avec un garçon qu'elle avait toujours connu, elle ne l'embrassa pas le premier soir, ni les nombreux soirs suivants, mais à la fête de fin d'année, et alla avec lui au bal de fin d'études. Il devint capitaine de l'équipe de baseball en dernière année, élu parmi les meilleurs lanceurs de l'année pour l'Ohio et au niveau national, et fut recruté par une équipe professionnelle. Elle eut les meilleures notes et décida de retourner étudier le théâtre à New York, où elle pourrait payer ses études à l'université en faisant des photos. Ils se séparèrent pendant l'été. Ils n'avaient jamais, en dépit d'efforts incroyables et quasi surhumains de la part du garçon, couché ensemble.

Ses années d'université furent faciles, amusantes. Elle faisait des photos, étudiait, travaillait au théâtre. Sa beauté ne la quitta pas, grandit à mesure qu'elle vieillissait, comme elle-même grandissait dans son corps. Elle devint une femme, une femme somptueuse à provoquer des embouteillages, faire hocher les têtes et briser les cœurs. Les hommes la poursuivaient, et de temps à autre elle sortait avec eux, mais elle était concentrée sur la comédie, et concentrée sur ce qu'elle ferait après l'université, qui était d'aller à Los Angeles pour devenir une vraie actrice.

Quand elle arriva à L.A., à vingt-deux ans, elle fut immédiatement remarquée. Un producteur l'aborda dans un café et l'invita à dîner, elle dit oui. Le dîner terminé, il lui dit qu'il lui trouverait un agent et lui donnerait un rôle si elle venait chez lui, il le dit d'une façon plus directe et moins polie. Elle n'avait jamais été avec un homme, et se réservait pour son premier amour, et lorsque le producteur lui fit sa proposition, elle se leva et quitta la table sans lui répondre. Elle rentra chez elle, à l'époque un minable studio dans un quartier de L.A. qui s'appelait le Film Ghetto, où de nombreux aspirants comédiens, scénaristes, réalisateurs et musiciens habitaient avant de commencer à travailler, et s'endormit en pleurant. Elle savait, comme tout le monde, que ce genre de choses arrivait, elle n'avait juste jamais cru que quelqu'un essaierait avec elle. Bienvenue à Los Angeles. Elle s'endormit en pleurant.

Cela arriva de nouveau et encore et encore. Elle dit non, encore et encore. Elle se fit embaucher comme serveuse dans un grand restaurant, prit des cours de comédie, essaya de trouver un agent. Elle passa des auditions et joua des petites pièces dans de petits théâtres alternatifs de Culver City et Silver Lake. Elle prit un agent, un jeune agent ambitieux dans une grosse agence, et obtint quelques petits rôles dans des films pour adolescents et des téléfilms. Elle jouait toujours la belle ingénue inaccessible, elle savait que cela faisait partie de la marche à suivre pour bâtir une carrière. Elle fit un épisode dans une série, elle jouait la fille dont rêvait la vedette comique. Elle fit un téléfilm médical. Elle jouait une accidentée.

Quand elle reçut le coup de téléphone, elle dînait avec un avocat qu'elle fréquentait, et qu'elle pensait pouvoir peut-être aimer. C'était sa mère. Son père était malade. Il avait un cancer de l'estomac, peut-être soignable, mais généralement mortel. Elle éclata en sanglots. L'avocat la ramena chez elle et l'aida à préparer son départ. Il resta avec elle cette nuit-là, la tint dans ses bras pendant qu'elle pleurait, l'aida à faire sa valise le lendemain matin, et la conduisit à l'aéroport dans l'après-midi. Quand elle l'embrassa et lui dit au revoir, elle savait qu'elle l'aimait, mais elle savait aussi qu'il lui faudrait encore attendre un peu. Son père avait un cancer. Peut-être soignable, mais généralement mortel.

En descendant de l'avion, elle alla directement à l'hôpital. Son père était au lit, des fils, des tubes, des machines partout, le ventre suturé. Il dormait, et sa mère était assise à son chevet, les yeux rouges et gonflés. Samantha se mit immédiatement à pleurer. Elle n'arrêta pas pendant une semaine. Son père essayait de voir les choses de manière positive pour rassurer Samantha et sa mère, mais ils savaient tous que c'était mauvais, plus que mauvais, et ils savaient comment cela allait finir. Il y avait du sang qui suintait de la suture, et ils savaient comment cela allait finir. Elle retourna à Los Angeles. Son père commença la chimio et les rayons. Son assurance couvrait la plupart des traitements, mais les factures commencèrent à s'accumuler. Il y avait un lit d'hôpital dans leur chambre, une chaise roulante, des infirmières à domicile, des médicaments en plus, tout cela coûtait de l'argent, d'incroyables sommes d'argent. Samantha gratta tout ce qu'elle pouvait, ce qui n'était pas beaucoup, et se tortura à la pensée des millions qu'elle aurait pu gagner et qu'elle n'avait pas gagnés, les millions qui soigneraient son père, les millions dont elle se convainquait qu'ils auraient pu lui sauver la vie, si seulement, si seulement.

Elle était dans un café quand elle fut approchée. Une jeune femme lui demanda où elle avait acheté sa jupe, elles commencèrent à bavarder et elles prirent un thé. La femme était grande blonde et belle, elle lui dit qu'elle aussi était actrice, bien que dernièrement elle s'intéressât à d'autres choses, elles s'entendirent et s'échangèrent leurs numéros. Elles se retrouvèrent deux jours plus tard, et deux jours après encore. Samantha lui parla de son père et des factures qui s'accumulaient. La femme dit qu'elle pourrait l'aider, si Samantha était intéressée. Samantha dit que oui, la femme lui demanda quelle expérience elle avait des hommes. Samantha lui dit qu'elle était vierge. La femme sourit et dit tout ira bien pour ton père.

Samantha vendit sa virginité une semaine plus tard. Elle lui fut payée cinquante mille dollars. L'acheteur était un prince arabe qui habitait Bel-Air et qui ne couchait qu'avec des vierges. Elle pleura avant, pendant et après. Le prince lui dit que la plupart des vierges pleuraient, et que celles qui ne pleuraient pas ne lui plaisaient pas. Quand elle partit, elle pensa à foncer avec sa voiture contre un arbre, ou à la faire basculer d'un pont. Quand elle arriva chez elle, elle entra dans la douche et y demeura le restant de la journée. Lorsque l'avocat appela ce soir-là, elle rompit avec lui, lui demanda de ne plus jamais appeler. Quand il lui demanda pourquoi elle dit qu'elle ne voulait pas en parler. Quand il insista, elle se mit de nouveau à pleurer et raccrocha.

C'était il y a trois ans ; son père est mort, mais il est parti sans souffrir et paisiblement. Quand ses parents lui avaient demandé comment elle gagnait l'argent qu'elle leur donnait, elle leur avait dit qu'elle avait recommencé à faire des photos. Quand ils lui avaient demandé de les leur montrer, elle leur avait répondu qu'elle travaillait surtout au Japon, où les Américaines plus âgées pouvaient encore gagner de l'argent. Elle couchait avec un ou deux hommes par semaine. Elle était payée entre deux mille et dix mille la passe, selon ce qu'ils voulaient qu'elle fasse ou qu'ils voulaient lui faire. Elle cessa de sortir avec des hommes, à moins qu'ils ne soient prêts à la payer. Elle cessa de jouer, bien qu'elle ait entendu dire, et savait, que quelques femmes qui avaient fait son métier avaient fini par avoir du succès, l'une d'elles avait même reçu un oscar, une autre avait son émission de télé. Elle espérait qu'un jour elle pourrait rencontrer un réalisateur ou un producteur, quelqu'un qui la paierait pour ses services mais la verrait comme quelque chose de plus que ce qu'elle était, qui lui donnerait sa chance ou l'aiderait à faire redémarrer sa carrière. Sinon elle espérait simplement rencontrer quelqu'un qui aurait assez d'argent pour l'entretenir. Elle savait que ce devrait être un client, car sinon, s'il découvrait ce qu'elle faisait, ou ce qu'elle était, il la quitterait.

Le soir quand elle était dans son appartement, au lit, seule, elle pensait à cette première
audition, des années de cela, pour la publicité
pour le shampooing, et à l'émotion qu'elle avait
ressentie. Elle pensait à tout le travail qu'elle
avait fait pour se préparer à aller à Los Angeles,
elle pensait à sa mère et ce qu'elle penserait si
elle savait, elle pensait à l'avocat. D'une certaine matière elle continuait à jouer, même si
cela ne lui procurait ni réconfort ni satisfaction. D'une certaine manière, ce qu'elle faisait
était plus difficile que tout ce qu'on pouvait
faire sur scène ou à l'écran. Elle pensait au
prince. Elle pensait aux hommes, tous les hommes, et la façon dont ils la regardaient juste
avant de commencer à s'occuper d'elle. Elle pensait à son père. Au moins il était mort en paix.

*
* *

On estime à cent mille par an le nombre de personnes qui viennent à Los Angeles pour faire carrière dans l'industrie du spectacle. Elles viennent
de toute l'Amérique, du monde entier. C'étaient
des vedettes chez elles, tous ces gens étaient intelligents ou drôles ou talentueux ou beaux. Quand
ils arrivent, ils rejoignent les cent mille qui sont
arrivés l'année précédente, et ils attendent les cent
mille qui arriveront l'année suivante, l'année suivante, l'année suivante, l'année suivante.

*
* *

David. Acteur. Barman. Arrivé à vingt-trois ans, il en a maintenant quarante.

Ellen. Chanteuse. Serveuse. Arrivée à dix-huit ans, elle en a maintenant vingt et un.

Jamie. Actrice. Porte un costume de souris. Arrivée à vingt-huit ans, elle en a maintenant trente-huit.

John. Guitariste. Aide-serveur. Arrivé à vingt-deux ans, il en a maintenant vingt-six.

Sarah.

Tom.

Stephanie.

Lindsay.

Jarrod.

Danika.

Jose.

Bianca.

Eric.

Karen.

Edie.

Sam.

Matt.

Terry.

Rupert.

Brady.

Alexandra.

Meredith.

Connie.

Lynne.

Laura.

Jimmy.

Johnny.

Carl.

En 1913, l'aqueduc de Los Angeles entre en fonctionnement et peut alimenter la ville avec cinq fois plus d'eau qu'elle n'en a besoin. Des zones d'habitation sans statut municipal du comté de Los Angeles, dont presque toute la vallée de San Fernando, et plusieurs communes plus petites telles que San Pedro, Watts, Hollywood, Venice et Eagle Rock, dont aucune ne possède son propre approvisionnement en eau, sont annexées à la ville. Dans les dix années suivantes les limites de la ville continuent à s'étendre, jusqu'à ce qu'elle occupe presque mille trois cents kilomètres carrés.

Mrs. Campbell prolonge son séjour. Doug et Esperanza prennent le café ensemble pendant trois matins de suite. Ils parlent et rient. Doug fait le café et nettoie après qu'ils ont terminé. Une conversation typique entre eux. Esperanza parle.

Comment s'est passée votre journée ?

Bien. Agréable et calme. Je suis resté devant mon ordinateur toute la journée. À la fin de la journée j'ai mal aux yeux mais ça ne fait rien.

Qu'est-ce que vous avez fait ?

J'ai regardé des chiffres et des équations en faisant semblant d'y comprendre quelque chose. Comment s'est passée la vôtre ?

Fantastique. J'ai fait les chambres d'amis et les salles de bains du premier. J'ai essayé un nouveau nettoyant pour les carreaux, mais il ne m'a pas plu.

Pourquoi ?

Il ne laisse pas assez de brillant après rinçage.

C'est important le brillant ?

Très. Des carreaux sans brillant c'est comme un pneu sans caoutchouc.

Ça ne va pas.

Exactement.

Vous n'avez jamais pensé à faire votre propre marque de nettoyant ?

Non.

Vous devriez peut-être.

C'est une idée intéressante. Peut-être que je devrais viser le marché des femmes de ménage immigrées.

Pourquoi vous limiter ? Il faut penser grand. Il faut penser IMMENSE !

La ménagère blanche de banlieue ?

Ça marcherait probablement très bien.

Dieu sait qu'il y a là pénurie de produits de qualité.

Vous pourriez l'appeler le Brillant Esperanza.

C'est un bon nom.

Bon ? BON ? C'est un nom génial.

Elle rit.

Vraiment, c'est un nom génial. Il est si génial que vous pourriez probablement mettre de l'eau colorée dans des bouteilles et y coller le nom et en quelques mois vous seriez si riche que c'est ma mère qui nettoierait vos éviers.

Elle rit de nouveau.

Vous avez peut-être raison.

Peut-être, mon cul. J'ai raison, Esperanza, j'ai raison.

Et ainsi de suite jusqu'à ce que l'un ou l'autre décide d'aller travailler. Cela fait, et Doug parti, Esperanza passe le reste de la journée à penser à lui, penser à ce qu'il est en train de faire, penser à ce qu'ils ont dit ce matin, à ce qui aurait pu se passer entre eux s'ils s'étaient rencontrés autre part. Une ou deux fois par jour elle monte dans sa chambre, ouvre la porte et reste sur le pas à regarder. La chambre est toujours en désordre : vêtements jetés partout livres en piles tas de cassettes de jeux vidéo posters de vaisseaux spatiaux de planètes et d'astronautes aux murs. Esperanza est tentée d'entrer. Pas pour fureter, mais parce qu'elle veut ressentir à quoi ça ressemble d'être dans son espace, d'être parmi ses affaires, de toucher les choses qu'il touche. En dépit de leurs conversations matinales, et de leur proximité, elle ne l'a jamais vraiment touché. Chaque fois qu'elle a voulu le toucher, ou aurait pu le toucher elle a pris peur, peur de ce qu'il ressentirait, de ce qu'elle ressentirait, peur que peut-être ils ne ressentent pas la même chose, peur que ce qu'elle peut ressentir lui fasse du mal. Si elle touche ses affaires, elle peut contrôler les conséquences. Les affaires ne se moqueront jamais d'elle, ne la quitteront pas, ne détourneront pas le regard, ne la jugeront pas. Elle reste sur le pas de la porte, elles sont à quelques mètres. Elle les regarde.

Le matin après le retour de Mrs. Campbell, Esperanza se réveille en redoutant le jour qui vient, et en regrettant déjà le café avec Doug. En se préparant elle songe à laisser tomber, à entrer dans la maison pour dire à Mrs. Campbell d'aller se faire foutre (bien sûr, de toute sa vie Esperanza n'a jamais dit à personne d'aller se faire foutre, mais serait prête à laisser Mrs. Campbell faire les frais de cette décision). Après avoir dit à Mrs. Campbell d'aller se faire foutre elle embrasserait Doug, l'embrasserait sur ses délicieuses petites lèvres (elle pourrait même chercher sa langue aussi !) aussi longtemps qu'il la laisserait faire. Une fois fait, elle tournerait les talons et sortirait, les laissant tous deux abasourdis et pris de vertige.

Pendant le trajet en bus et jusqu'à la maison, elle perd courage. Dire à Mrs. Campbell d'aller se faire foutre, quelque amusant et immensément gratifiant que ce puisse être, serait aller contre tout ce que ses parents lui ont inculqué, et serait encore plus gênant pour elle que pour Mrs. Campbell. Embrasser Doug serait l'acte le plus courageux et hardi de toute son existence, mais elle n'a ni le cran ni l'audace de le faire. Chaque pas qui la rapproche du sous-sol est plus difficile, plus déprimant, chaque pas la rapproche du malheur. Alors qu'elle passe la porte elle voit Doug qui est en train de faire le café dans la cuisine et elle espère que peut-être Mrs. Campbell n'est pas rentrée et qu'ils continueront comme ils l'ont fait ces quelques jours. Puis elle entend sa voix, ce vilain jacassement. Elle dit bon Dieu, Doug, c'est à Esperanza de le faire, pas à toi, s'il te plaît vide cette cafetière pour qu'elle en fasse une quand elle arrivera, si elle arrive à une heure raisonnable. Doug dit non maman ça va j'aime faire le café. Mrs. Campbell dit Doug, fais-le immédiatement, jette-le immédiatement, ou je le ferai moi-même. Esperanza secoue la tête. Oh comme ce serait bon. Allez vous faire foutre méchante vieille femme. Comme ce serait bon. Elle ouvre la porte du sous-sol descend l'escalier, Mrs. Campbell continue de jacasser au-dessus de sa tête à propos du sucre qui est trop grumeleux. Au pied de l'escalier elle prend une profonde inspiration et se dirige vers son coin un petit lit de camp ses tenues pendues à un portant une petite table. Il y a une fleur sur la table une rose rouge dans un vase en verre tout simple un papier sous le vase, elle le soulève, prend le papier, il n'y a rien d'écrit dessus juste une tête avec un grand sourire dessiné à l'encre rouge. Elle le regarde un instant sourit le pose. Elle regarde la rose, sourit la prend pour la sentir. Au rez-de-chaussée Mrs. Campbell continue de jacasser, et dit Doug, elle est là pour faire ces choses pour nous. Esperanza remet la rose dans le vase commence à se changer. Doug est au rez-de-chaussée. Le allez vous faire foutre n'est plus d'actualité, elle reconsidère la question du baiser.

1914. Ouverture du canal de Panamá. Le port de Los Angeles est le port américain important le plus proche et devient la destination principale des cargos qui rallient l'ouest des États-Unis. En 1920, c'est le plus grand port de la côte Ouest, devant Seattle et San Francisco, et le second port du pays après New York.

Joe se réveille, il sent du sable sous lui, ses yeux sont fermés sa tête cogne. Il entend des voix, ce sont des voix qu'il connaît. Vilain Tom, Al de Denver, et la Chouette. Al est un mendiant quinquagénaire alcoolique qui dort sous la jetée de Venice, la Chouette est un trentenaire alcoolique qui dort sur la plage le jour et passe la nuit assis sur un portique à boire du jaja à vingt degrés et à hululer. Vilain Tom parle.

On doit appeler les flics ?

Al de Denver parle.

Pas question.

Pourquoi ?

Parce qu'ils nous arrêteraient.

On n'a rien fait de mal.

Ça n'a pas d'importance.

Il faut faire quelque chose pour se faire arrêter.

Non.

Alors qu'est-ce qu'on fait ?

On attend qu'il se réveille.

Quand est-ce qu'il va se réveiller ?

Comment je peux savoir.

Ça pourrait prendre du temps.

Ouais.

Tu as quelque chose à boire ?

Non.

Tu as de l'argent ?

Non.

Et toi, la Chouette, tu as quelque chose à boire ?

La Chouette hoche la tête.

Quoi ?

La Chouette plonge la main dans sa poche, en sort un demi-litre de whisky bon marché.

Tu m'en donnes ?

La Chouette hoche la tête, le passe à Al, qui prend un coup.

Whoua. C'est dégueulasse.

La Chouette hoche la tête. Al passe la bouteille à Vilain Tom, qui prend un coup. Il sourit une fois qu'il a avalé.

Dégueulasse mon cul. C'est merveilleux.

Il passe la bouteille à la Chouette, qui prend un coup et ne dit rien.

Al regarde Tom, parle.

Tu as mauvais goût, Tom. Ce truc est dégueulasse.

Va te faire foutre.

Pas la peine de te mettre en rogne.

J'aime ce que j'aime. Et s'il y a de l'alcool dedans, j'aime ça. S'il n'y a pas d'alcool, j'aime pas ça. Voilà comme je suis.

C'est probablement pas une politique très saine.

Je m'en fous.

Je vais revoir mon jugement alors : tu n'as pas mauvais goût, tu as un goût malsain.

Va te faire foutre.

Pas la peine de te mettre en rogne, Tom.

Va te faire foutre.

Quand il n'en peut plus, Vieux Joe ouvre les yeux, parle.

Arrêtez, s'il vous plaît.

Vilain Tom parle.

Merde, il est réveillé.

Al de Denver parle.

Maintenant pas besoin d'appeler les flics.

Joe s'assied.

Qu'est-ce qui s'est passé ?

Vilain Tom parle.

Je ne sais pas.

Al de Denver parle.

Moi non plus.

Vilain Tom parle.

Mais la Chouette si.

Al de Denver parle.

Il est venu nous prévenir.

Vilain Tom parle.

Il était assis sur son portique.

Al de Denver parle.

Comme toujours quand il est pas en train de cuver son vin.

Vieux Joe regarde la Chouette, parle.

Qu'est-ce qui s'est passé ?

La Chouette prend une nouvelle gorgée de son demi-litre, parle. Sa voix est douce, une voix d'enfant, et il parle rarement. Alors, il choisit ses mots et il est difficile à entendre. Vieux Joe, Vilain Tom et Al de Denver se penchent tous vers lui.

Tu étais comme tous les jours sauf que la fille était avec toi et elle faisait des ronds dans le sable. Trois types avec des capuches noires sont arrivés derrière toi et quand tu t'es assis il y en a un qui t'a donné un coup de pied dans la tête.

Qu'est-ce qu'ils ont fait de la fille ?

Ils lui ont foutu des coups de poing dans la gueule et l'ont emmenée, il y en avait un qui marchait derrière elle il lui filait des taloches derrière la tête si elle ralentissait, elle pleurait leur demandait de la laisser tranquille.

Tu as déjà vu ces gars ?

Je les ai vus dans le coin. Parfois ils traînent sur la promenade tard le soir, pour voler des gens et les tabasser.

Ils vivent sur la promenade ?

Par là.

Il désigne le nord.

Tu te rappelles autre chose ?

La Chouette prend un autre coup.

J'avais les jetons. J'avais vraiment les jetons. Je voulais descendre pour venir t'aider mais j'avais trop les jetons.

Pas de problème, la Chouette.

Excuse-moi.

T'excuse pas, c'était génial d'aller chercher ces gars pour venir m'aider. C'est ça qu'il fallait faire. Tu as été génial. À charge de revanche.

La Chouette hoche la tête.

Je peux aller dormir maintenant ?

Joe sourit.

Ouais. Va dormir.

La Chouette sourit se lève s'en va. Une fois qu'il est parti, Vilain Tom parle.

Qu'est-ce que tu en penses ?

Joe parle.

J'ai mal à la tête.

Al parle.

J'ai mal à la tête tous les matins. Une fois que tu commenceras à boire ça passera.

Joe parle.

C'est pas à cause de la gueule de bois.

Al parle.

Je sais, mais le principe est le même : ta tête te fait mal, tu te soûles, ta tête te fait plus mal.

Joe parle.

Peut-être un peu plus tard. Maintenant il faut qu'on décide ce qu'on va faire à propos de Beatrice.

Al parle.

Qui est Beatrice ?

Joe parle.

La fille.

Tom parle.

Les problèmes de bonnes femmes c'est pas pour nous.

Joe parle.

C'est une gosse.

Al parle.

C'est pas une gosse.

Joe parle.

Elle a pas plus de dix-sept ans.

Al parle.

Ça veut pas dire que c'est encore une gosse.

Joe parle.

Ces types vont la bousiller.

Tom parle.

C'est pas notre problème.

Joe parle.

Si ça se passe ici c'est notre problème.

Al parle.

Plein de trucs arrivent dans le coin qui ne nous regardent pas. J'ai vu un type bourré entrer dans la mer avec sa voiture il y a quelques semaines. J'avais rien à voir avec ça et je me suis taillé.

Joe parle.

Ce qui se passe dans le monde civil n'a rien à voir avec nous. Si ça arrive dans notre monde, il faut qu'on fasse quelque chose.

Tom parle.

Mon monde c'est le marchand d'alcool, les touristes qui me donnent de l'argent et mon sac de couchage.

Al parle.

Mon monde c'est le marchand d'alcool, la jetée, et le Seigneur, même s'il m'a abandonné.

Joe parle.

Cette fille est trop jeune pour vivre ici. Et ces fils de pute avec leurs capuches vont rien faire que de s'en servir et lui faire du mal. De quelque côté que tu regardes, c'est pas bien.

Joe se lève, se met en marche. Vilain Tom parle.

Où tu vas Joe ?

Sans s'arrêter ni se retourner, Joe parle.

Je vais essayer de faire quelque chose.

En 1915, D. W. Griffith écrit et réalise *L'Homme du Clan*, aussi connu sous le titre *Naissance d'une nation*. Le film, tourné dans et aux alentours de Los Angeles, décrit le Ku Klux Klan comme une héroïque bande de soldats se battant pour reconstruire le Sud et préserver l'héritage sudiste après la guerre de Sécession. Il bat tous les records d'entrées et prend la première place des films à succès. C'est aussi un appel pour tous les réalisateurs du pays à se précipiter vers Los Angeles à la recherche de ce même genre de succès. Griffith fonde ensuite United Artists avec un groupe d'acteurs et de réalisateurs. Il meurt en 1948, sans le sou dans un asile de nuit à Hollywood.

Esperanza monte au rez-de-chaussée, le café est fait mais Mrs. Campbell exige qu'elle le refasse. Elle le refait, le sert, il n'est pas du goût de Mrs. Campbell, qui la fait recommencer. Doug essaie de protester, mais Mrs. Campbell lui dit de se mêler de ses affaires. Esperanza prépare une autre cafetière, le café est meilleur, mais pas parfait, Mrs. Campbell le lui fait refaire encore une fois. Quand Doug proteste de nouveau, Mrs. Campbell lui dit qu'il aura droit à la parole quand il commencera à payer les factures. Esperanza fait une troisième cafetière la sert, Mrs. Campbell le trouve passable mais sans plus. Doug garde les yeux fixés sur la table. Esperanza essuie les plans de travail. Mrs. Campbell boit son café lit le journal. Quand Doug s'en va, Esperanza l'observe et espère qu'il lui jettera un regard, lui sourira s'il peut. Son visage est tout rouge, il a la tête baissée, il disparaît.

Toute la journée, Mrs. Campbell suit Esperanza dans la maison tandis qu'elle travaille, la critique lui fait refaire presque tout ce qu'elle fait, salit ce qu'Esperanza a nettoyé pour qu'Esperanza soit obligée de nettoyer de nouveau. Quand Esperanza veut prendre son déjeuner, Mrs. Campbell lui dit qu'elle ne mérite pas de déjeuner, qu'elle devra s'en passer. Les deux fois où Esperanza doit aller aux toilettes, Mrs. Campbell attend devant la porte, regardant sa montre et frappant toutes les trente secondes jusqu'à ce qu'Esperanza ait terminé. Cela fait, Mrs. Campbell lui ordonne de récurer la cuvette.

C'est une journée interminable. Esperanza songe à démissionner, à s'en aller purement et simplement. Elle pense à Doug, apprécie la tentative qu'il a faite pour prendre sa défense, est gênée par la façon dont sa mère l'a humilié, par la honte qu'il irradiait quand il est parti. Elle pense à la fleur au sous-sol. C'est la seule chose qui lui donne le courage de continuer. Doug a laissé une fleur, une rose rouge, une fleur, pour la première fois de sa vie un homme lui a laissé une fleur, une rose une rose rouge une rose rouge magnifique dans un simple vase transparent. Ce n'était pas une blague, elle n'a pas été laissée pour plaisanter, ce n'était pas une erreur, ce n'était pas pour quelqu'un d'autre. S'il a ri en la laissant, c'est parce qu'il était heureux de le faire. Ce n'était pas une erreur.

Esperanza termine la dernière salle de bains, Mrs. Campbell lui dit qu'elle l'a déçue qu'elle espère qu'elle travaillera plus dur et mieux demain. Esperanza sourit hoche la tête attend qu'elle lui donne congé, cela fait elle regagne le sous-sol descend l'escalier quand elle arrive en bas elle le voit assis au bord de son lit de camp. Il lève les yeux, son visage est encore rouge il semble fatigué et las, il parle.

Salut.

Elle sourit.

Salut.

Comment était votre journée ?

Affreuse.

C'est ce que je pensais.

Qu'est-ce que vous faites ici ?

Je voulais vous parler.

Vous n'êtes pas censé être au travail ?

J'ai dit que je ne me sentais pas bien, ce qui est la vérité, et j'ai pris mon après-midi.

Vous n'avez pas bonne mine.

Physiquement ça va. C'est seulement que je me sens tout con.

Non.

Si.

Non.

Je suis désolé.

Ça va.

Non.

Si.

Elle m'a toujours traité comme ça.

J'imagine.

Je la hais.

Vous devriez la plaindre.

Non.

Moi je la plains.

Vous êtes meilleure que moi.

Elle sourit.

Non.

Il sourit.

Je n'ai pas de peine à l'admettre. La plupart des gens sont meilleurs que moi.

Elle rit.

Je vous aime bien.

Il continue à sourire.

Chouette. Moi aussi je vous aime bien.

J'ai une question à vous poser.

Laquelle ?

Ça fait combien de temps que vous êtes ici ?

Quelques heures.

Juste assis là ?

Ouais.

Ça vous plaît ici ?

Il sourit.

Non.

Elle regarde la fleur, qui est toujours dans son vase.

Merci pour la fleur.

Il sourit de nouveau.

J'espérais que les moments que nous passerions ensemble après que vous l'auriez trouvée seraient un peu différents qu'ils ne l'ont été.

Aucun des moments de ma vie dont j'ai cru qu'ils seraient heureux ne l'ont été. C'est comme ça.

C'est moche.

Vous ne pouvez rien y faire.

Il se lève sourit, elle est à quelques mètres de lui.

Je suis nerveux.

Elle sourit.

Pourquoi ?

Je voudrais que vous pensiez que c'est un moment heureux, un jour heureux.

Elle rit. Il parle.

Je suis sérieux.

Il fait un pas. Elle parle.

Qu'est-ce que vous faites ?

Il fait un deuxième pas.

Je suis débile, je ne sais pas faire ça.

Il fait un autre pas.

Quoi ?

Un autre pas, il est à quelques centimètres, elle le voit qui tremble, elle sourit ses lèvres tremblent, il tend les bras vers elle, les mains tremblantes.

La population de Los Angeles passe de cent soixante-quinze mille à un million sept cent cinquante habitants entre les années 1920 et 1925.

Quand Joe arrive aux toilettes il a si mal à la tête qu'il sait que ce n'est pas aujourd'hui qu'il va commencer à être le Héros de la Promenade. Il découvre que ses affaires ont été sorties et jetées contre la poubelle. Il regarde si quelque chose manque, ses vêtements son sac de couchage ses articles de toilette sont là. Il va pour ouvrir la porte il veut sortir son chablis du réservoir mais la porte est fermée, il y colle son oreille entend un touriste qui à l'évidence a mangé trop de tacos barbe à papa et moka il espère qu'il va bientôt sortir. Sa tête lui fait foutrement mal. Il s'assied s'adosse à la poubelle ferme les yeux. Dès qu'il commence à se détendre, il entend une voix.

Joe.

Il ouvre les yeux. Larry, le gérant du restaurant de tacos, qui pour des raisons de marketing se fait appeler Ricardo au travail, se tient devant lui. Larry est petit et gros, il a de longs cheveux blonds et des yeux bleus.

Qu'est-ce qui se passe, Larry ?

C'est Ricardo pendant les heures ouvrables.

Qu'est-ce qui se passe, Ricardo ?

Tu connais les règles, non ?

Ouais.

Tu dois avoir quitté les toilettes à l'ouverture.

Je sais.

Ton bordel était là ce matin. Tu étais introuvable.

Je me suis fait agresser.

Quoi ?

Pas vraiment parce qu'on ne peut rien me piquer. Mais j'ai reçu un coup de pied dans la tête quand j'étais sur la plage ce matin et je me suis évanoui.

Vraiment ?

Ouais.

Qui te donnerait un coup de pied dans la tête ? Tu es vieux.

Je suis pas si vieux.

Larry se marre.

Je sais que tu dis que tu n'es pas vieux, mais je le crois pas. Tu as au moins soixante-dix ans.

J'en ai trente-neuf.

Soixante-quinze.

Trente-neuf.

Soixante-quinze.

Ça n'a pas d'importance.

Tu ne devrais pas boire autant.

Désolé pour ce matin.

Ne le refais plus.

Si Roberto t'attrape tu vas dérouiller.

Roberto ?

Le propriétaire.

Je croyais qu'il s'appelait Tom.

Roberto. Marketing. Comme moi.

Okay.

Ça va la tête ?

J'ai mal.

Tu veux de l'aspirine ?

Non. Il faut que je me soûle.

On entend la chasse. La porte s'ouvre. Avant que le touriste sorte, l'odeur les submerge, c'est un mélange de mort de fromage et de lait caillé. Le touriste apparaît derrière l'odeur, c'est un Blanc obèse avec des coups de soleil qui porte un T-shirt imprimé Muscle Beach un bermuda et des lunettes de soleil fluo. Il dit pardon et contourne Larry. Une fois qu'il est parti Larry met sa main sur son nez, parle.

Je parie que ça t'a fait oublier ton mal de tête.

Vieux Joe, qui lui aussi a la main sur son nez, rit.

À plus tard, Ricardo.

À plus tard.

Larry s'en va. Vieux Joe se lève et entre dans les toilettes. Il soulève le couvercle du réservoir, il y a deux bouteilles, il en prend une sort au plus vite. Il retourne vers la plage. Il trouve un coin à l'ombre sur l'herbe à la limite du sable juste sous un palmier. Sa tête cogne dur. Il boit la bouteille, sa tête commence à aller mieux. Une fois sa première bouteille terminée il va à la poubelle de sa pizzeria préférée trouve deux parts de pizza aux pepperoni de la journée, qu'il mange assis sur le ciment à côté de la poubelle. Il retourne aux toilettes prend sa seconde bouteille retourne sous l'arbre boit lentement la bouteille regarde les nuées de touristes, dont quelques-uns jettent des pièces à ses pieds, regarde la police qui surveille les touristes, regarde les locaux qui surveillent la police. Quand il termine sa seconde bouteille sa tête est guérie. Il s'allonge pour faire un somme. Avant de s'endormir il pense à Beatrice, espère qu'elle va bien même s'il sait que non, pense à ce qu'il pourrait faire pour l'aider, la sortir d'ici, lui trouver un endroit sûr. Il allait le faire aujourd'hui, tout ça, la sortir d'ici être son héros. Aujourd'hui n'a pas marché. Demain peut-être.

En 1923, le champion de tennis local et promoteur immobilier Alphonzo Bell Sr. achète 242 hectares et commence à bâtir ce qu'il appelle les Bel-Air Estates, qui devient par la suite la ville de Bel-Air. Elle est conçue comme un refuge pour hommes d'affaires blancs fortunés et leurs familles à l'écart de la ville de Los Angeles.

Chaque ville peut être amusante, et chaque ville possède certains éléments, ou faits, qui sont amusants. Il est vraiment agréable et parfois instructif d'apprendre des faits amusants. Et bien sûr c'est amusant aussi. Voici *Les Faits amusants de Los Angeles*, volume I.

Après avoir été pilote de chasse dans la Marine pendant la Seconde Guerre mondiale, George Herbert Walker Bush, quarante-troisième vice-président des États-Unis, et quarante et unième président des États-Unis, fut représentant en matériel de forage à Los Angeles à la fin des années 1940.

Il est interdit de fabriquer des pickles dans la zone industrielle du centre-ville de Los Angeles.

Une petite partie des cendres du Mahatma Gandhi se trouve dans le temple de la Confrérie de réalisation du soi à Pacific Palisades. C'est la seule portion des restes de Gandhi qui ne se trouve pas en Inde.

Le budget du comté de Los Angeles est plus important que celui de quarante-six des cinquante États-Unis d'Amérique.

La ville de Los Angeles se déplace approximativement chaque année de 0,625 centimètre vers l'est.

Il est interdit de lécher un crapaud dans les limites de Los Angeles.

Il est interdit de faire emprunter le Hollywood Boulevard à un troupeau de plus de 2 000 moutons ; en dessous le propriétaire doit obtenir un permis.

Il est permis aux humains d'épouser des pierres dans la ville de Los Angeles. Le premier mariage de ce genre a eu lieu en 1950, quand une secrétaire employée dans une usine de pièces détachées du nom de Jannene Swift a épousé un grand bloc de granit.

200 millions de tonnes de marchandises transitent chaque année par le port de Los Angeles.

Pour une raison qui, en dépit de recherches extensives, demeure inconnue, les chips pèsent plus lourd à Los Angeles que partout ailleurs en Amérique.

Il y a 65 personnes à Los Angeles qui se prénomment légalement Jesus-Christ.

On produit plus de pornographie à Los Angeles que dans le reste du monde entier.

Chaque année dans le comté de Los Angeles, environ 100 000 femmes se font refaire les seins.

Marrants marrants marrants, chacun sait que des faits tels que ceux-ci sont vraiment marrants.

Chaque année à Los Angeles environ 75 000 personnes subissent une rhinoplastie (terme savant pour une opération du nez).

La loi sur l'abandon sécurisé des nouveau-nés du comté de Los Angeles stipule que les parents ont le droit d'amener un enfant jusqu'à trois jours après sa naissance dans l'un des hôpitaux ou casernes de pompiers habilités pour l'y abandonner sans crainte d'être arrêtés ou poursuivis.

Cinquante-quatre pour cent des habitants du comté de Los Angeles prennent quotidiennement des vitamines, contre trente-deux pour cent des habitants du reste du pays.

En 1886, le slogan officiel de l'office du tourisme de Los Angeles était : Los Angeles est le Chicago de la Californie !

Le plus gros donut en ciment du monde, qui mesure douze mètres de haut et pèse 25 tonnes, se trouve à Los Angeles.

Il est interdit dans la ville de Los Angeles de procurer ou d'administrer du tabac à priser aux enfants de moins de seize ans.

On mange quatre fois plus de hamburgers dans le comté de Los Angeles que dans tout le reste de la Californie.

En 1976, les médecins de tous les hôpitaux publics du comté de Los Angeles se mirent en grève et le taux de décès quotidien baissa de vingt pour cent.

En 1995, le squelette complet d'une baleine bleue de 50 mètres de long et pesant 120 tonnes fut découvert à East Los Angeles, à 55 kilomètres environ de l'océan Pacifique.

Dans les limites de la ville de Los Angeles il est interdit de mettre deux enfants de moins de deux ans dans la même baignoire.

On se marre encore un peu et après c'est fini ! Mais ne vous en faites pas, il y aura encore un ou peut-être deux ou trois volumes des *Faits amusants de Los Angeles* ! ! ! ! ! !

Les habitants de Los Angeles consomment en moyenne 250 tacos par an.

Les habitants de Los Angeles consomment en moyenne 300 litres de Coca au carbonate et au café par an.

Los Angeles est la seule grande ville au monde qui possède une population active de pumas. Chaque année, en moyenne, trois personnes sont tuées et mangées par des pumas dans les limites de la ville.

Les habitants de Los Angeles mangent en moyenne 14 kilos de poulet frit, 25 kilos de frites, 83 litres de glace, 6 kilos de tortilla chips et boivent 325 bouteilles de bière par an.

Un concours fut lancé en 1993 pour trouver un nouveau nom au Los Angeles Convention and Exhibition Center après qu'il eut été extensivement rénové et agrandi. Le nom choisi parmi des dizaines de milliers de propositions fut le *Los Angeles Convention Center*.

En 1909, Glenn Martin devient le quatrième homme à concevoir, construire et piloter un avion – il décolle du bord d'une orangeraie au sud-ouest de Los Angeles. En 1910, Los Angeles organise le premier meeting d'aviation au monde à Dominguez Field, qui attire deux cent cinquante mille spectateurs. En 1914, Caltech ouvre son premier laboratoire d'aéronautique. En 1917, Woodrow Wilson annonce un programme fédéral destiné à construire vingt mille avions pour l'armée. En 1921, Donald Douglas fonde la Douglas Aircraft à Santa Monica, qui sort le premier avion à faire le tour de la Terre en 1924. Il devient le premier constructeur aéronautique au monde, et les lettres DC, qui désignent ses avions, une représentation iconique de la technologie aéronautique américaine.

Amberton et Casey sont à l'arrière d'une limousine Mercedes. Il y a quatre 4 × 4 de paparazzi derrière eux. Il y a trois paparazzi à moto qui se relaient pour rouler à leur hauteur. Les vitres de la limousine sont plus sombres qu'il n'est autorisé par la loi, de sorte qu'il est impossible de prendre des photos d'autre chose qu'une vitre teintée. Les paparazzi ne se découragent pas pour autant.

Ils se rendent à une première. C'est un film d'action dont les quatre héros sont dotés d'un ADN d'extraterrestres qui leur confère des pouvoirs spéciaux. L'un d'eux a des yeux derrière la tête et peut voir à des kilomètres à la ronde. Un autre a le pouvoir de fondre tout ce qu'il touche. Le troisième possède la force d'un millier d'hommes, le quatrième, une femme, peut exploiter les rayons solaires par le moyen de loupes dont sont munis ses ongles. Chacun a la prémonition que les extraterrestres, dont ils possèdent l'ADN, reviendront sur Terre pour la détruire. Ils s'unissent pour s'opposer à eux en de furieux combats. Ils deviennent de grands héros, et les seuls défenseurs de la vie sur Terre. À la fin du film, deux d'entre d'eux meurent, mais on découvre un cinquième humain-extraterrestre qui a le pouvoir d'opérer des guérisons miraculeuses, et ils sont ramenés à la vie (les suites, tout ça c'est pour les putains de suites). Une des amies proches de Casey joue la femme aux doigts pourvus de loupes, et Amberton a fait deux films avec le couple qui a produit le film. Amberton et Casey portent tous deux des tenues de grands couturiers (qui leur ont été données), et ils ont été coiffés et maquillés chez eux par des professionnels. Il y a un garde du corps à côté du chauffeur et la vitre de séparation est relevée. Casey parle.

Combien de messages as-tu laissés ?

Amberton parle.

Quinze.

Tu as déjà laissé quinze messages à quelqu'un qui ne te répondait pas ?

En seconde.

À qui ?

Une fille qui s'appelait Laurel Anders Whitmore.

Sacré nom.

Ouais. C'était une fille très chic aux cheveux blonds et aux yeux bleus. La plus belle fille de l'Upper East Side. J'étais fou d'elle. En fait je lui ai probablement laissé cinquante messages sans qu'elle rappelle jamais.

Où est-elle maintenant ?

Aux dernières nouvelles elle habite toujours New York sur la Cinquième au niveau de la Quatre-vingt-cinquième, avec un mari qui gère des hedge funds et trois enfants parfaitement WASP dans des écoles privées. On m'a dit aussi qu'elle avait un cul de mère.

Un cul de mère ?

Ouais. À chaque enfant son cul a doublé.

Alors il est genre seize fois plus gros qu'au départ ?

Ouais. À peu près.

Casey rit.

Même si je savais que j'aimais les garçons il m'a fallu des années pour l'oublier. À la fin je suis allé voir un psy et nous avons décidé que j'étais obsédé par elle parce qu'elle me rappelait ma mère.

Oh mon Dieu.

Eh oui. Terrible.

La voiture ralentit, on frappe à la vitre de séparation, et elle se baisse de quelques centimètres. Le garde du corps, une espèce de monstre qui travaillait pour un service secret du gouvernement avant d'être dans le privé, parle.

Nous arrivons dans cinq minutes.

Casey et Amberton parlent en même temps.

Merci.

La vitre se relève. Sans parler, tous deux se penchent en avant et abaissent des miroirs placés dans le plafond de la Mercedes. Ils vérifient leur coiffure, leur maquillage. Chacun a un nécessaire contenant des produits de maquillage pour les raccords et des produits capillaires. Casey remet de la poudre, Amberton remet du blush. Casey met de la crème sur ce qu'elle croit être une fourche, Amberton ajoute de la laque au casque pare-balles élaboré par son coiffeur. La voiture ralentit encore, prend la file pour le tapis rouge. Ils ont fait cela suffisamment de fois pour savoir qu'ils ne peuvent plus rien changer améliorer embellir parfaire de quelque manière que ce soit. Ils rangent leurs nécessaires, et ferment les miroirs. Ils se regardent. Amberton parle.

Tu es si foutrement bandante que si j'avais du goût pour les femmes, je te prendrais, avec le plus grand plaisir, ici, sur la banquette, tout de suite.

Elle sourit, rit.

Je te renvoie le compliment.

Ils se claquent les mains. La voiture s'arrête, la séparation s'abaisse, le garde du corps les regarde, parle.

Prêts.

Ils répondent tous deux.

Oui.

Le garde du corps descend, se dirige vers la portière arrière. Amberton prend la main de Casey, ils regardent par la vitre, une horde de photographes et de reporters les attend. Derrière les photographes et les reporters, il y a des gradins remplis de fans hurlants, dont un grand nombre sont également munis d'appareils photo. Le garde du corps tend la main vers la portière, Amberton et Casey prennent une grande inspiration. La portière s'ouvre.

Si fréquente soit l'expérience qui consiste à descendre d'une voiture pour se retrouver parmi une horde de gens qui hurlent votre nom et vous aveuglent de flashs, elle demeure toujours aussi terrifiante, déroutante, exaltante. Amberton et Casey sortent, Casey la première, Amberton juste derrière elle, les bras longs et puissants du garde du corps sont étendus devant eux, faisant office de barrière. Il y a des mains qui se tendent vers eux, s'agitent vers eux, les gens essaient de leur tendre des posters de magazines et des stylos. Les flashs sont comme une sorte de stroboscope fou, un mur sans fin aveuglant et confus de blanc explosif. Amberton serre la main de Casey, le garde du corps gueule reculez et fend la masse, Amberton et Casey restent dans son sillage, ils sourient saluent de leur main libre. Ce sont des acteurs. Ils jouent à n'être pas déconcertés troublés affectés. Tous deux ont des fans qui les suivent à la trace qui sont peut-être quelque part dans la foule. Tous deux ont des fous qui leurs envoient des lettres et des photos, ils sont peut-être quelque part dans la foule. Ils se tiennent la main et sourient saluent espèrent qu'ils arriveront jusqu'à la tente où la presse accréditée les photographiera d'une manière un peu plus, mais juste un peu plus, civilisée.

Ils voient leurs attachées de presse, chacun la leur, qui se tiennent côte à côte près de l'entrée de la tente. Toutes deux ont la trentaine, toutes deux sont jolies, vêtues de costumes noirs de couturiers, un clipboard à la main, une oreillette à l'oreille gauche. Elles appartiennent à une agence de Beverly Hills qui ne travaille que pour les stars de cinéma et de la télévision. Elles s'appellent Sara (celle qui travaille pour Amberton) et Dara (pour Casey), et elles sont amies depuis le lycée. Amberton et Casey ne font aucune déclaration publique, interview ou photo, et n'ont aucune relation de quelque sorte que ce soit avec les médias sans leur demander leur avis.

Le garde du corps voit les attachées de presse se fraie brutalement un chemin à travers la foule, Amberton et Casey sont dans son sillage, toujours souriant et saluant, toujours jouant leur rôle.

Quand ils atteignent Sara et Dara des baisers sont échangés, de petits baisers sur chaque joue. Sara regarde leurs tenues, parle.

Quelle allure !

Amberton et Casey parlent.

Merci. Vous aussi.

Dara parle.

Vous allez figurer sur la liste des personnalités les mieux habillées, c'est sûr.

Ils sourient.

Sara regarde la robe de Casey, parle.

C'est une robe de Valentino ?

Casey et Dara parlent.

Chanel.

Sara regarde Amberton, parle.

Armani ?

Amberton parle.

Évidemment.

Il est vraiment magnifique.

Fait sur mesure.

Ça se voit.

Casey parle.

Comment ça se présente ce soir ?

Dara parle.

Comme d'habitude. Peut-être encore pire.

Sara parle.

On pensait faire que des photos et pas d'interviews.

Dara parle.

Ils ont tous demandé mais on aime bien les faire saliver de temps à autre.

Amberton parle.

Ça me semble très bien.

Casey parle.

Moi aussi.

Ils se dirigent vers le tapis rouge, en fait plus une sorte de rigide gazon artificiel, et ils entament leur progression. Ils obéissent aux règles non écrites du tapis rouge : ne pas empiéter sur la photo de quelqu'un d'autre, ne pas être exclusif (si un photographe peut vous prendre, tous peuvent vous prendre), sourire, marquer un temps d'arrêt, échanger des plaisanteries avec les photographes, ne pas cesser d'avancer pour que tout le monde ait son tour, ne pas dépasser les autres ni leur voler la vedette, faire semblant de connaître et d'être ami avec tous ceux qui sont sur le tapis rouge (un grand club joyeux de célébrités qui s'adorent et ne se quittent pas). Bien qu'Amberton soit distrait, et essaie de voir si Kevin est présent parmi la foule des spectateurs anonymes des premières qui fait la queue derrière les photographes et les reporters (un de ses espions à l'agence lui a dit que Kevin venait), il joue bien son rôle, sourit (il a un sourire de dix mille volts, C'EST DU DIX MILLE VOLTS ! ! ! ! ! !), marque un temps d'arrêt embrasse sa femme (pas de langue) salue joue. Sara et Dara sont toujours à quelques pas de là, faisant office de bouclier, répondant aux questions pour qu'Amberton et Casey ne soient pas obligés de le faire, les faisant avancer pour que la procession sur le tapis rouge puisse avancer. Une fois qu'ils ont fini, ils échangent de nouveau des baisers, plein de putains de baisers sur le tapis rouge, et Sara et Dara retournent au bout du tapis rouge pour attendre l'arrivée de leurs autres clients (bien qu'Amberton et Casey soient leurs clients les plus importants et les plus célèbres de sorte que parfois les autres sont obligés de fouler le tapis rouge, temporairement, avec des sous-fifres).

Une fois quitté le tapis rouge, Amberton et Casey se dirigent vers l'entrée du cinéma. Les empreintes de pieds, de mains, et en un cas, l'empreinte du visage, des superstars du cinéma passées et de quelques-unes actuelles sont moulées dans des pavés en béton. Amberton ne les regarde pas parce qu'il est énervé de ne pas y être, et après avoir assisté à des douzaines de premières au cours des ans, il se détourne toujours de son chemin, et il sait exactement où elles sont sans avoir à regarder, pour marcher et fouler des pieds les pavés contenant des empreintes des superstars vivantes dont aucune ne l'égale à ses yeux. Quand il n'est pas occupé à fouler et marcher lourdement, lui et Casey serrent des mains, échangent des accolades, encore des baisers. Ils voient un patron de studio qu'ils détestent, Casey lui donne un baiser, Amberton lui serre la main, ils se demandent des nouvelles de leurs enfants respectifs. Ils voient un réalisateur que Casey a fait virer sur un film qu'ils faisaient ensemble, ils échangent des accolades des sourires des tapes dans le dos. Casey voit deux rivales qui parlent ensemble (elle prie régulièrement pour que l'une ou toutes les deux soient frappées par la foudre) elle vient leur dire bonjour fait quelques photos avec elles échange des baisers avec elles, on dirait que ce sont les meilleures amies du monde (à défaut de foudre, peut-être un accident de voiture). Amberton voit une star de films d'action, ils se serrent la main, et ils se la serrent comme des putains de mecs, rient à leurs blagues respectives se complimentent sur leurs costumes parlent de boire une bière ensemble, tous deux marmonnent espèce de trou du cul dans leur barbe en se quittant. Ils voient des producteurs des agents des managers des scénaristes d'autres acteurs et actrices des directeurs de studio des magnats. En dépit du fait que beaucoup de ces gens se méprisent, on dirait qu'ils sont tous amoureux les uns des autres, profondément, véritablement et follement amoureux. Baiser sur la joue, tape dans le dos, serre-moi dans tes bras mon pote, faisons une photo. Et puis, s'il te plaît s'il te plaît s'il te plaît, va tout droit aux chiottes te faire foutre.

Les lumières, dans le cinéma et au-dehors, s'éteignent et se rallument par deux fois, signe universel que le spectacle, en ce cas le film, va commencer. Amberton et Casey, avec tous les autres, entrent. Ils descendent l'allée en direction du centre, où se trouvent les sections entourées de cordons réservées aux célébrités et aux gens qui ont fait et jouent dans le film. En dehors des sections réservées aux VIP, chacun s'assied où il veut. On distribue des sacs de pop-corn et des sodas. Amberton et Casey évitent les deux (les pop-corn sont bourrés de glucides, putain), et trouvent leurs places, qui jouxtent celles de plusieurs superstars universellement connues dans le monde entier. Ils s'asseyent. Casey adresse un sourire et donne un gentil baiser (toujours dans son rôle) à Amberton, ils attendent que le film commence. Amberton dit bonjour à un producteur qu'il a jadis menacé de chasser de la ville.

Quand les lumières s'éteignent et que l'image apparaît, Amberton se laisse aller en arrière dans son fauteuil et ferme les yeux.

Il n'a pas vu Kevin, se demande où il est. En dépit du fait qu'il y a des explosions des scènes d'action des combats intergalactiques et des extraterrestres de douze mètres de haut sur un écran géant face à lui, il se perd dans son amour son désir et sa langueur, il se perd dans les souvenirs des moments, quelque brefs et passagers qu'ils fussent, qu'il a passés avec Kevin, se perd dans ses rêves d'avenir, de l'idée qu'un jour il laissera tout cela derrière lui et prendra un nouveau départ avec une véritable, vraie, cent pour cent authentique âme sœur. Il pense que ce pourrait être Kevin. La star du football et la star de cinéma. Peut-être qu'ils pourraient ouvrir un bed and breadfast, peut-être qu'ils pourraient aller en Europe et passer le reste de leur vie à regarder de l'art, peut-être qu'ils pourraient acheter une île.

Après une explosion particulièrement bruyante, Casey donne un petit coup de coude à Amberton qui ouvre les yeux et se tourne vers elle. Elle parle, tout bas (on ne sait jamais qui écoute), elle parle.

Tu regardes ?

Non.

Tu en as vu un bout ?

Non.

Qu'est-ce que tu fais ?

Je rêve de Kevin.

Tu vas acheter une île avec lui ?

Amberton sourit.

Peut-être.

Tu devrais regarder un peu.

C'est bien ?

Non.

Pas du tout ?

Non, c'est terrible.

Ça va être un succès ?

Ouais, colossal.

Je ne veux pas regarder, je préfère rêver.

On va à la soirée après. Il faudra que tu en parles.

Ça va.

Tu es sûr ?

Ouais.

Amberton se détourne, ferme de nouveau les yeux. Il se demande si Kevin est déjà allé dans le sud de la France, à Buenos Aires, dans les îles Fidji. Sur l'écran, les extraterrestres sont en train de lancer un furieux assaut. D'héroïques humains pourvus d'ADN extraterrestre préparent une contre-attaque. La moitié de Miami disparaît dans un éclair. Des lasers verts se déversent sur le pont de Londres. Des soucoupes volantes font sauter le sommet du mont Fuji. Ça va être un énorme succès.

Quand le film se termine tout le monde applaudit. Comme il est d'usage, et ainsi qu'il est jugé convenable dans l'industrie du cinéma, par respect, les spectateurs regardent le générique en son entier, même jusqu'à la toute fin où sont cités les gens qui ont des métiers aux noms étranges et inexplicables. Cela fait, les lumières se rallument tout le monde se lève commence à sortir. C'est le seul moment où le fait d'être VIP ne signifie rien. Il n'y a pas d'allées VIP, pas de sortie spéciale. Il n'y a pas moyen d'user de son état de VIP pour éviter les autres personnes qui essaient de s'en aller. Du fait que tous les spectateurs font partie du milieu du cinéma et ne présentent a priori pas de danger, les gardes du corps attendent habituellement les stars dehors, sauf circonstance spéciale, comme un fan particulièrement collant ou une situation critique avec la presse (aux premières les reporters tendent des embuscades aux stars qui se croient en sécurité parmi leurs pairs). Une fois dehors, le garde du corps prend immédiatement position auprès de sa star ou de la personne excessivement riche et importante qui a droit à un garde du corps, et la guide à sa voiture. Tandis qu'Amberton et Casey remontent lentement l'allée, Amberton cherche Kevin des yeux. Il sait qu'il portera un costume noir, mais c'est à peu près le cas de tous les hommes dans l'assistance. Il sait qu'il est probablement plus grand que la plupart des hommes, la taille moyenne des stars producteurs réalisateurs ou hommes d'affaires de l'industrie du spectacle étant d'un mètre soixante-dix. Il sait aussi qu'il est noir, et bien qu'il y ait beaucoup d'acteurs et d'actrices noirs ainsi que quelques réalisateurs, il n'y a quasiment pas d'agents managers producteurs ou cadres noirs. Il regarde dans la foule mais ne le voit pas, il continue à regarder. Oh, Kevin, où es-tu, cher Kevin ? Il regarde dans la foule tient la main de sa femme remonte lentement l'allée. Où es-tu ?

Ils sortent. La plupart des gens sont partis tous les paparazzi sont là. Ils trouvent leur garde du corps, les flashs crépitent de partout, ils se dirigent vers leur voiture, la soirée a lieu à quatre rues de là, il vaut mieux y aller en voiture. Il leur faut quarante minutes pour y arriver. Casey téléphone pour prendre des nouvelles des enfants et Amberton regarde par la vitre, tout ce qu'il veut c'est l'apercevoir, une seconde peut-être deux, il veut juste le voir. Il ne voit que des hommes blancs petits en costume noir qui ont des femmes incroyablement belles à leur bras et des fans en T-shirt et en short qui crient hurlent, derrière la protection de la vitre ils ont l'air de fous.

Quand ils arrivent ils se dirigent vers l'entrée VIP (Dieu soit loué ils sont de nouveau traités comme tels) et sont immédiatement conduits à l'espace VIP, qui est gardé et entouré de cordons de sécurité. Théoriquement, toutes les personnes présentes sont des VIP, ou le seraient hors de Los Angeles, de sorte que cet espace VIP est en fait un espace VVIP, ou peut-être un espace VVVIP, ou si toutes les superstars viennent, un espace VVVVIP. Il est constitué de douze box, il y a une serveuse pour chaque box. Au milieu de chaque table il y a une bouteille de champagne frappé. Il y a à manger, bien que les stars de cinéma, hommes et femmes, surveillent toujours leur ligne, et pour ceux qui ne boivent pas de champagne, il y a à peu près tout le reste, y compris un grand nombre de substances et produits chimiques illicites. Amberton et Casey sont parmi les dernières stars à arriver (il n'y en a pas assez pour que la soirée soit un événement VVVVIP), et comme ils se dirigent vers leur table, ils s'arrêtent pour saluer les stars du film, qu'ils complimentent pour leur travail, le réalisateur, qu'ils félicitent et qualifient de génie, et les producteurs, qu'ils serrent dans leurs bras embrassent sur la joue, à qui ils font leurs sincères compliments pour avoir fait un film absolument absolument fabuleux. Quand ils s'asseyent, ils sont épuisés. Casey parle.

Tu crois que le dîner est bon ?

Amberton parle.

Tu vas manger ?

Peut-être.

Tu vas le garder ?

Ça dépend de ce que je mange.

Généralement le thème du dîner est autour du film. Que mangent les extraterrestres ?

Ils mangent de l'homme.

Tu crois qu'ils vont servir de l'homme ?

Ce serait cool.

Amberton fait signe à la serveuse, qui s'approche, parle.

Vous désirez, monsieur ?

Qu'est-ce qu'il y a pour le dîner ?

Des bâtonnets de poulet en forme de doigts humains, des cuisses de poulet en forme de jambes, des mini-hamburgers en forme de cœur humain, et la boisson de la soirée est le Bloody Mary.

Amberton et Casey rient. Casey parle.

Vous pouvez m'apporter une assiette avec un peu de tout ?

La serveuse parle.

Bien sûr.

Amberton parle.

Et deux Bloody Mary, s'il vous plaît.

Certainement.

La serveuse s'en va. Casey et Amberton regardent autour d'eux. Un bon indice pour savoir à quel point un studio aime ou n'aime pas ou croit ou ne croit pas dans un film est la somme d'argent qu'il dépense pour une soirée de première. S'il mise sur un gros succès, ou est redevable de quelque façon à l'une des stars ou à l'un des principaux acteurs du film, il faut s'attendre à une soirée importante. Celle-ci est importante, probablement autour des quatre ou cinq millions de dollars. Il y a plusieurs bars, plusieurs buffets, tous les serveurs et serveuses (excepté ceux qui sont dans l'espace VIP, qui sont en noir) sont costumés en extraterrestres, il y a un célèbre DJ anglais qu'on a fait venir pour s'occuper de la musique, plusieurs parties de la salle ont été décorées pour évoquer les différentes villes du film. Il y a deux ou trois cents personnes, tous ceux qui sont invités à la projection ne sont pas invités à la soirée, tous profitent de la générosité du studio. Et quelque abominable que puisse être le film, les gens en disent rarement du mal à une soirée de première, surtout si le studio a dépensé beaucoup d'argent. En partie parce que c'est impoli, en partie parce que les gens ne veulent pas dire quelque chose qui pourrait être retenu contre eux par la suite, en partie parce que s'ils se trompent et que le film est un gros succès, ils auraient l'air d'imbéciles. Dans un métier sans foi ni loi, c'est un phénomène étrange. C'est une des raisons pour lesquelles les cadres les producteurs les réalisateurs et les stars sont surpris et déroutés quand un film chargé de grands espoirs, et sur lequel ils n'ont rien entendu dire de négatif, fait un flop.

La serveuse apporte l'assiette à Amberton et Casey. Casey prend un bâtonnet de poulet, qui ressemble effectivement à un doigt humain. Elle sourit, parle.

Horrible.

Amberton parle.

Je trouve ça excitant.

Ah oui ?

J'adore avoir des doigts dans la bouche.

Elle rit, soulève son bâtonnet.

Tu le veux ?

Il sourit.

Pas ceux-là.

Elle rit de nouveau, prend une bouchée, mâche. Elle hoche la tête, dit c'est bon la bouche pleine, en prend un autre. Amberton avale une gorgée de son verre, regarde autour de lui, il ne voit pas grand-chose, il y a trop de monde trop d'activité, les sept villes sont toutes bourrées de fêtards qui s'emplissent la panse de nourriture et de boissons gratuites. Du coin de l'œil, il aperçoit les gardes qui s'effacent, il se tourne pour voir qui c'est. Gordon, son agent, lui fait signe, juste derrière lui se trouve Kevin, tous deux portent des costumes noirs. Amberton sourit, leur fait signe de venir. Quand ils arrivent, il leur serre la main, les invite à s'asseoir. Gordon s'assied à côté de lui, Kevin s'assied à côté de Casey. Amberton parle.

On vous cherchait.

On faisait un tour.

Casey parle.

Vous avez vu des gens intéressants ?

Gordon parle.

Les mêmes que chaque fois. Kevin ne les connaît pas encore tous, alors je le présentais.

Amberton parle.

Comment ça s'est passé ?

Kevin parle.

Bien, je présume. Ça consistait surtout à serrer des mains et à dire bonjour.

Casey parle.

Et à ramasser des cartes de visite.

Kevin tapote la poche de sa veste, parle.

J'en ai quelques-unes.

Gordon parle.

Grâce à ses exploits sur les terrains de foot-ball, Kevin a l'avantage d'être bien connu à l'extérieur du milieu. La plupart, les hommes du moins, savent déjà qui il est et sont ravis de par-ler avec lui.

Amberton sourit, parle.

La plupart des hétéros.

Gordon parle.

Tu serais surpris.

Lui et Gordon rient, Kevin a l'air gêné. Casey parle.

Qu'est-ce que vous avez pensé du film ?

Kevin parle.

Formidable. Ça va être un succès phénoménal.

Gordon parle.

Kevin représente un des extraterrestres.

Casey parle.

Un des hybrides, ou un des vrais ?

Kevin parle.

Le premier rôle féminin des vrais extraterres-tres. Celle qui a beaucoup d'appétit.

Amberton parle.

Elle est formidable.

Kevin parle.

Je le lui dirai, ça va lui faire très plaisir.

Casey parle.

Comment vous l'avez trouvée ?

Kevin parle.

Je l'ai connue à l'université. Elle était pom-pom girl.

Amberton parle.

Et est-ce que vous avez jamais pensé qu'un jour vous seriez son agent ?

Kevin parle.

Non. Mais beaucoup de choses sont arrivées dont je n'avais jamais pensé qu'elles arriveraient ou pourraient arriver.

Amberton sourit. Casey prend une bouchée de doigt de poulet. Gordon, qui ne sait pas ce qu'il y a entre Amberton et Kevin, hoche la tête, et parle.

Et ce n'est pas fini. Tu as une carrière fantastique devant toi.

Kevin parle.

Merci.

Gordon voit un autre client, se lève et s'excuse. Amberton regarde Kevin, sourit, parle.

Tu n'as pas besoin d'être gêné. Casey sait tout.

Kevin parle.

Quoi ?

Casey parle.

Je sais tout sur vous deux. Amberton et moi partageons tout. Vous n'avez pas besoin d'être gêné en ma présence. Je trouve ça génial que vous couchiez avec mon mari.

Kevin parle.

Je ne sais pas quoi dire.

Amberton parle.

Tu pourrais dire que tu m'aimes.

Casey parle.

Ou vous pourriez dire : Merci, Casey, c'est vraiment cool.

Kevin parle.

Ou je pourrais dire j'ai fait une erreur et je trouve cette conversation déplacée.

Amberton rit.

Ne dis pas ça. Ce n'est pas drôle.

Casey parle.

Et même si c'est ce que vous pensez, il est trop tard maintenant. Le train est sur les rails et il ne s'arrêtera pas.

Kevin parle.

Qu'est-ce que c'est censé signifier ?

Amberton, qui est assis en face de Kevin, glisse le pied le long de la jambe de Kevin, parle.

Contentons-nous de profiter de cette soirée, Kevin.

Casey parle.

Nous avons à manger, du champagne, nous sommes ensemble, nous avons une serveuse rien que pour nous, quelques centaines de nos meilleurs amis et de nos pires ennemis, et une voiture qui nous attend quand nous serons prêts à partir.

Kevin regarde Amberton, parle.

Tu veux bien bouger ton pied s'il te plaît ?

Amberton sourit, parle.

Plus haut ?

Non, l'enlever.

Tu es sûr ?

Oui, je suis sûr.

Amberton sourit, fait glisser son pied légèrement vers le haut. Kevin passe le bras sous la table, écarte brutalement le pied. Amberton fait semblant d'avoir mal, parle.

Aïe.

Kevin parle.

Ça ne t'a pas fait mal.

Si.

Kevin se lève.

Je crois qu'il est temps que je parte.

Casey parle.

Ce serait une grosse erreur.

Kevin parle.

Je ne crois pas.

Casey sourit.

Vous ne comprenez pas, hein, Kevin ?

Je ne comprends pas quoi ?

Asseyez-vous.

Je vous ai dit que je m'en allais.

Si vous partez, avant d'avoir quitté cet espace vous aurez perdu votre travail. Maintenant asseyez-vous.

Kevin regarde Casey, elle sourit. Il regarde Amberton, il sourit. Il s'assied. Elle parle.

Mon mari est amoureux de vous. Vous pouvez trouver cela ridicule, mais ça ne l'est pas pour lui. Ses sentiments sont réels et absolument sincères. Peut-être êtes-vous bisexuel, peut-être êtes-vous carrément gay, peut-être avez-vous pensé que ce serait bon pour votre carrière, je l'ignore, toujours est-il que vous avez décidé de coucher avec lui. Vous n'étiez pas obligé de le faire. Son obsession aurait fini par disparaître. Mais vous l'avez fait. Vous avez décidé de faire passer cette relation au plan physique. Maintenant vous devez assumer vos actes. Cela peut signifier que vous le laissez vous caresser la cuisse sous la table à une première. Cela peut signifier coucher de nouveau avec lui. Cela peut signifier quelque chose d'autre, comme de partir avec lui ou aller le voir dans sa caravane sur son prochain film, ou fermer la porte de votre bureau quand il passe vous voir. Ce que cela ne signifie pas c'est que vous pouvez vous en aller quand bon vous semble, ou ne pas le rappeler quand il cherche à vous joindre, ou lui

faire de la peine sans vous attendre à des conséquences. Notre mariage n'est peut-être pas conventionnel, mais j'aime mon mari. C'est mon meilleur
ami et mon âme sœur. Nous avons une vie merveilleuse ensemble et une famille merveilleuse.
Je ne vous laisserai pas lui causer quelque tort
que ce soit, ou mettre en danger son bien-être ou
celui de notre famille. Si vous le faites, je vous le
ferai payer.

Kevin la regarde fixement. Elle lui rend son
regard. Il parle.

Vous vous attendez donc à ce que je fasse tout
ce qu'il veut, quand il veut ?

Oui. Jusqu'à ce qu'il ne le veuille plus.

Ça ne se passera pas comme ça.

Mais si.

Pas question.

Elle sourit.

Vous êtes nouveau dans le métier. Je comprends votre ignorance, votre naïveté. Que cela
soit une leçon pour vous. Les stars de cinéma
obtiennent ce qu'elles veulent, quand elles le veulent, parce que nous sommes la raison pour
laquelle les gens paient pour aller au cinéma. Personne ne va au cinéma pour voir un agent, ou un
producteur, ou un scénariste, ou un imbécile de
patron de studio, ils viennent nous voir. Amberton et moi sommes deux des plus grandes stars
de cinéma au monde. Vous travaillez pour
l'agence qui nous représente. Cette agence fait des
millions de dollars, des dizaines de millions de
dollars, avec nous. Son travail, et votre travail, est
d'être à notre service. Votre passé de sorte de
superhéros du football universitaire, si intéressant et charmant que ce soit, ne signifie rien pour

des gens aussi célèbres que nous. Si nous voulons vous faire virer, un coup de téléphone suffit. Si nous voulons que vous ne travailliez plus jamais dans ce métier, un coup de téléphone suffit. Si nous voulons que vous soyez chassé de la ville, un coup de téléphone suffit. Voilà la réalité de la situation, et il en est ainsi parce que dans le monde entier les gens viennent pour nous voir. Si vous pensez vous en tirer autrement, vous pouvez toujours essayer. Mais je vous conseille de la fermer et de laisser mon mari vous aimer.

Kevin la regarde fixement. Elle lui rend son regard. Gordon revient à la table, il en a terminé avec ses autres clients, son autre affaire, il sourit, il parle.

Tout se passe bien ici ?

Casey lève les yeux, parle.

Nous nous amusons beaucoup.

Gordon s'assied, parle à Casey.

Je viens d'apprendre qu'on nous fait une proposition pour toi demain.

Vraiment, laquelle ?

Huit millions pour l'histoire d'une femme qui trompe son mari dans le Connecticut.

Tu as lu le scénario ?

Non, mais le scénariste est très bon. Je te le fais parvenir demain.

Je le lirai tout de suite.

Casey et Gordon poursuivent leur conversation. Kevin regarde Amberton. Amberton sourit, pose de nouveau le pied sur la jambe de Kevin, le fait glisser légèrement vers le haut.

Entre 1920 et 1927, les studios de Hollywood produisent entre sept cents et neuf cents films chaque année. En 1924, ils en produisent même neuf cent soixante. En 1927, Warner Brothers produit et sort *Le Chanteur de jazz*, avec Al Jolson, le premier film de l'histoire avec des dialogues synchronisés, des effets sonores et de la musique.

Dylan et Maddie prennent une chambre dans un petit motel sur Lincoln Boulevard à Venice. Lincoln est surnommé Stinkin'Lincoln par les habitants. Il est bordé de motels bon marché fast-foods magasins de discount commerces de voitures d'occasion. Dans certaines parties, des maisons qui sont à une ou deux rues de là valent plusieurs millions de dollars. Dans d'autres, les maisons qui sont à une ou deux rues de là sont squattées et utilisées par les dealers et les drogués. Quel que soit le quartier, Lincoln demeure le même. Il pue.

Le motel est plus ou moins le même que le précédent : un étage, de petites chambres en mauvais état, des clients au chômage et déséquilibrés. Dylan et Maddie ne comptent pas rester longtemps, grâce à l'argent, ils ne sont pas obligés de rester longtemps. Ils passent leurs journées à chercher une maison ou un appartement. Un endroit où habiter où ils ne se sentiront pas sales. Maddie veut une maison avec une barrière en bois blanche sur la plage. Dylan veut que Maddie soit heureuse. Ils cherchent des agences dans le journal, vont dans un cybercafé pour les consulter en ligne. Il y a très peu de maisons avec des barrières en bois blanches sur la plage. Celles qu'il y a sont chères, deux ou quatre mille dollars par mois. Ils ont vingt mille dollars. Ils savent qu'ils doivent les faire durer. Ailleurs ce pourrait être une somme considérable. Pas ici.

Ils commencent à chercher à l'intérieur des terres. Plus on s'éloigne de l'océan, moins le loyer est élevé. Ils regardent à Palms, Mar Vista, West Los Angeles, Culver City. Ils achètent une vieille mobylette pour deux cents dollars. Ce n'est pas une voiture ni une camionnette ni une Harley, et elle ne fait que du quarante kilomètres à l'heure, mais elle marche et ils y tiennent à deux, elle les fait rire, ils s'amusent avec. Ils conduisent chacun leur tour, ils ont des casques qui ressemblent à des casques de la Seconde Guerre mondiale. Ils appellent la mobylette « l'agent », parce qu'elle fonctionne comme leur agent immobilier, les menant d'un rendez-vous à l'autre. Après qu'ils ont été dépassés par un vélo sur San Vincente, un boulevard très fréquenté qui va d'est en ouest avec un terre-plein central planté de cyprès, Dylan peint des flammes rouge vif sur le côté. La première fois qu'ils sortent ainsi, ils remarquent que les gens rient à leur passage. Ils sourient et leur font des signes de la main. Ils sont jeunes libres ils ont de l'argent en poche ils savent que c'est pour cela qu'ils ont quitté leurs foyers, que c'est peut-être cela leur rêve californien.

Après cinq jours ils trouvent un appartement. C'est un grand deux-pièces avec un réfrigérateur en faux inox une salle de bains en faux marbre de la peinture bleue avec de la fausse patine sur les murs et de faux tapis berbères sur le parquet

en faux pin. Il est dans un immeuble en copropriété dans une rue bordée d'immeubles en
copropriété près du Westside Pavilion (un grand
centre commercial avec deux grands magasins
et un marché) dans West L.A. Il y a une salle de
gymnastique au sous-sol et une piscine dans le
jardin. Du fait qu'il y a beaucoup d'immeubles
du genre dans le quartier, le loyer est raisonnable. Maddie adore l'appartement. Au début
Dylan pense qu'il est peut-être trop chic, s'il
retrouve un autre emploi de mécanicien il ne
veut pas mettre de la graisse et de l'huile partout.
Maddie lui dit qu'elle fera le ménage, qu'elle l'a
fait au motel, mais que c'était si sale que ça ne
se voyait pas. Ils tombent d'accord pour essayer
de le louer. Ils n'ont jamais pris de crédit et le
gérant demande un dépôt de garantie supplémentaire. Ils paient le premier et le dernier mois
et le dépôt en liquide, et ils signent le bail. Quand
ils sortent du bureau avec les clés, Maddie se
met à pleurer.

Ils y dorment le soir même. Ils dorment par
terre dans les bras l'un de l'autre. Le lendemain
ils vont dans un magasin d'ameublement discount acheter un canapé une table un lampadaire un lit une table de chevet une lampe. Ils
vont dans un hypermarché discount acheter des
casseroles des couverts des assiettes des plats
des verres. Ils vont dans une quincaillerie discount acheter une serpillière un balai des
ampoules électriques des produits détergents. Ils
retournent dans l'appartement et passent le reste
de la journée et de la soirée l'un sur l'autre l'un
dans l'autre, dans la salle de bains, le salon, la

cuisine, par terre dans la salle de bains, dans la douche, l'un sur l'autre, l'un dans l'autre.

Le lendemain Dylan commence à chercher du travail, Maddie reste à la maison pour ranger leurs nouvelles possessions et attendre qu'on livre les meubles. Dylan entre dans tous les garages qu'il voit, tous les magasins où il pourrait faire quelque chose, toutes les stations-service, il entre sur le parking d'un grand golf public, cherche le bureau. Quand il le trouve, la porte est légèrement entrouverte, il frappe. Une voix d'homme parle.

Qui est-ce ?

Je m'appelle Dylan.

Je te connais ?

Non, monsieur.

Qu'est-ce que tu veux ?

Un travail, monsieur. N'importe lequel.

Dylan entend les pieds d'une chaise qui raclent le sol, la porte s'ouvre. Un homme chauve, moustachu, avec un ventre énorme est assis sur une vieille chaise en bois dont on dirait qu'elle va s'écrouler sous son poids. Il regarde Dylan un instant, parle.

Tu es blanc.

Oui, monsieur.

Il n'y a jamais de gosses blancs qui viennent chercher du boulot ici.

Je ne suis pas un gosse, monsieur.

Quel âge as-tu ?

Dix-neuf.

L'homme rit.

Tu es un bébé.

Comme vous voulez, monsieur.

Que genre de travail tu cherches ?

N'importe, monsieur.

Tu as été à l'université ?

Non, monsieur.

D'abord, si on doit aller plus loin, il faut que tu arrêtes de m'appeler monsieur.

Okay.

Je m'appelle Dan.

Okay, Dan.

La plupart des gens m'appellent Gros Dan. Quelques-uns m'appellent Dan Trou-du-cul.

Ce sera juste Dan pour moi.

Comme tu veux, je m'en cogne, juste pas monsieur.

Compris.

Tu sais faire quelque chose ?

Je répare des trucs.

Quel genre des trucs ?

À peu près tout, mais ma spécialité c'est les moteurs.

Les moteurs de tondeuses ?

Bien sûr.

Tu as déjà fait le caddie ?

Non.

Tu sais ce que c'est ?

On porte les sacs des types blindés de tunes.

Les types blindés de tunes vont dans des clubs privés. Ici c'est un golf public. Les types qui viennent ici sont ceux qui aimeraient bien être riches.

Je suppose qu'ils ont besoin eux aussi qu'on leur porte leurs sacs.

Ouais, et ils peuvent être aussi chiants que les types blindés.

Je peux porter des sacs.

Tu as quelque chose contre les Noirs ?

Non.

Tu as quelque chose contre les Mex ?

Non.

Tous les autres caddies sont noirs et mex.

Pas de problème.

Ils vont probablement te faire chier parce que tu es blanc.

Pas de problème non plus.

Tu gagnes dix dollars l'heure plus les pour- boires. Ne dis à personne combien je te paie. Je ne donne que les pourboires aux Mex parce qu'ils sont tous clandestins, et je paie les Noirs le salaire minimum plus les pourboires.

Merci.

Va demander Shaka. C'est le grand Noir qui s'occupe des caddies. Dis-lui que j'ai dit que tu étais engagé.

Okay.

Le seul Blanc qui travaille ici est le pro du club. Il se prend pour Tiger Woods. S'il était bon il ferait des tournois ou il travaillerait dans un vrai club. Il m'appelle Dan Trou-du-cul, mais il est plus trou du cul que moi.

Comment il s'appelle ?

Tom. Mais appelle-le Tom Boy, il déteste ça.

Dylan rit. Dan désigne le terrain.

Il y a du monde, alors vas-y. Peut-être que tu pourras te faire un client aujourd'hui.

Okay.

Et si tu as un problème, viens me le dire, je leur botterai les fesses.

Ça ira.

Et j'ai besoin que tu reviennes me voir à la fin de la journée pour remplir des papiers.

Okay.

Tire-toi.

Merci encore, Dan.

T'en fais pas.

Dan ferme la porte, Dylan entend les pieds de la chaise qui raclent le sol, il sourit, n'arrive pas à croire avec quelle facilité il a trouvé du travail, il pense que c'est peut-être cool d'être caddie. Il a vu un film à propos des caddies sur le câble il y a quelques années, les caddies glandaient, se bourraient la gueule, se foutaient de la gueule des joueurs de golf et de temps à autre couchaient avec les femmes et les filles des joueurs de golf. Même si ces dernières activités ne sont pas pour lui, les autres lui plaisent tout à fait, et ça l'amuserait beaucoup d'entendre les caddies raconter comment ils ont couché avec les femmes et les filles des joueurs. Dans le film, un des caddies devenait un grand joueur et gagnait un énorme pari, suffisant pour que lui et sa petite amie aient assez pour s'installer. Il se demande si c'est difficile : balancer le club, frapper la balle, la balle qui entre dans le trou. Peut-être qu'il essaiera, peut-être que c'est là qu'est son avenir.

Il traverse le parking en direction de trois petits bâtiments groupés autour d'un green de putt géant. Un des bâtiments abrite un snack-bar, un autre la boutique, le troisième est entouré de petites voitures et de jeunes hommes qui boivent des sodas et fument. Il suppose que celui avec les voitures et les fumeurs est celui des caddies et s'y dirige. À son arrivée il demande à un des jeunes hommes où se trouve Shaka, celui-ci lui désigne une porte ouverte au dos du bâtiment. Dylan s'y rend regarde à l'intérieur, un

homme corpulent et de grande taille la cinquan-
taine est assis à un bureau couvert de feuilles de
présence et de cartes de parcours. Il est en tenue
de golf, pantalon marron polo rayé et chapeau.
Il a la peau foncée les cheveux courts, avant que
Dylan ne frappe, il regarde par-dessus son
épaule, parle.

Oui ?

Je m'appelle Dylan. C'est Dan qui m'envoie. Il
m'a dit que j'étais engagé comme caddie.

Ah bon ?

Oui.

Shaka pivote sur son fauteuil.

Entre.

Dylan entre dans le bureau, les murs sont couverts de calendriers et de photos découpées dans
des magazines de golf. Shaka le regarde de la
tête aux pieds, sourit.

Un putain de petit Blanc.

Dylan sourit. Ne parle pas. Skaka rit dans sa
barbe, parle de nouveau.

Un putain de petit Blanc tout maigre.

Oui, monsieur.

Ne m'appelle pas monsieur. Tu peux appeler
Dan Trou-du-cul monsieur si tu veux appeler
quelqu'un monsieur, mais pas moi.

Okay.

Tu sais combien de temps il a attendu avant
de prendre un caddie blanc ?

Non.

Un putain de temps, mon pote, un foutu
putain de temps.

Dylan rit.

Ne crois pas que ça me gêne d'avoir un Blanc
ici, mais avant que tu commences, je dois savoir

une chose de toi, et tu dois savoir une chose de moi.

Okay.

Combien il te paie ?

Je ne suis pas sûr de pouvoir vous le dire.

Skaka rit.

Si tu veux travailler ici, il va falloir. Il peut t'envoyer ici, mais je peux dire non.

Et si vous trouvez que c'est trop ?

Il rit de nouveau.

Il n'y a personne ici qui est trop payé. Je veux savoir à quel point ce trou du cul de Dan fait de la discrimination.

Il a dit dix dollars l'heure plus les pourboires.

Shaka émet un sifflement.

Bon Dieu, Dan Trou-du-cul est un putain de raciste.

Dylan rit.

Je vais lui offrir un T-shirt avec « Je suis un putain de raciste » écrit dessus.

Dylan rit de nouveau.

Maintenant que je sais ça, tu es prêt à savoir ce que tu dois savoir ?

Bien sûr.

Tu sais ce que c'est, Shaka ?

Votre nom ?

Ouais, mais tu sais d'où il vient ?

Non.

Shaka Zulu était un roi en Afrique dans les années 1800. C'était un grand roi qui a uni la nation zouloue et a levé une armée qui était si terrible que ses ennemis fuyaient plutôt que la combattre. On m'a donné le nom de Shaka Zulu, le roi. D'accord, je ne suis pas le roi d'une grande nation, et je n'ai pas d'armée, mais je suis quand même Shaka, et ici, le QG des caddies, c'est mon royaume. Je fais la loi. Pas question de me contredire. Si tu as un problème avec un autre caddie, tu m'en fais part et je décide. Il n'y a pas de démocratie, et il n'y a pas de révolution. La fois où on a essayé de faire la révolution, j'ai pris le révolutionnaire par la peau des fesses et je l'ai littéralement jeté à la rue. C'est comme ça que ça marche ici. C'est comme ça que c'est. Tu comprends ?

Dylan hoche la tête, parle.

Vous êtes Shaka, vous êtes le roi.

Shaka sourit.

Bien dit, mon garçon. Je suis Shaka. Je suis le roi.

Et je suis Dylan, de l'Ohio.

Shaka rit.

Bienvenue dans mon royaume, Dylan.

À quelle heure je dois être là demain ?

Demain ? Tu commences maintenant.

Okay.

Tu as déjà fait le caddie ?

Non.

Alors viens t'asseoir. Je vais te raconter un peu.

Dylan entre et s'assied sur une chaise pliante sur le côté du bureau de Shaka. Shaka sort d'un tiroir une brochure intitulée *Le Manuel du Caddie*.

Être caddie c'est pas sorcier. Lis ça si tu veux. Ça n'a pas vraiment d'importance. Mais si Dan Trou-du-cul te le demande, dis-lui que tu l'as lu.

Dylan prend la brochure, la met dans sa poche.

Okay.

Le boulot est simple. Tu portes le sac, tu lèches le cul du joueur. Tu lui passes les clubs, et s'il te demande ton avis, tu es toujours d'accord avec lui, et tu lui lèches le cul. Tu essuies le club s'il est sale, tu lèches le cul du joueur. S'il te demande à combien est le trou, tu dis une distance au pif, et tu lui lèches le cul. Tu tiens le drapeau quand il putte, tu lui lèches le cul, tu replaces les escalopes qu'il fait, tu lui lèches le cul. La plupart des joueurs ici ne sont pas très bons, alors tu leur donnes l'impression qu'ils sont fantastiques en leur léchant le cul. Ceux qui sont bons, tu leur donnes l'impression qu'ils sont Jack Nicklaus en leur léchant le cul. Quand ils trichent, et ils trichent tous, tu les laisses faire et tu leur donnes raison, et tu leur lèches le cul, et quand ce sont des têtes de nœud, et il y en a plein, et que tu as envie de les assommer avec un putain de club, tu leur lèches le cul. Comme je disais, c'est pas sorcier.

C'était génial, Shaka.

Tu es en train de me lécher le cul ?

Oui.

Shaka rit.

Tu vas te débrouiller sans problème.

Merci.

Va te présenter aux gars qui sont dehors. Ils vont probablement pas t'aimer, mais si tu ne te conduis pas comme un enculé de suprémaciste, ça leur passera. Et ne dis pas combien tu es payé.

Okay.

Je te verrai demain matin à six heures.

Merci.

Shaka hoche la tête, Dylan se lève et sort. Il y a quelques hommes, dont certains de son âge, d'autres de trente quarante ans, qui glandent. Il se présente à chacun, certains ne le regardent même pas, quelques-uns disent bonjour, quelques-uns comment ça va. Une fois qu'il a terminé il s'assied, s'appuie contre le mur de la cabane. Il regarde les hommes, les Mexicains restent ensemble parlent et se disputent en espagnol, les Afro-Américains restent ensemble jouent aux cartes parlent bas. Personne ne lui adresse la parole, ne fait attention à lui. Après une heure et quelque, il se lève et s'en va. Il a vingt minutes de marche sur Pico Boulevard pour rentrer. Il voit au loin les studios de la Fox entourés de murs gardés puissamment fortifiés. Dans l'autre direction, la rue est bordée de mini-centres commerciaux, de fast-foods et de stations-service. Le rêve est dans un sens, la réalité dans l'autre. Il vit dans la réalité.

Le trajet n'est pas fatigant, pas compliqué, il y a du soleil le ciel est bleu il fait vingt-cinq degrés il y a une légère brise, un jour comme les autres à Los Angeles. Dylan marche dans la rue, profite du beau temps entre dans une épicerie achète des petits gâteaux au chocolat et de la glace à la vanille. Maddie aime les petits gâteaux depuis qu'elle est toute petite. Quand il arrive à l'immeuble, il y a trois personnes assises au bord de la piscine, il prend l'ascenseur – il est propre – il emprunte le couloir, n'arrive pas à croire comme il est bien entretenu, ouvre la porte de leur appartement, ça sent le hamburger. Maddie est dans la cuisine, elle porte un tablier. Il y a des casseroles poêles boîtes et ustensiles partout. Elle sourit, parle.

Salut.

Salut.

Comment ça s'est passé ?

J'ai trouvé du boulot.

Génial. Quel genre ?

Je suis caddie.

Golf ?

Ouais.

Tu t'y connais en golf ?

Non.

Elle rit.

Comment tu as fait ?

C'est parce que je suis blanc.

Elle rit de nouveau.

Qu'est-ce que ça veut dire ?

Il m'ont engagé parce que je suis blanc.

Je croyais que c'était illégal ou je sais pas quoi.

Je suppose que non.

Je t'ai fait un dîner spécial.

Quoi ?

Hamburger, macaronis et un gâteau aux cornflakes.

Putain.

Notre premier repas fait maison depuis qu'on est ici.

Maddie sort un plat du four, ce sont des macaronis au fromage avec de la viande de hamburger recouverts de fromage râpé et de flocons de céréales. Elle en verse de colossales cuillerées dans les assiettes, le fromage pend en longs fils bouillants. Ils s'asseyent à table, elle a une bouteille de Coca normal pour Dylan et une bouteille de Coca allégé pour elle. Elle éteint les lumières (bien qu'il fasse encore jour) et allume deux bougies posées au milieu de la table. Elle parle.

J'adore notre maison.

Moi aussi.

Et j'adore notre nouvelle vie ici.

Moi aussi.

Et je t'aime.

Moi aussi.

Elle lève son verre.

On y est arrivés.

Il sourit, lève son verre.

On y est arrivés.

Ils trinquent et ils s'embrassent, leurs baisers se transforment en autre chose, ils ne mangent pas tout de suite ne restent pas à table. Quand ils reviennent, ils ont faim, Maddie se ressert une fois, Dylan trois. Quand ils ont terminé Maddie fait la vaisselle met le plat au réfrigérateur, Dylan prend une douche, elle le rejoint ils s'amusent des quatre positions sur le pommeau de la douche adorent l'eau qui n'en finit jamais de couler ne s'arrête jamais. Ils tombent sur le lit l'un dans l'autre de nouveau veillent tard bien que Dylan doive travailler tôt. Ils ne lisent pas. La télé leur manque.

Le lendemain matin Dylan se lève va à pied au travail, les rues sont vides, le ciel est gris-bleu rougeoyant. Tout est silencieux et immobile. Les enseignes au néon projettent des ombres miroitantes rouges, bleues et jaunes sur le béton. Le long du trottoir, les voitures ne bougent pas ne font pas de bruit, les feux de signalisation passent inutilement du rouge au vert. Il n'y a pas d'oiseaux pas d'insectes pas d'animaux. Les palmiers solitaires plantés dans des carrés de terre entourés de blocs de ciment sont les seules choses vivantes visibles. Il y a un bourdonnement faible, insaisissable, presque inaudible dans l'air, il provient des fils électriques, des enseignes, des lampadaires qui bordent la rue. Dans le lointain Dylan voit le cercle des montagnes qui entourent la ville, les lumières des maisons qui parsèment les collines. Au-delà, encore le ciel, le gris-bleu rougeoyant. En approchant du golf il voit de l'activité, l'équipe d'entretien du terrain est en train de terminer, les caddies se préparent. Dan Trou-du-cul parle dans son portable en fumant une cigarette au milieu du parking, Shaka est dans son bureau en train de lire un journal assis à sa table. Dylan se dirige vers le bureau de Shaka, frappe à la porte.

Shaka se retourne, parle.

Bonjour.

Bonjour à vous.

Tu as besoin de quelque chose ?

Je ne sais pas quoi faire.

Tu es le nouveau. Tu es au bout de la queue.

Qu'est-ce que c'est la queue ?

Elle fonctionne à l'ancienneté. Elle n'est pas écrite, tout le monde est au courant. S'il y a des disputes, je viens les régler.

Cool. Merci.

Bonne journée.

Dylan tourne les talons, fait le tour de la cabane, s'assied sur un petit bout de gazon à la limite du parking, où sont assis d'autres caddies. Il dit bonjour à quelques-uns, fait un signe de tête à quelques autres, et bien qu'ils le regardent tous, aucun ne lui rend son salut. À 5 h 45 les premiers golfeurs arrivent. Le premier départ est à six heures. Toutes les huit minutes, du moins théoriquement, un groupe de quatre golfeurs prend le départ. Beaucoup ne prennent pas de caddies. Ils ont des petites voitures, des chariots, ou portent eux-mêmes leurs sacs. Ceux qui prennent un caddie demandent souvent celui auquel ils sont habitués. Dylan reste assis à attendre. Le petit matin devient le matin devient la fin du matin, il reste assis à attendre. La fin du matin devient le midi. Le midi devient le début de l'après-midi. Les premiers caddies à être partis reviennent, et du fait qu'ils sont plus anciens que lui, il se retrouve au bout de la queue. Il attend. Il essaie de parler aux autres caddies qui attendent, mais personne n'en a envie. La journée passe. Le seul moment où il décolle ses fesses c'est pour aller manger ou aller aux toilettes. Le dernier départ, qui n'est que pour neuf trous sur les dix-huit qu'en comporte le golf, est à 18 h 30. À 18 h 15, il se lève pointe et retourne chez lui. C'est l'heure du rush, les rues sont pleines à craquer (bien que les trottoirs soient vides). Les conducteurs klaxonnent, se crient dessus, se font des doigts d'honneur, il en voit un qui jette un gobelet de Coca sur un autre. Quand il arrive, Maddie lui a fait des nouilles au thon. Ils mangent prennent une douche se mettent au lit. Pas de lecture pas de télé. Ils s'endorment trois heures plus tard.

Quand il arrive au travail le lendemain, c'est la même chose. Quand il revient, Maddie lui a acheté des hamburgers et des frites, ils dînent se mettent au lit, même chose. Le jour suivant au travail même chose, le dîner est du poisson pané avec de la gelée au dessert, au lit même chose. Le lendemain les autres caddies sont ouvertement hostiles, ils disent à Dylan de rentrer chez lui, de trouver un autre boulot, que les Blancs ne sont pas les bienvenus, qu'il ne faut pas qu'il revienne. À son retour Maddie lui a fait des hot-dogs et des frites surgelées, ils mangent vont au lit, même chose. Le lendemain les Mexicains commencent à le traiter de guerro et les Noirs de cracker, les Mexicains lui jettent des mégots et deux Noirs viennent s'asseoir de chaque côté de lui armés de clubs de golf. À son retour Maddie a préparé des hot-dogs frits panés au pain de maïs avec des oignons, et du caramel au chocolat pour le dessert, quand ils se mettent au lit Dylan s'endort tout de suite. Le lendemain, on le bouscule, les mégots commencent à atteindre leur but et les clubs le frôlent, il s'assied attend et espère qu'il va pouvoir porter un sac et marcher sur le parcours, il n'a encore fait ni l'un ni l'autre, son tour n'arrive jamais, il reçoit des mégots il a peur des clubs. À la fin de la journée Shaka l'appelle. Dylan s'assied sur la chaise à côté de son bureau, Shaka parle.

Comment ça se passe ?

Très bien.

Ça fait une semaine que tu es là, le jour où tu as été embauché inclus.

Plus belle semaine de ma vie.

Shaka rit.

Tu as appris quelque chose ?

Que personne n'aime les petits Blancs.

Tu ne le savais pas déjà ?

J'ai grandi dans une ville où il n'y avait que des petits Blancs.

Et tout le monde s'aimait ?

Non.

Tu vois.

Je vois quoi ?

Personne n'aime les petits Blancs, et les petits Blancs ne s'aiment même pas entre eux.

Dylan rit.

C'est vrai mon pote. Partout dans le monde les gens détestent les petits Blancs américains. Probablement l'espèce la plus détestée de la planète.

J'essaie juste de m'en sortir, j'essaie de rendre ma vie un peu meilleure.

Ouais, je connais. C'est ce qu'on essaie tous de faire. Et pour te dire la vérité, tu m'as l'air d'être un mec bien.

Merci.

La semaine passée a été un test. C'est un truc qu'on fait à tous les nouveaux caddies ici. Pour voir s'ils veulent vraiment le job, et s'ils sont prêts à supporter pas mal de choses pour l'obtenir.

Vraiment ?

Ouais. C'est dur, mon pote. Tous les jours à 6 h 30 et parfois douze ou quatorze heures par jour. Et les golfeurs peuvent être de vrais salopards. Si tu crois que le traitement que tu as reçu en attendant ton tour était dur, attends de voir comment se comportent certains de ces enculés.

Qu'est-ce qui se serait passé si j'avais essayé de me défendre ?

Contre quoi ?

Les types qui m'injuriaient, me jetaient des mégots, me suivaient avec des clubs.

Je t'aurais dit de ne pas revenir.

C'est n'importe quoi.

Je te comprends, mais c'est comme ça qu'on fait ici. C'est une façon de repérer les employés potentiellement peu fiables et instables. La grande différence entre toi et les autres qui sont passés par là c'est que tu étais payé dix dollars l'heure. La plupart sont restés ici pendant une semaine à se faire maltraiter et sont rentrés chez eux les mains vides. Je voulais voir aussi si tu pouvais supporter de te retrouver avec des hommes de couleur. Que tu le saches ou non, il y a des différences entre nous tous, et certaines ont à voir avec la couleur de notre peau. Un Blanc qui fait des histoires pourrait me causer des tas de problèmes.

C'est quand même chiant.

La vie est chiante, il faut faire avec.

Et maintenant ?

Tu peux porter des sacs, te faire des pourboires et te farcir des trous du cul.

Dylan rit.

À vous entendre ça semble formidable.

C'est ce que c'est. Et pour un boulot, je pense que c'en est plutôt un bon. Tu ne deviendras pas riche, mais ça suffit pour vivre. Il fait beau tous les jours, donc il y a des golfeurs tous les jours, et tous les jours ils ont besoin de quelqu'un pour leur porter leur sac. Sois cool, comme tu l'as été jusqu'à maintenant, tout se passera bien.

Okay.

Tu ne m'en veux pas ?

Non.

À demain.

À demain.

Dylan se lève quitte le bureau. Il y a deux groupes de caddies, un mexicain et un noir, qui se

404

préparent à partir. Les groupes se mêlent, mais pas beaucoup, les membres des deux groupes vont vers lui, disent bonjour, se présentent, lui serrent la main, lui offrent des cigarettes, de la bière. Il sourit, dit merci, prend une bière et bien qu'il ne fume pas, il tire une taf d'une cigarette. Il se met à tousser et tous les caddies se mettent à rire et tout ce qui s'est passé durant les sept derniers jours disparaît avec les rires. Il reste pour une autre bière, une autre, il sait qu'il va être en retard pour le dîner, il reste pour une autre. Le petit Blanc a de nouveaux amis, les premiers amis non blancs qu'il a jamais eus, il reste pour une autre.

Le trajet de retour est deux fois plus long, il fait plus chaud, les couleurs sont plus vives les sons plus forts, il s'assied devant une boutique de matelas, il s'assied de nouveau devant un marchand de poissons tropicaux. Il ouvre la porte, Maddie est assise à table, il y a une barquette de poulet frit purée de pommes de terre et haricots blancs en sauce. Il y a une tarte aux pommes sur le comptoir, de la glace dans le freezer. Elle se lève parle.

Ça va ?

Il sourit, parle.

Ouais.

Tu es soûl.

Un peu.

Elle rit.

Avec qui tu t'es soûlé ?

Mes collègues.

Je croyais qu'ils te détestaient.

C'est un genre de test. Ils le font à tout le monde je présume ils m'ont dit ou quelque chose.

Elle rit de nouveau.

Je présume qu'ils t'ont dit ou quelque chose ?

Ouais un truc comme ça.

Je t'ai acheté ton plat préféré.

Je sens ça.

Il hume, sourit.

Du poulet frit avec de la purée et des haricots. Ça sent vraiment bon, super bon.

Et de la tarte.

J'adore la tarte.

Je sais.

On peut manger maintenant si tu veux bien ?

Félicitations pour ta première semaine.

Merci, chérie.

Il sourit, c'est un sourire stupide à moitié bourré. Maddie s'en fout, trouve ça plutôt drôle. Elle le prend par la main le mène à la table l'aide à s'asseoir. Elle coince une serviette dans son T-shirt pour lui servir de bavoir, lui sert une grande assiette de poulet purée haricots. Quand elle la pose devant lui il lève les yeux sourit et parle.

Je t'aime tellement.

Elle sourit.

Je t'aime moi aussi.

Ils s'embrassent et il essaie d'en faire plus qu'un baiser, elle le repousse dans sa chaise lui remet son bavoir, il sourit de nouveau, parle de nouveau.

Je t'aime tellement.

Elle rit.

Mange.

Il se met à manger. Après quelques bouchées il y a de la nourriture sur ses mains sa figure le bavoir son T-shirt et son pantalon, il y a de la nourriture sur la table. Maddie le surveille plus qu'elle ne mange, il est comme un enfant qui ne sait pas se débrouiller, prenant une bouchée alors qu'il a encore la bouche pleine, s'essuyant avec ses mains et se barbouillant, tenant sa fourchette de travers et ramassant des restes avec ses doigts, il a l'air incroyablement content et satisfait. Une fois son assiette terminée il se ressert, la termine, se ressert. Tandis qu'il en est à sa troisième elle met la tarte au four, la réchauffe. Quand il s'est servi une quatrième fois et que la barquette de poulet est vide, elle lui sert une part de tarte aux pommes avec de la glace à la vanille. Il en mange la plus grande partie avec les mains, quand il a terminé il lèche l'assiette, se ressert, fait la même chose. Quand il a fini il se carre dans sa chaise, se frotte le ventre, parle.

C'était le meilleur repas de ma vie.

Maddie sourit.

Bien.

Je crois que je vais dégueuler.

Il se lève et court à la salle de bains. Maddie le regarde, il disparaît, elle entend la porte de la salle de bains qui s'ouvre brusquement, l'entend soulever le couvercle des toilettes, l'entend, l'entend. Pendant qu'il est occupé, elle débarrasse la table, et met les restes, de la purée et des haricots, environ la moitié de la tarte et la moitié de la glace, dans le réfrigérateur. Elle ferme la porte, l'entend qui respire lourdement, va à la salle de bains. Il est assis par terre à côté des toilettes. Il y a de nouvelles taches sur son menton et son T-shirt. Elle parle.

Ça va ?

Je crois qu'il faut que j'aille me coucher.

Ouais, ça serait une bonne idée.

Il commence à se lever, elle l'aide. Elle lui nettoie le visage lui brosse les dents lui enlève son T-shirt l'emmène à la chambre le met au lit. Il veut batifoler, elle rit et dit non, il dit qu'il veut un baiser, elle lui tend la joue, il y dépose un petit baiser puis il essaie de la lécher. Elle rit le repousse, il s'endort presque immédiatement. Elle retourne à la cuisine prend quelques magazines qu'elle a achetés à l'épicerie, encore des articles sur les gens riches et célèbres leurs vêtements et leurs voitures, leurs maisons et leurs vacances, leurs amours. Ils sont à quelques kilomètres. Ils se sentent un peu plus près.

Dylan se réveille le lendemain matin, va travailler porte son premier sac se fait trente dollars de pourboire. Maddie prépare le dîner, des ailes de poulet surgelées avec une sauce au roquefort. Ils se mettent au lit veillent tard. Il va au travail le lendemain, porte deux sacs touche un pourboire de vingt dollars et un autre de trente, le dîner l'attend encore des nouilles, ils se mettent au lit. Leur vie prend un tour routinier. Dylan travaille, Maddie fait le ménage la lessive la cuisine, quand elle ne fait pas cela, elle regarde la télé ou lit des magazines au bord de la piscine. Dylan devient un vrai caddie, apprend à renseigner les golfeurs sur la distance qui les sépare du trou, le club à choisir, la manière dont les conditions vont affecter leur jeu. Il apprend à lécher les culs comme un champion comment travailler pour obtenir de meilleurs pourboires, il regarde des hommes se conduire comme des imbéciles criant hurlant jetant cassant leur club, se battre avec les autres, parier des sommes ridicules sur un jeu auquel ils sont censés prendre plaisir. Maddie étend son répertoire culinaire, elle apprend à cuisiner des choses qui ne sont pas surgelées ou en boîte, elle fait du poulet frit, des omelettes au jambon, des steaks au gril, du poisson-chat à la poêle, elle fait des tartes aux pommes. Ils se couchent tôt veillent tard. Bien qu'ils essaient de faire des économies, dépenser le moins possible, la manne des motards s'épuise lentement. Elle n'est plus que de quinze mille, douze mille, dix mille, huit mille dollars. Le revenu de Dylan, quand il fait un bon mois, suffit à peine à payer le loyer, ils parlent de déménager pour un endroit moins cher, ni l'un ni l'autre n'en ont envie, ils adorent leur appartement leur foyer leur rêve, la raison pour laquelle ils ont fui. Maddie commence à chercher du travail, quelque chose à temps partiel pendant la journée, elle va voir dans des épiceries cafés boutiques de vêtements restaurants. Elle obtient quelques entretiens, personne ne la rappelle. Elle va dans un institut de beauté, une boutique d'animaux, il y a une place de caissière dans le drive-in de leur restaurant de hamburgers préféré, entretien, pas de réponse. L'argent est en train de fondre, tout va bien mais plus pour longtemps. En train de fondre.

Dylan revient après une longue journée, deux sacs, l'un pour un médecin qui a rendu Dylan responsable de la plupart de ses coups ratés et ne lui a donné que dix dollars, l'autre pour un représentant en stylos bourré qui hurlait. Maddie a préparé le dîner poulet à la parmesane et pâtes, Dylan sent une tarte, peut-être aux cerises. Il y a des bougies sur la table. Les serviettes sont pliées. Ils s'asseyent avant qu'ils ne commencent, il parle.

On fête quoi ?

Pourquoi tu crois qu'il y a quelque chose à fêter ?

C'est une tarte aux cerises ?

Myrtilles.

Il sourit.

Bougies, serviettes, nouveau plat nouvelle tarte. Il y a quelque chose à fêter.

Elle sourit.

Qu'est-ce que tu crois que c'est, Sherlock Holmes ?

Tu as trouvé du travail ?

Non.

Tu as eu un bon entretien ?

Non.

Est-ce un jour important que j'ai oublié ?

Non.

Un anniversaire ?

Elle rit.

Non.

Qu'est-ce que c'est ?

J'ai décidé quelque chose.

Quoi ?

Tu sais que je lis tous ces magazines people à la piscine ?

Ouais.

Et ils parlent tous des gens célèbres, des actrices, des chanteuses et des mannequins et tout ça.

Ouais.

Eh bien, je crois que je veux devenir actrice.

Actrice ?

Ouais, je veux être une star de cinéma.

Vraiment ?

Qu'est-ce que tu en penses ?

Si c'est ça que tu veux, essaie.

Elle sourit.

Ce n'est pas vraiment ça que je veux.

Non ?

J'ai déjà ce que je veux vraiment.

Et c'est quoi ?

Je suis enceinte.

Le 17 octobre 1929, la première pierre de la Bourse de Los Angeles est posée. Les fondateurs de la Bourse entendent en faire une rivale de celle de New York, avant de finir par la remplacer. Le 24 octobre 1929, un jour connu sous le nom de Jeudi noir, la Bourse de New York connaît la plus importante baisse de son histoire. Le 29 octobre 1929, un jour connu sous le nom de Mardi noir, les marchés des actions aux États-Unis s'effondrent. Trois semaines plus tard, la Bourse de Los Angeles fait faillite.

Le centre-ville grouillant d'activité. Le cœur urbain, le quartier central des affaires, le profil immense des gratte-ciel. Le cœur battant, battant d'une grande métropole. La vue depuis une lointaine autoroute est généralement signalée par un mur de tours d'acier de verre et de béton, tel un phare pour ceux qui sont attirés par l'espoir de quelque chose de plus, qui ont des rêves de vies meilleures, ceux dont les ambitions sont trop grandes pour être contenues par des petites villes. Comme c'est le cas pour la plupart des mégapoles du monde, la ville de Los Angeles fut fondée dans un lieu abondamment pourvu en eau. À mesure qu'elle s'étendit, l'eau disparut, fut exploitée au-delà de ses capacités, s'épuisa. Des villes plus petites dans et autour des faubourgs de Los Angeles furent initialement intégrées à la ville pour lui procurer de l'eau, et plus tard parce qu'elles avaient besoin de l'eau que Los Angeles apportait par les aqueducs. Au lieu de partir d'un point central et de s'étendre naturellement avec le temps vers l'extérieur, de multiples points centraux, le port de Los Angeles, Santa Monica, Burbank, Century City, Hollywood, East Los Angeles, Pasadena, San

Gabriel et South Central Los Angeles, se retrouvèrent en compétition. Certains prospérèrent, d'autres non. Le gouvernement central et les institutions culturelles du centre-ville demeurèrent, mais le commerce et l'industrie se délocalisèrent dans des quartiers plus sûrs et moins peuplés où les employés pouvaient se déplacer plus facilement. Les résidents du centre-ville déménagèrent parce que les emplois étaient ailleurs. Les autoroutes initialement construites pour donner accès au centre-ville devinrent des voies de correspondance qui menaient les voyageurs vers d'autres destinations. Le marché immobilier s'écroula. Les immeubles et les terrains furent achetés à bas prix par les promoteurs, qui érigèrent des gratte-ciel qui demeurèrent inoccupés. Le vide créé par la fuite des résidents fut rempli par une population nombreuse de drogués et d'alcooliques sans logement. Les communautés d'immigrants devinrent des îlots ressemblant plus aux pays d'origine des migrants qu'à la Californie du Sud. Pendant la journée de nombreuses rues du centre-ville étaient vides, à la nuit tombée elles étaient envahies par les drogués et les alcooliques. Et il en fut ainsi pendant des années. La situation change à présent, lentement, mais pas beaucoup. Voici une description du centre-ville, où il fut où il est maintenant et où il va.

Personne ne sait qui a inventé l'expression Skid Row, ni d'où elle vient. Peut-être de Seattle ou de San Francisco, certains disent de Vancouver et d'autres de New York. Et même si toutes ces villes possèdent des quartiers nommés Skid Row, et continuent à se disputer pour savoir à qui revient le titre, le centre-ville de Los Angeles a, sans conteste, le Skid Row le plus étendu, le plus établi et le plus dangereux de tout le pays. Bien qu'il ait toujours été là, d'une certaine façon, au début des années 1970 la ville de Los Angeles adopta officiellement ce qu'on a appelé une politique d'endiguement. « Endiguement » signifiait prendre les pires éléments de la population transitoire et sans domicile et la contenir dans une zone unique. On croyait, et certains continuent à le croire, qu'en endiguant cette population, il serait plus facile de la surveiller, de la contrôler, de l'aider. Pendant trente ans, un grand nombre des pires individus de la ville – hommes et femmes comptant parmi les plus violents, les plus drogués – furent amenés à Skid Row, parfois par la police, ou encore par des auxiliaires de la justice, parfois par des employés des logements d'accueil d'autres parties de la ville, et abandonnés là. Une fois à Skid Row, sans argent ni abri ni secours, ils durent se débrouiller, ce qui signifiait généralement se battre, voler, boire et se droguer, et souvent tuer.

S'étendant sur un périmètre carré de cinquante rues dans la partie est du centre-ville, Skid Row a entre dix et quinze mille résidents. Trente pour cent des résidents sont séropositifs, quarante pour cent souffrent de troubles mentaux, cinquante pour cent souffrent de maladies sexuellement transmissibles en tout genre. Soixante-cinq pour cent ont un casier judiciaire et soixante-dix pour cent sont drogués et/ou alcooliques. Soixante-quinze pour cent sont afro-américains, quatre-vingts pour cent sont des hommes, quatre-vingt-dix-huit pour cent sont sans emploi. Il y a des foyers d'accueil et des hôtels aux abords de Skid Row, qui l'encerclent, l'entourent. Ils nourrissent et logent presque six mille personnes par jour. Les autres vivent dans des rues couvertes de saletés qui sont, d'après des analyses effectuées par le service de santé, vingt-cinq fois plus toxiques que les eaux usées. Ils vivent dans des cartons, des taudis en tôle ondulée, des tentes, des sacs de couchage, ils vivent sur le sol. Ils se crient les uns sur les autres, se hurlent les uns sur les autres, dorment les uns avec les autres, se droguent et boivent les uns avec les autres, baisent les uns avec les autres, se tuent les uns les autres. Ils vivent parmi les détritus, les rats, les excréments. Ils n'ont ni eau ni électricité. Les seuls emplois disponibles, et ils sont toujours disponibles, consistent à vendre de la drogue et de la chair. Les services de police locaux traitent plus d'affaires que partout ailleurs en Californie. Les casernes de pompiers locales effectuent plus de sorties que partout ailleurs dans le pays. Quatre-vingt-dix pour cent des personnes qui vivent dans Skid Row meurent dans Skid Row. La mairie est à moins d'un kilomètre et demi de là.

*
* *

En 1885, un marin japonais du nom de Hamonosuke Shigeta ouvrit le premier restaurant japonais aux États-Unis dans le centre-ville de Los Angeles. Dans les années qui suivirent, trois autres ouvrirent, ainsi qu'un casino japonais et deux bordels japonais, dont l'un proposait des geishas importées du Japon. En 1905, après l'ouverture de quatre restaurants supplémentaires, deux marchés, un autre casino et trois autres bordels, on commença à nommer le secteur compris entre First Street et San Pedro Street Little Tokyo. En 1906, quatre mille immigrants japonais arrivèrent de San Francisco après que le tremblement de terre eut détruit la ville. En 1907, juste après l'accord fédéral interdisant l'immigration, quinze mille Japonais s'installèrent à Los Angeles. Presque tous habitaient dans ou autour de Little Tokyo.

Pendant les trente années qui suivirent, Little Tokyo grandit s'étendit prospéra, et devint la plus importante des trois communautés japonaises aux États-Unis, avec quarante mille résidents. Le sentiment antijaponais, puissant dans tout le pays, mais particulièrement en Californie, obligea Little Tokyo à devenir un îlot complètement autonome. Et bien que la loi fédérale interdît aux immigrés japonais de posséder des biens immobiliers, des temples furent bâtis, des marchés s'installèrent, des écoles japonaises furent ouvertes. À l'époque des attaques sur Pearl Harbor, Little Tokyo s'étendait sur un périmètre carré de soixante rues.

Juste après Pearl Harbor, le décret présidentiel 9066 fut publié, qui accordait au gouvernement fédéral le pouvoir d'incarcérer tous les individus d'origine japonaise vivant jusqu'à cent kilomètres de la côte ouest des États-Unis. Cent quarante mille Japonais américains de Californie, d'Oregon et de Washington furent internés dans ce qu'on appela des centres de regroupement, qui étaient en fait des prisons. Little Tokyo disparut.

Les immeubles, propriétés d'Américains blancs, mais habités par les Japonais depuis deux ou trois générations, étaient désormais vides, et les rues, jadis pleines d'immigrés japonais, silencieuses. Quand la guerre prit fin, et que les citoyens internés dans les camps furent libérés, environ trois mille retournèrent à Little Tokyo. Les lois contre la propriété foncière furent abrogées, mais les immeubles demeurèrent vides, et ce qui avait été une communauté vibrante et dynamique mourut plus ou moins.

En 1970, avec l'espoir qu'un quartier revitalisé attirerait les investissements et commerces japonais, la ville de Los Angeles donna le nom de Little Tokyo à un quartier de sept rues et initia le projet de redéveloppement de Little Tokyo. Les Japonais ne vinrent pas en grand nombre, mais des sociétés japonaises ouvrirent leurs premières succursales américaines dans le quartier, l'une d'elles ouvrit un hôtel, et la communauté qui existait déjà fut consolidée. Il y a des marchés, des restaurants, des temples, l'hôtel est toujours là, il y a des magasins de vêtements, de meubles, d'art japonais. Plus de raison de s'inquiéter qu'il disparaisse, comme par le passé.

*
* *

Besoin de jeans ? En voilà. Six cents marques différentes pour être précis. Besoin d'une jupe ? Des dizaines de milliers de choix. Besoin de chaussures ? Des centaines de milliers de choix. Besoin d'un sac, d'une ceinture, d'un chapeau, de bijoux, d'une montre, d'une écharpe, d'une valise ? En voilà plus qu'il n'en faut. Besoin de lunettes de soleil, de parfum, de cosmétiques ? Besoin de vêtements de sport, de vêtements de ville, de vêtements pour femmes enceintes ? Besoin d'un maillot de bain, d'une cravate, de sous-vêtements ? Peut-être que vous avez besoin d'une culotte en dentelle, ou d'un corset, ou de chaussures à talons ? Tout est là. Ça et bien plus encore, beaucoup plus. Ça s'appelle le Downtown Fashion District, quatre-vingt-dix rues de mode. C'est accablant quand on y pense, et c'est aussi absolument renversant ! ! ! Quatre-vingt-dix putains de rues de mode. Oui, c'est vrai. Tout cela au même endroit. Quatre-vingt-dix rues.

Le Downtown Fashion District commença sa carrière en tant que quartier de la Dépravation. Dans les années 1800, ses rues étaient bordées de bars, de bordels, de fumeries d'opium et de maisons de jeux, les hôtels louaient leurs chambres à la journée, à l'heure, au quart d'heure, les duels au pistolet étaient fréquents. Une des voies principales du quartier, appelée Santee Alley, qui est aujourd'hui connue pour ses faux sacs, ceintures et DVD, portait le nom d'une prostituée célèbre pour coucher avec cinquante hommes par jour. Beaucoup d'autres femmes moins industrieuses prenaient de vingt à trente hommes par jour. L'opium, et plus tard la cocaïne, y était vendu ouvertement et consommé ouvertement, l'alcool coulait comme de l'eau (et parce que c'est L.A., il y avait parfois plus d'alcool que d'eau), pickpockets et voleurs pullulaient dans les rues. On dit, bien que la chose ne soit pas confirmée, que le premier Donkey Show, où une femme a des relations sexuelles avec un âne, eut lieu dans le quartier, de même pour le premier spectacle de bondage et SM en Amérique. Si c'était faisable, si dégoûtant, pervers, ridicule ou satanique que ce fût, c'était fait quelque part dans le quartier.

À cause du nombre de prostituées, et parfois d'hommes ou de jeunes garçons déguisés en femmes, qui peuplaient le quartier, des boutiques de vêtements commencèrent à s'ouvrir. La plupart se spécialisaient dans les tenues de soirée, d'autres vendaient de faux uniformes de policiers, de faux vêtements de religieuses et de prêtres, des costumes d'animaux et de clowns. Au début du XXe siècle, quand l'opium et la cocaïne furent interdits (eh oui, ils étaient autrefois autorisés, hourra, hourra), et que l'alcool et la prostitution devinrent les principales activités du quartier, le nombre des boutiques de vêtements augmenta. En 1920, lors de la Prohibition, presque tous les bordels et les bars fermèrent, ou se délocalisèrent dans des endroits moins visibles et plus discrets. Les boutiques de vêtements restèrent. D'autres ouvrirent, et on installa des ateliers de couture dans les immeubles vides. Un grand nombre des femmes qui avaient pratiqué d'autres activités dans ces mêmes immeubles devinrent couturières ou blanchisseuses. La main-d'œuvre était bon marché et abondante, de même que les biens immobiliers. En quelques années, le quartier acquit un nouveau nom.

Aujourd'hui, il y a plus de deux mille commerces de vêtements en gros et quatre mille commerces de détail dans le quartier. Il est considéré comme le centre de fabrication et de vente de vêtements en gros de la côte Ouest. Il a ses propres marques, ses propres grands couturiers, ses défilés de mode. Et alors que cette industrie est en perte de vitesse dans le reste du pays, elle se développe à L.A. du fait que les prix de l'immobilier et de la main-d'œuvre, souvent illégale, demeurent bas. Vous avez besoin de chaussettes ? Ils en ont. De bottes en caoutchouc ? Absolument. Vous faites une grande taille ? Pas de problème. Idem pour les petites tailles, pour toutes les sortes de tailles. Et si vous avez besoin de vous procurer un costume en toute discrétion, la chose est également possible.

*
* *

Le quartier des jouets. Un périmètre carré de douze rues d'amusement, d'amusement, d'amusement. Couleurs vives, bruits assourdissants, lumières clignotantes. Cette partie de la ville ne devrait pas avoir besoin d'être décrite. Imaginez un colossal magasin de jouets. Imaginez des voitures qui passent de temps à autre dans les allées. Il peut y avoir occasionnellement une agression ou des policiers qui poursuivent des malfaiteurs. C'est le quartier des jouets de Los Angeles.

*
* *

Le seul secteur du centre-ville qui ressemble véritablement au cœur d'une grande agglomération est Bunker Hill. C'est, géographiquement, l'endroit le plus élevé du centre-ville de Los Angeles. Il est aussi couvert de gratte-ciel, qui, par temps dégagé, sont visibles à quatre-vingts kilomètres de distance. Il est encombré, les trottoirs sont bondés, il y a des voitures garées le long de tous les trottoirs. Il est bruyant et sale, mais pas crasseux. Il y a du monde vingt-quatre heures sur vingt-quatre. Au départ, à la fin des années 1800, c'était un quartier très résidentiel. À l'époque, les premiers quartiers commerciaux et financiers se trouvaient juste en dessous, et le fleuve Los Angeles coulait en contrebas. De somptueuses demeures victoriennes furent bâties et vendues à de riches hommes d'affaires, et il y avait un train privé qui gravissait et descendait la colline. Comme les immigrants continuaient à affluer en ville et que le réseau ferroviaire en facilitait l'accès, beaucoup des résidents quittèrent Bunker Hill pour Pasadena, Beverly Hills et Bel-Air. À la fin de la Première Guerre mondiale, la plupart des villas avaient été converties en immeubles d'habitation. Quand les commerces commencèrent à quitter le quartier, les immeubles devinrent des asiles de nuit.

Au cours des années 1930, lorsque l'anneau d'autoroutes qui encercle Los Angeles fut construit, le quartier se retrouva isolé. Un grand nombre des asiles de nuit devinrent inhabitables. Ils étaient souvent utilisés comme décors pour des films d'horreur ou des films policiers. Le plus souvent, c'étaient des scènes réelles d'horreur et de crime qui y avaient lieu.

En 1955, la ville de Los Angeles autorisa le projet de développement de Bunker Hill. Tous les immeubles de Bunker Hill furent détruits et le sol fut nivelé. On encouragea par des allégements d'impôts les promoteurs à construire de nouveaux immeubles, l'arrêté qui limitait la hauteur à quarante-cinq mètres fut supprimé. Pendant presque une décennie, il ne se passa rien. Bunker Hill demeura là, formidable tas de terre brune, avec quelques petits arbres, au milieu des autoroutes. Puis sans raison apparente, sinon que quelqu'un décida d'être le premier et que d'autres suivirent, des immeubles furent construits, de grands immeubles, de vraiment grands immeubles, culminant, en 1990, avec la tour de la US Bank, qui est la huitième plus haute tour des États-Unis, et la plus haute à l'ouest du Mississippi. Il était sans importance que personne ne voulût louer dans les immeubles (les taux d'inoccupation étaient et sont toujours parmi les plus élevés du pays), et il était sans importance qu'ils se trouvent en plein milieu d'une zone sismique en activité. Ils poussèrent, les uns après les autres, les uns après les autres. Au début des années 1990, après l'achèvement de grands projets culturels, tels le Walt Disney Concert Hall et le Musée d'art contemporain, un certain nombre de ces immeubles devinrent résidentiels, et un certain nombre d'immeubles résidentiels sortirent de terre. Avec en plus le développement du « quartier des arts » tout proche et la rénovation du Staples Center (le complexe multisports où jouent les Los Angeles Lakers), Bunker Hill est redevenu une adresse prisée. Les appartements se vendent des millions de dollars, et marchés, boutiques et spas s'y multiplient. Les gens quittent les quartiers excentrés pour revenir au centre-ville. Et maintenant, après avoir attendu l'embourgeoisement durant cinquante ans, et avoir tout fait pour l'encourager, la ville songe à prendre des mesures qui, par le biais du Fair Housing Act, le ralentiront, en exigeant qu'un pourcentage de toutes les nouvelles habitations soit vendu à un taux inférieur à celui du marché aux résidents aux revenus modestes. Si son nouveau plan fonctionne, peut-être le ralentira-t-elle suffisamment pour qu'elle doive de nouveau l'encourager.

*

* *

Ô la splendeur des chemins de fer, la splendeur ! Ils arrivèrent chamboulèrent tout, dirigèrent les rails dirigèrent la nation puis disparurent. Ce fut splendide tant que ça dura, incroyablement splendide. Mais comme toute chose, ils connurent une fin. Et quand elle arriva, à l'issue des années 1940, une fois que le transport routier et aérien devint bon marché et facile, des entrepôts ferroviaires, jadis utilisés pour stocker les nombreuses marchandises que les chemins de fer transportaient, demeurèrent vides. Des bâtiments vides partout en Amérique. Y compris à Los Angeles.

Nombre de ces immeubles vides (jadis emplis de la splendeur ferroviaire) étaient groupés entre Alameda Street et le fleuve Los Angeles (aujourd'hui un immense canal en béton utilisé surtout pour les courses de dragsters et le dépôt de cadavres). Dans les années 1970, les artistes, qui ont souvent besoin de grands espaces pour travailler, et qui sont presque toujours fauchés, découvrirent les bâtiments, qui possédaient de grands espaces ouverts, et s'y installèrent. Au début des années 1980, la ville classa le quartier et les immeubles qui en faisaient partie « zone d'artistes en résidence », la ZAR, ce qui signifiait que, pour habiter là, il fallait en faire la demande et pouvoir prouver qu'on était artiste. Ce quartier d'artistes devint une communauté autonome. Elle possédait un commerce de proximité, un café, quelques bars. Les rues qui l'entouraient étaient dangereuses, pleines de terrains vagues et d'immeubles vides utilisés par les dealers, les drogués et les prostituées. La ZAR était un îlot de sophistication dans un désert urbain. Les artistes dégoûtés par le commerce et l'industrie du spectacle s'y sentaient à l'aise, les artistes fauchés s'y sentaient à l'aise, les artistes qui voulaient vivre parmi d'autres artistes s'y sentaient à l'aise.

Mais toutes les bonnes choses ont une fin, souvent une fin triste, amère et misérable. La cause d'une telle fin peut généralement se résumer à trois choses : l'argent, la maladie, la perte de l'amour. Les artistes ont toujours eu une mauvaise relation avec l'argent. Ils en ont besoin, mais sont souvent dégoûtés par ceux qui en ont. Depuis qu'il y a de l'argent, de l'art, et des gens qui sont prêts à dépenser de l'argent pour l'art, les communautés fondées par des artistes ont été envahies par les gens qui veulent goûter à la vie d'artiste, en dépit du fait que la réalité de cette vie est beaucoup plus dure, solitaire et ennuyeuse qu'on ne l'imagine. À mesure que le reste du centre-ville devenait plus sûr, plus bourgeois et plus acceptable, la ZAR devint un endroit plus attrayant. À mesure que les réglementations de zonage dans le reste du centre-ville étaient modifiées ou supprimées afin de promouvoir le développement, il en fut de même pour la ZAR. En 2001, l'Institut d'architecture de Californie du Sud, une école d'architecture d'avant-garde qui a donné au pays certains de ses meilleurs architectes, s'installa dans le quartier des artistes, dans un ancien entrepôt rénové. Elle fut suivie par un certain nombre de développements résidentiels eux aussi dans d'anciens entrepôts. Les artistes, dont la plupart étaient locataires, se trouvèrent dans l'impossibilité de payer leurs loyers, et commencèrent à partir. Les galeries qui, à l'origine, étaient dans le quartier pour les mêmes raisons que les artistes s'unirent pour ouvrir Gallery Row, plus au service des collectionneurs que des artistes. Le marché ferma, les bars fermèrent, ils furent remplacés par des versions plus modernes ou par des chaînes. Tout ce à quoi les artistes voulaient échapper arriva à leur porte. Et donc ils partirent, ou sont en train de partir.

*
* *

Le quartier des bijoutiers. Occupant un périmètre carré de neuf rues, il est plus petit que les quartiers des jouets et de la mode. Mais, oh mon pote, comme il brille ! C'est le plus important en volume de ventes des quartiers de bijoutiers de tous les États-Unis, avec un volume annuel de trois milliards de dollars de transactions. Il y a plus de trois mille bijoutiers en gros dans le quartier, qui vendent avant tout des diamants, et il y a assez de gardes armés dans le quartier pour former une armée. Comme le quartier des jouets, il ressemble à une immense bijouterie avec des voitures dans les allées, auxquelles parfois se mêlent celles de la police à la poursuite de celles de malfaiteurs. Contrairement au quartier des jouets, il n'y a pas d'agressions. Les auteurs d'agressions sont considérés a priori comme des voleurs de bijoux et sont descendus sans sommation.

*

* *

On sent la nourriture à un kilomètre : canard laqué et poulet du général Tso, travers de porc, riz frit avec tout. Nouilles chow mein, cochon rôti, congee de bœuf, chow fun de bœuf frit, poulet aux champignons et tofu à la sichuanaise. L'odeur se répand des cuisines fumantes à des kilomètres à la ronde, elle submerge tout sur son passage. Pour certains, elle est abominable et écœurante. Pour d'autres, c'est un chant de sirènes, qui les attirent dans un quartier plein de délices culinaires. C'est bien Chinatown. Le plus ancien quartier ethnique de la ville (bien qu'on puisse dire que la ville tout entière est et a toujours été une série de quartiers ethniques rassemblés sous l'égide du gouvernement et de la police). Quelque part à la fin des années 1840 ou au début des années 1850, les Chinois travaillant à la construction des voies ferrées et des routes commencent à s'installer à Los Angeles. En 1865, Chinatown était devenue un abri sûr pour les ouvriers et leurs familles. En 1870, elle comprenait plusieurs centaines d'habitants. En 1871, au cours d'une guerre entre gangs chinois rivaux, un Blanc pris dans des feux croisés fut tué et sa compagne blessée. Une foule de cinq cents Blancs envahit Chinatown et tua vingt Chinois. Ils détruisirent aussi la rue principale de Chinatown, qui s'appelait Calle de Los Negros (c'était à l'origine un quartier d'Afro-Américains), incendièrent les boutiques qui s'y trouvaient et pendirent trois Chinois à des poteaux dans d'autres parties de la ville afin de faire savoir aux autres groupes ethniques ce qui les attendait s'ils s'attaquaient aux Blancs. Chinatown fut reconstruite et se mit à prospérer, avec plusieurs milliers de nouveaux occupants, et acquit une position dominante dans les industries de la blanchisserie et du jeu. En 1882, le Chinese Exclusion Act, qui interdisait aux Chinois, étrangers ou nés sur le sol américain, de posséder des biens immobiliers, fut voté et le terrain sur lequel était située Chinatown devint la propriété de la ville, qui le vendit à des promoteurs et à des particuliers. Malgré tout, Chinatown continua de s'étendre. Entre 1885 et 1910, elle connut une prospérité due à ses activités tant légales qu'illégales. La population atteignit presque le chiffre de dix mille habitants, et elle devint totalement autonome. En 1913, les baux d'un grand nombre de commerces et d'habitations expirèrent et ne furent pas renouvelés, ce qui provoqua un exode massif. Les propriétaires vendirent le terrain aux sociétés de chemins de fer (ô la splendeur !), qui détruisirent la plupart des immeubles. Ceux qui ne furent pas vendus aux chemins de fer furent vendus à la ville, qui détruisit aussi les immeubles (ils adorent les bulldozers à la mairie), et construisit la gare de l'Union. La plupart des Chinois se dispersèrent dans les communautés environnantes telles que Monterey Park et San Gabriel, ou quittèrent la ville. Ceux qui restèrent vécurent dans une communauté ruinée au propre comme au figuré. Chinatown fut réduite à quelques rues de restaurants, un unique temple bouddhiste, et un magasin qui vendait des cerfs-volants et des dragons en papier.

Dans les années 1930, un Chinois nommé Peter SooHoo commença à militer pour la reconstruction d'un nouveau Chinatown. Il développa des plans pour un quartier qui serait dans le style de l'architecture chinoise traditionnelle avec des touches modernes américaines, avec des écoles, des marchés, des temples, des restaurants, une porte immense accueillant les visiteurs, bâtis autour d'un grand centre commercial. En 1937, quelques rues de l'ancien Chinatown furent choisies et achetées avec l'argent de la communauté chinoise exclusivement. En 1938, un nouveau Chinatown partiellement reconstruit fut inauguré. L'année qui suivit, des dizaines de milliers de visiteurs passèrent sous sa porte.

Le nouveau Chinatown vieillit, et quand il ne fut plus nouveau, il redevint Chinatown. Il est demeuré à la même place, avec à peu près les mêmes limites, depuis ces soixante-dix dernières années. Un restaurant peut fermer, mais il y en a toujours un autre pour ouvrir, un commerce peut se déplacer, mais il ne va pas loin. La porte est toujours là, le centre commercial est toujours là, il y a un monument aux Chinois assassinés en 1871. C'est une communauté stable, vieille de plusieurs générations, et cette fois-ci elle ne partira plus. Et vous pouvez sentir la nourriture, la fabuleuse nourriture, porc mu shu, rouleaux de printemps, soupe à la vessie de poisson, pédoncules de haricots verts à l'ail à un kilomètre de distance.

*
* *

Civic Center est la zone nord du centre-ville où sont rassemblés la plupart des bureaux du gouvernement et de l'administration de Los Angeles. La mairie est là, le Parker Center (quartier général de la police) est là, les sièges du tribunal d'État et du tribunal fédéral sont là, les Archives sont là, le Kenneth Hahn Hall of Administration, où sont logés les services purement administratifs de la ville, est là. Personne, absolument personne, n'a aucune idée de ce qui se passe dans ce quartier. Il est toujours actif et bondé, et il y a des gens qui ont l'air de travailler, mais personne ne sait ce qu'ils font toute la journée, pour autant qu'ils fassent quelque chose. C'est un mystère qui dure depuis plus de deux cents ans.

En 1932, la ville de Los Angeles accueille les jeux Olympiques d'été de la Xe olympiade. Los Angeles est la seule ville au monde à s'être portée candidate, et à cause de l'effondrement de l'économie mondiale et de la Grande Dépression, de nombreux pays n'y participent pas.

Dylan et Maddie sont au lit. Dylan regarde le plafond, Maddie a la tête sur sa poitrine. Dylan parle.

J'attends toujours que tu me dises que tu plaisantes.

Ça n'arrivera pas.

Qu'est-ce qu'on va faire ?

Être de meilleurs parents que nos parents.

Nous sommes jeunes. Peut-être trop jeunes.

Ma mère m'a eue à seize ans.

C'est exactement ce que je veux dire.

Je ne serai jamais comme elle.

Tu seras une mère formidable. C'est sûr. C'est seulement que je suis inquiet.

À propos de quoi ?

De l'argent, de l'avenir, comment on va se débrouiller pour ça, l'argent, l'avenir.

Elle rit.

Tout ira bien.

Il n'y aura plus de miracle.

Je trouverai du travail.

Qui s'occupera du bébé ?

On se débrouillera.

Je préférerais que tu restes à la maison.

Alors je resterai à la maison.
Mais on ne pourra pas se le permettre.
Alors qu'est-ce que tu veux faire ?
Je ne sais pas.
Je ne m'en débarrasse pas.
Je n'ai pas dit ça.
On sera à la hauteur, Dylan.
Je veux juste que tu y réfléchisses.
Je ne veux pas y réfléchir.
S'il te plaît.

En 1933, un incendie à Santa Monica Canyon détruit quarante maisons et tue soixante personnes, un tremblement de terre à San Gabriel détruit trente maisons et tue quinze personnes. En 1934, un incendie à Mandeville Canyon détruit vingt maisons et tue dix pompiers, un tremblement de terre à Long Beach détruit soixante-dix immeubles et tue cent cinquante personnes. En 1935, une inondation à San Fernando tue vingt personnes. En 1936, un torrent de boue à Eagle Rock tue quarante personnes.

Amberton et Kevin sur le lit d'Amberton au milieu de l'après-midi.

Amberton parle.

Tu m'aimes ?

Tu plaisantes ?

Tu m'aimes ?

Tu ne plaisantes pas.

Je veux savoir si tu m'aimes.

Non.

Tu aimes être avec moi ?

Non.

Tu aimes faire l'amour avec moi ?

Non.

Est-ce qu'au moins tu aimes mon corps ?

Non.

Mon visage ?

Non.

Mes cheveux ?

Non.

Pourquoi es-tu ici ?

Tu ne m'as pas laissé le choix.

On a toujours le choix.

J'entretiens ma petite amie, ma mère, mon oncle et ma tante, six cousins.

Je les entretiendrai pour toi.
Je ne veux pas que tu les approches.
Tu es beau quand tu es en colère.
Tu as fini ?
Non.
Quand est-ce que tu auras fini ?
Je commence à peine.

En 1935, la police de Los Angeles, sur ordre de la mairie, envoie un bataillon de policiers sur la frontière du Nevada empêcher les auto-stoppeurs, surtout de nationalité mexicaine, de pénétrer dans l'État de Californie. Ils reviennent quatre jours plus tard et annoncent qu'ils ont été incapables d'endiguer le flot de l'immigration.

Il est tard il fait nuit Vieux Joe et Vilain Tom sont accroupis derrière une voiture. Vieux Joe parle.

Ils sont là.

Qu'est-ce qu'ils font ?

Qu'est-ce qu'ils ont l'air de faire ?

Se défoncer.

C'est ce qu'ils font.

Qu'est-ce qu'on va faire ?

Les surveiller.

Et puis ?

Les surveiller encore. Voir quelles sont leurs habitudes.

Et puis ?

Attaquer.

C'est des méchants. Tu es sûr ?

C'est des méchants mais moi je suis le Vieux Joe.

C'est exactement ce que je veux dire.

Ils sont dans la merde.

Tu es dingue.

Regarde la fille.

Elle a pas l'air très en forme.

Deux yeux pochés.

Tu les vois d'ici ?

Je l'ai déjà vue aujourd'hui.

Elle sait ce qu'on fait ?

Non.

Peut-être qu'elle ne veut pas que tu fasses ça.

Elle est idiote.

Ça n'empêche pas qu'elle ne veut peut-être pas que tu le fasses.

Je ne le fais pas pour elle.

Tu le fais pour qui ?

Moi.

En 1937, la ville de Los Angeles achète un terrain et on commence à construire ce qui deviendra l'aéroport international de Los Angeles, aussi connu sous le nom de LAX.

Esperanza et Doug sur le lit de camp au sous-sol. Esperanza parle.

Non.

Ma mère ne reviendra pas avant trois ou quatre heures.

Ça n'a rien à voir.

Alors quoi ?

J'ai peur.

Pourquoi ?

J'ai peur c'est tout.

Pourquoi ?

Je ne te plairai plus.

C'est idiot.

Tu n'en sais rien.

Je sais tout ce que j'ai besoin de savoir.

Non.

Si.

C'est déjà arrivé. Il y avait des hommes qui pensaient que je leur plaisais. Et ils en ont appris plus.

Ça ne me fait pas peur, je suis au courant.

Non.

Qu'est-ce qu'il peut y avoir de si terrible ?

Je ne veux pas en parler.

Je ne suis pas parfait non plus, tu sais. Je suis plutôt gros, je perds mes cheveux, je suis nul dans les cocktails, et la plupart du temps je me conduis comme si j'avais douze ans.

Ça me plaît.

Et moi j'aime tes imperfections. Toutes.

Tu ne les connais pas encore toutes.

En fait je trouve probablement que ce que tu crois être des imperfections est parfait.

Comme quoi ?

Tu as un grain de beauté sur le cou. Je trouve ça cool. Tes mains sont abîmées par le travail, mais les femmes qui travaillent sont sexy. Et tes cuisses. Tu les trouves probablement trop grosses. Je trouve que ce sont les plus belles choses que j'aie jamais vues. C'est la première chose que j'ai remarquée après tes yeux et ton petit sourire timide. Elles sont fabuleuses. Elles sont renversantes.

En 1939, bien qu'elle soit la quatrième ville la plus peuplée des États-Unis, Los Angeles est au onzième rang des grandes agglomérations métropolitaines du continent américain pour la vente de voitures, au quatorzième rang pour la consommation d'essence.

Tous les faits ne sont pas amusants. Certains le sont, certains sont vraiment foutrement amusants, mais pas tous. Volume I des *Faits pas si amusants de Los Angeles*.

Los Angeles est la ville la plus polluée des États-Unis d'Amérique.

Il y a approximativement 6 000 crimes commis contre des personnes âgées chaque année, 1 000 crimes racistes ou motivés par la haine chaque année, et 60 000 conflits domestiques chaque année, dont 10 000 avec armes.

Les eaux usées et les déchets médicaux sont souvent rejetés sur les plages de Venice, Santa Monica, Pacific Palisades et Malibu.

Les décharges du comté de Los Angeles reçoivent environ 20 000 tonnes de déchets par jour.

Il y a plus d'entrepôts à Los Angeles que dans toute autre ville du continent américain. Ils disposent de 4 millions de mètres carrés répartis sur plus de 1 500 entrepôts de stockage.

Il y a 12 000 personnes dont le métier consiste à recouvrer des factures dans la ville de Los Angeles.

Plus de 60 000 personnes travaillent dans la pornographie.

Environ 7 500 personnes travaillent dans l'agriculture (vous êtes probablement surpris qu'il y en ait).

21 000 étudiants quittent le lycée tous les ans sans avoir terminé leurs études dans le comté de Los Angeles.

Il y a 240 cabarets de strip-tease dans le comté de Los Angeles (aurait pu être classé parmi les faits amusants).

Le comté de Los Angeles abrite de la 24e à la 39e circonscription électorale pour l'élection d'un député à la Chambre des représentants.

700 000 personnes reçoivent chaque année des tickets d'alimentation à Los Angeles.

Plus de 1,6 million de personnes vivent sous le seuil de pauvreté.

Environ 2,7 millions de personnes n'ont pas d'assurance-maladie.

Chaque année, 75 000 personnes meurent à Los Angeles (vraiment pas amusant). La première cause de décès sont les maladies cardio-vasculaires, la seconde est le cancer.

29 cents de chaque dollar collecté par les impôts est attribué à la police. 15 cents de chaque dollar collecté est attribué à la collecte et au traitement des eaux usées. 8 cents de chaque dollar collecté est attribué à l'entretien des routes. 1,5 cent de chaque dollar collecté est attribué à l'éducation.

125 000 animaux sont emmenés à la fourrière chaque année. 95 000 sont piqués.

90 000 personnes sont blessées dans des accidents de la route.

Chaque année, 425 000 personnes contractent des maladies sexuellement transmissibles.

Il y a 750 000 alcooliques et drogués.

Il y a environ 1 500 suicides par an.

La population carcérale moyenne dans le comté de Los Angeles est de 33 000 individus.

Il y a approximativement 150 000 arrestations par an.

Cinquante-trois pour cent des lycéens de Los Angeles ont fumé de la marijuana (ERREUR,

ERREUR, ERREUR, DEVRAIT ÊTRE RANGÉ DANS LES FAITS AMUSANTS OU VRAIMENT AMUSANTS OU VRAIMENT VRAIMENT VRAI-MENT AMUSANTS).

En 1937, la maison de Clifford Clinton, un des critiques les plus virulents du maire Frank Shaw, est détruite par une bombe. La voiture de Harry Raymond, un enquêteur à la recherche d'éléments pour étayer les accusations de corruption dans le bureau du maire portées par Clinton, explose. Les deux hommes survivent, mais sont gravement blessés. Des hommes appartenant à la police de Los Angeles avoueront avoir posé les bombes sur ordre du maire.

Il embrasse ses lèvres son cou, il passe les mains dans ses cheveux dans son dos sur ses flancs, ses mains remontent sous son chemisier, sous sa jupe. Ses gestes sont maladroits, elle rit, il est gêné, sous sa jupe ses gestes sont maladroits, elle lui enlève sa chemise embrasse son cou sa poitrine, elle prend ses mains dans ses mains les embrasse. Elle embrasse ses mains.

Ils sont dans sa chambre. Sa mère n'est pas là. Elle est allée chez une amie à Palm Springs qui a une maison au bord d'un golf est membre d'un club de tennis a un chef une femme de ménage et quatre jardiniers tous mexicains. Elle est partie une heure après le petit déjeuner, il est allé dans un magasin de BD où il a passé deux heures au rayon nouveautés, est revenu quand il était sûr que sa mère était partie. Esperanza ne savait pas qu'il allait revenir. Elle était en train d'épousseter une commode, prête à passer le chiffon sur les rebords des fenêtres quand il est entré avec un bouquet de roses, des roses rouge sombre parfaites épanouies, de la rosée sur les pétales, un rouge parfait. Il les lui a tendues, elle a souri est allée jusqu'à lui l'a pris dans ses bras a commencé à l'embrasser, il a laissé tomber les

449

fleurs, ils se sont embrassés, embrassés, il s'est
dégagé a souri et a parlé.

Nous avons deux jours.

Elle a souri, parlé.

Tu es sûr ?

Ouais.

Qu'est-ce que tu veux faire ?

Qu'est-ce que tu veux faire ?

Ne réponds pas à ma question par une question.

On pourrait faire comme si c'était notre maison. Comme si on habitait là.

C'est ton cas.

Je veux dire, genre, si on y habitait comme un
couple.

Je ne peux pas rester dormir.

On fera semblant pendant la journée.

Si la maison n'est pas propre quand ta mère
reviendra elle va devenir folle.

Je vais payer quelqu'un pour faire le ménage.

Elle ne saura pas comment faire.

Tu as peur ?

Oui.

Je ne vais pas te faire de mal.

Je sais.

Tu n'as pas besoin d'avoir peur.

J'ai peur.

Tu veux que je te dise ?

Quoi ?

Moi aussi j'ai peur. J'ai vraiment peur.

Tu n'as pas besoin.

J'ai une belle nana à qui je plais. Je ne veux
pas tout faire foirer.

Je ne suis pas une belle nana.

Mais si.

Non.

Mais si, et maintenant il faut que je réfléchisse à comment ne pas tout faire foirer.

Tu ne feras rien foirer.

Elle l'embrassa de nouveau, c'était un long baiser profond, ses mains commencèrent à courir le long de son dos ses flancs, ils étaient tous deux maladroits inexpérimentés inquiets. Il se dégagea, sourit, parla.

Tu veux aller ailleurs ?

Au sous-sol.

Ça fait un mois qu'on flirte au sous-sol.

On est en sécurité.

Allons dans ma chambre.

Pourquoi ?

C'est ma chambre. On aura un lit.

Si je dis stop il faut que tu me jures d'arrêter.

Je le jure.

Elle l'embrassa de nouveau se dégagea ramassa les fleurs. Il la prit par la main la mena à sa chambre. Elle alla dans sa salle de bains remplit le lavabo d'eau tiède y plongea les tiges. Elle retourna à sa chambre, il était devant son lecteur de CD. Il se tourna sourit parla.

Quel genre de musique tu aimes ?

J'aime la musique mexicaine traditionnelle et j'aime la pop.

J'adore la pop. Et j'aime le heavy metal aussi, très fort, très rapide et vraiment heavy.

Elle sourit.

Pop, s'il te plaît.

Je mettrai du metal plus tard.

Elle rit, il mit James Taylor, elle alla vers lui, ils tombèrent sur son lit. Ils tombèrent s'embrassèrent, leurs dents se cognaient, ils tripotaient

gauchement leurs chemises. Ils roulèrent mala-
droitement sur la masse de draps et de couvertures, elle dessus, lui dessus, elle de nouveau. Il
enleva ses lunettes les laissa tomber par terre.
Il déboutonna sa tenue, elle l'arrêta quand il
essaya de l'enlever. Il voulut défaire son soutien-
gorge, elle l'arrêta. Il grognait en l'embrassant,
il était nerveux, anxieux. Elle le désirait mais
était incapable de se laisser aller, elle vacillait
entre la domination et la timidité. Il embrassa
son cou, elle le repoussa. Si elle avait la moindre
marque elle perdrait son travail. Elle embrassa
son cou, quand elle commença à se dégager,
il la retint et dit encore, encore. Ils continuèrent
à s'embrasser, leurs lèvres étaient irritées, ses
mains remontèrent le long de ses cuisses, elle
l'arrêta. Baisers. Il essaya de nouveau, elle l'arrêta
de nouveau. Baisers. De nouveau elle l'arrête. Cela
fait une heure qu'ils s'embrassent. Il essaie de
nouveau, elle l'arrête, se dégage, parle.

Non.

Pourquoi ?

Parce que.

Je les aime.

Non.

S'il te plaît.

Je n'irai pas plus haut.

Non.

Il se met au bord du lit, pose les pieds par
terre.

Viens ici.

Pourquoi ?

Il lui tend les bras.

Viens ici.

452

Elle prend sa main, vient au bord du lit, s'assied près de lui. Il se lève et se met à genoux devant elle. Sa jupe grise est remontée sur ses genoux, elle porte ses bas noirs, il regarde dans ses yeux brun foncé et il pose les mains sur ses hanches. Il sourit, parle.

Elles sont jolies.

Elle sourit. Il fait glisser ses mains jusqu'à ses mollets, parle.

Très jolies.

Elle sourit de nouveau, il les fait glisser jusqu'à ses genoux, ses doigts devant, ses pouces dans le creux derrière, il parle.

Magnifiques genoux.

Elle continue à sourire. Il frotte l'arrière de ses genoux la chatouille et parle.

Vraiment magnifiques.

Elle rit, il continue à la regarder dans les yeux.

Ce sont des genoux qui pourraient ruiner un homme.

Ah ouais ?

Absolument.

Il fait glisser ses mains plus haut.

Et ces cuisses.

Plus haut.

Ces cuisses sont les plus belles cuisses du monde.

Il sourit, leurs yeux ne se quittent pas.

Incroyables.

Elle a peur, ses mains sont sur elles, autour d'elles.

Incroyables.

Ils se fixent du regard, elle pose les mains sur ses mains. Elles sont sous l'ourlet de sa jupe, là où sa chair s'évase, où ses cuisses commencent à prendre forme. Les mains dans les mains, les yeux dans les yeux. Elle a peur. Il parle.

Tu peux me faire confiance.

Je sais.

Je ne vais pas te faire de mal.

Je sais.

Je les aime.

Je sais.

Les yeux dans les yeux. Leurs mains commencent à glisser lentement vers le haut. Il sourit, elle respire profondément, un sourire nerveux timide. La jupe commence à se relever, la chair se révèle. Les yeux dans les yeux les mains glissant lentement, allant là où personne n'est jamais allé, où elle n'a jamais laissé personne aller. Dans cette maison à Pasadena. Un Blanc riche de bonne famille à genoux devant une petite Mexicano-Américaine pauvre qui se faisait passer pour une immigrante pour pouvoir venir en bus faire le ménage chez sa mère. Ses mains sur ses mains. Ils se regardent dans les yeux. Il sourit, elle respire profondément, profondément, respire. La jupe monte, la chair s'expose, la peau est plus claire que celle de ses mains ses bras ses pieds, plus claire que la peau de son visage. Il écarte les doigts, les presse, il sourit, elle respire profondément, il parle.

Tu es magnifique.

Elle sourit.

Elles sont magnifiques.

Les mains progressent dans la chair.

Tu es la plus formidable plus merveilleuse plus belle femme que j'aie jamais vue.

Ils se regardent dans les yeux.

Je t'aime.

Elle sourit.

Je t'aime et elles aussi et j'adore t'embrasser et j'adore te tenir et j'adore qu'on soit ensemble, je n'ai jamais été aussi heureux de ma vie.

Mains glissant jupe montant exposée elle sourit respire profondément totalement exposée elle sourit elle parle.

Je t'aime moi aussi.

Leurs mains ensemble.

Je t'aime moi aussi.

Où personne, personne, leurs mains, sa chair, personne, se fixant, souriant. Alors qu'il commence à se lever la porte derrière lui s'ouvre. Leurs yeux se quittent, il se retourne, sa mère est là elle tient son sac dans une main l'autre ouverte. Elle parle.

Espèce de sale petite pute mexicaine.

Il parle.

Qu'est-ce que tu fais ici, maman ?

Elle s'avance.

Qu'est-ce que *tu* fais ici, Doug ? C'est ça la vraie question non ?

QU'EST-CE QUE TU FAIS ICI AVEC CETTE SALE PETITE PUTE MEXICAINE ?

Doug se retourne, fait face à sa mère. Esperanza se lève vivement, baisse sa jupe. Mrs. Campbell s'avance.

Petite salope.

Tais-toi, maman.

Elle s'avance.

Espèce de sale petite salope, comment osez-vous toucher à mon fils ?

Elle s'avance et avant que Doug puisse faire un geste, Mrs. Campbell gifle Esperanza. Doug essaie d'intervenir, elle la gifle de nouveau, la griffant au passage. Esperanza recule, Mrs. Campbell se met à hurler.

PUTAIN. PUTAIN. PUTAIN.

Elle la frappe de nouveau, Doug essaie de la tirer en arrière, elle lui échappe.

SALE PUTAIN.

La frappe de nouveau.

ESPÈCE DE PUTAIN DE MERDE MEXI-CAINE.

Esperanza craque et se met à sangloter. Doug saisit sa mère aux épaules.

COMMENT OSEZ-VOUS, ESPÈCE DE PETITE ROULURE ?

Doug tire sa mère, elle envoie un coup de pied en direction d'Esperanza qui sanglote roulée en boule, lui hurle SALE PETITE TRAÎNÉE MEXI-CAINE.

Esperanza voit sa chance et se précipite vers la porte.

JE VOUS FERAI RENVOYER DANS VOTRE TROU, ESPÈCE DE PUTAIN.

Court.

PUTAIN, PUTAIN, PUTAIN.

Court.

À travers la maison sanglotant au sous-sol sanglotant dehors sanglotant elle entend Mrs. Campbell hurler.

Court.

On va trouver des armes, des bouteilles ou des bouts de bois, et on va piquer des couvercles de poubelle pour en faire des boucliers...

Al de Denver l'interrompt.

Des boucliers ?

Joe parle.

Ouais.

Al parle.

On n'est pas au Moyen Âge.

Joe parle.

T'es pas obligé d'en porter un, okay ?

Al parle.

Okay.

Limonade parle.

J'adore les boucliers, Joe. J'en porterai un.

Quatre-Orteils parle.

Moi aussi.

Bonbons.

Moi itou.

Vilain Tom.

J'en porterai un si tu me donnes plus à boire.

Joe prend une grande inspiration.

Tout le monde portera un bouclier. Une fois qu'on sera armés. On se camouflera avec de la erre.

Al.

Mon cul.

imonade.

adore le camouflage.

e.

rsonne n'est obligé, mais la mission sera efficace avec.

ain Tom.

.

bons.

Pigé aussi.

Joe.

Après on se divisera en trois équipes de deux. Une équipe passera par le bord de la plage, une par la promenade, une par la rue.

Limonade.

J'aimerais être dans ton équipe, Joe.

Joe.

Bonne idée.

Bonbons.

Et moi, Limonade ?

Limonade.

Il y a deux autres choix, tous formidables.

Vilain Tom.

J'irai avec toi, Bonbons.

Quatre-Orteils.

On dirait qu'on va faire équipe, Al.

Al.

Merde.

Donc on a les équipes. On s'amène en douceur. Celui qui voit ces salopards siffle.

Al.

Je sais pas.

Tito Quatre-Orteils.

Moi si.

Bonbons.

J'ai peur des sifflets.

Limonade.

Comment on peut avoir peur des sifflets ?

Bonbons.

Un truc d'enfance. J'ai pas envie d'en parler.

Vieux Joe.

Faites un bruit, un sifflement, peut-être un hululement, quelque chose. Le premier qui fait du bruit les autres équipes le rejoignent. Une fois rassemblés, on encercle les trois types et on prend la fille.

Al de Denver.

Et on fait quoi avec elle ?

Joe.

On lui trouve de l'aide.

Et s'ils résistent ?

Joe.

C'est pour ça qu'il y a les armes et les boucliers.

Vilain Tom.

J'ai pas envie de m'en servir vraiment.

Joe.

On sera peut-être forcés.

Limonade.

Je prédis une victoire facile. Un peu ce que le Président a fait en Irak.

Bonbons.

Je me mets à l'arrière. Au cas où il y en aurait qui vous échappent et essaient de s'enfuir.

Joe.

C'est des brutes. Les brutes se dégonflent toujours au moment d'agir. Il faut juste qu'on reste unis, qu'on travaille en équipe.

Vilain Tom.

Travail d'équipe.

Al.

Travail d'équipe.

Quatre-Orteils.

Travail d'équipe.

Bonbons.

Travail d'équipe.

Limonade.

Travail d'équipe j'adore.

Joe.

Allons-y.

Ils se lèvent éteignent le feu à coups de pied. Ils vont sur Speedway commencent à chercher des armes parcourent les rues piétonnières à la recherche de couvercles de poubelle. Ils se retrouvent aux toilettes de Joe, ils sont tous armés. Ils descendent à la bande de gazon qui borde la promenade trouvent un palmier avec un petit cercle de terre à son pied. Ils se frottent le cou, le visage, les bras, ils sont *camouflés* ! Joe inspecte tout le monde, s'assure que chacun est prêt, parle.

Prêts pour la bataille.

Limonade pousse un hourra.

WOOHOO ! ! !

Joe.

On se sépare et on commence à progresser le long de la promenade. Généralement ils traînent sur l'herbe près du parking au bout de Rose. Mais je les ai aussi vus dans l'allée derrière Sunshine Café et je les ai vus dormir sur le sable.

Bonbons.

Je suis nerveux.

Joe.

On l'est tous.

Vilain Tom.

Et s'ils ne sont pas ensemble ?

Joe.

Ils sont toujours ensemble.

Al de Denver.

Et si la fille n'est pas avec eux ?

Joe.

Elle est toujours avec eux.

Tito Quatre-Orteils.

S'ils ont de l'alcool on peut le prendre ?

Joe.

S'ils ont une bouteille de chablis elle est pour moi.

Ils rient tous. Joe parle.

Allons-y.

Ils se séparent, Limonade et Vieux Joe, Vilain Tom et Bonbons, Al de Denver et Tito Quatre-Orteils, ils commencent à progresser en direction du nord, à progresser en direction des ennemis de Joe. Limonade et Joe passent par la promenade, Vilain Tom et Bonbons par la plage, Al et Tito par Speedway Alley. Alors qu'ils se mettent en route, Limonade prend Joe par le bras, le regarde dans les yeux, parle.

Je trouve que c'est magnifique, Joe. C'est un truc que ferait John Wayne. Et ça va être un énorme succès. Je le sais.

Joe parle.

Merci, Limon.

Dans mes bras, mon pote. Dans mes bras.

Joe rit, ils s'étreignent, Limonade donne des tapes dans le dos de Joe, ils se séparent, commencent lentement à avancer sur la promenade. Excepté d'autres sans-abri, hommes et femmes, qui dorment presque tous, ceux qui ne dorment pas sont soûls, la promenade est déserte. La plage est bordée de lampadaires qui projettent des arcs de lumière fluorescente, la plupart des magasins, restaurants et baraques le long de l'allée sont plongés dans l'obscurité, sauf les plus luxueux dont les lumières extérieures sont allumées. La promenade est longue grise silencieuse immobile magnifiquement parfaitement paisible comme une large ligne grise s'étendant dans un noir sans fin. Joe et Limonade restent du côté

463

de l'allée, bondissant, aussi rapidement qu'ils le peuvent, d'une zone d'ombre à l'autre. Joe ouvre la marche et Limonade reste derrière lui. Ils ne parlent pas, tous deux portent des bouts de tasseau avec de vilaines extrémités pointues et des couvercles de poubelle en métal cabossés. Tous deux cherchent avec soin la fille et les trois types, ils voient un rat disparaître dans un immeuble, un opossum qui se nourrit dans une benne à ordures, des oiseaux silencieux dans un nid sur une branche de palmier, un chien errant, un chat endormi sur les marches d'un centre de désintoxication, un couple sur la plage pas sans-abri pas endormi. Alors qu'ils approchent de l'étendue d'herbe où Joe pense que se trouveront la fille et les trois hommes, ils avancent plus lentement, plus précautionneusement, ils restent plus longtemps dans l'ombre. Ils entrent sur un parking coincé entre deux boutiques de T-shirts, s'asseyent à côté d'un camping-car rouillé. Ils regardent du côté de l'herbe, où ils voient des ombres qui bougent, des voix. Limonade parle.

C'est eux ?

Joe parle.

Je sais pas.

Je crois que c'est eux.

Peut-être.

Ils vont fuir quand ils nous verront.

J'en doute.

Je fuirais si je nous voyais.

C'est des durs.

On va sauver la fille et on va lui trouver de l'aide. C'est comme un conte de fées sur une plage de Californie. On va lui acheter des belles chaussures.

Joe pouffe tout bas, surveille les ombres. Ils pénètrent dans la lumière, c'est bien eux, trois hommes avec des capuchons et la fille, tous ont une bouteille dans une main une cigarette dans l'autre. Joe regarde Limonade, parle.

T'avais raison.

Limonade sourit, parle.

Ça va être une nuit magnifique.

Tu sais siffler ?

Comme un train.

Joe pouffe de nouveau.

Vas-y. Mais pas trop fort.

Il sera parfait.

Limonade porte ses doigts à sa bouche, souffle dedans et un bruit aigu abrasif perce la nuit. La fille et les trois types s'arrêtent immédiatement regardent en direction de Joe et Limonade qui s'accroupissent derrière le véhicule pour attendre leurs amis. Presque sur-le-champ ils entendent Vilain Tom et Bonbons qui poussent des cris et des hurlements. Ils se tournent en direction du bruit, comme la fille et les trois types, et ils voient Tom et Bonbons qui accourent sur le sable, bâton dans une main bouclier dans l'autre. Joe regarde Limonade, parle.

Pour l'effet de surprise on repassera.

Limonade parle.

Nous n'en aurons pas besoin.

On va voir ça.

Ça sera parfait.

Ils se lèvent se dirigent vers la fille et les trois types qui voient maintenant quatre hommes avec des bâtons et des boucliers arriver vers eux. Le plus imposant d'entre eux regarde du côté de Joe, parle.

Qui vous êtes, bordel ?

Joe parle.

Nous sommes ici pour Beatrice.

L'homme rit.

Beatrice ?

Joe.

Ouais.

Elle t'a dit qu'elle s'appelait Beatrice ?

C'est pas son nom ?

L'homme rit de nouveau.

Non, c'est pas son nom.

Les deux autres rient, la fille sourit. Vilain Tom, Bonbons, Limonade et Joe sont en demi-cercle autour d'eux, ils tiennent leurs bâtons en l'air. Joe regarde la fille.

Comment tu t'appelles ?

Elle secoue la tête.

Ça n'a pas d'importance.

Tire-toi, vieux.

Joe la fixe.

Tu as besoin d'aide. Nous voulons t'aider.

Tire-toi.

Joe la fixe, elle regarde par terre, les trois types ricanent. Le plus imposant s'avance.

Maintenant que vous savez que vous n'êtes pas les bienvenus, il est temps de partir, connards.

Joe la fixe, elle refuse de le regarder. Limonade s'avance.

Jeune homme, il est évident que cette dame est bouleversée. Je suis prêt à parier qu'elle agit sous la contrainte. Nous sommes venus pour vous l'enlever et trouver un meilleur endroit pour elle. Nous ne partirons pas avant que cet objectif soit atteint.

466

Tirez-vous de là. C'est ma salope et j'en fais ce que je veux, ça ne changera pas.

Joe la fixe, elle regarde par terre.

Nous l'emmenons.

Allez vous faire foutre.

Limonade commence à s'avancer, le plus imposant sort un pistolet de sa ceinture.

Limonade s'arrête. Le plus imposant parle.

Vous ne ferez rien du tout, enculés.

Limonade recule. Vilain Tom et Bonbons tournent immédiatement les talons et se mettent à courir.

À moins que je décide le contraire.

Les deux autres rient, Limonade et Joe commencent à reculer, Joe parle.

On s'en va.

Il lève son pistolet.

On s'en va.

L'arme.

Allons-y, Limon.

Joe et Limonade laissent tomber leurs bâtons leurs boucliers, commencent à s'enfuir. Tandis que Joe court il se retourne voit le pistolet levé, pointé. Il hurle en direction de Limonade, ils courent vers le parking où ils s'étaient cachés, il se retourne vers le pistolet levé, pointé, il entend le coup de feu, quelque chose comme un craquement, un bouchon qui saute, une petite explosion. Il voit l'arrière du crâne de Limonade disparaître. Il le voit tomber face contre terre. Il s'arrête, il est à bout de souffle, fait un bond en arrière lève les yeux, le plus imposant court vers lui le pistolet levé. Joe se tourne, continue à courir, il a le corps d'un vieil homme un très vieil homme, il continue à courir sur le parking traverse le parking tourne au coin d'un immeuble, s'arrête regarde derrière lui. Limonade est face contre terre sur le bord de la promenade. La lumière vacillante d'un lampadaire projette un arc jaune sur la partie inférieure de son corps. L'arrière de son crâne a disparu, une mare de sang commence à couler lentement vers le sable, la mer. Le plus imposant se tient au-dessus de Limonade avec un pistolet. Les deux autres et la fille se dirigent vers lui. Le pistolet tire, le corps tressaute, le pistolet tire, le corps tressaute. Déjà mort donc ça n'a aucune putain d'importance.

Le pistolet tire, le corps tressaute.

Encore.

Encore.

Encore.

Pendant la Seconde Guerre mondiale, des sociétés d'armement et d'aéronautique implantent d'importantes unités de production dans le comté de Los Angeles afin d'y fabriquer avions, navires de guerre, armes et munitions destinés aux opérations militaires du Pacifique dans la guerre contre le Japon. À la fin de la guerre, le comté de Los Angeles abrite la plus grande concentration mondiale d'industries de défense et d'aéronautique.

Amberton, Casey et les enfants sont à Malibu. Amberton est dans une de ces humeurs, une humeur sombre, une humeur noire, une putain de profondément mauvaise humeur. Leur personnel, les gouvernantes pour les enfants, un chef, deux assistantes personnelles, deux femmes de chambre, sont avec eux. Quand Amberton est dans une de ces humeurs, il le fait savoir, par écrit, à son assistante, et l'assistante le fait savoir au reste du personnel, qui suit ce qu'on appelle les *Règles de mauvaise humeur d'Amberton* : essayer de ne pas être dans la même pièce qu'Amberton, si vous êtes dans la même pièce, quittez-la aussi vite que possible, ne le regardez pas, si par accident vous le regardez ne le regardez pas dans les yeux, ne lui parlez pas, s'il vous parle, regardez par terre et répondez aussi rapidement et efficacement que possible, quoi que vous entendiez ou voyiez n'appelez pas la police, les pompiers ou une ambulance. L'humeur peut durer une journée ou peut durer un mois. Il n'y a souvent ni rime ni raison à son apparition, et il n'y a souvent ni rime ni raison à sa disparition. Elle va et vient, ne restez pas dans son chemin.

Cette humeur, cependant, ce mélange thermo-nucléaire de tristesse, de colère et de confusion, fut provoquée par le refus de Kevin, encore une fois, de voir ou de parler à Amberton. À la fin de leur dernière rencontre, qui eut lieu trois semaines auparavant sur le siège arrière d'un 4 × 4 blindé dont Amberton faisait l'essai, Kevin mit fin à leur liaison, du moins pour lui, en déclarant à un Amberton nu et frissonnant, qui venait de suggérer d'introduire des costumes d'animaux à fourrure dans leur relation et de passer un week-end à jouer à des jeux de rôles dans lesdits costumes, qu'il en avait fini avec Amberton et – selon ses propres mots – ses conneries de cinglé. Amberton crut qu'il plaisantait et avoir vu une lueur d'excitation dans les yeux de Kevin à l'évocation des costumes. Kevin était sorti du 4 × 4 aussi vite que possible et, bien qu'en costume-cravate, s'était éloigné au pas de course.

Il n'y a pas eu de contact depuis, malgré les trente à cinquante coups de fil quotidiens, de multiples visites au bureau (Kevin avait ver-rouillé sa porte, y ayant même une fois passé la nuit en urinant dans une bouteille de soda) et la livraison de fleurs chocolats costumes de luxe et voiture de sport (qui furent tous renvoyés) au domicile de Kevin. Au début, Amberton avait pensé que Kevin se faisait désirer, mais, après avoir fait le siège nocturne de son bureau, il s'était rendu compte que tel n'était pas le cas. Il passa une journée dans un spa à se faire faire massage corporel et facial gommage pédicure manucure et autres rasage et épilation, sans suc-cès. Il passa une journée avec trois escorts ado-lescents très onéreux, sans succès. Il passa une partie d'une journée à dépenser plusieurs centaines de milliers de dollars à acheter vêtements, bijoux et objets d'art, sans succès. L'humeur s'installa, l'humeur ne s'en allait pas. Après qu'il fut monté dans un arbre de leur jardin et eut refusé d'en descendre pendant six heures, Casey avait suggéré qu'ils aillent à la plage, où il n'y avait pas d'arbres.

Privé de ses habituels exutoires à la manifestation de son humeur, Amberton a opté pour un emploi du temps où l'exercice la nourriture la coloration des cheveux et la casse tiennent la première place. Dès le réveil, il fait deux heures d'exercices dans sa salle de gymnastique avec son entraîneur personnel. Puis il prend un petit déjeuner colossal, qu'il se force ensuite à vomir en se mettant les doigts dans la gorge. Après avoir vomi et s'être brossé les dents, il fait venir son coiffeur, qui retouche sa couleur, qu'il a changée parfois totalement parfois de manière plus subtile à l'aide de mèches et de balayages chaque jour de la semaine passée. Puis il déambule dans la maison, causant la panique parmi le personnel, qui fuit à son approche, et il prend au hasard un objet, vase téléviseur petite table stéréo, qu'il réduit en morceaux, généralement en le jetant par terre aussi violemment que possible (une de ses assistantes remplace immédiatement l'objet brisé). Après quoi son entraîneur revient et il fait de nouveau de l'exercice, mange de nouveau, vomit de nouveau.

Aujourd'hui ses habitudes sont dérangées par une visite de Gordon, son agent, d'un avocat de l'agence, et d'un autre avocat qui travaille pour Amberton. Ils viennent déjeuner, le chef est en train de préparer un ahi au sésame avec sashimi et salade d'algues. Après ses exercices son petit déjeuner et son vomi matinaux, il se fait teindre les cheveux en noir de jais (très sérieux, pour l'occasion, très sérieux), passe une heure à choisir son short et son T-shirt (ajusté ou ample, à côtes ou non, col rond ou en V, sans manches ou à manches courtes), finit par choisir un short noir à plis et un T-shirt (ajusté, noir, à côtes, manches courtes). Il est assis au bord de la piscine quand Gordon et les avocats arrivent. Tous portent des costumes noirs, des chemises crème et des cravates en soie de couleur vive. Il se lève leur serre la main dit bonjour, parle.

Et maintenant ?

Gordon parle.

Comment vont Casey et les enfants ?

Qui sait, je ne les ai pas vus depuis une semaine à peu près.

L'avocat de l'agence, qui s'appelle Dick, parle.

Ils ne sont pas ici ?

Je suis de mauvaise humeur. Quand je suis de mauvaise humeur, ils m'évitent.

L'avocat d'Amberton, qui s'appelle David, parle.

Une de tes *mauvaises* mauvaises humeurs ?

Oui, David. Une de ces *mauvaises* mauvaises humeurs. Une mauvaise humeur profonde, dépressive et chtarbée dans laquelle je fais des choses stupides et je me passe tous mes caprices simplement parce que je suis assez riche pour me le permettre. C'est encore une de ces mauvaises humeurs.

Gordon parle.

On peut t'aider ?

Amberton parle.

En me disant pourquoi vous êtes ici, en mangeant votre déjeuner rapidement, et en me laissant à mon autodestruction.

Gordon regarde les deux avocats, qui lui font un signe de tête. Il regarde Amberton, parle.

J'ai eu une réunion désagréable ce matin.

Amberton parle.

Avec qui ?

Gordon parle.

Kevin.

Est-ce qu'il est aussi dévasté que moi par tout ça ?

Gordon parle.

Dans quel sens ?

Quand on quitte quelqu'un qu'on aime, ça fait mal. Je sais que j'ai mal, donc j'imagine que c'est la même chose pour lui.

Gordon regarde les avocats, qui ont tous deux l'air soucieux. Gordon parle.

Ce n'est pas exactement dans les mêmes termes qu'il s'est exprimé.

Amberton parle.

Qu'est-ce qu'il a dit ?

Que tu t'es imposé à lui et que tu l'as harcelé.

Amberton paraît surpris, vraiment et sincèrement surpris.

Ce n'est pas ce qui s'est passé.

Daniel parle.

Est-ce que tu reconnais avoir eu une liaison avec lui ?

David parle.

Cette conversation est confidentielle, donc techniquement il ne reconnaît rien.

Daniel parle.

Compris.

Amberton parle.

Nous sommes tombés amoureux. Nous avons vécu cet amour sexuellement et émotionnelle-ment. Je ne sais pas s'il est aussi à l'aise ou aussi ouvert avec sa sexualité que je le suis avec la mienne, donc il a mis fin à la relation. C'était une chose merveilleuse, comme la fleur la plus parfaite la plus saine la plus colorée la plus épa-nouie, tant qu'elle a duré, c'était comme une fleur du paradis. Maintenant c'est comme si une bombe explosait dans mon cœur. Je ne serai pro-bablement plus jamais le même.

Gordon parle.

Je ne cherche pas à t'insulter, Amberton, mais je pense que Kevin a une interprétation diffé-rente de ce qui s'est passé entre vous.

Je ne le crois pas. Je ne pense même pas que ce soit possible.

Gordon regarde Daniel et fait un signe de tête, Daniel ouvre une mallette et en sort un magné-tophone. Il le pose sur la table. Gordon parle.

Nous avons reçu un appel hier après-midi d'un avocat qui représente Kevin, qui a quitté le bureau avec tous ses dossiers. Nous l'avons vu ce matin. Entre autres choses, beaucoup d'autres choses, Kevin avait un enregistrement d'une conversation qui a eu lieu entre vous.

Il fait de nouveau un signe de tête à Daniel, Daniel appuie sur play, les voix de Kevin et d'Amberton, légèrement caverneuses et parasi-tées, se font cependant clairement entendre.

Amberton : Maintenant.
Kevin : Non.

Amberton : Tu ne peux pas me dire non.

Kevin : Ce n'est pas juste.

Amberton : Ce qui n'est pas juste c'est que tu me refuses ce que je veux.

Kevin : Je t'en prie.

Amberton : Tout de suite. Comme j'aime.

Kevin : Et sinon ?

Amberton : Je passe quelques coups de téléphone. Tu perds ton job, ta mère perd sa maison, et ton avenir disparaît.

Kevin : Tu ne ferais pas ça.

Amberton : Je t'aime, Kevin.

Kevin : S'il te plaît, ne dis pas ça.

Amberton : Je t'aime, Kevin. S'il te plaît, ne m'oblige pas à te faire du mal.

Daniel arrête le magnétophone. David secoue la tête. Gordon fixe son ahi incrusté de graines de sésame intact, magnifique. Amberton parle.

Incroyable ce qu'on peut faire avec la technologie de nos jours.

Daniel parle.

Pardon ?

C'est un faux évident.

Gordon parle.

Je ne crois pas, Amberton.

Ce n'est pas moi.

David parle.

Ne fais pas le malin, Amberton.

Celui qui fait le malin ici c'est celui qui cherche à me soutirer de l'argent.

Gordon parle.

Je t'en prie ne nous refais pas le coup, Amberton. Je t'en prie.

Je ne fais rien du tout.

Gordon parle.

Ça s'est déjà passé trop de fois. Nous avons besoin que tu nous donnes l'autorisation de nous en occuper.

Laissez-moi lui parler.

Daniel et David parlent en même temps.

Non.

S'il vous plaît, c'est juste un malentendu.

Daniel et David parlent de nouveau en même temps.

Non.

S'il vous plaît.

Gordon parle.

Il demande dix millions de dollars, Amberton. Nous pensons que nous pouvons le faire descendre à huit. Inutile de dire que si un seul des documents qu'il a en sa possession est divulgué, cela affectera profondément ta carrière.

Je m'en fous. Je suis prêt à tout laisser tomber.

Daniel parle.

Après lui, d'autres suivront.

David parle.

Ils sont tous liés par les accords qu'ils ont signés.

Daniel parle.

Ceux qu'on connaît.

David parle.

Oui, ceux qu'on connaît.

Gordon parle.

Amberton, qu'est-ce que tu en penses ?

Amberton secoue la tête, essuie une larme. Gordon parle.

Tu veux que je demande à Casey de venir pour qu'elle nous dise ce qu'elle en pense ?

Non.

Tu nous donnes l'autorisation de parler avec lui, d'essayer de régler le problème ?

Je veux le voir.

Daniel et David parlent en même temps.

Non.

Amberton essuie des larmes.

Je veux le voir.

En 1943, une émeute importante se produit à East Los Angeles quand des soldats de l'armée de terre, de mer et des Marines envahissent le quartier à la recherche de Mexicains portant ce qu'on appelle des *zoot suits*. On pense que les émeutes furent provoquées par le fait qu'un homme vêtu d'un *zoot suit* siffla la sœur d'un Marine dans la rue. Plusieurs centaines de Mexicains sont hospitalisés, trois sont tués. Deux jours après la fin des émeutes, le conseil municipal de Los Angeles vote l'interdiction des *zoot suits* dans les limites de la ville.

Dylan et Maddie attendent la pluie. Une semaine, deux, trois, ils attendent la pluie, elle ne vient pas, le temps est toujours le même : ensoleillé entre vingt et vingt-cinq degrés brise légère, jour après jour le temps est toujours le même, ils attendent la pluie, elle ne vient pas. Dylan demande à Shaka la permission de prendre une matinée, Shaka lui dit de demander à Dan Trou-du-cul, Dylan demande à Dan Trou-du-cul qui lui dit de demander à Shaka. Dylan redemande à Shaka, Shaka lui demande pourquoi, Dylan lui dit qu'il doit emmener Maddie chez le médecin, Shaka dit très bien. Ils prennent un taxi, Maddie ne monte plus sur la mobylette. Ils voient l'immeuble, un immeuble de bureaux banal en stuc à un étage, à une rue de distance ils voient des gens qui manifestent sur le trottoir. Maddie regarde Dylan, elle est terrifiée, elle lui demande de dire au chauffeur du taxi de continuer, Dylan dit non, il faut y aller, elle dit s'il te plaît, il dit non, il faut y aller. Ils s'arrêtent. Les manifestants avec des pancartes entourent le taxi. Sur les pancartes il y a des photos de bébés morts ensanglantés, des photos de médecins au milieu de cibles, des photos du Seigneur Tout-Puissant, ils hurlent les mots meurtre assassin mort Dieu châtiment. Le chauffeur se tourne, parle.

Vous êtes sûrs que vous voulez descendre ?

Les manifestants entourent le taxi, hurlent contre les vitres, tiennent leurs pancartes sous les yeux de Maddie. Dylan parle.

Oui.

Les manifestants hurlent.

Le prix de la course est de vingt dollars cinquante.

Maddie prend la main de Dylan. Il sort l'argent de l'autre main, le tend au chauffeur, parle.

Vous pouvez nous attendre ?

Les pancartes bébés morts cibles Christ.

Non.

Un immeuble banal à un étage. Maddie parle.

Je ne veux pas y aller, Dylan.

Il pose la main sur la poignée.

Il le faut.

Ouvre la portière. Les cris sont amplifiés, les hurlements terriblement forts, il sort de la voiture en tenant la main de Maddie, elle ferme les yeux tient son autre bras autour de sa tête comme un bouclier, les manifestants reculent mais crient hurlent agitent leurs pancartes. Dylan se précipite en direction de la porte qui est ouverte par une jeune femme, il tient la main de Maddie la tire derrière lui se précipite vers la porte crie. Ils passent la porte, elle se ferme derrière eux, les cris les hurlements s'atténuent. Maddie tient son bras au-dessus de sa tête comme un bouclier. Ses yeux sont toujours fermés. La jeune femme parle.

Que puis-je faire pour vous ?

Dylan parle.

Nous avons rendez-vous avec une conseillère.

À quelle heure ?

Dix heures.

La salle d'attente est au bout du couloir.

Elle s'engage dans le couloir, Dylan commence à suivre, à tirer Maddie. Elle résiste, baisse le bras, parle.

Je ne veux pas le faire.

Nous ne faisons rien aujourd'hui.

J'ai peur.

On va juste parler avec quelqu'un.

Je veux rentrer.

On a décidé de parler avec quelqu'un. Après on rentrera et on prendra une décision.

Ne m'oblige pas à le faire.

On ne fera que parler.

La jeune femme s'est arrêtée, elle les attend. Les manifestants crient meurtre assassin mort Dieu châtiment. Maddie tremble. Dylan passe le bras autour d'elle, parle.

Je t'aime.

Alors ne me force pas.

Tout ira bien.

Je t'en prie.

On va juste parler.

Il regarde la jeune femme, hoche la tête, commence à entraîner Maddie dans le couloir. Après quelques pas il se détache mais garde sa main, la jeune femme les fait asseoir dans une petite pièce avec des chaises le long des murs, des tables dans les coins, des magazines sur les tables et des étagères au-dessus des tables. Maddie déplace sa chaise afin qu'elle touche celle de Dylan, s'appuie contre lui serre son bras, si elle pouvait s'asseoir sur ses genoux elle le ferait. Aux murs il y a des affiches vantant les rapports protégés la contraception responsable l'adoption sur lesquelles des couples heureux sourient rient se tiennent la main. Aucun d'eux ne semble avoir été traité de tueur assassin pécheur, aucun ne semble trembler de peur. Maddie regarde par terre, Dylan regarde alternativement Maddie et les affiches. Il essaie de la rassurer. Deux minutes qui durent quinze heures.

On les appelle, ils se lèvent se dirigent vers une porte, ils sont reçus par une femme dans la quarantaine vêtue simplement proprement d'un chemisier blanc d'une jupe beige. Ils passent une porte longent un petit couloir entrent dans un petit bureau propre avec d'autres affiches sur les murs. Elle s'assied derrière un bureau propre, ils s'asseyent sur des chaises en face. Elle parle.

Je m'appelle Joan.

Dylan dit bonjour, Maddie essaie de sourire, Dylan parle.

Que puis-je faire pour vous ?

Dylan lui dit que Maddie est enceinte. Joan demande s'ils sont sûrs qu'elle est enceinte, Dylan dit qu'ils ont fait trois tests, tous positifs. Joan demande s'ils savent ce qu'ils veulent faire, Dylan dit non, c'est pour ça qu'on est ici, Maddie commence à pleurer. La femme demande à Maddie pourquoi elle pleure. Maddie secoue la tête n'arrive pas à parler, Dylan dit à la femme que Maddie ne veut pas être ici, ne veut pas envisager autre chose que de garder le bébé. La femme dit qu'elle comprend, que la décision est incroyablement difficile, qu'il faut qu'ils réfléchissent à toutes les solutions, y réfléchir sérieusement sérieusement avant de faire leur choix. Dylan hoche la tête. Maddie pleure. La femme leur donne quelques brochures.

Les brochures fournissent des informations sur les procédures médicales et comment elles fonctionnent et pourquoi elles sont sans risques, sur l'adoption et comment donner un enfant à quelqu'un d'autre, sur le fait de garder l'enfant, les réalités financières, les réalités sur la vie avec un enfant quand on est très jeune, les implications religieuses. La femme consulte les brochures avec Dylan et Maddie, Dylan lit en même temps qu'elle, Maddie accrochée à son bras fixe le sol. Une fois cela fait, la femme leur appelle un taxi et les accompagne à la porte de derrière qui donne sur un parking où attend le taxi. Il y a des manifestants devant le parking, moins que de l'autre côté mais assez pour qu'on les entende, ils hurlent crient agitent leurs pancartes. Comme le taxi passe lentement devant les manifestants, Maddie se baisse met la tête sur les genoux de Dylan pleure tout le long du chemin. Dylan essaie de lui parler, elle n'arrive pas à parler se contente de secouer la tête. Quand ils arrivent elle va dans la chambre ferme la porte, il essaie d'entrer pour lui parler, la réconforter, elle lui demande de la laisser tranquille, il dit laisse-moi t'aider, elle dit laisse-moi tranquille. Il sort achète son dîner préféré, des nachos et des tacos, dans un fast-food mexicain, il va dans une épicerie achète son soda préféré au raisin et six magazines people, il revient elle est toujours dans la chambre, il essaie d'ouvrir la porte, elle est fermée. Il frappe, elle dit quoi, il lui dit qu'il a apporté le dîner le soda et les magazines. Elle ne répond pas. Il dîne seul et dort sur le canapé.

La Commission de contrôle de la pollution de l'air de Los Angeles est créée en 1946 afin de découvrir les causes du nuage brun qui plane au-dessus de la ville et décider des moyens de le combattre et le disperser. En 1949, après un lobbying intense des industries de l'automobile et du pétrole, et ce à l'encontre des recommandations et de la position de la Commission, le réseau ferroviaire, jadis le premier au monde et qui continue à être utilisé par la majorité des habitants, est mis hors service et démantelé. Il est remplacé par une petite flotte de bus.

Ils viennent pour faire du rock. Ils veulent faire du rock longtemps et très fort, ils veulent faire du rock toute la journée et toute la putain de nuit. Ils viennent avec de longs cheveux filandreux, des crêtes à l'iroquoise, le crâne rasé, ils viennent avec des bras nets des tatouages des marques de piqûres, ils viennent en jeans en pantalons de skaters ou en cuir. Ils viennent parce que le rock est dans leur sang dans leurs os, ils viennent parce qu'ils mangent rock dorment rock chient rock, et, plus important que tout, ils rêvent rock.

Ils l'appellent l'École du rock, bien que son nom officiel soit l'Académie de musique populaire contemporaine. Elle est née dans l'arrière-boutique d'un magasin de guitares quand un vendeur, qui se trouvait également faire partie d'un groupe de metal local, proposa à un comptable venu acheter une Flying V de lui donner des leçons de guitare. Le comptable en parla à ses amis et quelques-uns voulurent être initiés au mystère du rock, ils en parlèrent à leurs amis qui eux aussi avaient envie d'apprendre à jouer comme il faut. Au début le vendeur avait éprouvé quelques scrupules à apprendre à des non-rockers à vivre en rockers, ou du moins à faire semblant, mais son groupe ne marchait pas fort et il avait besoin d'argent, donc il le fit.

Un an plus tard, voyant les clients qu'attiraient les leçons de son vendeur, et sentant l'opportunité de gagner plus d'argent en ayant plus d'étudiants à qui il pourrait vendre des guitares, le propriétaire de la boutique fit une proposition au vendeur, et ils ouvrirent, en face de la boutique, une école officielle, ou aussi officielle que puisse l'être quoi que ce soit dans le monde du rock. Le succès fut immédiat et, à la surprise des deux propriétaires, un grand nombre des élèves étaient jeunes, connaissaient leur rock, ils voulaient juste apprendre à jouer de leurs instruments. Ils ouvrirent différents départements : guitare solo, guitare rythmique, basse, batterie, et claviers (parfois les claviers sont rock, mais généralement pas, de sorte qu'ils ne le développèrent pas). Un groupe qui se forma à l'école fit un disque qui eut du succès, ce groupe parla de l'influence de l'école, il arriva encore plus d'étudiants. Un deuxième groupe à succès, encore des étudiants. Ils achetèrent un immeuble, un troisième groupe, encore plus d'étudiants, en achetèrent un autre, un quatrième groupe, encore plus d'étudiants. Dans les cinq années qui suivirent ils achetèrent deux nouveaux immeubles ajoutèrent des matières, telles que l'histoire du rock, la théorie du rock, l'écriture musicale, l'écriture des paroles, l'impact culturel du rock, et créèrent des sous-départements tels que pop metal, classic metal, death metal, classic rock, blues, R&B, et punk (même si tout punk qui se respecte ne sait pas jouer de son instrument et que tous détestent cette putain d'école). Les étudiants commencèrent à arriver, et continuent à arriver de tout le pays, du monde entier. Tout ce qu'ils veulent faire c'est du rock, toute la journée et toute la nuit, en classe, dans les studios de répétition, dans les couloirs et les cours, dans les récitals de l'école, à partir d'un certain moment dans les bars et les clubs locaux, et s'ils ont de la chance et qu'ils sont bons, à la radio, à la télé, et dans les stades partout dans le monde. Rock. Longue vie au rock. Toute la journée et toute la nuit, comme un putain d'ouragan. Rock.

*
* *

Elles viennent pour leurs familles, qui habitent généralement dans les campagnes de la Corée, de la Chine, du Cambodge, de la Thaïlande. Elles sont recrutées par des hommes à la recherche du plus joli et plus jeune potentiel possible. On leur dit qu'elles auront du travail, un endroit où vivre, qu'elles gagneront de l'argent pour leurs familles, qu'elles auront des vies meilleures, qu'elles auront un avenir.

Elles viennent par groupes de quinze ou vingt, sur des cargos, au fond de containers avec peu ou pas de lumière, pas d'eau courante, et pas d'électricité, qui sont débarqués au port de Los Angeles. Une ou deux meurent à chaque voyage, les autres sont obligées de vivre avec les cadavres. Une fois les containers ouverts, elles sont poussées dans des camionnettes sans fenêtres, emmenées dans des entrepôts sans fenêtres où elles prennent une douche, reçoivent à manger et de quoi s'habiller, de la lingerie généralement. Elles se coiffent et se maquillent. Elles sont proposées à la vente.

Les acheteurs arrivent, des hommes et des femmes asiatiques dans la quarantaine. Les acheteurs les inspectent, les tâtent, les palpent, les emmènent parfois dans de petites pièces équipées d'un matelas pour les essayer. Ils négocient leur prix, qui peut aller de cinq mille à vingt-cinq mille dollars. Ils les mettent dans des camionnettes sans fenêtres. Ils les conduisent dans leurs nouveaux foyers. Ils les conduisent dans ce qui était censé être leur rêve américain.

Elles vivent ensemble entassées dans une seule pièce dans des immeubles quelconques disséminés dans la ville et le pays. Quatre cinq six parfois dix jeunes femmes dans une pièce au sol jonché de vieux matelas. Elles partagent une salle de bains. Elles se font cuire des nouilles sur des plaques chauffantes. Elles regardent la télé bien qu'elles ne comprennent pas la plupart de ce qu'on y dit. Elles partagent les vêtements le maquillage les produits de base comme le savon le shampooing le dentifrice. Elles ne sortent jamais.

Des hommes viennent, attirés par l'enseigne qui indique « Massage » ou les petites annonces dans la rubrique « Rencontres » de journaux et magazines spécialisés. Ils commencent à venir à huit heures du matin et ils continuent à arriver jusqu'à minuit. Aucun d'eux ne s'attend à recevoir un massage, ou sinon, c'est une petite partie de ce qu'ils cherchent. Ils veulent que ces jeunes femmes asiatiques fassent ce que leurs femmes ne veulent pas faire, ce que leurs copines ne veulent pas faire, ce qu'ils ne peuvent pas avoir ailleurs. Ils paient cinquante dollars pour une demi-heure, cent dollars pour une heure. Ils paient un homme, généralement un homme corpulent et armé, et ils entrent dans une petite pièce avec une table de massage. Les filles entrent dans la pièce à tour de rôle jusqu'à ce que l'homme en choisisse une. La fille choisie va dans une salle de bains chercher une serviette, de l'huile, des préservatifs, retourne dans la pièce et ferme la porte.

Une fois qu'ils ont fini, si la fille a bien fait son travail, elle reçoit un pourboire. Elle a le droit de garder la moitié du pourboire, et verse l'autre à la maison. Ce qui revient à la maison est imputé au remboursement de son prix d'achat, plus cinquante pour cent d'intérêt hebdomadaire. Sa part est généralement envoyée à sa famille. Dans un bon jour une fille peut voir de quinze à vingt hommes, dans un mauvais jour, aucun. Si la fille travaille dur elle peut finir par se racheter. Sinon, elle est utilisée jusqu'à ce qu'on ne veuille plus d'elle. Alors elle est jetée à la porte ou débarquée au coin d'une rue.

*
* *

Ils viennent pour travailler. Ils arrivent à pied, dans des camions, par le train, par des tunnels. Ils ont peu ou pas d'instruction. Ils n'ont pas d'argent. Beaucoup ont de la famille dans la région, mais les membres de leur famille sont dans la même situation. Pas de papiers. Pas de possibilité de travail légal. Aucun moyen de profiter des opportunités qui existent dans un pays et une ville de rêve.

Ils attendent dans la rue. Ils arrivent à l'aube. Il y a toujours du soleil, en hiver il fait vingt degrés en été quarante. La rue est bordée de camions cabossés dont la plupart sont les leurs. Certains forment une équipe attachée au camion : ils sont assis dedans, dessus, accrochés à lui. À cent mètres il y a une grande surface de bricolage, dix mille mètres carrés de plans, d'outils et de matériaux. Des citoyens américains, dont beaucoup possèdent des maisons, et dont les familles ont émigré dans ce pays dans un passé proche ou lointain, entrent dans le magasin acheter ce dont ils ont besoin pour leurs travaux. Quelques-uns les exécutent eux-mêmes. La plupart non. Ils mettent leurs achats dans leurs voitures démarrent s'approchent du trottoir.

Les hommes s'assemblent en foule autour des voitures. La plupart ne parlent pas anglais, mais connaissent quelques mots choisis qui font illusion. Qu'ils le parlent ou non, quoi que ce soit dont le conducteur de la voiture ait besoin, menuiserie, peinture, plomberie, jardinage, ils savent le faire. Quand la vitre se baisse ils hurlent je travaille dur, je fais du bon boulot, je travaille toute la journée pour pas cher, ils se bousculent, genou contre genou, se donnent des coups de pied, se battent pour s'approcher de la vitre, tout ce qu'ils veulent, c'est travailler, et ils sont prêts à travailler longtemps et dur, tout ce qu'ils veulent, c'est un salaire pour la journée. Ils tentent d'attirer l'attention du conducteur et, s'ils l'obtiennent, essaient de négocier de bonnes conditions, plus il y a de travail mieux c'est, plus le salaire horaire est élevé mieux c'est. S'ils sont choisis ils essaient de faire choisir leurs frères, pères, cousins, oncles et amis. Ils montent rapidement dans la voiture et mènent le conducteur au camion auquel ils sont attachés s'il y a besoin d'un camion. Un bon salaire horaire s'élève à dix dollars, un très bon à quinze. N'importe quel salaire est mieux que rien.

S'ils ne sont pas choisis ils attendent. Ils s'asseyent et attendent, ils sont prêts à attendre toute la journée dans l'espoir de trouver une heure de travail. Quand le soleil se couche ils rentrent chez eux. Certains ont une famille, d'autres pas, certains dorment dans leurs camions ou leurs voitures, d'autres dans la rue. Le lendemain ils arrivent à l'aube.

*
* *

Ils viennent pour fuir. La plupart sont originaires de petites villes du Midwest, du Sud, du Sud-Ouest. Bien que beaucoup soient encore des enfants, onze, douze, treize, quatorze, quinze ans, ils fuient leur enfance, les mauvais traitements physiques psychologiques sexuels, quand c'est devenu insupportable ils se sont enfuis, enfuis vers l'ouest, enfuis en Californie, vers les lumières de Hollywood Boulevard.

Il y en a des centaines. Ils vivent en bandes sous les ponts autoroutiers. Ils dorment ensemble, mangent ensemble, prennent soin les uns des autres, s'aiment les uns les autres, se blessent les uns les autres. Les bandes ont toujours un chef, généralement un adolescent, quelqu'un qui a déjà vécu suffisamment longtemps dans la rue. Pendant la journée ils vont sur Hollywood Boulevard, s'asseyent parmi les étoiles incrustées dans le trottoir, font la manche. De temps à autre, s'ils sont à bout de ressources, ils détroussent des touristes. Ils cherchent à manger dans les poubelles. Ils trouvent leurs vêtements dans les centres d'accueil pour sans-abri. Ils achètent et vendent de la drogue. Ils s'achètent et se vendent eux-mêmes. Ils s'achètent et se vendent les uns les autres.

La plupart des gens les ignorent, touristes, employés des boutiques, restaurants et cinémas alentour, la police les ignore. Il peut être difficile de les regarder ces gosses en haillons généralement noirs visages sales cheveux emmêlés doigts noirs de crasse. Beaucoup sont squelettiques par manque de nourriture et abus de drogues. Quand l'un d'eux meurt on essaie de l'identifier pour prévenir sa famille, ils sont généralement enterrés avec les indigents.

Ils restent aussi longtemps que possible une semaine un mois, certains restent pendant des années, certains rentrent chez eux. Beaucoup meurent. Quelques-uns vont dans des structures d'accueil ou des centres de désintoxication. Ceux qui n'ont pas de chance, ou ont de la chance, c'est selon, disparaissent tout simplement. Quand ils atteignent l'âge adulte ils s'en vont, il est plus difficile de mendier, d'attirer la sympathie, plus difficile de vivre parmi les enfants. Ils s'enfuient autre part. Bien qu'ils sachent alors qu'il n'y a pas d'issue. Aucune issue.

Ils viennent pour les vagues. À bicyclette avec des sacoches et à pied avec des sacs à dos dans de vieilles camionnettes avec des sacs de couchage dans des camping-cars achetés à des hippies. Beaucoup ont grandi dans l'intérieur des États-Unis, ils ont vu du surf à la télé ou sur des vidéos, ils ont lu des magazines pleins de photos d'hommes aux cheveux longs portant des maillots trempés entourés de jolies filles. Certains ont commencé pendant des vacances en famille et ont eu une révélation, d'autres ont toujours su. Tous ont trouvé la paix et la joie sur l'eau, une satisfaction sereine à laquelle ils vouent leur vie.

Ils vivent entassés dans des appartements bon marché à El Segundo, Playa del Rey, à la Marina et à Venice. Certains habitent sur des parkings le long de l'océan, d'autres vivent dans les campings de Malibu, d'autres encore dorment sur le sable. Ils trouvent du travail dans des restaurants, des bars, des boutiques de surf, ils conduisent des taxis, n'importe quel travail qui leur permette d'avoir leurs matinées libres, quand les marées sont hautes et les plages vides ils marchent avec leurs planches pagaient jusqu'à l'endroit où les vagues commencent à se former. Certains n'ont pas de travail ne veulent pas de travail préféreraient mourir de faim plutôt que de consacrer le temps qu'ils pourraient passer sur l'eau à faire quelque chose qu'ils méprisent. Quelques-uns en tirent des revenus, ils voyagent de par le monde pour participer à des compétitions et reviennent quand ils sont libres. Pour eux le boulot est un moyen, rien de plus. Rien de plus.

Combien sont-ils, deux ou trois cents, peut-être cinq ou six cents hommes, et quelques femmes. Beaucoup se connaissent sont copains, certains non, ils évitent de fréquenter les mêmes plages, les mêmes vagues. On casse les planches des indésirables, on leur passe dessus dans l'eau on les coupe avec les ailerons. Hors de l'eau ils peuvent être copains fumer de l'herbe ensemble boire de la bière, sur l'eau ce qui est à eux est à eux, ils sont prêts à se battre pour le protéger. C'est leur rêve leur vie, pas de stress pas de projets pas d'ambition, juste aimer quelque chose qu'ils aiment vraiment et profondément, qui ne les quittera jamais, ne les trahira jamais. C'est le sable le sel l'eau et les vagues, l'amour.

*
* *

Ils viennent au nom de Dieu. Silencieusement avec des noms d'emprunt, de faux papiers, avec de vrais visas, étudiants et professeurs, chercheurs, hommes religieux qui haïssent. Ils méprisent l'Amérique méprisent la décadence de Los Angeles, ils sont révoltés par les excès le narcissisme le gâchis. Ils veulent la détruire. Ils veulent tuer ses habitants.

Ils ont acquis leur savoir-faire en Afghanistan, au Pakistan, en Iran, en Irak. Ils ont vu leurs frères mourir au nom de Dieu et aspirent à se joindre à eux. Ils sont entraînés à la mort et à la destruction et savent comment les semer, ils sont entraînés aux paroles d'un livre dont ils disent qu'il les justifie mais qui ne les justifie pas.

Ils observent. Ils écoutent. Ils se préparent. Ils ne parlent qu'aux leurs. Ils ont des objectifs fondés sur leurs observations et ils ont le matériel pour réaliser leurs plans. Certains de ces objectifs sont modestes, un café, un restaurant, un commerce qui vend des marchandises qui les révoltent. Certains sont plus importants, des écoles, des grandes surfaces, des bâtiments officiels, des maisons de Dieu où les infidèles et les juifs adorent leurs fausses idoles. Certains sont énormes, des rues à contaminer, des hôpitaux à incendier, un port à détruire, un aéroport à raser. Cent mille spectateurs d'un match de foot. Trois cent mille personnes dans une manifestation. Ils habitent des rues tranquilles dans des maisons d'apparence normale, des appartements comme tous les autres, ils conduisent des voitures qui n'attirent pas l'attention, ils évitent de se faire remarquer.

Leurs barbes leur manquent mais elles leur sont interdites. Leurs vêtements leur manquent mais ils leur sont interdits. Leurs frères leur manquent mais ils croient qu'ils les reverront quand tout sera fini. Ils habitent des rues tranquilles et attendent un signal, un message, des mots mis bout à bout qui signifient plus pour eux, signifient que leur heure est venue. Ils habitent des rues tranquilles, ils attendent de mourir et prient en direction de l'est de vous emporter avec eux.

En 1950, Richard Nixon, habitant de Los Ange-les, est élu pour représenter l'État de Californie au Sénat des États-Unis.

Ils viennent pour vivre. Ils viennent parce qu'ils ne peuvent trouver l'aide dont ils ont besoin dans le village, la ville, l'État, le pays où ils habitent. Sans cette aide, beaucoup d'entre eux, sinon tous, mourront. Chez eux ils demandent à leur médecin que faire, où aller, le médecin dit allez dans l'Ouest, allez dans l'Ouest, c'est peut-être votre seul espoir. Allez dans l'Ouest.

C'est le plus grand hôpital gratuit de la côte Ouest. Il y a deux mille médecins et sept mille employés. C'est l'hôpital le plus subventionné de tout l'Ouest, la majorité écrasante de ses fonds provient de dons privés. Il est considéré comme le meilleur hôpital des États de l'Ouest et l'un des meilleurs au monde. Fondé au début du XXᵉ siècle par une riche famille pour y faire soigner les juifs, qui n'étaient pas admis dans d'autres hôpitaux. Comme il acceptait tout le monde, les autres commencèrent à venir en raison de la qualité des soins. Il se développa s'étendit se délocalisa s'étendit encore se délocalisa de nouveau. Dans les années 1970 il s'installa sur un terrain de huit hectares à la limite de Beverly Hills. Il se développa s'étendit, il y a maintenant dix-huit bâtiments, on prévoit d'en construire encore.

Quand vous vous promenez dans ses couloirs c'est un des rares endroits de la ville où la race, la religion, la classe sociale ne comptent pas. L'enfant d'immigrés polonais habitant l'Iowa est traité pour un lymphome par la chimiothérapie. Un prince arabe subit une opération du cœur. Un gangster de Watts se remet d'une blessure par balle. Une star de cinéma accouche. Un homme d'affaires japonais est soigné pour une tumeur au cerveau. Un jardinier mexicain de soixante-dix ans qui ne parle pas anglais et n'a jamais voté ni payé d'impôts reçoit une nouvelle hanche. Un Arménien se fait opérer de la vésicule biliaire, un Russe des yeux, un Juif syrien reçoit un cœur tout neuf. La priorité n'est pas l'argent ou une dotation supplémentaire, c'est la santé les soins et la guérison, c'est offrir des services qui font du monde un endroit meilleur. Une habitante de l'Arizona pesant trois cent cinquante kilos et n'ayant pas marché depuis dix ans subit un pontage gastrique. On fait des greffes de peau à un enfant de quatre ans originaire d'Oakland victime de brûlures. Une adolescente renversée par un conducteur en état d'ébriété subit une opération reconstructrice de la face.

*
* *

Ils viennent étudier dans les soixante-quinze collèges et universités de Los Angeles. Beaucoup sont attirés par l'idée de vivre au soleil. Beaucoup viennent parce qu'ils croient qu'ils vont passer leur temps libre parmi les stars de cinéma et de la chanson et que la vie qu'ils voient à la télé peut être la leur pendant qu'ils feront leurs études. Beaucoup viennent parce que certaines de ces écoles sont les meilleures du pays, les meilleures au monde. Beaucoup viennent simplement parce qu'ils sont acceptés.

Il y a approximativement 1 200 000 étudiants dans le comté de Los Angeles. Huit pour cent sont noirs, vingt pour cent latinos, treize pour cent asiatiques, douze pour cent viennent de l'étranger. Quarante-cinq pour cent de ceux qui entrent à l'université en sortent avec un diplôme. Les établissements les plus importants sont l'université de Californie à Los Angeles, avec 37 000 étudiants, et l'université d'État de Californie à Long Beach avec 31 000 étudiants. Le Hebrew College Union en possède 57, la Rand School of Policy en a 60. L'une d'entre elles a un budget annuel de 800 000 dollars. Une autre un budget de 1 milliard 700 millions. Il y a dix facultés de droit à Los Angeles, deux facultés de médecine, deux facultés de chirurgie dentaire, et treize séminaires. Cinquante-six universités délivrent des diplômes de professeurs, deux des diplômes d'astrophysique théorique avancée. Au total, les départements couvrent plus de six cents sujets, dont la production de sirop d'érable, la musicologie homosexuelle, le nazisme, la danse du Péloponnèse, le phallus, le terrorisme non violent, la psychologie solaire, la thérapie des rêves brisés ainsi que la conception et la production des séries télé.

Une fois leurs études terminées, s'ils les terminent, certains étudiants retournent dans les cinquante États et cent quatre-vingt-dix pays d'où ils sont venus. Mais soixante pour cent d'entre eux restent à Los Angeles. Ils travaillent dans tous les métiers possibles, dans tous les domaines, bien que moins de trois pour cent de tous les étudiants diplômés de toutes les universités de Los Angeles travaillent dans leur domaine spécifique. Ils rejoignent une force de travail de sept millions d'autres diplômés, la deuxième force de travail de diplômés du troisième cycle au monde.

*
* *

Elles viennent baiser, sucer et gémir. Elles viennent pour la simple pénétration, la double pénétration, la triple pénétration. Elles viennent pour le bondage, le SM, les gangbangs. Elles viennent pour le sexe interracial, anal, le latex, l'échange de sperme, les guêpières, les creampie et le pilonnage. Certaines y prennent véritablement du plaisir, et toutes s'attendent à être payées pour le faire. Elles vont dans la San Fernando Valley, aussi connue sous le nom de Porn Valley, ou Silicone Valley, où quatre-vingt-quinze pour cent de toute la pornographie américaine est produite. Bien qu'il n'existe pas vraiment de statistiques, on estime que c'est une activité qui génère entre dix et quatorze milliards de dollars de revenus annuels. Gagnés sur le dos des femmes, ou plutôt sur les femmes sur le dos, debout, assises, penchées, jambes levées, jambes pliées, à plat ventre, parfois sur des balançoires, parfois dans des cages. Bien que les hommes soient un élément indispensable, ce ne sont pas les hommes qui font rentrer l'argent. Les pornographes ont besoin de filles, de filles jeunes et fraîches, de filles qui sont prêtes à faire ce qu'ils leur demandent, autant de fois qu'ils le leur demandent, avec ceux qu'ils fournissent, et à le faire devant l'objectif pour êtres vues dans le monde entier, généralement en vidéo ou sur Internet. Ce ne sont pas les filles qui manquent à Los Angeles. Ni les filles prêtes à baiser devant un objectif pour de l'argent. Bien qu'il y ait des recruteurs qui patrouillent dans les rues de la ville à la recherche de talents, et souvent approchent un talent potentiel avec cette simple phrase – Combien ça me coûterait de vous baiser devant une caméra ? – des milliers de filles, et de femmes, viennent chaque année à L.A. dans l'espoir de réussir dans le porno. Ce sont des femmes de tous âges (si, il y a un fétichisme des vieilles), de toutes tailles (si, il y en a un autre des obèses), de toutes races. Elles sont souvent prêtes à faire quasiment n'importe quoi pour devenir des stars. Eh oui, les stars du porno peuvent être aussi célèbres que leurs homologues moins délurées de l'industrie du spectacle traditionnelle. Une star du porno peut gagner, avec les films, les photos dans les magazines, un site réservé aux abonnés et des produits tels que vibromasseurs et poupées gonflables auxquels elles prêtent leur nom, des millions et des millions de dollars par an. Elles ont des fans, des clubs de fans qui ne vivent que pour suivre le moindre de leurs mouvements, des films qui génèrent de multiples suites (et de multiples orgasmes). Certaines ont des émissions télé sur le câble, quelques-unes sont parvenues à faire carrière dans le cinéma non pornographique et à la télévision.

Mais, pour la plupart, il n'y a pas de gloire, pas de fortune, pas de conte de fées. Il y a simplement, jour après jour après jour, du sexe dépourvu de sens de désir d'amour. Elles prennent tout ce qu'on leur propose, ou tout ce que leur agent (oui, il y a aussi des agences spécialisées dans le porno) leur trouve. Elles se font refaire le corps (il y a aussi des chirurgiens esthétiques qui ne travaillent que pour l'industrie pornographique). Elles gagnent assez pour payer leurs factures mais tout juste, et celles qui n'y arrivent pas travaillent souvent dans l'autre industrie du sexe. L'alcoolisme est fréquent, la drogue règne. Bien que le sida soit extrêmement rare, et que la plupart des producteurs exigent des examens avant de tourner, beaucoup contractent des maladies sexuellement transmissibles telles qu'herpès, chlamydia, hépatite, papillomavirus humain (verrues génitales), vaginose bactérienne. La période de succès, avec quelques exceptions fétichistes, est très courte, et la plupart ne sont plus considérées comme désirables après leur vingt-cinquième anniversaire. Certaines retournent chez elles, en espérant que personne de leur connaissance ne les aura vues quelque part, et essaient de prendre un nouveau départ dans une vie plus conventionnelle. Certaines restent et deviennent stripteaseuses, escorts ou tentent de passer de l'autre côté de la caméra. Certaines deviennent épouses et mères et considèrent leur incursion dans le spectacle comme une période de débauche, une folle aventure qui les a rendues heureuses pendant quelques années. Certaines sont détruites et meurent dans la drogue, la maladie, la solitude.

Les effets psychologiques sont plus difficiles à quantifier, et varient d'une fille à l'autre, d'une femme à l'autre. Certaines, souvent celles qui réussissent le mieux, ne souffrent d'aucun effet visible ou évident et, très franchement, adorent leur boulot et ne pourraient imaginer faire autre chose. Elles pensent que ce qu'elles font donne du plaisir, au propre comme au figuré, à des millions et des millions de gens de par le monde. Ce n'est pas illégal, personne ne les oblige à le faire, c'est leur droit, leur droit absolu, de poursuivre leur rêve et de le réaliser. D'autres sont abîmées à tout jamais, se considèrent comme des victimes, jugent avoir été exploitées, souffrent de perte de l'estime de soi, de dépression, d'anxiété, sont incapables d'avoir des relations saines.

Quel que soit le niveau de leur succès, qu'elles soient « chauffeuses » (celles qui, hors champ, sont chargées de maintenir les hommes en érection entre les prises), spécialistes de l'anal, de l'ondinisme, suceuses d'orteils ou superstars mondialement célèbres, elles viennent, disposées consentantes et prêtes, année après année, dans une ville qui les accueille, les aime, les utilise, les filme, les vend, année après année, elles viennent.

*

* *

Ils viennent visiter. Un flot incessant de touristes, vingt-cinq millions par an, ils dépensent treize milliards de dollars emploient quatre cent mille personnes. Attirés par la gloire l'argent le glamour le soleil, ils remplissent les cent mille chambres d'hôtel nuit après nuit, le flot ne cesse jamais. Ils viennent pour Disneyland, les studios Universal, pour les deux mille cinq cents étoiles incrustées dans le Walk of Fame sur Hollywood Boulevard. Ils viennent pour la plage de Venice, la jetée de Santa Monica. Pour faire du shopping sur Rodeo Drive, Robertson Boulevard, Melrose Avenue. Pour les Lakers et les Clippers, les Angels et les Dodgers, les Galaxy et les Kings. Pour le Griffith Park les puits de goudron de La Brea Huntington Gardens. Pour Legoland, Wild Rivers Waterpark, Magic Mountain. Pour le *Queen Mary*. Ils viennent voir le Sunset Strip. Les maisons des stars, bien que ce qu'ils voient surtout ce sont les allées et les grilles des maisons des stars. Ils viennent s'asseoir dans les fauteuils du Chinese Theater de Mann, du Pantages Theater, du Kodak Theater, d'El Capitan, du Cinerama Dome. Parcourir les salles du LACMA (Los Angeles County Museum of Art), du MOCA (Museum of Contemporary Art), du Getty Museum, du Museum of Tolerance, du Musée du Guinness Book des Records, du Petersen Auto Museum, du Norton Simon, du Hammer. Ils viennent s'asseoir au soleil de la bande de sable de quarante-trois kilomètres qui commence à Manhattan Beach et finit à Malibu. Rire au Comedy Store, à la Laugh Factory, à l'Improv. Ils viennent pour Spago, l'Ivy, Morton's. Ils viennent attendre à l'entrée des Oscars, des Golden Globes, des Grammys. Ils viennent voir les célébrités, bien qu'ils n'en voient presque jamais. Regarder les chevaux à l'hippodrome de

505

Hollywood Park. S'émerveiller devant le Magic Castle. Écouter au Hollywood Bowl, au Greek Theater, au Wiltern. Faire la fête au Roxy, au Viper Room, au Whisky A Go Go, à l'Area, au Café des Artistes, chez Freddy's. Ils descendent au Château Marmont, au Peninsula, au Beverly Hills Hotel, au Bel-Air, au Mondrian, au Shutters. Ils viennent voir ce qu'ils voient à la télé et au cinéma, ce qu'ils entendent dans les chansons, ce dont ils rêvent quand ils veulent oublier leurs vies. Vingt-cinq millions par an qui dépensent treize milliards de dollars.

*
* *

Ils viennent pour la liberté. Trente mille Iraniens fuyant le régime des ayatollahs. Cent vingt-cinq mille Arméniens fuyant le génocide turc. Quarante mille Laotiens évitant les champs de mines. Soixante-quinze mille Thaïlandais dont aucun ne travaille dans un sex show de Bangkok. Deux millions de Mexicains vivant parmi les leurs. Vingt mille Bulgares qui ne veulent pas être russes. Cinquante mille Éthiopiens qui mangent tous les soirs. Cent mille Philippins avec un gouvernement stable (ou presque). Deux cent mille Coréens qui ne sont ni du nord ni du sud. Trente-cinq mille Hongrois qui ne veulent pas être russes. Soixante-dix mille Guatémaltèques avec la possibilité d'un vrai travail. Quatre-vingt mille Nicaraguayens libérés de la guerre. Quatre-vingt-dix mille Salvadoriens avec la possibilité d'un vrai travail. Vingt mille Vietnamiens venus en Amérique pour fuir une guerre américaine. Quinze mille Samoans qui ont traversé l'océan. Trente mille Cambodgiens vivant sans les Khmers rouges. Toutes les communautés les plus importantes hors de leur pays. Il y a aussi sept cent mille juifs vivant en sécurité. Cinquante mille Japonais non internés. Cinq mille Serbes et Cinq mille Croates dont aucun n'est en guerre. Huit mille Lituaniens qui ne veulent pas être russes. Six mille Ukrainiens qui ne veulent pas être russes. Quatre cent cinquante Français qui détestent le café américain et détestent les Américains. Quatre mille Roumains qui ne veulent pas être russes. Deux cents Allemands qui ont de belles voitures. Trente mille Indiens d'Amérique à qui elle appartient. Soixante-quinze mille Russes qui ne veulent pas être russes, mangent des McDo, adorent le capitalisme.

En mai 1955, la police et les pompiers de Los Angeles annulent les restrictions discriminatoires touchant le recrutement et engagent les premiers Noirs. Plus tard dans le mois, il y a un tremblement de terre, un important incendie et une coulée de boue. Des prêcheurs locaux proclament que ces désastres sont la punition de Dieu pour ces embauches.

Esperanza reste dans sa chambre. Sa mère lui apporte à manger, son père vient la voir tous les soirs avant de se coucher. Généralement elle ne veut pas parler, elle est allongée dans son lit, il s'assied à côté d'elle lui tient la main.

Elle ne retourne pas chez Mrs. Campbell. Elle ne va pas à Pasadena. Elle n'essaie pas de contacter Doug ni sa mère. Dans la journée elle regarde la télévision, surtout des séries mexicaines. La nuit elle regarde le mur. Elle essaie de ne pas penser à Doug, bien que, comme c'est souvent le cas quand on essaie de ne pas penser à quelque chose, on ne pense qu'à ça heure après heure, nuit après nuit. Elle se rappelle la première fois qu'elle l'a vu, rondouillard, des taches de confiture sur son T-shirt (qu'elle enlevait ensuite avec de la poudre détachante), quelque chose qui ressemblait à un petit bout de muffin au coin de la bouche. Elle se rappelle la première fois qu'il a fait la grimace dans le dos de sa mère, comme il avait été difficile de ne pas rire. Elle se rappelle l'odeur puissante et pure de la première rose qu'il lui a donnée, l'odeur de son haleine pas mauvaise – un peu celle du jus d'orange – la première fois qu'il l'a embrassée, comme il était compact lourd chaud la première fois qu'ils se sont allongés sur son lit de camp. Elle pense aux moments avant le retour de sa mère, les moments seuls dans sa chambre, ses mains sur ses cuisses, la regardant souriant ses mots je t'aime, elle l'avait cru elle le croit encore. Seule dans sa chambre cela lui fait plus mal parce que ça aurait dû marcher, ça aurait marché dans d'autres circonstances, ça fait plus mal quand il n'y a pas de bonnes raisons. Sa mère. Une deux trois semaines, ses parents qui la comprenaient au début deviennent de plus en plus inquiets. Sa mère essaie de lui parler, quand elle lui apporte ses repas beaucoup restent intacts, Esperanza ne répond pas. Son père essaie de lui parler quand il est assis à son chevet, il lui dit tout le potentiel qu'elle a comme il la trouve intelligente et belle, elle ne répond pas. Ses cousines frappent à sa porte, rien. Ses tantes et oncles frappent à la porte, rien. Elle perd du poids partout sauf sur ses cuisses. Elle ne se lave pas, elle sent mauvais. Elle arrête de se brosser les dents, une haleine terrible, ses cheveux sont tout emmêlés. Sa mère lui apporte de la nourriture, elle la laisse intacte, son père s'assied à côté d'elle lui parle, elle ne répond pas. Elle se rappelle ses mains, elles étaient douces et molles les mains d'un homme qui n'a jamais fait un travail manuel, légèrement rondelettes, parfois tachées d'encre, parfois de nourriture.

Le quatrième dimanche de sa réclusion Esperanza se lève saisit la télécommande allume la télévision. Une chaîne espagnole consacre tout le week-end à la retransmission des épisodes d'une série à succès sur une famille qui possède un hôtel à Baja. Les membres de la famille tombent amoureux des employés et des clients, il y a des mariages et des divorces, des disputes et des liaisons, de temps en temps un meurtre mystérieux. Une jeune femme menace de se suicider en se jetant dans l'hélice du yacht familial, la jeune femme a eu une liaison avec le patriarche de la famille âgé de quatre-vingt-cinq ans qui a pris fin quand sa femme l'a découverte et lui a donné un coup de fourchette de barbecue. La jeune femme hurle crie appelle le vieillard, le supplie de revenir avec elle, lui dit qu'il mourra avec l'image de son corps déchiqueté flottant dans l'eau s'il ne la reprend pas. Elle fait rire Esperanza, sa situation la fait rire, l'idée que le vieillard pourrait revenir avec elle, que leur amour aurait vraiment pu marcher. La jeune femme continue de crier de hurler et à la fin de la scène, tandis que la jeune femme est accrochée du bout des doigts au bastingage arrière du bateau et que le vieux rentre dans la cabine pour aller boire un cocktail et se faire masser, Esperanza éteint la télé sort du lit prend une douche et s'habille. Elle se brosse les dents (le jaune disparaît rapidement et facilement) se coiffe (comme si elle allait au bal de fin d'études) se maquille enfile une robe se rend à la cuisine, où ses parents prennent le café avant d'aller à l'église. Ils sont surpris de la voir. Ils sourient se lèvent la serrent dans leurs bras, son père la soulève la fait tourner autour de lui dit Amo a mi hija, yo falté a mi hija, et elle rit, c'est la première fois qu'elle rit depuis presque un mois, ça lui fait un peu mal mais elle se sent bien, presque parfaitement heureuse comme si elle avait retrouvé quelque chose qu'elle aimait et avait perdu, elle rit. Quand son père la repose par terre il l'embrasse sur les joues et lui dit qu'elle est magnifique, elle sourit et leur demande s'ils veulent bien qu'elle aille à l'église avec eux. Son père bat des mains dit Sí mi hija perfecta hermosa, sa mère éclate en sanglots, et cinq minutes plus tard ils sortent tous trois de la maison.

Ils s'asseyent au premier rang. Jorge chante chaque hymne à pleins poumons. Ils communient ensemble. Graciella (qui contrôle les finances familiales) vide son portefeuille dans le plateau de la quête. À la fin du service, ils se mêlent aux autres paroissiens devant l'église jusqu'à ce que tout le monde soit parti, et sur le chemin du retour Jorge suggère qu'ils aillent prendre un brunch dans un restaurant qui fait du pain perdu mexicain saupoudré de sucre brun et de cannelle, avec des tortillas. Au milieu du repas, Jorge regarde Graciella et hausse légèrement les sourcils, elle secoue légèrement la tête, il le refait en accentuant le mouvement, elle secoue de nouveau la tête. Esperanza remarque son manège sait qu'il veut dire quelque chose d'important, elle parle.

Qu'est-ce qu'il y a, papa ?

Il feint la surprise.

Qu'est-ce que tu veux dire ?

Elle rit.

Tu veux dire quelque chose ?

Qu'est-ce qui te fait dire ça ?

Tu n'es pas si subtil que ça, papa.

Je suis très subtil.

Elle rit de nouveau.

J'ai raison ?

Peut-être.

Esperanza regarde sa mère.

J'ai raison, maman ?

Graciella hoche la tête.

Oui, tu as raison.

Esperanza regarde son père.

Qu'est-ce qu'il y a, papa ?

Jorge prend la main de Graciella.

Nous t'aimons beaucoup, Esperanza.

Je sais.

Nous voulons que tu sois heureuse.

Je sais.

Nous voulons que tu sois très heureuse. Que tu aies une vie heureuse.

Je sais, papa.

Quand tu es rentrée le mois dernier nous avons vu que quelque chose n'allait pas. Quand tu as refusé de sortir de ta chambre de manger et de parler, nous avons vu que quelque chose n'allait pas du tout. Nous pensons...

Graciella l'interrompt.

Surtout ton père.

Jorge hoche la tête.

Moi surtout, je pense que si tu avais quelqu'un dans ta vie, comme ta maman et moi avons l'un l'autre, tu serais plus heureuse.

Je ne veux pas que tu me cases, papa.

Bien sûr. Quelle fille veut que son père fasse ça ? Mais nous, et moi particulièrement, nous étions inquiets à ton sujet. Tu es si timide et si modeste, tu ne sais même pas comme tu es belle, comme tu es merveilleuse. Quand je te vois triste, ça me fend le cœur. Tout ce mois, quand je suis sorti de ta chambre je me suis mis au lit et j'ai pleuré jusqu'à ce que je m'endorme.

Graciella parle.

Tous les soirs, Esperanza, comme un bébé.

Esperanza parle.

Excuse-moi, papa.

Jorge parle.

Tu n'as pas à t'excuser. Toi tu souffrais. Moi je souffrais parce que je ne pouvais rien faire pour t'aider. Alors j'ai décidé de réfléchir à comment t'aider une fois que tu irais mieux, et je savais que tu irais mieux, parce que tout le monde, jusqu'à la fin, qui est encore loin pour toi, finit toujours par aller mieux. Alors qu'est-ce que j'ai fait ?

Graciella parle.

Attends un peu.

Jorge sourit.

Je me suis inscrit à un club de jeunes Mexicains exerçant une profession libérale.

Esperanza commence à rire.

J'ai demandé à ton cousin Miguel de me le trouver sur l'ordinateur. Ça s'appelle Talk and Tequila, c'est un club de jeunes avocats, médecins, etc., dans East L.A.

Graciella parle.

Et il y est allé. J'ai essayé de l'en empêcher, mais il était décidé.

Jorge parle.

Je l'ai fait. J'y suis allé. J'ai payé vingt dollars pour participer à la soirée pour célébrer l'anniversaire de Benito Júarez. Tout le monde me regardait et quelqu'un m'a demandé pourquoi j'étais ici.

Qu'est-ce que tu as répondu ?

Que je me sentais jeune et que j'exerçais la profession libérale de père.

Et qu'est-ce qu'il a dit ?

Il m'a demandé si j'étais venu voir si ma fille pouvait venir sans danger.

Ils rient.

Et je lui ai dit que oui, c'est pour ça que j'étais là, que ma fille est la fleur de East L.A. et que je voulais voir si les hommes qui étaient là étaient dignes d'elle.

Ils l'étaient ?

Oui. Des avocats et des médecins, des professeurs et des représentants. Tous de jeunes Mexicains de qualité.

Mais il y a un problème, papa.

Lequel ?

Je suis femme de ménage, ce n'est pas une profession libérale.

Graciella parle.

Il y a une solution pour ça.

Jorge parle.

Une merveilleuse solution.

Esperanza parle.

Laquelle ?

Les étudiants peuvent faire partie du club.

Je suis femme de ménage. Je suis une femme de ménage au chômage.

Graciella parle.

Ne dis pas ça.

Jorge parle.

Tu es la fleur de East L.A.

Esperanza parle.

J'ai perdu ma bourse. Je ne crois pas qu'on me la redonnera.

Ta mère et moi sommes allés à la banque. Ils ont dit d'aller voir un avocat. On a parlé à un avocat qui nous a envoyés aux bureaux de la

Ville. Les bureaux de la Ville nous ont envoyés dans d'autres bureaux et ils nous ont renvoyés à l'avocat qui nous a fait remplir un tas de papiers. On a mis la maison à ton nom. On n'a pas d'hypothèque sur la maison. Ce n'est pas une belle villa mais c'est une maison avec un jardin et elle vaut de l'argent après toutes ces années. La banque a dit qu'ils nous accorderaient un prêt, un prêt spécial pour les études avec la maison en garantie, pour que tu retournes à l'université. Quand tu seras à l'université, tu exerceras une profession libérale et tu pourras aller aux réunions et je t'attendrai dehors.

Esperanza sourit.

Merci, papa.

C'est ta mère qui a eu l'idée.

Merci, maman.

Graciella parle.

Nous t'aimons, Esperanza.

Jorge parle.

Oui. Plus que tout. La seule fois que je pleurerai encore ce sera à ton mariage.

Esperanza rit.

Je vous aime moi aussi.

En 1958, Los Angeles est le plus grand marché automobile du pays et ses six millions d'habitants consomment plus d'essence par tête que les habitants de toute autre ville au monde.

Joe quitte la promenade en courant, bien que pour lui courir ressemble surtout à une marche rapide maladroite empruntée. Il prend une ruelle orientée est-ouest, il se dirige vers l'intérieur des terres à l'est, loin de Limonade, qui est étendu mort sur le béton quelque part derrière lui. Il ne sait pas où il va. Il ne sait pas où se trouvent ses autres amis, ce qu'ils font. Il a peur de retourner à ses toilettes, la fille sait où il habite et ils pourraient venir le tuer. Peut-être qu'ils sont en train de tuer ses amis ou d'essayer de les trouver pour les tuer. Peut-être que ses amis vont très bien, peut-être qu'ils sont en train de se bourrer la gueule ensemble ou de manger de la pizza trouvée dans une poubelle, ils sont peut-être avec la police, il ne sait pas, il ne sait que faire ni où aller, il veut juste s'éloigner de ce qu'il a vu, du corps de son ami étendu mort sur le béton.

Il traverse Pacific Avenue. Les maisons sont dans le même style que dans les rues piétonnes le long de la plage, de petits bungalows californiens avec trois marches devant la porte et des vérandas, certaines peintes de couleurs vives – rouge bleu jaune – il y en a une qui est violette et rose. Elles sont en bon état il y a des voitures européennes dans les allées et le long des trottoirs les meubles qui sont sur les vérandas coûtent plus qu'il ne se fait en une année, voire deux, il continue de marcher vers l'est. Il traverse Main Street, qui coupe Santa Monica et Venice, dans Santa Monica elle est bordée de cafés, de bars de boutiques qui vendent des vêtements de marques des crèmes pour les mains pour le visage, des crèmes pour tout ce qu'on peut imaginer. À Venice il y a un immense bâtiment avec des jumelles de quinze mètres de haut à l'entrée, c'était une agence de publicité, maintenant ils sont partis, le reste de la rue est désert, des parkings vides des entrepôts un club de gym.

Il traverse Main Street toujours en direction de l'est pénètre dans un autre quartier résidentiel. Les maisons sont de même style bien que moins bien entretenues, la peinture s'écaille, les meubles sont cassés, les voitures sont plus vieilles, certaines ne marchent pas. Et tandis que le reste de Venice dort, il y a de la vie, des gens assis sur les vérandas qui écoutent de la musique et boivent, des voitures qui vont et viennent lentement dans des rues étroites, des voitures garées dans des ruelles avec les feux de position allumés, des adolescents au coin des rues mains dans les poches chapeau bas sur le front, faisant semblant d'être indifférents à tout ce qui les entoure, par équipes de trois ou quatre ils fournissent les conducteurs des voitures en ce dont ils ont besoin. Tout le monde a la même couleur de peau, il n'y a pas de Blancs pas d'Asiatiques ni d'Hispaniques, et sinon pour affaires, personne n'est bienvenu. De temps à autre une voiture de police passe lentement dans l'une des rues, personne ne regarde personne n'observe personne n'y fait attention, rien ne change, ce n'est qu'une voiture de plus avec un Blanc au volant, il sera bientôt parti.

Joe marche, personne ne fait vraiment attention à lui, il ressemble à ce qu'il est, un sans-abri en haillons sans argent et nulle part où aller. De temps à autre quelqu'un au coin d'une rue lui propose de l'herbe ou du crack, quand il passe devant des commerces de spiritueux des hommes devant l'entrée disent on a du bon pas cher, mais c'est encore trop cher. Il a envie de dormir bien qu'il n'y ait pas d'endroit où il puisse s'allonger, il ne veut pas le béton ou une ruelle avec des rats et l'odeur d'une benne à ordures ou d'une rangée de poubelles, s'il entre dans un jardin il est très probable que ça finira mal pour lui. Il continue de marcher, se rappelant les événements de la nuit la préparation les groupes de deux l'approche discrète le long de la promenade les coups de feu encore et encore les coups de feu et le corps agité de convulsions. Il entend le bruit de bouchon qui saute et de craquement, au début il n'est pas sûr que c'est dans sa tête ou en vrai, les entend de nouveau trois de suite suivis par un hurlement suivi par quatre de suite, encore des hurlements. Il en a assez vu ce soir, il prend vers le sud loin des coups de feu loin des hurlements loin des voitures et des coins de rues, il veut échapper à plus de choses encore mais il ne peut pas se contenter de prendre au sud.

Le changement se fait rapidement. Il traverse une rue et bien que les maisons soient les mêmes et que les jardins soient les mêmes et que les voitures soient les mêmes et que les affaires soient les mêmes, la musique est différente, la couleur de la peau est différente, la langue est différente. D'un côté il a trouvé l'indifférence, de l'autre l'hostilité ouverte. Comme il approche des coins de rues des adolescents lui barrent la route, il baisse la tête les évite, ils crachent à ses pieds dans sa nuque. Personne ne lui propose quoi que ce soit à acheter et quand on lui parle il ne comprend pas les mots bien qu'il connaisse les intentions. Il y a moins de commerces de spiritueux, mais ils sont tout aussi bondés. Il y a moins de policiers, mais ils sont traités de la même manière, personne n'y fait attention personne ne s'arrête personne ne fait semblant de les voir. Il n'entend pas de coups de feu, mais il se dépêche de s'en aller, il connaît les règles, ce n'est pas un endroit où il est le bienvenu, il continue à marcher vers le sud.

Le changement se fait rapidement. Il traverse une rue et bien que les maisons soient les mêmes les jardins les mêmes construits dans le même style à la même période sur des terrains de même superficie elles valent beaucoup plus cher que de l'autre côté. Il n'y a personne dehors. Les vérandas ne sont occupées que par leurs beaux meubles. Les voitures sont neuves propres ont une lumière rouge qui clignote sur leurs tableaux de bord (même si les alarmes ne font pas autre chose que du bruit). C'est silencieux calme paisible. Des parterres de fleurs bordent un côté du trottoir, des palmiers en bonne santé l'autre. Les rares maisons vides sont à vendre, des panneaux devant avec des prix à sept chiffres. Les terrains vagues sont bien entretenus, plats et verts, pas de pièces de carrosseries pas de caisses en carton. Joe parcourt ces rues, il se demande à quoi ça ressemblerait de vivre parmi ces gens, s'il avait l'argent est-ce qu'ils l'accepteraient. Les voitures de police sont nombreuses et visibles bien qu'elles n'aient rien à faire sinon être vues dans leur fonction qui consiste à assurer la quiétude le bonheur des résidents, leur faire savoir que s'il y avait des intrus des autres quartiers leur affaire serait vite réglée. L'une d'elles s'arrête, à côté de Joe, un policier noir dans la voiture blanche lui demande ce qu'il fait, il dit qu'il s'en va, le policier dit bien. Sur son chemin il traverse un groupe de paparazzi qui campent devant la maison d'une star de cinéma qui vient d'avoir des jumeaux, la première photo des enfants se vendra des centaines de milliers de dollars. Joe demande depuis combien de temps ils sont là, l'un dit tire-toi un autre dit une semaine un troisième le traite de vieux clodo lui dit de s'en aller. Joe demande combien de temps ils vont attendre, l'unique réponse est aussi longtemps que nécessaire, et quelque part dans la maison des enfants de cinq jours dorment assiégés parce que leur mère a un joli sourire de beaux cheveux et sait dire un texte devant une caméra.

Joe s'engage dans Venice Boulevard divisé par une bande médiane où se trouvaient jadis des rails de tramway et qui est maintenant occupée par de l'herbe morte desséchée. À huit cents mètres de là se trouve son foyer, le début de la promenade, et quelques centaines de mètres plus loin l'océan Pacifique. À huit cents mètres de l'autre côté, il ne sait pas parce qu'il n'y est jamais allé et généralement il prend peur quand il s'aventure à l'intérieur des terres. Il traverse Venice Boulevard, il y a une petite église entre deux mini-centres commerciaux, elle est beige en stuc une croix au-dessus de la porte, elle est ouverte bien qu'on soit au milieu de la nuit. Joe s'approche s'arrête sous la croix regarde à l'intérieur, il y a deux rangées de bancs, quinze ou vingt de chaque côté, un modeste autel au-delà. Au mur un homme est pendu à une croix ses mains saignent ses pieds saignent. Joe regarde l'homme. C'est peut-être du bois ou du plâtre avec de la peintre rouge pour le sang, c'est peut-être le salut, ce n'est peut-être pas plus qu'une poupée pour adultes. Il va jusqu'au premier rang à quelques pas de l'autel, quelques pas plus près de l'homme. Il s'assied le regarde, il pense à son ami, est-il toujours par terre là où il est mort, est-ce qu'on l'a emmené, est-ce qu'il est dans une ambulance ou un fourgon, est-il allongé sur une plaque en acier glacée ? Il reste assis à regarder, il y a une faible lumière au-dessus de l'autel qui projette des ombres sur le corps supplicié de l'homme. Joe reste assis à regarder, il essaie de se rappeler s'il a jamais connu le vrai nom de Limonade, s'il a jamais su le vrai nom de son ami mort.

Il reste assis une heure, deux heures.

Les ombres bougent tandis que le soleil commence à se lever, c'est le premier matin depuis dix ans que le Vieux Joe âgé de trente-neuf ans mais qui en paraît soixante-quinze n'est pas allongé sur la plage à regarder le ciel devenir gris blanc rose bleu n'attend pas des réponses mais les cherche.

Des rais de lumière passent par la porte, il reste assis à regarder.

Des perroquets sauvages à Venice, ils ont été importés au début des années 1900 et jamais mis en cage, ils ne sont jamais partis, commencent à chanter dans les palmiers.

Circulation derrière lui.

Reste assis.

Regarde.

Sang sur les mains sang sur les pieds.

La lumière remontant la travée, des rais, lentement.

Son ami quelque part dans la ville mort.

Un prêtre entre allume des cierges sourit à Joe fait un signe de tête s'en va, les cierges brûlent.

Joe prend un livre posé à côté de lui, il est simple noir frappé d'une croix dorée, il regarde le visage de l'homme, il ne semble pas souffrir, il parle.

Pourquoi tu as pris mon ami ?

Ses yeux sont ouverts, ils sont bleu sombre calmes au repos.

Pourquoi tu as pris mon ami et tu as laissé ces merdes qui l'ont tué ?

Ses mains ouvertes pas crispées par la douleur doigts tendus engageants.

Pourquoi ?

Pourquoi ?

Pourquoi est-ce que tu laisses des hommes avec des couleurs de peau différentes se haïr sans raison. Pourquoi tu laisses un homme avoir moins qu'un autre alors que tous deux méritent autant. Pourquoi tu laisses les enfants mourir

524

dans les rues en se tuant les uns les autres pour un coin ou de la poudre blanche ou la couleur d'un bandana. Pourquoi tu obliges mes amis à chercher à manger dans les poubelles et à se tuer en buvant alors qu'ils n'ont rien fait de mal à personne de toute leur putain de vie.

Sa bouche est légèrement ouverte ses dents blanches, il ne grimace pas, calme.

Pourquoi tu m'obliges à passer ma vie à courir après le jaune, tu obliges un autre à passer sa vie à courir après le vert, et un autre à passer sa vie à répandre le rouge. Si tu existes et que tu aimes tout le monde comme on le dit alors pourquoi tu nous traites différemment, pourquoi tu donnes à certains et pas à d'autres, pourquoi tu prends et blesses et détruis tant de gens qui essaient juste de s'en tirer. Pourquoi tu laisses ça arriver encore et encore et encore. Ceux qui ont reçoivent plus, et ceux qui n'ont pas ne reçoivent rien encore et encore et encore et encore. Si tu existes je ne comprends pas.

Il n'est pas vêtu, juste un drap blanc noué lâchement à la taille.

Tu veux qu'on t'adore pour ça ? Pour ce que tu donnes ? Pour la façon dont tu nous traites ? Pour tout ce que tu laisses arriver ? Pour la haine qui existe et que tu n'empêches pas ? Pour la violence que tu n'empêches pas ? Pour les morts que tu n'empêches pas ? L'homme qui tue l'homme qui tue les femmes qui tue les enfants que tu n'empêches pas ? Et tu veux qu'on t'adore ? Tu veux qu'on se mette à genoux ? Tu veux la dévotion ? Tu veux l'exaltation ? Tu veux la foi ?

Une couronne d'épines enfoncée dans le crâne saignant aux extrémités.

Je marche dans la rue, les hommes me détestent, ils ne m'aiment pas, ils détestent ma peau mon odeur mes vêtements mes cheveux, ce qu'ils croient que je suis et ce qu'ils croient que je ne suis pas, un putain d'enculé me regarde et voit l'amour, ils détestent juste tous autant qu'ils sont, et tu te dis omniscient tout-puissant, tu dis que c'est toi seul qui juges.

D'épais filets dans ses cheveux sur son menton, coulant sur sa poitrine.

Tu veux et tu dis que tu mérites et que nous te devons sinon nous sommes condamnés et tout ce que tu nous donnes c'est ça ce monde où les enfants sont brûlés vifs et où les hommes dépensent leur argent à se faire sauter les uns les autres et où les femmes se vendent pour manger et où nous ne voyons que destruction guerre désolation en ton nom et ça ne s'améliore jamais et tu n'arrêtes pas omniscient tout-puissant ça ne finit jamais. Ça ne finit jamais. Et ça ne finira jamais.

Tête courbée mais pas par la défaite.

Pourquoi tu as pris mon ami ? Il ne le méritait pas. Aucun de nous ne le mérite.

Lumière venue d'en haut.

Joe se lève et sort.

En août 1965, un policier blanc arrête un automobiliste noir pour conduite dangereuse dans une rue de Watts. Le conducteur et deux membres de sa famille sont emprisonnés, des émeutes éclatent, elles durent une semaine. On envoie quinze mille gardes nationaux pour contenir les émeutes. Trente-quatre personnes sont tuées par la police, trois autres meurent de leurs blessures. Il y a plus de mille blessés et presque quatre mille arrestations. Six cents bâtiments, parmi lesquels ne figure presque aucune résidence privée occupée par des Afro-Américains, sont endommagés ou détruits par les pillages et les incendies.

Amberton est dans une camionnette cabossée avec un dénommé Kurchenko. Kurchenko est un petit homme tendu maigre nerveux, ses veines sont visibles sur tout son corps. Bien qu'il n'ait pas plus de trente-cinq ans, il en paraît cinquante, il a des cheveux gris clairsemés une moustache grise clairsemée et une dent de devant qui manque, ses autres dents sont aussi grises que ses cheveux. Il a quarante ou cinquante petits X tatoués sur les avant-bras, il ne veut pas dire où il les a eus, ce qu'ils représentent, ce qu'il a fait pour les mériter. Amberton a rencontré Kurchenko par l'intermédiaire d'un détective privé qui a refusé de continuer à travailler pour lui. Le détective a donné à Amberton le numéro de Kurchenko et lui a dit appelez ce type et s'il vous plaît ne m'appelez plus. Cela fait trois jours qu'ils suivent la mère de Kevin. Ils la suivent à son travail, ils la suivent à l'épicerie, jusqu'à l'appartement de Kevin, chez le coiffeur, quand elle va chez des amies, au restaurant, à l'église. Amberton a un appareil photo et la photographie, Kurchenko la regarde et marmonne en russe dans sa barbe.

Amberton donne un jour de congé à Kurchenko. Il rentre chez lui. Il n'a pas parlé à Casey depuis qu'il est parti avec Kurchenko, n'a pas vu ni parlé à ses enfants. Il va dans son aile, prend une douche, se rase tout le corps, le crâne excepté, se masturbe. Il s'en va sans voir Casey ni les enfants sans leur avoir parlé.

Il va dans un hôtel de Beverly Hills connu pour sa discrétion. Il prend une suite passe les douze premières heures dans la suite à commander des repas manger se faire vomir. Il commence à regarder des vidéos pornos sur une chaîne à la carte décide qu'il préfère du vrai appelle un service d'escorts commande quatre garçons les plus jeunes possibles. Trente minutes plus tard ils sont dans la suite. Ils ont peut-être quinze, seize, dix-sept ans, aucun n'a plus de dix-huit ans, il est satisfait d'eux passe les six heures qui suivent à leur faire des choses qui pourraient l'envoyer en prison pendant beaucoup, beaucoup d'années. Une fois qu'il a terminé, il leur donne de généreux pourboires, s'endort.

Il se réveille le lendemain, son téléphone n'arrête pas de sonner encore et encore il n'arrête pas de sonner, bordel, il n'y a que trois personnes qui ont son numéro, Casey Gordon son avocat, il décroche.

Allô ?

Casey parle.

Où es-tu, Amberton ?

Pas à la maison.

Où ?

Juste pas à la maison.

Nous avions une interview ce matin.

Quoi ?

Une interview. Avec ce magazine familial. Ils font un article sur nous, pour montrer qu'on peut être célèbre et avoir quand même une vraie vie de famille. Je t'en ai parlé cent fois.

J'ai oublié.

Tu peux venir ?

Dis-leur que j'ai dû m'absenter.

T'absenter ?

Ouais, dis-leur que j'ai dû aller à La Nouvelle-Orléans pour récolter des fonds pour les sinistrés.

Qui va confirmer ça ?

Gordon et les attachées de presse.

Je suis furieuse, Amberton. C'était très important pour moi.

Je suis dans une mauvaise passe, Casey.

Il raccroche se rendort. Il dort douze heures. Il se réveille, commande un cheeseburger le mange en vomit une partie paie la note, s'en va.

Il rejoint Kurchenko. Ils sont dans un monospace marron garé devant chez la grand-mère de Kevin. À l'aide de jumelles, ils la regardent manger, regarder la télé, aller aux toilettes. Amberton prend quelques photos. Ils passent une journée devant sa maison. Ils décident qu'elle ne sortira pas, ne va aller nulle part. Ils vont à la maison de la sœur de Kevin. Elle a quatre enfants, toutes des filles, entre quatre et douze ans. À l'aide de téléobjectifs, ils prennent des photos d'elles en train de manger, regarder la télé, aller aux toilettes. Ils les suivent jusqu'à l'école. Ils les suivent jusqu'à leur cours de danse. Ils les suivent jusqu'à l'église. Ils prennent des photos d'elles.

Ils vont à l'appartement de la petite amie de Kevin. À l'aide de jumelles, ils la regardent manger, lire allongée dans un fauteuil, faire la cuisine. Quand il ne pleure pas Amberton la traite de tous les noms, salope pute vérolée suceuse de bites. Kevin arrive en voiture, Amberton commence à sangloter essaie de sortir de la voiture, Kurchenko l'en empêche. Amberton continue d'essayer. Kurchenko lui attache les bras et les jambes avec de la bande adhésive, lui en met sur la bouche. Il observe Kevin et sa petite amie, prend quelques photos, démarre. Une heure plus tard il délivre Amberton de son bâillon. Amberton se remet à sangloter, Kurchenko lui demande où il veut aller, Amberton lui donne le nom de l'hôtel à Beverly Hills.

En 1968, Robert Kennedy est assassiné à l'hôtel Ambassador après avoir gagné les élections primaires du Parti démocrate en Californie.

Ni Maddie ni Dylan n'ont d'assurance, ils veulent aller voir un médecin pour être sûrs que Maddie va bien, ils trouvent une clinique. Un médecin l'examine, prend son pouls et sa tension, fait une analyse de sang qui leur dit ce qu'ils savent déjà, lui fait une échographie, tout a l'air d'aller bien. Ça leur coûte neuf cents dollars.

Il leur en reste trois mille. Il faut qu'ils déménagent. Maddie ne veut pas, Dylan essaie de lui faire comprendre qu'ils ne peuvent pas se permettre de garder l'appartement, ils doivent faire des économies pour l'enfant. Ils se disputent pendant une journée, une semaine. Dylan lui dit qu'ils peuvent continuer à habiter ici mais qu'il faut qu'elle trouve un travail, qu'ils ne pourront pas acheter de couches-culottes pour leur enfant. Maddie lui dit qu'elle cherchera un appartement dès le lendemain.

Pendant une deux trois semaines Dylan va au travail passe la journée à porter des sacs de golf faire semblant de connaître les lignes de putt raconter des histoires drôles et complimenter les golfeurs médiocres pour leurs coups médiocres.

Maddie passe les matinées à regarder les petites annonces et dresse des listes des endroits potentiels bien que pour beaucoup elle ignore où ils se trouvent et s'ils sont dans leurs prix. Elle fait une sieste prend un repas léger – habituellement des macaronis au fromage avec des fraises pour le dessert. Elle passe ses après-midi dans les bus et sur les trottoirs à aller d'un immeuble à l'autre. Une fois qu'elle les a vus elle passe généralement au suivant, ils sont délabrés, sales, les quartiers lui font peur, il y a trop de Noirs, trop de Mexicains. Quand elle entre dans les appartements elle est toujours déçue, ils sont petits, les cuisines sont vieilles, les salles de bains sont sales, elles lui rappellent sa maison dans l'Ohio, lui donnent l'impression de vivre de nouveau avec sa mère. Elle veut un immeuble comme celui dans lequel ils habitent, propre et sûr, elle veut un appartement comme celui qu'ils ont. Quand elle rentre, tous les après-midi elle pleure, elle ne veut pas partir. Quand Dylan rentre elle fait le dîner, ils mangent en silence regardent la télé en silence vont au lit en silence sont tous deux trop fatigués pour faire autre chose que s'endormir.

Ça commence à se voir. À peine, mais suffisamment pour que Dylan le remarque, pour qu'elle ne rentre plus dans ses pantalons, il lui faut aussi d'autres soutiens-gorge. Ils achètent tout en trois ou quatre tailles au-dessus, ils ne pourront le faire qu'une fois. Une semaine, deux trois, l'argent continue à fondre, il ne sait pas comment ils vont payer le loyer, comment ils vont payer les soins, comment ils vont élever l'enfant, une autre semaine et Maddie cesse de

chercher un appartement dit que c'est trop fatigant une semaine de plus.

Il va voir Shaka, il arrive tôt au travail frappe
à sa porte, Shaka est en train de lire le journal
lève la tête, parle.

Tu es déjà là ?

Je voulais vous parler.

Entre, assieds-toi.

Dylan entre s'assied, Shaka pose son journal.

Qu'est-ce qui se passe ?

Je me demandais s'il y aurait moyen de travailler plus, ou de faire un boulot en plus.

Shaka rit.

Plus que les douze ou treize heures que tu fais
déjà ?

Ouais.

Qu'est-ce qui ne va pas ?

Tout va bien.

Pourquoi tu as besoin de faire plus d'heures ?

Ma petite amie est enceinte.

Shaka sourit.

Sans blague ?

Dylan hoche la tête.

Félicitations.

Merci.

Tu es content ?

J'ai une trouille de tous les diables.

Shaka rit.

C'est normal, je dirais.

Un peu, c'est probablement normal. Moi j'ai
vraiment les jetons.

Quel âge as-tu ?

Dix-neuf.

Ma femme a eu notre premier quand j'avais
vingt ans.

Qu'est-ce que vous avez fait ?

J'ai travaillé comme un malade. Et je continue. On en a quatre maintenant, bien qu'il y en ait deux qui ne sont plus avec nous et quasiment adultes. Mais je comprends ce que tu ressens.

Alors vous savez que j'ai besoin de gagner plus d'argent.

Tu te débrouilles plutôt bien.

On a un appartement cher, on n'a pas d'assurance, ma copine ne travaille pas.

Tous ces problèmes peuvent être résolus.

Pas vraiment.

Trouve un endroit moins cher. Une fois que tu auras fait six mois ici, et ce sera bientôt le cas, tu auras droit à la Sécurité sociale, et si tu es marié ta femme est couverte elle aussi. Demande à ta future de trouver un boulot. Les problèmes sont résolus.

Je préférerais juste gagner plus d'argent.

Alors tu feras bien de commencer à proposer des pipes aux fils de pute dont tu portes les sacs, pace qu'il n'y a pas d'autre boulot à faire ici. Tu gagnes déjà plus que presque tous les autres caddies.

Combien y en a-t-il qui ont des gosses ?

Shaka rit.

Tu te fous de moi ? À peu près tous, et la plupart en ont plus d'un. Personne ici ne va pleurer sur ton sort. Même si les autres font ce qu'ils peuvent pour t'aider, c'est la vie, mec, tu dois te débrouiller tout seul.

Alors pas d'heures de plus ?

Shaka hausse les épaules.

Je n'en ai pas à te donner.

Qu'est-ce je dois faire pour avoir l'assurance ?

Marie-toi. Pour faire ça, tu vas chercher un certificat de publication des bans à la mairie. J'ai un cousin qui est pasteur qui pourra faire la cérémonie et les formalités, si tu as besoin de témoins, ma femme et moi on le fera. Une fois marié, tu remplis les papiers et vous serez couverts. Et je vais demander autour de moi pour l'appartement. Si je trouve quelque chose, ça ne sera pas comme ce que tu as maintenant, tout près avec des voisins yuppies et une piscine, mais ça sera sûr. Une fois que vous serez là-bas, vous verrez si ta femme a besoin ou pas de travailler.

Merci.

Pas de problème.

Sérieusement, merci.

Je t'en prie.

Dylan se lève quitte le bureau fait la queue pour son premier sac, c'est un représentant de viande en gros barbu et tatoué qui ressemble à un motard, il est arrivé dans une petite voiture pleine d'échantillons, il enlève deux coups à son score à chaque trou. Après ça c'est un Coréen qui ne parle pas anglais et jette ses clubs. La journée est calme, il n'a pas l'impression qu'il y aura un troisième sac, il rentre chez lui. Il espère que Maddie ne sera pas là, il sait qu'elle devait aller à l'épicerie. Il ouvre la porte appelle, rien. Il entre dans leur chambre sort leur argent compte cinq cents dollars. Il repart dans la direction du golf s'arrête dans une bijouterie, c'est une chaîne nationale, ils s'appellent les Diamond Masters. Il regarde les bagues s'arrête devant la vitrine avec les plus chères, des bagues avec un diamant de trois et quatre carats, elles sont magnifiques, il se déteste parce qu'il aime Maddie et en veut une pour elle mais sait qu'il ne pourra jamais en acheter une comme celles-là. Il descend à deux carats, magnifique mais impossible, un carat peut-être un jour, plus bas encore, il est surpris par ce qu'il peut avoir pour cinq cents dollars c'est mieux que ce à quoi il s'attendait bien que ça n'ait rien à voir avec ce qu'il aimerait lui offrir, ce qu'il pense qu'elle mérite, ce qu'il juge être à la hauteur des sentiments qu'il a pour elle. Il fait signe à une vendeuse qui vient lui montrer des bagues, elles sont petites et simples mais belles à leur façon, la femme lui demande son âge, il le lui dit, elle déclare que les bagues qu'il regarde sont parfaites pour un jeune couple qui s'engage dans la vie commune, ça lui redonne le moral mais pas beaucoup. Après avoir regardé dix bagues, peut-être quinze, il choisit un solitaire d'un quart de carat avec un simple anneau en or, il coûte quatre cent quatre-vingt-dix-neuf dollars, il paie la taxe avec ses pourboires du jour. La femme la met dans un écrin le lui tend sourit, parle.

J'espère que vous aurez une longue et belle vie ensemble.

Dylan sourit, parle.

Merci.

Il rentre. Même s'il sait qu'elle dira oui, il est nerveux, de plus en plus à chaque pas qui le rapproche de chez eux. La bague est dans sa poche de poitrine. Il a peur qu'elle tombe, tous les quelques pas il s'assure qu'elle est bien là. Il a envie de la regarder mais il craint qu'on la lui pique. Deux fois il va derrière un immeuble pour la sortir et la regarder, il sourit touche la surface du diamant avec son doigt, même s'il est petit il en est fier. C'est mieux que tout ce qu'ont tous ceux qu'ils connaissent chez eux, jamais leurs mères n'avaient même pensé avoir une bague. Il se dit que c'est un début, leur début, qu'un jour, il ne sait comment, il lui en offrira une plus grosse, pour maintenant elle est parfaite, elle est à eux elle est parfaite.

Comme il entre dans leur immeuble il sent son cœur qui cogne, ses mains commencent à trembler. Il vérifie qu'elle est dans sa poche pour la soixante-quinzième fois, elle est toujours là, il s'arrête devant leur porte, sort la bague regarde sourit. Il la remet dans sa poche. Il prend une grande inspiration, ouvre la porte.

Maddie est dans la cuisine en train de faire une sauce. Elle se retourne sourit, parle.

Salut.

Dylan sourit, il a l'impression d'être en verre, il tremble, parle.

Salut.

Bonne journée ?

Okay.

Combien tu en as eu ?

Deux.

Gros pourboires ?

Okay.

Elle se retourne vers la casserole tourne la sauce baisse la température. Il regarde son dos. Il est terrifié. Il veut s'avancer n'y arrive pas reste là à la regarder à trembler. Leur vie défile dans sa tête en une seconde ou deux, les images se mêlent, la première fois qu'il l'avait vue à l'école il l'avait senti, il avait sept ans et il l'avait senti, la regardant en classe, dans la cour, avec elle à la cantine, leur premier baiser à onze ans derrière un commerce de spiritueux où ils allaient faire des courses pour leurs parents, la première fois qu'ils étaient allés au cinéma ils avaient vu *Les Pierrafeu à Rock Vegas*, ils avaient passé toute la séance à se tenir la main et à s'embrasser, quand ils se téléphonaient parce qu'ils avaient peur de leurs parents, comme ils se tenaient dans les bras après avoir été battus, tous les projets qu'ils faisaient à partir de l'âge de douze ans, ils avaient leurs rêves, les bals à l'école, le flirt dans les voitures, quand elle avait perdu sa virginité sur une couverture dans un champ, la remise des diplômes, ils continuaient à rêver, elle défile en une seconde ou deux.

Il fait un pas en avant, il est encore tout remué, il a l'impression d'être au-dehors de lui-même. Il avance met la main dans sa poche, toujours là. Il avance combien de fois il a pensé à cet instant il n'arrive pas à croire qu'il est ici maintenant réel. Il avance il est à quelques pas elle l'entend se retourne. Elle le regarde il tremble elle parle.

Qu'est-ce qu'il y a ?

Rien.

Tu as l'air bizarre.

Il sort la bague mains tremblantes elle sourit.

Qu'est-ce que tu fais ?

Il ouvre l'écrin la bague est toujours là sur un coussin de satin. Son sourire s'élargit il parle.

Je t'aime et depuis que je suis tout gosse je veux passer ma vie avec toi. Je t'aime tant tant je veux savoir tu veux m'épouser ?

Sourire plus large, elle parle.

Oui.

Le 9 août 1969, quatre membres de la Famille Manson entrent dans la résidence du réalisateur Roman Polanski à Los Angeles et tuent cinq personnes, parmi lesquelles la femme de Polanski, l'actrice Sharon Tate, qui était enceinte de huit mois et demi, et Abigail Folger, l'héritière des cafés Folger. Le 10 août 1969, Manson et trois membres de sa Famille entrent dans la maison de Leno et Rosemary LaBianca et les tuent à coups de couteau, écrivant au couteau « Guerre » sur le ventre de Mr. LaBianca et « Mort aux flics » et « Helter Skelter » sur les murs avec le sang de leurs victimes. Manson et quatre membres de sa Famille sont arrêtés, déclarés coupables, et condamnés à mort. Leur sentence est ensuite commuée en emprisonnement à vie quand la peine de mort est abolie.

Patience. Zèle. Effort. Le boulot quotidien qui peut vous épuiser, oh oui, ce boulot quotidien, c'est ce genre de choses qui n'en finit pas de recommencer jour après jour et qui vous épuise. On s'attend à une récompense, ou une compensation, pour tout cet effort, quelque chose qui fait que tout ça en vaut la peine, qui éclaire le visage d'un sourire, fait le pas plus léger, vous chatouille le creux des reins, vous met au cœur un sentiment de joie et de liberté. Voici les *Faits amusants de Los Angeles*, volume II.

Jamais au cours de l'histoire de l'humanité il n'y a eu un plus grand nombre d'artistes, écrivains, musiciens, habitant et travaillant dans la même ville qu'à Los Angeles au XXIe siècle.

Le mot *T-shirt* a été inventé à Los Angeles par un Japonais qui travaillait dans une usine de vêtements. Il a appelé ce modèle T-shirt parce qu'il ressemblait à la lettre T quand il était étalé sur une table, et qu'il était en train d'apprendre l'alphabet anglais.

Si la ville de Los Angeles était un pays, elle représenterait la quinzième économie mondiale.

En 1918, un immigré chinois qui travaillait dans une fabrique de nouilles a inventé le « fortune cookie ». Il le fit en pensant qu'un biscuit contenant un message positif remonterait le moral des pauvres de la ville.

En 1949, Frank Zamboni, propriétaire d'une patinoire, inventa la resurfaceuse Zamboni. Elle est aujourd'hui utilisée dans quatre-vingt-cinq pour cent des patinoires au monde.

Trois cents buffles sauvages, protégés par la loi, vivent en liberté dans le comté de Los Angeles.

Il est interdit de chasser les phalènes sous l'arc d'un lampadaire dans la ville de Los Angeles.

Il est interdit de tenir un ballon à une hauteur dépassant un mètre cinquante au-dessus du sol dans la ville de Los Angeles.

Il est interdit d'être assis sur une table à l'extérieur d'un restaurant dans la ville de Los Angeles.

Il y a en moyenne vingt poursuites automobiles chaque jour dans le comté de Los Angeles.

Il y a un musée consacré à la banane à Los Angeles. Il contient presque vingt mille objets relatifs à la banane.

Si les forces de police de Los Angeles étaient rassemblées en une armée, ce serait la cinquième au monde.

Il y a plus de groupes de soutien aux victimes d'enlèvements par des extraterrestres à Los Angeles que dans tout le reste du pays.

Presque la moitié des chiens de Los Angeles sont des pitbulls américains ou des croisés de pitbulls.

À Pasadena, il est interdit à un patron d'être seul dans une pièce avec une secrétaire.

Le premier cimetière vidéo au monde, où les écrans diffusent des vidéos à l'intention des personnes enterrées vingt-quatre heures sur vingt-quatre, chaque jour pour l'éternité, est à Los Angeles.

Il y a plus de sociétés dont les dirigeants sont des femmes et des gens issus des minorités ethniques à Los Angeles que dans toute autre ville des États-Unis.

Chaque année, à huit heures du matin le deuxième samedi de juillet, des centaines de personnes se rassemblent devant une voie ferrée de Los Angeles pour montrer leurs culs aux passagers des trains qui passent.

Chaque Halloween, cinq cent mille personnes, dont la plupart sont déguisées, se rassemblent le long de Santa Monica Boulevard pour voir le carnaval costumé de West Hollywood, qui consiste surtout en chars montés par des hommes portant des vêtements de femme.

ARPAnet, la première utilisation d'ordinateurs en ligne, fut inventé par le ministère de la Défense à Los Angeles et devint opérationnel le 14 janvier 1969. ARPAnet devint connu plus tard sous son appellation civile, l'Internet.

Environ soixante personnes par an voient le Sasquatch, primate humanoïde proche du yéti, à Los Angeles.

Il y a plus de piscines à Los Angeles que dans toute ville au monde.

Chaque habitant de Los Angeles possède en moyenne 7,4 paires de chaussures.

Barbie fut inventée (ou est née) à Los Angeles en 1959. Sa conceptrice (ou mère) était une femme du nom de Ruth Handler.

Chaque habitant de Los Angeles possède en moyenne 8,3 maillots de bain.

Chaque habitant de Los Angeles possède en moyenne 6,4 sous-vêtements.

Le hot fudge sundae fut inventé en 1906 par un glacier situé sur Hollywood Boulevard.

Chaque habitant de Los Angeles mange en moyenne 127,2 bonbons au réglisse par an.

Il y a en moyenne trois cent trente-trois jours de soleil par an à Los Angeles.

Jamais au cours de l'histoire de l'humanité il n'y a eu un plus grand nombre d'individus de la même ville soignés dans des hôpitaux psychiatriques et des centres de désintoxication qu'à Los Angeles au XXIe siècle.

En 1970, un juge de la Cour suprême émet une ordonnance interdisant la ségrégation dans les écoles de Los Angeles. Le juge survit à une tentative d'assassinat et perd son poste aux élections suivantes.

Un vendredi, Dylan prend son après-midi, et lui et Maddie vont au tribunal de Beverly Hills. Il y en a un plus près mais Maddie veut aller à Beverly Hills parce qu'elle sait que c'est là que vont les stars pour faire publier les bans et qu'elle trouve ça amusant cool excitant. Ils prennent un taxi, entrent, font la queue, prennent les formulaires les remplissent les font certifier. Ils les rendent paient quarante-cinq dollars obtiennent leur autorisation, ils ont quatre-vingt-dix jours pour faire la cérémonie, après quoi ils seront officiellement mari et femme.

Puis ils vont se promener dans Beverly Hills. Ils parcourent des rues blanches parfaitement entretenues bordées de boutiques qui vendent des sacs pour une somme supérieure à ce que gagne l'Américain moyen en une année, qui vendent des diamants pour des millions, des vêtements pour des sommes qui suffiraient à nourrir une bourgade, ce sont des rues destinées à attirer ceux qui ont de l'argent et tenter ceux qui n'en ont pas, on ne fait aucun cas de ceux qui n'ont rien, c'est comme ça l'Amérique, c'est comme ça. Ils s'arrêtent devant les vitrines. Dylan a pris de l'argent, cent cinquante dollars pour lui offrir quelque chose, il se rend compte rapidement que cent cinquante dollars ne suffiront pas à lui offrir quoi que ce soit. Maddie est émerveillée par les vêtements, elle adore les tissus les couleurs, ce sont les vêtements qu'elle voit à la télévision et dans les magazines et elle est trop intimidée pour entrer dans aucun de ces magasins, ils regardent seulement de l'extérieur. Ils flânent une heure, deux, Dylan aimerait avoir plus d'argent, Maddie mérite ce qu'ils regardent autant qu'aucune des femmes qu'ils voient entrer et sortir des boutiques, des femmes portant plus de bijoux qu'il en verra en vingt ans, des femmes avec des visages refaits, des corps refaits, des femmes qui se plaignent à leurs portables, de quoi peuvent-elles se plaindre, y a-t-il vraiment quelque chose qui n'aille pas. Il tient la main de Maddie. Il est gêné par l'argent qu'il a dans la poche, honteux qu'il n'y en ait pas plus. Elle est excitée par leur mariage et Beverly Hills, la voir heureuse le fait oublier l'argent ou le manque d'argent dans sa poche, la voir heureuse lui brise le cœur un peu, chaque sourire, chaque rire, chaque fois qu'elle regarde quelque chose qui l'excite, la rend heureuse, un peu, le lui brise.

Elle est fatiguée ils se dirigent vers un hôtel, il y a une file de taxis devant, ils en prennent un direction leur appartement. Dylan dit au chauffeur de s'arrêter à un centre commercial près de chez eux, Maddie demande pourquoi, il dit si on doit se marier tu vas avoir besoin d'une robe. Elle rit, dit on ne se marie pas comme ça, il dit je t'aime et je veux que tu aies quelque chose de spécial. Ils s'arrêtent sortent du taxi, Dylan paie. Maddie sourit prend la main de Dylan l'embrasse sur la joue, ils entrent dans le centre commercial. Il y a deux grands magasins à chaque bout, et au milieu environ deux cents boutiques. C'est un beau centre commercial, plutôt luxueux, sa clientèle appartient à la bourgeoisie de West Los Angeles de Santa Monica et de Westwood. Dylan demande à Maddie par où elle veut commencer, elle sourit dit marchons.

Ils marchent, regardent les vitrines, de temps à autre Maddie entre dans une boutique de vêtements décroche un vêtement promène ses doigts dessus le tient devant elle le remet en place. Beaucoup d'entre eux ressemblent à ceux de Beverly Hills, il y a de légères différences dans la coupe la forme ou le tissu, des différences colossales dans le prix. Maddie n'est pas intimidée par les boutiques ni les gens qui les fréquentent, elle parle aux vendeuses sourit quand elles lui font des compliments lui demandent si Dylan est son fiancé, elle met toujours les bras autour de lui dit oui. Après une heure, peut-être plus, elle a trouvé deux robes, une en lin blanc toute simple l'autre bleue sans bretelles, l'une est dans un grand magasin l'autre dans une boutique. Elle essaie les deux demande son avis à Dylan, ça lui est égal, il la trouve belle dans les deux, ils vont dans la partie alimentation boivent des sodas, elle parle des robes, de ce qui lui plaît, ce qui ne lui plaît pas, des magasins, les deux sont américains, le grand magasin plus chic, elle se décide pour la blanche parce que c'est une robe de mariée, ou pas loin d'une robe de mariée, en simple lin blanc.

Ils entrent dans le grand magasin décrochent la robe en simple lin blanc. Dylan avait eu peur de lire le prix sur l'étiquette pendant que Maddie la regardait, elle la lui donne dit merci l'embrasse, il la porte au comptoir où une femme se tient derrière la caisse, elle lui sourit, parle.

Bonjour.

Il parle.

Bonjour.

Vous avez trouvé ce qu'il vous fallait aujourd'hui ?

Dylan regarde Maddie, parle.

Oui. Merci.

La femme prend la robe la passe devant le lecteur. Dylan a peur de regarder le total.

La femme parle.

Cent trente dollars quarante-cinq cents.

Dylan sourit sort son argent, lui tend cent quarante dollars, elle les prend lui rend la monnaie commence à emballer la robe. Maddie sourit dit merci embrasse Dylan. La femme termine le paquet le tend à Maddie, ils sortent dans la galerie main dans la main, Maddie souriant disant combien elle est contente de sa robe, qu'elle a fait le bon choix qu'elle sera parfaite pour la cérémonie, quelle qu'elle soit. Ils sortent du centre commercial s'arrêtent à un fast-food qui vend du poulet sur le chemin achètent une barquette et des haricots blancs en sauce des macaronis au fromage et trois portions de pudding au chocolat, une pour Dylan deux pour Maddie.

Ils rentrent, Dylan pose le poulet sur la table, Maddie va dans sa chambre. Dylan met la table de son mieux, comme il s'assied, Madddie sort de la chambre. Elle porte sa nouvelle robe. Un simple lin banc qui descend juste sous les genoux. De fines bretelles sur les deux épaules. Échancrée assez bas pour découvrir la naissance des seins, mais pas plus pour en laisser à l'imagination. Elle s'avance en souriant fait une pirouette devant Dylan, rit. Elle commence à poser comme les stars dans les magazines, Dylan rit, elle se met à marcher comme un mannequin sur un podium, Dylan rit. Elle s'arrête devant lui, parle.

Qu'est-ce que tu en dis ?

Tu es magnifique.

Elle me va bien, tu ne trouves pas ?

Parfaitement.

On ne voit pas que je suis enceinte.

Nan.

Je suis heureuse que nous puissions montrer des photos de notre mariage où j'aurai une jolie robe à notre bébé.

Dylan sourit.

Ouais.

Elle sourit.

Merci.

Je suis content qu'on ait pu l'acheter.

Elle passe les mains sur le corsage.

À part ma bague, je crois que c'est la plus belle chose que j'aie jamais eue.

Son cœur se brise, juste un peu.

Tu es magnifique avec.

Elle sourit de nouveau.

Tu l'as déjà dit.

Tu l'es, tu es magnifique.

Elle s'assied sur ses genoux, l'embrasse, c'est un long baiser profond, auquel aucun d'eux ne veut mettre fin, ils se lèvent vont dans la chambre en continuant de s'embrasser leurs mains bougent, elle se dégage, sourit, parle.

Je ne veux pas l'abîmer.

552

Elle enlève sa robe avec soin, l'accroche, Dylan s'assied sur le bord du lit la regarde, elle se tourne se dirige vers lui, il se lève vient à sa rencontre, ils s'embrassent, mains langues ses vêtements les vêtements restants de Maddie, ils tombent sur le lit l'un dans l'autre oublient le dîner le déménagement leur enfant oublient et s'explorent à l'extérieur à l'intérieur s'explorent encore et encore et encore.

Ils s'endorment, quand Dylan se réveille, c'est automatique maintenant, il fait encore nuit. Il sort du lit va dans la salle de bains se brosse les dents met du déodorant s'asperge le visage d'eau froide, encore une journée à traîner de foutus sacs de golf. Il sort de la salle de bains, Maddie dort sur le dos, le drap à la taille, son souffle est régulier et lent. Il s'arrête pour la regarder une minute, deux, regarde son visage une ombre sur la moitié supérieure de son corps le léger mouvement de la poitrine les seins qui émergent s'enflent la ligne de son cou ses mains une en dehors du lit ses cheveux longues et épaisses cascades immobiles sur un oreiller blanc sa bouche ouverte tremblant légèrement à chaque souffle. Il s'agenouille à côté d'elle, il craint de la toucher ou de la réveiller, il veut juste être près d'elle et il murmure tu es si belle je t'aime et il lui embrasse la joue et son cœur se brise, juste un peu se brise.

Il sort marche jusqu'au golf. Il prend une tasse de café salue les autres caddies, l'un d'eux lui dit que Shaka veut lui parler. Il va au bureau de Shaka frappe à la porte, qui est ouverte. Shaka demande qui c'est, Dylan dit son nom, Shaka dit entre. Dylan entre, Shaka lui fait signe de s'asseoir, parle.

Salut.

Salut.

Ça va ?

Ouais.

Tu as publié les bans hier ?

Ouais.

Comment ça s'est passé ?

C'était super facile, super simple.

Tu es prêt à te marier.

Dylan sourit.

Je pense que oui.

Sérieusement, tu es prêt à te marier ?

Ouais. J'ai super envie.

J'ai parlé à mon cousin. Il est libre ce soir. Et ma femme peut venir pour servir de témoin.

Vraiment ?

Tu as dit que tu étais prêt.

Ouais.

Alors on y va ?

Où est-ce qu'on va le faire ?

Ici.

Dans ton bureau ?

Sur le terrain. Sous un arbre ou je ne sais pas. Dans un endroit chouette.

Cool.

Tu as un costume ?

Non.

Je me disais bien, alors je t'en ai apporté un. C'est le vieux costume de mon fils, il est à peu près de ta taille. Il est accroché à la porte derrière toi.

Merci.

Tu as un appareil photo ?

Non.

Une de mes filles veut devenir photographe et elle a dit qu'elle te ferait les photos.

Génial. Merci.

Je croyais qu'elle se faisait des idées, mais elle m'a montré des photos et elles sont bonnes, vraiment bonnes.

Génial.

Peut-être qu'on mangera une pizza ou un truc après ?

Est-ce que je ne suis pas supposé emmener ma femme au lit ?

Si tu veux faire ça bien, tu as besoin d'un repas avant.

Dylan rit.

Sûrement.

Après ta première tournée appelle ta nana pour être sûr qu'elle peut venir. Si elle peut, je passerai des coups de fil pour m'assurer que tout le monde soit bien là.

Quelle heure ?

Le jour tombe aux alentours de 20 heures. Le dernier départ sera autour de 17 heures. Si elle n'a pas prévu autre chose dis-lui d'être là à 20 h 15.

Je sais que nous n'avons pas d'autre projet.

On ne sait jamais avec une femme.

Nous n'avons aucun ami à part nous deux. Nous n'avons jamais de projets.

Shaka rit.

Eh bien, peut-être que ta femme et ma femme s'entendront bien et alors ta femme aura une amie et commencera à faire des projets derrière ton dos.

Dylan rit.

Ça ne me déplairait pas.

Ouais, attends un peu.

Merci pour tout. Nous n'avons pas de famille ici, et la famille qu'on a chez nous est horrible, et c'est vraiment cool que vous nous aidiez.

Tu es okay pour un Blanc. Et tu es des nôtres, un putain de caddie, on se serre les coudes.

Merci.

Dylan se lève tend la main, Shaka se lève la prend la serre, on dirait que Dylan va pleurer. Shaka retire sa main lui désigne la porte.

Va faire un peu de blé. Dieu sait que tu vas en avoir besoin.

Dylan rit sort se met dans la queue, son premier sac est un gars de l'École de chirurgie dentaire qui passe presque tout son temps à dire combien il déteste les golfs publics et comme il va être content de gagner assez de fric pour entrer dans un club. À la fin il lui donne quarante dollars de pourboire, Dylan va à la cabine appelle Maddie qui, réveillée, est en train de manger les restes de poulet du dîner pour le petit déjeuner. Il lui demande si elle a des projets pour ce soir, elle rit, il lui dit qu'il a besoin qu'elle vienne le rejoindre à 20 h 15 au golf, elle demande pourquoi, il dit qu'il a un truc à faire pour eux, elle demande quoi, il dit juste viens et mets ta robe. Elle demande pourquoi, il dit s'il te plaît viens et c'est tout, elle pouffe dit okay. Il dit je t'aime, elle dit je t'aime, ils raccrochent.

Le sac suivant est un acteur. L'homme, grand brun beau gosse proche de la trentaine, est vexé que Dylan ne le reconnaisse pas et lui dit qu'il vit dans une putain de grotte. Dylan lui demande dans quoi il a joué, l'homme lui dit dans l'une des plus grandes séries de l'histoire de la télévision, Dylan lui demande pourquoi il ne joue pas dans un club, l'homme dit qu'il en a un mais que parfois il aime jouer parmi les vraies gens. Dylan lui demande à quel club il appartient, l'homme lui dit d'arrêter de poser des questions et ensuite ne lui adresse plus la parole sauf quand il a fait un bon coup et qu'il veut que Dylan le félicite. À la fin l'homme donne dix dollars à Dylan lui dit merci monte dans sa Mercedes s'en va.

Il est 16 heures, Dylan commence à être un peu nerveux. Il a l'occasion de prendre un autre sac, c'est une coiffeuse qui apprend à jouer au golf parce qu'elle pense que ça l'aidera à trouver un mari. Elle joue avec une amie qui est aussi coiffeuse, c'est la première fois qu'elle fait un parcours, Dylan espère qu'elles se lasseront vite et partiront rapidement. Elles font respectivement neuf et quatorze sur le premier trou, un par quatre qui est un des plus faciles. Elles font treize et dix-sept sur le deuxième, un par cinq. Elles font dix et douze sur le troisième, un par trois. Elles se moquent d'elles-mêmes s'amusent mais savent aussi qu'elles font attendre les joueurs qui sont derrière elles et décident de jouer un dernier trou, c'est un par quatre, elles font quinze et dix-sept, puis d'aller boire un verre avant de se rendre sur le practice. Dylan porte leurs sacs jusqu'à leurs voitures, elles lui donnent cinquante dollars parce qu'elles savent ce que c'est de dépendre des pourboires, elles lui disent qu'elles espèrent le revoir.

Il est 17 h 15, trois heures et quelques avant qu'il se marie. Il est très nerveux, il se demande s'il lui faut quelque chose en plus, il se rend au bureau de Shaka frappe à la porte. Shaka parle.

Entrez.

Dylan entre, Shaka est à son bureau, il est en train de lire un livre sur les investissements financiers, il lève les yeux, parle.

Prêt ?

Je ne sais pas.

Quelle heure est-il ?

Un peu après 17 heures.

Et tu ne sais pas si tu es prêt ?

Je suis prêt, je veux dire je suis prêt à le faire, mais je ne sais pas si j'ai tout ce qu'il faut.

Il te faut une femme, un officiant, deux témoins, des anneaux. Tu as ces anneaux, tu es prêt.

Pas d'anneaux.

Tu n'as pas de putains d'anneaux ?

Dylan rit.

Non.

Bon Dieu, les Blancs me déçoivent un peu plus chaque jour. Toi et Dan Trou-du-cul vous n'avez pas la moitié d'une cervelle à vous deux.

Dylan rit de nouveau. Shaka se lève.

Viens avec moi.

Il sort du bureau, Dylan le suit, ils vont au parking montent dans la voiture de Shaka, une japonaise vieille de onze ans en parfait état, ils font un ou deux kilomètres s'arrêtent sur le parking d'un mini-centre commercial devant la boutique d'un prêteur sur gages. Shaka regarde Dylan, parle.

Maintenant je vais te dire quelque chose qui pourrait m'attirer des ennuis, alors tu me promets de le garder pour toi.

Pas de problème.

Je joue au golf de temps à autre. Quand j'étais plus jeune j'étais bon. Parfois je joue pour de l'argent. Les gens pensent toujours qu'ils vont me battre, mais ils le font rarement. Parce qu'ils pensent qu'ils vont me battre, ils parient plus qu'ils peuvent se permettre de perdre, et alors ils sont obligés de me donner des trucs pour couvrir leurs paris, généralement des montres ou des bijoux ou quelque chose dans le genre. Je viens les mettre au clou ici. Je suis copain avec le type, il nous traitera bien.

Shaka ouvre la portière sort de la voiture, Dylan suit, ils entrent dans la boutique, elle est pleine d'instruments de musique, de stéréos, de télévisions, d'un tas d'étuis d'armes, d'un tas d'écrins de bijoux. Le propriétaire, un quadragénaire en polo, a l'air d'un petit banquier. Il salue Shaka, ils se serrent la main et bavardent pendant que Dylan regarde les anneaux. Après une ou deux minutes l'homme s'approche, s'arrête devant Dylan, parle.

Vous en voulez des neufs ou d'occasion ?

Ils ne sont pas tous d'occasion ?

Non. J'ai tout un tas de gens qui viennent me vendre des anneaux avant de s'être mariés.

Vraiment ?

Parfois ils sont fauchés, parfois ils ont changé d'avis, parfois les anneaux sont probablement volés, bien que je n'aie pas le droit de le savoir.

Je préférerais avoir des neufs.

C'est probablement mieux.

L'homme ouvre une vitrine et sort un plateau recouvert de feutrine noire qu'il pose sur le comptoir. Il prend quatre paires d'anneaux qu'il pose sur le verre, parle.

Faites votre choix.

Dylan les regarde, trois en or une en argent ou en platine il ne sait pas, deux portent des inscriptions, il les met de côté, les deux autres sont vierges, une paire est plus grande, les anneaux sont gravés d'un motif élaboré, l'autre paire est juste en or, l'anneau de l'homme légèrement plus grand que celui de la femme. Dylan les prend, parle.

Combien ?

Combien vous avez fait aujourd'hui ?

Cent dollars.

Donnez-m'en cinquante.

Vraiment ?

Shaka est un ami. Vous avez l'air sympathique. Ça sera mon cadeau de mariage.

Dylan sourit.

Merci.

Il sort cinquante dollars, les tend à l'homme. L'homme les prend dit bonne chance, serre la main de Shaka lui dit à bientôt, Shaka et Dylan sortent du magasin. En montant en voiture Dylan remercie Shaka qui sourit dit pas de problème, ils reprennent le chemin du golf, Dylan ne dit pas un mot se contente de regarder les anneaux, joue avec, les enfile, les tient à la lumière les embrasse.

Ils se garent, il est 18 h 45, la journée tire à sa fin, le parking est à moitié vide. Les caddies qui devraient être rentrés chez eux traînent, parlent à leurs portables, certains sont mieux habillés que d'habitude, des chemises des pantalons des sandales des ceintures. Dylan demande à Shaka ce qui se passe et Shaka sourit et dit il y a un mariage. Il retourne à son bureau. Dylan le suit en lui posant des questions, Shaka répond toujours la même chose attends et tu verras, petit Blanc, attends et tu verras. Il donne à Dylan le costume une chemise une cravate et une paire de chaussures dit va au vestiaire prendre une douche et te préparer.

Dylan va au vestiaire, que généralement les caddies n'ont pas le droit d'utiliser. Il est plein d'autres caddies qui sont en train de prendre des douches et de mettre de beaux vêtements. Tous lui serrent la main et disent félicitations, il est surpris ravi, il n'arrive pas à croire ce qui lui arrive. Il y a deux hommes dans le vestiaire qui sont des joueurs et bien qu'ils n'aient pas idée de ce qui se passe ils lui disent aussi félicitations. Il prend une douche. Sort de la douche met le costume, il est légèrement trop petit mais ça ira. Il se peigne. Il met les chaussures, il devient de plus en plus nerveux à chaque minute qui passe, se demande ce que fait Maddie, à quoi elle pense, si elle sait, comment elle réagira en arrivant. Ce n'est pas exactement ce à quoi il s'attendait, ce à quoi il pensait quand il s'imaginait leur mariage, se marier sur un golf à Los Angeles avec ses camarades de travail, une bande de caddies noirs et mexicains, mais il est content, excité, pense que ça fait partie de leur aventure, quelque chose dont ils parleront quand ils auront cinquante, soixante, soixante-quinze ans, quelque chose que leurs enfants raconteront à leurs enfants.

Il se regarde dans la glace. Ça lui va bien, le costume est un peu bizarre. Il vérifie ses poches, les anneaux sont à l'intérieur de la veste. Il sort du vestiaire, il voit qu'on est en train de disposer des chaises en deux sections séparées par une allée, sur la pelouse devant le clubhouse. Il est 19 h 30, dans quarante-cinq minutes il se marie, il se demande ce que Maddie est en train de faire, ce qu'elle ressent. Il va proposer son aide pour les chaises, les quatre caddies qui sont en train de les disposer, deux Mexicains un Salvadorien un Noir disent non va te reposer dans le bureau de Shaka. Il va au bureau de Shaka frappe à la porte.

Entrez.

Il ouvre la porte, entre, Shaka porte un costume, un homme corpulent, qui ressemble au frère de Shaka, mais un peu plus vieux, est assis dans le fauteuil en face de son bureau. L'homme, qui porte une longue soutane noire, se lève. Shaka parle.

Dylan, je te présente mon cousin Khama. Khama, c'est lui.

Dylan et Khama rient, se serrent la main. Khama parle.

Un grand jour pour vous.

Dylan sourit.

Ouais.

Content ?

Oui.

Il y a quelque chose de particulier que vous voulez dire pendant la cérémonie ?

Non.

Quelle est votre religion ?

Je n'en ai pas vraiment. Mes parents allaient à l'église baptiste, mais c'était parce qu'ils se sentaient coupables de boire, de se tromper et de se taper dessus.

Je suis désolé.

Il n'y a pas de quoi. C'était comme ça. Les parents de ma petite amie sont pareils.

J'espère que vous éviterez de faire les mêmes erreurs.

C'est pour ça qu'on est partis. Venus ici.

Ce n'était pas pour être mariés par un Noir qui porte le nom d'un roi ?

Dylan rit.

Vous aussi ?

Oui. Shaka et moi et tous les hommes de notre famille. On se dispute souvent pour savoir quel roi était le plus grand.

Shaka parle.

Le mien.

Khama parle.

Vu les circonstances, je ne lui répondrai pas.

Ils rient. Khama parle.

Ça va si je prononce les paroles habituelles ?

Oui.

Le tout prendra environ cinq minutes. Il vous suffira de me suivre. Nous l'attendrons au bout de l'allée.

Shaka parle.

Ma femme l'attendra au parking pour lui montrer le chemin.

Et si elle flippe ?

Ma femme sait très bien s'occuper des gens qui flippent.

Ils rient de nouveau. Khama parle.

Des questions ?

Merci pour tout.

C'est une question ?

Dylan rit.

Non, je voulais juste vous remercier.

Je vous en prie.

Dylan regarde Shaka, parle.

Comment vous avez fait pour tout préparer si vite ?

J'ai juste dit à tout le monde que tu te mariais, qu'on allait le faire ici. Généralement quand un de nous se marie, tout le monde vient. En l'occurrence nous n'avions pas besoin de nous déplacer. Et qui n'aime pas les mariages ? Tu peux te bourrer la gueule, danser et faire des conneries, et ta femme te laisse faire.

Ils rient.

Merci à vous deux. Pour tout.

Shaka hoche la tête.

Tu es un de mes gars. Je traite bien mes gars.

Merci.

Tu veux boire un coup rapide avant qu'on y aille ?

Et comment !

Ils rient de nouveau, Shaka sort une petite flasque de whisky de la poche de sa veste, lui et Shaka boivent un coup, Khama décline l'invitation. Ils quittent le bureau se dirigent vers la pelouse devant le clubhouse. Le soleil s'est couché, il commence à faire nuit. Les chaises sont disposées la plupart sont occupées, les autres caddies y sont assis avec leurs femmes et leurs enfants, l'allée qui les sépare est bordée de torches électriques dont les faisceaux pointent vers le ciel. Tandis que Dylan descend l'allée les membres de l'assemblée le sifflent lui disent félicitations, Dan Trou-du-cul, venu avec sa femme qui est étonnamment jolie, se lève et lui serre la main. Dylan et Khama se dirigent vers un petit hémicycle de fleurs disposé sur le sol tout au bout du terrain, se placent au centre, il est juste 20 heures et quelques secondes.

Il reste là deux, trois, cinq, sept minutes. Il se balance d'avant en arrière sur ses talons, tripote son costume, regarde par terre relève les yeux sourit regarde de nouveau par terre. Il se tourne vers Khama, qui se tient les mains jointes devant lui, un petit livre noir dans l'une d'elles, il hoche la tête. Il regarde Shaka, qui est debout à l'extrémité de l'allée, il y a une chaise avec un radiocassette posé dessus à côté de lui, Shaka sourit lève le pouce. Dylan regarde vers le parking, il ne voit pas grand-chose de là où il est, il ne voit ni l'entrée ni la sortie, il ne voit pas par où Maddie doit entrer, il ne voit pas la femme de Shaka qui l'attend. Plus le temps passe plus il devient nerveux plus il a envie de voir Maddie juste la voir, son visage son sourire sa démarche sa robe, il veut qu'elle soit près de lui, il attend sourit à ses camarades assis sur les chaises devant lui qui le regardent et lui sourient, Shaka le regarde lui sourit, même Dan Trou-du-cul lui sourit.

Il la voit tourner au coin. Elle semble nerveuse un peu troublée excitée, elle sourit le voit, il sourit lève une main un petit mouvement.

Elle hausse les épaules, il lui fait signe de venir le rejoindre, elle regarde autour d'elle et voit les chaises, les gens, Shaka pousse la touche play du radiocassette, elle sourit rit, il lui fait signe de venir le rejoindre.

Maddie commence à se diriger vers l'allée, elle porte un bouquet de fleurs. La femme de Shaka, une grande et forte femme à la peau sombre vêtue d'une robe rose, suit quelques pas derrière. Elle s'engage dans l'allée, Dylan sent que ses mains commencent à trembler, elle porte sa robe, sourit, ne fait attention à rien d'autre, à personne d'autre. À chaque pas elle est plus près ils ne se quittent pas des yeux à chaque pas son cœur battant ses mains tremblantes à chaque pas il se sent plus heureux plus fort à chaque pas il n'y a personne d'autre qu'il aime au monde. Comme elle approche elle marche plus vite il ne sait pas exactement ce qu'il faut faire mais il veut la toucher tout ce qu'il veut c'est la toucher. Il ouvre les bras elle fait les derniers pas en courant s'y précipite il les referme sur elle. Elle dit qu'est-ce que c'est il dit notre mariage elle pouffe il murmure à son oreille je t'aime je t'aime je t'aime.

L'assemblée rit, ce n'est généralement pas comme ça que se termine la marche nuptiale. Dylan et Maddie restent là à se tenir la main un instant, deux. Shaka, qui a suivi sa femme dans l'allée, s'assied au premier rang, elle s'assied à côté de lui. Khama s'éclaircit la gorge, Dylan et Maddie regardent tous deux vers lui, l'assemblée rit de nouveau. Ils se séparent, Khama parle.

Je donne généralement des conseils aux jeunes couples avant qu'ils se marient pour m'assurer qu'ils se marient pour de bonnes raisons. Ce que je viens de voir me dit qu'il n'est besoin d'aucun conseil.

Tout le monde rit, quelques-uns applaudissent. Khama regarde Maddie, parle.

Jeune dame, je m'appelle Khama, avant de commencer j'aimerais me présenter et vous féliciter.

Il lui tend la main, elle sourit la prend, parle.

Enchantée de faire votre connaissance.

Moi de même.

Il les regarde tous deux brièvement.

On commence ?

Tous deux parlent.

Oui.

Khama se tourne vers l'assistance leur souhaite la bienvenue, se retourne vers Maddie et Dylan, qui se font face, se tenant les mains, il leur demande s'ils sont prêts à échanger leurs serments. Sans détourner les yeux l'un de l'autre ils disent oui. Dylan commence, il répète moi Dylan je te prends pour femme, Maddie, je promets de t'aimer te soutenir t'honorer et te garder pour le meilleur et pour le pire, dans la richesse ou la pauvreté, dans la maladie et la santé, à l'exclusion de toute autre, je te serai fidèle aussi longtemps que nous vivrons. Sa voix se brise des larmes coulent sur ses joues, Maddie lui serre les mains, ils regardent l'un dans l'autre. À son tour elle prononce les mêmes vœux, sa voix se brise, elle pleure, Dylan lui serre les mains, leurs yeux sont dans les yeux l'un de l'autre. Ensuite Khama demande les anneaux, Dylan cherche dans la poche de sa veste, ses mains tremblent, il manie gauchement les anneaux les attrape, tout le monde rit. Il les tend à Khama, qui lui en prend un, parle.

Vous allez en avoir besoin.

De nouveaux rires, Dylan sourit, parle.

Merci.

Khama.

Répétez après moi. Par cet anneau je te prends pour épouse, je te le donne en symbole de mes serments, de mon amour et de mon engagement, et avec lui tout ce que je suis, tout ce que je possède.

Dylan répète, passe l'anneau au doigt de Maddie, leurs mains à tous deux tremblent ils continuent de sourire. Khama se tourne vers Maddie, lui donne l'autre anneau.

Ils répètent le processus toujours souriant toujours tremblant. Khama parle.

Au nom du Père, du Fils et du Saint-Esprit, et en vertu des pouvoirs qui me sont conférés par l'État de Californie je vous déclare mari et femme.

Il se tourne vers Dylan.

Vous pouvez embrasser la mariée.

Grands sourires, ils se penchent, leurs lèvres se touchent en tant que mari et femme, leurs lèvres se touchent s'ouvrent pour un long baiser profond. L'assemblée commence à applaudir et à siffler. Ils continuent à s'embrasser, s'étreignant, un long et profond baiser. Khama sourit, rit, ils continuent, les applaudissements se font plus bruyants, les sifflets plus fréquents, ils sont perdus l'un dans l'autre, se sont retrouvés l'un dans l'autre, s'étreignant, s'embrassant. Shaka presse la touche play du radiocassette, la musique de la marche nuptiale se fait entendre, Maddie et Dylan se séparent se murmurent je t'aime se retournent en souriant vers l'assemblée. Ils commencent à remonter l'allée main dans la main, tout le monde se lève à leur passage sans cesser d'applaudir et de siffler. Au bout de l'allée, Shaka et sa fille, qui a pris des photos, les attendent. Shaka parle.

Félicitations.

Tous deux parlent.

Merci.

Shaka.

Surprise ?

Maddie rit.

Totalement. Qui sont tous ces gens ?

Dylan.

Les autres caddies.

Shaka.

Sauf moi, qui l'ai été, et le gros Blanc, qu'on appelle Dan Trou-du-cul, qui est le patron.

Maddie rit.

Dylan m'en a parlé.

Shaka.

Et de moi ?

Maddie.

Si vous êtes Shaka, il m'a aussi parlé de vous.

C'est bien moi, et j'espère qu'il vous a parlé de moi en bien, sinon le mariage se termine ici.

Ils rient. Shaka parle.

Vous êtes prêts pour la suite ?

Dylan.

C'est quoi ?

On va danser, boire, manger. Je t'ai dit que tu allais avoir besoin de prendre des forces si tu veux être à la hauteur pour la suite.

Ils rient.

Où est-ce que ça va se passer ?

Ici.

Sur le golf ?

Ici même.

Shaka s'éloigne, commence à aboyer des ordres, les chaises sont redisposées en un vague cercle, on change la musique, on apporte des glacières pleines de bières. Les autres caddies et leurs femmes ou petites amies se mettent en file et viennent les uns après les autres féliciter Dylan et Maddie leur donner des enveloppes. Puis on danse, on boit, les pizzas sont arrivées on mange. Dylan et Maddie se joignent à eux Dylan boit mais pas trop, Maddie fait durer indéfiniment sa canette de bière. Ils se séparent, les hommes chambrent Dylan le préviennent du pétrin dans lequel il s'est mis, les femmes parlent à Maddie de sa robe, des enfants, de leurs rapports avec leurs maris. Ils dansent sur une chanson qu'ils ne connaissent pas, une chanson lente soul, à la fin ils s'embrassent de nouveau, les autres couples applaudissent sifflent de nouveau. On apporte un gâteau, il est blanc couvert de sucre glace, il vient d'une épicerie, ils le coupent se donnent mutuellement à manger se lèchent mutuellement les doigts. La fête dure une heure deux trois, la plupart des invités ont trop bu, certains commencent à tituber, les femmes emmènent leurs maris se coucher les maris emmènent leurs femmes se coucher. Dylan et Maddie commencent à fatiguer, ils vont remercier Shaka. Shaka dit à Dylan de prendre un jour de congé et de faire attention aux enveloppes, c'est la tradition que tous les caddies donnent leurs pourboires de la journée au marié. Dylan remercie Shaka de nouveau, le serre dans ses bras, Maddie les remercie lui et sa femme, les serre dans ses bras, ils retournent chez eux main dans la main, mari et femme. Une fois au lit les forces qu'il a prises lui sont utiles, elles sont utiles à Maddie, pour la première deuxième troisième fois en tant que mari et femme.

Tom Bradley, un Afro-Américain, est élu maire en 1973, battant son adversaire, Sam Yorty, qui est blanc, à l'issue d'une campagne au cours de laquelle Bradley a accusé Yorty de racisme et où Yorty a mis en doute la capacité de Bradley à combattre le crime dans sa propre communauté. Bradley devient le premier maire de Los Angeles issu d'une minorité, et le deuxième maire afro-américain d'une grande ville américaine.

Vieux Joe regagne la promenade, alors qu'il s'approche de ses toilettes il voit une voiture de police garée tout près. Il ne veut pas avoir affaire tout de suite à la police et il entre chez le marchand de vin, il n'a pas assez d'argent pour une bouteille de chablis, il achète une bouteille de Thunderbird, va derrière le magasin se met à la boire. Le vin est fort avec un goût de jus de raisin mélangé à de l'essence, il est beaucoup plus alcoolisé que le chablis, après quatre ou cinq lampées il est suffisamment bourré pour affronter la police, il cache la bouteille sous une poubelle et se dirige vers les toilettes.

La voiture est toujours là, un policier est appuyé au capot, un autre est assis derrière le volant. Aucun des deux ne le voit avant qu'il ne soit à quelques mètres et ne parle.

Messieurs ?

Tous deux lèvent la tête. Celui qui est appuyé au capot parle.

Ouais ?

Vous m'attendez ?

Celui qui est sur le siège du conducteur sort de la voiture, l'autre parle.

Comment vous vous appelez ?

Vieux Joe.

Celui qui était sur le siège du conducteur parle.

Ouais, on vous attendait. Vous êtes armé ?

Non.

Vous permettez qu'on vous fouille ?

Allez-y.

Joe lève les bras, ils le palpent. Joe parle.

Vous m'arrêtez pour quelque chose ?

Celui du capot parle.

Pas maintenant. On désire vous poser des questions.

Vous les avez attrapés ?

Celui qui est sorti parle.

Nous ne sommes pas absolument sûrs de leur identité. C'est pour ça qu'on a besoin de vous.

Okay, allons-y.

Le conducteur ouvre la portière arrière, Joe monte, il y a un grillage devant lui, la portière se ferme, il n'y a pas de poignée à l'intérieur. Les policiers montent mettent le contact démarrent. Le trajet jusqu'au poste dure quinze minutes, il y a une dizaine de kilomètres à faire à travers Venice, Mar Vista, Culver City, Joe ne se rappelle pas la dernière fois qu'il a été aussi loin de la mer. Il regarde au-dehors, les rues sont encombrées de voitures les trottoirs sont vides personne en vue. Ils passent devant des mini-centres commerciaux des fast-foods des immeubles à deux ou trois étages des stations-service des magasins discount. Ils passent sous une autoroute, elle ressemble à un parking. Le soleil est haut brûlant, tout brille, les feux de signalisation les vitrines en verre réfléchissant les voitures les camions le béton les immeubles peints de couleurs vives passées. Ils conduisent, il regarde, personne ne parle.

Les policiers s'arrêtent se garent derrière le poste, ils le font sortir. Bien qu'il ne soit pas en état d'arrestation il a l'impression de l'être, ils le font entrer dans le poste l'encadrent de près pour l'empêcher de s'échapper, de faire un mouvement brusque. Ils le mettent dans une pièce, murs beiges table trois fauteuils fenêtre en verre opaque, ils lui disent que quelqu'un va venir le voir. Une fois seul il essaie d'ouvrir la porte, bien qu'il ne soit pas en état d'arrestation, elle est fermée.

Il s'assied attend fixe le mur se cure les ongles les ronge un peu. L'effet du vin commence à passer, une migraine remplace l'ébriété, il a besoin de quelque chose, eau, café, aspirine, quelque chose. Il fixe le mur se cure le nez colle sous la table ce qu'il a trouvé, il attend. Les murs sont beiges. Il a faim, il a besoin de manger quelque chose.

La porte s'ouvre et deux hommes en costume, la quarantaine, l'air fatigué, entrent. L'un est blanc l'autre est noir, leurs costumes sont bleus, le Blanc a une moustache. Tous deux ont une canette de soda à la main, ils s'asseyent en face de lui. Le Blanc parle.

Je suis l'inspecteur Sullivan.

Le Noir parle.

Inspecteur Jackson.

Vieux Joe fait un signe de tête. Sullivan parle.

Ton nom ?

Vieux Joe.

Jackson parle.

C'est ton nom de rue ?

C'est mon nom.

Sullivan parle.

Quel est ton vrai nom ?

Ça a de l'importance ?

Jackson parle.

Peut-être.

Quand ça en aura, je vous le dirai.

Jackson regarde Sullivan, qui fronce les sourcils. Jackson regarde de nouveau Joe.

Dites-nous ce qui s'est passé.

Qu'est-ce que vous savez ?

Sullivan parle.

Écoute, mon pote, nous essayons de savoir ce qui s'est passé avec ce type. On n'a pas besoin de tes salades. Dis-nous ce qui s'est passé pour qu'on avance.

Je peux avoir un soda ?

Jackson parle.

Quel genre ?

N'importe.

Sullivan pousse le sien, un Coca light, vers lui.

Merci.

Joe l'ouvre, prend une gorgée, le repose. Il leur dit ce qui s'est passé, ils prennent des notes, quand il a terminé ils reposent leurs stylos. Jackson regarde Sullivan, qui hausse les épaules. Jackson se tourne de nouveau vers Joe, parle.

Mais qu'est-ce que vous vous imaginiez ?

Qu'est-ce que vous voulez dire ?

Vous faites des putains de boucliers, vous prenez des bâtons et vous paradez sur la promenade comme des chevaliers ou je ne sais quoi ?

Je voulais aider la fille.

Sullivan parle.

Elle avait besoin de votre aide ?

Je ne sais pas. Je ne pense pas qu'elle sait.

Jackson.

Est-ce que ça valait la vie de ton ami ?

Non.

Sullivan.

Tu as échangé la vie de ton ami pour une paumée.

J'essayais juste de l'aider.

Jackson.

Tu as foiré.

Je sais.

Sullivan.

Tu as tué ton ami.

Je sais.

Jackson.

Une des histoires les plus débiles que j'aie entendues.

Joe se met en rogne.

Je sais, okay ? Maintenant pourquoi vous n'arrêtez pas de me dire quel connard je suis plutôt que de coffrer les fils de pute qui l'ont fait.

Sullivan.

Tu veux aller en tôle ?

Joe fixe la table, secoue la tête.

Si tu veux aller en tôle, continue de nous parler comme ça et c'est là que tu iras, tu m'as compris ?

Joe fixe la table, hoche la tête.

Jackson.

Tu peux identifier celui qui a tiré, son ami, et la fille ?

Ouais.

Sullivan.

Tu connais leurs noms ?

La fille s'appelle Beatrice, je ne sais pas comment s'appellent les types.

Jackson.

Beatrice quoi ?

Aucune idée.

Sullivan.

Tu sais où ils sont ?

La promenade, je suppose. Je ne sais pas.

Jackson.

Où sur la promenade ?

À l'extrémité nord, vers Rose, près de là où vous avez trouvé le corps.

Sullivan.

Tu veux venir avec nous, voir si on peut les trouver ?

Pas vraiment.

Sullivan.

Pourquoi ?

Parce que.

Jackson.

T'aimes pas les flics ?

Non, ça va. Il y en a que j'aime bien. D'autres non. Ça dépend.

Tu nous aimes pas ?

J'ai rien contre vous.

Sullivan.

C'est juste que tu veux pas nous aider.

Je veux juste rentrer chez moi.

Aux toilettes ?

Ouais. Je veux aller dans les toilettes me bourrer la gueule et me détester un petit moment.

Tu devrais te détester un long moment. Un sacré long moment.

Joe hoche la tête.

Je sais.

Sullivan regarde Jackson, qui fait un geste vers la porte. Ils se lèvent et sortent. Joe reste encore une heure assis là, à se détester. Quand la porte s'ouvre un policier en uniforme entre, lui dit de se lever, ils sortent du poste, le policier le conduit à une voiture, ouvre la portière arrière. Joe retourne dans la cage. Le policier le reconduit à Venice, le dépose devant les toilettes. Comme la voiture s'éloigne Joe va au débit de boissons acheter une autre bouteille de Thunderbird, fait le tour du magasin, sort sa première bouteille de sous la poubelle. Il s'assied commence à boire et passe la nuit à se soûler et se détester.

En 1975, la police de Los Angeles reconnaît conserver des dossiers secrets sur presque six mille habitants de la ville. Les dossiers sont des profils de personnes soupçonnées de communisme, de leaders des communautés noire et mexicaine, d'espions potentiels et d'opposants au maire de la ville.

Los Angeles est la capitale de bien des choses. C'est la capitale mondiale du divertissement. De la pornographie. De la défense et de l'aérospatiale. Des gangs des rues. De la reine-de-beauté-qui-espère-devenir-riche-et-célèbre. Des dingues. Des artistes. De l'immigration. C'est aussi, malheureusement, la capitale mondiale de la grande ville plombée par les catastrophes naturelles. Tous ses autres titres sont plus ou moins bons, ou du moins intéressants, et il y a des villes qui seraient contentes de les lui ravir (Caracas lui a d'ailleurs vainement contesté son titre de la ville la plus folle devant le tribunal de La Haye). Personne, je répète personne personne personne ne peut lui ravir le titre de la capitale mondiale de la grande ville plombée par les catastrophes naturelles. Aucune ville n'en veut. Non merci.

Pourquoi, serait-on en droit de se demander, une ville peut-elle à ce point manquer de chance ? Dieu déteste-t-il Los Angeles ? Peut-être. A-t-elle un mauvais karma ? Certains pensent que Los Angeles est trop jeune pour posséder vraiment un karma. Y a-t-il quelque chose en Los Angeles qui oblige les éléments à conspirer contre elle et à tenter de la détruire ? Je n'en sais rien. Tout ce qu'on peut dire c'est que ça déconne complètement à Los Angeles tout le temps, et que la Nature lui fout une sacrée rouste. Voici une brève, brève histoire des catastrophes naturelles à Los Angeles depuis sa fondation en 1781 jusqu'à l'an 2000 (après l'an 2000, beaucoup de gens pensent que nous sommes entrés dans la période d'Apocalypse annoncée par la Bible et que tout ce qui s'est passé depuis est définitivement la faute de Dieu).

Le 8 septembre 1781. Quatre jours après la création de Los Angeles, une crue subite emporte tous les matériaux de construction des colons.

1783. Une sécheresse de onze mois détruit presque toutes les récoltes.

1790. Une sécheresse de quatorze mois détruit presque toutes les récoltes.

1796. Un tremblement de terre détruit plus de la moitié des bâtiments de la colonie. Quatre morts, douze blessés.

1805. Une sécheresse de dix mois détruit la première orangeraie de la Californie du Sud et presque toutes les récoltes.

1811. Une inondation massive dévaste d'importantes parties du village.

1812. Un tremblement de terre fait quarante victimes, détruit la majorité des bâtiments du village.

1815. Une inondation massive fait quatorze victimes. Dévaste d'importantes parties du village. Le Pueblo de Los Angeles est déplacé en hauteur.

1818. Une série d'inondations dévastent d'importantes parties de la ville, font quarante victimes. Le Pueblo est de nouveau déplacé plus haut.

1819. Le feu détruit la plus grande partie des récoltes de la ville.

1820. Une sécheresse de dix mois détruit presque toutes les récoltes de la ville.

1827. Tremblement de terre. Cinquante bâtiments détruits, soixante-quinze victimes.

1829. Le feu détruit vingt fermes dans les faubourgs de la ville, fait quatre victimes.

1832. Des inondations massives détruisent vingt bâtiments, font vingt victimes.

1838. Une sécheresse de neuf mois détruit presque toutes les récoltes de la ville, ainsi que des orangeraies.

1844. Une inondation fait quinze victimes.

1850. Le feu détruit trente fermes, vingt maisons, une école, fait onze victimes.

1856. Tremblement de terre. Sept bâtiments détruits, un mort.

1857. Tremblement de terre. Vingt-six bâtiments détruits, quatre morts.

1859. Inondations massives.

1862. Inondations massives.

1863. Inondations durant la première partie de l'année, suivies par une sécheresse de quatorze mois qui détruit toutes les récoltes de la ville et la plupart de son cheptel.

1864. La variole tue presque tous les Indiens qui y habitaient encore et trois cent cinquante habitants de la ville.

1865. Un tsunami coule trente navires dans le port de Los Angeles.

1867. Inondations massives. Une pluie torrentielle qui dure sept jours détruit la plupart des routes de la ville et crée un lac au centre-ville.

1869. Des coulées de boue font onze victimes.

1872. Tremblement de terre. Dix bâtiments détruits, quatre morts.

1875. Le feu détruit quatre cent quatre hectares.

1879. Le feu détruit mille six cent dix-huit hectares, fait trois victimes.

1884. Une inondation détourne le cours du fleuve Los Angeles qui passe par le cœur du centre-ville et détruit quinze bâtiments.

1888. Inondations massives. Six morts.

1891. Inondations massives. Huit morts.

1894. Le feu détruit deux cents hectares de terres agricoles. Des torrents de boue submergent les rues de Santa Monica et font quatre victimes.

1899. La sécheresse détruit des orangeraies, deux morts.

1901. Des inondations détruisent quatre maisons. Des coulées de boue font six victimes.

1904. La sécheresse dure huit mois.

1909. La sécheresse dure dix mois.

1912. Tremblement de terre. Sept bâtiments détruits, un mort.

1914. Inondations massives. Trente bâtiments détruits, routes et voies ferrées coupées, le port de Los Angeles est fermé, dix millions de dollars de dégâts.

1916. Tremblement de terre. Vingt-deux bâtiments détruits, six morts.

1922. Le feu détruit deux cent quatre-vingts hectares, soixante maisons et fait deux victimes.

1926. Inondations. Des coulées de boue barrent toutes les rues de la moitié ouest de la ville, détruisent quatre maisons, font une victime.

1933. Tremblement de terre. Deux cent cinquante bâtiments détruits, cent vingt morts, soixante-quinze millions de dollars de dégâts.

1934. Deux inondations. La première fait quarante victimes, la seconde quarante-cinq.

1938. Une inondation massive fait quatre-vingts victimes et trente-cinq millions de dollars de dégâts. Des coulées de boue font douze victimes et causent cinq millions de dollars de dégâts.

1941. Un tremblement de terre de magnitude 4,8 sur l'échelle de Richter. Des inondations submergent le centre-ville. Un second tremblement de terre atteint également une valeur de 4,8 sur l'échelle de Richter.

1942. Des inondations submergent le centre-ville de Los Angeles.

1943. Des inondations submergent le centre-ville de Los Angeles.

1944. Des inondations submergent le centre-ville de Los Angeles.

1947. Des coulées de boue font six victimes à Santa Monica et Malibu.

1949. Le feu détruit quatre-vingts hectares et douze maisons.

1951. Un tremblement de terre de magnitude 5,9 sur l'échelle de Richter.

1952. Un tremblement de terre atteint 6 sur l'échelle de Richter. Sept morts et vingt-cinq millions de dollars de dégâts.

1954. Le smog empêche les avions d'atterrir et les navires de se mettre à quai pendant trois jours.

1961. Un incendie détruit quatre cent quatre-vingt-quatre maisons et vingt et un autres bâtiments à Brentwood et Bel-Air, faisant cent vingt millions de dollars de dégâts.

1963. Le barrage de Baldwin Hills cède, déversant des millions de mètres cubes d'eau. Cent maisons sont détruites, cinq morts, soixante millions de dollars de dégâts.

1969. Des inondations et des coulées de boue massives font quatre-vingt-treize victimes, détruisent cent cinq maisons et font cinq cents millions de dollars de dégâts.

1971. Un tremblement de terre de 6,6 sur l'échelle de Richter. Soixante-dix victimes et cinq cent cinquante millions de dollars de dégâts. Un incendie à Bel-Air détruit quatre-vingt-dix maisons, fait trois victimes et quatre-vingts millions de dollars de dégâts.

1978. Un incendie détruit seize mille hectares et trois cents maisons, fait onze victimes.

1979. Un tremblement de terre atteint une valeur de 5,2 sur l'échelle de Richter. Des coulées de boue détruisent quarante maisons.

1980. La digue de Long Beach cède et inonde la région, vingt millions de dollars de dégâts.

1981. Une invasion de drosophiles détruit les orangeraies restantes, quarante millions de dollars de dégâts.

1987. Les drosophiles reviennent, détruisant la plus grande partie des cultures. Un tremblement de terre atteint 5,9 sur l'échelle de Richter. Dix victimes et quatre cent cinquante millions de dollars de dégâts.

1988. Les drosophiles reviennent et détruisent la totalité des cultures restantes. Un tremblement de terre atteint 5 sur l'échelle de Richter, fait dix millions de dollars de dégâts.

1989. Un tremblement de terre atteint 5,1 sur l'échelle de Richter, dix-sept millions de dollars de dégâts. Un deuxième tremblement de terre atteint 5 sur l'échelle de Richter, trente-quatre millions de dollars de dégâts.

1991. Un tremblement de terre atteint une magnitude de 5,8 sur l'échelle de Richter, deux personnes sont tuées, soixante millions de dollars de dégâts.

1992. Des inondations causent quinze millions de dollars de dégâts, des coulées de boue font six victimes.

1994. Le putain de Big One. Un tremblement de terre atteint 6,7 sur l'échelle de Richter. Soixante-dix personnes sont tuées et il y a vingt milliards de dollars de dégâts.

1997. El Niño dévaste la côte, fait cinquante millions de dollars de dégâts.

1998. El Niño ravage de nouveau la côte, encore cinquante millions de dollars de dégâts.

En 1976, dans le souci de réduire les embouteillages massifs qui durent depuis deux cents ans, Los Angeles ouvre les premières voies du pays réservées au covoiturage.

Amberton et Kurchenko sont dans un fast-food de Koreatown. Amberton porte des lunettes de soleil une perruque de cheveux longs une grande barbe noire et un faux ventre qui lui donne l'air d'être légèrement enceint. Kurchenko mange un sandwich au poisson avec des rondelles d'oignon et boit un milk-shake, Amberton refuse de manger. Tous les autres clients sont coréens, et personne ne parle anglais, ils parlent donc sans se gêner. Kurchenko parle.

Alors qu'est-ce que vous voulez que je fasse ?

Je ne suis pas encore sûr.

Je suis fatigué d'attendre. Il faut décider. Un des gosses, sa mère ou sa grand-mère, ou lui. Moi je pense les gosses, mais vous décidez.

Il m'a fait très mal.

Je m'en fous.

J'ai encore mal.

Alors un des gosses. Ça lui brisera le cœur.

Je serais plutôt pour lui.

Okay. Je n'aime pas les Noirs, lui ça me va.

Peut-être lui casser une jambe.

Je lui tirerai dans le genou. C'est pire que casser.

Ne vous trompez pas de genou.

Je tirerai dans les deux.

Ça sera bien. Ça sera vraiment bien.

Un fusil de chasse avec une balle ça vous éclate tout.

Le pire sera le mieux.

Maintenant on parle paiement.

Comme d'habitude.

Non, je veux pas d'argent.

Qu'est-ce que vous voulez ?

Je veux carte du syndicat des acteurs. Je veux un rôle dans votre prochain film.

J'essaierai.

Non. Pas essayer. Pas question. Vous acceptez de le faire et vous le faites sinon je m'en vais et pas de coup de fusil dans les genoux.

Okay. Très bien. Je le ferai.

Je veux être un gentil. Quelqu'un qui sauve une femme ou un prêtre. Quelqu'un que je peux montrer à ma mère et lui dire c'est moi, maman, qui sauve une femme ou un prêtre sur le grand écran.

Je comprends.

C'est le rêve américain.

C'est un des rêves américains.

Et le syndicat des acteurs a une bonne assurance-maladie. C'est coup double pour ma mère parce qu'elle voit son fils un héros et elle peut aller voir bon docteur pour ses dents.

Dentiste.

Qu'est-ce que vous dites ?

Pas d'importance.

Vous comprenez les termes de l'accord ?

Oui.

Je lui bousille les jambes et je suis dans votre film.

Oui.

On se serre la main.

Okay.

Ils se serrent la main, et pendant qu'ils le font Kurchenko fixe Amberton, le regarde dans le blanc des yeux, lui broie la main. Satisfait de ce qu'il voit, il grogne, hoche la tête, lui lâche la main, et retourne à son sandwich. Amberton regarde par la fenêtre, encore un jour ensoleillé comme le précédent, et celui d'avant, exactement comme le prochain, le suivant. Il se retourne vers la salle voit un Blanc avec un magnétophone digital qui le regarde, marche vers lui. Tout comme un chien flaire la peur, Amberton flaire un reporter. Il donne un coup de pied à Kurchenko sous la table, fait un signe en direction de l'homme, qui arrive, s'arrête devant eux, tend le magnétophone, parle.

Je me demandais si vous aviez des commentaires à faire sur le procès, Mr. Parker.

Kurchenko se lève. Le reporter fait un pas en arrière. Kurchenko parle.

Qu'est-ce que vous dites ?

Je voudrais parler avec Mr. Parker.

Qui ?

Amberton Parker. Ce monsieur dans ce déguisement.

Kurchenko parle.

C'est pas la superstar internationale Amberton Parker. C'est mon cousin Yakov Zaionchkovsky.

Non, monsieur. C'est Amberton Parker et il va être poursuivi en justice pour avoir harcelé sexuellement un homme.

Kurchenko fait voler le magnétophone, hurle.

Allez-vous-en, petit homme avec machine et stylo. Disparaissez tout de suite.

Le reporter se précipite pour ramasser le magnétophone. Amberton se lève et lui et Kurchenko sortent en courant du restaurant. Tandis qu'ils montent dans une petite voiture japonaise des années 1980 d'aspect banal, ils voient le reporter qui s'élance à leur poursuite. Amberton hurle à Kurchenko.

Go go go go !

Tandis que Kurchenko démarre, Amberton repousse le siège du passager et se glisse dans l'espace entre le siège et le tableau de bord. Il continue à hurler.

GO GO GO GO GO !

Kurchenko écrase l'accélérateur et ils bondissent hors du parking se faufilent dans la circulation. Amberton hurle toujours.

GO GO GO !

Kurchenko lui donne une claque sur le crâne, parle.

Fermez-la. On est partis.

Vous ne comprenez pas, ils vont nous suivre.

Il n'y en a qu'un. Et j'ai l'entraînement pour semer voitures. Nous sommes loin de lui.

Amberton se pelotonne.

Je suis foutu.

Fermez-la.

Mais si. Je suis foutu.

C'est un petit type. Je vais l'emmener dans le désert pour le donner à manger aux busards.

Vous ne ferez rien. Tout est annulé.

Non. On a serré la main. On a regardé dans les yeux. J'ai toujours droit à ma carte. Ma mère a besoin d'un docteur.

Vous ne comprenez pas.

Je m'en fous. On a fait accord et ça tient toujours.

Je vous donnerai le rôle si je peux. Ce que vous ne comprenez pas c'est qu'il est possible que je ne travaille plus jamais.

Un reporter pas gros problème. Ils disent que vous faites mauvaises choses, vous dites juste que c'est faux. C'est comme ça que ça marche ici.

Amberton craque, commence à pleurer, à sangloter dans ses mains. Kurchenko prend le téléphone d'Amberton le jette par terre. Il parle.

Je ne veux pas vous chialer. Appelez votre femme. Chialez à elle.

Amberton sanglote. Il y a des larmes qui coulent sur son visage, de la morve qui lui sort du nez, de la bave qui lui coule des commissures. Tout cela se mêle dans sa fausse barbe. Il ramasse le téléphone le regarde presse quelques touches lit un SMS. Il lève les yeux vers Kurchenko, semble légèrement plus calme, parle.

Vous savez où est mon agence ?

Oui. C'est mon rêve d'avoir agent là.

Emmenez-moi là-bas le plus vite possible.

Je peux venir avec vous ?

Non.

Alors je vous dépose à votre hôtel.

Je vous y emmènerai une autre fois. Juré.

Et notre autre accord tient.

Oui. Très bien. Conduisez-moi là-bas. Aussi vite que possible.

Kurchenko commence à se diriger vers l'agence. Amberton se relève s'assied passe un appel dit à quelqu'un qu'il arrive, raccroche. Il abaisse le pare-soleil se regarde dans le miroir et commence à enlever son déguisement. En tirant sur la barbe, il grimace, il y a des taches sur son visage là où la colle a résisté. Il passe ses doigts dans ses cheveux, sourit, se frotte les dents du bout d'un doigt. Vingt minutes plus tard, ils sont à Beverly Hills. Alors qu'ils s'approchent de l'agence, Kurchenko parle.

C'est le plus bel endroit du monde.

Amberton le regarde.

De quoi j'ai l'air ?

Kurchenko le dévisage.

Vous êtes rouge.

Rouge, vraiment rouge, ou juste un peu rouge ?

Kurchenko reporte le regard sur le bâtiment de l'agence.

J'aimerais me marier dans cet immeuble.

Dites-moi, rouge ou vraiment rouge ou juste un peu rouge ?

Ils s'arrêtent devant l'entrée.

On m'a dit que toutes les secrétaires portent jupes courtes et pas de culottes.

Amberton ouvre la portière, sort. Comme il se dirige vers la porte, Kurchenko baisse la vitre, crie.

Bonne chance, mon ami. On se voit sur le plateau !

Amberton entre. Il passe devant la réceptionniste qui le regarde avec de grands yeux, et va directement vers le bureau de Gordon. Il passe devant les assistantes de Gordon ouvre la porte entre referme derrière lui. Gordon est au téléphone, il fait signe à Amberton de s'asseoir, ce qu'il fait. Gordon dit à son interlocuteur qu'il faut qu'il y aille, raccroche, regarde Amberton, parle.

Tu as grossi ?

Non. Je porte un faux ventre.

Bordel de Dieu. C'est si grave ?

Je ne sais pas.

Pourquoi tu as la figure toute rouge ?

Elle est très rouge ?

Elle est vraiment foutrement rouge.

Je portais une fausse barbe et la colle tenait plus que je ne pensais.

Bon Dieu, Amberton.

Qu'est-ce que tu veux faire ?

Tes avocats nous attendent dans la salle de conférences.

Ils ont été rapides.

Tu les paies très cher. Pour une affaire pareille ils feraient mieux d'être sacrément rapides.

Allons-y.

Il faut que je te parle, les avocats de l'agence sont avec eux.

Pourquoi ?

Parce que Kevin travaille ici, bordel. Il nous poursuit nous aussi.

Il peut le faire ?

Oui, putain, il peut le faire.

Oh.

Gordon fixe Amberton pendant une seconde. Amberton regarde le tableau, une toile d'un million de dollars représentant trois femmes en train de faire l'amour, accrochée au mur derrière lui. Une seconde, deux. Amberton parle.

Il est bandant ce tableau. Pas bandant, je veux dire, pour moi, mais il plairait sans doute à Casey.

Gordon.

Il faut que tu te concentres, Amberton. Cette fois-ci c'est grave.

Je sais.

Il faut qu'on règle immédiatement ce problème avant qu'il nous cause de gros ennuis.

Je sais.

Va te laver la figure et enlever ton faux ventre dans la salle de bains et mets le costume qui est dans la penderie.

Quel genre de costume c'est ?

C'est un beau costume, okay ? C'est un putain de beau costume.

Génial.

Amberton se lève entre dans la salle de bains, ferme la porte derrière lui. Il se regarde dans le miroir. Il a ce qui ressemble au contour d'une barbe, sauf qu'au lieu d'être brun foncé, sa couleur naturelle, elle est rousse. Il ouvre l'armoire à pharmacie, brosse à dents dentifrice deuxième brosse à dents dans son emballage, déodorant six eaux de Cologne différentes. Il sort toutes les bouteilles, les ouvre l'une après l'autre pour les sentir, il aime bien celle qui s'appelle Tonnerre Silencieux de Hong Kong, il s'en frotte généreusement les poignets et le cou. Il referme l'armoire à pharmacie, se regarde, son visage est toujours rouge, il fait couler de l'eau froide s'en asperge le visage, ça lui fait du bien mais ne change pas son aspect. Il se passe de l'eau dans les cheveux, ils sont toujours mieux un peu mouillés, se déshabille, se regarde sous un angle où il se trouve parfait, sous un angle où il se trouve horrible. Il met le costume, c'est un beau costume en gabardine grise légère avec de subtiles rayures blanches, il lui va incroyablement bien. Il essaie de décider s'il met ou non une cravate, il en met une l'enlève la remet, on frappe à la porte, Gordon parle.

Il faut qu'on y aille, Amberton.

Amberton parle.

J'y suis presque.

Il regarde dans le miroir. Pour la première fois depuis qu'il est entré dans l'agence, il pense à la raison qui l'a amené ici, ce qu'il doit affronter, il pose les mains sur le rebord du lavabo se regarde dans les yeux, parle.

Connard. Stupide enculé de merde. Je te déteste, fils de pute de pervers sans couilles, gros imbécile de lâche. Je te déteste je te déteste.

Il se fixe encore un instant, prend une grande inspiration, baisse les yeux, secoue la tête. Il se redresse tourne les talons ouvre la porte, sort.

Gordon est assis sur un canapé en train de lire un quotidien spécialisé dans l'industrie du spectacle, il le pose, parle.

Tu as l'air beaucoup mieux.

Amberton parle.

Je sais.

Ils sortent, empruntent un long couloir bordé des bureaux d'agents et des box de leurs assistants, ils entrent dans une salle de conférences, Gordon tient la porte pour Amberton. Cinq avocats sont assis à la table, ils se lèvent tous à l'entrée de Gordon et Amberton, tout le monde se serre la main, se rassied. Une assistante entre, demande si quelqu'un a besoin de quelque chose, personne n'a besoin de rien, l'assistante ressort. David, qui est l'avocat principal de Gordon, parle.

Tu peux nous dire ce que tu sais, Amberton ?

Je sais qu'il y a un procès.

Oui. Tu sais pourquoi ?

J'imagine.

Normalement, je demanderais si c'est vrai, mais du fait que l'agence est également poursuivie, je préférerais que tu ne dises rien à ce propos.

Okay.

Daniel, l'avocat de l'agence, parle.

Je ne vais pas te faire la leçon, Amberton. Cela fait des années que je te protège, que je te couvre, que je mens pour toi, que je te soutiens. Maintenant on va peut-être être baisés à cause de toi. Il a des photos, des enregistrements et des vidéos. Il t'a fait suivre par un détective privé pendant que tu suivais des membres de sa famille. Il dit que tu l'as violé à de multiples reprises, que tu l'as menacé en de multiples occasions. À quoi il faut ajouter le fait qu'il est afro-américain et qu'il affirme que tu as proféré des insultes à caractère racial pendant que tu le violais, et nous sommes dans une merde colossale. Cette fois-ci c'est vraiment la merde.

Rien de tout cela n'est vrai. Nous nous aimions. Nous étions amants.

Daniel parle.

Je t'en prie, n'en dis pas plus, Amberton.

David parle.

Les preuves ne vont pas dans ce sens.

Nous étions vraiment amoureux.

Daniel parle.

Je t'en prie, Amberton.

Gordon parle.

Il a des vidéos, Amberton, il a la preuve que tu suivais sa famille. Que tu penses que vous étiez amoureux est sans rapport avec le problème. Si cette histoire sort, tu es fini. Absolument, complètement et totalement fini à tout jamais.

Amberton fixe la table, prend une grande inspiration. Tous se taisent, attendent qu'il parle. Il lève les yeux, parle.

Nous nous aimions. C'est vrai, et je le dirai jusqu'à mon dernier jour, nous nous aimions. Mais je comprends la situation, et je suis prêt à faire le nécessaire pour la régler, et je suis prêt à payer ce qu'il veut pour la boucler. Un reporter m'a abordé il y a quelques heures et m'a posé des questions à propos de cette affaire, donc je pense que, quoi que nous fassions, il faut le faire vite.

Tout le monde échange des regards soucieux. L'un des avocats, un homme âgé à l'allure distinguée, qui a l'air d'un gentil grand-père mais est en réalité un véritable pitbull spécialisé dans les procès en diffamation, parle.

Qui était le reporter ?

Je ne sais pas.

Pour qui travaillait-il ?

Il ne l'a pas dit.

Merde.

Ouais.

Merde.

Ouais.

David parle.

La plainte, que son avocat nous a montrée mais n'a pas déposée, demande cinquante millions de dollars. Ils nous ont dit qu'ils étaient prêts à transiger à vingt. La seule manière d'arrêter ça, c'est de les payer. Nous voulons que ce soit toi qui règles la totalité.

Daniel parle.

Pas question.

Amberton parle.

C'est d'accord.

Daniel parle.

C'est une somme énorme, Amberton. Bien plus que nous n'avons jamais payé. Nous pouvons faire mieux.

Amberton parle.

Je gagne plus que ça sur un seul film. Ça m'est égal. Si c'est ce qu'il veut, donnez-le-lui. J'espère que ça fera son bonheur.

Les avocats échangent des regards. Amberton fixe la table, inspire profondément.

Pouvez-vous me laisser seul maintenant, s'il vous plaît ?

De nouveau ils se regardent. Amberton lève les yeux.

Je l'aime. J'ai de la peine. Pouvez-vous faire ce que vous avez à faire et me laisser seul, s'il vous plaît ?

Ils regardent Gordon, qui hoche la tête. Ils se lèvent et sortent. Une fois qu'ils sont partis, Amberton se met à pleurer.

Le 4 septembre 1981, Los Angeles célèbre son deux centième anniversaire. Il n'y a pas d'émeutes, pas de morts attribuées à la tension raciale, pas de tremblement de terre, pas d'inondation, pas de coulée de boue.

Esperanza trouve du travail dans une grande surface de fournitures de bureau. Elle commence comme vendeuse dans l'équipe du soir, elle encaisse les clients qui achètent des crayons du ruban adhésif du papier des cartouches d'encre, de temps à autre une déchiqueteuse ou un téléphone sans fil, des classeurs des machines à café des corbeilles à papier des enveloppes. Elle travaille de seize heures à minuit, elle est payée au smic, après impôts c'est moins que ce qu'elle gagnait en faisant le ménage chez Mrs. Campbell. Mais elle est beaucoup plus contente. Elle aime travailler derrière le comptoir, le contact avec les gens, certains parlent anglais d'autres espagnol, elle sourit, les encaisse, leur demande comment ça va, certains s'en moquent, mais il y en a suffisamment qui sont gentils, de sorte que les heures passent vite. Certains hommes lui demandent son nom, elle sourit toujours et désigne le badge portant son nom, l'un d'eux vient quatre fois en deux jours, la quatrième fois lui demande son téléphone, elle sourit dit non mais peut-être un jour. Il sourit dit qu'il reviendra chaque fois jusqu'à ce qu'elle dise oui.

Elle va chez un avocat avec ses parents, ils signent les formulaires, la maison est maintenant à son nom. Ils vont dans une banque remplir les formulaires, elle a maintenant des fonds à sa disposition pour reprendre ses études. Le jour où la banque les informe que leur demande a été approuvée ils font une fête à la maison, toute la famille est là, ils font un repas colossal boivent écoutent de la musique dansent. Quand Esperanza est prête à se coucher elle demande à sa mère et à son père de venir dans sa chambre. Là elle les remercie les serre dans ses bras leur dit qu'elle fera tout ce qu'elle pourra pour les rendre fiers d'elle, en les prenant dans ses bras elle se met à pleurer ce qui les fait pleurer. Debout au milieu de la pièce ils se serrent dans les bras les uns des autres et pleurent de joie cette fois-ci pleurent de joie.

Après six semaines, elle est promue au poste de directrice adjointe de l'équipe du soir. Il y a deux autres directrices adjointes, une qui est responsable du stock, l'autre qui s'occupe du rayon photocopie, son travail à elle consiste à surveiller les autres caissières. Elle n'engueule jamais personne, quand quelqu'un a un problème elle essaie de le résoudre, elle est flexible avec les horaires. Au début elle est légèrement débordée mais en deux ou trois semaines elle s'habitue à son travail, prend plaisir à avoir des responsabilités. Elle se lie d'amitié avec ses collègues devient intime avec une mère célibataire mexicano-américaine qui a trois enfants de moins de six ans et dont le petit ami a pris douze ans de prison pour meurtre, et avec une Afro-Américaine de dix-neuf ans qui économise pour financer ses études. Quand il y a moins de travail, ce qui est souvent le cas après huit ou neuf heures, elles lisent des magazines people, parlent de leurs stars préférées, de leurs collègues, des hommes. Aucune ne comprend pourquoi Esperanza est seule, elle leur dit qu'elle est timide. Elles lui disent qu'elle est canon, qu'elle devrait sortir avec les hommes qui n'arrêtent pas de flirter avec elle, elle leur dit qu'ils ne flirteraient probablement pas avec elle s'ils voyaient ses jambes, elles rient disent qu'elle a de très belles grosses jambes, que certains hommes préfèrent les femmes qui ont de la chair sur les os, Esperanza rit et dit qu'elle n'en a jamais rencontré, mais pense à Doug, elle ne veut pas mais elle pense à Doug.

Elle essaie de choisir une université. Il y a deux universités dans le voisinage qui proposent un cycle de deux ans où elle pourrait aller et une à Pasadena qui a un cycle de quatre ans qui lui dit qu'elle peut intégrer immédiatement vu ses notes au lycée et ses résultats aux tests. Elle visite les trois campus avec ses parents se promène rencontre les responsables des admissions parle avec les professeurs. Elle ne sait pas encore ce qu'elle veut faire ni quelle matière principale choisir et elle décide d'entrer dans l'une des universités qui ont un cycle de deux ans pour obtenir les certificats indispensables avant d'entrer dans une université plus importante une fois qu'elle se sentira prête. Elle remplit les formulaires d'entrée s'inscrit aux cours, ils commencent dans quelques mois, elle choisit les horaires qui lui permettent de continuer à travailler. Ses parents disent à toutes leurs connaissances combien ils sont fiers qu'elle soit le premier membre de la famille à entrer à l'université.

Elle va à une soirée Talk and Tequila réunissant de jeunes Mexicains d'East Los Angeles exerçant une profession libérale. Elle a lieu un samedi soir, elle passe la plus grande partie de la matinée à essayer des tenues avec sa mère et ses cousines. Elle n'aime rien de ce qu'elle a alors elle demande à sa mère de l'emmener faire des courses. Elles vont dans un centre commercial où se trouvent des magasins d'usine de grandes marques. Elles parcourent les magasins, toutes deux sont intimidées. Elles évitent ceux qui portent des noms de couturiers élégants de la côte Est, elles en trouvent quelques autres qui vendent de jolis vêtements à prix discount. Dans le magasin d'usine d'une grande enseigne, Esperanza trouve un tailleur noir. Elle l'essaie, il lui va bien, la jupe s'arrête juste au-dessus du genou quand elle regarde dans le miroir elle est terrifiée. Sa mère passe derrière elle et sourit, Esperanza la regarde dans le miroir, parle.

Qu'est-ce que tu en penses, maman ?

Magnifique.

Tu es sûre ?

Oui.

Et elles ?

Elles font partie de toi, et tu es belle, et tu es la seule qui ne le sait pas.

Esperanza sourit, se regarde lisse le devant de son tailleur. Elle se regarde un instant, deux, sourit et se tourne pour serrer sa mère dans ses bras.

Merci, maman.

Je t'aime, Esperanza.

Elles vont à la caisse. Graciella veut payer, Esperanza refuse. Elles rentrent, Esperanza prend une douche se coiffe met son tailleur. Quand elle entre dans le salon, tous les dix-sept membres de sa famille l'attendent. À sa vue, ils l'applaudissent à tout rompre spontanément, sifflant et criant, debout. Son père, qui porte son plus beau et unique costume, l'attend à la porte avec un sourire jusqu'aux oreilles, tenant une fleur qu'il épingle à sa veste. La famille les suit dehors et continue à l'acclamer tandis que la voiture s'éloigne.

La soirée a lieu dans la salle de banquet d'un hôtel. Jorge entre avec Esperanza, se tient à côté d'elle tandis qu'elle signe le registre, essaie d'entrer dans la salle avec elle, elle lui demande de la laisser elle l'appellera quand elle sera prête à partir, il lui dit qu'il l'attendra sur le parking. Il l'embrasse, elle entre. Il y a des bars aux deux extrémités, un grand buffet le long du mur avec des chips, de la sauce aux oignons tomates et poivrons, du guacamole, des mini-tacos. Il y a des tables, un DJ à une table dans un coin. Il y a trente ou quarante personnes dans la salle, un peu plus d'hommes que de femmes. Esperanza est nerveuse et intimidée, ses mains tremblent légèrement son cœur bat, elle se demande si elle n'est pas trop moche si les gens regardent ses jambes. Elle ne connaît personne, ne sait pas si elle va rencontrer quelqu'un, ne sait où aller ni que faire. Un homme s'approche d'elle, il se présente, elle commence à lui parler, il la présente à quelques amis, ils vont à une table, elle prend une limonade, ils boivent tous de la bière, les gens vont et viennent, elle est présentée à d'autres hommes, d'autres femmes, on lui donne quelques cartes de visite, un homme l'invite à déjeuner, elle lui demande son téléphone et lui dit qu'elle l'appellera. Quand elle sort elle voit son père sur le pas de la porte qui regarde à l'intérieur, il sourit la serre dans ses bras dit tu as été formidable, je suis très fier de toi. Elle lui rend son étreinte dit merci, papa, merci.

Elle est de nouveau promue, au poste de chef d'équipe, elle est responsable du magasin en l'absence du directeur. Il lui propose de travailler de jour, elle répond non qu'elle ne veut pas que le travail l'empêche de faire ses études.

Les cours commencent, elle choisit économie, littérature anglaise, biologie, histoire de l'Amérique. Elle ne rate pas un cours elle n'est jamais en retard ne rate jamais une dissertation. Au cours du premier semestre elle n'obtient que des A, est inscrite sur la liste des meilleurs élèves.

Elle déjeune avec l'homme, il est comptable dans une usine de vêtements. Il est sympathique mais sans plus. Elle sort une nouvelle fois avec lui, attend de voir si quelque chose se passe, il n'y a rien. Elle sort avec un avocat, rien, un informaticien, rien, un directeur d'école primaire deux fois, la troisième elle sait, rien. Elle continue à fréquenter les soirées Talk and Tequila. Avant chacune d'elles elle va acheter une nouvelle tenue dans un magasin d'usine avec sa mère. Son père l'emmène toujours, la regarde depuis la porte si possible, l'attend. Elle intègre un groupe constitué d'une avocate spécialiste de l'immigration, une femme qui fait des études pour devenir vétérinaire, deux hommes qui travaillent dans la même société de jeux vidéo, un journaliste dans un journal local, une femme qui enseigne les maths dans un lycée des environs. Elle est plus jeune qu'eux mais sa maturité compense les années, tous veulent la même chose, le succès la stabilité l'amour, et plus tard des enfants.

Au second semestre elle choisit théâtre, philosophie, informatique, chimie. Elle n'est pas sûre de ce qu'elle veut faire ni étudier, parfois elle pense médecin parfois professeur parfois elle pense qu'elle devrait entrer dans les affaires. Elle aime l'idée de la publicité, elle a rencontré un concepteur à une soirée Talk and Tequila, son travail semblait amusant et intéressant, différent chaque jour.

Elle est au travail en train de papoter avec les filles, une vendeuse de l'équipe de jour sort avec un type du stock. Elle n'a que vingt-six ans elle a déjà été mariée deux fois, l'homme du stock approche de la quarantaine il n'a jamais été marié. Tandis qu'elles se demandent si ça va durer un homme s'approche du comptoir Esperanza regarde, c'est Doug, il sourit timidement sourit, c'est Doug. Son cœur lâche bondit cogne, elle a essayé de l'oublier, de ne plus penser à lui, d'effacer les souvenirs, les bons et les mauvais, juste les effacer, mais quand elle est seule il revient toujours. Il s'approche du comptoir en souriant, souriant timidement, il la regarde, parle.

Tu m'as manqué.

En 1984, la ville de Los Angeles accueille les jeux Olympiques d'été de la XXIIIᵉ olympiade. Pour se venger du boycott des jeux de Moscou en 1980 par les États-Unis, l'Union soviétique et tout le bloc des pays de l'Est, quatorze en tout, ne participent pas aux jeux. Les États-Unis remportent cent soixante-quatorze médailles devant tous les autres pays, et les jeux génèrent un profit de presque deux cents millions de dollars.

Deux hommes dans un loft à la lisière est du centre-ville. Tous deux sont peintres. Le peintre 1 habite le loft, le peintre 2 habite près de New York.

Peintre 1 : Il fait un peu plus de six cents mètres carrés.

Peintre 2 : Colossal.

Peintre 1 : Me coûte 1 800 dollars par mois.

Peintre 2 : Pas possible.

Peintre 1 : J'ai un bail de cinq ans qui augmente de dix pour cent par an.

Peintre 2 : C'est rien.

Peintre 1 : Ce n'est pas rien.

Peintre 2 : Tu sais ce que tu as pour 1 800 dollars par mois à New York ?

Peintre 1 : Des chiottes ?

Peintre 2 : Des chiottes et un quartier dégueulasse.

Ils rient.

Peintre 1 : C'est pour ça que je suis parti et que je suis venu ici. Les seuls qui restent à New York sont ceux qui ont déjà réussi ou qui ont hérité.

Peintre 2 : Pas moi.

Peintre 1 : Tu n'es pas à New York, tu vis dans un taudis dans un quartier horrible dans le New Jersey.

Peintre 2 : Ouais.

Peintre 1 : C'est le Nouveau Monde ici. On a les moyens de vivre, on a les moyens de travailler, il y a de bonnes galeries, et il y a des tonnes de collectionneurs qui ont de l'argent. Que New York aille se faire foutre. Si elle n'est pas déjà morte, elle n'en est pas loin.

*
* *

Il y a plus de cinq cents galeries d'art à Los Angeles. Il y a plus de sept cent cinquante millions de dollars de transactions par an en achat d'art. Il y a plus de cinquante mille artistes qui habitent la ville. Plus de quatre cent mille si on inclut les acteurs, les écrivains et les musiciens.

*
* *

Il a quatorze milliards de dollars. Il les a gagnés dans l'immobilier, la banque, l'assurance. Il est né et a grandi à Los Angeles, son père était charpentier, sa mère femme au foyer l'a élevé lui et ses deux frères. Il a commencé à travailler dès l'âge de douze ans, il aidait son père, portait les outils, faisait de petits boulots, s'occupait de la gestion du stock. Quand il ne travaillait pas il étudiait. Il sortit troisième de sa promotion de lycée, obtint une bourse pour l'USC (l'université de la Californie méridionale), s'inscrivit en business. Il continuait à travailler avec son père, bien qu'il fût déjà un charpentier confirmé, et payait tout, y compris les dépenses quotidiennes, ce que sa bourse ne couvrait pas. Il sortit dans les premiers de sa promotion et reçut de multiples offres de travail. Il les refusa toutes.

Il préféra fonder sa propre société. C'était au début des années 1960, Los Angeles connaissait une nouvelle augmentation massive de population. La ville s'étendait, à l'est dans le désert, au sud dans le comté d'Orange, au nord à la lisière de la San Fernando Valley. Les gens avaient besoin de maisons bien bâties et abordables dans des zones sûres. Il emprunta de l'argent acheta du terrain, et lui et son père construisirent une maison qu'ils vendirent avec un bénéfice. Ils réinvestirent leur bénéfice engagèrent des ouvriers, le firent plus vite. Ils le refirent une nouvelle fois. Et encore et encore et encore. Ils commencèrent à travailler sur plusieurs maisons à la fois. Ils commencèrent à acheter plus de terrain, à faire de petits lotissements. Ils réinvestissaient toujours leurs bénéfices. Encore et encore. Il fonda une société qui fournissait des emprunts-logement pour les maisons que construisait la société. Il commença à bâtir d'importants lotissements dans des communautés qui se développaient rapidement. Sa société acquit une réputation de qualité. Tout ce qu'ils construisaient se vendait rapidement. La société de financement commença à financer la plupart des maisons. Il cessa d'aller sur les chantiers et resta au bureau, ou partit à la recherche de terrains à acheter. À l'âge de trente ans il était multimillionnaire. Il réinvestit. Se développa. Se mit à construire des lotissements sur toute la côte Ouest. Il fonda une compagnie d'assurances qui vendait leur assurance aux nouveaux venus. À l'âge de quarante ans il possédait plusieurs centaines de millions de dollars.

Il alla en France. Il songeait à se développer en Europe, il y avait du terrain en France à un prix abordable qui correspondait à ses critères de développement. Il négociait l'achat de terrains à Paris et pendant une pause il alla au Louvre. Il avait une heure, il commença à déambuler dans les salles, il n'avait jamais regardé d'art, n'y avait même jamais pensé. L'art était pour les gens qui étaient nés riches, ou pour les fous qui se coupaient l'oreille, ou pour les gens qui avaient du temps à perdre, ou c'étaient les cochonneries qu'il avait besoin de coller sur les murs de ses maisons témoins. Il fut transporté. Il vit *La Victoire de Samothrace*, *La Vénus de Milo*, Mona Lisa. Il vit Fra Angelico, Goya, Delacroix, Rubens, les *Esclaves* de Michel-Ange, il se mit à pleurer devant un Titien sans savoir pourquoi. Il appela son avocat lui dit conclus l'affaire sans moi, passa le reste de la journée à flâner regarder, stupéfait dévasté dérouté transporté. Il alla à Orsay le lendemain, vit Manet, Monet, Degas, Gauguin, Van Gogh, Cézanne, Picasso, il ne connaissait rien mais ressentait tout, le lendemain au musée Rodin il resta une heure devant les *Portes de l'Enfer*, c'était la plus belle la plus terrifiante chose qu'il avait jamais vue, il entra et vit *Le Baiser* et il sut qu'il était amoureux, il sut qu'il était amoureux.

Il s'arrêta à New York sur le chemin de retour. Il s'était marié plusieurs années auparavant, lui et sa femme avaient deux enfants, il dit à sa femme qu'il aurait quelques jours de retard. Il alla au Met, au MoMA, il arpenta la salle en spirale du Guggenheim, il fit le tour des galeries de la Cinquante-septième Rue. Il ne parla à personne. Se contenta de marcher regarder ressentir de plus en plus profondément. Il entra dans une maison de ventes aux enchères, il ne savait pas s'il y avait des ventes, il n'y en avait pas, il regarda les catalogues des prochaines ventes.

Il rentra. Il raconta tout à sa femme, elle fut surprise, il lui demanda de l'accompagner à New York. Ils s'y rendirent un mois plus tard. Ils descendirent dans un hôtel y passèrent trois jours. Il l'emmena dans tous les musées toutes les galeries, il essaya de lui expliquer ce qu'il voyait et ce qu'il ressentait pourquoi il était amoureux, ils s'arrêtèrent devant la Factory de Warhol pour regarder les gens entrer et sortir.

Il commença à aller à New York tous les deux mois pour quelques jours, parfois sa femme venait parfois leurs deux filles venaient parfois il y allait seul. Il commença à acheter des tableaux, un Picasso des amants fragmentés en multiples perspectives un Matisse des fleurs dans un vase et un Modigliani une jeune femme mince se regardant dans un miroir. Il les fit envoyer à Los Angeles et les mit dans leur maison. Ça lui faisait quelque chose chaque fois qu'il passait devant, rire ou sourire, ça le rendait triste, l'obligeait à réfléchir, parfois il essayait d'imaginer à quoi le peintre avait pensé en appliquant telle touche, en utilisant telle couleur. Il passait devant aussi souvent que possible, ils lui faisaient quelque chose, de temps en temps il pleurait.

Il commença à en acheter plus, il remplit la maison de tableaux dignes des musées. Il construisit une maison plus grande fit faire des galeries pour les tableaux par l'architecte engagea quelqu'un pour chercher des tableaux pour lui et s'occuper de sa collection. Il en acheta plus, la nouvelle maison n'était pas assez grande et il acheta un immeuble l'emplit, il acheta donc un immeuble plus grand l'emplit. Il travaillait. Il passait du temps avec sa famille. Il regardait les tableaux. C'était sa vie. Il décida qu'il ne voulait plus travailler, il vendit ses sociétés qui valaient des milliards. Il passa du temps avec sa famille. Il regarda acheta passa du temps avec les tableaux. C'était sa vie.

Il y en a eu d'autres comme lui, avant lui. Il y a eu Getty à Malibu, sa maison est devenue un musée sa fondation une institution. Norton Simon à Pasadena, il a donné sa collection pour que le public voie apprenne et aime. Les nababs de l'industrie du spectacle les présidents des studios des agences des maisons de disques ceux qui possédaient des empires, ils poursuivaient les mêmes choses, les mêmes belles choses. Il y en avait d'autres comme lui, il y en avait eu d'autres avant lui, mais il n'y en avait aucun qui était aussi obsédé, aussi dévoué, aucun aussi riche, aucun aussi amoureux.

Il devint le plus grand collectionneur au monde. Il fit bâtir une nouvelle maison conçue par l'architecte le plus prisé au monde, titane béton et verre. Il bâtit un espace spécial sur le même terrain, une galerie parfaite en titane béton et verre où il exposait divers chefs-d'œuvre tour à tour. Les artistes venaient le voir, les artistes les plus célèbres au monde faisaient des choses pour lui parce qu'il les aimait. Il acheta un autre immeuble créa une fondation. Il amassa la plus grande collection sur terre. Il le fit par amour.

Ses enfants sont grands, sa femme est toujours à ses côtés. Ils parcourent le monde en regardant de l'art, parlant d'art, pensant à l'art. Il dépense deux cent cinquante millions par an en œuvres d'art. Sa collection est dispersée entre divers musées de la ville, son immeuble sa maison et sa galerie. Les musées du monde entier viennent lui emprunter des œuvres en espérant qu'un jour il les leur donnera. Personne ne sait ce que deviendra sa collection après sa mort, si ses enfants en hériteront s'il la donnera s'il y aura un musée qui portera son nom. Pour l'instant elle est à Los Angeles, la plus grande collection au monde. Constituée par un homme qui en connaît la valeur financière mais la garderait tout autant si elle ne valait pas un sou. Personne ne sait où elle ira ni si elle ira quelque part. Il ne le sait pas. Et pour l'instant peu lui importe. Tout ce qui lui importe c'est qu'il est amoureux, de chacune de ses pièces, véritablement et profondément amoureux.

*
* *

L'UCLA School of Art et le California Institute of Arts également appelé CalArts, qui se trouvent tous deux à Los Angeles, sont parmi les cinq meilleures écoles d'art des États-Unis. Trois des cinq meilleures écoles de cinéma en

Amérique, l'USC School of Cinema, l'American Film Institute et l'UCLA Film School, se trouvent à Los Angeles. L'une des cinq meilleures écoles de design, le Art Center College of Design, se trouve à Los Angeles, deux des dix meilleures écoles d'architecture, l'UCLA School of Architecture et le Southern California Institute of Architecture, se trouvent à Los Angeles.

*
* *

Une interview entre un critique d'art français et un célèbre artiste de Los Angeles. Elle a lieu à Venice chez lui, sur la véranda derrière sa maison, à une rue de l'océan. Le soleil brille. Ils boivent du thé.

Le critique : Il fait beau ici, non ?

L'artiste : Toujours.

Le critique : Toujours ?

L'artiste : C'est la même chose tous les jours. Ensoleillé et chaud. Parce que nous sommes près de la mer, il ne fait jamais plus de trente, jamais moins de quinze. Et pas d'humidité.

Le critique : Est-ce que ça a de l'influence sur votre travail ?

L'artiste : Non dans la mesure où mon travail n'a pas de relation avec le temps qu'il fait. Oui dans la mesure où j'aime le soleil et que ça me rend heureux et que je peux travailler dehors si j'en ai envie. Et parce que je prends aussi des photos, je peux travailler à peu près quand je veux. Il y a toujours une bonne lumière et des conditions favorables.

Le critique : Vos photos les plus célèbres représentent des stations-service, des piscines, des parkings, des fast-foods, des autoroutes, pourquoi ?

L'artiste : Je les vois. Tous les jours, où que j'aille. J'ai commencé à les considérer en tant qu'objets, comme des symboles culturels, comme des choses qui sont banales, belles et ignorées. Le fait de les placer dans un contexte différent m'a aidé à comprendre qu'il y a des œuvres d'art partout autour de nous. Nous pouvons ne pas les voir ou ne pas nous y intéresser ou ne leur accorder qu'un regard distrait, mais elles sont là. Quand je prends une série de photos, et que je les place côte à côte dans une galerie, les gens comprennent cela.

Le critique : Quand vous êtes venu ici, au début des années 1960, Los Angeles était un désert culturel. Qu'est-ce qui vous a donné envie de vivre ici ?

L'artiste : Je voulais apprendre à faire du surf, je voulais habiter près de la plage et je voulais voir des filles en bikini tous les jours.

Le critique : Vraiment ?

L'artiste : C'était une des raisons. Mais une autre raison tenait à la culture de L.A. et à la place de L.A. dans notre culture. Qualifier L.A., autrefois ou maintenant, de désert culturel est à mon sens une marque d'ignorance. Los Angeles est la capitale culturelle du monde. Aucune autre ville ne rivalise même de loin avec elle. Et quand je dis culture, je parle de culture contemporaine, pas de ce qui était important il y a cinquante, cent ou cent cinquante ans. La culture contemporaine c'est la musique populaire, la télévision, le cinéma, l'art, les livres. Les autres disciplines, la danse, la musique classique, la poésie, le théâtre, n'ont pas vraiment de poids, leur public est restreint, et ce sont plus des curiosités culturelles que des institutions culturelles. Il y a plus de gens qui regardent la télé en une soirée qu'il n'y en a qui vont voir tous les spectacles de danse dans le monde entier en une année. Il y a plus de CD de rap et de rock vendus chaque année que de CD de musique classique vendus ces vingt dernières années. Et les films, putain, c'est colossal. Je serais prêt à parier que le film de l'année qui fait le plus d'entrées en fait plus que tous les spectacles de Broadway réunis, probablement deux trois quatre fois plus. Et les seules choses qui rivalisent pour l'influence du cinéma sur notre culture et celle du monde sont la télé et la musique populaire. Tout cela tous ces divertissements, toute cette culture, vient d'ici. Je ne voulais pas être à New York. Je ne voulais pas faire partie d'un monde artistique stagnant qui ignorait qu'il était dépassé. Je voulais aller dans le Nouveau Monde, et pour moi il était ici, parce que à un moment ou à un autre les livres et l'art, qui sont toujours à New York, vont suivre le reste de notre culture et venir ici. Et je voulais faire partie de la nouvelle vague du neuf, faire partie de quelque chose de frais plutôt que de quelque chose qui était en train de pourrir, aller là où les autres finiraient par venir.

Le critique : Et vous pensez que c'est ce qui va se passer ?

L'artiste : C'est ce qui est déjà en train de se passer. Personne ne veut plus vivre à New York parce que c'est foutrement trop cher, alors ils viennent ici où c'est encore relativement bon marché. Et le système des galeries à New York est trop fermé. Tout le monde paie d'énormes loyers pour ces espaces énormes et a besoin d'énormes sommes d'argent pour rester ouvert. Ça les force à montrer et vendre, ils savent que les gens vont payer immédiatement. Ça décourage les grandes œuvres novatrices parce que le terrain artistique neuf ne peut être ouvert qu'en prenant des risques, et que les galeries là-bas ne peuvent pas se permettre de le faire. Si elles le faisaient et si ça ne se vendait pas bien, ce qui est généralement le cas pour de jeunes artistes qui font un travail neuf, les galeries seraient obligées de fermer. Ici elles prennent des risques et montrent des œuvres que personne d'autre n'est prêt à assumer. Cela encourage aussi les artistes à faire ces œuvres parce qu'ils savent qu'ils peuvent les montrer ici. Finalement, à cause de tout cela, à cause du fait que les œuvres les plus nouvelles et fraîches sont créées ici et montrées ici, tout le monde s'installera ici. Et l'économie de la ville soutiendra le mouvement. Il y a une tonne de riches fils de pute ici prêts à dépenser de l'argent pour de l'art. Des gens avec des collections spectaculaires qui vont finir par entrer dans nos musées, qui rivaliseront alors avec ceux de New York, de Paris, de Rome, de n'importe où.

Le critique : Combien de temps pensez-vous que ça prendra ?

L'artiste : Ça pourrait prendre dix, vingt, trente ans. Ça pourrait arriver d'un jour à l'autre si New York est rayée de la carte par les terroristes. Mais ça arrivera. C'est inévitable.

Le critique : Et où serez-vous ?

L'artiste : Peut-être ici sur ma véranda. Peut-être sur un tabouret du bar au coin de la rue. Peut-être dans ma tombe. Je ne sais pas.

Le critique : Et votre héritage ?

L'artiste : J'étais le premier ici. Et j'ai assisté à tout.

*
* *

Voici quelques artistes habitant et travaillant à Los Angeles, la spécialité ou les spécialités qu'ils pratiquent, et le plus haut prix atteint par l'une de leurs œuvres en vente publique.

Ed Ruscha, peintre, photographe – 3 595 500 dollars.

Paul McCarthy, artiste de performance, sculpteur – 1 496 000 dollars.

John McCracken, sculpteur – 358, 637 dollars.

Chris Burden, artiste conceptuel de performance – 84 000 dollars.

Robert Graham, sculpteur – 390 000 dollars.

Edward Kienholz (décédé), sculpteur – 176 000 dollars.

Raymond Pettibon, peintre – 744 000 dollars.

Kenny Scharf, peintre – 180 000 dollars.

Mike Kelley, artiste multimédia – 2 704 000 dollars.

Mark Grotjahn, peintre – 530 000 dollars.

Lari Pittman, peintre – 120 000 dollars.

Richard Pettibone, peintre – 688 000 dollars.

Catherine Opie, photographe – 27 500 dollars.

Sam Francis (décédé), peintre – 4 048 000 dollars.

Ed Moses, peintre – 28 400 dollars.

Jim Shaw, peintre, sculpteur – 656 000 dollars.

Ken Price, sculpteur – 228 000 dollars.

John Baldessari, photographe – 4 408 000 dollars.

Liz Larner, sculpteur – 27 600 dollars.

Joe Goode, peintre – 38 400 dollars.

Charles Ray, sculpteur – 2 206 000 dollars.

Billy Al Bengston, peintre – 10 800 dollars.

Jorge Pardo, peintre – 156 000 dollars.

RB Kitaj, peintre – 569 169 dollars.

Richard Diebenkorn (décédé), peintre – 6 760 000 dollars.

Robert Therrien, sculpteur – 84 000 dollars.

Nancy Rubins, sculpteur – 2 280 dollars.

Robert Irwin, peintre – 441 600 dollars.

David Hockney, peintre – 5 407 407 dollars.

*
* *

Musées à Los Angeles : Los Angeles County Museum of Art (LACMA), Latino Art Museum, Palos Verdes Art Centre, UCLA Armand Hammer Museum of Art & Cultural Center, Watts Towers Art Center, University Art Museum, – Cal State Long Beach, Santa Monica Museum of Art, Petterson Museum of Intercultural Art, Museum of Contemporary Art (MOCA), Long Beach Museum of Art, LACE – Los Angeles Contemporary Exhibitions, Hancock Memorial Museum, Frederick R. Weisman Museum of Art – Pepperdine University, Downey Museum of Art, Craft & Folk Art Museum, Geffen Contemporary at MCA, Huntington Library, Art Gallery, & Botanical Gardens, Museum of African-American Art, Museum of Latin American Art, Norton Simon Museum of Art, Museum of Neon Art (MONA), J. Paul Getty Museum, Getty Center.

*
* *

Elle rencontra un garçon. C'était un homme en fait, mais elle disait que c'était un garçon, quel que soit le mot elle le rencontra et tomba amoureuse profondément et immédiatement amoureuse. C'était à New York. À une fête pour un ami commun, un écrivain qui sortait un livre, il avait grandi avec l'écrivain, elle connaissait la petite amie de l'écrivain. Ils étaient au bar. Elle demanda une bière au barman, le barman demanda laquelle, elle dit Budweiser. Il la regarda, elle avait des cheveux blonds des yeux bleus une voix profonde et éraillée, il dit vous aimez la Budweiser, elle dit oui. Il sourit dit j'ai toujours rêvé d'épouser une femme qui aimait la Budweiser, elle sourit dit me voilà, fils de pute.

Elle avait un poste important dans une galerie importante qui était célèbre pour prendre des artistes pauvres et inconnus et en faire des artistes riches et célèbres. Elle habitait New York, elle y habitait depuis dix ans ne pensait jamais habiter ailleurs. Il était directeur de production à Los Angeles avait passé dix ans à se faire une place ne pensait jamais habiter ailleurs. Ils restèrent ensemble durant toute la fête parlèrent football livres art musique films bière, ils aimaient presque toutes les mêmes choses, ils partirent ensemble allèrent manger des cheese-burgers s'embrassèrent sur les marches de son immeuble, quand ils s'endormirent cette nuit-là chacun de son côté lui dans un hôtel elle dans son lit, ils savaient tous les deux que c'était foutu pour des raisons de logistique, ils savaient.

Elle ne voulait pas quitter New York, il ne pouvait pas quitter Los Angeles, la logistique. Pendant six mois ils alternèrent les déplacements, à la fin il dit je voudrais que tu viennes ici, je ne peux pas vivre sans toi, ça ne marchera pas si tu ne viens pas. Elle venait d'être nommée directrice de la galerie, c'était le seul job qu'elle avait désiré, celui pour lequel elle avait travaillé pendant dix ans. Il dit qu'il y avait de l'art à L.A., elle dit que ce n'était pas le même, il dit qu'elle aurait une meilleure qualité de vie le soleil tous les jours plus de temps libre moins de stress, elle dit qu'elle aurait l'impression d'avoir perdu dix ans à essayer de grimper au sommet de l'échelle rien que pour redescendre une fois arrivée en haut. Il commença à lui envoyer des liens Internet des magazines des programmes de musées des guides de galeries, elle dit qu'elle savait qu'il se passait des trucs formidables à Los Angeles, c'est seulement qu'elle préférait les trucs formidables qui se passaient à New York. Il continua à essayer à lui parler à lui envoyer, il ne suppliait jamais mais il était clair qu'il priait, elle disait on fait de la production ici, viens, il continuait à essayer à lui parler à lui envoyer à prier.

Il se passa deux choses : un de ses amis décida de quitter New York pour ouvrir une galerie à

Los Angeles, le propriétaire de la galerie où elle travaillait l'obligea à faire une exposition de tableaux qu'elle détestait mais dont il dit qu'ils se vendraient bien, quand elle lui fit des objections il répliqua que les trois dernières expositions n'avaient pas vendu, que son travail consistait à lui faire gagner assez d'argent pour continuer à garder les portes ouvertes. Les portes s'ouvrirent effectivement, elle ouvrit les portes sortit ne revint pas. Elle appela son ami qui était en train d'ouvrir la galerie lui demanda s'il avait besoin d'aide, il dit et comment ! Elle appela son petit ami dit qu'elle avait changé d'avis qu'elle avait envie de tenter le coup.

Il l'attendait à l'aéroport. Il avait des fleurs des bonbons un pack de six Budweiser, il portait un T-shirt imprimé L.A. ROCKS. Elle rit le serra dans ses bras et l'embrassa, ils allèrent directement dans son appartement, un trois-pièces à Silverlake, à New York il aurait coûté cinq mille dollars par mois, à L.A. c'était mille quatre cents, ils passèrent les vingt-quatre heures suivantes au lit. Quand elle sortit le soleil brillait, elle portait un T-shirt, on était en plein putain de mois de février, elle était aux anges. Elle alla à la nouvelle galerie de son ami, qui était dans Chinatown, dans une rue bordée d'autres galeries, c'était un des trois quartiers d'art de la ville, les autres étant Culver City et Santa Monica. Elle entra, l'espace était immense et ouvert, il sourit et dit bienvenue dans le Wild West, elle lui demanda comment diable il pouvait se payer un endroit pareil, il dit L.A. reste abordable, c'est encore un endroit où les gens sans fortune ont une chance.

Elle commença à travailler avec lui. Elle pensa que les artistes les galeries et les musées seraient impressionnés par son CV, ce qui était le cas mais pas autant qu'elle l'avait cru, ce qu'elle prit pour un bon signe, le signe qu'ils ne se jugeaient pas inférieurs à New York. Elle se fit des amis, les gens ici s'entraidaient, artistes galeristes et conservateurs étaient une communauté légitime plutôt qu'un groupe de factions jalouses et rivales. Les artistes, eux-mêmes libérés des contraintes du marché de l'art, faisaient des choses plus neuves plus fraîches plus révolutionnaires que beaucoup à New York, les risques étaient plus faciles à prendre s'ils échouaient les conséquences étaient moins graves. Elle aimait le travail qu'elle faisait et le travail qu'ils montraient c'était plus conforme à l'idée qu'elle se faisait du commerce de l'art, plus pur. Et le soir elle allait retrouver quelqu'un qu'elle aimait, parfois New York lui manquait elle se demandait ce qui se serait passé si elle était encore en haut de l'échelle mais New York lui manquait de moins en moins, elle y pensait moins, de moins en moins.

Six mois après son arrivée elle avait pris ses habitudes de travail et de vie, elle traversait la rue quand elle fut renversée par un bus. Contrairement à la plupart des gens à Los Angeles, elle marchait autant que possible, elle était au milieu d'un passage piéton quand elle fut heurtée, elle perdit ses chaussures et fut projetée à trois mètres en l'air. Quand le chauffeur sortit il dit qu'il n'était pas habitué à voir des gens sur le passage et n'avait pas pu s'arrêter à temps, elle avait la colonne vertébrale et la mâchoire brisées.

Elle passa deux mois à l'hôpital, il dormit trois ou quatre nuits par semaine sur un fauteuil à côté d'elle, quand elle sortit elle resta deux mois de plus à la maison, il passa tout son temps libre avec elle, il lui apportait des burgers et de la bière et ils regardaient les matchs de foot les samedis et dimanches. Quand elle put de nouveau marcher elle alla à la galerie, son ami l'avait remplacée par une autre personne venue de New York. Elle était désespérée, lui demanda pourquoi, il répondit que le monde bougeait rapidement changeait rapidement, il ne savait pas si elle allait revenir, il fallait qu'il avance. Elle demanda si elle pouvait reprendre sa place, il dit qu'il allait en parler à son nouvel associé.

Elle rentra pleura, il rentra essaya de l'aider, elle lui dit qu'elle voulait rentrer à New York. Il dit qu'ils ne pouvaient pas qu'il n'y avait pas de travail pour lui. Elle dit qu'elle ne pouvait pas vivre dans une ville où les chauffeurs de bus n'étaient pas habitués à voir des piétons et les écrasaient, elle voulait partir, se tirer, putain. Il lui demanda six mois, elle dit pourquoi, il dit la plupart des gens qui quittent New York pour s'installer à Los Angeles la détestent une année ou deux puis l'adorent et ne veulent plus partir, elle rit dit très bien six mois et on s'en va.

Il continua à travailler, elle essaya de trouver un poste de conservateur, songea à essayer de devenir consultante, ce qui consiste à aider les gens à acheter et collectionner de l'art. Un mois, elle voulait toujours partir, deux, même chose, le troisième elle reçut un appel. C'était le plus grand marchand d'art au monde, il avait trois galeries à New York deux à Londres une à Rome, il voulait en ouvrir une à Los Angeles, cela l'intéresserait-elle de le faire pour lui, de la diriger pour lui ? Elle demanda où, il dit qu'il avait trouvé un espace à Beverly Hills, ce serait un endroit pour prendre des risques, pour faire des expositions qu'il ne pouvait pas faire dans ses autres galeries, un endroit qu'il utiliserait pour prendre pied dans le marché de Los Angeles en pleine expansion, un endroit où montrer de nouveaux artistes. Elle sourit se demanda s'il y avait des bus à Beverly Hills, elle était de nouveau en haut de l'échelle.

*
* *

Plus d'artistes, d'écrivains, d'acteurs et de musiciens que dans toute ville au monde. Chaque jour plus. Chaque jour.

En 1985, huit cents meurtres sont attribués aux gangs dans la ville de Los Angeles.

Il y a onze centres médicaux pour anciens combattants dans le comté de Los Angeles qui rééduquent et procurent une assistance sociale et psychologique à quarante-cinq mille anciens combattants hospitalisés ou en consultation externe.

Sergent d'état-major Andrew Jones, a perdu la vue dans la seconde guerre d'Irak.

Caporal du corps des Marines Phillip Tamberlaine, soigné pour alcoolisme, a servi au Vietnam.

Soldat de première classe du corps des Marines Juan Perez, a perdu un bras dans la première guerre d'Irak.

Matelot Harold Franks, stress post-traumatique, Vietnam.

Soldat expert Anthony Mattone, syndrome de la guerre du Golfe, première guerre d'Irak.

Sergent de première classe Nikolai Egorov, a perdu ses deux jambes, seconde guerre d'Irak.

Sous-lieutenant de l'armée de l'air Terry Daniels, addiction à la drogue, Vietnam.

Sergent-maître artilleur du corps des Marines Charles Davis, a perdu les deux jambes, un bras, seconde guerre d'Irak.

Capitaine Ted Bradley, blessures par balles, seconde guerre d'Irak.

Sergent-major de régiment Jarmes Parma, lésions cérébrales, Afghanistan.

Lieutenant de vaisseau Eric McDonald, addiction à la drogue et alcoolisme, Vietnam.

Commandant Brian Jones, a perdu un bras, une jambe, un œil, Afghanistan.

Commandant du corps des Marines Sean Jefferson, syndrome de la guerre du Golfe, première guerre d'Irak.

Soldat de première classe du corps des Marines Michael Craven, blessures par balles, seconde guerre d'Irak.

Soldat de deuxième classe Thomas Murphy, paralysé à partir du cou, seconde guerre d'Irak.

Soldat de deuxième classe Michael Crisp, paralysé à partir du cou, Vietnam.

Soldat de deuxième classe du corps des Marines Tonya Williams, lésions cérébrales, seconde guerre d'Irak.

Premier maître Samuel Jeter, alcoolisme, stress post-traumatique, Vietnam.

Sergent Letrelle Jackson, a perdu les deux mains, seconde guerre d'Irak.

Soldat de deuxième classe Joseph O'Reilly, reconstruction faciale, seconde guerre d'Irak.

Soldat expert Lawrence Lee, syndrome de la guerre du Golfe, première guerre d'Irak.

Soldat de première classe du corps des Marines Tom Chin, a perdu une jambe, blessures par balles, Afghanistan.

Soldat de deuxième classe Braylon Howard, reconstruction du genou, a perdu une main, seconde guerre d'Irak.

Sous-lieutenant de l'armée de l'air William Hult, brûlures sur quatre-vingt-dix pour cent du corps, seconde guerre d'Irak.

Enseigne de vaisseau de deuxième classe Joshua Feldman, alcoolisme, addiction à la drogue, stress post-traumatique, Vietnam.

Adjudant-chef du corps des Marines Edward Winslow, lésions cérébrales, brûlures, première guerre d'Irak.

Lieutenant-colonel John Fitzgerald, alcoolisme, dépression, Vietnam.

Capitaine de frégate David Andrews, alcoolisme, dépression, Vietnam.

Soldat de première classe du corps des Marines Eric Turner, a perdu un pied, seconde guerre d'Irak.

Soldat de deuxième classe David Chung, lésions cérébrales, perte de l'ouïe et de la vue, Bosnie.

Soldat expert Lee Tong, blessures par balles, seconde guerre d'Irak.

Soldat expert Pedro Morales, syndrome de la guerre du Golfe, première guerre d'Irak.

Soldat expert Jennifer Harris, brûlures sur quatre-vingt-cinq pour cent du corps, Afghanistan.

Sergent-major du corps des Marines Jonathan Martinez, paralysé à partir de la taille, Vietnam.

Soldat de deuxième classe Calvin Hart, paralysé à partir du cou, seconde guerre d'Irak.

Sergent de première classe Timothy Gould, a perdu un bras, Nicaragua.

Soldat de deuxième classe Rachel Powers, reconstruction faciale, perte de l'ouïe et de la vue, seconde guerre d'Irak.

Soldat de deuxième classe Jason Nicols, alcoolisme, addiction à la drogue, stress post-traumatique, Vietnam.

Colonel de l'armée de l'air Brian Kennedy, alcoolisme, addiction à la drogue, stress post-traumatique, Vietnam.

Sergent-maître artilleur du corps des Marines Joseph Baldelli, syndrome de la guerre du Golfe, première guerre d'Irak.

Soldat de première classe Scott Hall, a perdu les deux jambes, les deux bras, seconde guerre d'Irak.

Aviateur Felipe Chavez, a perdu les deux yeux, seconde guerre d'Irak.

Apprenti matelot Orlando Weeks, alcoolisme, dépression, Vietnam.

Vice-caporal du corps des Marines Melvin Barfield, a perdu un bras, première guerre d'Irak.

Soldat de deuxième classe Adam Drew, addiction à la drogue, stress post-traumatique, Afghanistan.

Soldat de deuxième classe Franklin Hernandez, a perdu les deux bras, seconde guerre d'Irak.

Commandant du corps des Marines Robert Willingham, brûlures sur quatre-vingt-cinq pour cent du corps, Afghanistan.

Soldat de première classe du corps des Marines Chris Barret, lésions cérébrales, Vietnam.

Soldat de deuxième classe Marcus Durham, blessures par balles, seconde guerre d'Irak.

Soldat de deuxième classe Craig Duffy, syndrome de la guerre du Golfe, première guerre d'Irak.

Soldat de deuxième classe du corps des Marines Andrea Collins, paralysé depuis le cou, première guerre d'Irak.

Maître Brad Johnson, alcoolisme, addiction à la drogue, stress post-traumatique, Vietnam.

Matelot Moises Rivera, lésions cérébrales, seconde guerre d'Irak.

Aviateur David Chang, reconstruction faciale, seconde guerre d'Irak.

Soldat de deuxième classe Andrew Fedorov, addiction à la drogue, stress post-traumatique, Afghanistan.

Soldat de deuxième classe Barry LaTonda, syndrome de la guerre du Golfe, première guerre d'Irak.

Soldat de deuxième classe du corps des Marines Ahmed Jarrahy, a perdu une jambe, seconde guerre d'Irak.

Soldat expert Frederick Marquis, alcoolisme, Vietnam.

Soldat expert Derek Quinn, a perdu les deux yeux, l'ouïe, Afghanistan.

Premier maître Tony Andrews, a perdu un bras, alcoolisme, addiction à la drogue, Vietnam.

Sergent-major Gary Burnett, alcoolisme, addiction à la drogue, Vietnam.

Capitaine de l'armée de l'air Michael Lowry, lésions cérébrales, seconde guerre d'Irak.

Capitaine du corps des Marines John Lulenski, a perdu les deux jambes, les deux bras, deuxième guerre d'Irak.

Capitaine Matt Bell, paralysé depuis la taille, Vietnam.

Soldat de première classe Heath Andrews, syndrome de la guerre du Golfe, première guerre d'Irak.

Aviateur Heath Mulder, brûlures sur quatre-vingts pour cent du corps, Afghanistan.

Apprenti matelot Darren Dixon, a perdu un bras, un œil, seconde guerre d'Irak.

Soldat de deuxième classe Francisco Sanchez, lésions cérébrales, Vietnam.

Soldat de deuxième classe Jeremy Franklin, reconstruction du coude, seconde guerre d'Irak.

Lieutenant-colonel du corps des Marines Paul Young, alcoolisme, addiction à la drogue, Vietnam.

Sergent d'état-major Chad Springer, paralysé à partir du cou, Afghanistan.

Officier breveté de la Marine Toby Wells, reconstruction dentale et faciale, seconde guerre d'Irak.

Caporal Leroy Washington, a perdu les deux bras, seconde guerre d'Irak.

Soldat de deuxième classe du corps des Marines Allison Gomez, a perdu les deux yeux, Afghanistan.

Officier breveté de cinquième classe du corps des Marines David Suzuki, a perdu un bras, une jambe, un œil, seconde guerre d'Irak.

Matelot Brandon Jones, a perdu les deux yeux, l'ouïe, Afghanistan.

Soldat de deuxième classe Carlos Perez, syndrome de la guerre du Golfe, première guerre d'Irak.

Soldat de deuxième classe Adam Stern, alcoolisme, addiction à la drogue, stress post-traumatique, Vietnam.

Soldat expert Lance Konerko, brûlures à quatre-vingt-quinze pour cent, seconde guerre d'Irak.

Soldat expert Sarah Bannister, syndrome de la guerre du Golfe, première guerre d'Irak.

Aviateur Luis Reyes, paralysé depuis le cou, seconde guerre d'Irak.

Apprenti matelot Steven Atkins, lésions cérébrales, reconstruction dentale et faciale, seconde guerre d'Irak.

Soldat de deuxième classe Phillip Ito, paralysé depuis le cou, seconde guerre d'Irak.

Soldat de deuxième classe Jackson LeCharles, paralysé depuis le cou, Afghanistan.

Soldat de deuxième classe Joe Rodriguez, a perdu les deux bras, les deux jambes, reconstruction dentale et faciale, seconde guerre d'Irak.

Soldat de deuxième classe Daryl Jones, a perdu les deux bras, les deux jambes, Afghanistan.

En 1988, l'Agence pour la protection de l'environnement découvre que l'air de Los Angeles est le plus pollué de tout le pays, principalement à cause des gaz d'échappement produits en quantités colossales par ses automobiles.

Le scandale, fils de pute, tout le monde adore le scandale. Même si vous essayez de tourner la tête, vous ne le pouvez pas, quand vous essayez de l'ignorer, vous découvrez que c'est impossible. Vous savez pourquoi ? Parce que c'est formidable hilarant horrible, c'est un sacré bordel, et ça vous fait toujours vous sentir mieux. Alors reconnaissez-le, vous adorez, vos amis adorent, votre famille adore, tous ceux que vous connaissez adorent le scandale, plus il est gros mieux c'est, plus il est vilain plus c'est amusant, plus il est dévastateur mieux vous vous sentez.

*

* *

Il est né à Miami, ses parents sont cubains. Il a toujours voulu être un acteur, la plus grande star latino de cinéma de l'histoire. Enfant, il se déguisait et faisait des spectacles pour sa mère, sa sœur, elles les adoraient lui et ses spectacles, il était leur dieu, c'était un enfant précoce intelligent drôle et divertissant.

En grandissant, il ne se mêlait pas aux autres enfants cubains du quartier, qui idolâtraient les boxeurs et les joueurs de base-ball, il s'en moquait. Il désertait leurs jeux après l'école et rentrait pour lire des magazines regarder des séries télé et écouter sa mère échanger des ragots avec ses amies, ses voisines, il y avait toujours quelque chose de quoi parler, une nouvelle histoire, quelqu'un qui buvait ou se battait ou avait une maîtresse, quelqu'un qui provoquait un genre de petit scandale. Quand il fut assez grand, dix ou onze ans, il commença à échanger des ragots avec sa mère. Il entendait des histoires à l'école les rapportait à la maison, il adorait quand elles étaient suffisamment bonnes pour que sa mère les colporte, il adorait savoir des choses que les autres ignoraient mais voulaient savoir, le fait que les secrets soient une monnaie qui a autant de valeur que n'importe quoi, plus parfois.

Il réussissait bien à l'école. Il était délégué de classe, il tenait la vedette de presque tous les spectacles et pièces de l'école, il avait de bonnes notes. En seconde il avoua son homosexualité à sa famille, d'abord à sa sœur, puis à sa mère, puis à son père, aucun d'eux ne fut surpris, tous le soutinrent, dirent qu'ils l'aimaient quels que soient ceux qu'il aimait ou la façon dont il aimait, tout ce qui les intéressait c'était qu'il soit heureux. Au lycée il faisait partie d'un petit nombre d'élèves gays, et même si la plupart des jeunes ne l'embêtaient pas, il fut en butte à suffisamment d'insultes et de railleries pour s'endurcir le cuir et que sa langue devienne acérée. Et aucun de ceux qui l'attaquaient ne s'en tirait sans une repartie qui était toujours plus spirituelle et plus juste, qui faisait beaucoup plus mal. Il était rare qu'ils y reviennent, et si ça arrivait, il était toujours prêt.

À la fin du lycée, il alla poursuivre ses études à New York. Il avait été accepté dans l'une des meilleures écoles de théâtre du pays, et il voulait jouer à Broadway. Il se fit des amis figura dans des spectacles sortit eut des amours vécut la vie d'un étudiant, les gens se confiaient à lui, lui racontaient des histoires, partageaient leurs secrets avec lui. Lorsqu'on le lui demandait, il gardait le secret. Sinon, il ne le faisait pas. Il commença à tenir une rubrique dans le journal de l'école, une rubrique de potins touchant la vie de l'école, qui sortait avec qui, qui aurait aimé sortir avec qui, démentait ou confirmait des rumeurs, posait des devinettes amusantes. C'était léger et sympathique, bien écrit, plein d'esprit. Cela devint la rubrique la plus lue à l'école, les étudiants qui n'avaient jamais prêté attention au journal se mirent à le lire, en parler. Un professeur l'encouragea à s'inscrire en journalisme, il le fit, y prit plaisir, le journalisme devint sa seconde matière, la comédie et le théâtre étaient toujours ses premières amours.

À la fin de ses études il décida de rester à New York. Il n'était pas encore sur les planches de Broadway et il en rêvait toujours, il décida de chercher du travail dans le journalisme pour gagner sa vie. Il devint pigiste se fit engager à plein temps devint reporter devint rédacteur en chef d'un petit magazine gay. Il allait à des auditions quand il pouvait jouait au théâtre quand il avait le temps. Son magazine cessa de paraître il entra dans un énorme hebdomadaire people national. Il était reporter, son travail consistait à trouver des histoires, raconter des histoires, révéler des histoires. Dans le monde du ragot professionnel, pour dénicher des histoires, il s'agit d'avoir des relations avec ceux qui les détiennent et protéger ses sources. Il se mit à sortir plus, dans les fêtes les boîtes les premières, rencontrer des gens dont certains étaient des célébrités, nouer des amitiés. Il était de commerce facile, drôle sympathique bien élevé, il savait écouter, les gens lui faisaient confiance. Il découvrit la façade de la gloire, que les gens qui vivent derrière la façade ne sont pas différents des autres, que certains sont bons honnêtes relativement normaux, que d'autres abusent de leurs privilèges, abusent des dons dont la société les gratifie, traitent ceux qu'ils jugent inférieurs comme s'ils étaient moins qu'humains. Les histoires commencèrent à venir. Il s'assurait toujours de la véracité de ce qu'il écrivait, de la validité de ses sources. Beaucoup de ces histoires étaient inoffensives, parfois il évitait de divulguer celles touchant des gens qu'il aimait bien, avec ceux qu'il n'aimait pas, tant qu'il savait qu'elles étaient vraies, il était sans pitié. Du fait qu'il était jeune et nouveau dans le métier, les anciens s'attribuaient souvent la paternité de son travail. Ou encore il ratait des histoires parce qu'il se concentrait sur sa carrière d'acteur. Parfois, parce qu'il était jeune et nouveau, d'autres avaient la primeur des histoires. Mais il travaillait dur et aimait de plus en plus son travail.

Un an passa, les ventes commencèrent à baisser. Le marché était saturé, chaque jour il y avait de nouveaux magazines, Internet drainait une grande partie du public du magazine, qui dut licencier des salariés. Il en faisait partie, ce fut un coup terrible pour lui. Il avait été fier de son travail, qui était amusant et lui permettait de poursuivre son rêve. Quand il rentra chez lui il pleura, quand il appela sa mère, quand il l'apprit à sa sœur. Il ne savait pas quoi faire. Il voulait rester à New York espérait toujours jouer à Broadway, il était impossible de le faire sans un travail pour survivre. Il ne voulait pas travailler dans un restaurant ou une cafétéria. Cela faisait sept ans qu'il était à New York. Il décida de partir.

Il alla à Los Angeles. Il y avait plus de travail pour les acteurs, pour un rôle à New York il y en avait cinquante à L.A. Il commença à tenir un blog, il espérait susciter suffisamment d'intérêt pour attirer quelques annonceurs, ce qui lui permettrait d'avoir du temps à lui, d'aller à des auditions, de contrôler la façon dont il vivait sa vie. Il donna à son blog le nom d'une rubrique de potins célèbre, laissant parfois percer une intention humoristique ou démoniaque. Il regarda d'autres blogs essaya de découvrir ce qui marchait ce qui ne marchait pas, les meilleurs publiaient des histoires inédites et se mettaient à jour plus fréquemment, sortant quelques articles toutes les heures. Il renoua avec ses anciens contacts, en noua de nouveaux, commença à proposer les liens d'autres sites people, leur permettant de donner le sien. Il n'était pas connecté dans son appartement et il devait aller travailler dans un café qui possédait le wi-fi.

Il trouva rapidement un public, les annonceurs vinrent grâce au public, l'argent rentra grâce aux annonceurs. Il commença à consacrer plus de temps au blog, arrivant au café avant l'ouverture à six heures du matin et s'asseyant par terre devant la porte pour se connecter, se mettant à jour plus régulièrement, parfois trois ou quatre fois par heure. Les gens commencèrent à lui envoyer des e-mails, il eut plus de scoops, de meilleures histoires, les médias commencèrent à remarquer son site, y prêter attention, y puiser des informations. Une émission de divertissement du soir fit un reportage sur lui et décerna au site le titre de Plus Détesté de Tout Hollywood. Le lendemain la fréquentation monta en flèche, trois ou quatre fois plus que jamais, et la rubrique de potins dont il avait emprunté le nom pour son site menaça de le poursuivre en justice. Il n'avait jamais eu de procès n'en voulait pas n'avait pas d'avocats ne savait que faire. Il craignait, après être retombé sur ses pieds à L.A., que tout ce qu'il avait fait ne disparaisse à cause d'une condamnation colossale.

Il changea le nom du site. Il y avait une héritière qu'il adorait, elle avait un nom reconnaissable accrocheur, elle avait été mêlée à un scandale de sex-tape, un scandale avec la police, elle avait de multiples petits amis riches, le moindre de ses mouvements était suivi par les journalistes et les paparazzi. Il trouva une version hispanique de son nom qui était aussi facile à retenir, drôle, spirituelle. Il utilisa le titre qui lui avait été décerné de Plus Détesté de Tout Hollywood pour le mettre sur la page d'accueil du site, il se fit appeler la Reine de Tous les Médias. Il redirigea les internautes sur la nouvelle adresse. Et les gens continuaient à arriver. De plus en plus chaque jour. Et les histoires continuaient à arriver. De plus en plus chaque jour.

Ses scoops commencèrent à être repris par un grand nombre des médias les plus importants du pays. Une starlette entre en clinique de désintoxication, il est le premier à le savoir. Un acteur est sur le point de quitter sa femme il est le premier à le savoir. Une héritière changeait de petit ami il le savait, une star de rock et une star de cinéma se séparaient, il savait, un membre d'un boys band homo, il savait. Il avait sur les magazines et les émissions de télé l'avantage de pouvoir vérifier chaque information sur-le-champ, il pouvait la mettre immédiatement en ligne, il n'avait pas besoin d'attendre la prochaine édition ou le passage à l'antenne. Les gens continuaient à venir, de plus en plus, un million par jour deux millions trois millions. Il commença à passer à la télé et les autres journalistes commencèrent à parler de lui. Plutôt qu'utiliser son nom il se mit à utiliser celui de son site, plus il était imprimé et répété plus il était reconnu plus les gens venaient plus les gens écrivaient sur lui plus il obtenait de meilleures histoires. Une célébrité avait fait une sex-tape qui allait être diffusée, il savait, une rivalité entre deux stars de la télé, il savait. Les gens continuaient à venir.

Il est aujourd'hui aussi célèbre que les gens sur lesquels il écrit, les paparazzi le suivent, les médias le couvrent. Entre six et huit millions de gens consultent son site chaque jour, les recettes publicitaires sont colossales, sa marque vaut des millions et des millions de dollars. Au-delà de tout cela, il adore ce qu'il fait, adore rencontrer des célébrités, adore les couvrir, révéler des histoires, être le premier à savoir, s'occuper de son site, l'intérêt qu'il suscite. Il travaille toujours à une table dans le même café où il a commencé, il travaille douze, quatorze, dix-huit heures par jour. Les fans viennent le voir, le prendre en photo et lui serrer la main, les célébrités passent bavarder avec lui et se faire filmer avec lui pour leurs émissions de téléréalité. Il est régulièrement poursuivi, bien que ce ne soit jamais pour diffamation, mais maintenant il a des avocats qui s'en occupent et il n'a jamais perdu un procès. Il peut faire le succès ou provoquer l'échec de disques et de groupes en mettant leurs chansons en ligne avec des liens et des articles. Et en dépit de toute cette réussite et de cette célébrité il est toujours le même, le même gosse qui adorait cancaner, le même lycéen à la langue acérée, le même étudiant qui rêve de monter sur les planches. Il a une émission télé qui va passer sur le câble, il espère qu'elle lui procurera des rôles dans des téléfilms, au cinéma, et finalement là où il a toujours voulu être mais n'a jamais pensé qu'il y parviendrait par les potins Internet les scoops, à Broadway.

*
* *

Un enterrement. Huit personnes se tiennent autour de la tombe. Le cercueil est bon marché le cimetière à l'abandon la pierre tombale petite, le prêtre ne connaissait pas la défunte. Ses parents sont là, ses deux sœurs, deux personnes qui jouaient avec elle dans une série télé quand elle avait entre douze et quinze ans, un ancien agent, un homme qui prétend être sorti avec elle mais qui en réalité lui vendait de la drogue. Elle a percuté un arbre avec sa voiture. La presse a dit que c'était un accident. Les gens rassemblés autour d'elle savent que ce n'est pas vrai, chacun d'eux sait que ce n'est pas vrai, et chacun d'eux se sent responsable d'une certaine manière. Elle avait dix-neuf ans.

*

* *

Ils se sont rencontrés sur un tournage. Ils ont tous deux une vingtaine d'années, sont des acteurs célèbres, au moment où ils se sont rencontrés ils avaient tous deux vécu récemment des ruptures hautement médiatiques avec d'autres acteurs, ils s'étaient tous deux juré de ne plus jamais être avec un acteur, ou même quelqu'un de célèbre.

Ils jouaient un frère et une sœur. Ils avaient immédiatement éprouvé des sentiments qui étaient absolument contraires à toute relation entre frère et sœur. Ils traînaient ensemble, prenaient leurs repas ensemble, se reposaient dans la caravane de l'un ou de l'autre. Ils parlèrent de ce qu'ils ressentaient et se mirent d'accord pour attendre la fin du tournage. Ils n'avaient pas été capables d'attendre. Cela se passa à la fin d'une longue journée. Ils étaient dans sa caravane à lui. Des membres de l'équipe les entendirent. Les rumeurs se propagèrent immédiatement. Ils les démentirent. Les rumeurs persistèrent. Ils étaient dans sa caravane à lui, sa caravane à elle, chez lui, chez elle. La presse eut vent des rumeurs, exploita l'angle frère-sœur, bien que jouer un frère et une sœur ne fût qu'un rôle.

Ils étaient à la une des magazines. Ils étaient suivis. On faisait des reportages télé sur eux. Ils n'avaient ni intimité ni paix. Le tournage se termina, il vendit sa maison s'installa chez elle. Les paparazzi les attendaient à leur porte. Se cachaient dans les buissons grimpaient dans leurs arbres les suivaient partout les attendaient partout. Ils quittèrent le pays. Ils les suivirent les attendirent. Ils revinrent. Ils les suivaient attendaient.

Un ami organisa un barbecue pour eux. En réalité, c'était un mariage surprise. La nouvelle se répandit et des hélicoptères survolèrent la cérémonie. Ils ne s'entendirent pas échanger leurs consentements, les fleurs s'envolèrent, ils durent se réfugier à l'intérieur. Elle fut rapidement enceinte. Les magazines le découvrirent, ils étaient de nouveau sur les couvertures, certains, les pires, qualifièrent l'enfant de bébé de l'inceste, même si rien n'était plus faux. Elle allait voir son médecin avec des gardes du corps dans un 4 × 4 noir. Il acheta une moto assez rapide pour les semer. Ils avaient peur de sortir de chez eux.

Elle eut le bébé, une petite fille, dans une aile sécurisée d'un hôpital à la limite de Beverly Hills. Il y avait des gardes aux deux extrémités du couloir, des gardes à sa porte. Quand ils partirent, trois 4 × 4 noirs sortirent du garage à la file, tous avaient des vitres teintées, deux d'entre eux étaient vides.

Il y a une mise à prix pour la première photo de leur enfant. Ils ont entendu dire qu'elle était de cinq cent mille dollars mais ils ne sont pas sûrs. On leur a offert un million pour une séance de photos, ils ont refusé. Ils pensent qu'ils ont choisi de vivre sous le regard du public mais pas leur enfant. Elle a moins d'une semaine. Ils gardent tous leurs stores baissés, ils ne quittent pas la maison.

*
* *

Il habitait une petite ville. Il était petit frêle faible. Il n'aimait pas l'école, détestait le sport. Il passait la plupart de son temps à regarder la télé. Il était fasciné par les gens qu'il y voyait, il rêvait d'ouvrir la boîte pour y entrer, devenir l'un d'eux. Quand il fut assez grand pour comprendre que c'était impossible il rêva de ce que pouvait être leur vie. Sa mère travaillait dans une laverie automatique et son père buvait et la battait. Il passait beaucoup de temps à rêver.

À dix-huit ans il s'en alla. Il monta dans un bus qui allait vers l'ouest et descendit quand il cessa de rouler. Il trouva du travail dans une station de lavage de voitures et commença à essayer de voir certaines des personnes qu'il regardait à la télé. Il explora Hollywood et vit des gosses qui vivaient dans la rue des ivrognes des dealers des gens déguisés en superhéros des flics. Il explora Beverly Hills il vit une star de cinéma un présentateur télé. Il explora Santa Monica, il vit une star de cinéma, un petit rôle dans une série. Il était fasciné par eux, ils ne lui semblaient pas humains. Il avait peur d'eux. Il voulait devenir l'un d'eux.

Il commença à aller aux premières. Il essaya de collectionner des autographes, en obtint quelques-uns. Il attendit à la porte des boîtes, en obtint quelques-uns de plus. Il acheta une carte des maisons des stars et essaya d'attendre devant leurs maisons, la carte était inexacte, personne ne vivait là où elle le signalait. Dans la plupart des endroits où il allait, il y avait des hommes avec des appareils photo qui prenaient des photos des stars, les suivaient souvent. Il se lia avec quelques-uns, ils vendaient leurs photos et en vivaient. Il économisa, s'acheta un appareil photo. Il commença à traîner avec les hommes, à prendre des photos avec eux. Ils l'aidèrent à vendre quelques photos, il gagna assez d'argent pour quitter son boulot.

Ça devient sa vie. Traquer les célébrités, les prendre en photo. Il apprend que ceux qui le font sont répartis, plus ou moins, en deux groupes. L'un des groupes travaille avec les célébrités, essaie de sympathiser, si les stars les laissent prendre des photos, ils leur fichent la paix. L'autre groupe n'en a rien à foutre. Ils pensent que les stars sont des figures publiques, ils ont le droit de les pourchasser. Ils vont où elles vont. Ils prennent des photos de leurs conjoints, leurs enfants. Ils pensent que le prix de la gloire et de la fortune est la perte totale et complète de la vie privée. Si les stars ont le droit de gagner beaucoup d'argent, ils ont le droit d'en gagner sur leur dos. Il commence dans le premier camp, il essaie de sympathiser, d'être accommodant, de laisser du champ aux célébrités en échange de photos. Quelque part il espère, et croit, que l'une d'elles le prendra en amitié, partagera sa vie avec lui, même si l'image qu'il se fait de leur vie est une illusion. Il est maladroit, ses blagues ne sont pas drôles, il en fait trop. Quelques stars, en différentes occasions, réagissent mal, l'insultent, l'un de leurs gardes du corps le menace. Il change de camp. Il n'en a rien à foutre.

Il trouve un associé. Ils décident de faire fifty-fifty. Quand un magazine ou un site désire une photo particulière d'une célébrité, ils travaillent ensemble à l'obtenir. Ils ont une moto, l'un conduit l'autre prend les photos. Ils suivent les célébrités partout. Ils campent devant leurs maisons. Ils vont à leurs mariages, à leurs rendez-vous chez le médecin, leurs déjeuners, leurs dîners. Ils les prennent derrière les fenêtres de leurs maisons, dans leurs jardins, n'importe où, partout. Ils n'en ont rien à foutre. La perte de la vie privée est le prix de la gloire.

Il y a une prime pour la photo de l'enfant. Les parents sont célèbres, et ils ont choisi d'être célèbres, et ils se font des tonnes de blé avec leurs films, et le gosse est une extension des parents. Ils ont leur conscience pour eux. Il est dans un arbre, son associé au pied de l'arbre. Ils se relayent dans l'arbre, se relayent pour aller chercher à manger, recharger les batteries de leurs appareils. Il y a d'autres photographes dans d'autres arbres, et dans les buissons et sur les collines et dans des voitures devant la grille et dans des hélicoptères, mais ce sont eux qui sont les mieux placés. Ils sont arrivés le jour de la naissance du gosse, ils se sont dit que tous les autres seraient à l'hôpital. Ils attendront jusqu'à ce qu'ils prennent la photo. Peu importe combien de temps.

Les ventes stagnent. Il n'y a eu aucune arrestation, aucune séparation, aucune mort, rien pour faire une bonne couverture. La concurrence les talonne, il leur faut une exclusivité. Une exclusivité en couverture fera repartir les ventes, tiendra la concurrence à distance pendant quelques semaines de plus.

Elle a commencé comme pigiste puis elle est devenue journaliste, chef de rubrique mode, chef de rubrique people. Elle est devenue directrice d'un petit magazine qu'elle a fait prospérer. Elle voulait en diriger un important, il y en avait deux ou trois selon le lectorat et le tirage qu'on visait. Quand un poste se libéra elle se présenta, il y avait deux autres candidats. Elle fit des promesses, aucun des autres ne le fit, dit qu'elle avait fait progresser les ventes de ses magazines précédents, qu'elle le ferait de nouveau. Elle obtint le poste.

Elle commença très fort. Elle était agressive et payait bien les informations et les photos. Les ventes progressèrent. Ses concurrents virent ce qu'elle faisait, se mirent à le faire à leur tour. Leurs ventes progressèrent. Et ainsi de suite. Elle dépensa plus voulut faire plus de ventes paya plus.

Les affaires ne sont pas brillantes. Elle a besoin d'une bonne couverture. Elle connaît le couple et leur a proposé sept cent cinquante mille dollars pour leur coopération. Ils ont dit non. Elle leur a fait une nouvelle offre cette fois d'un million, ils ont dit non. Elle a offert une prime. Elle sait que d'autres magazines l'ont fait aussi. Elle a augmenté la sienne elle ira aussi loin qu'il faut. Son mari lui a demandé pourquoi elle avait besoin de faire progresser les ventes. Il lui a demandé si elle était embêtée de faire ça au couple, qui avait toujours été gentil avec elle, lui avait accordé des interviews et des photos, avait été extrêmement coopératif, et sans hésiter elle a dit non.

*
* *

Il s'en veut de l'avoir dit.

Elle regrette d'avoir pris des photos.

Il n'aurait pas dû lui donner le coup de poing.

Elle n'avait pas pu arrêter, elle a essayé, aussi fort qu'elle a pu, elle n'avait pas pu arrêter.

Ils n'auraient pas dû se marier.

Il aurait dû écouter quand les policiers lui ont dit de se calmer.

Elle regrette de n'avoir pas mis de culotte.

Il ne déteste pas vraiment les Noirs.

Elle n'aurait pas dû boire les quatre derniers verres.

Il n'avait pas pu arrêter, il a essayé, aussi fort qu'il a pu, il n'avait pas pu arrêter.

Il ne voulait blesser personne.

Il n'aurait pas dû prendre le volant.

Elle n'aurait pas dû le tromper elle le regrette.

Il ne savait pas que quelqu'un avait une caméra vidéo.

Elle n'avait pas pu arrêter, elle a essayé, aussi fort qu'elle a pu, elle n'avait pas pu arrêter.

Il l'aime toujours.

Elle n'aurait pas dû lui faire confiance.

Il n'aurait pas dû prendre le volant.

Elle aurait dû dire non.

Il le regrette.

Elle le regrette.

Il le regrette.

Elle le regrette.

Il ne déteste pas vraiment les juifs.

Il n'avait pas pu arrêter, il a essayé, aussi fort qu'il a pu, il n'avait pas pu arrêter.

Elle n'a pas cru que ça ferait de la peine à quelqu'un.

Il croyait que c'était sa maison.

Ils n'auraient jamais dû se marier.

Il ne savait pas qu'il était chargé.

Il aurait dû lui demander son âge.

Il n'aurait pas dû toucher le garçon de cette façon.

*
* *

Elle sait qu'à un moment ou à un autre ça va se savoir, que dès que ça se saura sa vie telle qu'elle la connaît sera absolument révolue.

*
* *

Il ne comprend pas pourquoi tout le monde s'y intéresse tant, il veut juste travailler à faire quelque chose qui lui plaît, vivre sa vie et qu'on le laisse tranquille.

*
* *

Il y a ceux qui pensent que toute publicité est bonne. D'autres savent que non.

*
* *

Certains s'en foutent.

*
* *

Certains la cherchent.

*
* *

D'autres vivent de façon à l'éviter.

*
* *

Personne n'y est confronté sans en être changé, personne n'y est confronté sans en sortir sali, personne n'y est confronté sans perdre son innocence, personne n'y est confronté sans perdre sa confiance.

*
* *

Elle a eu son premier rôle à dix ans. Sa mère l'a emmenée à une audition, le réalisateur a pensé qu'elle était parfaite, le studio lui a fait faire un bout d'essai l'a trouvée adorable. Elle a eu le rôle, le public l'a adorée, le film a fait trois cent cinquante millions de dollars.

Sa mère avait été danseuse, travaillait comme secrétaire pour le proviseur d'un lycée, son père était comptable dans une société qui vendait des accessoires pour piscine, il ne rentrait que deux ou trois soirs par semaine, il était toujours soûl. Elle fit un second film fut payée un million de dollars, ses parents devinrent ses managers touchèrent vingt pour cent, ils quittèrent leur travail. Elle fit un album de comptines avec des arrangements rock, il se vendit à deux millions d'exemplaires, elle en fit un autre, trois millions, et ses parents touchèrent leurs vingt pour cent. Elle fit une tournée et faisait salle comble, elle touchait cinquante mille par soirée, ses parents vingt pour cent.

Elle quitta l'école, ses parents engagèrent un précepteur.

Ils achetèrent une plus grande maison dans un plus beau quartier dans leur ville du Middle West. Le père restait à la maison avec leurs trois autres enfants. Il avait du personnel pour l'aider, il ne rentrait que deux ou trois soirs par semaine. Elle s'installa à Los Angeles avec sa mère.

Un nouveau film à succès.

Elle but son premier verre à l'âge de treize ans.

Un autre gros succès.

Fuma de l'herbe à quatorze ans.

Album.

Perdit sa virginité à quinze ans avec un acteur âgé de vingt-quatre ans.

Film.

Elle se faisait entre huit et dix millions de dollars par an, ses parents vingt pour cent.

Tournée.

Sa mère revint chez eux et la laissa avec ses gardes du corps. Le père ne rentrait plus du tout, les autres enfants avaient besoin que quelqu'un reste à la maison avec eux. Cocaïne à seize, meth à seize. Le boulot des gardes du corps était de la protéger, pas de l'élever. Quand ils essayèrent de la contrôler elle leur dit de la laisser tranquille ou ils perdraient leur boulot. L'un d'eux continua d'essayer. Elle appela sa mère, l'homme perdit son boulot.

Les autres abandonnèrent.

Film.

Film.

Il n'y avait pas de règles, pas de conseils. Tous ceux qui l'entouraient dépendaient d'elle. Ils se faisaient du fric quand elle en gagnait. Elle avait dix-sept ans. La responsabilité lui pesait trop. Quand elle essaya de parler à sa mère, sa mère lui dit de continuer à travailler, que le travail la délivrerait de la pression. Quand elle essaya de parler avec son père elle ne put le joindre.

Film.

Elle était suivie partout où elle allait. Par des photographes des reporters des gens qui voulaient l'approcher, passer du temps avec elle. Les gens la flattaient. Lui obtenaient et lui donnaient ce qu'elle voulait, quand elle le voulait. Tout ce qu'elle voulait c'était l'amour. Pas à cause de sa gloire et de son argent mais à cause de ce qui était en elle. Personne ne semblait s'intéresser à ce qui était en elle, quand elle essayait de parler de la confusion de la peur de la fatigue de l'accablement qu'elle ressentait, les gens à qui elle essayait de parler voulaient parler de sa prochaine séance de photos pour un magazine, de son prochain album, de son prochain film. Elle sortait avec des hommes mûrs, tous célèbres. Elle pensait qu'ils pourraient la comprendre l'aider lui donner la sécurité. Ils l'utilisaient pour son corps, jouaient avec elle, la rejetaient quand ils en avaient assez. Quand elle appelait sa mère le cœur brisé, sa mère ne pouvait pas parler parce qu'elle était occupée à travailler sur le prochain contrat, son père n'était pas là, personne ne savait où il était.

Elle buvait, cela la réconfortait. Elle se défonçait, cela la réconfortait. Elle sortait, partout où elle allait les gens l'appelaient prenaient sa photo voulaient être près d'elle avec elle lui offraient des choses des vêtements à manger à boire des bijoux des voitures, cela la réconfortait.

Arrestation à dix-huit ans. Le juge lui colla une amende.

Un film qui ne marcha pas.

Un autre homme.

Ses parents quelque part ses gardes du corps aux ordres ses amis étaient-ce vraiment des amis ? Elle était suivie partout était désorientée terrorisée, personne ne voulait lui dire ce qu'elle était censée faire.

Un album qui se vendit mal.

Une autre arrestation et une cure de désintoxication, on lui donna une suite on ne la traita pas comme les autres patients. Trois heures plus tard elle était sortie elle buvait, son petit ami, un chanteur de vingt-six ans, l'emmena dîner et la ramena chez elle.

Sa mère vint la voir. Sa mère lui dit qu'il fallait qu'elle se calme qu'elle se mette au travail, toute sa famille dépendait d'elle. Sa mère lui dit que son père avait disparu qu'on pensait qu'il était en Floride avec une autre femme qu'elle ne s'attendait pas à avoir de ses nouvelles. Quand elle se mit à pleurer sa mère lui dit de se reprendre, toute la famille dépendait d'elle. Elle avait dix-neuf ans.

Autre film. Autre échec.

Sur les couvertures des magazines dans toutes les rubriques people tous les jours certaines choses étaient vraies mais la plupart ne l'étaient pas, on disait des choses désagréables sur elle, la traitait de tous les noms, se moquait d'elle de sa coiffure de ses vêtements de sa famille de son nom. Elle ne comprenait pas pourquoi, elle ne leur avait jamais rien fait, cela la blessait, lui faisait peur, la déroutait. Elle buvait se défonçait, cela la débarrassait de ses émotions l'abrutissait lui permettait d'oublier lui permettait de se sentir comme les gens normaux. Elle buvait se défonçait, personne n'essayait de l'en empêcher ou de lui dire d'arrêter, qu'elle se faisait du mal.

Autre arrestation.

Autre désintoxication.

Les gros titres qui hurlaient droguée désastre danger ambulant. Sa mère qui hurlait qu'est-ce que tu fais tu es en train de tout foutre en l'air, on a besoin de toi. Son père disparu, peut-être en Floride peut-être au Mexique. Ses amis lui disant qu'elle allait très bien, qu'elle s'amusait juste, que c'était encore une gosse. Perdue blessée terrorisée, elle continue, elle ne peut pas

s'arrêter, elle continue, et elle ne peut pas s'arrêter, elle continue.

Elle a vingt ans.

*
* *

Après la cinquième cure de désintoxication, il
abandonna.

Ses parents virent une publicité pour sa sex-
tape à la télé.

Il ne comprend pas pourquoi quand les autres
font la même chose, personne ne s'en préoccupe.

Elle avait cru les gens quand ils lui disaient
qu'ils seraient à ses côtés et qu'ils la défen-
draient.

Sa carrière venait juste de démarrer.

Trente ans sous le regard du public et ça ne
signifiait rien.

Personne n'essaiera de l'en empêcher parce
que s'ils essaient ils ne pourront plus se faire du
fric sur son dos.

À ce moment, il voulait juste mourir.

À ce moment, il aurait mieux valu qu'elle soit
morte.

Où est tout le monde maintenant ?

C'était censé être un rêve qui se réalise.

En 1990, la population de Los Angeles dépasse les dix millions d'habitants.

Dylan prend son jour de congé, lui et Maddie s'offrent une journée de lune de miel. Ils prennent le bus jusqu'à Santa Monica pique-niquent sur la plage et vont sur la digue manger des glaces, il prend une boule menthe avec des copeaux de chocolat, elle deux, fraise vanille, elle mange mange pour deux. Une fois les cornets terminés ils se rendent au bout de la jetée, il y a des manèges et des stands, Dylan veut gagner un ours en peluche pour le bébé. Il essaie avec un pistolet à eau, pas de chance, il essaie le lancer d'anneaux, pas de chance, il s'essaie au basket, deux paniers sur trois GAGNÉ ! Au troisième essai il réussit. Un gros nounours brun avec le maillot d'une équipe de basket-ball de L.A. GAGNÉ !

Ils quittent la jetée vont sur la promenade de la Troisième Rue, cinq pâtés de maisons et de commerces de luxe, la rue a été pavée et interdite aux voitures, elle est bordée de boutiques qui vendent du parfum et des bijoux, elle est bordée de bancs de lampadaires et de palmiers. Ils regardent les vitrines des magasins de vêtements, des magasins de meubles, ils passent devant des terrasses de café bondées. Ils entrent dans un magasin de jouets regarder les jouets, un jour peut-être, ils entrent dans un magasin pour nouveau-nés, ils regardent les couffins, les berceaux, les tables à langer, les fauteuils à bascule, les édredons qui coûtent ce que Dylan gagne en une semaine, voire plus.

Ils sortent marchent main dans la main sur la promenade, il y a d'autres familles tout autour d'eux, elles ont deux ou trois jeunes enfants. Maddie les regarde puis sourit à Dylan, il lui presse la main, peut-être un jour. Ils retournent à l'arrêt d'autobus attendent, le soleil commence à descendre, ils sont fatigués. Dylan s'assied sur un banc, Maddie se met sur ses genoux, se penche et l'embrasse un long moment, encore, encore, se redresse, sourit.

Il parle.

Pourquoi ?

Elle parle.

Parce que je t'aime.

Moi aussi je t'aime.

Tout ira bien.

Il sourit.

Ouais.

On est venus ici et on s'est fait une vie à nous et tout ira bien.

Sourit de nouveau.

Je t'avais dit qu'on y arriverait.

Merci.

On l'a fait tous les deux.

C'est toi. Si tu ne m'avais pas forcée je ne serais jamais partie. Et je m'en serais voulu pour le restant de mes jours.

Je ne l'aurais jamais fait si tu n'avais pas été dans ma vie. Moi aussi je serais resté.

Pour la première fois de ma vie je suis heureuse.

Bien.

Je t'aime.

Moi aussi je t'aime.

Le bus arrive ils montent et s'asseyent. Dylan s'installe près d'une fenêtre, Maddie s'assied à côté de lui et serre sa main dans les siennes, pose la tête sur son épaule dit de nouveau je t'aime, le dit encore. Le trajet prend une demi-heure, Dylan regarde par la fenêtre la ville qui défile, stations-service mini-centres commerciaux fast-foods, pâtés de maisons d'un étage de style espagnol pâtés d'immeubles à un ou deux étages. Quand le bus arrive à destination Maddie dort, Dylan la secoue doucement, elle sourit répète ce qu'il dit nous sommes chez nous, nous sommes chez nous.

Ils descendent parcourent main dans la main les trois rues qui les séparent de leur immeuble. Ils montent l'escalier jusqu'à leur étage entrent dans leur appartement. Maddie dit qu'elle est fatiguée qu'elle va dormir, Dylan veut regarder la télé. Maddie entre dans la chambre, se met en pyjama va dans la salle de bains commence à se laver la figure. Dylan trouve un match de foot, une équipe de San Francisco joue contre une équipe de New York pour accéder à la série éliminatoire.

On frappe à la porte. Dylan se tourne vers la salle de bains, parle fort.

Tu attends quelqu'un ?

Maddie passe la tête à la porte, parle.

Non.

Je vais voir qui c'est ?

Pourquoi pas.

Dylan se lève va à la porte regarde par l'œilleton. Un homme d'une quarantaine d'années portant une chemise à col boutonné se tient devant la porte, sa tête lui dit vaguement quelque chose bien qu'il ne sache pas pourquoi. L'homme frappe de nouveau, Dylan le regarde par l'œilleton essaie de se souvenir. L'homme frappe de nouveau, cette fois-ci plus fort. Dylan parle.

Qui est là ?

L'homme jette un regard rapide dans le couloir, parle.

J'ai besoin de vous parler.

Pourquoi ?

Vous travaillez au golf, non ?

Pourquoi vous avez besoin de me parler ?

Maddie passe de nouveau la tête à la porte, parle.

C'est qui ?

Dylan la regarde, hausse les épaules, secoue la tête. L'homme parle de nouveau.

J'ai besoin de votre aide, s'il vous plaît.

Dylan regarde Maddie, qui hausse les épaules. Comme il regarde de nouveau dans l'œilleton, et commence à déverrouiller la porte, il voit l'homme s'effacer. Quelqu'un se met devant l'homme, l'œilleton devient noir. Dylan essaie de verrouiller la porte, elle s'ouvre brutalement. Il est rejeté en arrière, trois hommes tous grands et forts, tatoués, l'un d'eux a une barbe, se précipitent dans la pièce. L'un d'eux pousse Dylan contre le mur, met son avant-bras contre le cou de Dylan, un autre se retourne pour verrouiller la porte, le troisième se précipite dans la chambre. Tous portent un jean des bottes de moto un T-shirt un blouson de cuir. Celui qui a fermé la porte se retourne, sort un fusil à canon scié de son blouson, parle.

Tu bouges et tu es mort.

Celui qui s'est précipité dans la chambre en ressort avec Maddie. Il la porte, un bras sur ses deux bras et sa poitrine, une main sur sa bouche. Elle se débat, donne des coups de pied. L'homme au fusil se tourne vers elle.

Calme-toi, salope, ou je te descends.

Elle cesse de se débattre. Ses yeux sont grands ouverts, elle est terrifiée. L'homme au fusil désigne une chaise près de la table. L'homme porte Maddie jusqu'à la chaise, la force à s'asseoir, commence à la ligoter avec du scotch. L'homme au fusil se retourne vers Dylan, qui est toujours immobilisé contre le mur. Il fait un signe à l'homme qui le tient, l'homme recule. L'homme au fusil parle de nouveau.

Tu sais pourquoi on est là ?

Non.

Tu es sûr ?

Je ne sais pas.

Tu as pris quelque chose à un ami à nous.

Dylan secoue la tête.

Non.

L'homme termine de ligoter Maddie à la chaise. Ses bras sont ligotés, ses jambes sont ligotées, elle a aussi du scotch sur la bouche. L'homme au fusil désigne la chambre, les deux hommes s'y dirigent, entrent, commencent à la fouiller. L'homme au fusil se retourne vers Dylan, le regarde un instant, le frappe au visage avec la crosse du fusil. Son nez se brise instantanément, le sang gicle contre le mur, il tombe à genoux le visage dans les mains. L'homme lui tire les cheveux d'une main, tient le fusil de l'autre. Il rejette la tête de Dylan en arrière. Maddie a les yeux grands ouverts, elle tremble. L'homme pose le canon du fusil contre le visage de Dylan.

Il y a de l'argent qui a disparu dans le garage d'un ami. Il n'y a que toi qui peux l'avoir pris. Il veut le récupérer.

Dylan parle à travers le sang.

Je l'ai pas.

L'homme rejette de nouveau la tête de Dylan en arrière, lui enfonce le canon de son fusil dans la bouche.

Où est-il ?

Les hommes sont en train de mettre la chambre à sac.

Je l'ai pas.

L'homme tire Dylan par les cheveux jusqu'à Maddie, parle.

À genoux.

Dylan se met à genoux. L'homme parle.

Ça fait des mois qu'on te cherche. Quelqu'un qui est en contact avec nous t'a vu sur ce putain de golf. Ça fait deux semaines qu'on te surveille. On sait que cette pute est enceinte.

Il pose le canon du fusil sur le ventre de Maddie. Tu veux que je les tue tous les deux ?

Dylan regarde Maddie, il saigne, tremble de peur, elle le regarde essaie de dire quelque chose à travers le scotch, ses larmes commencent à couler. Dylan parle.

On n'a pas votre argent. Je le jure.

Les deux hommes sortent de la chambre. L'homme au fusil se tourne vers eux. L'un tient l'enveloppe contenant l'argent du mariage de Dylan et Maddie. Il parle.

Quatre ou cinq cents dollars.

L'homme au fusil se retourne vers Dylan, parle.

T'as pas notre blé ?

C'est les gars avec qui je travaille qui nous l'ont donné. C'est les pourboires qu'ils ont eus le jour de notre mariage. C'est notre cadeau de mariage. Je vous jure, je vous en prie, je vous le jure.

L'homme donne un coup de pied dans le visage de Dylan, du sang et des dents giclent de sa bouche. Il s'affaisse par terre, assommé. L'homme se retourne vers les deux autres.

Mettez-le dans la camionnette.

Ils s'avancent, le saisissent sous les bras, commencent à le traîner en direction de la porte. Une fois arrivés, l'un d'eux la déverrouille, l'ouvre. L'homme qui a frappé à la porte est dans le couloir, les deux autres disparaissent avec Dylan, il les suit. L'homme au fusil regarde Maddie, qui essaie de détourner le regard. Il met le canon du fusil sous son menton, le soulève, l'oblige à le regarder. Il parle.

Si tu n'étais pas enceinte et si j'avais plus de temps, je te baiserais. Malheureusement, les choses sont ce qu'elles sont. Si tu appelles la police, ou si tu essaies de l'aider, je reviendrai je t'ouvrirai le ventre au couteau après je te tuerai.

Il la fixe.

Tu piges ?

Elle tremble, pleure. Elle hoche la tête.

Bien.

Il tourne les talons et s'en va.

En 1991, quatre policiers blancs sont filmés en train de frapper un automobiliste noir à coups de matraque après qu'il a résisté à l'arrestation et a essayé de s'emparer de l'une de leurs armes à l'issue d'une course-poursuite. Le film est diffusé par les médias du monde entier. En 1992, les policiers sont jugés pour usage excessif de la force et acquittés par un jury à majorité blanche. Le jour du verdict, des émeutes éclatent dans la ville de Los Angeles. Les émeutes durent quatre jours. Il y a cinquante-cinq morts, trois mille blessés, plus de sept mille incendies, et trois mille cinq cents commerces sont détruits. Il y a plus de un milliard de dollars de dégâts.

Vieux Joe passe trois jours assis à côté de la benne derrière le marchand de vin à boire du Thunderbird manger du bœuf mariné en tranches, à vomir et courir aux toilettes. Il s'en va quand le propriétaire, qu'il connaît depuis des années, lui dit qu'il va appeler la police.

Il s'en va, il ne veut être vu par personne de sa connaissance, il se dirige vers une autre poubelle, à une rue de là côté ville, elle est derrière un chantier, deux vieux bungalows de Venice sont détruits pour être remplacés par un immeuble de lofts en verre et acier. À la nuit tombée, il retourne dans ses toilettes, personne ne le voit. Il se lave et se brosse les dents. Il change de vêtements.

Il entre dans Santa Monica. Il longe Ocean Avenue à une rue du Pacifique. C'est juste avant l'aube, rue vide, lampadaires projetant des cercles de lumière sur le goudron palmiers immobiles parking désert, un seul son, celui des vagues qui roulent, une seule odeur, celle du sel venant de la mer. Il marche quelques kilomètres s'assied sur un banc. Le soleil se lève, il le regarde, il ne lui apporte ni beauté ni joie ni paix. Quand il se sent prêt il se lève se remet à marcher, la rue monte légèrement tandis que la plage fait place à la falaise. Il prend de nouveau la direction de l'intérieur parcourt encore deux kilomètres voit la queue avant de voir le bâtiment, trois ou quatre cents hommes femmes enfants sans-abri forment une ligne qui contourne le pâté de maisons en espérant entrer et prendre un petit déjeuner.

Il se met à la queue, elle avance lentement. Beaucoup de ceux qui sont dedans semblent se connaître, ils parlent de leur santé, de là où ils ont dormi, des bonnes poubelles, de nouveaux endroits pour dormir, de qui a disparu, de qui a été arrêté, de qui est mort. Vieux Joe ne parle avec personne, se contente de fixer le trottoir, avance. Quatre-vingt-dix minutes plus tard il pénètre dans le bâtiment, on lui donne une petite boîte de céréales un petit carton de lait une pomme un café léger dans un gobelet en carton, il est chaud et bon. Il mange rejoint une autre queue devant une porte marquée assistante sociale. La queue est beaucoup beaucoup moins longue, vingt ou trente personnes, mais avance beaucoup plus lentement. Trois heures plus tard il entre dans un petit bureau en désordre, une Afro-Américaine est assise face à lui. Elle parle.

Que puis-je faire pour vous ?

Il parle.

J'essaie de trouver un ami.

Ça peut être difficile. Qui est cet ami ?

C'était un sans-abri qui vivait sur la promenade à Venice. Il est mort il y a quelques jours.

Il est probablement à la morgue du comté.

673

Ouais, c'est ce que je pensais. Je veux aller le voir.

Vous êtes parent ?

Non.

Alors ce n'est probablement pas possible.

Pourquoi ?

Il n'y a que les parents qui ont le droit de voir les corps, et seulement s'ils viennent les chercher.

Il faut que je le voie.

Pourquoi ?

Parce que c'est ma faute s'il est mort.

Pourquoi dites-vous ça ?

Vous avez entendu parler du meurtre ?

Oui.

C'était ma faute.

C'est vous qui avez tiré ?

Non.

Vous étiez avec celui qui a tiré ?

Non. J'étais avec mon ami.

Quand il a été tué ?

Oui.

C'est la personne qui a tiré qui est responsable.

Il faut que je le voie.

Comment s'appelait-il ?

Limonade.

Quel était son nom véritable ?

Aucune idée.

Depuis combien de temps vivait-il dans la rue ?

Longtemps.

Vous savez d'où il venait, ou ce qu'il faisait avant de vivre dans la rue ?

Non.

Vous ne pouvez pas le voir.

Je vous en prie.

Je n'y peux rien. C'est la loi.

Et si je dis que je suis un parent ?

Si vous ne savez pas son nom ni rien à son sujet, ça ne marchera pas.

Qu'est-ce qui va lui arriver ?

On va le garder quatre-vingt-dix jours. On va essayer de l'identifier. Si on n'y arrive pas, et que personne ne le réclame, on brûlera le corps. On garde les cendres pendant quatre ans et, si personne ne les réclame, elles iront dans une fosse avec celles des corps qui n'ont pas été réclamés à la morgue cette année-là.

Ils les mettent tous ensemble ?

Oui.

Il n'y a pas une pierre tombale ni rien ?

Juste une plaque avec l'année de leur mort sur la fosse.

Il mérite mieux que ça.

J'en suis sûre.

Il faut que je lui parle.

Je suis désolée.

Il faut que je lui parle.

Je suis désolée.

Joe se met à pleurer.

Il faut que je lui parle. Il faut que...

Il craque sanglote. La femme le regarde. Il met son visage dans ses mains et sanglote de manière incontrôlée sanglote. Il y a une chaise à côté de lui, la femme se lève fait le tour du bureau s'assied pose la main sur son épaule, elle dit je suis désolée il sanglote, elle pose l'autre main sur son autre épaule dit je suis désolée, il sanglote, elle le prend dans ses bras dit je suis désolée, il sanglote. Quand il cesse de sangloter, elle se détache, il y a de la morve et des larmes sur sa figure, il les essuie la regarde et parle.

Qu'est-ce que je fais ?

Vous voulez me dire ce que vous vouliez lui dire ?

Pourquoi faire ça ?

Parfois ça fait du bien juste de le dire, même si vous ne pouvez pas le dire à celui à qui vous voulez le dire.

Juste faire semblant ?

Non, juste le dire. Tout comme vous le feriez s'il était là.

Joe baisse les yeux, les relève.

J'ai trente-neuf ans. Je sais que j'ai l'air d'en avoir quatre-vingts mais je ne les ai pas. Un jour je me suis réveillé comme ça, comme si j'avais vieilli de quarante ans du jour au lendemain. Je ne sais pas pourquoi, c'est arrivé c'est tout. Depuis ce jour j'attends de connaître la réponse au pourquoi. Je me suis dit que peut-être Dieu m'envoyait une sorte de signal ou quelque chose, ou que ce qui était arrivé était une sorte d'appel, ou signifiait que j'étais censé faire quelque chose de ma vie à part boire et mendier. Chaque jour je me réveillais en pensant et en espérant que c'était enfin le jour où ça me serait révélé, et que j'allais faire quelque chose qui me réconcilierait avec moi-même, ou me donnerait l'idée que j'étais quelqu'un de bien qui avait fait quelque chose de sa vie. Alors quand j'ai trouvé cette fille, cette gosse, derrière une poubelle, elle avait été tabassée elle était paumée, j'ai pensé que si je la sauvais ou que je l'aidais à se sortir de la rue, alors peut-être que j'aurais ma réponse. Et j'ai essayé. J'ai essayé de faire quelque chose de bien. Et je n'ai pas réussi. Alors je t'ai demandé de m'aider à toi et à nos autres amis. Et tout ce qui s'est passé c'est que tu t'es fait tuer. Sans raison. Sans putain de raison. Et tu étais la meilleure personne que j'aie rencontrée dans la rue. Toujours content, toujours gentil avec tout le monde, toujours prêt à aider. Et pas parce que tu pensais que tu y gagnerais quelque chose, mais juste parce que c'était comme ça que tu étais. Et tu m'as aidé, et je t'ai fait tuer, et je suis désolé. Je suis si foutrement désolé. J'ai pris ta vie et je l'ai gâchée pour rien. Parce que je veux une réponse à une putain de question qui n'a pas de réponse. Pourquoi ? Pourquoi ? Personne ne sait pourquoi ? Les gens qui disent qu'ils connaissent les réponses savent que dalle parce qu'il n'y a pas de réponse. La vie est juste ce qu'elle est et vous pouvez essayer de la changer ou vous pouvez la laisser comme elle est, mais il n'y a pas de pourquoi, il n'y en a pas, et je suis si foutrement désolé, je suis si désolé.

Joe se remet à pleurer, baisse la tête, pleure. La femme pose les mains sur ses épaules et attend une minute et il s'arrête, il relève la tête, elle parle.

Ça va mieux ?

Je ne sais pas.

Je pense que si, même si vous ne le savez pas.

Je suppose qu'on verra.

Je peux vous être utile à autre chose ?

Non.

Revenez si vous pouvez.

Je reviendrai. Merci.

Joe se lève, la femme se lève. Elle le serre dans ses bras, ça lui fait du bien, beaucoup plus que quoi que ce soit d'autre depuis ces derniers jours, il la serre jusqu'à ce qu'elle se détache de lui. Elle recule, ouvre la porte, il dit encore merci, quitte le bureau traverse la salle, quand il arrive à la sortie il y a quelqu'un d'autre dans le bureau.

Il s'en va, prend la direction de la promenade. C'est le début de l'après-midi, il est fatigué. Il s'arrête toutes les vingt ou trente minutes, s'assied une heure. Quand il est proche de la mer il rejoint la piste cyclable de Santa Monica qui devient la promenade quand elle arrive à Venice et il commence à se diriger vers le sud. À la jonction de Santa Monica avec Venice elle change immédiatement. Le revêtement est moins bon, les poubelles débordent, il y a des ordures au bord du béton. Joe rit tout seul, quelque agréable que soit Santa Monica, il trouve que la vie est plus intéressante avec un peu d'ordures. Il se dirige vers une poubelle, y prend un gobelet de soda en provenance d'un restaurant de hamburgers, et il le jette de l'autre côté de la frontière. Il atterrit au milieu de la piste cyclable. Il rit tourne les talons continue à marcher.

Il avance sur le sable jusqu'au bord de l'océan. Il enlève ses chaussures ses chaussettes, les ramasse, marche dans quelques centimètres d'eau. Le soleil s'est couché, il fait nuit, le froid de l'eau lui rafraîchit les pieds les chevilles, lui procure une sensation de légèreté, de vie. À environ une centaine de mètres du restaurant de tacos où se trouvent ses toilettes, il s'arrête se déshabille et se met à entrer dans les vagues, elles le renversent. Il ne prend pas la peine de se relever, il reste assis dans soixante centimètres d'eau laisse les vagues le frapper lui rouler dessus, toutes les quinze secondes une autre arrive, parfois elles le submergent complètement parfois elles le frappent à hauteur du cou parfois de la poitrine. L'eau est froide, le Pacifique à L.A. n'est jamais vraiment chaud. Le sel est puissant dans sa bouche son nez ses oreilles.

Il commence à grelotter. C'est peut-être parce qu'il a froid, c'est peut-être le manque d'alcool. Il sort se rhabille ramasse ses chaussures se dirige vers la promenade. Alors qu'il marche vers le portique près de Muscle Beach il voit quatre hommes assis en cercle qui se passent une bouteille. En approchant il distingue Vilain Tom, Al de Denver, Tito et Bonbons. Tom le voit, parle.

Tu étais où le Vieux ?

Dans le coin.

Al parle.

Où dans le coin ?

Derrière le débit de boissons.

Vilain Tom parle.

Ohoh.

Ouais.

Joe voit qu'ils se passent une bouteille. Il s'assied, parle.

Qu'est-ce qu'on fête ?

Bonbons parle.

Ils ont attrapé ces enculés.

Où ?

Al parle.

Ils étaient à Santa Monica. Sous la digue.

Ils sont en taule ?

Tom parle.

Probablement pour le restant de leurs jours.

Et la fille ?

Tito parle.

En fait elle était du coin. Son père est un producteur de télé plein aux as qui habite à Sherman Oaks, elle venait ici une ou deux nuits par semaine. Elle n'a que quatorze ans. Ils vont probablement la relâcher.

Joe secoue la tête.

Faut vraiment être dérangé.

La bouteille, un bourbon correct et puissant, arrive à lui.

Bonbons.

Bois un coup, Joe.

Joe prend la bouteille, avale une longue gorgée, frissonne. Il la tend à Al, qui est assis à côté de lui. Al la saisit, parle.

On s'est cotisés pour la bouteille. Par respect pour Limon, et pour lui montrer qu'on pense à lui, avant de boire un coup on dit un truc qu'il aurait dit. Bienvenue à la fête, Joe. C'est la meilleure de l'année.

Al boit passe à Vilain Tom, qui parle.

C'est une sacrée nuit. Chaude silencieuse et calme. Je ne pense pas qu'il y ait un meilleur endroit sur terre.

Boit passe à Bonbons, qui parle.

Jamais rien bu de meilleur. On dirait qu'il a été fait avec une eau spéciale.

Boit passe à Tito, qui parle.

Aux bons amis, les meilleurs amis.

Boit passe à Joe. Il la brandit, parle.

À une bonne vie, la meilleure vie.

Il prend une longue gorgée, frissonne.

En 1993, environ quarante ans après la fermeture du réseau ferré de Los Angeles, époque pendant laquelle elle est devenue la ville la plus congestionnée d'Amérique, une nouvelle ligne de métro, appelée la ligne Rouge, est inaugurée.

Amberton signe immédiatement les documents de la transaction. Son conseiller financier fait transférer les fonds une heure plus tard. Kevin donne sa démission à l'agence et va dîner avec sa mère et sa petite amie. Tout le monde signe des accords de confidentialité bétonnés. Le reporter reçoit un appel de l'un des avocats d'Amberton le prévenant que s'il écrit quoi que ce soit insinuant quelque sorte de relation homosexuelle ou de procès potentiel pour harcèlement sexuel il sera poursuivi pour diffamation. Gordon et les autres agents de l'équipe d'Amberton se mettent à la recherche d'un film à gros budget qui ait besoin d'une superstar.

Amberton passe trois jours dans la chambre de Casey. Il dort la plupart du temps. Quand il est réveillé, il pleure et regarde la télé. Il refuse de manger et perd trois kilos. Il refuse de se laver de se brosser les dents.

Le quatrième jour Casey amène leurs enfants. Ils lui demandent ce qu'il a. C'est une tactique que Casey n'utilise qu'en dernier recours et qui fonctionne toujours. Amberton se lève, mange un bol de céréales prend une douche et se lave les dents.

Ils décident d'aller à Hawaï. Ils retirent les enfants de l'école. Ils louent une propriété à Kauai, y vont en jet privé. La propriété est louée avec deux serviteurs un chef des jardiniers une masseuse. Il y a trois maisons sur la propriété. Amberton, Casey et la petite amie de Casey en occupent une. Ils en gardent une vide au cas où ils auraient des invités. Les enfants et leurs gouvernantes sont dans la troisième.

Ils passent leurs journées sur la plage, dans la mer. Ils louent les services d'un moniteur de surf, ils arrivent tous à tenir debout après quelques jours. Ils apprécient le moniteur et décident de le garder pour la durée de leur séjour. Amberton songe à essayer de coucher avec lui, se demande s'il acceptera, et sinon s'il le fera pour de l'argent.

Le soir tous dînent sur une terrasse à la limite de la plage. Amberton essaie de prendre du poids, presque tous les soirs il ne se fait pas vomir. Après le dîner Casey et Amberton raccompagnent les enfants et leurs gouvernantes jusqu'à leur maison et mettent les enfants au lit. Casey retourne dans sa chambre avec sa petite amie. Amberton va à la salle de projection regarder un film ou dans sa chambre lire des magazines.

Les scénarios commencent à arriver, ils sont accompagnés de propositions. Elles sont généralement de 20/20, vingt millions de dollars avec vingt pour cent des recettes brutes au premier dollar. Il y a généralement des lettres avec les scénarios, soit du réalisateur ou des producteurs ou des deux, les lettres expliquent pourquoi ils aiment Amberton, pourquoi ils le veulent pour le rôle qu'ils lui proposent, pourquoi ils pensent que le film sera le plus gros succès de l'histoire, et pourquoi ils auront le cœur brisé s'il n'accepte pas le rôle. Amberton adore les lettres. Il a accepté des rôles par le passé uniquement sur la foi des lettres sans lire les scénarios. Il colle les meilleures sur le miroir de sa salle de bains, et les lit pendant qu'il se prépare à aller à la plage. Après quinze ou vingt scénarios, incluant des rôles tels qu'un agent de la CIA dont la famille a été enlevée, un médecin qui, après un accident avec un appareil à rayons X, a le pouvoir de guérir par l'imposition des mains, un flic drogué que la pègre locale fait chanter, et un super héros nommé La Chenille, Gordon l'appelle, lui dit qu'il faut qu'il prenne une décision. Amberton demande à Gordon quel film fera le plus d'argent et sera le plus rapide à tourner. Gordon lui dit que c'est probablement le film de l'inspecteur qui souffre d'une maladie rare et se fait enfermer dans le sous-sol de la maison d'un dealer, qui se révèle hantée, et où l'inspecteur doit affronter le dealer, ses acolytes, et les revenants, afin de se libérer à temps pour arriver chez son médecin qui doit lui administrer le remède qui le sauve. Amberton lui dit d'accepter l'offre et de le rappeler quand il connaîtra la date du tournage. Deux jours plus tard il reçoit l'appel, il doit être de retour dans trois semaines pour les répétitions et les essayages. Il va voir Casey, elle appelle les gouvernantes et leur demande de téléphoner à l'école des enfants pour leur dire qu'ils reviennent. Il sait qu'il doit être en forme pour le film et il retourne dans sa chambre faire des pompes.

En 1994, O.J. Simpson, star de foot afro-américaine, est arrêté pour les meurtres de son ex-femme Nicole Brown-Simpson et de Ronald Goldman après avoir été poursuivi par cinquante voitures de la LAPD. Il est acquitté en dépit de preuves accablantes, par un jury à majorité afro-américaine. Il n'y a pas d'émeutes à la suite du verdict.

La première fois que Doug est venu voir Esperanza, elle lui a demandé de partir, il a dit okay a tourné les talons a quitté le magasin. Les collègues d'Esperanza ont toutes voulu savoir qui c'était ce qu'il voulait pourquoi elle l'avait renvoyé, elle n'a pas voulu le leur dire. Il revient le lendemain elle le renvoie encore. Même chose le jour suivant. Il revient tous les jours pendant deux semaines, même chose. Les femmes pensent qu'Esperanza est folle. Un garçon blanc sympathique, poli, légèrement rondouillard, à l'air friqué, vient pour arranger les choses et tu ne lui parles pas, c'est totalement dingue. Elle refuse de s'expliquer. Il cesse de venir.

C'est la fin de l'année universitaire, elle décide de ne pas suivre les cours d'été. Elle hésite à s'inscrire dans une université avec un cursus de quatre ans sans avoir une idée précise de ce qu'elle veut faire, elle veut prendre le temps d'y réfléchir. Elle rencontre des membres de Talk and Tequila essaie de se renseigner sur leurs métiers, conseiller financier, responsable marketing, promoteur immobilier. Elle rencontre un producteur qui travaille pour une chaîne en langue espagnole, visite les studios. Elle rencontre un vétérinaire, passe la journée dans un centre d'hébergement pour chiens. Elle rencontre un conseiller en politique, va avec lui à un débat. Elle donne des cours d'anglais à des immigrés deux fois par semaine, peut-être deviendra-t-elle professeur peut-être pas, elle ne sait pas.

Quand elle ne fait rien, elle aide sa mère ou ses cousines ou ses tantes et ses oncles dans la maison, elle se sent plus attachée à celle-ci, à sa famille, elle sait que si quelque chose leur arrivait, la maison lui reviendrait et qu'elle serait responsable de ceux qui y habitent. Presque tous les jours elle court ou fait des exercices, non pas dans l'espoir d'améliorer son apparence ou de réduire la taille de ses cuisses, elle les a acceptées et sait qu'elles ne changeront pas, mais parce que grâce à ça elle se sent plus forte en bonne santé. De temps à autre elle sort avec un homme, un film, un dîner, un samedi après-midi dans le parc, elle sort à quatre reprises avec un policier et l'embrasse, mais en pensant à Doug, et ça ne lui fait pas la même chose que quand elle l'embrassait lui. Elle se demande où il est, ce qu'il fait, elle se demande si elle a fait une erreur en ne lui parlant pas, en refusant d'écouter ce qu'il avait à lui dire.

L'été passe lentement. Le mois d'août est étouffant, il ne pleut jamais la plupart du temps il fait plus de trente-cinq, parfois jusqu'à quarante. Les gens font leurs courses le matin avant que le soleil ne soit chaud et brûlant, il n'y a presque personne le soir. Une des femmes s'en va pour travailler comme secrétaire à la municipalité. Une autre commence, mais elle se fait prendre à voler des téléphones sans fil et à les revendre, elle se fait arrêter. Une autre commence, mais elle se fait virer parce qu'elle fait deux pauses cigarette par heure, quand Esperanza lui dit qu'elle ne peut pas prendre autant de pauses elle dit va te faire foutre, je suis accro, j'ai besoin de mes clopes. Ils décident de ne plus engager personne, les trois femmes, Esperanza une Afro-Américaine et une Mexicano-Américaine, peuvent facilement s'occuper de tous les clients. Vers la fin du mois d'août, à la fin d'une soirée calme, la porte s'ouvre, les deux femmes lèvent la tête, Doug entre. Il semble échevelé, on dirait qu'il a bu. Une femme siffle, l'autre rit dit le petit Blanc est de retour. Il se dirige droit vers le comptoir, regarde Esperanza, parle.

Il faut que je te parle.

Elle parle.

Tu as bu ?

Oui.

Je ne parlerai pas avec toi si tu es soûl.

Je ne suis pas soûl. J'ai le trac. Il a fallu que je boive un verre ou deux ou trois pour pouvoir venir te dire ce que j'ai à te dire.

Ils se fixent. Les femmes les surveillent. Un instant, deux, ils se fixent. Les femmes échangent des regards, les observent. Une d'elles parle.

Vide ton sac, petit Blanc, on attend.

Il fixe Esperanza, prend une grande inspiration.

Je t'aime. Tu me manques. Quand tu es partie de chez ma mère, je suis parti. J'ai pris mes affaires et je suis allé vivre dans le sous-sol de l'appartement d'un ami avant de trouver un appartement. Dès que j'ai été installé, je me suis mis à ta recherche. Tu ne m'as jamais dit ton nom de famille, tu ne m'as jamais dit où tu habitais. Je ne savais pas où aller ni comment te trouver. J'ai engagé un détective et passé tout mon temps libre à sillonner East L.A. dans l'espoir de te trouver quelque part. J'imaginais toujours que je te verrais marcher dans la rue et que je bondirais de ma voiture et que tu me verrais et que tu courrais à ma rencontre et qu'on s'embrasserait et que tout reprendrait là où on s'était arrêtés. Ça serait comme un film hollywoodien avec un dénouement heureux et nous vivrions heureux et nous aurions beaucoup d'enfants. Ça ne s'est pas passé comme ça. Le détective t'a retrouvée grâce à une femme qui prenait le bus avec toi. Quand il m'a appris où tu étais et ce que tu faisais, j'ai essayé de réfléchir à ce que je te dirais. J'avais tout répété et j'étais prêt la première fois que je suis venu, mais quand je t'ai vue, j'ai été tétanisé, et quand tu m'as dit de m'en aller, j'étais trop bouleversé pour faire autre chose que de t'obéir. Et ça a été pareil tous les soirs. Je venais, prêt à te dire ce que j'avais à te dire, et tu me disais de m'en aller et j'étais trop bouleversé et je ressortais. Je croyais qu'un jour tu me demanderais ce que je voulais, mais tu ne l'as jamais fait, alors j'ai abandonné. J'ai cru que le fait que tu me rejettes m'aiderait à t'oublier, mais non. Tous les jours, toute la journée, je ne fais que penser à toi et me détester de n'avoir pas le courage de te dire ce que je veux te dire. Alors cette fois-ci j'ai bu un verre ou deux ou trois et je ne partirai pas avant de dire ce que j'ai à dire.

Il respire un grand coup.

Je t'aime. Tu me manques. Tu es la plus belle femme que j'aie jamais vue, intérieurement et extérieurement et de toutes les manières, et si tu es si belle c'est parce que tu n'as aucune idée de à quel point tu es belle. Je ne peux pas vivre sans toi. Je ne veux pas vivre sans toi. Je me fous de ma mère et de ma famille ou de vivre une vie où tu ne serais pas. J'aurais dû courir après toi quand tu es partie, mais j'avais peur et je ne savais pas quoi faire. Si je pouvais le refaire je courrais après toi et je ne te laisserais jamais partir, jamais, jamais. Je veux que tu me donnes une nouvelle chance. Je veux que tu nous donnes une nouvelle chance. Je sais que tu as ressenti la même chose que moi quand nous étions ensemble et je veux que tu me donnes une nouvelle chance. Je t'en prie. Je jure que je ne te quitterai plus jamais, et que je te défendrai toujours, et que je ne laisserai personne te traiter comme elle l'a fait. Je t'en prie. Je t'aime et tu me manques.

Il la fixe, elle le fixe. Les deux femmes échangent un regard, elles hochent la tête, elles sont impressionnées. Esperanza sourit, parle.

Je m'appelle Hernandez.

Il sourit.

Je sais.

Et j'habite East Los Angeles.

Il sourit.

Je sais.

Elle sourit.

Et toi aussi tu m'as manqué.

En 1997, après un lobbying intense de la part des industries de l'automobile et du pétrole, le Congrès réduit les fonds destinés à la Régie métropolitaine des transports de Los Angeles pour développer la construction du nouveau métro.

Il avait une femme. Il avait trois enfants. Il avait un bon travail une maison la considération de ses voisins. Il avait une vie un nom.

Il eut un accident. Ce n'était pas sa faute, un véhicule lui était rentré dedans par-derrière alors qu'il revenait du travail. Il était sur un pont, sa voiture fut projetée dans le vide, elle se retourna, elle atterrit sur le toit. Il survécut par miracle.

Il demeura huit mois dans le coma. Quand il en sortit il était différent. Il quitta l'hôpital dès qu'il put marcher. On le ramena. Il partit de nouveau. On le rattrapa, il s'en alla de nouveau.

Quand il rentra chez lui, il était perdu. Il ne reconnut pas ses enfants, il n'en voulait pas. Il ne reconnut pas sa femme, il ne voulait pas la connaître. Il s'en alla, on le ramena. Il s'en alla de nouveau, on le ramena, on espérait qu'il changerait. Il s'en alla, on le ramena. Il s'en alla de nouveau, on ne le retint pas.

Cela fait plusieurs années qu'il marche. Il a des vêtements une brosse à dents et un savon dans un sac à dos. Il a une carte de crédit, tous les mois son ex-femme, qui est remariée mais le pleure toujours, met deux cents dollars sur son compte. Il utilise l'argent pour manger, s'acheter des chaussures, du dentifrice et du savon. Il ne sait pas d'où vient l'argent, il ne s'en soucie pas.

Il dort où il peut, quand il peut, parfois le jour parfois la nuit, trois ou quatre heures de suite. S'il ne se sent pas en sécurité il ne dort pas, il continue à marcher jusqu'à ce qu'il trouve un endroit qu'il juge sûr. Tout en marchant sans fin il parle tout seul. Et comme la marche est un processus à répétition, un pied devant l'autre devant l'autre, son discours est un processus à répétition, mot après mot, les mêmes mots plus ou moins dans le même ordre, mot après mot. Il s'appelle le Prophète. Et ainsi, tandis qu'il marche, le Prophète parle.

Je marche dans le Pays des Anges, je marche dans le Pays des Rêves. Je vois ceux qui vivent là, dix, douze, certains jours quinze, vingt, vingt-cinq millions noirs blancs jaunes et bruns séparés et ensemble s'aimant se haïssant se tuant se mélangeant s'aidant les uns les autres ou non, ils sont tous là et plus chaque jour, se propageant s'empilant se rejoignant se massant se pressant, il y en a plus chaque jour chaque jour. Je les vois arriver. Arriver en bus ou à pied. Dans des voitures des avions en hélicoptère s'ils sont riches dans les remorques des poids lourds sur le toit des trains de marchandises, j'ai vu un homme arriver à cheval, il a été renversé en traversant l'autoroute. Ils viennent habiter sur cette terre plus nombreux dans cet endroit qu'en aucun autre, ces milliers de kilomètres carrés je les parcours tous les jours. Des années de marche et je n'ai pas tout vu. Année après année après année il faut encore que je pose le pied sur

chaque rue route boulevard avenue autoroute,
sur chaque plage falaise sentier à travers des collines intactes, chaque piste à travers des montagnes sans une maison, chaque cours d'eau mort
dans chaque désert, chaque champ couvert de
broussailles luttant pour vivre, pendant une
décennie ou plus j'ai marché et je n'ai pas encore
tout vu, entendu senti, il y a encore de la place
pour plus. Et donc ils viennent. Pour vivre avec
les anges et poursuivre leurs rêves. Ce ne sont
pas que des rêves de gloire. Certains rêvent d'un
toit, d'autres d'un lit, d'autres d'un travail, certains rêvent d'assez d'argent pour manger,
d'autres d'oublier, de quitter, se cacher, se transformer, devenir, certains rêvent le simple rêve de
passer la journée sans crainte de mourir,
d'autres de familles ici ou là ou quel que soit
l'endroit où ils les ont laissées, rêvent de les faire
venir de repartir à zéro qu'on leur donne leur
chance, certains rêvent d'avoir le droit de vivre
parler croire et s'habiller comme ils l'entendent.
Certains rêvent de célébrité mais ils sont peu
nombreux comparés à ceux qui rêvent d'un
endroit qui les accueille, les nourrisse, les laisse
devenir la fleur ou le poison qu'ils cherchent à
devenir, les laisse crier hurler décrier prier discuter conclure des marchés acheter vendre donner prendre devenir ou non ce qu'ils veulent
parce que c'est possible, c'est possible ici. Dans
les stations-service et les mini-centres commerciaux. Dans les studios et sur les scènes. Sur les
plages et dans les collines. Dans des maisons
trop grandes pour les besoins ou mérites du
commun des mortels, dans des maisons si délabrées qu'elles ne méritent pas de tenir debout.

Dans les églises temples mosquées, dans des grottes pleines de bouteilles et de dessins sur les parois. Dans des caravanes et des tentes sous le ciel d'un bleu profond, dans des rangées après rangées des rues après rues d'horribles putains d'immeubles, de maisons toutes pareilles, dans des cellules des tours de verre. Jour après jour je les vois. Je marche et je les entends. Je marche et je les sens. Je marche dans le Pays des Anges, je marche dans le Pays des Rêves.

En 2000, Los Angeles est l'aire urbaine la plus diversifiée et au développement le plus rapide de tous les États-Unis. Si c'était un pays, elle aurait la quinzième économie au monde. On estime qu'en 2030 ce sera l'aire urbaine la plus étendue du pays.

Le soleil se lève dans un ciel dégagé qui passe du noir au gris au blanc au bleu profond d'une pureté de cristal.

Esperanza dort. Ses tantes oncles et cousines sont dispersés dans la cuisine, la salle à manger, le salon et le patio tous occupés à parler à se demander à quoi ressemblera le premier Anglo-Américain à venir dîner. Esperanza dit qu'elle l'aime, que c'est le seul homme qu'elle a jamais aimé, qu'elle pense qu'elle passera le reste de sa vie avec lui, qu'il l'aime, qu'elle est la seule femme qu'il a jamais aimée, qu'il pense qu'il passera le reste de sa vie avec elle. Sa mère et son père sont assis sur la véranda main dans la main, il n'arrivera pas avant plusieurs heures mais ils veulent être les premiers à l'accueillir.

Amberton arrive sur le plateau il est reçu par le réalisateur, les producteurs, les autres acteurs. Ils lui serrent la main, lui disent à quel point ils l'admirent et sont impatients de travailler avec lui. Il va au maquillage, il va à l'habillage, il va dans sa caravane et prend une tasse de tisane avec une omelette sans jaune et un toast de pain complet. Il se brosse les dents, elles sont blanches, il vérifie sa coiffure, elle est parfaite, il recule d'un pas pour se regarder dans le miroir, il est plus petit qu'il ne voudrait mais pour l'instant ça va il aime ce qu'il voit, il sait qu'il sera bien, que ses fans seront contents. On frappe à la porte, il va ouvrir, un assistant de production grand blond aux yeux bleus lui demande s'il a terminé son petit déjeuner et désire qu'on enlève son plateau. Amberton sourit, se présente, et l'invite à entrer.

Vieux Joe est étendu silencieux et serein sur le sable, ses yeux sont fermés, il entend les vagues goûte le sel, ses mains sont posées sur sa poitrine, il respire librement, son cœur bat régulièrement. Il a quatorze dollars en poche deux bouteilles de chablis dans le réservoir tout ce dont il a besoin au monde tout ce qu'il a besoin de savoir tout ce qu'il a besoin de ressentir tout ce qu'il a besoin de posséder tout ce qu'il a besoin de vivre tout ce dont il a besoin au monde il l'a, il est étendu silencieux et serein sur le sable, les yeux fermés, les mains immobiles, le cœur régulier.

Maddie est assise à la fenêtre, le sommeil ne vient plus jamais. Sa voisine l'a trouvée et l'a détachée, elle a immédiatement quitté l'appartement a quitté l'immeuble en courant a couru dans la nuit, couru. Le lendemain matin elle est allée au golf et a trouvé Shaka, elle avait trop peur pour appeler la police, elle croyait qu'ils reviendraient les chercher elle et l'enfant si elle le faisait. Shaka a appelé sa femme. Elle a emmené Maddie chez eux et l'a tenue dans ses bras tandis qu'elle pleurait, l'a fait manger lui a appris à prier. Elles vont à l'église tous les matins s'agenouillent regardent la croix essaient de croire qu'un jour il reviendra. Elle sait qu'il va falloir qu'elle trouve du travail, Shaka lui a offert un poste de secrétaire au golf mais c'est trop près, trop près. Elle occupe leur chambre d'amis et passe ses journées à regarder l'album des photos de leur mariage. Ce sont les seules photos qu'elle ait de lui, les seules d'eux deux ensemble. Quand l'enfant bouge en elle, elle tient l'album serré contre son ventre et dit c'est ton père, il t'aimait, il t'aimait.

Le soleil se lève dans un ciel dégagé qui passe du noir au gris au blanc au bleu profond d'une pureté de cristal.

Il y en a un en Géorgie qui fait ses bagages, il va prendre un bus. Il y en a quatre au Mexique qui marchent sur la terre desséchée de l'eau dans leurs sacs à dos. Il y a deux amis en Indiana qui partent ensemble, ils mettent leurs plus beaux vêtements dans une valise tandis que leurs parents attendent de les emmener à l'aéroport. Il y en a un au Canada qui roule vers le sud. Il y en a soixante venus de Chine qui voguent vers l'est dans le container d'un cargo. Il y en a quatre à New York qui se cotisent pour acheter une voiture abandonnent leurs études et partent pour l'ouest. Il y a seize wagons d'un train de voyageurs qui traversent le désert de Mojave, plus qu'un arrêt. Il y en a une à Miami qui ne sait pas comment elle va aller là-bas. Il y en a trois dans le Montana qui ont un camion, aucun n'a la moindre idée de ce qu'ils vont faire une fois arrivés. Il y a un avion en provenance du Brésil sans un siège de libre qui atterrit à LAX. Il y en a six à Chicago qui rêvent de monter tous ensemble sur scène, ils ont loué une camionnette, ils verront bien s'ils réussiront. Il y en a deux originaires de l'Arizona qui font du stop. Il y en a quatre de plus qui viennent d'arriver au Texas à pied. Il y en a un autre en Ohio avec une moto et un rêve. Tous avec leurs rêves. Elle les appelle et ils croient en elle et ils ne peuvent pas lui dire non, ils ne peuvent pas dire non.

Elle les appelle.

Elle appelle.

Appelle.

Merci, Maya et Maren, je vous aime. Merci, maman et papa, Bob et Laura. Merci, Peggy et Jagadish, Amar et Elizabeth, Abby et Nick. Merci, David Krintzman. Merci, Eric Simonoff. Merci, Jonathan Burnham. Merci, Glenn Horowitz. Merci, Jenny Meyer. Merci, Billy Hult. Merci, Lisa Russel et Nanci Ryder. Merci, Josh Kilmer-Purcell et Brent Ridge. Merci, Rick Meyer. Merci, Kevin Huvane, Todd Feldman, Rich Green, Jay Baker, Jack Whigman. Merci, Tim Duggan. Merci, Jane Friedman, Brian Murray, Michael Morrison, Kathy Schneider, Tina Andreadis, Carrie Kania, Tara Cook, Allison Lorentzen. Merci, Bennet Ashley, Tina Bennet, Eadie Klemm. Merci, Richard Prince, John McWhinnie, Bill Powers, Terry Richardson. Merci, Scott Wardrop et Jacob Niggeman. Merci, Jeff Dawson, Peter Nagusky, Bill Adler, Kevin Chase, Eben Strousse, Chris Wardwell, Nikki Motley, Nancy Booth, Susan Kirshenbaum, Kathleen Hanrahan et Ray Mirza, Geren Lockhart, Sarah Watson. Merci, Cynthia Rowley, Joe Dolce, Tracey Jackson, Allison Gollust. Merci, Michael Craven et Warren Wibbelsman. Merci, Marty Singer et Lynda Goldman. Merci, Nan Talese. Merci, Roland Phillips, Job

Lisman, Françoise Triffaux, Albert Bonnier, Sabine Schultz, Ziv Lewis. Merci, Bret Easton Ellis. Merci, Tony Scott et Michael Costigan. Merci, Sonny Barger et Fritz Clap. Merci, Colin Farrell et Shea Whigham. Merci, Bruce Willis. Merci, Stephen Mitchell, Byron Katie, Heather Parry, Kevin Kendrick, Mark Hyatt, Malerie Marder, Danny Glasser, Josh Richman, Milo Ventimiglia, Merck Mercuriadis. Merci, Elizabeth et Philippe Faraut. Merci, Suzy et Jean-Pierre Faraut. Merci beaucoup aux personnes de Beaulieu-sur-Mer, France. Merci, Pat McKibbin et Mary Schoenlein, Erica et Joe Hren, Dan Gualtieri. Merci, Nils Johnson-Shelton et Suzi Jones, Jan et Chuck Rolph, Sam Wright, Jay Dobyns, Sloane Crosley, Amy Todd-Middleton. Merci, Davidson Goldin, Todd Rubenstein, James McKinnon, Rupert Hamond-Chambers, Dan Montgomery, Sue et John von Brachel, Alicia Bona, Steven Spandorfer, Courtenay Morris et Jeffrey Gettleman. Merci, Elizabeth et Pete Sosnow, Jonathan Fader, David Vigliano, Holly et Jim Parmalee, Susie et Dave Gilbert, Nic Kelman, Marc Joseph et Donna Wingate, Timory et Keith King, Scott Schnay, Karen et Ted Casey, Amy et Nils Lofgren, Ashley et Parag Soni, Richard Wells. Merci, Alan Green. Merci, Pasteur, mon pote, Bella, tu me manques. Merci, Joel Spencer et Joy Kasson et Jan Sayers et tous ceux de BJI. Merci, Dr John Barrie, IParadigms et Ithenticate. Merci, Drivesavers, pour avoir sauvé ma peau et une grande partie de ce livre. Merci à ceux qui m'ont écrit des lettres et des e-mails, merci. Merci aux libraires, merci. Merci aux lecteurs, aux lecteurs et aux lecteurs, merci.

9564

Composition
NORD COMPO

Achevé d'imprimer en Espagne
par BLACKPRINT CPI
le 4 avril 2010.

Dépôt légal avril 2010.
EAN 9782290024553

ÉDITIONS J'AI LU
87, quai Panhard-et-Levassor, 75013 Paris

Diffusion France et étranger : Flammarion